CIG A GWAED

Hefyd gan Dewi Prysor:

Brithyll (2006)

Madarch (2007)

Crawia (2008)

Lladd Duw (2010)
Rhestr fer Llyfr y Flwyddyn
ac enillydd gwobr Barn y Bobl 2011

CIG A GWAED

DEWI PRYSOR

y Lolfa

Argraffiad cyntaf: 2012

Nodyn gan yr awdur: Er bod rhai lleoliadau yn llefydd go iawn,
dychmygol yw popeth sy'n digwydd ynddynt. Dychmygol yw pob
cymeriad hefyd, ac mae unrhyw debygrwydd i bersonau go iawn yn
anfwriadol. Ychydig o hwyl rhwng dau glawr, yn unig, yw'r gwaith hwn.

Dymuna'r cyhoeddwyr gydnabod cymorth ariannol
Cyngor Llyfrau Cymru

Delwedd y clawr blaen: Rhys Aneurin

Rhif Llyfr Rhyngwladol: 978 1 84771 515 9

Cyhoeddwyd ac argraffwyd yng Nghymru
gan Y Lolfa Cyf., Talybont, Ceredigion SY24 5HE
gwefan www.ylolfa.com
e-bost ylolfa@ylolfa.com
ffôn 01970 832 304
ffacs 832 782

I Buff

Llifo mae'r afon ag amser yn lli
Ond aros mae hiraeth ar ei glannau hi.

Diolch...

I Lefi, Alun, Nia a phawb yn y Lolfa.

I Rhys Aneurin am glawr arbennig.

I'r holl siopau llyfrau Cymraeg.

I Llenyddiaeth Cymru
a holl drefnwyr digwyddiadau llenyddol.

I'r Cyngor Llyfrau.

I Rhi, Ows, Rhods a Geth am eu cariad,
cwmni, cefnogaeth ac amynedd di-ben-draw.

1

Lerpwl, 1991

Roedd hi'n bryd i Mani adael. Peint neu ddau arall ac mi fyddai
mewn hwyliau, a dyna hi wedyn – allan am y noson eto. Doedd
o ddim isio hynny, dim ar ôl echnos – Boxing Night – er mai
amgylchiadau tu hwnt i'w reolaeth a arweiniodd at y chwalfa. Bu
pethau'n flêr y noson honno. Blêr iawn. Roedd ganddo lot o waith
egluro wrth Fizz.

Edrychodd ar ei watsh. Mi gâi fws mewn pum munud – os byddai
lle arno. Cleciodd ei lager cyn ffarwelio â Carl. Ceisiodd hwnnw
droi ei fraich.

"I've got to see Shak," eglurodd Mani. "He owes me a dropsy, I
reckon. I need the bran. It was good to catch up, Carl!"

Cododd a symud yn araf drwy'r môr o grysau pêl-droed gleision.
Roedd y dorf yn dynn ac mi gymerodd hanner munud dda iddo
gyrraedd y drws, lle'r oedd dau neu dri o grysau cochion yn cyfnewid
sylwadau dilornus â chyd-yfwyr glas.

Un yr un oedd y sgôr. Dipyn o anti-cleimacs i bawb – i gefnogwyr
Lerpwl oedd wedi gobeithio gwneud y dwbl dros y trwynau gleision
ar ôl eu curo yn Anfield ddechrau'r tymor, ac i ffans Everton, oedd
am ddial am y gweir honno.

Cyrhaeddodd yr awyr iach a chroesi'r stryd at y safle bws. Taniodd
ffag wrth wrando ar griw o gochion yn lladd ar Souness am werthu
Beardsley yn yr haf – a hynny i Everton o bawb! Er, mi wnaeth o'n
dda i ddod â Saunders i mewn. Mi oedd y Cymro wedi chwarae'n
dda ers iddo gyrraedd ac wedi sgorio hatric yng Nghwpan UEFA yr
wythnos o'r blaen. Roedd Lerpwl yn y quarter-final yn honno, er
eu bod yn stryglo yn y gynghrair. Diolch byth fod Everton mewn
gwaeth safle, meddyliodd Mani. Byddai hynny'n rhoi llai o fwledi i
Mincepie eu tanio ato pan welai o nes ymlaen. Cyrhaeddodd y bws
a gwasgodd Mani i mewn heb dalu. Aeth i'r llawr uchaf, lle bu'n
ddigon lwcus i gael sedd wag.

Gwyliodd dorfeydd o gefnogwyr tu allan i dafarnau Walton
Lane wrth fynd heibio, a'r stondinau hot-dogs, byrgyrs a sgarffiau.
Meddyliodd am Fizz, a gwenu wrth ystyried iddi aros yn Lerpwl
dros wyliau'r Nadolig. Doedd hynny heb fynd i lawr yn dda efo'i

thad, meddai hi. Wnaeth hi erioed ddweud wrtho fod ganddi gariad yma chwaith – ers blwyddyn a hanner bellach. Byddai meddwl am ei ferch fach yn aros yn y ddinas fawr ddrwg efo 'rhyw Sgowsar' oedd bum mlynedd yn hŷn na hi wedi rhoi hartan iddo.

Gwenodd Mani eto. Efallai ei fod o'n Sgowsar erbyn hyn. Mi oedd o'n byw yma ers dros ddwy flynedd bellach – mwy os cyfrai'r amser yn y carchar. Dinas braf oedd Lerpwl, efo pobol agos at rywun, eu traed ar y ddaear. Ffeind hefyd. Ac mi oedd yna ddigon o lefydd i guddio yma, a wastad ryw gyfle i wneud pres budr. Dinas adar y nos oedd dinas y liver bird. Yma roedd ei gartref, bellach, ac yma roedd yr unig bobol y gallai eu galw'n ffrindiau – teulu, hyd yn oed.

Eto, mi oedd o wedi meddwl mwy am Gymru'n ddiweddar, am ryw reswm. Gan fod Deano wedi arwyddo i Lerpwl, a Rushie'n dal o gwmpas hefyd, roedd lot o drigolion y ddinas yn cyfeirio at ei dras wrth siarad pêl-droed efo fo. Bu hynny'n ysgogiad iddo ystyried ei wreiddiau ychydig yn fwy, yn sicr, ac i feddwl mwy am Dryw Bach a Lili Wen.

Dryw Bach oedd ei frawd bach, a phlentyn ieuengaf y teulu. Lili Wen, oedd flwyddyn yn hŷn na Mani, oedd ei unig chwaer lawn ymysg ei saith hanner brawd. Heblaw am ei fam, oedd bellach wedi'i chladdu, y nhw o'u dau oedd yr unig deulu y bu Mani'n agos atyn nhw. Efo nhw y treuliodd ei blentyndod, a Lili Wen ac yntau fyddai'n gwarchod Dryw Bach ac yn chwarae efo fo pan oedd o'n ddim o beth. Doedd yr un o'r brodyr hŷn yn boddran efo crethyll y tylwyth. Rhy brysur yn gweithio a meddwi, neu'n meddwi a gweithio. Dim byd o'i le efo hynny, efallai, ond, wel, ffycin wancars oeddan nhw. Yn enwedig y ddau hynaf...

Ac am y lleill, wel, be oedd y dywediad – 'complicit through their silence'? Rhywbeth felly, meddyliodd. Mi allent fod wedi sefyll efo'u cydwybod yn hytrach na mynd efo'r lli. Er, mi wnaeth Porffafôr ddadlau ei achos – cyn bacio i lawr er mwyn cadw'r ddesgil yn wastad. A doedd wybod be oedd Gwcw Blastig yn ei feddwl. Roedd Gwcw'n agosach o ran oed at Lili nag yr oedd at y brodyr hŷn, ond am ryw reswm fuodd o erioed yn un am gyd-chwarae nac am gymysgu. Cath wyllt o hogyn oedd Gwcw Blastig. Fiw i neb fynd yn agos ato fo.

Dihangodd chwerthiniad bach sydyn o geg Mani, a throdd

hogyn bach tua phump oed i edrych arno efo pâr o lygaid mawr du. Winciodd Mani arno. Roedd o'n ei atgoffa o Dryw Bach pan oedd hwnnw ei oed o. Cofiodd iddo addo i Dryw y byddai'n mynd yn ôl ar gyfer ei ben-blwydd yn un ar hugain. Byddai hynny'n go fuan yn y flwyddyn newydd, debyg. Triodd Mani gofio'r dyddiad...

Doedd bod yn ddafad ddu'r teulu erioed wedi poeni Mani. Ddim tan yn ddiweddar. Bu ei gydwybod yn glir trwy'i holl flynyddoedd ysgol – hynny fuodd o mewn ysgol o gwbl. Dim ei fai o oedd hi fod ganddo dempar. Roedd hynny yn y gwaed. Ac i ddweud y gwir, roedd ei gydwybod yn glir o hyd – wedi'r cwbl, gwyddai pam y gwnaeth yr hyn wnaeth o, ac mi dderbyniodd y bai am y gweddill am resymau cwbl anhunanol. Ond eto, mi oedd yna adegau pan oedd ar ei ben ei hun, yn llowcio'r Jack ac yn snortio'r powdrach, pan ddeuai'r euogrwydd i'w fflangellu...

Dylai fod wedi cysylltu â'i fam, dim ond i ddweud wrthi ei fod o'n iawn. Doedd dim mwy na hynny y medrai ei ddweud, beth bynnag, ac yntau wedi hanner lladd ei chariad a chyfaddef i drosedd waeth fyth.

Ffromodd. Gwrthododd feddwl am yr achos ac mi daflodd bopeth yn ei ôl i'r gist yng nghefn ei ben. Gwyliodd y cefnogwyr pêl-droed yn cerdded hyd balmentydd y ddinas tra oedd y bws yn aros wrth oleuadau. Roedd y torfeydd wedi teneuo'n sylweddol erbyn hyn, rhyw filltir a hanner o Goodison. Gwelodd griwiau o ffrindiau'n igam-ogamu rhwng y tadau a phlant gwên-lydan, a sgalis ifanc yn gwau rhwng y cwbl ar eu BMXys chwim, yn chwilio am eu cyfleon.

Doedd Mani erioed wedi gweld ei hun yn cael plant. Serch hynny, mi oedd y syniad o'u magu yn apelio. Byddai wrth ei fodd yn eu dysgu i fod yn annibynnol – i allu gwneud pres heb fod yn rhan o'r wasgfa dydd-i-ddydd, boed hynny drwy sgamio'r gyfundrefn ac osgoi'r awdurdodau, neu drwy feithrin crefft fyddai'n eu galluogi i ddianc o'r ras ynfyd unwaith ac am byth. Mi oedd gan Mincepie ddau blentyn – dau fab, Peter a Joey – ac mi oedd o'n mynd i'w gweld nhw weithiau. Aeth Mani efo fo unwaith neu ddwy. Sgalis bach llawn bywyd oeddan nhw, a synnai Mani ddim petaen nhw o gwmpas heno yn llygadu'r dorf.

Go brin y câi o gyfle i gael plant, fodd bynnag. Ddim yn y dyfodol agos, yn bendant. Roedd Fizz ar ei blwyddyn olaf yn y coleg. Graddio a chael swydd oedd ei chynlluniau, ac – os oedd hi'n gall – mynd i ffwrdd i weld y byd rhwng y ddau. Mi oedd hi wedi sôn yr hoffai wneud hynny, ond nad oedd hi isio ei adael o ar ôl. Am iddi fynd oedd Mani hefyd, er y gwyddai y byddai'n ei methu. Soniai Fizz yn aml am sut yr hoffai iddo fynd efo hi, ond allai Mani byth â gwneud hynny. Fyddai o'm yn teimlo'n iawn iddo fod yno efo hi, yn amharu ar ei phrofiad cyntaf o wir ryddid yn y byd mawr, fel rhyw gysgod ar ei gorwelion. A phrun bynnag, doedd ganddo ddim diddordeb mewn bydoedd eraill, dim amynedd efo mynyddoedd a chamelod a dolffins, a dim awydd cael y shits ar ôl bwyta cyrri llygod mawr mewn rhyw slym yn India. Ddalltai o ddim pam y byddai rhywun isio cael eu mygio ym Morocco, cael eu pigo gan nadroedd a sgorpions, neu eu bwyta'n fyw gan grocodeils. Teimlai Mani'n llawer saffach yn ei fyd ei hun, efo'r bwystfilod roedd o'n eu nabod.

Ac mi oedd yna ddigon o'r rheiny yn codi'u pennau yn y ddinas yn ddiweddar. Mi oedd yna newid yn digwydd yn y byd yr ymdrybaeddai Mani ynddo, y byd tu ôl i'r siopau mawr gwydrog a'r tafarnau stryd gefn, yr adeiladau Ficotoraidd a oroesodd fomiau'r Jyrmans, y terasau tai brics coch a'r stadau tai cyngor a'r blociau fflats uchel. Ystyriodd Mani y noson o'r blaen; roedd o wedi gaddo mynd allan efo Fizz i'r llefydd roedd hi'n licio mynd iddyn nhw – pybs stiwdants, efo bandiau a miwsig uchel – ac wedi trefnu i gwrdd â hi yn y Grapes ar ôl iddi orffen ei gwaith. Ond aeth pethau o le. Big style. Cymhlethdodau gwaith – oedd, yn ei job gymhleth o, yn gymhlethdodau dyrys iawn. Ac erbyn i'r rheiny ddod i ben roedd hi'n rhy hwyr iddo fynd i chwilio amdani, ac mi gafodd ei hun mewn parti ar ôl amser cau uwchben restront Jimmy Li yn Chinatown, lle'r oedd Mincepie ac yntau i fod i guddio tan y bore. Doedd Fizz ddim yn hapus ddoe, yn enwedig pan welodd ei fod o'n dod i lawr o effeithiau cocaine ac ecstasi – y cyffur newydd oedd yn sgubo'r wlad. Sut allai Fizz goelio ei fod o i gyd yn rhan o'r job? Nid dyma'r tro cyntaf iddyn nhw ffraeo, ond mi oedd hi'r tro cyntaf i Fizz ruthro i ffwrdd mewn cawod o regfeydd a dagrau.

Neidiodd o'r bws tu allan i orsaf drenau James Street a chamu i mewn i'r ciosg teleffon ar y pafin. Doedd dim ateb ar rif Shakatak, felly trodd i mewn i'r Liverpool Arms. Wnâi un peint arall ddim drwg. O leiaf roedd o ar ei ben ei hun yn hytrach nag efo criw oedd ar bendar bêl-droed. Eisteddodd ar stôl wrth gornel y bar a thanio sigarét, cyn archebu peint o Carling gan Gary.

"D'yer see the match, Taff?" gofynnodd y barman wrth dynnu peint iddo. "They don't look like a team dese days. What the fuck is that flatnose cunt up to? I don't trust him. Sending Beardsley across de park! Wha was all dar about, eyh?"

Chwythodd Mani ei wynt trwy'i wefusau fel megin yn gwagio, wrth roi'r arian iawn i Gary am ei gwrw. Osgoi trafodaeth oedd ei fwriad. Roedd o'n nabod trigolion y ddinas yn ddigon da i beidio siarad pêl-droed pan oedd ar hâst. Trwy lwc, tynnwyd sylw Gary at dair o ferched ifanc, siriol a bronnog oedd yn nesu tua'r bar ar eu sodlau main. Gwyliodd Mani nhw'n chwerthin ar jôc breifat wrth i Gary nôl eu diodydd. Roeddan nhw'n hwyliog iawn yn eu boob tubes a'u sgertiau cwta – er gwaethaf bysedd main y gwynt gaeafol a sgubai dros y dŵr o Benbedw – a'u clustdlysau modrwyog yn siglo dan eu gwalltiau retro chwedegau. Roeddan nhw ar eu ffordd i un o'r clybiau dawns newydd oedd yn agor ar draws L1, mwya thebyg. Nid yn aml oedd merched fel hyn yn mynychu'r dafarn hon.

Estynnodd Mani am un o'r ticedi betio William Hill oddi ar y silff bwrpasol wrth ei ymyl a dechrau dwdlo efo un o'r beiros bach glas. Trodd ei feddwl at Fizz eto. Petai o'n mynd i fyny i'r chippy i edrych am Shakatak, yn hytrach na gobeithio y deuai ei fos i ganol dre ato fo, gallai weld ei gariad yr un adeg, a gweld pa ffordd roedd y gwynt yn chwythu. Syllodd ar y cartŵn sydyn o Graeme Souness a luniodd ar y ticed betio, cyn ei wasgu'n belen a'i daflu i'r blwch llwch. Stwmpiodd ei fwgyn ar ei ben o ac estyn am ei beint – ond daeth llaw i lawr yn drwm ar ei ysgwydd.

"Eyh you, yer fuckin nonce!"

Trodd Mani'n sydyn i weld Mincepie yn nelu arno cyn i wên lydan, ddireidus ledu dros ei wep.

"Mince, y ffycin knobhead!"

Chwarddodd Mincepie. "Look at yer boat, softlad! Pissed off coz we pissed on yer double, ye Redshite!"

"Nah, we're not greedy, Mince. Four points will do us. Givin you the one is OK by me, season of good will and all that! Be ti'n neud eniwe, tosspot?"

"I'm going *funny* the chippy," medd Mince, oedd wastad yn camynganu'r ychydig Gymraeg a ddysgodd Mani iddo yn y carchar. "Shak's gorr sumthin for uz. Hope it's tasty, eh? *Ooh-eet teen Ken Dodd funny*? You fuckin onion!"

"Yndw, *dwi'n dod* i *fyny*, y ffycin nionyn!" medd Mani, gan bwysleisio'r ynganiad cywir.

Bu Mani a Mincepie yn ffrindiau pennaf byth ers iddyn nhw rannu cell ar B-Wing yn y Wally, ac o'r cyfnod hwnnw y deuai eu harferiad o alw'i gilydd yn nionod. Mani ddechreuodd alw Mince yn nionyn, a hynny yn yr ystyr annwyl Cymraeg am rywun dwl-al sy'n rwdlan rownd y rîl. Pan ddalltodd Mince mai'r gair Cymraeg am y llysieuyn aml-groen sy'n achosi dagrau wrth ei flingo oedd o, mi wirionodd yn bot, achos roedd 'onion' hefyd yn digwydd bod yn hen air traddodiadol pobl Lerpwl am Gymro. I'r ddau ffrind, trodd y cyd-ddigwyddiad yn jôc a smentiodd eu cyfeillgarwch tra oeddan nhw'n aros i gael eu rhyddhau o westy Ei Mawrhydi, ac yn sail i lot fawr o hwyl a thynnu coes. Efallai ei fod o'n beth rhyfedd i'w ddweud, ond roedd yr atgofion o'r cyfnod hwnnw'n rhai melys – yn fwy fel atgofion bod ar wyliau na than glo, gyda chystal dewis o gyffuriau ag a gâi rhywun yn Amsterdam, bron. Mae'n debyg fod rhywun wastad yn mynd i gofio'r hwyl ac anghofio'r diflastod, ond doedd fawr o ddiflastod yng nghwmni pobl fel Mincepie. Ac er mai byrglar oedd o ar y pryd, ac nad yw carchar yn cynnig fawr o gymhariaeth, Mince oedd yr hogyn mwyaf triw a gonest yr oedd Mani'n ei adnabod.

Dedfrydwyd Mince cyn Mani, ac mi wahanwyd y ddau wedi iddo symud i'r 'ochr dywyll' – sef wings y dedfrydedig – ond mi gadwodd y ddau mewn cysylltiad cyn dal i fyny efo'i gilydd yng ngharchar hanner-agored Kirkham i orffen eu sentans. Roeddan nhw fel brodyr bellach.

"Keys!" mynnodd Mani ar ôl camu allan i'r stryd a gweld fod Mincepie wedi parcio'r Sierra efo dwy olwyn ar y pafin reit tu allan y dafarn.

"*Dwee'n yeeawn*, Taff!"

"Fuck off, you're gozzified! Look at your mince pies!"

"Eyh, no need fer dat!" protestiodd Mince wrth daflu'r goriadau at y Cymro. "Dey're close to me heart, dese mincies, la! Part of me, yer know worr I mean?"

Chwarddodd y Sgowsar hoffus, a enillodd ei lysenw oherwydd ei lygaid mawr, glas a dueddai i droi'n blatiau yn hytrach na soseri pan oedd o off ei ben. Rhwng hynny a'r ffaith mai Vince, neu Vinny, oedd ei enw iawn doedd ganddo fawr o obaith osgoi cael ei enwi ar ôl slang pobol Lerpwl am lygaid.

Wedi cyrraedd calon aflonydd Toxteth, parciodd Mani'r Sierra ar stryd gefn. Anadlodd yn ddwfn. Cwta bum munud y bu yn y car, ond mi oedd ei ben o'n ratlo. Os na fu parablu diddiwedd Mincepie yn ddigon i chwalu'i synhwyrau, mi orffennodd mwg y skunk roedd o'n ei smocio y job yn daclus. Bu Mani'n smocio hash ers pan oedd o yn yr ysgol a bu'n mwynhau digon o wair hoffyffonig o barthau ecsotig y byd byth ers hynny. Ond roedd y stwff newydd yma roedd Shakatak yn ei dyfu dan lampau mewn selar fawr wrth y dociau mewn warp factor hollol wahanol. Doedd Mani ddim cweit yn deall sut – rhywbeth i wneud efo manipiwleiddio'r planhigyn i gynhyrchu THC ugain gwaith cryfach, mae'n debyg – ond mi oedd o mor gryf roedd rhywun bron â bod yn tripio arno fo. Doedd dim rhyfedd fod Shak yn gwneud cymaint o bres. Ar ben y coke a'r smack roedd o'n eu symud ar ran y pysgod mawr yn uwch i fyny'r afon, Shakatak oedd yr ail 'arddwr' yn y ddinas – os nad y wlad – i dyfu skunk yn ddiwydiannol. Yn fuan wedi clywed am y dechnoleg tra ar drip stag yn Amsterdam, mi aeth yn ei ôl yno efo Ali ei frawd i fusnesu a chael y jèn, cyn sefydlu ei ffatri fach ei hun yn Lerpwl. Wyddai o ddim ar y pryd fod 'na griw arall wrthi'n gwneud yr un peth, tan i'r cops fystio'r rheiny a llosgi eu cnwd cyfan cyn iddo hitio'r strydoedd. Mi fyddai cnydau ffatrïoedd newydd yn cyrraedd y fflatiau a'r bedsits, y stadau a'r stiwdants, yr hipis a rêfars a'r tôcars a'r heads yn go fuan, wrth reswm, ond yn y cyfamser Shakatak oedd unig gyflenwr skunk dinas Lerpwl. Roedd o wedi cael ei fachau ar niche oedd angen ei lenwi yn y farchnad – niche oedd yn mynd yn fwy mainstream bob dydd – ac mi oedd ganddo'r monopoli, ar hyn o bryd, ar y gwair cryfaf yn hanes y ddynoliaeth.

Estynnodd Mani rapsan o speed o'i boced a rhoi byseddiad da yn ei geg, cyn rhannu peth efo Mince. Er y byddai hynny'n rhoi tafod

Mince mewn gêr cyflymach fyth, o leiaf byddai yntau'n ddigon siarp i gadw i fyny efo fo. Llyncodd y ddau gegiad o ddŵr potel i leddfu surni'r powdwr, cyn camu allan i'r pafin.

"So who did yer go to de match with, again?"

"A fuckin Bluenose! Down their end!"

Chwarddodd Mincepie yn uchel. "You went in the Street?!"

Er ei fod o'n ffan o Lerpwl, doedd Mani byth, bron, yn mynd i gefnogi'r tîm. Doedd o'm yn licio torfeydd ac, wel, doedd natur ei waith ddim yn caniatáu llawer o bnawniau Sadwrn yn rhydd. Ond wedi taro i mewn i Carl Casey, fu'n canlyn un o ffrindiau Fizz rai misoedd yn ôl, mi gytunodd i fynd efo fo i'r gêm efo ticad sbâr oedd ganddo. Gwyddai mai'r gleision oedd tîm Carl, ond doedd o heb ddisgwyl gorfod gwylio'r gêm reit tu ôl i'r gôl yn y Gwladys Street End. Ac er iddo gadw'i geg ar gau pan sgoriodd Lerpwl, buan y sylwodd y lleill ei fod o'n Gochyn. Mae ffans pêl-droed yn ogleuo aliens fel daeargwn yn ffroeni llygod. Ac i ddweud y gwir, fyddai Mani ddim yn synnu petai Carl wedi rhannu'r gyfrinach efo nhw...

"The fuckin stick I got!" medd Mani gyda gwên dawel, gan osgoi edrych i lygaid ei ffrind. Gwyddai fod sen, gwawd a dirmyg didrugaredd ar y ffordd. Waeth iddo ei gymryd o i gyd rŵan ddim, yn hytrach na nes ymlaen.

Chwalodd Mincepie, gan ddal ei ochrau a phlygu fel stwffwl wrth chwerthin – a'i ben yn ysgwyd fel pendil o un ochr i'r llall. Roedd o wedi cael ei fwledi. Paratôdd i'w tanio.

2

Cwmygafael

"Hei! 'Da chi 'di cal accidental wank erioed?" gofynnodd Dryw Bach wrth sginio joint ar gopi o'r *Mirror* ym mlaen y fan. "Ges i un yn shower nithiwr!"

Sbreiodd Porffafôr lond ceg o lager dros y dash. "Iesu gwyn mewn sandals! Be FFWC sy'n bod 'fo chdi, hogyn!"

"Be ti'n feddwl, 'accidental wank'?" holodd Gwcw Blastig.

"Pam? Ti rioed 'di cal un?" atebodd Dryw Bach.

"Dim i fi wybod, naddo!"

"Wet dream ti'n feddwl?" holodd Porffafôr wrth sychu'i geg efo'i lawes.

"Naci! Wanc acsudental."

"Trwy ddamwain?" gofynnodd Gwcw Blastig. "Damwanc?"

"Rwbath fel'na, ia," eglurodd Dryw Bach. "Ond, sdi, fel..."

"Fel cerddad i lawr y stryd a dechra halio dy hun heb i ti wybod?" torrodd Porffafôr ar ei draws cyn ysgwyd ei ben ar fudredd anaeddfed ei frawd bach.

"Naci'r mochyn!" atebodd Dryw Bach gan drio peidio chwerthin. "Ti'n gwbod pan ti'n cal shower, ynde, a tisio cal gwarad o'r caws..."

"Nefoedd y ffycin nionod! Dwi'm isio clwad mwy!" gwaeddodd Porffafôr.

"Na, tyd â hi, Dryw Bach," medd Gwcw Blastig a rhoi winc i Porffafôr. "Cael gwarad o'r caws, ia... Ac wedyn?"

"Wel," medd Dryw Bach, cyn oedi i lyfu'r rislas i gau'r joint. "Os tisio llnau'r caws i gyd ma'n hawsach gneud os gen ti fin."

"Brenin y baraciwdas! Dwi deffinetli ddim isio clwad mwy!" gwaeddodd Porffafôr eto.

Ond roedd Gwcw Blastig yn eiddgar i hudo mwy allan o gyw y teulu. "Dos yn dy flaen, Dryw Bach. Ges 'di fin ta be?"

"Wel do siŵr!"

Taniodd Dryw Bach y joint.

"Wel?" holodd Gwcw Blastig.

"Be? Tisio clwad y melynion untumet i gyd?"

"Wel oes, siŵr dduw! Sut mae hyn wedi troi yn wanc *damweiniol* – dyna 'di'r cwestiwn ynde! Ti'm yn cal gadal stori fel'na ar 'i hannar."

"Gad hi, wir dduw!" medd Porffafôr. "Ma'n berffaith amlwg be 'di'r hannar arall."

"Does 'na'm llawar o hannar arall iddi," medd Dryw Bach. "O'n i isio golchi'r caws o dan 'yn fforsgin, ac er mwyn cal min rois i 'few strokes' iddi, ac mi drodd y few strokes yn wanc llawn. Dyna'r cwbwl."

Aeth hi'n dawel yn y fan am eiliadau sylweddol tra bo Gwcw Blastig yn treulio'r geiriau yn ei ben, a Porffafôr yn syllu allan drwy ffenest y dreifar mewn cywilydd.

"Dim acsudental wanc ydi peth fel'na, naci?" medd Gwcw Blastig cyn hir.

"Be ydio ta?"

"Wanc de! Yn blaen ac yn blwmp!"

"Ond do'n i ddim yn *pasa* cal wanc, nago'n?"

"Wel oeddat siŵr! Chdi ddechreuodd wancio! Dy benderfyniad di, ynde?"

"OK, OK! Dyna ffycin ddigon!" torrodd Porffafôr ar ei draws. "Dim mwy o gôri dîtels, thenciw!"

Chwythodd Porffafôr. Doedd dim stop ar ei ddau frawd. Waeth pwy oedd yn dechrau, roedd pob sgwrs rhyngddyn nhw'n troi yn gynllun gan y naill i weindio'r llall i fyny. Ond wincio ar ei gilydd yn slei wnaeth Dryw Bach a Gwcw Blastig. Er bod eu brawd mawr yn aderyn mor frith â'r graean, un eithaf hen ffasiwn oedd o yn ei ffordd – a hynod hawdd i'w gael i frathu.

Daeth chwibaniad o gyfeiriad y cae pêl-droed, a ddilynwyd gan floeddiadau a rhegfeydd gan y criw oedd yn gwylio ar ymyl y cae. Trodd y tri i weld rhai o chwaraewyr y tîm cartref yn amgylchynu'r reffarî a'i regi, cyn i sgyffl fach dorri allan rhwng y ddau dîm.

"Coco Bîns 'di hwnna sy ar lawr?" gofynnodd Dryw Bach.

"Ia, dwi'n meddwl," atebodd Porffafôr.

"Mae o'n codi, eniwe," medd Gwcw Blastig. "Oh-oh... ma hi'n cicio off... Ooowwwffff!!!"

Roedd Coco Bîns wedi llorio capten y tîm arall efo pladur o law dde. Gwyliodd y tri y reff yn dangos y cerdyn coch i'w brawd, yna hwnnw'n sgwario a bygwth y dyn mewn du wrth i'r hambags tu ôl iddo ddatblygu'n sgarmes dipyn mwy mileinig yr olwg.

"Trydydd red card tymor yma, myn ffwc!" medd Porffafôr.

"Mae o'n ffycin leiabiliti," ychwanegodd Gwcw Blastig.

Neidiodd y brodyr yn eu crwyn wrth i ddwrn run maint â gordd ysgwyd ffenest ochr gyrrwr y fan. Kola Kube oedd yno, yr hynaf o naw o deulu'r Bartis – fel y gelwid plant Mari Bartholomew. Cafodd Kola Kube ei enw oherwydd ei arfer o fwyta bageidiau o'r da-das coch, sgwâr tra oedd o'n gweithio yn y chwarel. Mi sticiodd yr enw'n hawdd oherwydd fod Kola Kube *yn* sgwâr – o ran ei gorff a'i agweddau. Kola Kube oedd y bòs. Ac nid yn y gwaith yn unig.

"Be ffwc 'da chi'n da yn fa'ma'r basdads?" chwyrnodd.

Agorodd Porffafôr y ffenest.

"Iawn, KK?"

Doedd ei deulu byth yn ei alw wrth ei enw bedydd, chwaith – ddim yn ei wyneb, o leiaf. Fel y dysgodd sawl un dros y blynyddoedd, doedd y Kube ddim yn cynhesu at unrhyw un a'i galwai wrth yr enw a roddwyd iddo gan ei fam. Mi oedd ganddo bwynt, wrth gwrs. Doedd Alfonso ddim yn enw a roddai lawer o awdurdod i alpha male mewn cymuned chwarelyddol yng nghefn gwlad Cymru.

"Pam ffwc 'da chi ddim ar y job?"

"O'dd hi'n bwrw," medd Porffafôr.

"Bwrw, o ddiawl!"

"Oedd, ar fy marw!" mynnodd Porffafôr, cyn troi at y ddau arall. "Yn doedd, hogia?"

Cytunodd rheiny'n frwdfrydig.

"Doedd 'na ffyc ôl fedra ni neud yno, beth bynnag, KK," mynnodd Porffafôr. "Doedd 'na'm blocs ar ôl."

"Wel pam ffwc fysa chi'n ordro rhei?"

"O'dd hi 'di pasio hannar dydd. Iard yn cau ar ddydd Sadwrn dydi..."

"Pam ffwc sa chi 'di meddwl yn gynt?"

"Doddan ni'm 'di meddwl sa ni'n rhedag allan, KK! Athon nhw i lawr yn ffwc o sydyn. Oddan ni'n fflio mynd heddiw 'ma..."

"Yn ista'n fa'ma'n smocio ffycin dôp?"

"Gwatsiad y gêm!" mynnodd Porffafôr, nad oedd – fel rheol – yn cyffwrdd ganja.

"Be 'di'r sgôr?"

"Dwi'm 'bo. Be 'di'r sgôr, hogia?"

"Erm, one nil iddyn nhw, dwi'n meddwl," medd Gwcw Blastig.

"Naci, one all," cywirodd Dryw Bach ei frawd.

"Pryd ffwc aru ni sgorio?"

"Cynt."

"Cynt pryd?"

"'Dio'm bwys!" arthiodd Kola Kube yn ddiamynedd. "'Dan ni angan blocs, felly?"

"Yndan," atebodd Porffafôr. "A tywod."

"A sment 'fyd," ychwanegodd Gwcw Blastig.

"Iawn," medd Kola Kube gan edrych yn amheus ar y tri. "Doswch lawr i'r iard peth cynta flwyddyn newydd i nôl sment, a peipan gachu – gewch chi osod honno i mewn. Ordrwch flocs a tywod tra 'da chi yno."

Cychwynnodd Kola Kube am ei bic-yp heb unrhyw air o ffarwél.

"Cofia fory am hannar dydd," gwaeddodd Porffafôr ar ei ôl.

Trodd Kola Kube yn ei unfan. "Fory?"

"Pen-blwydd Mam?"

"O ia... Shit. Wela i chi yn y fynwant, felly."

Trodd Kola Kube unwaith eto a brasgamu tuag at ei bic-yp heb weld ei frodyr yn codi dau fys tu ôl iddo.

"Twat!" medd Porffafôr. "Mae o'n lwcus fo ni 'di gweithio gwylia Dolig o gwbwl! Y Ffaro'r Aifft uffarn!"

"Awn ni am beint, ta?" awgrymodd Gwcw Blastig. "Ma'r gêm bron drosodd, dydi?"

"Ia, awê," medd Dryw Bach. "Genai ffwc o sychad."

"Arhoswn ni am Coco Bîns, ia?" medd Porffafôr. "Fydd o allan o'r cwt newid yn munud."

"Os na fod o'n cael accidental wanc yn y shower, de!" medd Gwcw Blastig, a wincio'n slei ar Dryw Bach.

"Hy!" medd hwnnw. "'Di'r sglyfath byth yn molchi beth bynnag. Faint o bres gawson ni am y blocs a sment eniwe, Porff?"

"Sicsti cwid."

"Bangar!"

3

Rhoddodd calon Mani naid fach pan welodd fflach o wallt piws drwy ffenest y siop jips. Roedd Fizz yn gweithio. Arwyddodd ar Mince y byddai'n ei ddilyn mewn munud, cyn sleifio at ben draw'r cownter lle'r oedd ei gariad yn ffidlan efo'i physgod. Roedd hi â'i chefn tuag ato.

"Wel, Fizz-bomb!"

Neidiodd y gwallt piws a throdd Fizz i'w wynebu'n sydyn. Fflachiodd ei llygaid duon a lledodd gwên sydyn dros ei hwyneb i guddio mymryn ar ei sioc. Cofiodd Mani'r union olwg hon pan welodd o hi gyntaf – yn yr union le hwn rhyw flwyddyn a hanner yn ôl – wedi iddo archebu ffish a chips yn Gymraeg ar ôl clywed ei hacen Sir Fôn ysgafn.

"Haia!" medd Fizz yn swta, cyn fflachio gwên gyndyn. "Lle ti 'di bod, 'lly?"

"Yn y gêm. Paid â sôn! Ti awydd dod draw acw nes ymlaen? Pryd ti'n gorffan?"

"Naw o'r gloch. Ond..."

"Yli, dwi'n rili sori am noson o blaen. Drodd petha'n flêr... Fyswn i'n licio egluro'n well, a..."

"A be, Manizo?" holodd Fizz efo gwên ddireidus.

Ymlaciodd Mani wrth glywed tinc o faddeuant.

"Dwi jysd isio gneud o i fyny i chdi, treulio amsar efo chdi..."

"Ha! Soppy get!" medd Fizz yn null brodorion y ddinas. Trodd i godi pysgod o'r ffrïwr a'u gosod yn y ffenest boeth o flaen Mani. "Sgen ti gulti conshyns ne rwbath, Mani Robaitsh?"

"Oes, ond mond am dy adael di i lawr. Dim be *ti'n* feddwl."

Gwyliodd Mani hi'n rhoi winc slei i'w chydweithwraig, Linsey, oedd newydd ffarwelio â chwsmer wrth y til.

"Ti isio chips ta be?" gofynnodd Fizz â'i dwylo ar ei chluniau a gwên chwareus yn dawnsio fel lloer ar wyneb llyn tu ôl ei llygaid.

"Mond os ti'n dod efo nw."

"Asu, ti'n un powld yn dw't!"

"Fizz..." dechreuodd Mani.

Rhoddodd ei gariad y tongs pysgod i lawr a phlygu dros y cownter i roi sws sydyn iddo, cyn gofyn i Linsey a fyddai hi'n iawn ar ei phen ei hun am ddwy funud.

"Tyd i'r cefn am ffag sydyn," meddai wedyn, cyn diflannu i'r gegin.

"Fysa'n well i fi fynd fyny grisia gynta, sdi..." gwaeddodd Mani ar ei hôl wrth godi hatsh y cownter i'w dilyn hi.

"No wê, mêt. Rhag ofn i 'betha fynd yn flêr' eto, a wna i ddim dy weld di am ddyddia!"

Agorodd Fizz y drws i'r iard gefn ac eistedd ar un o steps y grisiau tân tu allan. Safodd Mani o'i blaen ac mi daniodd y ddau sigarét yr un.

"Mi ddo i draw heno, OK?" medd Fizz wrth chwythu jet o fwg i'r tywyllwch rhyngddyn nhw.

"Ond?" medd Mani wrth synhwyro'r tensiwn yn ei llais.

"Rhaid i ni gael chat..."

"O ffor ffyc's sêcs...!"

"Cŵlia i lawr! 'Dio'm byd heavy!"

"Chat am be, felly?"

"Ni."

"Ma hynna *yn* swnio'n heavy!"

"Wel dydio ddim. Yli – dwi *yn* dy goelio di efo be ddigwyddodd Boxing Night..."

"Wel, mond y gwir ydio!"

"Ia, dwi'n gwbod. A dyna 'di'r drwg... Be dwi isio siarad am."

"Dwi'm yn dalld..."

Gollyngodd Fizz ei hysgwyddau ac ymlacio. "Mani bach, cariad... Ti'n gwbod cystal â finna fod petha fel be ddigwyddodd Boxing Night yn digwydd yn amlach yn ddiweddar..."

"Wel, yndi – am wn i. Ond mi dawelith petha eto, gei di weld."

"Cym on, Mani! Dwi'n dalld y sgôr yn iawn, fel ti'n gwbod. Dwi'n gweithio yma, cofia. Dwi'n clywad lot o betha – lot mwy na chdi dy hun, o bosib."

Chwythodd Mani ruban o fwg trwy'i drwyn wrth ystyried synnwyr y geiriau.

"'Dan ni efo'n gilydd ers faint rŵan?" holodd Fizz. "Blwyddyn a hannar?"

"Ia, ond oeddat ti'n gwbod be o'n i'n neud..."

"Wo, aros funud! Dwi'n gwbod hynny, a dwi'n gwbod fo chdi erioed wedi cuddio dim byd oddi wrtha i... wel, falla fo ti wedi, ond os wyt ti, mae'n well gen i beidio gwybod amdanyn nhw eniwe..."

Tynnodd Fizz yn galed ar ei ffag. Tynnodd Mani'n ddwfn ar ei un yntau. Roedd o'n edrych i ffwrdd, yn osgoi ei llygaid. Teimlai nhw'n craffu arno, yn darllen ei feddyliau.

"Dydi hyn ddim byd i neud efo *be* wyt ti'n neud... Ti'n gwbod bo fi'n dallt y sgôr – 'di o ddim byd mwy na be ma'n ffrindia i'n neud adra, yn y bôn... A dwi'n enjoio drygs gymint â'r hogan nesa. Ond pan ma bobol yn cael 'u brifo..."

Oedodd Fizz i weld pa ymateb gâi gan ei chariad.

"Does'na neb diniwad yn cael 'i frifo, Fizz..."

"Oes mae 'na, Mani."

Trodd Mani ei lygaid duon tuag ati. "Mae pawb sy yn y gêm yn dallt y rheola..."

"Dwi'n gwbod. 'Dan ni wedi bod dros hynny lawar gwaith, a dwi'n dalld. Troi mewn cylchoedd w't ti rŵan."

Estynnodd Fizz ei llaw a chydio'n ysgafn yn ei fraich. Closiodd Mani ati.

"Yli, dwi'n graddio mewn chwe mis. Fydda i'n gadael y tŷ ac yn gadael y job 'ma. Symud ymlaen..."

"I lle?"

"Dim symud fel'na, ond dechra cyfnod newydd..."

"Mynd rownd y byd?"

Wnaeth Fizz ddim ateb yn syth. Yn hytrach, tynnodd yn ddwfn ar ei sigarét eto, cyn taflu stwmpyn mawr i'r llawr a'i sathru. "Be bynnag sy'n digwydd, fyswn i'n licio i chdi fod yn rhan o'no fo."

Tynnodd ei chariad i'w breichiau. Cydiodd yntau ynddi a'i chusanu ar ei thalcen.

"Ond fel ti'n gwbod, Mani – mae'r 'gêm' yn newid. Mae 'na bobol yn cael eu brifo'n amlach ac amlach, ac mae pobol ddiniwad yn cael eu heffeithio..."

"Fel pwy?"

"O tyd 'laen, Mani!" medd Fizz gan syllu'n ymbilgar i'w lygaid. "Ti'n meddwl fod o'n beth neis bod yn styc yn tŷ yn poeni lle w't ti, fod 'na rwbath wedi digwydd i chdi?"

Mynegodd Mani ei ddealltwriaeth gydag ochenaid a nòd o'i ben.

"Ac efo'r gynnau 'ma'n dod i'r golwg rownd y rîl... Dwi'm isio ffycin colli chdi, Mani! Mae petha *yn* mynd yn flêr, yn dydyn?"

Er gwaethaf ei ffydd na fyddai pethau'n mynd cynddrwg ag yr ofnai Fizz, roedd yn rhaid iddo gytuno fod mwy o fygythiad yn y busnesau tanddaearol y dyddiau hyn. Rhoddodd sws iddi ar ei gwefusau a'i dal yn dynn yn ei gôl. "Bydd rhaid i fi fynd rŵan, sdi..."

"A finna 'fyd..." atebodd Fizz efo fflach sydyn o dristwch yn ei llygaid. "Wnawn ni gario mlaen y chat 'ma heno, iawn? A cofia fod yno!"

"Iawn, siŵr. Wna i'm gadael chdi lawr..."

"Go iawn, rŵan! Dwi 'di aros i fyny dros y gwylia 'ma er mwyn bod efo chdi, a hyd yma dwi ond 'di dy weld di Christmas Eve a diwrnod Dolig!"

"Dwi'n gwbod, Fizz," atebodd Mani. "A dwi *mor* sori. Onest!"

"Fysa'n help sa ti'n cael job efo mwy o amsar sbâr. Fysa'n help i fi. A fysa titha'n gallu ailgydio yn dy baentio... Sa'n gneud lles i chdi."

Oedodd Fizz eto, a sylwodd Mani fod yna ddwyster ychwanegol yn ei rhesymeg heno.

"Dwi'n caru chdi, Mani, a dwi'n rhoi i fyny efo lot er mwyn bod efo chdi..."

"Dwi'n gwbod, a dwi'n ddiolchgar. A dwi'n sori bo fi'n ffycd-yp..."

Tro Mani i oedi oedd hi rŵan. Nid dyma'r amser i agor yr hen focs nadroedd hwnnw.

"Ti ddim yn ffycd-yp, Mani. Mi oeddat ti, ond dim mwyach..."

"Diolch i chdi mae hynny..."

"Ond mae'r cysgodion yno o hyd, a wneith rheiny ddim diflannu tan ti'n eu gwynebu nhw..."

"Ma hi'n gymlath, fel ti'n gwbod..."

"Dydi'r gwir byth yn gymlath, Mani. Ma dy fam wedi marw, does'na neb diniwad yn mynd i gael eu brifo os wyt ti'n dweud y gwir."

Ochneidiodd Mani'n dyner, cyn camu o'i breichiau. "Ddim yn siŵr os dwi isio boddran efo nhw ydw i – dwi ddim rili isio'u gweld nhw eto..."

"Ma hynna'n nonsans, Mani, a ti'n gwbod hynny'n iawn!"

Roedd tinc o golli amynedd yng ngeiriau Fizz rŵan.

"I ddechra, ma nw 'di troi'u cefna arna chdi am eu bod nhw'n meddwl mai chdi oedd y drwg. Os ti'n egluro fel arall, ddylia nhw ddod at eu coed. Ac os ydyn nhw'n dod at eu coed fydd rhaid i chditha fadda iddyn nhwtha am fod yn gontiad efo chdi. Achos dy benderfyniad di oedd gadael iddyn nhw feddwl mai chdi oedd y bai... Fedri di'm eu beio nhw am ymateb fel nathon nhw..."

Stopiodd Fizz. Gwelodd fod y geiriau'n ysgogi ymateb cymysg yn ei chariad. Ond gwelodd hefyd ei fod o'n gweld y synnwyr ynddyn nhw.

"Yli, Mani, bydd rhaid i chdi sortio'r shit 'ma allan. Dwi 'di helpu chdi i wynebu dy hun. Mond y chdi all wynebu dy deulu. A fydd rhaid i chdi 'i neud o cyn hir achos mae o'n dy fyta di o'r tu mewn. Ti angan closure. Normalrwydd..."

"Normalrwydd? Fi?"

"Ti'n ddigon normal, Mani. Dy sefyllfa di sydd ddim. A fyswn inna'n licio chydig o normalrwydd hefyd..."

"Be ti'n feddwl?"

"Wel, amsar teulu ydi Dolig ynde? Fyswn i wedi licio mynd adra, ond o'n i isio bod efo chdi. Ond os fysa chdi'n gallu wynebu mynd 'nôl i Gymru, fysa ni'n dau wedi gallu mynd..."

Gwyliodd Fizz y meddyliau'n fflachio trwy lygaid ei dyn wrth iddo fflicio stwmp ei ffag i'r gwyll. Gwyddai y byddai'n rhaid troedio'n ofalus. Roedd creithiau meddyliol ei chariad yn dal i fod yn ffres a gwyddai y gallai'r ysgytwad lleiaf droi'n ddaeargryn a'u hailagor fel holltau mewn craig.

"Gwranda, mi siaradwn ni heno. Ond meddylia am hyn − trwy fethu gwynebu dy frodyr mawr, ti'n nadu dy hun rhag gweld y bobol anwyla yn dy fywyd. Dryw Bach a Lili Wen. Ti ond yn cosbi chdi dy hun. Mae hynna'n ffycin stiwpud. Be am blant Lili? Fysa ti'm yn licio'u gweld nhw'n tyfu i fyny? W't ti'm isio bod yn Yncyl Mani iddyn nhw?"

Sigodd y geiriau Mani. Ond mi'i trawyd o fwy gan yr olwg yn llygaid tlws ei gariad. Synhwyrai fod ystyr ddyfnach i'w geiriau heno.

"Ti'n iawn," medd Mani o'r diwedd. "Ond haws dweud na gwneud."

"Tyd yma," medd Fizz a'i gofleidio. "Gawn ni chat heno, ia?"

Nodiodd Mani a swsian ei gwddw llyfn, yna'i gwefusau meddal, llawn. Yna cusanodd y ddau'n gariadus am rai eiliadau.

"Taff!" gwaeddodd llais Mincepie o'r drws ar ben y grisiau tân wrth i sgali bach annifyr o Benbedw, yr oedd Mani'n ei adnabod fel Schmoo, stompio'i draed i lawr y steps â golwg bys-yn-din ar ei wyneb.

"Hâff nain?" medd Mani wrth ei gariad. "Yn y fflat!"

"Fydda i yno. Jysd gwna'n siŵr dy fod ti!"

4

Roedd Mani'n dal i ddyfalu am yr olwg ddwys yn llygaid Fizz wrth iddo gerdded i mewn i HQ Shay Conlon – neu Shakatak, fel y'i gelwid – ar y llawr uwchben ei siop jips. Do, mi fu'r sgwrs yn annisgwyl o ddwys, ond roedd yna ddirgelwch yn llygaid ei gariad, fel petai rhyw haen arall i blot y sgwrs.

Disodlwyd meddyliau Mani gan yr ogla skunk tew oedd yn llenwi 'swyddfa' ei fos. Chwarae pŵl oedd hwnnw, efo Matty Price, y seicopath cyhyrog efo tatŵs dros ei wddw oedd yn bennaeth sgwad bownsars clybiau nos Shak. Saethodd Shak y bêl goch olaf i lawr i un o bocedi gwaelod y bwrdd, cyn sythu ac estyn ei law i Mani gan wenu'n siriol.

"Arite, Taff! Good time at de match this avo, then?" meddai, cyn chwerthin efo Mincepie, oedd yn amlwg newydd rannu'r jôc efo fo.

Anwybyddodd Mani nhw, cyn amneidio at y bwrdd pŵl. "Feeling lucky then, Shak?"

Gwenodd Shakatak wrth blygu i anelu am y ddu. Gwyddai fod Mani'n feistr corn arno ar y pŵl, a doedd o ddim yn licio hynny. "Sorry, feller, I'd be happy to give yer a thrashin but I need sumthin out of the pad pronto, like... FUCKIN CUNT!"

Roedd Shak wedi methu'r ddu a'i gadael yng ngheg y boced i Matty Price ei suddo'n ddidrafferth. Taflodd ei giw ar y bwrdd a chamu draw at y cadeiriau meddal a'r soffa ym mhen arall y stafell.

"I gorra couplerr drop-offs and a collection for yous, lads," eglurodd. "Dere's a nice sorter in it fer yous."

Winciodd Mincepie ar Mani wrth i'r ddau suddo i mewn i glustogau meddal y soffa, yn wynebu eu bòs.

"D'yer 'ave a good Crimbo then, Taff? Sorry abarr dat shite de other nite. Right pain in the neck, dat twat. 'Ardfaced get! 'Ee's been sorted now, do. Matty 'ere bumped interr de cunt on a railway bridge."

"How's Ali's legs?" holodd Mani.

"In plaster," medd Shak wrth estyn dwy amlen wen o'r drôr yn ei ddesg a'u taflu i'r ddau. "Ta fer takin him down the ozzie, Taff. I was well ourrev it in Mancland. Here's a dropsy fer yer trouble."

Roedd Mani a Mince yn adnabod Shak ers eu 'gwyliau' yn y Waldorf Astoria – un arall o lysenwau'r Sgowsars am garchar Walton. Tra oedd Mince ac yntau'n gweithio fel glanhawyr yno, nhw oedd yn cuddio a dosbarthu stash ganja sylweddol Shak a'i gyd-gyhuddiedig wedi i'r 'stuffers' ddod â fo i mewn trwy gyfrwng y system ymweliadau. Roedd pedwar ohonyn nhw i mewn ar gyhuddiadau o gynllwynio i fewnforio a gwerthu cocaine, a Shak – oedd ond yn chwech ar hugain oed bryd hynny – oedd pennaeth y gang. Cafwyd y pedwar yn ddieuog wedi i'r barnwr atal yr achos pan gyflwynwyd tystiolaeth o gamymddwyn a llygredd ar ran yr heddlu – rhywbeth cyffredin iawn ymysg y glas ar Lannau Merswy.

Arhosodd Shak mewn cysylltiad â Mani a Mince ar y tu allan, a bu'n un da am roi gwaith i'r ddau ffrind. Doedd y gwaith ddim bob tro'n bleserus, ond i rywrai o natur Mince a Mani, nad oedd yn ddinasyddion mwyaf cydwybodol y deyrnas nac yn malio gormod am 'iechyd a diogelwch' pobol eraill, roedd o'n berffaith. Mi oedd Shak yn fos hael a theg, ar y cyfan, a wastad wedi taro Mani fel person synhwyrol oedd yn deall y byd o'i gwmpas ac yn parchu pobol eraill. Mi oedd o hefyd i'w weld yn rhywun oedd ag egwyddorion a moesau craidd, a'r rheiny'n sylfaen i'w gymeriad tawel-gadarn a thriw. Shak oedd un o'r bobol fwyaf cŵl a digyffro a gwrddodd Mani erioed.

Tan yn ddiweddar.

Ers rhai misoedd, bellach, roedd Shak wedi bod yn newid. Yn wir, mi oedd o'n dangos arwyddion ei fod o'n ei cholli hi, yn ymddwyn yn eratig ac yn gwbl groes i'w natur ar adegau. Roedd o'n parhau i fod yn hael, ond doedd o ddim mor dawel a meddylgar ag y bu. Dirywiodd yr ochr gwrtais i'w gymeriad hefyd ac, yn amlach y dyddiau hyn, mi oedd o'n bell iawn o fod yn cŵl – fel petai'r broblem leiaf, weithiau, yn ormod iddo ddygymod â hi. Efallai y dylai smocio dipyn o'r skunk roedd o'n ei dyfu, yn hytrach na rhawio'r charlie i fyny'i drwyn ac injectio'i hun efo steroids.

Shak oedd y person olaf y byddai Mani'n ei ddisgwyl i droi at godi pwysau a defnyddio'r droids. Gêm pennau bach treisgar oedd honno, ac nid un felly oedd Shak yn y bôn. Milwyr oedd angen mysyls, nid arweinwyr. Be oedd bòs ei angen oedd brêns, nid brôn. Ond mi oedd y dirywiad cynyddol yn ei gymeriad yn amharu ar ei allu i redeg ei sioe yn llyfn a diffwdan. Lle gynt y bu'n greadur ystyrlon, bellach câi ffitiau o dymer afresymol. Tra y bu wastad yn cŵl a rhesymegol wrth ymdrin â chymhlethdodau, rŵan roedd o'n stresio allan wrth handlo'r hic-yps lleiaf. Efallai nad oedd bai arno am hynny. Fel yr atgoffodd Fizz Mani ddim ond munudau yn ôl, roedd pethau'n newid ar strydoedd Lerpwl. Mi *oedd* gormod o ynnau yn ymddangos, a gormod o up-and-comings yn barod i'w defnyddio. Waeth pa mor sefydledig, trefnus a phwerus oedd 'gangster', doedd o'n cyfri dim ar ddiwedd y dydd. Tra bo gan rhyw sgali bach snotiog wn yn ei law, roedd y cae chwarae'n wastad.

"Anyroads," dechreuodd Shak eto. "Dat fuckin knob-head Schmoo brought dis fuckin shit over 'ere. I told 'im yous'd pick irr up at his place, burr 'ee's fuckin thick as a doornail, de dozy Wool twat."

Cododd Shak i estyn sach gefn drom a'i gosod wrth draed Mani. "Cabbage fer de Chicken, biscuits fer Angie. Angie pays up front. Take de Sierra."

Estynnodd Mani am y bag.

"Then, I need yer te see this other cunt fer us. 'Ee's in fer a grand, and well fuckin late with it. And 'have a werd' as well – a proper fuckin 'werd' if he ain't coughin."

"What's he like?" holodd Mani.

"He's a fuckin muppet," medd Shak. "He'll shit."

5

Clonciodd pishin chweigian Coco Bîns i grombil y peiriant a botymodd ei fysedd tewion y rhifau penodol. Cydiodd yn ei giw a sefyll yn dalsyth uwchben y bwrdd pŵl. Roedd y peli wedi'u gosod yn barod, ac mi oedd Affro'n aros amdano a'i giw yntau yn ei law.

Hon oedd y gêm. Wastad. Y ddau yma oedd chwaraewyr gorau'r Drafal, os nad y pentref a'r ardal gyfan. Rhain oedd pawb am eu herio. Pan oedd un ohonyn nhw ar y bwrdd, roedd y darnau deg ceiniog yn pentyrru ar ei ymyl fel penny falls.

Daeth curiadau agoriadol 'The Good, the Bad and the Ugly' gan Ennio Morricone dros uchelseinyddion y jiwcbocs.

'*BWM BWM BWM BWM-BWM...*'

Sgwariodd Coco Bîns a chulhau ei lygaid wrth syllu ar ei frawd. Rowliodd ei sigâr Tom Thumb yn ei geg, o un ochr i'w fwstash bandido i'r llall, cyn ei rhoi i orffwys yn y blwch llwch ar y bwrdd bach crwn ar y dde iddo.

'*A-A-AA A-AA-AAAAA WA-WAA-WAAAAA...*'

Sbiniodd y ciw yn ei law fel 'tai o'n bistol, ac efo un llygad ar Affro, plygodd ac anelu.

'*A-A-AA A-AA-AAAAA WA-WAA-WAAAAA...*'

Taniodd, a chwalodd y peli coch a melyn fel gwreichion i bob cyfeiriad. Disgynnodd dwy goch i lawr dwy boced yn syth, a daeth y wen yn ôl i'r top ac aros yn hwylus ar gyfer y goch nesaf.

'*A-A-AA AAAAA WA-WAA-WA-WAAAA...*'

Crechwenodd Coco Bîns ar ei frawd.

'*A-A-AA A-AA-AAAAA WA-WAAAAA...*'

Neidiodd y gerddoriaeth i gêr uwch, ac wrth iddo garlamu yn ei flaen dawnsiodd Coco Bîns o un pot i'r llall, yn chwifio a throi ei giw i gyd-fynd â'r miwsig wrth ddynwared Clint Eastwood yn saethu hanner dwsin o ddihirod heb hyd yn oed anelu. O fewn munud, roedd o ar y ddu.

Doedd hi ddim yn shot hawdd. Roedd o wedi gadael ei hun yn rhy syth, gyda'r wen bron ar y cwsh uchaf. Mi oedd yna hanner bwrdd rhwng y wen a'r ddu, a hanner bwrdd rhwng honno a'r boced waelod. Sialciodd flaen ei giw. Cymerodd bwff o'i sigâr. Plygodd i lawr a syllu gydag un llygad ar gau. Sythodd yn ei ôl a chraffu ar ei frawd, cyn crechwenu â'i lygaid yn gul. Rowliodd ei sigâr trwy'i fwstash, gan ei chadw yn ei geg y tro hwn.

Daeth y darn o'r gân â'r riff gitâr enwog i sboncio drwy'r stafell.

'*DEN-GA DANG-DANG DEN-DENG...*'

Plygodd eto. Dawnsiodd ei lygaid yn ôl ac ymlaen rhwng y wen a'r ddu, yna'r boced, ac yn ôl i'r ddu, yna'r wen eto. Taniodd.

"Shot, Coco!" gwaeddodd pawb oedd yn gwylio o'r byrddau a'r meinciau cyfagos wrth i'r ddu saethu i mewn i'r boced a suddo i stumog y bwrdd.

Chwythodd Coco Bîns ar dip ei giw, cyn ei sbinio yn ei law a'i osod i sefyll yn erbyn y wal wrth ymyl y bwrdd bach crwn. Cydiodd yn ei beint o lager a'i lowcio, ac aeth am y bar gan roi winc ar Affro wrth basio. Tarodd ei wydr gwag ar y pren yn barod i'w frawd ei lenwi, ac aeth i biso.

Gwasgodd Affro i mewn rhwng Porffafôr a Gwcw Blastig wrth y bar.

"Sefn-bôlar, Aff!" medd Porffafôr.

"Ia. Ma'r Coco Kid ar ben 'i geffyl heno!"

"'Clint Mode' eto?"

"Yndi. Ma hi 'di cachu ar bawb. Ta waeth, o'n i isio rest, eniwe," medd Affro, oedd wedi bod yn dal y bwrdd ers tua hanner awr. "Droio nath Lerpwl, ia?"

"One all," medd Gwcw Blastig. "Lwcus odda chi 'fyd."

Everton oedd tîm Gwcw.

"Sud ffwc ti'n gwbo?" atebodd Affro. "Oedda chdi yno ne rwbath?"

"Radio yn y fan."

"Pwy sgoriodd i ni ta?"

"Erm..."

"Ha! Twat!" medd Affro wrth daro pres am ddau beint ar y bar.

Daeth Dryw Bach i mewn trwy ddrws y snyg, yn crynu ar ôl smocio joint efo'i fêts yn yr ardd. "Duwcs, Affro – coda beint i mi tra ti'n fa'na."

"Ffyc off!" medd Affro wrth gerdded heibio'i frawd bach am un o fyrddau'r snyg.

"Coco Bîns wedi'i sefn-bôlio fo," eglurodd Porffafôr.

Daeth Coco'n ei ôl ar y gair, a chydio yn ei beint llawn a llowcio cegiad. Sychodd yr ewyn o'i fwstash, cyn clywed sŵn chwyrnu'r peli yn rowlio trwy berfedd y bwrdd pŵl. Sgwariodd Clint Eastwood, ac i ffwrdd â fo i dderbyn yr her nesaf.

6

Dal i baldaruo fel melin bupur oedd Mincepie wrth i Mani droi'r Sierra i mewn at floc o fflatiau uchel ar gyrion Everton. Roedd y ddau newydd lyncu mwy o speed ychydig funudau ynghynt, felly doedd hynny'n ddim syndod. Ond doedd Mani ddim yn gwrando. Roedd ei ben yn ôl efo'r sgwrs a gafodd â Fizz. Nid am y tro cyntaf, roedd hi wedi gwneud iddo feddwl be oedd o am ei wneud efo'i fywyd. Ac mi oedd yr olwg honno yn ei llygaid yn dal i'w bigo yng nghefn ei ben – golwg oedd yn dal yno er gwaethaf ei gwên serchus pan ffarweliodd â hi wrth adael y siop jips.

Roedd yn gas gan Mani hel meddyliau. Po fwyaf y gwnâi, y mwyaf o fwganod a godai yn ei ben. Er nad oedd Fizz wedi dangos unrhyw arwyddion pendant fod ganddi amheuon am ei theimladau tuag ato, mi oedd hi cystal â bod wedi dweud fod ganddi amheuon am gyfeiriad eu perthynas. Mi oedd hynny'n ddigon i Mani ddechrau pryderu. Pethau trefnus oedd merched. Roeddan nhw'n gallu gohirio materion pwysig tan yr union adeg gywir i'w trafod, heb roi mewn i'r demtasiwn i'w poeri allan yn y fan a'r lle fel y bydd dynion yn tueddu ei wneud. Gwnâi hynny Mani'n anniddig. Yn ansicr, hefyd. Wyddai o ddim be oedd o'n ofni – rhyw faterion emosiynol dyrys, neu'r ffaith syml y byddai'n rhaid iddo wynebu croesffordd yn ei fywyd a derbyn cyfrifoldebau amgenach. Roedd y ddau beth yn gysyniadau diarth iawn iddo, ac yn ei ddychryn.

"Taff! Do you read me?" medd Mincepie.

"Loud and clear, Mince," atebodd Mani wrth ddiffodd ei lwybr meddyliol efo injan y car, cyn craffu ei lygaid tua llawr uchaf y bloc fflatiau lle'r oedd Angelos yn byw. Roedd yn gas gan Mani lefydd fel hyn. Ddyliai'r ddau o'nyn nhw ddim bod yma, prun bynnag. Yn y Blobber, fel arfer, oedd Angie i fod i gwrdd â nhw, ond doedd o heb ddangos ei wyneb. A gan fod rhaid cael gwared â'r bag o bils cyn mynd i 'gael gair yn glust' rhyw foi, doedd ganddyn nhw ddim llawer o ddewis heblaw trio.

"Dos di i fyny, Mince."

"Oh, Taff! I'm fuckin battered, mate," protestiodd Mince. "I'll keep dixie on de wheels. I can handle de scallies, la! Me fuckin hands are lethal weapons, mate!"

Ochneidiodd Mani. "OK. Scream if you need me."

"What d'yer mean, fuckin Arnie? We're tooled up, ain't we?"

Cofiodd Mani am y bat bês-bol a'r fwyallt yn y bŵt. Lle oedd ei ben o heno, meddyliodd? Cydiodd yn y bag o bils a'i stwffio i boced tu mewn ei gôt cyn cerdded tua chyntedd llawr isaf y fflatiau.

Diolchodd fod y lifft yn gweithio, er iddo bron â dewis y grisiau oherwydd yr hogla piso oedd yn llosgi'i ffroenau. Daeth dau hogyn ifanc mewn shellsuits i mewn ar y pumed llawr. Gwyliodd Mani nhw'n ofalus am arwydd o estyn cyllell o boced. Doedd hi byth yn syniad da i fynd mewn lifft mewn lle fel hyn efo mil o dabledi ecstasi yn dy boced. Diolch byth nad oedd hi'n olau dydd, pryd y gallai rhywun fod wedi eu gwylio o'r landings a dod i ddeall eu bod yn danfon cyffuriau. Ond wedi dweud hynny, gallai hyn i gyd fod yn drap – er, go brin y byddai gan Angelos ddigon o frêns i feddwl am eu denu i ffau'r llewod, heb sôn am y bôls i gachu ar Shak.

Serch hynny, doedd yr un smackhead neu up-and-coming yn mynd i boeni piso deryn pwy oeddan nhw'n eu bympio y dyddiau hyn – y naill yn poeni dim ond am ei ffics nesaf, a'r llall ddim ond am bres, a'r statws y byddai o ei hun yn ei ennill wrth ddisodli pysgodyn mwy fel brenin y pwll. Cadwodd Mani'i lygaid ar y ddau. Gwyn oedd un, a brown oedd y llall. O rieni hil cymysg, debyg. Fel yntau – heblaw mai Sbaenwr oedd ei dad o, yn ôl y sôn. Dyna pam mai Mani oedd ei lysenw – ar ôl Manuel, y ffycin wêtyr ar *Fawlty Towers*. Welodd Mani erioed mo'i dad, a wnaeth ei fam erioed siarad amdano, hyd y cofiai. Ond wnaeth hi erioed wadu'r ffaith mai Sbaenwr oedd o chwaith. Ganddi hi y cafodd Mani'r llygaid glo a'r gwallt brân, doedd dim dwywaith am hynny, ond mi oedd ei groen tywyll yn pwyntio at dras mwy ecsotig na pharthau llymion Cymru fach. Mecsicanwr, efallai? Doedd ffwc o bwys, fodd bynnag. Wnaeth o erioed deimlo'n ecsotig nac yn wahanol i unrhyw un arall a fagwyd yng ngwynt a glaw mynyddoedd methodistaidd Cwmygafael. Doedd ei dad yn sicr ddim am aros yno. Dod yn ôl i weld Lili Wen wnaeth o, mwya thebyg, a ffwcio'i fam 'for old times' sake' cyn ei miglo hi oddi yno cyn y gawod nesaf.

Agorodd drws y lifft dri llawr cyn yr uchaf, a swagrodd y ddau foi ifanc i ba bynnag ffau roeddan nhw'n mynd iddi, gan rythu'n fygythiol ar Mani wrth fynd. Chwarae teg, meddyliodd – roedd o wedi bod yn rhythu arnyn nhw, wedi'r cwbl. Caeodd y drws, cyn agor eto ar y llawr uchaf. Camodd Mani i'r cyntedd a throi ei drwyn. Doedd o'm yn arogli lawer gwell na'r lifft.

Cyrhaeddodd ddrws Angelos, a'i gnocio. Atebwyd o gan Pippa, ei gariad. Doedd o ddim adra, medda hi. Wedi mynd i lawr i'r Blobber am beint i aros amdanyn nhw.

"Ffyc's sêcs!" diawliodd Mani wrth i'w feddwl ddechrau rasio.

"You must've passed each other on de way. D'yer wanna leave 'em here with me?"

Ystyriodd Mani ei opsiynau tra'n troi yn ei unfan a rhedeg ei law trwy ei wallt trwchus. Byddai'n llawer hwylusach gadael y paced efo Pippa. Doedd o'm isio cyffuriau yn y car petai rhywbeth yn mynd o'i le yn nes ymlaen. A beth bynnag, byddai'n safio amser, ac yntau isio gweld Fizz am hanner awr wedi naw. Ond gwyddai'r rheolau, ac roedd yn rhaid cadw atyn nhw. Arian ymlaen llaw ddywedodd Shakatak.

"You arite, Pip?" medd llais dyn o du mewn y fflat.

"It's alrite, our kid," gwaeddodd Pippa ar ei brawd, cyn troi at Mani eto. "Shall I keep hold o' dem pills, or what?"

"No," atebodd Mani. "We'll go find Angie."

"Woss de score?" holodd brawd Pippa wrth ddod i'r golwg tu ôl iddi yn y drws. Roedd o'n foi tal, pryd golau, efo tatŵ deigryn o dan ei lygad, ac yn amlwg off ei ben. "Oh yer, Angie said te leave dem 'ere with uz, dirren he, Pip?"

Tsiansar. Cerddodd Mani i ffwrdd.

"Awh, go on, feller, he'll be back in a minute..."

Trodd Mani i'w wynebu. "You got the sbondoolies, then? Coz if you have, no problem."

Disgynnodd wyneb y boi.

Trodd Mani i adael eilwaith.

"Yer fuckin spick twat!" gwaeddodd y cocoen ar ei ôl, cyn i'w chwaer ei wthio'n ei ôl i'r fflat.

Teimlodd Mani ei waed yn berwi. Mi fyddai wrth ei fodd yn troi a chicio'r drws i lawr a bownsio'r cont o gwmpas y fflat, a rhwygo'r ffycin deigryn inc glas i ffwrdd o'i wyneb. Ond gadawodd i reswm reoli. Roedd o wedi gweld penna coc fel fo ddigon o weithiau o'r blaen. Doedd dim pwynt mynd i'r afael â nhw. Yn enwedig efo mil o dabledi ecstasi yn ei boced. Ond mi oedd geiriau'r boi yma wedi ei ysgwyd, achos dyma'r tro cyntaf i Mani gael ei alw'n 'spick' ers y gallai gofio. Mwya thebyg ers ei flwyddyn neu ddwy gyntaf yn yr ysgol fawr, pryd y bu'n rhaid iddo gwffio ei ffordd trwy'r hogia hŷn – a rhoi dau neu dri yn yr ysbyty – cyn rhoi taw arnyn nhw. Bryd hynny roedd o'n ei chael hi'n amhosib rheoli ei dymer, ac yn amhosib hefyd i stopio hitio rhywun unwaith oedd o wedi dechrau.

Diolchodd fod hynny'n wahanol erbyn hyn. Serch hynny, roedd y gynddaredd yn dal i gorddi wrth iddo gamu i mewn i'r lifft, ac mi oedd y drysau wedi agor ar y llawr isaf cyn iddo lwyddo i berswadio'i hun i beidio troi ar ei sodlau a mynd i wneud y YMCA ar ben y twat a throi ei ffycin wyneb yn papier mâché.

7

Roedd 'Losing My Religion' yn blastio o'r jiwcbocs yn y Drafal ac mi oedd 'na hwyliau'n codi ymysg y criw ar y byrddau rownd y bwrdd pŵl. Affro oedd y brenin ar y funud. Cafodd Coco Bîns gweir annisgwyl gan un o'r hogia ifanc yn gynharach. Roedd o wedi cael "gêm gont" ac yn beio'r tip ar y ciw am iddo botio'r ddu dair pêl yn rhy fuan, yn ogystal ag am yr in-off yn gynharach yn y gêm.

Roedd hi'n amser iddo eistedd i lawr, beth bynnag. Yfai Coco'n rhy sydyn wrth chwarae pŵl, a doedd o ddim y gorau am ddal ei gwrw. Roedd hynny'n dangos erbyn hyn hefyd, achos mi oedd o'n canu ar dop ei lais wrth y bar – yn mwrdro cân REM. Roedd Porffafôr a Gwcw Blastig wedi symud oddi wrtho ac wedi mynd drwodd i'r snyg i gael tawelwch.

Daeth Shwgwr i mewn drwy ddrws ffrynt y dafarn.

"Coco ffycin Bîns, dwi'n dy glwad di o Maes y Coed!"

"Shwgwr Lwmp!" gwaeddodd Coco â'i freichiau ar led i groesawu ei wraig. "Tyd yma'r sexpot!"

"Tyd â vodka i fi gynta, Coco Bîns," atebodd Shwgwr. "Un mawr."

"Gei di un fawr gena i unrhyw adag ti isio, darling!"

Caeodd Coco'i lygaid ac estyn ei wyneb tuag ati, ei wefusau'n barod am sws. Ond pasiodd Steve Austin wrth fynd i hel gwydrau, a gafael yn ei glustiau a rhoi clamp o sws glec iddo, yn sglempan ar ei geg.

"O'n i 'di disgwyl chdi adra cyn mynd allan," medd Shwgwr wrth fwytho'i thin llawn yn gyfforddus i siâp y stôl wrth y bar.

"Ges i sent off," medd Coco wrth sychu'i wefusau'n wyllt.

"Eto?"

Daeth Steve Austin yn ei ôl efo'r gwydrau. "Vodka, Shwg?"

"Wsti be?" ystyriodd Shwgwr wrth i Coco Bîns roi ei fraich rownd ei hysgwyddau a chusanu ei boch, â'i lygaid wedi'u hoelio ar ei bronnau sylweddol. "Gymera i beint i ddechra, neu fydda i run stad â hwn!"

Tolltodd Steve Austin beint o seidar iddi.

"Pwy sy 'ma i gyd, ta?" holodd Shwgwr wrth sbio o'i chwmpas. Gallai glywed fod 'na griw o gwmpas y bwrdd pŵl, ond allai hi ddim gweld pwy oeddan nhw i gyd.

"Mae hannar treib hwn yma," atebodd Steve wrth nodio tuag at Coco Bîns.

"'Di Lili Wen yma?"

"Nacdi, 'im eto. Ond mi ddaw, ma siŵr."

"Dw i yma, dydw, *mon cherie!*" medd Coco Bîns yn gariadus. "That's all you'll ever need, honey!"

"Yg! Ti'n drewi, Coco Bîns! Ges di'm shower ar ôl gêm?"

"Wel naddo siŵr! Ges i sent off, do! 'Di'r dŵr ddim yn gynnas tan full time. Ti'n licio hi'n fudur, beth bynnag, dwyt bêbi!"

Giglodd Shwgwr. "Wel, dim byd yn rong efo chydig o Dirty Dancing, nagoes..."

"Wel nagoes siŵr, sugar pie!"

"Ond ddim efo tramp, chwaith!"

Chwarddodd Steve Austin wrth estyn gwydr gwag Dryw Bach, oedd newydd ymddangos wrth y bar.

"Ga i newid i'r pŵl a'r jiwcbocs 'fyd, plis Steve?"

"Haia, Dryw Bach!" cyfarchodd Shwgwr yn wên o glust i glust.

"Iawn, Shwgs? Ges di Ddolig neis?"

"Do, cariad. A titha?"

"Do, sdi. Racsan. Sori ddois i'm draw acw. 'Nes di enjoio dy bresant?"

"Pa bresant?"

"Y Blue Label."

"Vodka?"

"Ia, rois i o i..." Trodd Dryw Bach i weld Coco'n symud yn sydyn i gyfeiriad y toiledau.

"Coco, y cont!" gwaeddodd Shwgwr a Dryw ar yr un pryd.

Ond roedd Coco Bîns wedi diflannu fel eira mewn popty.

"Hello, honey!" sgrechiodd llais merch wrth y drws.

Trodd Shwgwr i weld Lili Wen yn dod i mewn efo Val Goch a dwy o genod eraill. "Haia, honey!" gwaeddodd yn ôl, a throi ar ei stôl i gofleidio'r dair.

Syllodd Dryw Bach a Steve Austin ar y bedair yn swsian a gwichian siarad. I gyd yn eu dauddegau hwyr ac yn nabod ei gilydd ers ysgol, roedd rhain yn beryg bywyd ar sesh. Ysgydwodd Steve Austin ei ben. Roedd hi'n mynd i fod yn noson hir.

Landiodd Affro wrth y bar yn dawnsio a chanu 'Black or White' efo Michael Jackson ar y jiwcbocs. Dyn miwsig oedd Affro. Ac yntau'n dri deg pedwar erbyn hyn, bu'n chwarae gitâr fâs mewn amrywiol fandiau yn ei oes – bandiau blŵs a ffync gan fwyaf, heblaw am un cyfnod efo band pync o'r enw The Snots. Roedd o wastad yn brolio mai fo oedd yr unig bync rocar efo affro. A dweud y gwir, roedd o'n hoff iawn o ddweud mai fo oedd yr unig ddyn gwyn efo affro, hefyd. Debyg nad oedd hynny'n wir. Ond mi *oedd* o'n ddyn gwyn, ac mi *oedd* ganddo affro. Roedd hi'n amlwg fod tras Affricanaidd yn ei waed yn rhywle.

Mynd o amgylch y lle efo disco oedd Affro erbyn hyn, yn gwneud partïon a phriodasau ac ambell i noson reggae reolaidd mewn ambell gwt cwrw. Esgus i gael sylw'r genod oedd o gan fwyaf – er mi fu'n rhan o griw soundsystem reggae o'r enw Dubrockers unwaith, cyn colli ei drwydded yrru am ddwy flynedd a cholli cysylltiad â'r criw. Roedd wedi'i wahardd eto erbyn hyn, a hynny am dair blynedd – ond bod ganddo Dryw Bach i'w yrru fo o gwmpas i wneud y discos. Roedd pethau'n gweithio'n hwylus i'r ddau – Affro'n sbinio'i records ac yn cael hynny a fynnai o fflewjan, a Dryw Bach yn cael gwneud ambell i slot micsio, yn ogystal â gwerthu dôp.

"Steve!" medd Affro wrth y barman. "Iwsia dy bionic powers i syrfio fi cyn i'r ieir 'na gael rownd, wnei?"

Val Goch oedd yr unig un a'i clywodd. Trodd rownd i'w ddiawlio, cyn gwenu'n siriol a syllu'n awgrymog i'w lygaid du. Roedd hi'n amlwg fod Affro wedi gadael argraff arni, yn rhywle, rywbryd.

"Tsians am beint rŵan, ta?" gofynnodd Dryw Bach i'w frawd.

"Ma gen ti un o dy flaen, y cwd!"

"Dor un i mewn i mi, ta!"

"Ffyc off!"

8

Doedd dal dim sôn am Angelos yn y Blobber. Mi arhosodd Mani a Mince am beint a gêm o pŵl, cyn trio ffonio Shakatak i holi be ddylsent ei wneud. Ond doedd neb yn ateb yn HQ nac ar ffôn y siop jips.

Parciodd Mani'r Sierra ar Carter Street a cherddodd y ddau y canllath at ddrws Neil – y Chicken fel y galwodd Shak o. Gŵr croenddu yn ei chwedegau oedd Neil, yn siarad efo acen Jamaica gref. Roedd o'n gymeriad hoffus dros ben, yn ddyn bach eiddil efo gwallt gwyn a locsan wen, a wastad yn gwisgo beret ddu ar ei gorun. Roedd yr hogia yn ei nabod o ers eu dyddiau yn y Dog's Home, pan oedd Neil ar remand am "twenny-wan kilo a-rocky anna pung-weight a-bush". Heblaw am Sikhiaid a Mwslemiaid, Neil oedd yr unig garcharor gâi wisgo het – a hynny dim ond am fod y sgriws yn ei nabod o, diolch i'w wyliau all-inclusive lled gyson ym motel Ei Mawrhydi. Doedd wybod oedd y sgriws yn deall mai yn y beret oedd o'n smyglo gwair a hash i mewn i'r wing, ond mwya thebyg eu bod nhw, ac yn fodlon edrych y ffordd arall. Glanhäwr ar y Twos oedd Neil, a wastad i'w weld ar y landing efo'i fop a bwced. Pan oedd o'n stônd ac yn mynd i hwyliau byddai'n dechrau bocsio efo'i gysgod, gan weiddi "Cam ann, Chicken George, cam ann, fight me!" ar dop ei lais.

Edrychodd Mani ar ei watsh. Roedd hi wedi pasio saith.

"You on a promise wi Fizz den, Taff?"

"Sort of."

"Sort of?"

"I promised her."

Chwarddodd Mincepie. Doedd wybod be oedd o'n ei weld yn ddoniol, ond mi oedd Mani wedi hen arfer bellach. Bu Mincepie yn cael ei diclo'n racs efo'i acen Gymraeg o ers dyddiau'r carchar, a doedd y blynyddoedd o Sgowseiddio naturiol ar ei leferydd heb feddalu rhyw lawer ar gytseiniaid caled ei Gymreictod. Un arall o arferion Mincepie oedd tynnu ar Mani pan oedd hwnnw mewn hwyliau meddylgar, dwys neu ddifrifol. Doedd hynny ddim yn argoeli'n dda heno, felly.

"Don't ger me wrong, Taff mate, she's a fuckin lovely gel, like, burr she must be fuckin homesick or summat, la?"

"Pam?"

"Well, it's obvious, la. Yer know, she's after sumthin te remind her of Wales. Why else would she be goin out with a big ugly onion like yous!"

Stopiodd Mani ar y pafin a throi i sbio ar ei fêt. Yn syth, dechreuodd hwnnw focsio-cysgod a gweiddi "Cam ann, Chicken George!" dros y stryd.

Chwarddodd Mani. Mince ei hun oedd y peth tebycaf welodd o i iâr ers tro byd, yn perfformio rhyw ddawns heglog ar y pafin, a'i lygaid fel platiau gwydr yn ei ben.

Cnociodd y drws. Atebwyd o gan Sheila, un o ddwy ddynes ym mywyd Neil. Gwenodd yn siriol wrth eu gadael i mewn.

"He won't be long, luvs, he's in de shower. Yous wanna brew while yer waitin?"

Diflannodd Sheila am y gegin gan roi bloedd i Neil o waelod y grisiau wrth fynd. Eisteddodd y ddau ffrind ar y soffa.

"D'yer think he's bangin her, Taff?" gofynnodd Mincepie.

"Wel, yndi siŵr, y nionyn!"

"Thought so. He's banged all sorts on dem ships years ago, la. Remember dat story abarr de stingrays?"

"Remind me."

"Yer remember – him an 'is shipmates on de sea fer months, catching stingrays and bangin 'em!"

Triodd Mani beidio chwerthin, ond methodd. Wyddai o ddim os oedd o'n chwerthin am ddiniweidrwydd Mincepie yn coelio'r stori, neu am yr olwg ar ei wyneb wrth ei dweud hi.

"A fishy tale if you ask me, Mince."

"Oh, 'ere y'are, Jimmy fuckin Tarbuck now?"

"Fysa ti'n gwneud?"

"Wha? Bang a fish? Don't be soft!"

"You've shagged worse, y nionyn!"

"Oh, it's like dat now, is it? Bit fresh comin from a sheepshagger, ain't it?"

"Sheep are better lookin than some of the monsters you've had, Mincie boy."

"Fuckin 'ell, Taff. I thought we were mates! I'm skinnin up, fuck yous."

Estynnodd Mincepie ei ffags a'i rislas. Cododd Mani i astudio rhai o'r lluniau ar y seidbord. Daeth llais Neil yn canu o'r gawod i fyny'r grisiau.

"Be ffwc 'di'r gân 'na?" gofynnodd Mani wrth graffu'i glustiau i glywed yn well.

"Que?"

"That song!" atebodd Mani gan bwyntio at y grisiau.

Gwrandawodd Mince. "Oh, it's wossisface – dat Welsh bloke widder nickers."

"Fuck me, you're right as well," cytunodd Mani wrth i nodau 'Green, Green Grass of Home' gyrraedd ei ymennydd.

Daeth Sheila yn ei hôl a datgan fod y tecell yn berwi. Eisteddodd i lawr ar y soffa, yn llawer rhy agos i Mincepie, a holi be oedd o wedi bod yn ei wneud yn ystod y dydd.

"Oh, dis 'n dat," atebodd Mince. "Nottin much, like."

"Anythin on de cards tonight, den?" holodd wedyn, gan glosio ato. "Goin somewhere special?"

"Nah," atebodd Mince eto gan gadw'i sylw ar y joint oedd o'n ei chreu.

"Stayin in with yer gel?"

"Nah."

"Aww, nice young lad like yerself? Haven't yer gorra gel, den?"

Winciodd Sheila ar Mani.

"Nah... I mean, yerr, I've got loads, Sheil, only dey keep doin me head in, yer know. Always after me body, like."

Gwenodd Sheila a rhoi ei llaw ar ei goes o. "Don't yer worry, lad. If yer ever need an experienced woman who knows how ter take things slow..."

"Steady on, Sheil!" medd Mincepie wrth afael yn ei rislas a'i faco a symud ei din i'r glustog nesaf.

Chwarddodd Sheila a chodi i fynd i orffen gwneud paned.

"Fuckin slapper!" medd Mince ar ôl iddi fynd.

"She's fit for sixty five, Mince!"

"Now then! Fuck sakes, yer sick cunt!"

Torrwyd ar draws eu tynnu coes gan gwcw'r cloc yn taro saith.

'*GWCW-GWCW-GWCW-GWCW-GWCW-GWCW-GWCW.*'

Neidiodd Mincepie a chwalu'r rislas a'r baco a'r skunk i bob man dros y soffa, cyn galw'r aderyn plastig yn bob enw dan haul.

"Seven minutes late, too," medd Mani wrth jecio'i watsh.

Daeth Sheila yn ei hôl efo dau fyg o de a phlât o fisgedi.

"Oh, Mince, yer messy pup! Here, lemme give yer a hand..."

"No!" medd Mince yn bendant â'i law i fyny o'i flaen. "I've gorrit!"

Gwenodd Sheila a diflannu'n ôl am y gegin eto fyth, gan roi winc arall ar Mani wrth fynd.

Pasiodd Neil hi yn y drws, yn gwisgo pâr o jîns glas, fest wen a lliain gwyn wedi'i daflu dros ei ysgwydd.

"Taffy!" gwaeddodd a chwerthin ei "eeh-eeh-eeh" Jamaicaidd uchel, cyn rhoi pôs bocsio, taflu dwy lefft hwc ysgafn a jab dde i'r awyr o'i flaen, yna ysgwyd llaw y Cymro. Eisteddodd ar y soffa wrth ymyl Mince, oedd yn dal i bysgota am friwsion skunk ar y cwshins. "Watchya doin, Mincepie? You stealin me fleas, man?"

"Nah, Neil. Dat fuckin cuckoo twat made me jump. I've got bud all over yer couch."

"Ah, leave dat dere, man. Me smoke it latah. Dat's a good cuckoo dat, eeh-eeh-eeh."

Estynnodd Mani'r sach gefn a'i gosod wrth draed yr hen foi. Agorodd hwnnw hi a thyrchu trwy'i chynhwysion. Hyd yn oed wedi'i lapio'n dynn mewn clingffilm, llanwodd ogla'r skunk y stafell yn syth.

"Nice, Taffy," meddai wedi ffroeni'r cynnyrch. "The green, green grass of home, boyo!"

9

Diawlio Witabix, un o'r hogia wrth y bwrdd pŵl, am roi "y cachu yma mlaen" ar y jiwcbocs oedd Affro pan ddaeth Slej i mewn i'r Drafal, yn fysyls a swagar i gyd.

"'Di Dryw Bach yma, Affro?" gwaeddodd ar ôl edrych rownd y lle pŵl yn sydyn. Roedd ei lygaid fel soseri mawr coch.

"Yn y bog," atebodd Affro.

"Ma hi'n reit brysur yma, dydi?" medd Slej, yn gweiddi siarad eto, diolch i'r ffaith ei fod o – heb yn wybod iddo – yn drwm ei glyw.

"'Di'm yn ddrwg," medd Affro, na welai hi fawr prysurach nag arfer. "'Di pob dim yn iawn?"

"Eh?!"

"Ydi pob dim yn iawn?"

Doedd Affro byth yn gwybod be i'w ddweud wrth Slej. Wnaeth o erioed deimlo'n gyfforddus yn ei gwmni. Doedd o ddim yn licio droidheads, yn enwedig droidheads oedd yn meddwl eu bod nhw'n gangstars ac yn licio taflu'u pwysau o gwmpas y lle.

Gafodd Slej ddim cyfle i ateb, fodd bynnag, achos mi ddaeth Dryw Bach yn ôl o'r toiledau ac mi ddiflannodd y ddau allan i flaen y pyb. Ymlaciodd Affro cyn dod yn ymwybodol, unwaith eto, fod 'Wind of Change' – y "gân gachu" gan y Scorpions – yn dal i chwarae ar y sgrechflwch.

Aeth i'w boced a rhoi punt yn y peiriant. Dewisodd saith cân, yna clecio'i beint a mynd i nôl un arall. Daeth Dryw Bach yn ei ôl i mewn.

"Na!" medd Affro'n syth.

"Dwi'm isio peint," atebodd Dryw Bach. "Genai ddau i mewn – gan bobol sy'n cofio bo fi wedi codi cwrw iddyn nhw Boxing Night!"

"O? 'Di felly, yndi?"

"Wel, mi 'nes i yn do? Godis i ddau beint i chdi diwadd nos!"

Chwarddodd Affro. Mi oedd o'n cofio'n iawn, ond ei fod o'n licio tynnu ar ei frawd bach – ac wrth ei fodd yn ei weld o'n brathu.

"Ti isio shortyn, rhen fêt?"

"Ia, OK. Gyma i bacardi."

"Steffski! Tyd â bacardi mawr i 'ngwashi, wnei."

Daeth y gyntaf o ganeuon Affro ymlaen ar y jiwcbocs. The Clash – 'Should I Stay or Should I Go'. Aeth i lawr yn dda efo pawb yn syth.

"Be oedd y Terminator isio, ta?"

"Pres. A dod â hannar barsan i fi."

"Rwbath da?"

"Gold Seal. Ynda," medd Dryw gan roi'r lwmp maint câs tâp cerddoriaeth yn ei law. "Gwna smôc os tisio."

Agorodd Affro'r clingffilm yn slei a rhoi fflam sydyn i'r ganja stici, du efo'i leitar cyn ei roi at ei drwyn a'i ogleuo. "Mmm. Lyfli."

"Sginia fyny, ta!"

"Wna i yn munud," atebodd Affro wrth dalu Steve Austin am y bacardi. "Ond gwranda – watsia be ti'n neud efo'r Slej 'na, Dryw."

"Be ti'n feddwl?"

"Bad skin, man."

"Eh?"

"Cont drwg ydi o, Dryw," medd Affro a chymryd swig o'i beint.

"Ma'n iawn efo fi, beth bynnag," medd Dryw Bach, cyn codi'i wydryn. "Iechyd da."

"Blwyddyn newydd dda! Ond bydd yn ofalus – dyna'r cwbwl dwi'n ddeud."

"Duw, mond prynu ganja gena fo ydw i. Dwi rioed 'di cael hasyl efo fo."

"Dwi'n gwbod, ond droid ydio'n de!"

"Ia, ond..."

"Ma'r cont yn nyts, Dryw. Roddodd o Witabix yn erbyn wal Crusmas Eve – ar ganol stryd, ganol dydd! Witabix, ffor ffyc's sêcs! Sbia seis arna fo – dwi 'di cachu lympia mwy! Mae o'n llai na chdi, hyd yn oed! A mond twenti cwid oedd arna fo!"

"Ia, wel, dim ond peidio bod yn hwyr yn talu a fydda i'n iawn yn bydda?"

"Wel dyna dwi'n feddwl de – bydd yn ofalus. 'Heads' sy 'di bod yn delio dôp yn y lle 'ma ers tri deg mlynadd, Dryw. Bobol fel chdi a fi. Bobol iawn yn gwerthu i ffrindia a mwynhau smôc. Dim ffycin gansgtars – neu wanabi gangstars, 'lly!"

"Dwi'n gweld lle ti'n dod o, Aff. Ond dim rhaid i chdi boeni, sdi. Mond ganja dwi'n neud, ynde. Y whizz 'na sy'n achosi'r agro."

"Dwi'n gwbod. Gwerthu fo'n agorad yn y pybs, a waldio a bygwth y 'competition'! Ond mae o'n gneud run peth efo dôp hefyd – fo a'i crônis. Bygwth bobol sydd wrthi'n dawal ers blynyddoedd... Mae o hyd yn oed wedi dwyn stash Mic Wil! O't ti'n gwbod hynna?"

"Do, glywis i..."

"Cael rhywun i gnocio drws, wedyn gwatsiad wrth i Mic fynd allan i'r cefna i'w nôl o. Wedyn mynd yno a'i ddwyn o yn oria mân y bora! 'Na ti ffycin dan din! A be ellith Mic druan neud am y peth? Ffyc ôl! Hen hipi ydio, fysa fo'm yn brifo blewyn ar bry!"

"Ia, tro sâl, ma hynna'n saff. Ond o'dd Slej yn ysgol efo fi..."

"Be ffwc ma hynna'n feddwl i rywun sy'n gallu gneud hynna i bobol? Pa fath o egwyddor sgin rywun sy'n dyrnu bobol o'r un pentra â fo, jysd am fod o isio'r 'farchnad' i gyd iddo fo'i hun? A'r ffycin roids 'na mae o'n gymryd. Does wybod be neith o nesa!"

Cleciodd Affro ei beint, a gwnaeth Dryw yr un fath efo'i shortyn.

"Faint ydi dy oed di rŵan, Dryw? Twenti, twenti-won? Gen ti dy fywyd o dy flaen, cofia."

"Ffycin hel, oes gobeithio!"

Gwenodd Affro. "A sbia arna *fo* – run oed â chdi, a sbia lle mae o! Twat drwg mae pawb yn gasáu. Be ffwc sgin rywun fel'na o'i flaen?"

Ystyriodd Dryw Bach, a gwelai Affro hynny. Gobeithiai y byddai ei frawd bach yn cofio'r sgwrs yn y bore. Rhoddodd ei ffags a'i leitar yn ei boced, yn barod i fynd i wneud joint. Ond chafodd o ddim cyfle, achos mi ddaeth nodau cyntaf cân y KLF ymlaen ar y jiwcbocs, ac mi ymunodd Shwgwr a Lili Wen, a Val Goch a'i mêts, efo hi...

"*KAAYY-ELEEFF! AHA, AHA-AHA...*! Tyd 'laen, Affro! Tyd i ddownsio! Steve, rho'r foliwm i fyny... wwwwhwww!!"

Mi driodd Affro ymwrthod, ond doedd dim gobaith. Llusgwyd y creadur i ganol y llawr rhwng y bar a'r jiwcbocs, i ganol y tits a'r tinau wigli.

10

Roedd hi'n wyth o'r gloch erbyn i Mani a Mincepie benderfynu
nad oedd Angelos am ymddangos o gwbl heno. Roeddan nhw yn y
Blobber am y trydydd tro, ac wedi yfed peint arall yr un a chwarae
gêm arall o pŵl wrth aros. Wedi methu cael gafael ar Shakatak eto
fyth, penderfynodd y ddau fynd i weld y boi oedd arna bres i'w bòs.
Agorodd Mincepie fŵt y Sierra tu allan y dafarn, ac estyn y bat a'r
fwyallt, a'r gwn oedd wedi ei lapio mewn cadach.

"I thought Shak said the guy's a shitter?" medd Mani.

"He is. Proper fuckin muppet," medd Mince. "This is just
insurance, la, in case it goes tits up."

Diawliodd Mani ei ffrind am anghofio dweud wrtho fod ganddo
wn yn y car. Roedd o'n bell dros y limit i ddreifio erbyn hyn,
a phetai o'n cael stop gan y cops ac yn methu'r bag mi fydden
nhw'n archwilio'r car yn syth. Ymddiheurodd Mince, ac egluro
mai Shakatak roddodd y gwn iddo yn gynharach yn y pnawn, gan
ddweud na ellid bod yn rhy saff y dyddiau hyn – yn enwedig ar ôl
yr helynt rhwng Ali, brawd Shak, a chriw o Bootle noson Boxing
Night. Mi oedd hynny'n ddigon gwir, cydnabyddodd Mani, cyn
siarsio'i ffrind i gadw'r gwn yn ei boced tra oedd y car yn symud –
yn barod i'w daflu trwy'r ffenest – ac i'w gadw yn y cwpwrdd o dan
y dash tra bydden nhw'n ymweld â'r boi oedd arna bres i Shak.

Stwffiodd Mani'r bag o bils i mewn i gilfach yng nghorff bŵt y
car, cyn eistedd yn sedd y gyrrwr a throi'r goriad. Ond gwrthododd
y Sierra danio am ddeg eiliad cyfan.

"Ffyc's sêcs!" gwaeddodd Mani. "Pam ffwc fod pob ffycin peth
sumpyl yn troi'n ffycin hasyl o ffycin hyd?"

Fel petai wedi deall ei regfeydd, taniodd y car, a rifyrsiodd Mani
allan i'r stryd, ac i ffwrdd â nhw i gwblhau joban olaf y noson.
Roeddan nhw'n nesu at siop Spar pan ddywedodd Mincepie fod
ganddo'r mynshis. Tynnodd Mani i mewn a pharcio.

"*Tee eisiau rhubarb?*" holodd Mince wrth agor y drws.

"Diod!" atebodd Mani a gwneud norsiwns yfed efo'i law
i drio cuddio ei ysfa i chwerthin. Yn fuan wedi dechrau rhoi
gwersi Cymraeg i Mincepie yn Walton sylwodd Mani mai'r unig
frawddegau y gallai hwnnw eu cofio'n iawn oedd y rhai oedd yn

cynnwys geiriau a swniai fel geiriau digri yn Saesneg. Buan y blinodd Mani ar ddal ati i'w gywiro, a phenderfynu ei bod hi'n haws gadael i Mince gredu ei fod o'n siarad Cymraeg cywir – ac mai 'rhubarb', er enghraifft, oedd y ffordd gywir o ynganu 'rhywbeth'.

"Coke? Tango?" holodd Mince ymhellach.

"Anything wet," atebodd Mani wrth deimlo'i lwnc yn troi'n dywod mân. "There's a cactus growing in my throat."

Gwyliodd Mani ei fêt yn brysio am y siop, gan ryfeddu am y milfed gwaith sut allai rhywun mor denau fwyta cyn gymaint. Hyd yn oed pan oedd o'n cymryd speed roedd Mince fel bin sbwriel diwaelod, yn stwffio sothach i lawr ei gorn cwac yn ddi-baid. Dihangodd y chwerthiniad honno a fygodd eiliadau ynghynt, ac edrychodd ar ei watsh. Os âi popeth yn iawn mi fyddai adref erbyn naw. Câi edrych ymlaen at noson efo Fizz wedyn. Dechreuodd ei ben droi ynglŷn â'r edrychiad hwnnw yn ei llygaid yn gynharach heno, gan geisio dyfalu be oedd ar ei meddwl. Doedd hi ddim yn paratoi ei hun i orffen efo fo, mi allai Mani fod yn weddol hyderus o hynny... Ond tybed? Roedd hi angen sgwrs am ei waith o, meddai hi, felly roedd hi'n amlwg am iddo orffen gweithio i Shakatak. Gallai hynny olygu ei bod angen rhyw fath o ymrwymiad ganddo. Os gwir hynny, yna doedd hi ddim am orffen efo fo. Ond mi allai fod yn paratoi i roi wltimatwm iddo, ac mi oedd hynny'n gyrru Mani i ofni ei bod yn chwilota am esgus i ddirwyn eu perthynas i ben.

Na, meddyliodd, wrth ymwrthod â'r ansicrwydd oedd yn troi fel pysgodyn aur yn ei stumog. Doedd hynny ddim yn debygol o gwbl. Er nad oeddan nhw'n cyd-fyw nac yn rhannu eu bywydau, mi oedd eu perthynas yn amlwg yn bwysig iddi. Wedi'r cwbl, nid yn aml y bydd myfyrwraig ifanc yn canlyn yn selog, yn enwedig efo rhywun bum mlynedd yn hŷn na hi – a hwnnw'n hwd i griw o grwcs! Nid yn unig roedd Fizz wedi disgyn amdano, ac wedi aros efo fo, er gwaethaf ei alwedigaeth amheus, ond hefyd er gwaethaf ei ellyllod seicolegol. Daeth i adnabod ei enaid cythryblus a'r holl wendidau, beiau a chreithiau oedd ynghlwm â fo, o'i dafod gwenwynig i'w ffrwydriadau o dymer eithafol. Ac nid rhyw ffantasi Bonnie and Clyde merch ifanc oedd isio troedio'r weiren uchel efo rôg o'r ochr arall i'r tracs oedd ar waith yma, chwaith, achos mi oedd Fizz wedi profi realiti noeth y ddawns weiren oedd Mani'n ei pherfformio, heb unwaith gael y bendro a neidio i noddfa'r rhwyd ddiogelwch. Chafodd hi'm traed oer wedi iddi orfod ei lusgo o drobwll dinistriol iawn yn ystod misoedd cyntaf eu perthynas. Mi fyddai wedi bod mor hawdd iddi gerdded i ffwrdd bryd hynny. Ond wnaeth hi ddim.

Gwenodd Mani wrth gofio Mincepie yn datgan, yn go fuan ar ôl y 'catharsis' – fel y galwodd Fizz y noson dywyll honno – mai cyfrinach cryfder eu perthynas oedd mai Mani oedd 'case study' cwrs gradd Seicoleg a Seicoleg Troseddol Fizz.

Mwya thebyg mai isio sicrwydd oedd Fizz heno, angen ei hargyhoeddi nad oedd o wedi diflasu arni, nad oedd o'n dechrau dianc ar y piss neu, yn waeth fyth, yn troi at ferched eraill – rhai o'r un oed â fo, yn rhannu'r un byd ac yn gwybod be oedd dynion fel fo isio. Bu'r noson o'r blaen yn ergyd iddi, o bosib. Roedd hi wedi cael ei siglo i sylweddoli pa mor hawdd y byddai iddo'i thwyllo mewn byd oedd yn llawn hŵrs a booze a chyffuriau – byd troseddol, cudd lle'r oedd nosweithiau hwyr yn gyffredin a neb yn gofyn cwestiynau achos fyddai yr un ateb yn dod.

Cliciodd Mani ei fysedd. Dyna fo, meddyliodd. Dyna oedd yn ei phoeni. Fizz druan. Heno fyddai ei chyfle i dreulio'r noson yn ei gwmni, iddi gael synhwyro os oedd ei ben a'i galon yn dal efo hi. Dyna mae merched yn ei wneud. Maen nhw'n dda am synhwyro. Maen nhw'n deall y pethau 'ma.

Mwya sydyn roedd Mani'n ysu i'w gweld hi. Roedd o angen dangos iddi fod popeth yn iawn, ei sicrhau mai hi oedd yr unig beth oedd o wir angen yn ei fywyd... Ffwcio'r shit yma! Roedd 'na bethau pwysicach mewn bywyd na...

Agorodd drws y car a thaflodd Mincepie lwyth sgrynshlyd o bacedi creision, bariau siocled a chaniau Dr Pepper ar y sêt. "*Deem gweebod* what yer wanted, Mani lad, so yer can 'ave *hannah een vee*, OK?"

Gwenodd Mani. Wyddai o ddim sut allai unrhyw berson normal fwyta chwarter be oedd Mince wedi'i brynu, heb sôn am ei hanner. Ond mi oedd o'n saff o un peth – dyma rywun arall oedd yn werth y byd iddo.

11

Safodd Onri o flaen y drych tal yn y pasej ac astudio'r ffigwr talog, main a welai ynddo. Roedd o'n edrych yn eithaf iach am ddyn oedd yn tynnu am ei ddeugain. Mi oedd y trwch o wallt du wedi diflannu, wrth gwrs – dechreuodd y dyn ei dorri nesaf at y croen rhyw bedair blynedd ynghynt, cyn gynted ag y tyfodd y patshyn moel ar ei gorun – ond mi oedd yr olwg fyfyriol yn nhywyllwch ei lygaid yn dal i fod yno, er nad oedd yr hen fflam fu'n llosgi unwaith yn ddim mwy na fflicran cannwyll y dyddiau hyn.

Tynnodd ei gôt ledr a'i hongian ar y bachyn ar y wal.

"Hello, darling," medd Caroline efo gwên waglaw wrth gyrraedd gwaelod y grisiau yn ei throwsus cotwm gwyn a'i sodlau tal. Roedd ei gwallt brown i fyny'n glwstwr deniadol tu ôl ei phen.

"Haia," atebodd Onri cyn ei dilyn drwodd i'r lolfa helaeth oedd yn arwain at y gegin agored a'r lle bwyta tu hwnt.

"Dydd Sadwrn arall yn y swyddfa, Onri?" holodd Caroline wrth dollti gwydriad o win gwyn iddi'i hun.

"Paid â sôn! Blydi gwaith papur."

"Huh! Tell me about it, dear! Dwi i fyny at fy nghlustiau fy hun."

"O? Be sy gen ti ar y gweill, felly?" holodd ei gŵr wrth chwilota yn yr oergell fawr lliw arian. "Rwbath newydd?"

"Yeah. Ond hen gleient – un arall o'r small-towners sydd ddim yn deall marchnata cyfoes. Same old story."

Daeth Onri o hyd i weddillion y lwmp mawr o ham ffres a goginiodd mewn Coca-Cola a mêl ar gyfer Boxing Day. "Oes 'na fara yma?"

"Wrth gwrs. Ond wyt ti ddim am bryd o fwyd cynnes?"

"Na. Mi wneith brechdan. Ges i ginio hwyr, a baguette amsar te. A dwi angan cychwyn cyn hir, yn does?"

"Oh? Mor gynnar?"

"Mae hi'n hannar awr wedi wyth, Caroline. Mi gymerith hannar awr i gyrraedd, a dwi'm isio bod yn rhy hwyr. Liciwn i weld plant Lili Wen cyn iddyn nhw fynd i'w gwlâu. Ga i ddim llawar o gyfla fory os dwi isio cychwyn adra yn syth o'r fynwant."

"Wel, mi fyddan nhw yn eu gwlâu bellach, siŵr o fod. Ond eto..."

"'Ond eto' be?" medd Onri wrth dorri dwy sleisan dew o fara gwyn o'r becws yn Sainsburys.

"Wel, dwi'n amau'n fawr os ydi Lili Wen yn..."

"Yn be, Caroline? Yn fam gyfrifol? Dyna wyt ti'n drio'i ddeud?"

"And what's that supposed to mean?" atebodd Caroline.

"O ffycin hel, here we bloody go!"

Tarodd Caroline ei gwydryn i lawr ar y bar brecwast. "Na, sori, Onri. Dwyt ti ddim yn cael gwneud hyn eto!"

"Gwneud be, Caroline?"

"Trio dweud nad ydw i'n un i farnu mamau am nad ydw i'n fam fy hun!"

Rhegodd Onri o dan ei wynt, cyn dod o hyd i amynedd yn rhywle yn ei galon – unwaith eto.

"Hei, tyd yma," meddai wrth fynd ati a gafael amdani. "Ti'n bod braidd yn rhy touchy, sdi. Fyswn i byth yn gwneud y ffasiwn beth. Jysd sefyll fyny dros fy chwaer fach ydw i."

Teimlodd Onri'r tensiwn yng nghyhyrau ei wraig. Mi oedd tipyn o amser wedi pasio ers iddo'i theimlo'n ymollwng yn ei freichiau erbyn hyn.

"Mae dy deulu di wastad yn dod rhyngtho ni, Onri."

"Sut elli di ddeud hynna, Caroline? Ti rioed wedi gwneud dim byd efo nhw. Prin eu bod nhw wedi dy weld di ers y briodas!"

"Hy! Diolch byth, ddweda i!"

Gollyngodd Onri hi a gadael iddi gerdded draw i'r soffa ledr ym mhen draw'r lolfa. Trodd yn ôl i orffen gwneud ei frechdan.

"Oes yna rwbath arall ydan ni isio at New Year's Eve, Caroline?" gofynnodd ar ôl cymryd cnoiad da.

"Dwi'n meddwl fod popeth yma," atebodd Caroline yn sych wrth droi'r teledu ymlaen, cyn bywiogi mwya sydyn pan gofiodd rywbeth. "Samon ffres!"

Chwarddodd Onri. "Be?"

"Wel, ti'n mynd i'r sticks, yn dwyt? Ti'm yn nabod rhyw ddyn gwyllt o'r coed sy'n dal samons efo'i ddannedd?"

Cilwenodd Onri. "Dowt gen i, cariad. Prin dwi'n nabod neb

yno bellach. Dwi ond yn mynd yno ddwywaith y flwyddyn. Fel ti'n gwybod. Mmm, mae'r ham 'ma'n neis!"

"Yndi, mae o. You came up trumps with that, chwarae teg."

"Eniwe," medd Onri rhwng synau bach o foddhad wrth gnoi. "Dwi'm yn gwbod os ydi hi'n dymor samons ffresh."

"Oh? Mae gan samons dymor? Do'n i ddim yn meddwl dy fod ti mor clued-up ar bethau felly. You can take the man out of Cwmygafael, but...!"

Roedd Onri wedi clywed hyn i gyd o'r blaen, ac wedi hen arfer peidio brathu erbyn hyn. "Dwi'n mynd am shower."

"Ti'n siŵr ti ddim eisiau pryd o fwyd? 'Di sandwich ddim yn mynd i dy gadw di."

"Dim cerddad fydda i, Caroline. Ac mi ga i fwyd gan Coco a Shwgwr os fydda i angan. *Mae* bobol yn byta yn Cwmygafael, sdi – a dim jysd samons!"

"Wel, enjoia dy jips a bîns, felly!"

"Hei, cym on! Dwi'n gwbod fod 'y nheulu fi chydig bach yn 'rystic' ond dydi hynna ddim yn deg!"

"*Ychydig bach* yn rystic, you say?"

"A sud fysa ti'n gwbod be maen nhw'n fyta, beth bynnag? Ti wedi bod draw yno am bryd o fwyd unrhyw dro?"

"O cym on, Onri. Stop bloody defending that rabble..."

Mygodd Onri reg, a gadael iddi fynd yn ei blaen.

"Wyt ti'n siŵr dy fod ti ddim am aros yno? Dwi'n dy weld di'n ffitio i mewn yn iawn."

"Jesus, Car," medd Onri'n fwyn-ond-rhwystredig wrth lenwi gwydr peint efo dŵr o'r tap. "Mae hi'n ben-blwydd Mam fory. Dwi'n mynd i roi blodau ar ei bedd hi efo 'nheulu." Llowciodd beth o'r dŵr. "Dwi'n dod adra wedyn."

"Wyt. Ond pam? Am dy fod ti'n methu aros yno. Achos mae dy deulu di'n nutters."

Rhoddodd Onri ei wydr yn ofalus ar wyneb ithfaen gloyw y cwpwrdd a phwyso'n ei ôl yn erbyn y sinc. Gwenodd yn goeglyd. "Wyt ti'n gwbod be sy'n pyslo fi, Caroline?"

"Be?"

"Sut ddiawl wyt ti 'di llwyddo mewn busnas PR?!"

Bu tawelwch am rai eiliadau, a daeth rhyw euogrwydd dros Onri fod geiriau a fwriadwyd fel ymgais anobeithiol i dorri'r ias wedi swnio'n finiocach nag oeddan nhw i fod. Cadarnhawyd ei bryderon gan eiriau nesaf ei wraig.

"Wel, dwi heb lwyddo efo dim byd arall... yn naddo, Onri!"

Estynnodd Onri ei wydryn dŵr o'r ithfaen sgleiniog a throi i wynebu'r ffenest uwchben y sinc. Roedd hi'n dywyll bitsh tu allan.

"Ti'n hannar iawn ddo, Car. *Mae* 'nheulu fi'n nyts, ond dydyn nhw ddim yn *nytars.*"

Ddaeth dim ateb o du Caroline.

"Trust me, I'm a psychologist."

Mi oedd yna adeg pan fyddai ei wraig yn chwerthin yn uchel pan ddywedai hynny. Ond teimlai'r amser hwnnw ymhell yn ôl erbyn hyn. Trodd Onri ei gefn at y sinc eto ac edrych ar ei wraig. Roedd hi'n dal ar y soffa, yn eistedd â'i choesau i fyny ar y glustog oddi tani, ac yn dal ei gwydr gwin i fyny yn yr awyr wrth wylio dim byd ar y teledu. Roedd hi'n dal i edrych mor secsi ag erioed efo'i gwallt i fyny.

Ochneidiodd Onri a chymryd sip arall o'i ddŵr. Yna mi drodd Caroline ei phen tuag ato, mwya sydyn, a dweud un gair syml.

"Mani!"

Taflwyd Onri am eiliad. "Mae Mani'n wahanol."

"Sut?"

"Wel, mae o'n..."

"Nutter!"

"Yn sâl!"

"Same thing!"

Ysgydwodd Onri ei ben a sythu'i goesau. "A dydio ddim rili'n rhan o'r teulu, eniwe, fel ti'n gwbod."

"Ti'n *getting worked up* rŵan, Onri. Have I touched a nerve?"

Roedd hyn yn anobeithiol. "Do, ti wedi, actiwali!"

"Good!"

Anadlodd Onri'n ddwfn. Er bod eu priodas wedi mynd allan i'r bae efo'r trai ers amser, doedd Caroline ddim fel hyn o hyd. Ond mi oedd hi yn amlach na pheidio – yn enwedig pan oedd o'n mynd 'nôl i Gwmygafael. Doedd dim pwynt trio rhesymu efo hi. Yr unig beth y gallai ei wneud oedd bod yn amyneddgar. Mi oedd hi, wedi'r cwbl, wedi bod trwy brofiad emosiynol hir a dwys ei hun. Ond mi oedd o'n ei chael hi'n anoddach bob dydd i ddod o hyd i'r ewyllys i ymdopi efo'r gont.

Ceisiodd lowcio gweddill y dŵr o'i wydryn, ond methodd lyncu mwy na chegiad bach. Tolltodd y gweddill i lawr y plwg. Wnaeth o erioed allu cymryd at ddŵr Llandudno. Roedd o'n afiach. Aeth am gawod.

12

Eisteddai Mani a Mincepie yn y Sierra, newydd rawio mwy o speed i lawr eu cyrn cwac. Roeddan nhw wedi parcio tua hanner canllath i lawr o dŷ y 'mypet' ar stryd unffordd dawel a thywyll. Roedd Mincepie yn paldaruo eto, yn sôn am Stu Allan a Key 103 a'r sîn rave oedd yn tyfu yn y clybiau nos, tra oedd o'n stwffio creision i mewn i'w geg.

"It's de next big thing, Taff. Shak knows dese DJs tha do House nights at Club 051. Dey say dey're gonna purr 'em up in Nation next year. Dar'll be massive. We'll 'ave ter go one night, Taff, you an me. Yer ain't bin, 'ave yer? You'll fuckin love it, la! No bizzies on top, loadsa disco biscuits coz Shak's bouncers are on de case, fuckin brimmin with fanny – young gels like models, dressed like strippers."

"Sounds good," atebodd Mani heb fawr o frwdfrydedd. "I hate clubs though, mate."

"Dat's coz you're an onion," medd Mincepie wrth dorri Yorkie melyn yn ei hanner. "Yer used ter harps an fiddles. Dere ye go, 'ave a Yorkie!"

Roedd Mani wedi stopio canolbwyntio ers meitin, ond mi gymerodd ddarn o'r siocled cneuog a'i roi yn ei geg, er mai prin y gallai ei gnoi o gwbl.

"Anyway, *preed nee meend* i The Land of the *Neeonins*?" holodd Mince.

"Be?"

"You're my 'friend *goraee*'. I wanner see where yous come from... Well?"

Stopiodd Mincepie gnoi wrth aros am ateb.

"Rywbryd, Mince. Rywbryd, dwi'n gaddo."

Ddalltodd Mince ddim yn union be ddywedodd ei ffrind gorau, ond mi ddalltodd be oedd o'n ei olygu. Ailddechreuodd gnoi, ac edrych yn y wing-mirror cyn troi at Mani eto.

"Yer know, Taff, with de shite with yer brothers, yer Mam an stuff... Well, sooner or later yer gonner 'ave te get down dere an put everyone rite. Tell 'em de score, like."

"Mince! Spare me the Dear Deirdre!"

"Taff, I was yer padmate remembeh, I know you like I know how I like me tea. I can read yous like a book... Mind, I can't read much, but yer know worr I mean!"

Gwenodd Mani.

"Yous'll have to stop runnin, Taff. Sooner or laters yous'll 'ave te make a stand."

"Aye, well," medd Mani'n fyfyriol wrth glywed Mince yn ategu'r hyn ddywedodd Fizz wrtho yng nghefn y siop jips. "We've all got our ghosts, Vinny bach!"

Chwarddodd Mincepie yn uchel, gan ysgwyd ei ben i'r naill ochr fel 'tai o'n trio cael gwared o bryfaid trwy'i glustiau. Roedd clywed Mani yn ei alw'n 'Vinny bach' wastad wedi ei diclo fo. Doedd o'n methu deall pam ei fod o'n ei alw fo'n fach, i ddechrau, ac yntau – er yn fain fel weiran gaws – heb fod ymhell o ddwy lath o daldra. Ond wedi dod i werthfawrogi'r eironi, wedyn dod i ddeall yr amrywiol gysyniadau o alw rhywun yn 'small' neu 'little' yn Gymraeg, roedd o wedi gwirioni. Ac wrth gwrs, roedd y geiriau eu hunain – yn acen Mani – ymysg y pethau mwyaf digri i Mincepie eu clywed erioed.

Gwenodd Mani'n braf, cyn chwerthin wrth ddychmygu Mincepie yng nghefn gwlad Cymru. Roedd y syniad o fynd â fo yno – rywbryd – yn sicr yn dechrau apelio.

"So what's this muppet's name?" holodd Mani wrth roi'r fwyallt dan ei gôt. Doedd o heb feddwl gofyn tan rŵan.

"Felix."

"Felix?!"

"Yeh, he's a fuckin hippy."

Caeodd Mani ddrws y car a dechreuodd y ddau gerdded y pafin, gan drafod eu tactegau wrth fynd.

Tŷ aml-breswyl oedd o, meddai Mince, a doedd wybod pwy fyddai'n ateb y drws, felly'r peth gorau oedd iddo fo gnocio ac i

Mani guddio, gan ei fod o'n edrych fel thyg. "Don't get me wrong, Taff. Yer a handsome feller – women go soft fer yer rugged charms. But dere's a fine line between rugged and Freddy Krueger."

Wedi cytuno ar yr 'approach', trafodwyd tactegau yr 'assault'.

"So, we go in an batter 'im, Taff, yeh?"

"Na. We don't wanna hurt him too bad before he gets the money, do we?"

"Fuckin doubt he's gorrit, to be honest. Shak said he's bin messin 'im around fer a while. Maybe we should just batter 'im."

"OK, we'll rag him a bit, see if he coughs up, then batter him anyway?"

"Sounds good to me, Taff! So first to him decks him, yeh?"

"Na. You knock but let me get in first. I'll rag cockface. You take care of anyone else. OK, Mince? Mince?"

Trodd Mani i weld ei ffrind wedi stopio cerdded ac yn gwingo yn ei ddyblau efo'r gigyls.

"What's the fuckin matter now, you lunatic?"

"Cockface!"

Ysgydwodd Mani ei ben. Nid dyma'r amser i Mincepie gael gigyls am ei acen!

"I can't help it, Taff! What d'yer mean by 'cockface'?"

"What do you mean, 'what do I mean'?"

"Well, is irr a face with a cock on it, or a cock with a face?" Chwalodd Mincepie i chwerthin yn afreolus.

"Does it matter? It's gonna get battered in a minute anyway!" siarsiodd Mani. Roeddan nhw bellach yn sefyll reit wrth wrych gardd y tŷ tri llawr lle'r oedd Felix Cockface yn byw, ac ar fin gwneud hit syml, bara menyn, broffesiynol ar y boi. Y peth olaf roeddan nhw ei angen oedd cocio pethau i fyny oherwydd ffit o gigyls.

Pasiodd car yn araf ar hyd y stryd, ac mi helpodd hynny i sobri rhywfaint ar Mincepie. Anadlodd yn ddwfn, a daeth ato'i hun. Sbeciodd Mani heibio'r gwrych ac i fyny llwybr yr ardd. Er bod y llenni wedi cau, gwelai olau yn y ffenest lawr grisiau a golau gwan yn dod drwy'r gwydr uwchben y drws. Diawliodd mai ffenest fae oedd y ffenest isaf, fyddai'n galluogi i rywun tu mewn ei weld yn cuddio yn erbyn y wal rhyngddi a'r drws.

Amneidiodd Mani ar Mincepie i'w ddilyn a brysiodd y ddau

i fyny'r llwybr. Daeth sŵn miwsig neu deledu i'w clustiau wrth iddyn nhw nesu at y rhiniog. Safodd Mani â'i gefn yn erbyn y wal i'r dde o'r drws, rhwng y drws a'r ffenest. Clywodd 'Money' gan Pink Floyd yn chwarae ar y stereo. Cilwenodd. Nodiodd ar Mince. Cnociodd hwnnw'r drws efo rat–atat–tat–tat–tat.

Trowyd sain y miwsig i lawr ychydig, a chlywai'r ddau sŵn traed yn nesu. Cadwodd Mani gornel ei lygad ar y ffenest, yn barod i symud i sefyll efo Mince ac actio'n ddiniwed ar yr arwydd cyntaf o gornel y llenni'n symud.

Trowyd cliced y drws. Agorodd gwpwl o fodfeddi a stopio efo tsiaen.

"Hiya, luv!" gwenodd Mincepie yn annwyl ar ferch ifanc efo dredlocs. "Is Felix in?"

"Yes, who is it?"

"It's Monty, luv."

Trodd y ferch i alw tua chefn y tŷ. "Felix? There's a Monty at the door for you!"

Roedd hynny'n ddigon o wybodaeth i'r ddau ffrind symud. Chwalodd Mani'r drws yn agored efo'i ysgwydd a rhuthrodd y ddau i mewn gan dynnu eu harfau cuddiedig allan wrth fynd. Hedbytiodd Mani y ferch efo dredlocs cyn iddi allu sgrechian, a disgynnodd i'w phengliniau yn dal ei thrwyn, oedd yn ffrydio gwaed rhwng ei bysedd. Aeth Mani'n syth yn ei flaen am y gegin gefn tra'r aeth Mincepie trwy'r drws ar y dde, i'r lownj lle'r oedd y ffenest fae. Fel y rhedodd Mince i mewn cafodd fat ar draws ei dalcen nes ei fod o'n gweld sêr a'i ben yn diasbedain am eiliad. Daeth at ei goed a gweld Felix yn rhuthro trwy ddrws arall oedd yn arwain yn syth i'r gegin gefn.

"Bat!" gwaeddodd Mincepie cyn uched ag y medrai i rybuddio Mani.

Clywodd Mani'r waedd fel roedd y drws i'r gegin yn agor o'i flaen, a ffycin nytar efo dredlocs tew, hir yn dod amdano efo bat criced. Osgôdd Mani'r swing gyntaf a llwyddo i flocio'r ail efo'i fraich chwith, cyn hitio Felix ar ei dalcen efo ochr fflat y fwyallt. Gyrrodd y glec Felix wysg ei gefn tua'r sinc, gan ollwng y bat criced i'r llawr fel y daeth Mince drwodd o'r lownj â gwaed yn llifo dros ei lygaid. Swingiodd Mince ei fat bês-bol am goesau Felix a'i ddal ar ochr un o'i bengliniau. Aeth i lawr, gan dynnu'r tre sychu llestri yn diasbedain i'r llawr efo fo, ond cydiodd mewn cyllell dorri cig a sbringio'n ei ôl i'w draed yn syth.

Mypet o ffycin ddiawl, meddyliodd Mani wrth ddal y fwyallt yn yr awyr o'i flaen. "Where's our money, cunt?" rhuodd.

"Fuck you!" gwaeddodd Felix wrth chwipio'r gyllell o ochr i ochr a rhuthro am ddrws y pasej, â Mani ar ei sodlau. Brysiodd Mincepie yn ôl drwy'r lownj i drio cael blaen arno cyn iddo gyrraedd y drws ffrynt a'r awyr iach. Baglodd Felix dros y ferch waedlyd oedd bellach yn eistedd â'i chefn yn erbyn wal y pasej, fel y daeth Mincepie trwy'r drws i'w gwfwr. Daliodd Mani i fyny efo fo fel roedd Mincepie yn ei hitio'n galed yn ei wyneb efo'r bat. Gollyngodd y gyllell, a neidiodd Mince ar ei gefn a thwistio'i ben o gerfydd ei ên a'i ddredlocs. Daeth Mani â'r fwyallt i lawr, ochr fflat gyntaf, ar ysgwydd Felix cyn galeted ag oedd bosib mewn lle mor gyfyng. Gwaeddodd Felix mewn poen. Sgrechiodd y ferch eto a gorwedd ar ei hwyneb ar lawr gyda'i dwylo dros ei chlustiau, wrth i Mani drio llonyddu ei chariad â'r fwyallt.

Ond doedd dim llonyddu ar Felix. Gwingodd a bytheiriodd ac mi giciodd a stranciodd, ac er gwaethaf ymdrechion y ddau mi lwyddodd i godi i'w gwman, cyn hyrddio'i hun at waelod y grisiau. Aeth â Mincepie efo fo, a chwalodd y ddau trwy fwrdd a phot planhigyn cyn glanio ar lawr wrth y drws ffrynt – Mincepie ar ei gefn a Felix ar ei ben o, yn trio rhoi ei fysedd yn ei lygaid. Neidiodd Mani ar eu holau, a daeth ag ochr fflat y fwyallt i lawr ar gefn pen Felix ddwy neu dair o weithiau. Ond roedd ei ddredlocs mor dew roeddan nhw'n gweithredu fel cwshin i arbed ei ben, felly dechreuodd Mani ei daro ar ochr ei wyneb. Llaciodd yr hipi ei afael yn Mincepie, a cheisio hyrddio ei hun am y grisiau eto. Taclodd Mani fo gerfydd ei goesau a chododd Mince ac estyn y bat o'r llawr a swingio am ei ben. Ond methodd, ac yn hytrach tarodd Mani ar ei fraich.

"Fuckin twat him!" gwaeddodd Mani wrth anwybyddu'r boen. Ond doedd gan ei ffrind ddim lle i swingio'i arf, felly yn hytrach mi neidiodd ar gefn Felix i drio ei reslo i safle hwylusach i Mani ddefnyddio'r fwyallt. Ond roedd Felix yn llawn adrenalin a, mwya thebyg, llwyth o speed neu cocaine, ac mi gododd ei hun i'w bedwar a gwingo'n rhydd o'u crafangau. Sythodd ei goes ac estyn lwmp o gic tuag yn ôl i ganol wyneb Mince, cyn rhuthro i fyny'r grisiau ac i mewn i un o'r llofftydd ar y landing. Rhedodd Mincepie ar ei ôl, a Mani'n ei ddilyn. Ond fel y cyrhaeddodd y ddau dop y staer daeth Felix yn ôl allan o'r stafell, yn ymbalfalu mewn sach gefn oedd ganddo yn ei law. Sylweddolodd y ddau ffrind be oedd yn digwydd.

"I'll fuckin kill you cunts!" bytheiriodd Felix wrth i garn y shotgyn sawn-off ddod i'r golwg o geg y sach.

Trodd y ddau ffrind a'i g'luo hi i lawr y grisiau ac allan drwy'r drws i'r ardd.

"You fuckin bastards! I'll fuckin blow yer fuckin brains out!" rhuodd Felix eto wrth agor y drws i'w dilyn, fel roedd y ddau yn gadael giât yr ardd a rhuthro i gyfeiriad y car.

"He's a fuckin maniac!" gwaeddodd Mincepie wrth edrych dros ei ysgwydd a'i weld o'n eu dilyn i fyny'r stryd, yn hoblan ar hyd y pafin â'r sawn-off dau faril yn ei law. Neidiodd y ddau i mewn i'r Sierra.

"Ffwcin tania'r basdad!" gwaeddodd Mani wrth droi'r goriad. Ond doedd y car ddim yn gwrando. "Come on!!"

"He's fuckin comin!" gwaeddodd Mincepie wrth edrych yn y drych ac estyn am eu gwn hwythau o'r cwpwrdd yn y dash. "Fuckin hell!"

Taniodd y car a thynnodd allan i'r stryd. Gwyliodd Mincepie Felix yn stopio ac yn anelu'r gwn. "Get down!!" sgrechiodd, a rhoi ei ben cyn agosed i'w goesau ag y medrai. Ond ddaeth dim clec. Cododd ei ben i edrych yn y drych eto. Roedd Felix yn rhedeg ar draws y stryd ac yn neidio i mewn i gar.

"Fuckin 'ell!" gwaeddodd Mani, oedd yn gwylio yn y drych arall. "We've got the Terminator on our tail! Fuckin 'shittin muppet' my fuckin arse! Who the fuck told Shak that?!"

"Fuck knows!" atebodd Mince wrth jecio fod bwledi yn y pistol. "He must be David Banner or fuckin sumthin!"

"Have-a-go Hulk, cunt! Fuckin speedfreak on steroids! Fuck me! That went off big time! You OK?"

"Yeh, but me fucking head's in a shed in Birkenhead..."

"You're bleeding like a pig, mate. Take deep breaths... Fuck me, this cunt's closin on us! What's he fuckin like?!"

Gwasgodd Mani'r sbardun a throi i lawr stryd gefn tra bod Mince yn gweiddi cyfeiriadau fel co-dreifar mewn rali. Trodd i'r dde nesaf wedyn, i lawr stryd unffordd arall, a gwyro i ben y pafin i osgoi tacsi oedd yn dod i'w cwfwr yn canu'i gorn yn wyllt. Bownsiodd y Sierra yn ei ôl i'r tarmac a tharanu tua'r gyffordd nesaf.

"Take a left, Taff! We should be on Orwell then..."

"He's still coming," medd Mani wrth stydio'r drych a gweld Felix yn osgoi'r tacsi tu ôl iddyn nhw. "Ffycin hel! Dead end!"

Slamiodd Mani'r car i rifŷrs, a sbiniodd yr olwynion wrth i'r Sierra sgrechian tuag yn ôl wysg ei din i gyfeiriad car Felix, oedd yn taranu'n syth amdanynt.

"Chicken!" gwaeddodd Mani wrth edrych dros ei ysgwydd heb slofi'r Sierra o gwbl.

"Oh fuuuuuuuuck!" gwaeddodd Mince wrth roi ei ben rhwng ei goesau eto, yn barod am y glec. Ond breciodd Felix, a gwyro i'r pafin i adael iddyn nhw rasio heibio iddo. Baciodd Mani'r Sierra yn ei ôl i'r stryd arall, cyn codi'r hambrêc a sbinio blaen y car rownd, yna shifftio i'r gêr cyntaf a gadael hanner ei deiars wedi llosgi i mewn i'r tarmac wrth sgrialu yn ei flaen eto.

"Nice one, Starsky!" medd Mince wrth roi ochenaid o ryddhad.

Triodd Mani'r chwith nesaf, a thrwy lwc, honno oedd y ffordd iawn. Gwasgodd ei droed i'r llawr a chyrraedd gwaelod y stryd mewn eiliadau, cyn saethu trwy oleuadau coch y gyffordd brysur ac achosi i geir sgidio a gwyro i bob cyfeiriad. Wedi hedfan i lawr y stryd gyferbyn am ychydig sylwodd y ddau eu bod yn mynd y ffordd anghywir i ddal Stanley Road, felly trodd Mani'r car i gyfeiriad canol y ddinas, a chyn pen rhyw funud mi welodd nad oedd Felix ar eu sodlau mwyach.

Stopiodd Mani'r car ar stryd dywyll a thaflu'r fwyallt a'r bat i fin olwynion, cyn mynd yn eu blaenau i waelod Walton Road a throi ar St Domingo a thrwodd i Everton Road. Wedi cyrraedd goleuadau Nadolig Lime Street, a chario mlaen i Renshaw a Berry, arhosodd y ddau yng ngoleuadau cyffordd Duke Street.

Sbiodd Mani ar ei watsh. Roedd hi'n ugain munud i naw. Roedd amser yn dynn. Byddai'n rhaid iddyn nhw gael gwared o'r car a chael gafael ar Shakatak cyn y gallai fynd adref i gwrdd â Fizz. Ysgydwodd ei ben mewn anghredinedd.

"You OK, feller?" holodd Mince wrth ddal ei ben. Roedd y gwaed wedi peidio llifo, ond mi oedd lwmp fel pêl griced yn codi ar ei dalcen.

"I just can't believe it – one of them fuckin days!"

"Could be werse fer yer, Taff. Everton could've won!" medd Mince gan wenu'n ddrwg wrth gynnig darn o Yorkie melyn i'w ffrind.

Ond denwyd llygaid Mani i'r drych gan y car oedd yn tynnu i fyny yn eu hymyl.

"GET DOWN!" gwaeddodd.

Ond yn lle mynd i lawr yn syth, trodd Mincepie i edrych drwy'r ffenest – ar yr union adeg y taniodd Felix y shotgyn i'w gyfeiriad. Chwalodd ffenest y car yn deilchion, a thrawyd Mincepie yn ei wyneb efo sbrê o beledi plwm a gwydr.

"MINCE!!!" gwaeddodd Mani, cyn gwasgu'r sbardun a gollwng y clytsh. Roedd wedi symud rhyw ddeg llath pan drawyd blaen y Sierra gan gar arall oedd yn digwydd bod yn pasio. Gyrrwyd y Sierra'n troelli fel waltzer, a phan lonyddodd o mi ddechreuodd Mince sgrechian dros y lle mewn poen a phanig.

"MY EYES! MY FUCKIN EYES! I CAN'T FUCKIN SEE! TAFFY! AAAAAH! MY FUCKIN EYES...!!"

Gwelodd Mani'r gwaed yn llifo fel rhaeadr goch dros wyneb ei ffrind, cyn edrych trwy'r ffenest tu ôl iddo a gweld Felix yn dod yn syth amdanyn nhw yn y car.

"Hold on, Mince!" gwaeddodd wrth estyn y gwn o'r llawr o flaen ei ffrind, fel roedd car Felix yn slamio i mewn i ochr Mince o'r car a'u bownsio fel bympyr-car ffair. Cododd Mani ei ben i weld Felix yn dod allan o'i gar efo'r sawn-off yn ei law. Saethodd Mani trwy ffenest ddi-wydr y Sierra a chwalu ffenest drws agored car Felix. Neidiodd hwnnw i guddio tu ôl i'r drws, ac agorodd Mani wregys diogelwch Mince a'i dynnu i orwedd tuag ato. Cododd y gwn uwch ei ben a saethu'n ddall, ddwywaith, i gyfeiriad Felix, cyn mentro sbecian i weld be hitiodd o. Gwelodd fod Felix newydd neidio yn ôl i'w gar, a'i fod o'n rifyrsio. Sbringiodd Mani allan fel roedd Felix yn sbinio'i gar mewn hanner cylch tu ôl i'r Sierra, a'i fympyr yn hongian i ffwrdd. Stopiodd yr hipi ac anelu'r shotgyn eto. Neidiodd Mani tu ôl i ddrws agored y Sierra fel roedd peledi'r shotgyn yn chwalu'r ffenest uwch ei ben. Cododd a thanio ddwywaith eto tuag at Felix, ond roedd hwnnw'n sgrialu i ffwrdd yn ei gar.

Brysiodd Mani i helpu ei gyfaill. "MINCE! MINCE!!"

Ochneidiodd ei ffrind mewn poen.

"MINCE! CAN YOU HEAR ME?!"

Rhedodd rownd i ochr arall y car i drio agor drws Mince. Ond doedd o ddim am symud modfedd ar ôl y difrod wnaed pan ramiodd Felix nhw. Clywodd sŵn seirennau heddlu yn y pellter. Rhedodd yn ôl i ochr y gyrrwr a cheisio llusgo'i ffrind allan gerfydd ei ysgwyddau. Ond gwingodd hwnnw mewn poen a gwelodd Mani fod ei droed wedi'i dal rhwng plygiadau'r drws a ffrâm gwaelod y sêt. Roedd y seirennau'n agosáu...

"Mince! I'll phone an ambo! Hold on, mate! You'll be OK! Hang fuckin on, Mince!"

Roedd ceir wedi stopio erbyn hyn, a phobol oedd wedi bod yn cuddio tu ôl i finiau sbwriel ac ati yn dechrau dod i'r golwg yn ara deg wrth i sŵn y seirennau nesáu. Rhedodd Mani i gefn y car ac agor y bŵt. Cydiodd yn y bag o bils, yna sychu olion ei fysedd oddi ar y bŵt orau medrai efo'i lawes wrth ei gau, cyn rhuthro'n ei ôl at Mince. Daliodd ei fys ar ei wddw. Teimlodd byls. Sylwodd ar y tyllau peledi yn ei wyneb a'i lygaid.

"Mince! It's on top, mate!" gwaeddodd wrth sychu'r hambrêc, y gêr-stic a'r olwyn lywio, ac unrhyw beth arall y gallai fod wedi'i gyffwrdd gyda gwaed ei ffrind ar ei fysedd. "The bizzies are coming. Mince! There'll be an ambo with them. You'll be alright. I've got the shooter and pills – you're clean! Just hang on, mate. Don't go to fuckin sleep! Mince?!"

Ochneidiodd ei ffrind.

Sbiodd Mani o'i gwmpas. Roedd yna ddau neu dri o arwyr yn croesi'r ffordd tuag ato. Pwyntiodd y gwn. "GET THE FUCK DOWN!!"

Rhedodd nerth ei draed tuag at gatiau Chinatown.

13

Trodd Onri'r sŵn i fyny ar y radio yn y car. Mi oedd 'na gwpwl o 'arbenigwyr' yn hollti blew ynghylch anhwylderau fel post-traumatic stress disorder wrth drafod effeithiau cronig pryder a phoen meddwl a ddioddefwyd dros gyfnod o amser, yn hytrach na digwyddiad fel damwain car, anafiadau rhyfel neu ymosodiad treisgar.

Atgoffwyd Onri o sut roedd hwyliau Caroline yn cyson bendilio o un pegwn i'r llall. Ond er ei fod o'n wir iddi fod trwy'r felin emosiynol, gwyddai nad anhwylder meddwl oedd wrth wraidd ei hymddygiad afresymol. Ei chymeriad hi oedd wedi achosi ei chwerwedd, nid ei hymennydd. Un digon styfnig fuodd hi erioed. Hyd yn oed pan oedd pethau'n dda rhyngddyn nhw mi oedd hi'n tueddu i strancio pan nad oedd yn cael ei ffordd ei hun. Doedd hynny'n fawr o syndod a hithau'n unig ferch i berchennog rhai o westai crandiaf yr arfordir. Mi gafodd ei sbwylio'n racs ar hyd ei hoes.

Roedd gwell hwyliau arni erbyn iddo ddod o'r gawod, cofiodd Onri. Mi wnaeth hyd yn oed ymddiheuro am godi enw Mani, gan gydnabod iddi fod yn filain ei thafod wedi cael diwrnod anodd wrth ei gwaith. Ond roedd Onri wedi'i glywed o i gyd o'r blaen, a fuodd hi fawr o amser cyn iddi droi'r sgwrs yn botas diflas o wenwyn hunandosturiol.

"Dwi'n gwybod dy fod ti'n wahanol, Onri," meddai. "Ti ddim yr un fath â nhw. Ond dwi'n teimlo weithiau dy fod ti'n fy meio i am beidio gwneud dim byd efo nhw."

"Gwranda, Car," oedd ei ateb caredig. "Y fi sydd wedi cefnu ar fy nheulu. Does neb wedi fy ngorfodi i wneud unrhyw beth. Bywyd, os lici di, aeth â fi o Gwmygafael. Cael cyfla wnes i. Lwc mul. Wel, mul o'r enw Davies Bach Physics... Duw a ŵyr be welodd o yn'o i, chwaith!"

"Talent?"

"Diddordeb, o leia... Mae 'na dalant gan bawb. Mae gan hyd yn oed Coco Bîns dalant..."

"Talent am be?"

"Wel, mae o'n gallu gwneud cwrw cartra ffantastig!"

Mi wenodd Caroline ar hynny, o leiaf. "Ond mi arhosaist di mewn addysg, Onri!"

"Do, dwi'n gwbod. Fuas i'n lwcus fod rhywun wedi taflu llyfra ata i – a'r rheiny'n digwydd bod am bwnc oedd wedi bachu 'nychymyg..."

"Doedd hi'n ddim syndod dy fod ti'n ymddiddori mewn seicoleg wedi cael dy fagu efo'r treib yna!"

Tro Onri i wenu fu hi wedyn. Er y snobeiddrwydd arferol yng ngeiriau ei wraig, mi oedd 'na elfen o wirionedd ynddyn nhw. Mi fu Onri'n gwylio pobol ers pan oedd o'n blentyn, yn trio deall be oedd yn mynd trwy'u meddyliau byth a beunydd. Ac wedi cael ei fagu mewn teulu fel y Bartis mi oedd ganddo flynyddoedd o brofiad yn dadansoddi ymddygiad 'ecsentrig' ei dylwyth. Cofiodd feddwl lawer gwaith tra'r oedd yn y Brifysgol fod ganddo fantais sylweddol dros ei gyd-fyfyrwyr, oedd ond yn dechrau astudio enghreifftiau yn y sŵ, tra'r oedd o wedi treulio'i fywyd ar saffari.

"Ia, wel, mae gena i lawar iawn i fod yn ddiolchgar iddyn nhw amdano felly, yn does?"

"Ond o leia mi oedd gen ti'r deallusrwydd i ymddiddori, Onri, ac i ddeall – heb sôn am fynd yn dy flaen i Brifysgol ac adeiladu gyrfa..."

"A cwrdd â chdi, Car!"

Tawelodd Caroline, a niwlodd ei llygaid. Penderfynu gadael y trywydd wnaeth Onri. Doedd o ddim hyd yn oed yn gwybod pa sentiment oedd tu ôl i'r geiriau erbyn hyn. Os oeddan nhw'n swnio fel roedd o'n teimlo, yna amwys – os nad yn ymylu ar fod yn ddideimlad – oedd hynny.

"Mae o yn dy *genes* di, mwya thebyg, Onri," meddai hithau toc. "Ti ond yn hanner brawd iddyn nhw."

"Be, ti'n awgrymu bod fy nhad yn ddyn peniog, felly?"

"Bosib."

"Mi oedd Mam yn darllan lot, cofia!"

"Falla wir..."

"Ac mae 'na ddigon ym mhen Dryw Bach, a hogia Coco hefyd..."

"Ond 'dio'm yn newid dim, nacdi? Ti ydi'r unig un sydd wedi *gwneud* rhywbeth efo'i fywyd."

"Hmm... Diffinia 'gwneud rhywbeth'."

"Be ti'n feddwl?"

"Wel, mae Kola Kube yn adeiladwr..."

"Hy! Cym on...!"

"... Affro'n gerddor, ac efo busnas discos. Coco Bîns yn chwara ffwtbol..."

"A gwneud home brew?"

"... Wel, ia... Ac wedi creu dau o blant – a Gwcw Blastig hefyd, ac mae gan Lili Wen blant bach lyfli."

Tawelu eto wnaeth Caroline, ond fflamio wnaeth ei llygaid y tro hwn. Trodd ar ei sodlau a mynd yn ei hôl at y soffa.

Teimlai Onri fel dweud wrthi am ffwcio i ffwrdd, ond mi lwyddodd y gwyddonydd ynddo i reoli ei emosiynau. "Hei, paid â bod fel'na..."

"Does dim rhaid i ti fy atgoffa, Onri!"

"Yli, mae'n rhaid i ti stopio beio dy hun..."

"Dydw i ddim!" brathodd Caroline.

"OK!" medd Onri gan ddal ei ddwylo i fyny i arwyddo nad oedd am barhau â'r pwnc. "Ond ti'n rong i ddweud mai fi ydi'r unig un efo brêns. Chydig o arweiniad a chefnogaeth mae pobol eu hangan. A cyfla – fel ges i."

Ei anwybyddu wnaeth Caroline. Synhwyrodd Onri fod y sgwrs ar ben, a gan ddiolch am hynny, prysurodd i hel rhyw fân bethau i fag dros nos. Ac felly y gadawyd pethau. Wnaeth hi ddim hyd yn oed ateb ei ffarwél pan oedd o'n camu trwy'r drws.

Trodd ei glustiau'n ôl i'r sgwrs ar y radio. Roeddan nhw'n sôn am waith Erik Erikson ar effeithiau digwyddiadau plentyndod ar ddatblygiad y meddwl drwy gydol oes. Mi fu Erikson yn sicr yn ddylanwad ar Onri, er nad oedd yn cyd-weld â phob un o'i ddamcaniaethau. Bu Erich Fromm yn fwy o ysbrydoliaeth, ac mi gytunai Onri â hwnnw y gallai confensiynau cymdeithas hefyd gael effaith ddinistriol ar seicoleg unigolyn. Confensiwn a thraddodiadau afresymol oedd yn cyflyru cymdeithas i ystyried unrhyw sefyllfa 'wahanol' fel un annaturiol, amheus, yn rhywbeth i ffromi arno, neu i'w bitïo. Doedd magwraeth 'anghonfensiynol' y Bartis heb achosi problemau, ond efallai fod ymateb cymdeithas i'r fagwraeth honno wedi gwneud – bod agweddau ceidwadol tuag at eu sefyllfa deuluol wedi gadael eu hoel. Wedi'r cwbl, roedd plant yn clywed eu rhieni'n trafod y Bartis, yna'n ffurfio rhagfarnau a'u mynegi ar iard yr ysgol. Hwyrach i effeithiau hynny dreiddio i mewn i gymeriad rhai o'i frodyr, gan achosi cymhlethdodau – boed yn broblemau difrifol, fel yn achos Mani, neu'n ddatblygiad natur wrthryfelgar, 'ffwcio chi' yn achos un neu ddau o'r lleill. Ond yn sicr, chafodd y ffaith eu bod nhw wedi'u magu gan un rhiant, heb adnabod eu tadau, ddim effaith uniongyrchol arnyn nhw.

Ffrancwr oedd ei dad, gwyddai Onri hynny. Dyna oedd y ffaith sylfaenol a dderbyniwyd gan bawb. Henri oedd ei enw iawn – ei fam a'i sillafodd fel 'Onri' ar ei dystysgrif geni. Welodd o mo'i dad erioed, a welodd ei dad mohono yntau. Wnaeth ei fam erioed siarad amdano, chwaith – heblaw am gadarnhau mai gŵr o Ffrainc oedd o – a wnaeth Onri erioed ofyn mwy iddi. Wnaeth o erioed weld angen gofyn. Ei fam oedd ei riant a welodd o erioed angen tad. Efallai nad oedd hynny'n wir am weddill y teulu, ond eto, sylwodd o erioed ar symptomau pendant o 'angen eu tad' ynddyn nhwythau, chwaith.

Mi oedd Mani'n wahanol. Mi driodd Onri ddadansoddi ei broblemau sawl gwaith, ond buan y daeth i sylweddoli ei fod o tu hwnt i help, yn 'lost cause'. Beth bynnag ddigwyddodd i Mani, mi wnaeth ddifrod parhaol iddo. Ceryddai Onri ei hun weithiau am fethu trio'n ddigon caled, ond mi gysurai ei hun wedyn wrth gofio i Mani ymwrthod â phob ymdrech i'w helpu. Mi oedd yna ochr dywyll, dwyllodrus, ffiaidd a threisgar iawn i Mani erioed, ac mi oedd yr hyn a wnaeth i Derek – cariad ei fam – yn anfaddeuol.

Ond mi oedd y sgwrs ar y radio'n ddiddorol. Mi oedd y ddadl fod digwyddiadau plentyndod yn achosi chronic PTSD yn taro cloch yn rhywle yng nghefn ei ben. Ac mi oedd y gloch honno fel petai'n datgan y dylai Onri wybod be ddigwyddodd i Mani – fel petai o wedi digwydd o dan ei drwyn o, ac y dylai Onri fod wedi ei stopio, ond iddo ddewis peidio... Oedd o ei hun yn claddu rhywbeth yng nghefn ei ben?

Anwybyddodd Onri'r llais a glywai yn rhywle yng ngwaelodion ei ymennydd – y llais oedd yn mynnu ei atgoffa ei fod o'n gwybod yn iawn be oedd yr ateb i'r cwestiwn hwnnw. Ysgydwodd yr amheuon o'i gof. Doedd dim pwynt edrych yn ôl. Ddoe ydi ddoe, a dyna hi.

14

Fuodd Mani erioed mor falch o weld Jimmy Li yn sefyll ar y pafin tu allan i'w fwyty Tsieinïaidd. Aeth Jimmy â fo i mewn drwy'r drws cefn a'i adael yn y fflat i fyny grisiau yn molchi gwaed Mincepie oddi ar ei ddwylo a'i wyneb.

Taniodd Mani ffag cyn ffonio Shakatak ar ffôn fflat Jimmy. Edrychodd ar ei watsh. Roedd hi'n chwarter wedi naw. Atebodd Shak yn syth. Roedd o wedi clywed – roedd newyddion yn trafaelio'n sydyn yn Lerpwl. Byddai'n ffonio teulu Mince, a byddai car rownd i'w nôl o le Jimmy mewn llai na deng munud.

Chwarter awr yn ddiweddarach roedd o'n cyrraedd yr HQ uwchben y siop jips. Roedd y siop newydd gau am y noson, ar orchymyn Shak.

"Mince?" gofynnodd Mani'n syth wrth gerdded i mewn i'r swyddfa.

"He's OK. Frannie's just phoned from the ozzie. He'll be in theatre any minute."

"Theatre?"

"They're tryin to save his eyes, la!" medd Shak â'i lais yn llawn emosiwn.

"Jesus..."

"Sawn-off, then?"

"Yeh," atebodd Mani gan lyncu lwmp yn ei wddw. Mae'n rhaid fod Mince yn dal yn ymwybodol i allu adrodd efo be y cafodd ei saethu.

"Lucky," medd Shak. "Or he'd have one fuck-off hole in his head rather than a dozen small ones. How about you, Taff?"

"All in one piece, Shak. Just worried about Mince... There was fuck all I could do. He was stuck. And even if he wasn't, if I'd have carried him, he'd still be in hospital and I'd be gettin battered by the bizzies down Cheapside this very fuckin minute... At least I got the car clean before I left him... Speaking of which, the shooter's with Jimmy, and these..." Estynnodd Mani'r bag o bils. "Angie was a no-show."

"That fuckin tit," poerodd Shak wrth ysgwyd ei ben. "But yer did the right thing, Taff."

Taflodd Shakatak y pils i Juice, un arall o'i heavies, ac aeth hwnnw â nhw allan. Ddaeth o ddim yn ei ôl i mewn.

"So wha de fuck happened?"

"Fuck," medd Mani wrth godi a dechrau cerdded o gwmpas y stafell. "I don't know who the fuck reckoned he was a pushover, but he was like the fuckin Terminator! Off his head! Fuckin crazy!"

"I had no idea, mate... Dem crusties ain't pushovers, and dey're always tooled up. But dey always pay up..."

"He followed us halfway across the city! I can't fuckin believe it!"

Dyrnodd Mani'r drws.

"Easy, Taff. All will be well. I'll sort the cunt fer this, la, I'm fuckin tellin yer."

"But Mince, man!"

"We'll see worr sergery does ferst, eh? No point gettin fucked up abarrit before then. Right, we gorra think now, Taff."

Nodiodd Mani a thynnu ffag allan a'i thanio. Synnai fod Shak heb ddweud wrthyn nhw mai new age traveller oedd Felix. Roedd yn rhaid bod yn ofalus efo'r rheiny wastad. Ond ceisiodd gadw pen clir er mwyn trio sortio'r llanast. Ffyc, meddyliodd, roedd o'n hwyr i weld Fizz. Edrychodd ar ei watsh. Roedd hi'n chwarter i ddeg.

"You gorra be somewhere, Taff?"

"Too fuckin late now."

Eisteddodd Mani ar y soffa a gwylio Shak yn tollti dau wydriad o Jack Daniels. Estynnodd un i Mani. Llyncodd y ddau nhw mewn un, cyn i Shakatak ddechrau rhesymu... Mi oedd yna gar wedi tynnu i fyny yn y goleuadau, a'r gyrrwr wedi saethu atyn nhw... Roedd y cwbl ar gamerâu'r golau traffig ac mi oedd yna dystion – os byddent yn barod i dystio o gwbl... Mi oedd y Sierra gan y cops, gydag olion bysedd Mani ynddo – er bod olion bysedd llawer o bobol eraill ynddo hefyd... A fyddai Mincepie ddim yn siarad efo'r heddlu, roedd hynny'n bendant.

"I think yer could gerroff on that."

"But I shot back," nododd Mani. "Fuckin twice... three, maybe four times..."

Ochneidiodd Shakatak. Doedd o'n amlwg heb gael clywed hynny.

"You dirren't hit him, tho?"

"Don't think so."

"OK... So, still... ID from traffic light cameras ain't fuckin easy – dey're fuckin shite. Yer prints are just one of many... tho yours might be in blood..."

"Maybe... I gave it a quick emergency rubdown..."

"OK... dere might be a way outerr it. But yer gonna have ter lie low for a while, Taffy mate. Gerr on yer toes an wait an see if they come lookin for yer, la. I'll set yous up in a bolthole fer a few days. Burr it may be a good idea to get outter town... Taff, you OK?"

Roedd meddwl Mani wedi crwydro eto. "Sorry, Shak. I hear you. Is Fizz working tomorrow?"

"Erm, yer, I think so... You wanna leave a message?"

"Yes."

"That's sound, Taff. But as I was sayin, it's best you gerr on yer toes forra while, feller. Why don't yer get yerself down ter Wales, eh? You got yer folks down dere? Mam? Auld feller? Mind you, the bizzies would probly come lookin... Still, Wales is a big place, ain't it? Shouldn't be all that 'ard ter hide in dem hills, la!"

Gwenodd Shakatak.

Ond doedd Mani ddim yn teimlo fel gwenu o gwbl.

15

Daeth Onri rownd y tro ar ben y bwlch ac i olwg goleuadau'r pentref islaw. Diflannodd signal y radio a chollodd ddiwedd y drafodaeth seicolegol a fu'n gwmni iddo rhwng Llandudno a lle'r oedd gwareiddiad yn gorffen. Diffoddodd hi.

Wedi disgyn yn araf rhwng y tomenni llechi cyrhaeddodd y stryd fawr a'i goleuadau Nadolig tila. Pasiodd y siop jips a Woolworths, a'r hen Milk Bar oedd bellach yn siop takeaway Tsieinïaidd. Syllodd drwy ffenestri'r Prince wrth basio. Edrychai'n dawel yn y bar.

Sgwn i ble fydd pawb rŵan, meddyliodd. Yn y Drafal, mwya thebyg. Bydd pob un yn dioddaf bore fory ac yn brysio o ymyl y bedd i'r dafarn am flewyn y ci. Meddwi'n racs wedyn, a ffraeo, a dyna hi am dri mis arall. Diawliai nad oedd unrhyw le call i gael gwely a brecwast yma, sbario iddo orfod aros efo Coco Bîns. Er mai'r byngalo oedd cartref eu mam yn y blynyddoedd olaf, doedd o ddim yn teimlo'n gartrefol, rywsut, efo Coco a Shwgwr yn, wel, amharchu'r lle. Doedd dim math o gywilydd ganddyn nhw. Aeth ias i lawr cefn Onri wrth ddychmygu be fyddai ei fam yn ei wneud petai'n gweld yr holl ffilmiau porn yn y cwpwrdd o dan y teledu. Dilynwyd yr ias gan un arall wrth iddo gofio'r tro dwytha iddo aros yno, adeg Sul y Blodau, pan ddeffrowyd o gan sŵn Shwgwr yn gweiddi mewn poen. Pan agorodd ddrws y llofft fawr allai o ddim coelio'i lygaid. Wyddai o ddim fod y fath beth yn bosib.

Ond roedd rhaid iddo wenu, wedyn, wrth gofio be wnaeth Gwcw Blastig pan ddeffrowyd yntau gan eu hantics anifeilaidd. Doedd Onri heb ddeall fod Gwcw wedi landio o'r Drafal yn yr oriau mân ac wedi cysgu ar y soffa. Eistedd wrth fwrdd y gegin oedd Onri, yn yfed gwydriad o laeth, pan glywodd Gwcw yn cerdded i mewn i stafell y ddau a gweiddi... be oedd o hefyd... o ia, "Tria ffwcio'i cheg hi am tsiênj! Ma rhai bobol isio cysgu!"

Cymeriad oedd Gwcw Blastig, meddyliodd, wrth i wên gyndyn arall ddianc rhwng ei weflau. Synnai Onri ddim mai tyfu yn yr ardd wnaeth o – un ai hynny neu i rywun gael hyd iddo mewn bocs o Shreddies. Wedi dweud hynny, mi oedd Coco Bîns hefyd yn enghraifft dda o 'alien offspring swap shop'. Ac wrth gwrs, mi oedd hynny'n gwneud synnwyr i raddau achos mi oedd y ddau'n hanu o'r un tad. A Porffafôr hefyd – un arall oedd yn ychydig o laboratori job.

Trodd i mewn i'r stad gymysg o dai cyngor a thai cymdeithas dai, a daeth yr hen hwiangerdd Ffrengig 'Frère Jacques' i'w ben unwaith eto. Mi oedd hynny'n digwydd bob tro y deuai adref. Doedd a wnelo'r cof am y gân a ganai pawb yn y dosbarth Ffrangeg yn yr ysgol ddim o gwbl ag unrhyw ymdeimlad o dras Ffrengig. Ei frodyr fyddai'n ei chanu wrth ei herian pan oeddan nhw i gyd yn blant. Wrth gwrs, doedd y gân yn golygu dim byd iddo fo, ond mi oedd hi iddyn nhw oherwydd ei enw Ffrengig – waeth pa bynnag ffordd y sillafodd ei fam o. Nid ei dad a ddewisodd yr enw, meddai ei fam wrtho yr adeg honno pan gadarnhaodd mai Ffrancwr oedd o. Y hi a'i dewisodd, a wnaeth hi erioed ddatgelu ai ei enwi ar ôl ei dad wnaeth hi. Go brin, meddyliodd Onri, a "hwnnw wedi gadael" cyn iddo gael ei eni. Fyddai Onri ddim wedi synnu petai ei fam wedi dweud na allai hi gofio, fodd bynnag. Fyddai o ddim yn synnu, chwaith, 'tai hi ddim hyd yn oed yn gwybod. Be oedd yn amlwg, fodd bynnag, oedd ei fod o'n dod o wahanol dad i Kola Kube, oedd flwyddyn a hanner yn hŷn na fo ac o dad Eidalaidd, ac o wahanol dad i Porffafôr, oedd flwyddyn yn iau ac yn hanu o'r un tad Cymreig (y diweddar Wncwl Reuben, medd rhai) â Coco Bîns a Gwcw Blastig. A rhywle rhwng Coco a Gwcw roedd Affro, yn gynnyrch affêr efo dyn o Jamaica – yn ôl y sôn...

Oedd, mi oedd y teulu'n gymhleth – a dim ond hanner y stori oedd hynny. Yr unig beth y gallai fod yn sicr ohono oedd mai fo oedd unig blentyn Mari Bartholomew Roberts ac 'insert nameless French one-night stand here'. Frère ffycin Jacques, hwyrach?

Parciodd Onri'r Mercedes rhyw bymtheg llath o ddrws ffrynt y byngalo. Roedd 'na olau lamp yn y stafell fyw. Diffoddodd yr injan.

16

Gollyngodd Juice Mani heb fod ymhell o'i fflat. Diolchodd Mani iddo, cyn ei wylio'n gyrru i ffwrdd i'r nos. Edrychodd i fyny ac i lawr y stryd. Roedd criwiau ifanc yn mynd a dod ar eu ffordd rhwng tafarnau a siopau byrgyrs, ac un neu ddau gefnogwr pêl-droed ar eu ffordd adref wedi cael un neu ddau yn ormod. Fel arfer roedd yr hen stryd yma'n llawn hud i Mani, lle'r oedd adleisiau hwyliog ymadroddion ffraeth nos Sadwrn yn tasgu rhwng y waliau fel gwreichion trydan. Ond heno roedd hi'n ddiarth, a'r lleisiau'n oer wrth fygu rhwng muriau byddar. Teimlai'n unig.

Gwelodd ei adlewyrchiad yn ffenest y siop sbectols. Allai o ddim adnabod ei hun. Wedi taflu ei ddillad ei hun a chael cawod uwchben y siop jips, shellsuit las golau efo trim coch Shakatak oedd yr unig wisg oedd ar gael iddo. Ac mi oedd honno'n rhy fach, achos er bod Shak yn gyhyrog mi oedd o dipyn byrrach na Mani. Ond nid y dillad oedd yn tynnu'i sylw fwyaf. Yn hytrach, yr olwg wag ac ar goll ar ei wyneb, o dan gysgod ei gwfl, oedd yn ei ddychryn.

Tynnodd ei ffags o'i boced. Sylwodd ar y gwaed ar y paced wrth dynnu un allan a'i thanio. Gwaed Mince. Caeodd ei lygaid ac ysgwyd ei ben. Gobeithiai i'r nefoedd y byddai ei ffrind yn iawn.

"Hey, Taffy, can yer spare an old toper a ciggie?"

Tommy Jones oedd yno, meddwyn lleol oedd yn cysgu'n ryff wrth yr hen eglwys gerllaw.

"Sure, Tommy," atebodd Mani, ac estyn ei un olaf iddo.

"Oh, Taffy – I can't take yer last ciggie..."

"It's OK, Tommy. I've get more."

"God bless yer, son," medd yr hen foi wrth roi'r sigarét tu ôl ei glust, cyn edrych i fyny ac i lawr dros ddillad Mani. "What's with de togs?"

"Ah, just the new look, Tommy! You got to keep up with the Joneses, mate!"

"Well, yer not keepin up wi dis Jones in dat shite, son!" Chwarddodd yr hen greadur, cyn pesychu'n drwm a phoeri cawodydd o fflem rhwng blewiach ei locsyn a thros ei hen gôt wlân fudr a thyllog. "I wouldn't wipe me arse wi dem paper rags!"

Gwenodd Mani. "T'rah, Tommy, you aul get!"

"T'rah, Taffy!"

Eisteddodd Mani ar fainc am funud i orffen ei sigarét. Tynnodd ei gwfl i lawr dros ei lygaid, cyn gwylio Tommy yn mentro haslo criw o bethau ifanc. Gwelodd rai yn chwerthin ar ei ben, ac un yn dweud wrtho am ffwcio i ffwrdd. Melltithiodd Tommy nhw wrth iddyn nhw symud ymlaen.

Chwarae teg iddo, meddyliodd Mani. Doedd ffwc o bwys ganddo am neb. Roedd yna rywbeth am Tommy yr oedd Mani yn ei licio'n arw. Er gwaethaf ei stad barhaol-feddw a'i hogla piso a gwin rhad, roedd yna rywbeth cartrefol iawn amdano hefyd – rhywbeth hoffus a chysurus, ac yntau'n ddyn hapus ei fyd er gwaethaf caledi'r byd hwnnw. Doedd Mani ddim yn cofio'i dad, ond mi gofiai weld sawl nafi a theithiwr yn pasio drwy eu cartref fel plant. Cadw tŷ gwely a brecwast oedd ei fam, a hynny'n bennaf ar gyfer gweithwyr dros dro ar safleoedd adeiladu, yn ogystal ag anffodusion a gâi eu dadlwytho yno gan y Gwasanaethau Cymdeithasol – y digartref gan fwyaf, boed yn gyn-garcharorion neu'n weinos ac alcoholics o bob math. Roedd rhai'n ddynion hegar, ond chafodd ei fam erioed unrhyw drafferth difrifol efo unrhyw un ohonyn nhw, yn bennaf am fod ganddi ffordd arbennig o ddelio efo pobol oedd wedi disgyn ar lwybrau garw. Ond roedd pob un o'r dynion yn gymeriadau difyr

– boed yn ddigri neu'n ecsentrig, neu'n ddynion mewnblyg efo
llond trol o atgofion dirgel nad oeddan nhw am eu rhannu. Hoffai
Mani bobol felly, gyda hanes a chyfrinachau lond eu pennau, ond
byth yn eu hadrodd wrth neb – byth yn siarad am y gorffennol, er
bod eu llygaid yn llwybrau llaethog o straeon. Ac mi oedd Tommy
yn ei atgoffa ohonyn nhw.

Roedd hi'n ben-blwydd ei fam yfory, cofiodd, cyn i'w galon
wingo fel y gwnâi bob tro y cofiai amdani... ac fel y methodd ei
chnebrwn...

Rhegodd o dan ei wynt wrth feddwl mai at Fizz y dylai o fynd
heno, ond bod hynny'n gwbl amhosib. Er y gwyddai na fyddai hi'n
hapus efo fo am fethu troi i fyny eto – yn enwedig a hithau eisiau
sgwrs ddwys am y dyfodol – byddai'n well ganddo adael iddi ei
gasáu o na'i llusgo i ganol y llanast diweddaraf hwn trwy arwain y
cops i'r tŷ roedd hi'n ei rannu efo myfyrwyr eraill.

Tynnodd Mani'r cerdyn roddodd Shakatak iddo o'i boced.
Darllenodd y cyfeiriad. Rywle yn ffycin Croxteth, o bob man!
Ffwcio hynna, meddyliodd. Byddai'n well ganddo fynd i Gymru
– er, doedd Mani ddim yn hapus o gwbl fod Shak wedi awgrymu
hynny. Dylai fod yn gwybod yn iawn nad oedd croeso iddo yno.
Dylai gofio nad oedd ganddo dad, a bod ei fam wedi marw. Roedd
y twat *yn* ei cholli hi, meddyliodd.

Ffliciodd Mani stwmp ei ffag i'r stryd, cyn rhoi'r cerdyn i mewn
yn y paced ffags gwag, gwaedlyd yn ei law, a'u gwasgu'n belen o
gardbord a ffoil. Cododd ar ei draed a'i droi hi am ei fflat. Taflodd
y belen gardbord i'r bin wrth basio.

17

"*LA-DA-DEE-LA-DA-DA, LA-DA-DEE-LA-DA-DA, LA-DA-
DEE-LA-DA-DA...*"

Felly yr âi lleisiau aflafar y genod efo tôn gron 'Gypsy Woman'
gan Crystal Waters yn y Drafal, a hwythau'n troi yn eu hunfan,
pob un ag un fraich yn yr awyr fel cynffon cath, mewn cylch blêr o
clîfej, tînej ac o-na-phetawn-i'n-deneuachej.

"Nefoedd y nionod!" gwaeddodd Porffafôr a waldio'i ddwrn ar
y bwrdd. "Be ddigwyddodd i Tecwyn Ifan?!"

Trodd Gwcw Blastig i sbio ar ochr pen Porffafôr. Roedd o am ddweud rhywbeth ond allai ei geg o ddim gwneud y siapiau angenrheidiol. Denwyd ei sylw gan y cudyn o flew llwyd a ymwthiai fel coesau jeliffish o glust ei frawd. Culhaodd ei lygaid er mwyn cael ffocws. Oeddan, mi oeddan nhw'n symud.

Llwyddodd Dryw Bach i osgoi crafangau'r merched wrth ddychwelyd o'r bar. Cael a chael oedd hi, fodd bynnag, a bu ond y dim iddo ollwng y tri pheint oedd yn ei ddwylo. "Ffwciwch o'ma 'nowch, y ffycin lesbians!"

Gosododd y peintiau ar y bwrdd, cyn dewis yr eiliad fwyaf manteisiol i seid-stepio'r hiwman octopws ar ei ffordd yn ôl i'r bar i nôl gweddill y rownd.

Doedd fawr o siâp ar Porffafôr na Gwcw, nac ar Witabix a Neinti-Nein, oedd yn rhannu'r bwrdd efo nhw, chwaith. Ond roedd Affro, fel ag yr oedd o, yn llawn bywyd. Roedd o hefyd yn wên o glust i glust, diolch i ganja bendigedig Dryw Bach – a thits Val Goch, oedd yn ei wahodd i barcio'i wialen rhyngddyn nhw bob tro y troai i'w hwynebu.

"Gerroff!" gwaeddodd Dryw Bach wrth rwygo'i hun o fachau'r 'dancing squid' unwaith eto, cyn ploncio tri pheint arall ar y bwrdd – a difaru'n syth nad aeth i biso cyn dod â'r peintiau draw, sbario gorfod mentro trwy'r tentaclau awchus eto fyth.

"Iechyd da, Dryw Bach!" medd Witabix, a chododd pawb ond Porffafôr a Gwcw Blastig eu gwydrau, a llowcio.

"Iechyd da, Kola Kube!" medd Dryw Bach, cyn cael cic feddw o dan y bwrdd gan Gwcw am gyfeirio at y ffaith mai gwario'r pres gawson nhw gan Ken Jip am y blocs a'r sment oeddan nhw.

Daeth y gân i ben ac eisteddodd y genod wrth y bwrdd roeddan nhw wedi'i dynnu ben-wrth-ben efo bwrdd yr hogia. Pob un ond Val Goch, oedd wedi diflannu i doiledau'r merched.

"O, 'dachi'n gwbod be?" medd Shwgwr. "Dwi 'di cal laff heno de! Noson ora Dolig so ffâr."

"Ia ynde, Shwg!" medd Lili Wen, cyn codi ei jin a thonic i'r awyr. "Dolig llawen i bawb o bobol y byd!"

Daeth corws o "Hwrê!" a "Iechyd da!" o blith y genod, cyn i'r tawelwch rhyfedda ddisgyn dros y lle am eiliad neu ddwy.

"Ma Dolig 'di bod," medd Porffafôr.

"Wel, Blwyddyn Newydd Dda ta!" medd Lili Wen a chodi'i gwydr eto, i gorws arall o wirioni o blith y genod.

"'Di hwnnw ddim 'di cyrradd eto," medd Porffafôr wedyn.

"Blydi hel, Porffafôr! Be wyt ti, calendar?" oedd ateb parod ei chwaer fach.

Sgrechiodd y merched eu gwerthfawrogiad o fuddugoliaeth eu ffrind, cyn chwerthin fel hyenas ar helium. Chwarddodd Dryw Bach hefyd. Roedd Lili wastad yn gwneud iddo chwerthin. Er bod chwech i saith mlynedd rhyngddo a'i chwaer, bu'r ddau yn agos iawn erioed. Cwta flwyddyn yn hŷn na Mani oedd hi, ac fel y ddau agosaf at Dryw o ran oed y nhw oedd wastad yno pan oedd o'n hogyn bach. Roedd Mani'n gwneud iddo chwerthin hefyd – er, ddim cymaint yn ystod y flwyddyn neu ddwy cyn iddo fynd i ffwrdd. Mi oedd rhywbeth yn ei boeni bryd hynny. Cofiai Dryw yr olwg o erledigaeth yn llesgu'i lygaid chwim, fel petai rhyw ysbrydion aflan yn ei boeni byth a beunydd. Dyfalodd tybed ymhle'r oedd o rŵan. Sut fyddai o'n edrych erbyn hyn? Fyddai'r cysgodion wedi gadael ei lygaid? Fyddai o'n gwneud iddo chwerthin? Byddai'n dda i'w weld o.

Stydiodd Dryw ei chwaer. Cofiodd y tebygrwydd oedd rhyngddi a Mani o ran pryd a gwedd a dychmygai y byddai Mani, os oedd o wedi edrych ar ôl ei hun ac mewn iechyd, yn dal i edrych fel rhyw fersiwn wrywaidd, ryff o Lili Wen. Ac yn chwerthin, gobeithio.

Daeth 'Crazy' gan Seal ymlaen ar y jiwcbocs ac mi gododd Affro i fynd i biso. Roedd y genod yn rhy brysur yn jabran i ymateb i'r miwsig, ond mi drodd Dryw Bach ei glust ato'n syth. Roedd o wrth ei fodd efo'r gân. Y geiriau, mwy na dim arall, oedd yn ei gael o bob tro – 'But we're never gonna survive, unless we get a little crazy.' Roeddan nhw mor wir. Fiw i unrhyw un fod yn rhy ddifrifol yn y byd 'ma, meddyliodd, neu poeni ei hun i fedd cynnar fyddai o. Ond wedyn, os oedd rhywun *yn* 'crazy' – yn 'wahanol' neu ddim yn ffitio i mewn, neu jysd efo chydig o broblemau i'w sortio allan yn ei ben – roedd pobol yn troi eu cefnau ac yn ei alw'n 'seico' neu 'ffrîc' neu 'bad egg'.

Nid dyna sut oedd Dryw yn cofio Mani. Ddim o bell ffordd. Nid dyna sut oedd Lili Wen yn ei gofio fo chwaith. Y nhw oedd yn adnabod y Mani go iawn, ei wir natur, nid y brodyr hŷn oedd wedi gadael y nyth. Ond fel babis y teulu, doedd lleisiau Lili ac yntau ddim yn cyfri. Roedd Mani yn 'guilty as charged', wedi'i ddedfrydu a'i alltudio, a dyna'i diwedd hi...

"Killer pŵl?" holodd Neinti-Nein a chodi at y bwrdd darts i sgwennu enwau pawb mewn sialc, tra bod Witabix yn hel punt gan bawb – gan gynnwys Porffafôr a Gwcw, oedd angen gêm o killer i'w dadebru. Sgrifennwyd enwau Affro a Val Goch ar y bwrdd hefyd, ond heb eu marcio fel 'talwyd', a rhoddwyd bloedd ar Steve Austin, a daflodd ei enw i'r crochan trwy gyfrwng bloedd yn ôl o du ôl y bar.

"*BUT WE'RE NEVER GONNA SURVIIIIVE – UNLESS – WE GERRA LITTLE CRAYZEE...*"

Dryw Bach oedd yn canu wrth setio'r bwrdd i fyny, cyn torri a chwalu'r peli fel cawod o sêr gwib i bob cyfeiriad. Ond yn rhyfeddol, aeth yr un i lawr unrhyw boced, felly roedd rhaid iddo gymryd siot arall – yn unol â gofynion y rheolau ar gychwyn gêm o killer. Mi oedd yna ddigon o ddewis o bots hawdd, ond anodd oedd gweld un fyddai'n gadael siot anodd i bwy bynnag fyddai'n ei ddilyn. Bu Dryw yn hofran a phendroni am funud gron cyn penderfynu mai canolbwyntio ar botio pêl yn unig fyddai orau. Dewisodd ei shot, ac anelu. Tarodd, a methu.

Roedd o'n rhy syfrdan i hyd yn oed regi! Sythodd a sefyll yn gegagored wrth i gorws o wawdio croch lenwi'i glustiau. Sychodd Witabix un o dri bywyd Dryw Bach oddi ar y bwrdd du efo'i fys, cyn gweiddi ar Neinti-Nein.

Cydiodd Neint yn y ciw a suddo un o'r cochion, cyn sefyll mewn pôs seren roc, yn dal y ciw allan fel cleddyf o'i flaen. Bu mymryn o oedi cyn i rywun dderbyn y ciw gan mai Affro oedd yr enw nesaf ar y bwrdd du, a Val Goch wedyn, ond doedd dim golwg o'r ddau yn unlle. Aildrefnodd Witabix y rhestr ac mi gododd Shwgwr a chymryd y ciw, gan adael i Neinti-Nein ddilyn Dryw Bach trwy ddrws ochr y dafarn i doiledau'r dynion i danio joint.

"Sgen ti rwbath i werthu?" gofynnodd Neinti-Nein, a'i wallt pigog du yn gyrru cysgodion annaearol ar hyd y wal yng ngolau'r un bylb coch oedd yn hongian yn druenus o'r nenfwd gwyngalch tamp uwch ei ben.

"Oes, mêt. Ond dwi heb 'i dorri fo eto."

"Lle ffwc mae Affro, eniwe? 'Dio 'di dengid, dwa? Ma 'i beint a'i faco fo ar y bwrdd..."

"Ha!" medd Dryw Bach wrth ysgwyd ei ddiferion olaf i'r cafn. "Cwestiwn da, Neint! Cwestiwn da... Tyd, awn ni allan i'r cefn i orffan hon."

Wedi cael blastan go iach o'r sbliff, bownsiodd Neinti-Nein yn ei ôl at y bwrdd pŵl, gan adael Dryw Bach yn smocio'r gweddill ar ei ben ei hun yn yr oerfel. Gwrandawodd ar leisiau pawb yn diawlio wrth aros i Affro a Val Goch ailymddangos, a chyn hir roedd ei ben yn troi, diolch i gryfder y ganja du ac effeithiau'r bacardis a yfodd yn gynharach yn y noson. Syllodd ar yr ardd eang o'i flaen, a'r byrddau picnic pren ar y patio rhyngddo fo a'r gwair a'r coed yn y pen draw. Crynodd a chodi ei olygon tua'r awyr. Roedd hi'n clirio, a sêr i'w gweld mewn ambell ddarn o awyr. Dechreuodd fwmian canu efo'r gân ddeuai o'r jiwcbocs, 'Sunshine on a Rainy Day' gan Zoë. Hon fu un o ganeuon yr haf, pan oedd y byrddau picnic a'r patshyn gwair yn y pen draw yn llawn o griwiau difyr yn yfed a smocio yn yr haul. Tynnodd yn galed ar y tân poeth yng ngwaelod y joint ac anadlodd y mwg cras yn ddwfn i'w frest. Aeth i deimlo'n benysgafn eto, a daeth 'Dizzy' gan Vic Reeves a'r Wonder Stuff i gymryd lle cân Zoë am yr haul. Chwythodd y mwg allan ac aros am chydig i gael yr onglau'n ôl yn syth yn ei ben. Clywodd Steve Austin yn gweiddi "Affro!" i gyfeiriad y toiledau. Ddaeth dim ateb. Lle ddiawl oedd o, meddyliodd Dryw...

Mi gafodd yr ateb yn syth, a hynny gyda chlec a wnaeth iddo neidio allan o'i groen, pan ddisgynnodd ei frawd o'r awyr a glanio ar ei ochr ar fwrdd picnic yn syth o'i flaen.

18

Agorodd Onri ddrws y byngalo. Roedd hi'n dywyll yn y pasej, ond mi welai olau'r lamp yn dod o dan ddrws y stafell fyw ac mi glywai sŵn teledu. Fel hyn y cofiai'r lle pan oedd ei fam yn fyw – y tŷ mewn tywyllwch heblaw am y stafell fyw, lle byddai ei fam yn eistedd o flaen y tân gydag Eira Mai y gath yn gorwedd ar ei glin, a'r ddwy yn gwylio *Coronation Street*.

"Helô?" gwaeddodd wrth gau y drws tu ôl iddo.

Dim ateb.

"Coco? Shwgwr?"

Dim ateb eto. Agorodd ddrws y stafell fyw gan ofni be fyddai'n ei weld – nid yn unig ar sgrin y teledu, ond ar y soffa hefyd.

Doedd yr hyn a welodd y tro hwn ddim mor ddychrynllyd â hynny, fodd bynnag. *Match of the Day* oedd ar y bocs, a dim ond un corff oedd ar y soffa – a hwnnw efo'i ddillad ymlaen, yn chwyrnu'n braf efo rôl sigarét tu ôl ei glust.

"Coco!" triodd Onri eto.

Ddaeth dim byd ond mwmian aneglur rhyw eiriau random o gyfeiriad ei frawd. Trodd Onri ei drwyn wrth i'r ogla cwrw a ffags daro'i ffroenau. Rhoddodd bwniad i Coco ar ei ysgwydd. "Robat!"

Doedd dim deffro ar y swpyn, ond doedd hynny ddim yn ddrwg i gyd. Câi Onri sbario malu cachu efo'r living dead o leiaf. Aeth drwodd i'r gegin gefn a rhoi'r golau ymlaen. Tarodd ei fag o dan y bwrdd, cyn rhoi dŵr yn y tecell a'i droi o ymlaen, yna chwilota yn y cwpwrdd am fagiau te. Wedi cael hyd i'r rheiny, rhoddodd un mewn myg yn barod cyn mynd i'r toiled i biso.

Aeth draw at ddrws y llofft ffrynt a sbecian i mewn i weld os oedd Shwgwr yn ei gwely. Wedi gweld nad oedd hi, trodd yn ôl am y gegin, cyn rhoi bloedd o ddychryn wrth ddod wyneb yn wyneb â Coco Bîns yn rhuthro amdano efo'i freichiau o'i flaen fel zombie, yn rhegi ar dop ei lais, â llofruddiaeth neu waeth yn ei lygaid.

"Ffyyyyyciiiin cooooOOO...!" Stopiodd Coco'n stond pan adnabu wyneb ei frawd. "... ONRI?!"

"CocoJîsysffycJîsys!" gwaeddodd Onri a'i law ar ei galon. "Bastad!"

"Be ffwc ti'n da 'ma?" holodd Coco'n syn. "Lle ffwc ddos di o?"

"O Llandudno, ddau funud yn ôl," medd Onri wrth gael ei wynt. "Drias i dy ddeffro di. O't ti'n mwydro rwbath am Eli Wallach."

"Eli Wallach? Hmm... diddorol. Dyna'r trydydd gwaith...!"

"Eh?"

"Breuddwydio am Eli Wallach... Tair gwaith mewn wythnos rŵan."

"Be? A ti'n meddwl fod o'n arwydd o rwbath? Rhyw 'omen'?"

"Wel, chdi 'di'r seicaiatrist!"

Gwenodd y ddau frawd.

"Seicolojist, actiwali!" medd Onri. "Sud Ddolig ges di, Coco?"

"Ffycin grêt, diolch! Ond pam...?" Doedd Coco Bîns dal heb cweit ddeffro'n iawn.

"Pen-blwydd Mam fory?"

Gwyliodd Onri'r dryswch yn disgyn fel llen dros lygaid ei frawd, yna'n clirio fel niwl o lethrau mynydd wrth iddo gofio pa noson oedd hi.

"O ia... Ia, ia, siŵr dduw! Ti am aros yma heno, wyt? Ma'r gwely sbâr yn barod o hyd."

"Yndw, Coco. Dwi'n aros, yndw."

"OK. Fyddai efo chdi rŵan – jysd mynd i biso."

Tolltodd Onri baned iddo'i hun tra oedd Coco yn y toiled, ac aeth i eistedd wrth y bwrdd. Doedd 'na fawr o ddim byd o drugareddau eu mam ar ôl yn y gegin. Cofiai Onri am yr egg-timer hwnnw, un oedd yn sownd mewn cath fach borslen oedd ganddi ar y silff uchel. Duw a ŵyr be oedd gan gathod i wneud efo wyau.

Daeth Coco i'r golwg drwy'r drws, yn cau ei falog wrth gerdded at y ffrij. "Da dy weld di, Onri. Ffyc mi, ti'n lwcus bo fi 'di dy nabod di. O'n i'n meddwl na byrglar odda chdi... Be os fysa genai bastwn ac wedi dy hitio di – lladd 'y mrawd mawr! Tisio can o lager?"

"Na, gena i banad. Oes gena chi broblam lladron yn y lle 'ma dyddia hyn felly?"

Oedodd Coco am ennyd i ystyried. "Erm, nagoes a deud y gwir!" Chwarddodd wrth agor ei lager. "Pam ddiawl fyswn i'n meddwl na byrglar oedd yma, dwa?"

Gwenodd Onri. "Paid poeni. Dwi'm yn meddwl fo chdi 'di deffro digon i feddwl yn strêt. Da chi'n cadw'n iawn yma, ta? Lle ma Shwg?"

Gorfu i Coco feddwl am eiliad. "Yn y Drafal oedd hi tro dwytha imi'i gweld hi," meddai, cyn llowcio cegiad braf o'i gan. "Sut ma petha efo chdi? Sut ma... be ffwc 'di'i henw hi eto? Carol?"

"Caroline. Ma hi'n OK. Brysur..."

"Yndi mwn... Ma'n siŵr, 'lly," medd Coco, gan gywiro'i hun ar ganol brawddeg – er mai "Ydi hi'n dal i fod yn hen ast flin?" fyddai o wedi licio gofyn, mewn gwirionedd.

Gwenodd Onri. Gwyddai'n iawn be oedd ei frawd yn ei olygu. Er na welai lawer o fai ar ei wraig am beidio gwneud efo'i deulu, mi oedd o'n cytuno ei bod hi'n snob.

Eisteddodd Coco ar y bwrdd gyferbyn â'i frawd, cyn llowcio cegiad dda arall o'r lager. "Wel, dydi ddim yn rhy brysur i edrach ar dy ôl di, beth bynnag – ti'n edrach yn dda, cont!"

"Yndw, dwi'n cael lle da, chwara teg," medd Onri wrth batio'i fol. Mi oedd o wedi rhoi mymryn o bwysau ymlaen yn ddiweddar, ar ôl peidio mynd i'r gym mor aml. Roedd 'na ormod o fustych ifanc yn mynychu'r lle bellach – a'r rhan fwyaf ohonyn nhw ar steroids. "Be 'di hanas y twins gen ti, ta?"

Estynnodd Coco'r ffag o du ôl ei glust. "Ma Gareth yn chwaral a Sion yn gneud A-Levels."

"O, mi wnaeth Sion aros felly? Go dda rŵan, Coco. Digon yn ben yr hogyn! Be mae o'n feddwl ei wneud, ti'n gwbod?"

"Duw a ŵyr, i fod yn onest efo chdi, Onri. Dwi heb ei weld o i siarad efo fo ers rhyw fis bellach. Dwi'n gweld Gareth reit amal, de. O'n i'n chwara ffwtbol efo fo heddiw, coelia ne beidio! Mae o yn y tîm cynta rŵan!"

"Cer o'na!" medd Onri gan wenu'n siriol.

"Yndi, sdi. Sweeper. Un bach da 'fyd."

"Oedd o'n galw chdi'n 'Dad' ar y cae?"

Gwenodd Coco Bîns. Peth prin oedd cael tad a mab yn chwarae yn yr un tîm. "'Di'r diawl bach rioed wedi 'ngalw fi'n 'Dad' beth bynnag, On!" atebodd gan chwerthin. "Ges i red card o achos y ffycar 'fyd!"

"Pam? Be ddigwyddodd?"

"Ros i datsh i'r boi driodd dorri'i goes o! Reit o flaen y reffarî! A wel!"

Taniodd Coco ei rôl a bu rhai eiliadau o dawelwch. Gwyliodd Onri ei frawd. Doedd o'n newid dim, yn dal i fod yn denau ac esgyrnog, ei groen yn llwyd a bagiau duon dan ei lygaid, efo mop o wallt cyrls tywyll, blêr, a thyfiant wythnos neu ddwy o flew yn bygwth mygu ei fwstash bandido. Roedd o'n dal i wisgo cylch o aur yn ei glust ac mi oedd y graith amlwg honno a redai o'i gorun at uwchben ei lygad dde yn dal i hollti ei dalcen.

Cofiai Onri'r digwyddiad fel tasa hi'n ddoe. Chwarae 'fox and hounds' oeddan nhw, yn Chwaral Cefn, pan oedd Coco tua wyth oed a Kola Kube yn un ar ddeg. Yr hogia hŷn oedd y cŵn hela, ac os oeddan nhw'n dal un o'r llwynogod roeddan nhw'n rhoi cweir iddyn nhw – nid cweir go iawn, dim ond ychydig o 'dead legs' ac ambell i slap. Ond mi oedd Kola Kube yn mynd rhy bell weithiau – yn enwedig efo'i frodyr – ac mi drodd y chwarae'n chwerw. Gwylltiodd Coco Bîns a rhoi dwrn i Kola Kube yn ei geilliau, ac mi wylltiodd hwnnw'n gandryll yn ei boen a dechrau waldio Coco. Rhedodd Coco i ffwrdd, ac mi daflodd Kola Kube dalp o lechen ar ei ôl o. Mi ddaliodd y llechen i fyny efo pen Coco Bîns fel roedd hwnnw'n troi rownd i weiddi rhywbeth ar ei frawd hynaf. Roedd yna waed yn bob man, a phawb wedi dychryn am eu bywydau – heblaw Kola Kube, fu erioed â llawer o gydwybod. Tri deg a phump o bwythau gafodd Coco. Cofiai Onri eu mam yn eu diawlio i'r cymylau. Dyna'r unig dro y gwelodd yr un ohonyn nhw hi wedi gwylltio.

Syllodd Onri ar lygaid ei frawd i weld os gwelai arwyddion o boen meddwl. Ond doedd dim pryder yn y byd i'w weld yn Coco Bîns. Dylai beidio arsyllu ar bobol fel hyn, meddyliodd. Teimlai fel peth amharchus i'w wneud. Ond dyna fo – mae arlunydd yn licio golygfeydd, cerddorion yn astudio offerynnau a ffermwyr yn gwirioni ar ddefaid a thractors...

Pesychodd Coco'n drwm, a chodi i fynd at y sinc i boeri.

"Oes genan ni floda at fory, ta?" gofynnodd Onri wrth droi ei drwyn.

"Ma nhw yn tŷ Lili Wen."

"Faint sy arna i?"

"Dwn 'im, sdi. Gawn ni wybod gan Lili fory."

"Dyna fo, ta," medd Onri gan ddylyfu gên a mestyn ei freichiau. "Wsti be, dwi am fynd i'r gwely, dwi'n meddwl. Dwi'n hollol nacyrd."

"Ia, ffwr â chdi. Ti'n gwbod lle mae o. Neis dy weld di, Onri. Y cont!"

Gwenodd Onri. Roedd o wedi mwynhau siarad efo Coco hefyd. Er ei fod o wedi meddwi doedd o heb fwydro cymaint ag arfer. Roedd yna ryw agosatrwydd eithaf addfwyn amdano heno. Ac mi oedd hi'n hwylus mai dim ond y nhw o'u dau oedd yma, sbario gorfod mân siarad efo llond tŷ o rwdins meddw...

Ar hynny, daeth sŵn lleisiau uchel eu cloch o du allan y drws ffrynt. Agorodd y drws a daeth y paldaruo i mewn i'r tŷ, ac yna i'r gegin.

"Onri!" gwaeddodd Lili Wen, a dod draw i roi coflaid fawr i'w brawd.

"Dyna fo," medd Dryw Bach. "Ddudas i na dy gar di oedd y Merc tu allan!"

"Nefoedd y nionod!" gwaeddodd Porffafôr. "Frère Onri! Sud wti?"

"'Di Shwgwr efo chi?" gofynnodd Coco Bîns.

"Ma hi tu ôl i ni, efo Gwcw Blastig," atebodd Dryw Bach. "Ma nw'n cario Affro."

"'Di meddwi mae o?"

"Naci, 'di brifo'i 'senna. A'i ffêr."

"Sut ffwc?"

"Disgyn o ffenast llofft y Drafal!"

19

Hyd yn oed pe na bai Mani wedi cymryd cymaint o sulphate mi fyddai'r holl ddelweddau oedd yn rhuthro trwy'i ben wedi ei gadw'n effro beth bynnag. Wedi hel rhyw ychydig o bethau i'w fag bu'n eistedd yn y gadair wrth ffenest gefn y fflat am y rhan fwyaf o'r nos, yn smocio a dŵdlo brasluniau o wynebau amrywiol ar gyrion y papur-am-ddim a gododd o stepan drws y fflat ar ei ffordd i mewn. Er na chredai fod y cops yn gwybod lle'r oedd yn byw y dyddiau hyn, gwyddai y gallai ddianc yn hawdd drwy'r ffenest gefn hon petaen nhw'n galw, gan ei bod yn agor i ben to storws y siop garpedi ar y stryd nesaf.

Dwy ddelwedd oedd yn ymddangos amlaf yn ei feddwl – wyneb Mince yn waed i gyd a llygaid Fizz yn llawn ansicrwydd. Bu bron iddo ildio i'r demtasiwn i fynd i edrych amdani ar un adeg, ond cadwodd ei ddisgyblaeth yn gadarn. Byddai arwain y cops at ei ddrws yn ddigon drwg, heb sôn am unrhyw ddihirod allasai fod yn chwilio amdano. Doedd y bagiau chwain ddim yn mygs o bell ffordd, a doedd wybod os oedd Felix yn un o'u dynion mawr. A pho fwyaf y meddyliai am hynny, y mwyaf roedd o'n beio Shakatak am eu gyrru mor gung-ho at ddrws y twat.

Mi fyddai Fizz yn siŵr o glywed y newyddion heddiw, fodd bynnag, meddyliodd, ac yn rhoi dau a dau efo'i gilydd. Gobeithiai Mani y câi hi'r neges a adawodd o yn y siop jips, ac y byddai'n dod i'w gwrdd wrth y bandstand fel yr oedd wedi gofyn. Ond hyd yn oed pe na bai'n dod i'w gwrdd, o leiaf mi fyddai'n gwybod ei fod o'n iawn.

Ond roedd wyneb arall wedi dod i'w feddyliau neithiwr hefyd. Wyneb na welodd ers amser. Bu farw ei fam tra oedd o'n dal yn y carchar. Doedd o heb ei gweld ers yr achos llys tua dwy flynedd cyn hynny, a heb siarad efo hi ers cael ei gloi i fyny ar remand. Wnaeth Mani ddim gyrru VO i neb wedi iddo gael ei ddedfrydu. Doedd o ddim isio ymweliad gan unrhyw un. Ac i ddweud y gwir, doedd ganddo neb fyddai isio dod i'w weld. Gwnaeth Mani'r penderfyniad er lles ei fam. Ei lles hi oedd ei gymhelliad dros bopeth a wnaeth. Roedd ei fam yn meddwl y byd o Derek. Byddai'n torri ei chalon o wybod be wnaeth o. Wyddai'r graduras ddim mai diafol oedd y dyn oedd wedi ymddangos o Lundain a'i sgubo oddi ar ei thraed.

Petai gan Mani fodd o weld y dyfodol mi fyddai wedi lladd Derek bryd hynny, yn hytrach na thorri ei freichiau, ei goes a'i benglog. Mi fu'n agos iawn i wneud, meddai'r meddyg yn yr achos llys. Un glec arall efo'r mwrthwl lwmp ac mi fyddai'r basdad efo'r pryfaid genwair. Ffromodd Mani wrth gofio am y llythyrau maleisus yrrodd Derek iddo i'r carchar – i gyd wedi'u gyrru o Lundain, i lle y dihangodd y llygoden fawr wedi'r achos. Trwy gyfrwng un o'r llythyrau hynny y cafodd wybod fod ei fam wedi'i chladdu – a wnâi Mani byth faddau i'w frodyr mawr am beidio gadael iddo wybod. Er bod cynnwys y llythyrau cystal pob gair â chyfaddefiad o euogrwydd Derek, wnaeth Mani ddim eu gyrru ymlaen i'w deulu. Doedd o ddim isio eu maddeuant, achos doedd o'm isio'u nabod nhw. Fydden nhw byth wedi'i goelio fo beth bynnag, ac mi fyddai'r ffaith i Derek arwyddo'r llythyrau ag enw ffug yn esgus perffaith iddyn nhw. Ond mi gadwodd Mani'r llythyrau, achos mi oedd o isio i Dryw Bach a Lili Wen eu gweld nhw – rywbryd. Roedd hynny'n bwysig. Dyna pam y rhoddodd nhw i Mince i fynd allan efo fo pan oedd hwnnw'n gadael Kirkham. Roeddan nhw'n dal i fod ganddo fo'n rhywle.

Fu Mani erioed adref wedyn, ddim hyd yn oed i roi blodau ar y bedd. Gwyddai fod y teulu'n ei feio fo am bopeth – ac yn bennaf, am chwalu ysbryd ei fam. Mi oedd o wedi dychryn Derek i ffwrdd – 'haul ei bywyd' o'r diwedd, ar ôl dioddef blynyddoedd o ddynion yn cachu arni. Honno oedd yr ergyd olaf. Derek ei hun ddywedodd hynny wrtho yn ei lythyrau ffiaidd, llawn gwenwyn. Roedd y basdad twyllodrus, dialgar wrth ei fodd yn rhoi halen ar ei friwiau, tra bo pawb yn dal i feddwl fod yr haul yn tywynnu o dwll ei din o.

Ond eto, mi allai Mani fod wedi handlo pethau'n well. Pan ddaeth ar draws y twyll, dylai fod wedi meddwl am ffordd o dorri'r newyddion yn dawel i'w fam. Ond gwyddai y byddai'n torri ei chalon waeth pa mor ofalus y byddai'n dewis ei eiriau. Sut y byddai hi'n ymateb i gael gwybod mai confidence trickster oedd y dyn roedd hi'n ei garu, ac mai dwyn ei phres oedd ei fwriad, nid ei chalon? Ond fyddai Mani ddim wedi cael amser i feddwl am gynllun, fodd bynnag, achos mi gododd hen fwgan ei dymer wyllt eto, i ddisodli rhesymeg. Yn hytrach na defnyddio ei ben, defnyddiodd Mani be oedd Mani'n arfer ei ddefnyddio...

Mi fu'n fflangellu ei hun ynghylch ei fam am amser hir, yn gweld bai arno fo ei hun er gwaethaf popeth. Mince, ac yna Fizz, roddodd iddo'r nerth i ddygymod â'i uffern feddyliol. Y nhw fu'n ei berswadio droeon mai cymhellion clodwiw ac anhunanol oedd y tu ôl i'w weithredoedd, ac mai Derek oedd wrth wraidd marwolaeth ei fam, nid y fo. Roedd clywed Fizz yn dweud hynny yn rhyddhad enfawr. Hyd hynny doedd o erioed wedi meddwl y byddai unrhyw un 'call' yn ei goelio. Cofiai iddo ddweud hanner y stori wir wrth Porffafôr unwaith, yn fuan wedi iddo gael ei arestio, ond gwyddai nad oedd hwnnw wedi'i goelio yn iawn. A hyd yn oed pe byddai wedi ei goelio, unwaith y newidiodd Mani ei stori a 'chyfaddef' popeth roedd hi'n rhy hwyr. Dafad ddu fuodd Mani erioed. Seico treisgar, "fucked-up", "hunanol" a "twisted". Dyna oedd yn lliwio barn pawb amdano, tra bo Derek yn "ffeind efo mam", yn "ei gwneud hi'n hapus" ac yn "ddyn mor annwyl". Pwy fyddai'n derbyn stori "lleidr" efo problemau meddyliol yn erbyn gair Mr Sunshine – ail agos i Iesu Grist ei hun?

"Y ffycin neidar!" sgyrnygodd Mani wrth godi o'r gadair a brasgamu o amgylch y fflat, cyn sylweddoli ei fod o wedi dechrau meddwl yn uchel eto. Bu'n gwneud hynny'n aml yn ystod y cyfnodau drwg. Triodd anadlu'n ddwfn, fel y dywedodd Fizz wrtho am wneud pan oedd o'n teimlo'i dymer yn mynd yn drech nag o. Cofiodd ei chyngor i beidio gadael i'r rhwystredigaeth droi'n hunandosturi hefyd. Mi fyddai'r pyliau o euogrwydd a hunangasineb yn parhau hyd nes y byddai o ei hun yn wynebu'i deulu, meddai, a tan iddo wneud hynny byddai'n rhaid iddo ddysgu ymdopi. Ond o ran unrhyw hunandosturi, byddai'n *rhaid* iddo ddysgu i'w osgoi ar bob cyfri. Hunandosturi oedd yn troi pobol yn angenfilod, yn ôl Fizz.

"Mam druan!" medd Mani, yn dawelach y tro hwn, wrth drio cofio faint fyddai ei hoed hi heddiw. Chwe deg rwbath? Doedd Mani heb ddisgwyl iddi farw yn credu fod ei mab wedi gwneud yr holl bethau 'na. Doedd hynny ddim yn rhan o'r cynllun o gwbl. Dewis yr amser iawn i rannu'r gwir efo hi oedd ei fwriad, nid gadael iddi fynd i'w bedd yn credu fod ei mab wedi cachu arni fel y gwnaeth yr holl ddynion dros y blynyddoedd. Cofiodd yr holl enwau cas y cafodd ei galw oherwydd ei hanlwc efo dynion. "Mari Barti, Mari Nymffo," heriai'r plant yn yr ysgol. "Ydi o'n wir na prostan ydi dy fam, Manuel?" medda Kev Cwd y bwli – cyn i Mani ei roi yn yr ysbyty.

Gwenodd Mani'n dywyll. Doedd o'm yn cofio faint ohonyn nhw waldiodd o, ond mi gofiai'r rhyddhad a deimlai ar ôl eu curo'n sypiau gwaedlyd, llonydd. Cofiai'r heddwch bodlon hwnnw oedd yn werth pob eiliad o'r hunllef edifeiriol a ddeuai i'w ganlyn. Yna cofiodd deimlo'n unig...

Ystyriodd Mani sawl gwaith oedd rhywbeth yn bod arno, oedd o *yn* seicopath fel y galwai pobol o. Fyddai neb normal yn mynd â tsiaen beic efo fo i'r ysgol a chwalu gwyneb rhywun yn rhubanau o gig a gwaed ar ganol yr iard. Dyna oedd adroddiadau'r athrawon a'r child psychologists a'r dŵ-gwdars eraill yn y Social Services yn awgrymu. Ond gawson nhw mo'r cyfle i ddweud yn iawn – wnaeth Mani erioed gwblhau unrhyw gwrs na rhaglen efo nhw...

A be ffwc oeddan nhw'n ei wybod eniwe? 'Behavioural psychologists' â'u ffycin pennau mewn llyfrau llwyd. Fel Onri, â'i agwedd smyg, hunangyfiawn a hollwybodus, yn astudio ac analeiddio – yn cogio "trio helpu" wrth droi ei gefn a bradychu.

Fyddai hwnnw ddim yn gweld y gwir 'tai o'n ei hitio ar dop ei ffycin drwyn Galaidd. Ffycin myg! Hipi mewn ffycin siwt yn ista mewn swyddfa, yn gwybod pob dim ond dallt ffyc ôl! Llygad am lygad ydi bywyd, nid cwrs o therapi. Ffyc off!

Astudio i fod yn seicolojist oedd Fizz, ond doedd *hi* ddim yn pregethu. Hyd yn oed ar ôl iddo ddatgelu ei hanes treisgar yn yr ysgol, wnaeth hi erioed feirniadu. Mi eisteddodd i lawr a gwrando. Wedyn holi, a gwrando mwy. A dod i *ddeall* yn lle beio. Mi helpodd hynny Mani i ddeall ei hun. Diolch iddi hi, roedd o bellach yn gwybod nad oedd o'n fonstyr.

Caeodd y llifddorau yn ei ben er mwyn atal y ffrwd o feddyliau oedd yn bygwth golchi torlannau cadarn rhesymeg i ffwrdd efo'r lli. Amser i gadw'r meddwl yn glir oedd hi, nid i golli gafael. Safodd o flaen y drych ar wal y gegin. Edrychai fel seicopath heddiw, meddyliodd wrth deimlo'r lefelau stres yn gostwng o'r diwedd.

Trodd y radio ymlaen, yna'r tecell. Tolltodd jochiad dda o Jack Daniels a hanner gram o speed ar ben y coffi. Meddyliodd eto fyth be oedd o angen ei wneud heddiw, cyn gadael y ddinas. Byddai'n rhaid iddo drio mynd i weld Mince, rywsut. Allai o ddim gadael heb wneud hynny. Byddai'n well ganddo gerdded i mewn i orsaf heddlu – o leiaf mi gâi ymweliadau yn y carchar, i allu cadw mewn cysylltiad. Ac mi oedd yn rhaid iddo fynd i gwrdd â Fizz erbyn tri. Byddai'n dechrau gweithio am ddau y prynhawn, meddai Shak, felly mi adawodd nodyn iddi, yn Gymraeg, a'i binio fo efo sêffti pin ar ei ffedog yng nghegin y siop jips neithiwr, cyn cael lifft adref gan Juice.

'TUD I WELD Y BAND. 3 O GLOCH PLEASS – XXX.'

Gwyddai y byddai'n deall ble i ddod er gwaethaf ei sillafu clapiog. Ond wyddai o ddim *fyddai* hi'n dod. Â hithau eisoes yn poeni am y trais cynyddol yn ei fywyd, efallai y byddai clywed ei fod o'n rhan o'r "gangland gun battle" oedd ar y bwletinau radio neithiwr yn ddigon i'w dychryn i ffwrdd am byth. Fyddai Mani ddim yn ei beio. I ddweud y gwir, byddai'n teimlo rhyw fath o ryddhad. Roedd hi'n ffycin amlwg bellach mai magned i drwbwl a thywyllwch oedd o. Enaid wedi'i eni o dan seren ddu. Roedd Fizz yn haeddu gwell. Saffach o lawer fyddai iddi gadw i ffwrdd.

Teimlodd ei waed yn berwi eto wrth i'r atgasedd tuag ato'i hun, ei fyd a'i seren ddu gorddi yn ei berfedd. Triodd anadlu'n ddwfn, ond roedd o'n rhy wan i ymwrthod. Agorodd y llifddorau a chwydodd y dyfroedd budr trwy'i ymennydd. Tydi psychos ddim i fod i deimlo emosiynau. A tydi 'ffrîcs' a 'bad eggs' ddim yn haeddu cariad. Cariad! Roedd hyd yn oed meddwl y gair yn teimlo'n ffycin od! Be *oedd* cariad? Gair ffansi am lyst? Gair posh am golli gafael ar realaeth? Term technegol am fod isio gollwng dy fywyd dy hun, mwya sydyn – dy gynlluniau, dy freuddwydion – a sticio dy hun fel atodiad i gynlluniau a breuddwydion person arall. Fel Fizz yn sôn am fynd â fo efo hi rownd y byd. Ffycin nonsans llwyr. Disodlwr rhesymeg ydi cariad. Dibyniaeth emosiynol. Rhwystr ar y daith i ddod i adnabod dy hun. Meddwl, mwya sydyn, fod dy holl fywyd yn dechrau a gorffen efo rhywun ti newydd eu ffwcio mewn parti. Gair arall am delusion ydi cariad. Mae'r byd i gyd yn ffycin deluded. Mae bobol yn byw delusions, yn darllan am delusions, hyd yn oed yn canu am eu delusions – ac mae bobol yn gwrando arnyn nhw! Fel y ffycin gân 'ma ar y ffycin radio rŵan...

'... *YOU KNOW IT'S TRUE... EVERYTHING I DO... I DO IT FOR YOU...*'

Fuodd y ffwc peth yn nymbar won o ganol ha tan y gaea, ac mae bobol yn *dal* i wrando arni! Dyna be ydi mass delusion. Mae'r FFYCIN BYD yn FFYCIN NYTS! Cleciodd y coffi a thaflu'r myg i'r drych ar y wal, gan chwalu'r dyn oedd ynddo yn llafnau arian hyd y llawr...

Teimlai'n well wedi cael gwared o'r seico yn y drych. Anadlodd yn ddwfn ac araf. Peidiodd Bryan Adams â'i wneud i deimlo'n sâl, a daeth newyddion wyth ymlaen. Gwrandawodd ar y darlledwr yn adrodd fel y bu pobol yn "running for cover as the gun battle raged", ond doedd dim sôn penodol am lygad-dystion hyd yma. Gwrandawodd yn astud am sylw am Mince, ond ddaeth dim byd newydd dros y tonfeddi, dim ond yr hyn a ddywedwyd ar y bwletinau trwy gydol y nos, sef bod "one victim taken to hospital with critical but not life-threatening injuries".

Estynnodd y paced o ffags a agorodd ar ôl dod adref neithiwr. Doedd ond pedair ar ôl, ond mi daniodd un arall beth bynnag.

Tynnodd yn ddwfn ar y mwg wrth i 'Crazy' gan Seal ddilyn y newyddion. Clywodd ei hun yn canu'n dawel.

"... *But we never gonna survive... unless we get a little crazy...*"

20

Crafodd Onri'r rhew oddi ar winsgrin y Merc. Bu'n rhaid iddo dollti dŵr berwedig ar glo'r drws yn gynharach, er mwyn gallu tanio'r injan a'i gadael i redeg efo'r gwresogydd ymlaen fel bod y ffan yn gyrru'r aer cynnes i'r ffenest. Osgoi defnyddio de-icer wnâi Onri, os medrai, gan ei fod o'n gadael rhyw femrwn seimllyd ar y gwydr. Gwyddai ei fod o'n ffysi, ond roedd o'n meddwl y byd o'r Merc newydd.

"Iawn, Onri!" medd llais crynedig o'r pafin wrth ei ymyl. Cododd ei ben a gweld fod Dryw Bach wedi ymddangos o rywle, fel rhyw ysbryd. Edrychai fel drychiolaeth hefyd, efo'i wyneb llwyd a'r bagiau duon o dan ei lygaid.

"Diodda, Dryw Bach?" holodd ei frawd.

"Yyrg!" atebodd Dryw.

"Coffi wyt ti angan. Un cry."

"Ffwcio coffi. Lager dwi isio."

"Fyddi di'n chwil cyn mynd i'r fynwant!"

"Ma hynny'n well na bod fel zombie, dydi?"

Gwenodd Onri'n sarrug. Anghytunai, ond mi ddeallai'r rhesymeg.

"Car newydd, felly?" medd Dryw gan gerdded rownd y bonet yn edmygu'r Merc yng ngolau dydd. "'Dio'n mynd yn dda?"

"Fflio mynd," medd Onri efo winc.

"Dwi rioed 'di bod mewn Merc."

"Naddo wir?" medd Onri gan godi'i aeliau. "Bydd raid i ti ddod am sbin efo fi rywbryd."

"Ga i ddreifio 'fyd?"

Rhoddodd Onri chwerthiniad bach. "Gawn ni weld, ia! Sgen ti gar dy hun o gwbl?"

"Nagoes. Dwi jysd yn dreifio Affro o gwmpas yn ei fan."

"Fysa car dy hun yn handi i chdi."

"Duw, pam? Dwi'm yn mynd i nunlla..."

"Dwi'm yn synnu, os oes gen ti'm car!"

"Ma 'na ddigon o fysus!"

"Da i ddim byd – ti'n dibynnu ar ffactorau tu hwnt i dy reolaeth."

"Eh?"

"Fysa chdi'n gallu cael job. Joban iawn, dwi'n feddwl, dim cash-in-hand efo Kola Kube."

"Hmm. Dwn 'im... Sgenai'm cwalifficêshiyns. A dwi'n hapus efo 'mhaentio."

"Paentio?"

"Ia. Wsdi, efo paent."

"Haha!" medd Onri'n goeglyd. "Decoretio ta artist?"

"Portrets, landscêps – rwbath rîli."

"Dow! Wyddwn i ddim! Fyswn i'n licio'u gweld nhw gen ti."

"Wel galwa draw i'r fflat rywbryd, ta! Gei di weld petha 'nes i o'r blaen. Dwi heb baentio rwbath newydd ers sbel rŵan, i fod yn onast."

"Iawn, mi ddo i heibio pan ga i jans... Ond pam ti 'di stopio?"

"Dwn 'im. Bôrd, falla..."

"Wyt ti'n dal i ddarllan, ta?" holodd Onri.

"Weithia. Damia, rhaid i fi ddod â'r llyfr 'na'n ôl i chdi..."

"Duw, cadwa fo. Dwi 'di ddarllan o eniwe. Ella ddaw o'n handi i chdi."

"Daw ffwc! Dwi'm yn 'i ddallt o!"

Chwarddodd Onri wrth gydnabod nad yw *Amusing Ourselves to Death* yn llyfr hawdd i'w dreulio.

"Tisio panad, Onri?" gwaeddodd Shwgwr o ben drws y byngalo.

Edrychodd Onri ar ei watsh. "Fysa hi'm yn well i ni gychwyn, dwa? Ma hi'n twenti tŵ."

"Dau funud o walk 'di'r fynwant, siŵr!" atebodd Shwgwr. "Be ti'n neud yn tanio'r car eniwe'r diawl diog? Dryw Bach, gymri di banad, ta?"

"Ddim diolch, Shwg," atebodd Dryw. "Ond mi gymera i gan o lager."

Diflannodd Shwgwr yn ôl i'r byngalo a dilynodd Dryw Bach hi, gan adael Onri'n ffaffian efo'i Mercedes.

Wedi meddwl dreifio adref yn syth o'r fynwent oedd Onri. Dyna pam oedd o am fynd yno efo'r car. Doedd ganddo fawr o awydd mynd i'r Drafal wedyn. Dim efo'r treib i gyd. Bu neithiwr yn ddigon o fwrn iddo. Doedd 'na ddim ffraeo, fel mae'n digwydd, ond roedd diodda llond cegin o baldaruwrs meddw gaib yn malu cachu tra oedd o'n sobor fel sant cyn agosed i uffern ag y gallai Onri ei ddychmygu. Er, mi oedd hanes be ddigwyddodd i Affro yn reit ddoniol. Cywilyddus – fel arfer – ond doniol.

Digri hefyd oedd gweld y brodyr yn trio adrodd y stori iawn heb i Lili Wen a Shwgwr glywed, tra bo Lili Wen a Shwgwr yn adrodd yr un stori'n union heb i'r dynion sylweddoli. Wedi mynd i fyny'r grisiau, lle'r oedd toiledau'r merched, ar ôl Val Goch oedd Affro, a'r ddau wedi mynd i un o stafelloedd gwely a brecwast gwag y dafarn am jymp slei. Ond wrth drio dod o'r stafell ar ôl ffymblar meddw ar y gwely, rywsut mi sticiodd latsh y drws yn solat, a'u cloi i mewn. Felly mi benderfynodd Affro fynd allan trwy'r ffenest a thrio neidio i ben grisiau metel y ddihangfa dân. Roedd o'n giamstar ar ddringo ers pan oedd o'n blentyn, ond ar ôl cratsiad o gwrw roedd pethau'n edrych yn agosach nag oeddan nhw go iawn – rhywbeth y sylweddolodd Affro ar ôl iddo fethu top y grisiau o ddwy droedfedd glir, ac i lawr â fo fel sach o datws. Roedd o'n lwcus ofnadwy mai ar un o'r byrddau pren y glaniodd o, neu mi fedrai fod wedi brifo'n waeth. Fel y buodd hi, doedd pethau ddim yn argyfwng – er, mi edrychai'n debyg ei fod wedi cracio un neu ddau o'i asennau, neu o leiaf wedi'u cleisio. Roedd ei ffêr wedi'i chael hi hefyd, ond mi allai roi rhywfaint o bwysau arni felly credai nad oedd o wedi'i thorri. Doedd o ddim am fynd i'r ysbyty i gael X-ray, beth bynnag. Ddim am rŵan, meddai.

Daeth Gwcw Blastig rownd y gornel efo pâr o faglau oedd ganddo yn ei sied ers pan dorrodd ei goes wrth ddisgyn trwy do asbestos garej Kola Kube ddwy flynedd yn ôl. Baglau Coco Bîns oeddan nhw cyn hynny, a Porffafôr cyn hynny wedyn. Doedd dim pwynt mynd â nhw 'nôl i'r ysbyty, y ffordd roedd y Bartis yn mynd trwy esgyrn.

"Mae'r Iesu wedi fy iacháu!" gwaeddodd wrth weld Onri'n edrych, cyn dal y baglau yn yr awyr yn fuddugoliaethus.

Ysgydwodd Onri ei ben wrth weld fod ei frawd yn dal yn feddw gaib. Cofiodd ei weld yn gadael y byngalo am bedwar y bore, yn bownsio oddi ar y waliau. Anwybyddodd ei ffwlbri, a cherdded am y tŷ.

Doedd fawr gwell siâp ar weddill y tylwyth. Eisteddai Coco Bîns wrth y bwrdd yn mwytho can o lager ac yn crynu. Yn griddfan wrth ei ochr, â'i ben yn ei ddwylo a'i aeliau du, trwchus a chudynnau o wallt gwyn yn ymwthio rhwng ei fysedd bananas, oedd Porffafôr. Safai Affro yn pwyso yn erbyn y ffrij, yn cwyno am ei boenau bob yn hyn a hyn.

"Fysa'm yn well i ti ista i lawr, Affro, lle sefyll yn fa'na'n swnian?" medd Dryw Bach wrth estyn can iddo'i hun o'r ffrij.

"Ma'n ribs i'n brifo'n waeth os dwi'n ista i lawr, Dryw Bach!"

"Wel cer i sefyll yn rwla allan o'r blydi ffordd!" medd Shwgwr, oedd wrthi'n rhoi clingffilm dros y brechdanau roedd hi wedi'u paratoi at nes ymlaen.

"Blydi hel, hogan! Dwi mewn blydi poen fan hyn, sdi. Ac o dan deimlad..."

"Dan blydi draed ti'n feddwl!" medd Lili Wen, oedd hefyd yn trio'i gorau i gael trefn ar bopeth er gwaetha'i "hangover from hell". "Onri, ti'n siŵr fo ti'm isio panad?"

"Yndw tad," atebodd hwnnw, cyn edrych ar ei watsh eto. "Hannar dydd ddudson ni ynde?"

"Ia," medd Affro. "Ond 'dio'm bwys os ydan ni'n hwyr, nacdi? 'Dio'm fel bo Mam yn mynd i fod yn aros amdanan ni."

"Hoi!" medd Lili Wen wrth dendio i'r blodau a ddaeth efo hi ben bora. "Mi fydd hi yno mewn ysbryd, siŵr dduw!"

"Ti'n gwbo be dwi'n feddwl, Lili Wen!"

"Ydi pawb yma, ta?" holodd Onri.

"Pawb heblaw'r Kube," medd Dryw Bach.

"Ffwcio'r Behemoth 'na!" medd Porffafôr, oedd yn tueddu i regi bob tro y cyfeiriai at eu brawd hynaf. "Ddaw o'n syth i'r fynwant, fel arfar."

"A Gwcw?" sylwodd Lili Wen. "Lle mae o, ta?"

"Dyma fi!" gwaeddodd Gwcw, wedi bod yn piso ar ei ffordd i mewn. "Affro – ynda, bagla i chdi. Coco – sgen ti gwrw'n y ffrij?"

"Tyd â un arall i finna 'fyd," medd Affro. "Dwi angan painkiller."

"Fydda chi'n chwil cyn cyrraedd y fynwant!" gresynodd Onri.

"Paid â rwdlan!" medd Coco Bîns. "'Dan ni'n chwil yn barod siŵr!"

Ysgydwodd Onri ei ben. Doedd hyn ddim yn argoeli'n dda o gwbl. Gwyddai fod ei fam yn licio'i diod, a'i bod hi wedi hen arfer efo'i phlant yn meddwi. Ond hoffai Onri feddwl ei bod mewn lle tawel rŵan – lle heb alcohol a stŵr i amharu ar yr heddwch. Mi liciai feddwl, hefyd, y gallent, fel ei phlant, aros yn sobor am un bore er mwyn dangos ychydig o barch. Ond doedd fawr o obaith o hynny, meddyliodd wrth edrych ar y llanast o frodyr o'i gwmpas. Doedd yr un ohonyn nhw i weld yn gwneud fawr o ymdrech. O leiaf roedd *o* wedi gwisgo siwt.

"Gerwyn! Rhian!" gwaeddodd Lili Wen ar ei phlant o'r ardd gefn. "Dowch ŵan, 'dan ni'n mynd!"

"Oi!" gwaeddodd Shwgwr pan glywodd y ddau blentyn saith ac wyth oed yn rhegi tu allan. "Blydi iaith gan rhein, Lili Wen!"

"Dwi'n gwbod, Shwg. Maen nhw'n ffycars bach digwilidd wedi mynd."

"'Im isio mynd i'r fynwant maen nhw," medd Porffafôr. "Pwy all 'u beio nhw?"

"Rhyfadd, de," medd Gwcw Blastig. "Maen nhw'n byw ac yn bod yn y lle ar fin nos, yn yfad seidar a smocio..."

"Siarad di am dy blant dy hun, Gwcw Blastig!" dwrdiodd Lili Wen. "Dydi rhein ddim 'di dechra'r antics yna eto!"

"Ia, Gwcw," ategodd Shwgwr. "Rheitiach i ti lusgo'r diawliad bach 'na sgen ti i gofio am eu nain am unwaith yn eu bywyda!"

"Sut ffwc fedrai?" protestiodd Gwcw. "A nhwtha'n byw yn Aber?"

"Dydi Aber ond i lawr y ffordd!" haerodd Lili Wen.

"Sa waeth iddyn nhw fod yn y ffycin Sowth Pôl cyn bellad â bod y ffycin slagsan yna'n y cwestiwn!"

"Hoi! Sa'm isio iaith fel'na ar ddiwrnod fel heddiw, diolch yn fawr!" dwrdiodd Shwgwr. "Mae hi'n fam i dy blant di!"

"Ma hi dal yn ffycin slag!"

"Gwcw!" medd Onri.

"Cau di dy ffycin geg, y ffycin ex-pat! Lle ma'r Queen of

Sheba gen ti, ta? Eh? Da ni 'di gweld mwy o Princess Diana na'r gotsan yna!"

Byddai unrhyw un arall wedi brathu efo ymosodiad personol o'r fath. Ond roedd gwylltio tu hwnt i ddeallusrwydd synhwyrol Onri ers rhai blynyddoedd bellach. Mi oedd cythral y Bartis ynddo, oedd, ond mi oedd o wedi hen ddysgu sut i'w reoli fo bellach – yn rhannol trwy stopio yfed. Ysgwyd ei ben a thwt-twtio'n hunangyfiawn oedd dull Onri o ymateb i sylwadau sarhaus erbyn hyn.

"OK, OK, cwliwch i lawr rŵan," medd Coco Bîns. "Plant ydi plant – mae ganddyn nhw betha gwell i'w gneud na sefyll mewn fynwant, siŵr! 'Dan ni'm isio ffraeo heddiw!"

"Brenin y baraciwdas!" medd Porffafôr. "Diwrnod ffycin ffraeo ydi hwn bob blydi blwyddyn!"

"Wel," medd Onri'n athronyddol. "Mae 'na dro cynta i bob dim, yn does? Be am i ni i gyd wneud ymdrech, ia?"

"Ia, da iawn, Onri," medd Shwgwr. "'Dio'm bwys pwy sydd *ddim* yma, nacdi? Pwy sydd *yma* sy'n bwysig."

"Naci – mae pwy sydd *ddim* yma yn bwysig hefyd!" mynnodd Lili Wen.

"Fel pwy?" holodd Onri. "Mani?"

"Mam, siŵr dduw! Blydi hel, Onri, lle ddiawl mae dy ben di, dwad?"

"Wel, mae Mani yn bwysig hefyd, dydi," medd Dryw Bach. "Oedd Mam yn fam iddo fo hefyd, yn doedd!"

"Oedd, ond..." dechreuodd Onri.

"Ond be, Onri?" holodd Lili Wen.

"Anghofiwch am Mani a petha fel'na heddiw!" torrodd Coco Bîns ar eu traws. "'Da chi'n gwbod be sy'n digwydd bob tro mae'i enw fo'n codi – yn enwedig yng ngŵydd Kola Kube. Ydi pawb yn barod i fynd ta be?"

Cododd pawb ar eu traed bob yn un a dau, gan hel i adael. Cydiodd Shwgwr yn y blodau, Lili Wen yn Gerwyn a Rhian, Affro yn ei faglau newydd a phawb arall heblaw Onri mewn mwy o ganiau lager o'r ffrij, ac allan â nhw i awyr oer mis Rhagfyr.

21

Suddodd Mani i sedd y bws a thynnu cwfl ei dop hwdi i lawr yn isel. Roedd o'n falch o fod yn ei ddillad ei hun eto, yn hytrach na thynnu sylw ato'i hun mewn shellsuit oedd ddau seis yn rhy fach iddo. Cododd y papur newydd i guddio'i wyneb.

'GANGLAND GUN BATTLE AT LIGHTS' sgrechiai pennawd y *Daily Post*. Craffodd Mani ar y geiriau yn yr erthygl. Doedd o ddim y gorau am ddarllen ond mi allai ddilyn iaith newyddiadurol yn o lew.

'One gunman fled the scene in a car, witnesses say, while another who was said to be of "Mediterranean appearance" fled the scene, leaving his passenger for dead...'

Plygodd Mani'r papur a'i daflu ar lawr. Allai o ddim darllen mwy. Gadael Mincepie 'for dead'? Doeddan nhw'm yn gwybod ei hanner hi, y basdads celwyddog! Trodd ei stumog wrth ddychmygu teulu Mince yn ei ddarllen. Ac mi oedd y cyfeiriad at ei olwg 'Fediterranaidd' hefyd yn cnoi. Mi fyddai sawl person yn rhoi dau a dau efo'i gilydd rŵan – os nad oeddan nhw eisoes wedi cael clywed ar y jyngyl dryms. Mi fyddai'r cops yn siŵr o ddod amdano, felly! Diolchodd iddo ddod â phopeth oedd o ei angen efo fo yn y bag o'r fflat. Gwyddai na fyddai'n hir cyn i ymholiadau'r moch eu harwain yno, rŵan fod ganddyn nhw lwybr i'w sniffio.

Er iddo hanner ei ddisgwyl, roedd hyn yn cymhlethu pethau o ran be oedd o'n mynd i'w ddweud wrth Fizz. Roedd yn rhaid iddo feddwl, ond allai o ddim. Efallai y byddai'n haws ar ôl gweld Mince. Un peth ar y tro. Ond gwyddai y byddai'n rhaid iddo adael Lerpwl am ychydig, o leiaf. Sut oedd o'n mynd i sgwario hynny efo Fizz? Allai o ddim gofyn iddi ddod efo fo. Doedd o ddim am chwalu ei bywyd hi trwy ei llusgo ar yr hop efo fo. Roedd hi ar ei blwyddyn olaf yn y coleg, ffor ffyc's sêcs!

Stopiodd y bws mewn goleuadau, lle'r oedd car heddlu yn aros am olau gwyrdd ar y stryd i'r dde. Sbeciodd Mani o dan ei gwfl. Roedd dau gopar yn y car. Roeddan nhw'n edrych ar lawr uchaf y bws. Suddodd Mani ychydig yn is yn ei sedd. Newidiodd y golau a gyrrodd yr heddlu i ffwrdd. Symudodd y bws eto.

Tsieciodd Mani ei watsh. Deg o'r gloch. Mi oedd yna lai o fysus ar ddydd Sul, ac efallai y byddai'n rhaid cael tacsi yn ôl o'r ysbyty. Sbiodd o'i gwmpas i weld os oedd amserlen bws yn rhywle, ond doedd yna ddim. Ddalltodd Mani erioed pam nad oedd byth amserlenni bysus i'w cael ar y bysus eu hunain. Doedd o ddim yn gwneud synnwyr.

Daeth hen ddynes i fyny'r grisiau ac eistedd i lawr gyferbyn â fo. Roedd hi yn ei hwythdegau, siŵr o fod. Felly pam stryffaglio i fyny'r grisiau i dop y bws? Roedd hi bron yn wag i lawr y grisiau. Annibynnol, meddyliodd Mani. Neu styfnig – styfnig mewn ffordd dda, yn gwrthod ildio i henaint. Chwarae teg, meddyliodd wrth edmygu ei hysbryd. Ffwcio chdi, Mr Marwolaeth! Trodd yr hen ddynes i sbio arno. Gwenodd y ddau ar ei gilydd.

"Going up the ozzie, luv?" gofynnodd.

"Yes," atebodd Mani. "You?"

"Oh yes, yes. Gonner see me grandson. He's not been well."

Roedd yna ddigon o fysus yn rhedeg o'r ysbyty ar ddydd Sul, meddai Ethel, doedd dim rhaid iddo boeni. Doedd hi erioed wedi bod mewn tacsi yn ei bywyd, meddai. Wastad yn mynd ar y bysus i bob man. Neu gael lifft gan un o'i meibion. Roedd ganddi ddeg o'nyn nhw, medda hi. A dwy ferch. Roedd hi'n dab hand ar weu, ond erioed wedi chwarae gwyddbwyll.

Helpodd Mani hi i lawr y grisiau ac oddi ar y bws, er gwaethaf ei phrotestiadau ei bod hi'n iawn ar ei phen ei hun. Ond mi oedd yn rhaid iddi gael ei dalu'n ôl am ei garedigrwydd, meddai, a mynnodd fynd i'w phoced i nôl paced o Polo Mints a'i roi o iddo. Doedd ganddo ddim gobaith gwrthod. Roedd Ethel yn fistar corn arno. Diolchodd iddi, cyn cynnig ei hebrwng i mewn drwy fynedfa'r ysbyty. Mi oedd hi'n gwrthod, wrth gwrs, ond y tro yma Mani enillodd y frwydr. Doedd ganddi fawr o ddewis, beth bynnag, efo breichiau cyhyrog y gŵr ifanc yn gafael yn ei braich i'w harwain, felly mi fodlonodd. Bodlon oedd Mani hefyd. Os oedd yr heddlu'n gwylio'r fynedfa, doeddan nhw ddim yn disgwyl iddo gyrraedd efo'i 'nain'.

Ffarweliodd ag Ethel ac aeth at y ddesg. Cafodd sylw merch ifanc ofnadwy o hardd. Meddalodd fel menyn pan wenodd hi arno, cyn dod at ei goed yn go fuan.

"Where can I find my brother, luv? He was brought in last night with facial injuries, I believe."

"What's the name, please?"

"Vincent Francis."

"And do you know what ward he's on?"

"No I don't, no. I've only just been told he's in here. Intensive care, I suppose?"

"Right, let me look for yer."

Porodd y ferch benfelen drwy ffeiliau o dan y ddesg. Gwyliodd Mani hi, gan feddwl am rywbeth i'w ddweud. Ond ddaeth dim byd i'w ben.

"Erm, there's no Vincent Francis 'ere, I'm sorry, luv..."

"Are you sure?"

"Positive. Let me just check this pile here..."

"Piles, eh?" gwenodd Mani. "Sounds very technical!"

Gwenodd y ferch yn annwyl, gan gochi'r mymryn lleiaf o dan ei bochau.

"What time's visiting, anyway?"

"On a Sunday? It's normally two till seven, but... No, there's no Vincent Francis here neither... Lemme just... Hang on a minute, I'll go see what's happened..."

Aeth y ferch drosodd at ei chydweithwraig – dynes hŷn, flin a swyddogol yr olwg – i holi. Pan ddaeth yn ôl, roedd Mani wedi diflannu.

22

Cerddodd gorymdaith y Bartis i fyny heibio'r Drafal tua'r fynwent, efo Lili Wen a Shwgwr ar y blaen yn cario'r blodau rhyngddyn nhw. Tu ôl i'r ddwy roedd plant Lili efo Onri yn ei siwt a thei â golwg anghyfforddus ar ei wyneb. Tu ôl i Onri, fel rhyw brosesiwn o wehilion llwyn-a-pherth, yn parablu fel haid o chwîd, roedd gweddill y llwyth, pob un efo can o gwrw yn ei law ac un neu ddau arall yn sticio allan o'u pocedi. A dau ohonyn nhw efo bagl yr un – Affro, oedd yn defnyddio un i sbario rhoi pwysau ar ei goes, a Dryw Bach, oedd yn cario'r llall er mwyn i Affro gael llaw rydd i ddal ei gwrw.

Pan gyrhaeddon nhw dop y rhiw ac at gyffordd y stryd fawr mi welsant fod Kola Kube yn aros amdanyn nhw wrth gatiau'r fynwent, efo Kathleen ei wraig a'u pump o blant. Mi oedd yntau mewn siwt hefyd.

"Dacw fo'r ffycin Godfather yn fancw, sbia," medd Porffafôr wrth Dryw Bach a Gwcw Blastig, y ddau oedd agosa ato yng nghefn y prosesiwn. "Y Dark Lord ei hun, â gwynab fel carrag fedd."

"Betiai di ei fod o'n flin!" medd Gwcw.

"Fydd hyn yn ddiddorol," medd Dryw.

"Pam?"

"Kola Kube yn flin, ac Onri 'fo draenog yn ei din."

"Hi hi hi hi hi," chwarddodd Affro. "Un dda rŵan, Dryw! Ynda..."

Pasiodd Affro hanner jointan single-skinner i'w frawd bach, ac arafodd hwnnw ei gamau er mwyn gallu ei gorffen cyn cyrraedd y gatiau.

"Iawn, KK?" cyfarchodd Lili Wen ei brawd hynaf, cyn troi at ei wraig a'i blant. "Kathleen. Hogia. Sali fach, helô cariad annwl, dwyt ti'n edrach yn bictiwr heddiw 'ma!"

"Su'mai, Kola Kube?" gofynnodd Onri. "Diwrnod bach braf."

"Rhy oer i sefyllian o gwmpas," oedd unig ateb y Kube. "'Di pawb yma?"

"Yndi, o ryw fath," atebodd Shwgwr.

"Reit, awê ta!"

Wedi cyrraedd glan y bedd safodd pawb yn brudd o amgylch carreg eu mam, pob un yn darllen y geiriau arni yn dawel i'w hunain unwaith eto.

Er serchus gof am
Mary Bartholomew Roberts
29.12.25 – 2.2.87,
mam ffyddlon a llawn cariad.

'Calon lân yn llawn daioni
Tecach yw na'r lili dlos.'

Gosododd Lili Wen y dorch o flodau cyn mynd yn ôl i sefyll efo Shwgwr a Coco Bîns, yna mi gamodd Kola Kube ymlaen i ddechrau'r rwtîn arferol.

"Dynas dda oedd Mam. Mi gath hi fywyd calad, ond mi 'drychodd ar 'yn hola ni."

Dechreuodd Lili Wen a Shwgwr sniffian.

"Cafodd ei dwyn oddi arnan ni yn llawar rhy fuan. Pen-blwydd hapus, Mam."

Camodd Kola Kube i'r ochr er mwyn i Onri gael dod ymlaen.

"Ia, pen-blwydd hapus, Mam," medd Onri wrth edrych ar y garreg, cyn troi i annerch pawb. "Mi rydan ni yma heddiw i gofio Mam. A hefyd i ddiolch iddi am edrych ar ein holau ni trwy bob math o drafferthion. Dwi'n siŵr ei bod hi'n falch iawn ohonan ni, ac os ydi hi'n gallu ein gweld ni yma heddiw, a bob blwyddyn, dwi'n siŵr ei bod hi'n gwenu efo balchder a chariad wrth weld ei phlant i gyd yn ei chofio... Wel, y rhan fwya o'r plant, beth bynnag... Pawb ond un, hynny ydi..."

Brathodd Onri ei dafod wrth sylweddoli ei fod wedi rhoi ei droed ynddi. Y gwyddonydd ynddo oedd y bai – roedd o wastad yn rhoi gormod o bwyslais ar fod yn fanwl gywir efo pob un ffeithyn, yn enwedig wrth draethu'n gyhoeddus. Gan obeithio nad oedd ei gyfeiriad at Mani yn rhy amlwg, torrodd ei araith yn ei chrib.

"Felly sbario'n cadw ni'n sefyllian yn yr oerni yn hirach nag sydd rhaid, mi alwa i ar Porffafôr i roi gair..."

Symudodd Onri i'r ochr, a sylwi fod Kola Kube yn rhythu dagyrs arno. Sylweddolodd ei fod wedi rhoi ei droed ynddi eto efo'r geiriau 'sefyllian yn yr oerni', oedd wedi swnio fel cyfeiriad sarcastig at yr hyn ddywedodd ei frawd mawr funudau ynghynt wrth gatiau'r fynwent.

"Dwi'm yn ddyn geiria," medd Porffafôr ar ôl gwthio drwodd i'r ffrynt. "Mae be sy yn y galon yn bwysicach na be sy ar y dafod. Pen-blwydd hapus, Mam."

Moesymgrymodd Porffafôr fel gŵr bonheddig a chwythu sws tuag at y garreg fedd wrth symud o'r ffordd i Coco Bîns roi ei gyfraniad yntau.

Methu siarad wnaeth Coco, fodd bynnag. Mi oedd o dan ormod o deimlad. Er iddo drio'i orau i sadio'i hun, bob tro roedd o'n agor ei geg roedd ei wefus isaf yn dechrau crynu, a'r lwmp yn ei wddw'n cipio'i lais. O'r diwedd, mi lwyddodd i roi ei law ar ben

y garreg fedd a sibrwd "Pen-blwydd hapus" cyn i Shwgwr a Lili
Wen ei dynnu tuag atyn nhw mewn grŵp hyg bach dagreuol.

Camodd Affro ymlaen ar ei faglau. "Wel, dyma fi, Mam," meddai.
"Wedi disgyn unwaith eto!"

Chwarddodd Dryw Bach, cyn stopio'n sydyn pan bwniodd
Gwcw Blastig o i dynnu'i sylw at Kola Kube yn gwgu.

Aeth Affro yn ei flaen. "Fel ddudodd Bob Marley, 'Have no fear
for atomic enargee, because nonna dis canna stoppa de time.'"

Mygodd Dryw Bach chwerthiniad nerfus cyn iddo gael cyfle i
adael ei weflau. Ond welai Affro ddim byd o'i le efo adrodd geiriau
Bob yn acen Bob ei hun.

"Does'na ddim stop ar amsar, nagoes? Eh? 'Dio'm yn stopio i
neb. Mae o jysd yn mynd." Sgubodd Affro ei fraich o un ochr i'r
llall i gyfleu'r hyn a ddywedai. "Ond er fod amsar yn mynd heibio
fel afon, wnawn ni byth anghofio Mam. Felly pen-blwydd hapus,
Mam fach."

Denodd y geiriau swynol ochneidiau bach gwerthfawrogol o du
Shwgwr a Lili Wen, wrth i Affro wneud lle i Gwcw Blastig. Mi
arhosodd hwnnw am hanner munud cyn siarad er mwyn i synau
dagreuol y genod dawelu rhywfaint.

"Unwaith eto yng Nghymru annwyl," medd Gwcw, gan godi ei
gan o lager i'r awyr – er cywilydd mawr i Onri, oedd yn hyffian o
dan ei wynt ers meitin. "Teg yw cofio am anwyliaid... Ond, tecach
fyth yw cofio Mam!"

Camodd Gwcw draw o'r bedd, cyn troi 'nôl yn sydyn – ac ansicr
ei falans – i ychwanegu cyfarchion pen-blwydd.

Hyffiodd Onri unwaith eto, ond ar y cyfan, meddyliodd, roedd
hi'n 'so ffâr so gwd'. Dim ond dau arall oedd i fynd. Camodd Lili
Wen ymlaen, a'i llygaid yn goch fel ei hwyneb. Chwythodd ei
thrwyn efo hances boced cyn sadio'i hun.

"Dwi'm yn gwbod be i ddeud de, Mam bach. Ond dwi jysd yn
methu chdi mwy bob... dydd..."

Stopiodd Lili Wen wrth i ddagrau lifo i lawr ei bochau. Camodd
Shwgwr Lwmp ymlaen i afael yn ei llaw, ond stopiodd Lili hi.

"... Ond be sy'n 'y nghael i ydi 'yn bod ni ddim yma yn deulu
cyfan..."

Shit, meddyliodd Onri.

"... Mae 'na un sydd ddim yma, yn does? A 'di o'm bwys gen i be 'di barn rhei o'na chi amdan Mani, mae o'n dal yn frawd i ni... like it or not... ac os 'da chi ddim yn meddwl hynna, 'dio'm bwys, achos dwi yn...!"

Gwrandawodd Dryw Bach yn astud ar ei chwaer wrth wylio ymateb y lleill drwy gornel ei lygad. Doedd fawr o amynedd i'w weld gan Porffafôr a Gwcw Blastig, nac Affro chwaith − ond mwy na thebyg fod hynny am eu bod bron â marw isio dianc i'r Drafal. Ond mi oedd wynebau'r ddau frawd hynaf yn bictiwr. Bron na welai Dryw y gwythiennau'n byrstio un ar ôl y llall ar dalcen Kola Kube.

"A tra rydan ni yn fan hyn yn sôn am gofio teulu a ballu, wel... er gymint dwi'n caru Mam... wel, dydach chi'm yn meddwl mai peth rhyfadd ydi cofio'r meirw o hyd, heb feddwl am y bobol byw?"

Rhegodd Kola Kube dan ei wynt, a phesychodd Onri − a wyddai mai fo, efallai, a ysgogodd eiriau ei chwaer efo'i lithriad anffodus yn gynharach.

Bwriodd Lili Wen yn ei blaen. "... Dwi'm isio ypsetio neb heddiw, na dechra ffrae. Ond os 'di Mam i fyny fa'na yn sbio i lawr, mae hi'n sbio i lawr ar naw o'nan ni, dim wyth. Achos ddoth hi â naw o'nan ni i'r byd 'ma..."

Torrodd Lili Wen i lawr eto, a chamodd Shwgwr ati a'i gwasgu'n dynn. Daeth ati ei hun yn ddewr, a bwrw ymlaen i dywallt ei chalon. Gwyliodd Dryw Bach hi, yn llawn edmygedd.

"Ella fo chi ddynion ddim yn dallt hynna... ond dwi'n fam... Dwi'n fam i ddau o blant... a fyswn i'n licio i Mani eu gweld nhw'n tyfu..."

Chwalodd Lili, a gwasgodd Shwgwr hi'n dyner wrth ei harwain yn ôl i sefyll efo Coco Bîns.

"Dyna ni, felly, ia?" medd Kola Kube fel cadeirydd yn cloi pwyllgor.

"Hei! Hold on, Defi John!" gwaeddodd Dryw Bach wrth gamu ymlaen at y bedd, cyn edrych o'i gwmpas yn benderfynol i amsugno hynny a fedrai o nerth o'r tirlun o'i amgylch. Syllodd dros y cerrig llwydion a heibio'r ddwy ywen dal oedd yn siglo'n swrth yn yr awel, yna draw dros do'r hen eglwys a heibio talcen yr hen Reithordy, i fyny at ddant anferth Craig y Gafael a safai'n warchodol i gysgodi'r llan a'r pentref, gan sylwi ar yr wyneb oedd i'w weld yn ei rhychau ysgythrog – wyneb fel rhywun yn sgrechian mewn artaith – oedd yn amlycach heddiw yng ngolau arian yr haul tenau. Denwyd ei sylw at y Ddafad, y garreg fawr wen ar droed y graig, lle'r oeddan nhw'n chwarae cowbois ac indians pan oeddan nhw'n blant, a dilynodd ei lygaid y strydoedd tai teras a ddisgynnai fel asennau o'r stryd fawr i'r cwm islaw. Yna trodd i wynebu pawb.

Safai Lili Wen rhwng Shwgwr a Coco – y ddau'n gafael am ei hysgwyddau'n dyner – ac mi safai'r lleill mewn hanner cylch tu ôl y plant. Rhythai Kola Kube fel King Kong a syllai Onri'n dywyll fel dihiryn James Bond. Ond mi oedd Affro yn gwenu arno, ac mi winciodd Porffafôr. Amneidiodd Gwcw arno i fod yn sydyn er mwyn cael mynd i'r pyb. Sadiodd Dryw ei hun.

"Hen frân fawr ddu, ar ben y to..."

Edrychodd ar wynebau pawb eto i weld eu hymateb. Roeddan nhw'n amrywio o chwilfrydedd i ddryswch ac, yn achos Kola Kube, atgasedd pur. Aeth yn ei flaen.

"... Yn canu do, do–mi–so–do..."

Teimlodd ei lais yn cracio, a gwelodd Onri'n sbio o'i gwmpas ac yn shyfflo o un droed i'r llall, a Kola Kube yn corddi wrth yrru picellau miniog ei lygaid duon tuag ato. Yna gwelodd Lili Wen yn gwenu trwy'i dagrau wrth i Shwgwr a hithau ei annog ymlaen fel mamau yn Steddfod yr Urdd. A Coco Bîns â'i ben i lawr, yn brathu'i wefus isaf o hyd.

"... Mi godais fy ngwn, i'w *seusu* hi..."

Sylwodd Dryw fod gwyneb Kola Kube bron â ffrwydro, a'i aeliau trwchus bron â chyffwrdd top ei geg. Roedd Onri bellach yn astudio'r llawr rhwng ei sgidiau gloyw.

"... Ond cododd ei chwt–chwt–chwt–chwt–chwt ac i ffwrdd â hi."

Disgynnodd tawelwch dros y fynwent. Aeth amser yn llonydd. Mi beidiodd yr awel â suo yng nghangau'r ddwy ywen, hyd yn oed. Roedd pawb yn gegrwth, yn syllu i wagle rhyngddyn nhw a'r bedd, neu rhwng y Graig a'r cwm, a dagrau'n cronni yn llygaid y rhan fwyaf ohonyn nhw.

"Pen-blwydd hapus, Mam!"

23

Crwydrai Mani'r coridorau yn chwilio am y ward gofal dwys. Roedd wedi bod ar hyd y llawr isaf pan benderfynodd ofyn i un o'r nyrsys. Ond yr unig ateb a gafodd oedd nad oedd 'visiting' yn dechrau tan ddau o'r gloch, ac yn bendant ni châi fynd i mewn i 'intensive care' cyn hynny. Diolchodd iddi, a throi yn ei ôl, cyn diflannu i mewn i'r toiled. Pisodd, a dychwelyd i'r coridor. Gwelodd aelod o'r staff glanhau yn mopio'r llawr wrth y llifft. Roedd ei wyneb yn gyfarwydd. Penderfynodd ei jansio fo, ond fel roedd o'n cychwyn cerdded gwelodd wyneb arall, un y gwyddai ei fod yn ei adnabod yn iawn, yn cerdded am allan.

Brysiodd ar ôl y ferch mewn siaced ledr frown a jins tyn, â'i gwallt melyn wedi'i glymu i fyny'n rhaeadr aur tu ôl i'w phen, a dal i fyny efo hi tu allan i'r brif fynedfa.

"Maj!" gwaeddodd yn dawel. "Maj!"

Trodd chwaer Mincepie, merch gadarn a hardd yn ei thridegau, i edrych arno. Cododd ei ben i roi cip sydyn o'i wyneb cyfan iddi, o dan gwfl ei hwdi.

"Jesus! What de fuck are yer doin 'ere?! There's a friggin copper outside the ward in dere!"

"Shoosh... I had to come, Maj. How is he?"

Disgynnodd ei gwep cyn ateb. "He's not too good, Mani," meddai wrth estyn ei ffags o'i hambag. "They say the op went well, but they won't be able te tell for a coupler days if there's any chance..."

"Any chance of what?"

"Savin 'is sight," medd Maj cyn tanio'i sigarét.

"Fuckin 'ell!" medd Mani. Allai o ddim meddwl be arall i'w ddweud.

"So what the fuck happened, Mani?"

"Well, I didn't fuckin leave him for dead, that's for sure!"

"We know tha, for fuck's sakes... Want one o dese?" Cynigiodd ei ffags. Derbyniodd Mani, a chymryd tân o'i zippo arian. "What were yous up to?"

"A 'word in the ear' went all fuckin hiroshima... This crustie went all Arnie on us, out of the blue. Chased us in his fuckin car!...

I still can't believe it... It's just..." Boddodd yr emosiwn ei eiriau yn ei wddw.

"Was de car clean?"

"After I got everything, yes."

"Any comebacks on Mince?"

"None, he's just a 'hitch-hiker'."

"Good. He had a wad on 'im, whose was tha?"

"Fuck, sorry," medd Mani wrth gofio am yr amlen gafodd Mince gan Shak. "That's his."

"Good. We gorrir off 'im, anyway, before de bizzies sussed out who he was this mornin. Two hundred quid's a lot for a lad on the sick!"

Chwarddodd Maj yn nerfus.

"Is he awake, then?"

"No, Jesus, he's only out the theatre an hour! It's good to know he's clean, anyroads. It's a load off our minds. Ta fer comin."

Chwythodd Mani'r mwg yn araf o'i frest. "I just wish it hadn't fuckin happened. That I could have done more, like."

"Eyh! Yer twat! You don't blame yerself if irr ain't yer fault, softlad!"

Pasiodd cwpwl o eiliadau hir wrth i'r ddau dynnu ar eu ffags.

"You've gorra go, 'aven't yous?" medd Maj.

"Couple of weeks, at least maybe. I'm going to see Fizz, then I'm off."

"I'll tell 'im you were 'ere, luv," meddai wrth wasgu'i sigarét dan ei throed efo'r brwdfrydedd egnïol oedd yn lliwio'i hysbryd.

"He was gonna shoot again, you know, Maj. He came out the car for another shot. That's why I shot back. He was gonna kill us. And he did... I mean he did shoot again – at me – before leaving..."

Estynnodd Maj sws iddo ar ei foch. Hogleuodd ei pheraroglau benywaidd wrth i'w gwallt ysgafn gosi'i wyneb. Gwasgodd Maj ei fraich yn dyner. "Go on, before you're clocked. Come back when yer can. And good luck!"

Gwyliodd Mani hi'n cerdded yn ei hôl i mewn, cyn codi ei olygon hyd furiau tal yr ysbyty uwch ei ben. Rhywle oddi mewn iddyn nhw, yn gorwedd yn anymwybodol, roedd ei ffrind gorau.

24

Cydiodd Onri ym mraich Dryw Bach tu allan i gatiau'r fynwent. "Dwi'm yn gwbod be 'di dy gêm di, ond tria'i gadael hi – am heddiw o leia."

"Pam? Ti'm yn poeni, nagwyt?" atebodd Dryw. "Ti'n mynd adra rŵan, dwyt?"

Safodd Onri'n llonydd wrth wylio Dryw Bach yn cerdded i ffwrdd. Daeth Kola Kube a sefyll wrth ei ochr o.

"Ti'n aros, ta ti'n mynd?"

"Mynd," medd Onri. "Ond mi arhosa i am chydig gynta."

"Pam ffwc bo rhaid i'r cont bach wneud hynna rŵan?"

"Dwn 'im. Cefnogi'i chwaer? Nhw oedd agosa ato fo, ynde? Pwy ydan ni i wadu'u teimlada nhw?"

"Ond rydan ni'n gwbod y gwir, dydan Onri!"

"Hmm..." ystyriodd y seicolegydd. "Ydan ni?"

"Be ti'n feddwl?"

"Heblaw am y ffaith fod gan bawb têc gwahanol ar fywyd?"

Cyrhaeddodd Kathleen a'r plant efo Lili Wen, Coco Bîns a Shwgwr, a newidiodd Onri'r sgwrs. "Mae'r plant 'ma'n altro gen ti, KK. Faint 'di oed y bwtan rŵan?"

"Un a hannar ydi Sali erbyn hyn, wchi," medd Kathleen.

"'Rarglwydd! Tydi amsar yn fflio, dwad? Haia, Sali! Sgen ti sws i Yncyl Onri? Oes? Na...?"

"Ti'n aros am beint, KK?" gofynnodd Coco Bîns wrth gychwyn i adael y merched yn clwcian rownd y babi.

"Fydda i efo chdi'n munud," atebodd y brawd mawr cyn i Coco groesi'r ffordd ar ôl y brodyr eraill.

Y Bartis oedd cwsmeriaid cyntaf y diwrnod yn y Drafal. Erbyn i Coco Bîns gerdded i mewn roedd Dryw Bach a Gwcw Blastig yn setio'r bwrdd pŵl i fyny tra bod Affro'n codi'r cwrw. Roedd Porffafôr wedi mynd i biso.

"Be tisio, Coco?" gofynnodd Affro.

"Lager. A bei ddy wê, mae *o* ar ei ffordd."

"Be am y shrink?"

"Dwi'n meddwl fod o'n mynd adra."

Eisteddodd y brodyr wrth y bwrdd yn y snyg a dechrau rowlio

sigaréts. Daeth Porffafôr atyn nhw a gofyn i Affro am ei newid. Doedd o ddim yn hapus pan welodd faint oedd yno.

"Nefoedd y ffycin nionod! Peint i chdi a fi, ddudas i, y lleidar pen ffordd!"

"Oedd raid i fi gael un i Coco, siŵr. 'Dan ni 'di bod yn yfad ei gwrw fo drwy bora!"

"Digon gwir," medd Coco. "Oedd y ffrij 'na'n llawn. Rŵan ma hi'n wag."

Tawelodd y tri pan glywon nhw lais Kola Kube yn hysbysu ei bresenoldeb yn yr adeilad. Sbeciodd Affro rownd cornel y bar a'i weld o'n rhythu i gyfeiriad Dryw Bach, oedd ar ganol gêm o pŵl.

"Fydd 'na ffrae yn munud," riportiodd Affro. "Ma hwn yn corddi. Fydd *rhaid* iddo fo orfod deud rwbath."

"Fedar y cont ddim cymryd neb yn mynd yn ei erbyn o," medd Porffafôr. "Dyna ydi'i gêm o. A'r broblam ydi, does 'na neb arall yn gwbod be 'di rŵls y gêm. Ma 'na ryw reolau anysgrifenedig does, a mond y fo sy'n 'u gweld nhw."

"Fel sôn am Mani yn ei ŵydd o," ychwanegodd Coco. "Yn enwedig heddiw!"

"Wel, mae gena fo boint efo hynny, yn does?" medd Affro. "Dim bo fi'n cytuno efo fo, ond y peth ydi, mi nath Mani gachu ar Mam a..."

"Dydan ni'm yn *gwbod* hynna, nac 'dan?" medd Coco Bîns.

"Wel," medd Porffafôr. "Fo ei hun nath gyfadda, ynde... ac *mae* o wedi cadw draw..."

"Anghofiwch Mani heddiw, hogia," medd Coco Bîns. "Ma Lili Wen newydd gyrradd. Ma hi'n ddigon ypsét fel mae hi."

"Wel," medd Affro, "well i'r cont yna beidio dechra arni neu mi ffycin glasia i'r twat."

"OK, dyna ddigon rŵan, Affro!" rhybuddiodd Porffafôr. "Ffyc's sêcs. Ddylsa fod Dryw heb luchio petrol ar y tân, chwaith, cofia!"

"Wel, mae fyny iddo fo be mae o'n feddwl, dydi!" haerodd Coco Bîns. "Ond *mae* 'na le ac amsar, dwi'n cytuno."

"O'n i'n licio'i steil o, rhaid imi gyfadda," medd Affro. "Rwbath reit 'poetic' yn y peth, yn doedd? Wna i byth anghofio, chwaith – ti'n cofio, Coco – Mani yn ffendio allan nad 'seusu' oedd y gair iawn yn y gân? Faint oedd 'i oed o, 'fyd? Pedar ar ddeg?"

"Rwbath felly," chwarddodd Coco wrth gofio. Eu mam oedd yn arfer canu'r gân iddyn nhw fel plant, ac yn lle dweud "mi godais fy ngwn i'w *saethu* hi" roedd hi'n dweud "i'w *seusu* hi". Doedd hynny'n ddim byd ond ffordd ddigri o ddweud y gair er mwyn difyrru'r plant. Ond rywsut neu'i gilydd wnaeth Mani ddim sylweddoli, a phan oedd o'n canu'r gân i Dryw Bach, oedd chwe blynedd yn iau na fo, roedd o wastad yn canu 'seusu'. Mi oedd Lili Wen hefyd, ond gwneud hwyl fel ei mam oedd honno. Roedd Mani o ddifri, ac mi wrthodai'n lân â chredu Lili Wen pan driodd hi egluro wrtho. Dim ond pan gofiodd rhywun ofyn i'w mam, er mwyn setlo'r hen ddadl, y bu i Mani orfod derbyn chwalfa un o gonglfeini chwedloniaeth ei blentyndod.

"Ia, ma siŵr ei fod o tua ffôrtîn hefyd," cofiodd Affro. "Oedd o'n oed ysgol fawr, beth bynnag, achos mi waldiodd o rywun am ffyc ôl. Iesu, fuodd o'n flin am wsnosa, yn meddwl fod 'na gonspirasi yn ei erbyn o ers ffycin blynyddoedd! Pwy nath o waldio 'fyd, dwad? Fysa Lili Wen yn cofio'n well."

Gwcw Blastig gurodd y gêm pŵl. Mi chwalodd o Dryw Bach mewn dim o amser, ac mi fyddai wedi ei sefn-bôlio oni bai iddo fethu'r ddu unwaith. Doedd gan Dryw ddim mynadd trio eto, felly mi aeth draw i siarad efo Lili Wen a Shwgwr Lwmp wrth y bar. Mi synnodd pan welodd o Onri'n cerdded i mewn ddwy funud wedyn, wedi bod yn nôl ei gar ac yn cario'r platiau o frechdanau roedd y genod wedi'u paratoi. Mi synnwyd Dryw Bach fwy fyth pan brynodd Onri ddiod i bawb.

"Oo, mi oedd be ddudisd di wrth y bedd yn lyfli, Dryw Bach," medd Lili Wen. "Mor neis, yn doedd, Shwg?"

"Oedd, mi oedd o," atebodd Shwgwr gan ostwng ei llais. "Ond welis di wynab KK?"

"Ffwcio fo," medd Dryw. "Pwy ffwc ydi o i ddeud wrtha ni be i feddwl? Crac ni oedd o, ynde, Lili Wen? Chdi a Mani oedd efo fi o hyd, ynde. A Gwcw weithia. Be ffwc mae *o'n* wbod? Mae'r cont ddigon hen i fod yn dad i ni."

"Ti'n dal i gofio'r gân 'na, felly? A Mani'n pwdu, ynde Dryw! Oedd o mor ffyni de, Shwg... heblaw am Pete Peis, y boi nath o waldio... Doedd o'm yn ffyni iawn i hwnnw, haha!"

"Yda chi'n dalld bo ni'n gneud sandwijis yn y ffycin pyb 'ma, yndach?" medd Steve Austin pan sylwodd ar y ddwy blât fawr yn gorwedd ar un o'r byrddau, yn brysur gael eu gwagio gan y plant.

"Yndan," atebodd Shwgwr. "Ond ma nw'n afiach, Steve!"

Chwarddodd y merched.

"Eniwe," medd Dryw, wrth sylwi ar Kola Kube yn sbio'n ddu arno. "Ma hwn yn nelu arna i. Dwi'n siŵr fydd o draw yn munud i gael deud ei ddeud. Dwi'n mynd i'r snyg i sginio fyny. Wela i chi'n munud."

25

Petai'r cops mor dda am adnabod troseddwyr ag oedd troseddwyr am adnabod copars byddai'r wlad 'ma'n lle llawer saffach a dipyn mwy trefnus, meddyliodd Mani wrth i'r bws bach dynnu allan o safle bysus yr ysbyty. Byddai hefyd ar ben arno yntau.

Wedi i Maj fynd yn ôl i mewn i'r adeilad, eisteddodd Mani yn ymyl merch a'i mab ifanc ar fainc ger y safle bysus i smocio sigarét arall. O fewn eiliadau, bron, daeth plismon dillad plaen allan trwy ddrysau'r brif fynedfa a thanio ffag. Gwyliodd Mani fo o dan gyrion ei gwfl. Roedd hi'n amlwg ei fod o'n cadw golwg am rywun achos mi oedd o'n trio edrych fel nad oedd o'n chwilio am neb. Rhai da oedd y cops am wneud pethau mewn ffordd annaturiol. Safai yno, mor hunanymwybodol â sebra mewn cynhadledd camelod. Waeth iddo fod ag arwydd uwch ei ben ddim. Eiliadau'n ddiweddarach mi gerddodd o draw, a syth heibio i draed Mani i edrych ar amserlen y bysus. Cadwodd Mani ei ben i lawr, gan syllu ar esgidiau CID y ditectif, cyn teimlo llygaid yr heddwas yn syllu arno yntau.

Roedd ar fin codi'i olygon i ofyn i'r copar be ffwc oedd o'n edrych arno pan drodd hwnnw yn ei ôl i gyfeiriad y brif fynedfa. Ddwy funud wedyn, cyrhaeddodd y bws a diolchodd Mani ei fod wedi cadw'n cŵl. Bu honna'n agos.

Trodd y bws i gyfeiriad mynedfa'r maes parcio, a gwyliodd Mani'r heddwas yn tin-droi wrth y fynedfa eto, yn gwneud job sâl o gymryd arno nad oedd o'n gwylio pwy oedd newydd gamu i ffwrdd o'r bws. Tit, meddyliodd Mani.

Roedd y siwrnai yn ôl i ganol y ddinas yn un hir. Galwai'r bws ymhob cilfach a thwll a chornel ar y ffordd. Aeth hanner awr heibio cyn iddo gyrraedd cyrion canol dre – hanner awr a dreuliodd Mani yn ystyried popeth oedd Maj wedi'i ddweud wrtho. Doedd hynny ddim llawer, ond o leiaf roedd o'n gwybod rŵan nad oedd y cops wedi cael hyd i unrhyw beth i awgrymu fod Mince yn unrhyw beth mwy na theithiwr mewn car.

Pwysodd a mesur. Pe na bai'r glas yn dod o hyd i'w olion bysedd yng ngwaed Mince, go brin y byddai achos cryf yn ei erbyn yntau chwaith. Oni bai i ryw ddinesydd cydwybodol roi datganiad a'i adnabod mewn identity parade. Ystyriodd dorri ei wallt, neu ei liwio. Ond ffyc it. Roedd hi i fyny i'r cops a'r erlyniad brofi achos tu hwnt i bob amheuaeth. A dweud y gwir, meddyliodd Mani, roedd y rhagolygon yn edrych yn well nag oeddan nhw ben bore yn y fflat, pan deimlai fel bod ei ben ar fin ffrwydro. Er nad oedd y newyddion am ei lygaid yn addawol, roedd cael gwybod y byddai Mince yn byw, o leiaf, wedi codi rhai o'r cymylau duon, hyd yn oed os nad oedd o wedi codi'i galon. Mi allai Mani weld yn gliriach rŵan, ac mi oedd yr ystod o bosibiliadau ac opsiynau yn culhau, fel nad oedd rhaid iddo stretsio ei ymennydd yn ormodol wrth drio cadw i fyny efo cymaint ohonyn nhw ar unwaith. Wedi i'r sgwrs efo Maj ddod â'i draed yn ôl i'r ddaear a rhoi popeth mewn perspectif eto, gan roi cic yn ei din i'w gael o allan o'r hunandosturi negyddol oedd yn cymylu'i feddyliau, mi allai ganolbwyntio'n well. Ac yn bwysicach, mi allai weld be oedd angen canolbwyntio arno.

Gwyddai o hyd y byddai'n rhaid iddo ddiflannu – rhag ofn. Ond mi edrychai fel bod siawns, o leiaf, mai dros dro fyddai hynny. Gwnâi hynny hi'n haws iddo feddwl be i ddweud wrth Fizz pan gwrddai â hi nes ymlaen hefyd. Gobeithiai y byddai'n troi i fyny. Byddai gorfod diflannu heb ei gweld hi gyntaf yn ychwanegu straen diangen i sefyllfa oedd yn ddigon o boen fel ag yr oedd hi.

Y penderfyniad mawr nesaf fyddai lle i fynd. Roedd ganddo ddigon o arian yn ei fag, ac mi oedd ei basport ganddo – pasport British Visitor, oedd yn para blwyddyn, a gododd cyn mynd i Amsterdam efo Shak wyth mis yn ôl – felly roedd digon o opsiynau. Ond eto, mi hoffai wybod be fyddai canlyniadau llawdriniaeth Mincepie cyn mynd i unrhyw le pell. Wedi ystyried, daeth Mani i'r casgliad mai dyna oedd achos yr unig gwmwl du sylweddol oedd ar ôl, o ran cael ei hun allan o rwydi'r gyfraith. Os byddai Mincepie yn dod at ei hun, a'i olwg yn iawn, byddai'r cymylau olaf yn cilio i ddatgelu'r union lwybr y byddai Mani'n ei ddilyn.

O ran osgoi rhwydi meddyliol, fodd bynnag, mi oedd yna un cwmwl du arall yn aros, sef gwybod lle'r oedd o'n sefyll efo Fizz. Roedd hi'n chwarter i un, felly roedd ganddo ddwyawr arall i'w lladd cyn mynd draw at fandstand Sgt Pepper yn Sefton Park, lle'r arferai'r ddau gwrdd ym misoedd cynnar eu carwriaeth.

Trodd y bws i fyny am St George's Place. Rhyw bum munud arall ac mi ddylai gyrraedd Hardman Street. Mi âi Mani i ffwrdd yno, a tharo i mewn i hen dafarn y Cracke ar Rice Street am gwpwl o beintiau tawel. Gallai guddio yn un o gilfachau pren y dafarn stryd gefn i basio'r amser. Rhaid oedd cadw'n wyliadwrus rhag ofn i ryw grass lleol ffonio'r cops – roedd yna wastad rai o'r rheiny i'w cael, hyd yn oed yn Toxteth.

Syllodd trwy ffenest y bws a gwylio adeilad stesion drên Lime Street yn tyfu'n fawr wrth agosáu ar y chwith. Roedd hi'n gymharol dawel, fel y byddai Lerpwl ar brynhawn dydd Sul, a dim ond unigolion a chyplau i'w gweld yn cerdded y pafin neu'n hel tu allan y stesion. Yna yn sydyn mi welodd fflach o wallt piws llachar a'i hatgoffodd o Fizz, a syllodd ar y ferch wrth i'r bws nesáu tuag ati. Roedd hi'n cofleidio rhyw foi ac yn cusanu ei foch. Roedd hi'n edrych yn ofnadwy o debyg i... Fizz oedd hi! Slofodd y bws i lawr a stopio wrth oleuadau, bron gyferbyn â'r ddau. Twistiodd ei stumog i bob cyfeiriad a llifodd trydan trwy ei wythiennau wrth iddo wylio'r ddau'n chwerthin a chofleidio eto. Mae hi'n rhoi cusan arall iddo... Mae o'n cyffwrdd ei boch... Maen nhw'n gwenu... cofleidio...

Teimlai Mani fel petai pwysau'n hongian oddi ar gortyn oedd wedi'i glymu i'w galon, yn ei thynnu i lawr tuag at ei stumog. Yna teimlodd y gynddaredd yn corddi yn ei fol ac yn berwi yng nghefn ei ben. Gwasgodd ei ddyrnau nes bod cymalau ei fysedd yn wyn. Dechreuodd grynu. Yna mi yrrodd y bws yn ei flaen eto, ac yn sydyn mi oedd Mani'n cŵlio i lawr ac yn diolch fod y bws wedi symud pan wnaeth o. Petai wedi aros yn ei unfan eiliad yn fwy mi fyddai wedi neidio i'r stryd a gwneud llanast go iawn o'r twat oedd ym mreichiau ei gariad.

Yna daeth y teimlad gwag yn ei frest, fel petai rhywbeth newydd gael ei rwygo allan gan grafanc anweledig. Trodd i edrych dros ei ysgwydd a gweld Fizz yn wên o glust i glust, fraich ym mraich efo'r dieithryn ac yn gafael yn ei law. Gwyliodd Mani nhw'n cerdded felly, wrth i'r bws ei gario i ffwrdd i nunlle.

26

Siarad yn dawel yn y snyg oedd Porffafôr a Gwcw Blastig, a Porffafôr yn gwneud llinellau efo diferion cwrw ar y bwrdd efo'i fys.

"Na, hen lefal galad oedd hi i fod, ma siŵr, ond gawson nhw ddim hyd i garrag... Ma hi'n dod yn syth o ochor arall Graig y Gafael, yn fan hyn... fel'na... ac yn anelu at gefnau'r stryd fawr..."

"Felly, lle mae'r hen agor, ddudasd di?" holodd Gwcw.

"Fan hyn!" medd Porffafôr, gan bwnio'r bwrdd efo'i fys tew. "Mond matar o dorri drwodd o'r lefal a – shazam – fydda..."

"A be 'da chi'ch dau yn blanio yn fa'ma?" medd Dryw Bach wrth bloncio'i hun yn eu hymyl wrth y bwrdd. Roedd o newydd smocio sbliff yn y cefn ac roedd ei lygaid yn gul ac yn goch.

Chwalodd Porffafôr y llinellau ar y bwrdd efo'i law a chydiodd y ddau yn eu peintiau a chymryd swig.

"Jysd siarad am yr hen chwaral 'ma," medd Gwcw Blastig.

"O?" atebodd Dryw Bach yn amheus. "Pa chwaral 'lly?"

"O, honna'n topia Cwm Urien, sdi," medd Porffafôr. "Dwn 'im be 'di'i henw hi. Chwaral fach ydi, un hen uffernol."

"Be, ti 'di bod i mewn ynddi, Porff?"

"Do," atebodd Porffafôr o du ôl ei wydr peint, cyn troi'r stori. "Ydi Clint a Lee Van Cleef wedi gorffan ar y pŵl 'na, dwad?"

"Eh?" medd Dryw Bach, oedd yn cael trafferth deall sut y magodd Porffafôr ddiddordeb sydyn mewn hen chwareli, heb sôn am ddeall ei codenames am bobol – roedd rheiny'n newid bron bob awr.

"Coco Bîns ac Affro," eglurodd Gwcw Blastig.

Cododd Dryw Bach i sbecian yn sydyn trwy'r hatsh yn y wal rhwng y snyg a'r stafell pŵl. "Yndyn, ma nw'n dal wrthi."

"O," oedd unig sylw Porffafôr.

"Gêm o killer fysa'r boi!" awgrymodd Dryw, gan anwybyddu diffyg diddordeb ei frawd yn yr ateb a gafodd i'w gwestiwn.

"Be, efo KK yn dal yma? Temtio ffawd fysa gêm o killer, ti'm yn meddwl?"

Gwenodd Dryw Bach wrth gytuno. "Dwi'n cymryd fod y Kubesan yn dal i gorddi, felly?"

"Be *ti'n* feddwl?" medd Gwcw Blastig.

"Hmm. O'n i'n gobeithio sa'r cont wedi mynd ar ôl peint sydyn..."

"O, mi *eith*," medd Gwcw Blastig. "Ond dim tan ar ôl iddo gael gair efo chdi!"

"Ti'n gwbod fel mae o, Dryw Bach," ychwanegodd Porffafôr. "O chdi'n 'i phwsio hi braidd..."

"Jysd deud be dwi'n feddwl, Porff!" mynnodd Dryw. "'Dan ni i gyd yn rhan o'r teulu 'ma, dim jysd fo."

"Dwi'm yn dadla efo hynna," medd Porffafôr wrth ddal ei ddwylo i fyny i ddynodi nad oedd am wneud sylw pellach. "Dwi'n mynd i biso, beth bynnag."

"Eto?" gofynnodd Gwcw Blastig wrth wneud lle iddo basio. "Be ffwc sy'n bod efo chdi, ddyn?"

"Taw!" oedd unig ateb Porffafôr.

"Ti isio peint, Dryw?"

"Duw, ia, lager, Gwcw, diolch."

Diflannodd Gwcw Blastig at y bar i gael sylw Steve Austin. Symudodd Dryw Bach i'r pen agosaf i'r wal o'r bwrdd rhag ofn i Kola Kube ei weld heibio cornel y bar a sylwi ei fod ar ei ben ei hun. Ond mi oedd o'n rhy hwyr. Synhwyrodd ei bresenoldeb tywyll uwch ei ben, a chododd ei lygaid i weld ei ffrâm drws beudy yn cuddio'r golau. Roedd y Kube newydd gamu i mewn i'r snyg o'r ardd – yn amlwg wedi bod allan yn chwilio amdano. Eisteddodd i lawr wrth y bwrdd, gyferbyn â Dryw.

"Kubesan!" medd Dryw, a difaru'n syth iddo swnio mor coci.

"Dryw Bach!" medd y Kube efo llais fyddai'n oeri'r meirw.

"Ti'm yn mynd adra ar ôl dy wraig?"

"Yndw, yn munud..." medd y Kube wrth sipian ei wisgi.

"Ond?"

"Paid â ffycin chwara gêms efo fi, Dryw Bach," chwyrnodd ei frawd.

"Duw, be ti'n feddwl, KK?"

"Paid â cymryd fi fel tit, y twat!"

"Ffwcin hel! Fyswn i'm yn rhoi chdi lawr fel tit, KK!"

"Ti'n gwbod yn iawn, Dryw Bach... Be ddudasd di yn y fynwant..."

"Pam? Be oedd y broblam?" Roedd cryndod yn llais Dryw Bach er gwaetha'r hyfdra a roddai'r cwrw iddo.

"Ti'n gwbod yn iawn be 'di'r broblam! Ffycin Mani!"

"Ffycin hel, KK..."

"Paid â 'ffycin hel' fi, y cont bach! Ti'n gwbod yn iawn be 'di polisi'r teulu..."

"Polisi? Ffycin hel, be ydan ni, y Raving Loony Party?"

"Gwranda. Sgenai'm amsar i dy lol di. Ti'n gwbod yn iawn be dwi'n feddwl."

"Nacdw, KK, tydw i ddim. A dwi ddim yn cofio fôtio dros unrhyw ffycin bolisi chwaith!"

"So, ti ar mission, wyt?"

"Mission? Ffycin hel, gwranda ar dy hun, KK!"

"Dwi isio gwbod os na jysd owtbyrst oedd hi heddiw, ta dechra rhyw 'campaign'?"

"Campaign? Mwy o politics?"

Cymerodd Kola Kube swig arall o'i wisgi. Gwelai Dryw ei fod o wedi pwsio ei frawd i'r eithaf, bron. Hwyrach ei bod hi'n amser iddo gau ei geg.

"Y rŵls ydi fod neb i sôn am Mani yng ngŵydd Mam..."

"O, cym on...!"

"Ffycin gwranda arna i!" sgyrnygodd Kola Kube yn ffyrnig. "Dyda chi, y criw iau, ddim yn dallt be nath y cont yna..."

"Dim fo laddodd Mam, yn naci!"

"Wel, mi fysa hi yma rŵan tasa fo heb bron â lladd Derek..."

"Ia, ia, a 'dwyn ei phres hi' hefyd, ia?"

"Ia, Dryw – yn ddigon syml. Ti'm yn dallt y poen meddwl achosodd o iddi?" Suddodd Kola Kube weddill ei wisgi. "Bad egg oedd Mani, Dryw. A gora po gynta i chdi a Lili dderbyn hynny."

"Iawn, KK. Dyna wyt *ti* yn feddwl. Ac Onri. Ond pob parch, doeddat ti ddim yno pan o'n i'n tyfu i fyny. Glywis i rioed Mam yn slagio Mani off..."

"Fysa hi ddim, siŵr..."

"Yn ffycin union, KK! Fysa hi ddim! Achos mae pob un o'nan

ni'n blant iddi hi, ac roedd ganddi gymaint o feddwl o'nan ni i gyd. Dyna pam mae o'n iawn i sôn am Mani yn..."

"Cau hi!" medd Kola Kube wrth ddyrnu'r bwrdd o'i flaen.

"Na wnaf! Ffwcio chdi," heriodd Dryw. "Mani a Gwcw oedd 'y mrodyr mawr i. Oeddach chi gyd 'di hen fynd – mwy fel yncyls na dim byd. Mani a Lili Wen oedd yn edrych ar 'yn ôl i...!"

"Dwi'n warnio chdi...!"

"Ffwcio chdi, gad i fi orffan, KK. Oedd Mani a Lili Wen mor agos â twins. Oedd Mani yn frawd mawr briliant i fi. Dydi o ddim yn 'bad egg' o gwbwl. Da *ni* yn ei nabod o. Dwyt ti ddim..."

"Felly lle mae o rŵan, ta? Yr euog a ffy..."

"Dwn 'im."

"Be ti'n feddwl?"

"Ydi'r euog o hyd yn ffy-o... sori, ffoi?"

"Be ffwc ma hynna i fod i feddwl?"

"Meddylia am y peth, KK!"

"Os oes gen ti rwbath wyt ti isio'i ddeud, Dryw Bach..."

"Chdi sy'n meddwl hynny. Dwi'm 'di deud dim, jysd bod y twat bach dibwys wyt ti'n feddwl ydw i..."

"Ro i dwat i chdi'n munud, y cont bach!" bygythiodd Kola Kube. Roedd o'n ei feddwl o hefyd.

"Be, ti'n mynd i ffycin slapio fi o gwmpas fel 'nes di i Mani?"

Trodd wyneb Kola Kube o goch i biws. Gwyddai Dryw Bach y dylai facio i lawr cyn iddo droi'n wyn, achos pan oedd gwyneb Kola Kube yn troi'n wyn roedd hi'n Krakatoa go iawn. Ond mi oedd Dryw hefyd yn corddi, felly mi aeth yn ei flaen.

"Oes 'na rywun wedi boddran edrych am Mani? Tsiecio fod o'n iawn?"

"Mae *o'n* gwbod lle'r ydan *ni*, dydi?"

"A pam 'di o heb fod adra, ta?"

"Am fod o'n wancar! Ac yn euog! Rhy brysur yn robio rhyw hen bobol am bres drygs yn rwla, mwya thebyg!"

"Mae ganddo fo ei resyma am beidio dod 'nôl, ma'n siŵr," haerodd Dryw Bach.

"A pha resyma sy gen ti dan sylw, Dryw Bach?"

"Wel, dwi'n ffycin sbio ar un rŵan!"

Bu bron i Dryw Bach gau ei lygaid, cymaint roedd o'n disgwyl dwrn fel gordd yn plannu i ganol ei wyneb. Ond ddaeth dim un. Yn hytrach, syllodd y ddau frawd ar ei gilydd am ychydig o eiliadau hir. Gwelai Dryw Bach y creulondeb yng ngwaelod llygaid ei frawd mawr a gwyddai ei fod o'n dawnsio efo'r diafol ei hun. Y Kube flinciodd gyntaf – a hynny efo ffrwydriad sydyn o dymer. Cydiodd yng ngholer côt Dryw a thynnu ei ben i lawr ar y bwrdd efo clec. Daliodd ei frawd bach yno, gyda'i foch ar y bwrdd ynghanol olion llinellau cwrw Porffafôr. Ffycin hel, mi oedd y cont yn gryf, meddyliodd Dryw Bach. Allai o'm symud un fodfedd.

"Dwi'n WARNIO chdi rŵan, Dryw Bach!" chwyrnodd y Kube yn ei glust, gan lenwi'i ffroenau efo'r ogla Bells ar ei wynt. "Be bynnag ydi dy gêm di, FFYCIN bacia i lawr!"

"Neu be?" mwmiodd Dryw, a'i geg yn sownd i'r pren.

"Jysd paid â croesi fi! Fyddi di'n ffycin difaru! Achos mi dorra i bob ffycin asgwrn yn dy ffycin gorff di. Bydd bobol yn meddwl dy fod ti wedi cael dy hitio gan ffycin lori! Dallt?"

Gollyngodd Kola Kube goler Dryw a'i adael yn rhydd. Yna cydiodd ym mheint ei frawd bach a'i wagio i lawr ei gorn cwac. Cododd ar ei draed a throi am y drws cefn i fynd adref drwy'r ardd. Ond cyn mynd drwyddo, trodd yn ei ôl i wynebu Dryw.

"O ia – paid â boddran dod i dy waith ar ôl yr holides 'ma. Ti'n ffycin sacked!"

27

Roedd Mani wedi licio tafarn fach Ye Cracke, neu 'The Crack' fel y galwai pawb hi, erioed. A hithau'n cuddio ymysg terasau tai stryd gefn, rownd y gornel o dafarn myfyrwyr y Grapes, doedd hi ddim yn dafarn hawdd i ddod o hyd iddi, nac ychwaith yn dafarn y gallai'r heddlu ddod iddi heb gael eu gweld. Mi oedd byrddau ei hamrywiol gilfachau wedi'u hamgylchynu â chefnau uchel y meinciau pren, gan gynnig digon o lefydd i rywun gael peint tawel heb dynnu sylw. Roedd hi hefyd yn dafarn ddifyr – yn gyfeillgar a chroesawus, ac yn denu yfwyr traddodiadol o blith cenhedlaeth hŷn yr ardal ac o blith myfyrwyr, fel ei gilydd. Adlewyrchid yr amrywiaeth hon gan yr addurniadau ar y waliau, oedd yn gymysgedd o hen luniau du a gwyn o'r ddinas a'i chymeriadau a'i henwogion, a memorabilia diwylliant cyfoes. Hoffai Mani'r drych mawr addurniadol gyda lluniau John Lennon ac aelodau eraill ei 'grŵp' cyntaf, The Dissenters, arno. Yma yn y Crack roedd hanes a hunaniaeth Lerpwl yn dew ar yr awyr ac yng ngraen y byrddau pren.

Eisteddodd Mani mewn cilfach dawel i lyfu'i blu uwchben gwydriad mawr o Jack Daniels. Roedd o'n iawn am yr olwg yn ei llygaid hi, felly. Mi *oedd* yna rywbeth, wedi'r cwbl. Y sgwrs roedd hi am iddyn nhw'i chael, doedd hi ond yn chwilio am esgus i wahanu. Doedd ganddi mo'r galon i ddweud wrtho yn y fan a'r lle ei bod hi wedi cael digon, felly roedd hi angen 'trafod' – angen egluro ei hanniddigrwydd a'i hofnau, eu plannu nhw yn ei ben o er mwyn iddo ddod i sylweddoli, yn araf bach, na allai pethau gario mlaen fel ag yr oeddan nhw. Doedd dim pwrpas mynd i Sefton Park pnawn 'ma, felly. Roedd popeth ar ben. Teimlai'n wag, ond diolchodd na fyddai rhaid iddi egluro dim wrtho, a diolchodd na fyddai'n rhaid iddo yntau ei chlywed hi'n gwneud. Roedd pethau'n well fel hyn – heb boen na ffraeo, na gweiddi a strancio, heb gyhuddiadau a thaflu bai, heb ffws a phwyntio bys, heb sioe fawr hunanol na gwneud tit o'i hun, heb y blacmêl emosiynol, y mindgames a'r pigo cydwybod. Mae popeth da yn dod i ben, a phan mae o'n dod i ben, dyna hi. Mae o'n diffodd. Fel fflicio switsh.

"Ffyc it!" meddai o dan ei wynt, cyn clecio'r Jack a chodi i nôl un arall, yna dychwelyd i'w sedd guddiedig. Rŵan fod Fizz allan o'r darlun, o leiaf mi allai gynllunio ei gamau nesaf yn well. Ond allai o ddim canolbwyntio. Dychwelai ei feddwl at yr hyn a welodd ar risiau stesion Lime Street, a methai gael gwared o'r teimlad diarth oedd yn llenwi'i gorff. Mwyaf sydyn roedd ei fyd yn wag. Doedd Lerpwl ddim mwyach yn teimlo'n gartrefol. Nid yma roedd o i fod, bellach.

Cleciodd y Jack eto, cyn mynd draw at y ffôn ar gornel y bar. Deialodd rif Shak a gollwng y darnau arian i mewn pan glywodd o'n ateb.

"It's me. I'm not in Crocky."

Arhosodd i Shakatak siarad.

"The Crack."

Arhosodd eto, cyn rhoi'r ffôn i lawr a galw am ddiod arall. Arhosodd wrth y bar i'w yfed, yna clywodd BMW Shak yn stopio tu allan. Diolchodd i Shona y barmêd, cyn cydio yn ei fag a mynd allan i'r stryd.

Neidiodd i mewn i gefn y Beamer. Roedd Shak wedi cynhyrfu'n lân yn y sêt ffrynt, tra bo Juice yn dreifio ac yn dawel fel arfer.

"Like I said on de phone, Taff, yous are gonna luv this!"

"I'm off, Shak," torrodd Mani ar ei draws. "Mince has had his op, they're waiting to see if his eyesight comes back. The bizzies are there."

"Yer, Taff. Like I said, it's for de best yer lie low fer a coupler weeks. Where yer gonna go, mate?"

"Don't know, really, Shak," meddai, er ei fod wedi dechrau ystyried Cymru. "But I need a lift out of town. They'll be watching the trains here."

"No worries, lad. I'll sort it," medd Shak, yn dal i fyrlymu fel plentyn mewn ffair. "But yous 'ave gorra see this before yer go!"

28

Ffarweliodd Onri'n sydyn ag Affro a Coco Bîns wrth y bwrdd pŵl, cyn rhoi chwifiad fach â'i law i gyfeiriad Porffafôr a Gwcw Blastig trwy ddrws y snyg.

"Wela i di Sul y Bloda," gwaeddodd Porffafôr. "Cofia fi at y musus."

"Mi wna i," atebodd Onri, gan gymryd arno na ddalltodd y sarcastiaeth yn sylw'i frawd. Croesodd draw at fwrdd Lili Wen a Shwgwr. "Dwi am ei throi hi. Wela i chi."

"O! Yn barod?" medd Lili Wen wrth godi ar ei thraed i roi cwtsh gynnes i'w brawd mawr diarth. "Neis dy weld di, Onri!"

"A chditha, Lili Wen fach," atebodd Onri a rhoi sws iddi ar ei boch, cyn troi i gofleidio Shwgwr hefyd.

"Rhaid i chdi alw'n fwy amal, sdi," medd Lili Wen wedyn.

"Dwi'n gwbod," atebodd. "Ond mae hi mor brysur arna i, sdi."

"Dwi'n dalld," medd Lili Wen. "Ti'n gneud yn dda efo dy career, yn dwyt, chwara teg."

"Lle mae Gerwyn a Rhian?" holodd Onri.

"O, maen nhw 'di mynd allan ers meitin," atebodd Lili Wen. "Lawr i Stryd Fain at eu ffrindia."

Aeth Onri i'w boced a thynnu papur decpunt allan. "Ynda, rho honna rhyngddyn nhw gena fi."

"O, paid â bod yn wirion..."

"Na – cyma fo!" mynnodd Onri wrth stwffio'r papur i'w llaw. "Dwi'm yn eu gweld nhw'n amal. Lle aeth Dryw Bach?"

"Allan yn y ffrynt oedd o, yn ista ar y steps," medd Shwgwr.

"O, dyna ni, ta – wela i o ar y ffordd allan felly. Hwyl i chi'ch dwy!"

Syllu ar Mercedes Onri oedd Dryw, yn dyfalu faint oedd o wedi'i gostio.

"Ti'n licio fo'n dwyt, Dryw Bach?"

"Yndw. Smart iawn."

"Yndi, mae o."

"Costio bom, ma siŵr?"

"Bom a hannar!"

"A wel... Dream on, medda nhw, ynde?"

"Wel, ti byth yn gwbod..."

"Fysa raid i fi ennill y Pools i allu fforddio un o rhein," medd Dryw yn freuddwydiol.

"Falla wnei di ffortiwn efo dy lunia!"

"Hy! Dwi'm yn meddwl. Ti'm wedi'u gweld nhw, naddo! Ti'n mynd, ta?"

"Yndw. Gwaith yn galw bora fory."

"Brysur felly?"

"Yndw, sdi. Digon o benna angan eu trwsio allan yn fa'na, sdi!"

Chwarddodd Dryw yn ysgafn. "Wel, ti'n cael digon o bractis efo'r teulu 'ma sy genan ni!"

"Mi fydda i'n meddwl hynny'n amal fy hun!" atebodd Onri efo gwên a winc. Yna trodd ei wyneb yn fwy difrifol. "Gwranda, Dryw. Dwi ddim yn anghytuno efo dy hawl di i gofio Mam fel ti isio'i wneud – na dy hawl di i gofio Mani fel ti'n ei gofio fo. Ond, wel..."

"Lle ac amsar?"

"Wel, ia, falla... Ond dim dyna sydd gen i. Be dwi'n feddwl ydi, watsia be ti'n neud..."

"Ffycin hel! Dyma hi eto! Ges i Kola Kube yn ffycin haslo cynt... Ma'r cont wedi'n sacio fi!"

"Cer o'na! Wel y basdad iddo fo! Ond dyna fo, be ti'n ddisgwyl gan ful?" Gwenodd Onri, ac mi gynhesodd Dryw Bach ato'n syth. "Dwi ddim yn dy haslo di, Dryw, mêt. Dwi jysd ddim isio i chdi gael dy frifo."

"Brifo?"

"Dy siomi."

"Sut?"

"Yli, dydi... doedd Mani ddim yn angal..."

"Dwi'm yn deud ei fod o. Pwy sydd, ynde?"

"Dallt hynny. Ond yn amlwg, mae gen ti atgofion neis amdano. A Lili Wen hefyd. Ac ella ei fod o'n wir bo chdi a Lili yn ei nabod o'n well na ni. Ond y peth ydi – mi rydan ninna wedi gweld yr ochr ddrwg o'no fo hefyd... Ysdi, rydan ni'n gwbod y stori i gyd, ochor arall y geiniog, felly..."

Doedd gan Dryw ddim amynedd efo hyn. Yr un hen stori oedd hi gan Onri a KK – "rydan ni'n gwbod y stori i gyd" a rhyw bolycs felly.

"Ia, Onri, ond *coelio* ochor arall y stori ydach chi. Coelio storis bobol eraill am Mani. Coelio'r ffycin Derek 'na."

"Fuodd Derek yn dda efo Mam..."

"Do? Ti'n siŵr, rŵan? Dipyn o ffycin slimeball oedd o, os ti'n gofyn i fi."

"Wel," medd Onri, wrth gydnabod iddo'i hun fod sylw Dryw Bach yn ddiddorol – boed yn argraff onest neu'n ymateb anaeddfed, di-sail. "Doedd o ddim yn haeddu be nath Mani iddo fo, beth bynnag."

"Tybad?"

Ochneidiodd Onri. "Dryw! Roedd Mam yn meddwl y byd o Derek! *Rhaid* i ni gofio hynny! Pan ddigwyddodd yr holl beth mi dorrodd ei chalon. Aeth petha downhill yn sydyn iawn wedyn, yn do? Ti'n gwbod hynny dy hun!"

"Yndw, Onri," medd Dryw yn gyfaddawdol. "Mae hynna'n wir. Ond dwi jysd yn trio darllan rhwng y llinella – gweld y llun tu ôl y llun..."

"A be sy'n gneud i chdi feddwl *fod* yna lun tu ôl y llun?"

"Gair Mani..."

Ochneidiodd Onri. "Gair *Mani*?!"

"Ia, a'r ffaith mod i'n ei nabod o'n ddigon da i wybod na fysa fo'n gneud be nath o – wel, dim heb achos, eniwe. O'dd o'n meddwl y byd o Mam, dwi'n gwbod hynny."

"Ond does'na byth reswm da am hannar lladd rhywun, yn nagoes?"

"'Da ni'm yn gwbod hynny, nacdan? Does wybod be oedd Derek wedi'i neud..."

"Iawn, OK... Ond pa reswm da sydd dros drio dwyn pres Mam, ta?"

"Hwyrach na dim y fo wnaeth hynny?"

"Mi nath o gyfadda, Dryw!"

"Do – mi nath o *newid ei stori*, do!"

"Ond pam cyfadda i rwbath na wnaeth o ddim?" mynnodd Onri.

Allai Dryw Bach ddim ateb yn iawn. Doedd o ddim i fod i wybod, beth bynnag.

"Pwy sy 'di bod yn siarad efo chdi, Dryw Bach?"

Roedd yr olwg dihiryn James Bond ar wyneb Onri eto, sylwodd Dryw – yr olwg sinistr honno oedd yn awgrymu fod y cont yn gwybod mwy nag oedd o'n gyfadda. Trodd Dryw i ffwrdd a thynnu ar ei ffag. Ond mi ddalltodd Onri be oedd gan ei frawd bach dan sylw.

"Fedran ni ddim cymryd be ddudodd Mani wrth Porffafôr fel efengyl, Dryw Bach. Dim o bell ffordd... Roedd Mani'n sâl yn ei ben..."

"Ia, ia, dyma hi eto. Yr un get-out clause o hyd! 'Sâl yn ei ben', 'seico'... Lle mae'r benefit of the doubt, Onri? Be sy mor anodd i'w goelio am y posibilrwydd fod Mani'n trio arbad mwy o boen i Mam?"

"Wel... Wnaeth o erioed feddwl am neb arall cyn hynny..."

"Dydi hynny ddim yn wir, Onri. Ffycin hel – yr un hen diwn gron! Dim ffycin efidens, jysd ffycin prejudice!"

"Pam 'di Mani heb ddod yn ôl yma, ta?"

"Mi ddaw...!"

"Ti'n siŵr? Achos dyna be sy genai ofn – fod o'n mynd i dy adael di i lawr... 'Dio'm 'di bod yma i weld bedd Mam..."

"Ella fod o wedi. Neu ella fod o'm yn gallu. Pwy fysa'n ei feio fo?"

"Yr euog a ffy heb ei erlid..."

"Ia, dyna ddudodd KK cynt. Ond os oedd Mani'n sacriffeisio ei hun i achub Mam, oedd o'n gwbod fod petha'n newid am byth. Oedd o'n gwbod na fysa fo byth yn gallu dod yn ôl yma..."

"Felly be sy'n stopio fo ddod rŵan ei bod hi wedi marw?"

"Ffycin chdi a ffycin Kola Kube! Dyna be!" gwaeddodd Dryw Bach. "Jesus Christ – ydio hyd yn oed yn gwbod fod Mam wedi marw?!"

Diflannodd yr arlliw olaf o wên o lygaid Onri, gan adael dim ond tywyllwch oeraidd, amwys. "Be ti'n ffycin feddwl?" gofynnodd wrth syllu'n ddu i berfeddion enaid ei frawd bach.

"Wel, wnaeth rywun adael iddo fo wybod?"

"Wel... mi oedd o'n jêl, yn doedd?" atebodd Onri ar ôl oedi fymryn.

"'Nes i'm gofyn lle oedd o, Onri. Gofyn 'nes i os wnaeth unrhyw un adael iddo fo wbod fod Mam wedi marw – ac am y cnebrwn?"

"Wel do, siŵr..."

"Pwy?"

"Dwi'm yn cofio... Ydi o ots? Fysa awdurdodau'r carchar wedi dweud wrtho, beth bynnag. Mam oedd ei 'next of kin' o, ynde?"

"Does dim *rhaid* i neb restru rhywun fel next of kin, Onri. Ti'n gwbod hynna!"

"Dryw, dwi ddim yn mynd i ffraeo efo chdi am y gorffennol. 'Di hynny'n mynd i newid dim!"

Tawelodd Dryw Bach, a bodloni ar ei gadael hi am rŵan.

Gostyngodd gwrychyn Onri hefyd, ac ystyriodd safbwynt ei frawd ieuengaf. Roedd rhaid iddo gydnabod fod y rhan fwyaf o'r hyn roedd o'n ei ddweud yn gwneud synnwyr, a'i fod o'n fwy o ffrwyth rhesymu na theyrngarwch dall neu arwraddoliaeth. Ond tystiolaeth sy'n *cyfri*. Ac o ystyried ansefydlogrwydd meddwl eu brawd – heb sôn am y seicosis treisgar oedd wedi datblygu ynddo – mi oedd y dystiolaeth yn awgrymu'n gryf bod dehongliad Dryw Bach o'r sefyllfa yn fwy o ffantasi na realaeth.

"Y peth ydi, Onri," ychwanegodd Dryw mewn ychydig. "Dwi jysd ddim yn dallt be 'di'r chip mawr 'ma sydd ar ysgwydd KK. Pam fod *o'n* obsésd efo'r gorffennol? Pam ddim live and let live – gadael i ni gyd gofio Mani, a Mam, yn ein ffordd ein hunain?!"

Trodd Onri i edrych i fyny'r stryd, yna draw at y Merc, cyn ateb. "Dwi'm yn meddwl *fod* 'na ddim byd, sdi – jysd licio chwarae'r brawd mawr mae o, ynde? Power trip..."

"Y 'polisi teulu' 'ma, ia? Pwy ffwc ma'n feddwl ydio, John Major? Ma'r cont newydd gydio yn'o fi i mewn yn fa'na, cynt! Rhoi 'mhen i ar y bwrdd a'n ffycin 'mygwth i! I gyd ar gownt chydig o eiriau wrth *fedd Mam*! Geiriau *personol* i *fi*! Ffyc ôl i neud efo *fo*!"

Ffromodd Onri wrth glywed hyn. Roedd yn gas ganddo drais, ac roedd o'n casáu bwlis hyd yn oed yn fwy. A bwli fuodd Kola Kube erioed. Teimlodd yr amheuon yn cronni yn ei stumog eto – oedd a wnelo eu brawd hynaf rywbeth â phroblemau meddyliol Mani...? Torrodd fflach o euogrwydd fel llafn drwy frest Onri, a theimlodd yr hen fwgan annifyr hwnnw yng nghefn ei ben eto, yn ei bwnio a'i gyhuddo...

"Ti'n siriys?"

"Yndw!" haerodd Dryw yn ddiffuant. "Dwi'm yn gwbod be sgin y cont i guddio, ond mae 'na rwbath mwy na jysd ffycin 'polisi teulu' ar waith, os ti'n gofyn i fi!"

Syllodd Dryw Bach ar wyneb Onri. Gwelai fod clychau'n canu yn ei ben wrth i bryder ymwthio rhwng llenni duon ei lygaid gwyddonydd diemosiwn.

"Rhaid i fi fynd," medd Onri, ac estyn ei oriadau o boced ei siwt. "Dwi isio bod adra cyn iddi dywyllu i fynd â'r ci am dro."

"OK, Onri..." medd Dryw Bach trwy lygaid cul. "Cym bwyll ar y ffordd 'na. Be fysa'r seicos 'na i gyd yn neud heb y Doctor Pen?"

Gwenodd Onri wrth eistedd yn sêt y gyrrwr, cyn estyn ei gerdyn busnes i Dryw Bach. "Ffonia fi os ti isio siarad am rwbath."

"Ffyc off! Dwi'm angan shrinc, diolch yn fawr!"

"Dim shrinc ydw i, Dryw. Seicolojist."

"Dwi'm isio un o'r rheina chwaith!"

Chwarddodd Onri. "Dim sgwrs fel'na dwi'n feddwl siŵr, y nionyn!"

Gwenodd Dryw Bach. Cofiai mai 'nionyn' oedd Onri'n ei alw fo pan oedd o'n blentyn.

"Jysd ffonia os ti isio rwbath, OK!" medd Onri eto. "Unrhyw adag!"

"Unrhyw adag?" holodd Dryw wrth syllu ar y cerdyn â'r enw

diarth O B Roberts a rhes o lythrennau tu ôl iddo yn sgleinio ar ei draws. "Neu jysd dwywaith y flwyddyn?"

Stopiodd Onri cyn tanio'r car. Edrychodd ar ei watsh, fel roedd o wastad yn ei wneud, cyn troi at Dryw.

"Sgen ti amsar i ddangos rhei o dy lunia di i fi rŵan, ta be?"

29

Roedd Shakatak yn addo'r byd a'r betws i Mani wrth i'r Beamer yrru'n araf ar hyd darn o dir wast i lawr wrth y dŵr. Lle bynnag fyddai o, meddai, dim ond codi'r ffôn fyddai rhaid iddo. Unrhyw beth oedd o'i angen, unrhyw bryd, dim problem. Roedd rhaid i rywun edrych ar ôl ei ffrindiau, wedi'r cwbl.

Roedd o'n hynod o frwdfrydig gyda'i addewidion, sylwodd Mani wrth syllu allan dros y dŵr at Benbedw a Chilgwri ar y gorwel. Ond mwya thebyg mai'r cocaine oedd i gyfri am hynny. Mi oedd o hefyd yn dal i barablu fel meniac am 'y peth' roedd ar fin ei ddangos i Mani, gan addo y byddai wrth ei fodd pan welai o. Chwarddodd fel hogyn bach, a chlapio'i ddwylo a drymio'r dashbord wrth i'r car basio hen warws a throi dros y concrit noeth, agored tuag at warws wag arall.

"I'm fuckin proper made up, Taff! Yer know, like when yer buy a new Hoover dat's more efficient?"

Gwenodd Mani'n goeglyd wrth sylweddoli fod ei fos yn chwarae rhyw gêm ddyfalu gryptig. "I've never bought a Hoover, Shak. I'll have to twist – give us another card."

Chwarddodd Shakatak gan fflachio'r ffiling aur yn ei ddannedd. "Come 'ead, softlad – what does a Hoover do? It cleans up…"

"And you're getting good at cleaning up?" atebodd Mani wrth iddi wawrio arno be oedd gan Shak dan sylw. Giglodd Shak fel ynfytyn a drymio'r dash eto mewn gorfoledd, wrth i Juice barcio'r car o flaen yr hen warws wag a'i waliau o flocs concrit a shîtiau asbestos. Roedd 'na fan yma'n barod, gwelodd Mani, a char arall hefyd. Cilwenodd. Doedd ffawd heb orffen efo'i hiwmor gwyrdroedig eto. Mi oedd yna bennod arall i ddod yn stori wallgo'r penwythnos yma…

"Thing is, Taff, if de bizzies gotter 'im ferst, he'd blag an den we'd all be inderr shite," medd Shak â'i jiber-jaber wrth gerdded i mewn i'r adeilad ac arwain Mani a Juice drwy hen swyddfa a thrwodd i'r stafell fawr."Here he is, de fuckin bag o shite. The lads 'ave 'ad a birrova play with 'im, like..."

Stopiodd Shakatak yn ei unfan ac edrych o'i gwmpas. Eisteddai Matty Price a Bongo Clifton ar gadeiriau wrth fwrdd gerllaw, yn chwarae cardiau tra'n yfed te allan o fflasg.

"Where de fuck is he?" gofynnodd Shakatak.

"'Ee's over dere, Shak," atebodd Matty heb godi'i ben o'i law o gardiau.

"Where?"

Amneidiodd Matty at y wal tu ôl iddyn nhw, a throdd y tri i edrych. Doedd dim i'w weld yno heblaw hen gist fawr bren ar y llawr.

"In de box," medd Matty wedyn, wrth daflu cerdyn ar y bwrdd.

"What de fuck's he doin in dere?" holodd Shak wrth fartsio tua'r gist.

"'Ee wouldn't fuckin shurrup, Shak. 'Ee was gerrin on our tits, la!"

"Well fuckin gag the twat!" medd Shak wrth agor y caead.

"We did. But the cunt kept groanin an gurglin."

Safodd Shak a Mani uwchben y gist ac edrych i mewn. Gorweddai Felix â'i ddwylo a'i figyrnau wedi'u clymu tu ôl i'w gefn, a gaffer tape dros ei geg. Roedd o'n waed drosto a'i wyneb wedi chwyddo fel medicine ball.

"'Ee's fuckin dead, yer dozy twats!" gwaeddodd Shak a rhythu ar Matty a Bongo.

"Really?" Cododd Matty o'r bwrdd. "He might be sleepin, Shak..."

"Sleepin? 'Ee's tied up like a turkey – in a fuckin box! It's hardly fuckin Slumberland, is it?"

Daeth Matty draw atyn nhw, wrth i Bongo fanteisio ar y cyfle i edrych ar ei gardiau tu ôl i'w gefn. Sylwodd Mani ar y tsiaen oedd yn hongian o'r nenfwd, a'r pwll o waed a phiso ar y llawr oddi tani.

Syllodd Matty a Shak ar y corff yn y gist am eiliad neu ddwy.

"Well, fuck me!" medd Matty, yn syfrdan.

"Well, never mind..." medd Shak.

"Hold on," medd Matty, cyn cydio mewn mwrthwl oddi ar gadair gyfagos. Dychwelodd at y gist a rhoi swadan i ben Felix. Cythrodd hwnnw a griddfan mewn poen.

"Dere ye go – fuckin Lazarus, la!"

Rhoddodd Matty'r mwrthwl i'w fos a dychwelyd at y bwrdd a gafael yn ei gardiau. Ysgydwodd Shakatak ei ben, cyn holi gawson nhw unrhyw wybodaeth gan y twat yn y bocs. Dim byd o werth, medd Matty, oedd yn argyhoeddedig nad oedd gan Felix unrhyw arian o gwbl i'w roi i Shak.

"Fuckin cunt!" bytheiriodd Shakatak wrth ddechrau waldio'r swpyn yn y gist yn ddidrugaredd efo'r mwrthwl. "Yer fuckin crustie twat! Think ye can fuckin bump me, yer cunt? And fuckin shoot me mate in de face? Cunt! Fuckin cunt!"

Rhoddodd Mani law ar ysgwydd ei ffrind a'i atgoffa na ddylai gael gwaed yn tasgu dros ei ddillad.

Stopiodd Shak, cyn poeri ar Felix ac anadlu'n ddwfn. "You gorra ciggie, Taff?"

"No smokin, I'm afraid, fellas," medd Matty o'r bwrdd. "Fag-ends and forensics don't mix."

Trodd Shakatak yn ôl at Felix. "Guess who I've brought to see yer, ye fuckin scumbag? The feller yer shot at. An 'ee ain't too made-up abarrit! D'yer wanner go on 'im, Taff?"

Ysgydwodd Mani ei ben. "Thanks for the offer. I'm flattered. Tempting though it is."

"Tell yer what, Taff. Yer can 'ave his eyes, if yer want, seein as Mince may be losin his. This cunt won't need 'em where 'ee's goin."

Ysgydwodd Mani ei ben eto. "Once again, flattering. But I've never been one for souvenirs, to be honest."

Chwarddodd Shakatak. "Well, I guess dat's dat, den. Where's the fuckin shooter?"

Estynnodd Bongo Clifton y pistol oddi ar y bwrdd a dod â fo draw, tra bo Matty Price yn cael cipolwg slei ar ei gardiau. Hefrai Shakatak am sut y byddai lladd Felix yn rhyw fath o fuddsoddiad yn y dyfodol, o leiaf – yn rhybudd i'r 'wannabes' i 'beidio ffwcio efo'r Shak'! Yna mi stopiodd, gan edrych yn hurt ar Bongo, oedd yn sefyll o'i flaen yn dal y gwn allan i'w fos.

"I'm not gonnerr do irr, am I? I pay you ter do dat!"

Shrygiodd Bongo ei ysgwyddau wrth symud catsh diogelwch y gwn, cyn saethu Felix ddwywaith yn ei ben.

"Ta, Bongo lad," medd Shak. "Yous two can throw 'im in de water. I better be gerrin off. You comin, Taff?"

"Worrabar his missus?" gofynnodd Matty.

"Eh?" holodd Shak. "I thought she was in de river?"

"Well..." dechreuodd Matty. "We thought we'd use 'er te gerrim te talk."

"And did yer?"

"Well, we never got round ter it yet. We thought we'd 'ave a teabreak ferst. And anyway..."

"And 'anyway' what?"

Roedd Shak yn hynod o ddiamynedd ers cyrraedd y sied, sylwodd Mani, a'i hwyliau wedi newid cymaint ers pan oedd o'n eistedd yn y car ar y ffordd draw.

"Well, it's too late now, coz Bongo's just shot him...!"

Rhoddodd Shakatak ei ben yn ei ddwylo. "I don believe dis!"

"Well, you fuckin told me to shoot 'im, Shak, fuck's sake!" protestiodd Bongo.

"Burr I didn't know yer 'adn't finished with the cunt, did I? Why didn't yer say?"

"Yer didn't ask!"

"Fuckin muppets!" gwaeddodd Shakatak. "Yous are all fuckin muppets!"

"That's a bit harsh dere, Shak lad," dechreuodd Matty.

"Harsh? Yous may 'ave just cost me a grand, yous cunts!"

Cododd Shak un llaw i'r awyr a rhoi'r llall ar ei ben, a meddwl. "Right, OK... Where is she?"

"In the van."

"Fuck's sakes!" rhegodd Shak eto wrth droi am y drws. Dilynodd pawb o allan i'r awyr iach.

30

Er mai dim ond ar hyd dwy stryd y gyrrodd Onri, mi oedd y reid yn ddigon i Dryw Bach ddisgyn mewn cariad efo'r Merc. Doedd o'm yn gwybod llawer am geir, ond roedd y seti lledr a'r gofod braf i estyn ei goesau yn fendigedig, heb sôn am y bôls oedd yn yr injan pan wasgai Onri'r sbardun.

"Neis iawn, Onri!" canmolodd wrth gamu allan o flaen y fflat. "Sleek as fuck!"

"Yndi. Dwi wedi bod isio un ers tro."

"Chydig o 'dream come true' felly, On?"

"Yndi, mae'n debyg ei fod o, am wn i," cytunodd Onri.

"Wel, fan hyn *dwi'n* breuddwydio," medd Dryw wrth agor drws y fflat. "Croeso i nyth y Dryw!"

Camodd Onri i'r stafell fyw dila-gysurus a throi ei drwyn wrth ogleuo'r tamprwydd. "Ers faint wyt ti'n byw yn fan hyn?"

"Tua chwech mis. Ma hi'n iawn yma. Mae'r soffa'n agor allan i wneud gwely, diolch byth – mae'r llofft yn rhy damp."

"Wela i..." medd Onri'n dawel, cyn hoelio'i sylw ar y darlun paent ar ganfas hirsgwar oedd yn hongian ar y wal uwchben y lle tân nwy. "Chdi wnaeth hwn?"

"Ia!"

"Go iawn?" holodd Onri wrth gamu at y llun a'i astudio'n fanwl.

"Ia. Be ti'n feddwl?"

"Wow, mae o'n, wel... mae o'n ffantastig!" atebodd Onri gan gamu yn ei ôl i ganol y stafell i syllu arno. Llun o Graig y Gafael oedd o, efo'r fynwent a'r stryd fawr islaw, wedi'i baentio ag olew mewn dull lled argraffiadol. "Ma gen ti dalant, Dryw Bach! Wyddwn i ddim...! A'r gwynab 'na yn y graig! Rŵan dwi'n cofio am hwnna... Blydi hel!"

"Dwi 'di'i neud o chydig bach mwy amlwg na mae o go iawn... Er, cofia di, mae o i'w weld yn glir amball ddwrnod. Mi oedd o heddiw, pan oeddan ni'n y fynwant."

"Wel, dyna ydi holl bwynt celfyddyd, ynde Dryw! Gweld petha! Artistic licence. Ond y peth ydi, ti wedi ei neud o'n amlwg heb iddo fo edrych allan o'i le. Ysdi – ti'n gneud yn siŵr fod o i'w weld, ond heb fod o'n dominêtio gormod... Subtle a phwerus ar yr un pryd. Mae hynna'n uffarn o grefft, sdi, Dryw Bach. Blydi hel, mae gen ti dalant."

"Mani ddysgodd fi, sdi."

"Taw?! Wel... myn uffarn i..."

Gwenodd Dryw Bach wrth glywed acen dew Cwmygafael yn dianc dros dafod soffistigedig Onri. "Ti'n licio fo, felly?"

Oedodd ei frawd cyn ateb. Roedd ei sylw wedi'i hoelio ar y garreg wen oedd yn hawlio sylw'r llygaid ynghanol y llun.

"Yndw, Dryw! Go iawn rŵan, boi! Wow – mae'r ffordd mae'r Ddafad yn neidio allan amdana chdi... A'r fynwant..." meddai wrth gamu yn ei ôl at y llun ac astudio'r cerrig beddi oedd fel bysedd yn estyn o'r ddaear. "Hollol wych! Dwi'n blown away, i fod yn onest efo chdi! Mae o mor ddramatig... llawn teimlad ac angerdd!"

Lledodd gwên lydan dros wyneb Dryw Bach. "Dwi'n reit prowd o'no fo fy hun. Yr unig landscêp dwi 'di'i neud hyd yn hyn..."

"Wel, bydd rhaid i ti wneud mwy, mae hynna'n saff!"

"Mae'r lleill drwodd yn y gegin. Portrets a 'still life' a ballu... Dwi'm yn siŵr iawn be ti i fod i'w galw nhw... Tyd i weld."

Llusgodd Onri ei lygaid i ffwrdd o'r campwaith enigmataidd ar y wal a dilyn ei frawd bach i'r gegin gefn.

"Mae'r rhan fwya wedi'u gwneud ar ddarna pren," eglurodd Dryw Bach wrth estyn am un o'r hanner dwsin o weithiau oedd yn pwyso yn erbyn y wal, ar lawr. "Mae canfas yn ddrud – heb sôn am y paent. Mae oils yn costio ffortiwn."

Pasiodd lun seicedelig o ddelweddau hipîaidd fel madarch hud a sbliffs a gwynebau rhyfedd yn gwau i'w gilydd i Onri. "'Di hwnna'n fawr o ddim byd, jysd chydig o hwyl pan o'n i'n stônd..."

"Reit," medd ei frawd, heb fawr o frwdfrydedd.

"A hwn," medd Dryw wrth estyn y nesaf.

Rhewodd Onri wrth gydio ynddo, a'i lygaid wedi'u serio ar y ddelwedd argraffiadol o wyneb yn syllu allan o'r pren.

"Dwi'n licio hwnna," eglurodd Dryw. "'Meddwl' dwi'n ei alw fo."

Ond roedd Onri'n gegrwth. Roedd y darlun yn ysgubol. Yn drawiadol a theimladwy, yn ysgytwol a charismataidd... ac yn, wel... 'disturbing' fyddai'r gair Saesneg, debyg. Y llygaid oedd yn ei gael o – roeddan nhw'n syllu'n syth i enaid y gwyliwr, yn dduon efo tinc o gochni, yn llawn ysbryd a dirgelwch a... thristwch... yn syllu'n wyllt... yn llosgi'n ffyrnig a chyhuddgar – er nad yn filain na bygythiol – ond yn llawn gwewyr... hunllefau ac ellyllod... seicosis...

Roedd Onri wedi gweld llygaid fel hyn sawl tro, mewn lluniau ac mewn cleifion cig a gwaed. Roedd o hefyd wedi'u gweld yn Mani. Cythrodd yr adnabyddiaeth drwyddo fel rhaeadr o bicellau mân, ac aeth ias i lawr ei gefn.

"Ti'n nabod o?" medd Dryw.

Llyncodd Onri ei boer, a nodio'i ben.

"Dim Mani oedd o i fod, i ddechra. Wnes i jysd dechra gneud llun o unrhyw un, a trio troi ei ben o tu-mewn-tu-allan, fel bod ei feddylia fo'n dangos. Wedyn 'nes i sylwi fod o'n atgoffa fi o Mani, so 'nes i fenthyg hen ffoto gan Lili Wen er mwyn cael ei lygid o'n iawn... Onri, ti'n OK?"

"Yndw, Dryw," atebodd ei frawd wrth ysgwyd ei hun o'i lesmair.

"Mae o'n gweithio'n dydi?"

"Yndi, Dryw," medd Onri wrth roi'r llun i lawr i orffwys â'i wyneb tua'r wal. "Yndi, mae o."

31

Agorodd Shakatak ddrws cefn y fan a chlywodd Mani wich ddagreuol merch yn dod o'i thu mewn. Aeth i deimlo'n anniddig iawn. Doedd o heb weld Shakatak yn ymddwyn mor afresymol ac ansefydlog. Gwyddai ei fod o'n gwneud lot o cocaine a steroids yn ddiweddar, a bod lot wedi digwydd i'w stresio fo allan dros y tri diwrnod dwytha, ond roedd rhyw olwg yn ei lygaid na welodd Mani ynddyn nhw o'r blaen. Rhyw olwg seicotig, anifeilaidd a gwaedlyd. Roedd o allan o reolaeth...

Edrychodd Mani i mewn i'r fan a gweld merch efo dredlocs yn gorwedd ar lawr â'i dwylo wedi'u clymu tu ôl i'w chefn. Roedd gaffer tape yn dynn dros ei cheg ac roedd ei llygaid gleision yn llydan gan ofn. Adnabu hi fel y ferch honno y rhoddodd hedbyt iddi wrth ruthro i mewn i dŷ Felix neithiwr.

"Ffyc's sêcs!" medd Mani wrth syllu arni'n crynu. Roedd yr hedbyt yn rhan o'r job. Ond doedd hyn ddim yn iawn.

"I know, Taff," medd Shakatak, fel dyn llawn cydwybod. "It's tragic. Nice lookin gel once!"

"What you gonna do with her?"

"What d'yer mean, 'worr am I gonna do with 'er'? I'm gonna waste her. I'm norra fuckin nonce!"

Gwingodd y ferch a rhoi sgrech wichlyd o'r tu ôl i'r tâp oedd dros ei cheg.

"Iesu Grist bach, Shak!" medd Mani wrth ysgwyd ei ben.

"I know, but we can't drop 'er off at 'er parents with a goodie bag and say she 'ad a nice time at de party, can we? She's clocked us. We gorra think of de bigger picture here!"

"There must be another way, though?"

"Like what? Remove her memory?"

"I don't know, just... well, she's innocent in all of this. It just seems wrong."

"I know, mate," cytunodd Shakatak gan nodio'i ben mewn cydnabyddiaeth o anfadwaith anffodus yr hyn roedd o'n bwriadu ei wneud. "Collateral damage, unfortunately. Either we do this or do bird."

"But..."

"BUT FUCKIN WHAT, TAFF?" bloeddiodd Shakatak yn ei wyneb.

Synnwyd Mani. Doedd Shak erioed wedi gweiddi arno o'r blaen. Teimlodd ei dymer yn codi. "Alright, Shak! No need to shout, mate!"

"Well, stop yer fuckin hymn-singing chapel bollocks then, Taff. Some of us 'ave gorra make tough decisions 'ere, an irr ain't nice as irr is!"

Oedodd Shakatak, a gostegu rhywfaint ar ei lais cyn mynd yn ei flaen.

"Look, lad. I know yous've got Fizz on yer mind..."

Cythrodd Mani a thorri ar ei draws. "Keep Fizz out of this, Shak! She's got fuck all to do with anything!"

"Easy, Taff! Worr I mean is you've got yer gerl on yer mind... It's makin yer all sentimental, like..." Cododd Shak ei law mewn arwydd o heddwch wrth weld Mani'n ffromi. "Look, we've got no choice. It's de way irr is. Let Matty an Bongo do the bizzness, an walk away. Yous'll soon forgerr abarrit."

Sylwodd Mani ar Matty a Bongo yn sbio ar ei gilydd. Roedd golwg anghyfforddus ar eu gwynebau hwythau hefyd.

"Shak! Think! A grand is a lot of cash to lose on a moment of madness! You don't throw away a bottle till it's empty!"

Syllodd Shakatak yn amheus ar Mani, ond daliodd y Cymro i bledio'r achos. Dim ond dwy funud fyddai o angen, a phwy a ŵyr be fyddai'r ferch yn ei roi iddyn nhw – y mil o bunnau oedd arna Felix i Shak, neu lond selar o cocaine... roedd yr hogan isio byw, wedi'r cwbl.

Stydiodd Mani lygaid ei fos wrth aros ei ymateb. Gwelodd ryw fath o reswm yn ailymddangos ynddyn nhw. Dwy funud, cytunodd – ond waeth be bynnag roddai'r ferch iddyn nhw, i'r dŵr y byddai'n rhaid iddi fynd wedyn. Doedd dim dianc oddi wrth hynny.

Doedd gan Mani ddim syniad be oedd o'n mynd i'w wneud, ond o leiaf roedd o wedi prynu amser. Os byddai'r ferch yn gall, mi fyddai'n addo eu harwain at stash Felix, ac efallai y câi gyfle i ddianc neu i ddod i ryw drefniant. Hwyrach y byddai Shak wedi dod at ei goed erbyn hynny, ac yn cytuno i adael i Mani fynd â'r ferch efo fo. Mae'n debyg mai dyna oedd y cynllun oedd yn ffurfio yn ei isymwybod – os oedd un yn ffurfio o gwbl. Roedd Mani wedi penderfynu gadael Lerpwl, ac mi oedd y penderfyniad hwnnw newydd gael ei atgyfnerthu gan ymddygiad ei ffrind. Ac os oedd o'n bwriadu gadael, yna mi allai fynd â'r ferch 'ma efo fo. Wyddai o ddim be i'w wneud efo hi wedyn, ond mi groesai'r bont honno pan ddeuai ati.

Dringodd i mewn i gefn y fan a chau'r drws ar ei ôl. Tynnodd y tâp oddi ar geg y ferch. "Listen. You know what's gonna happen, and there's not a lot I can do about it. So if you've got something you can give us, do it. It's your only fucking chance!"

Arhosodd i'r ferch gael ei gwynt ati a dod at ei synhwyrau. Sylwodd ar lesni hardd ei llygaid a llyfnder ei chroen dan y goedwig o wallt. Roedd hi'n ifanc, meddyliodd, tua'r un oed â Fizz. Ac yn dlws. Methai â deall pam roedd merched fel hyn yn tyfu dredlocs blêr.

Gofynnodd be oedd ei henw, ond roedd hi'n crynu gormod i ateb. Clywodd sŵn y lleill yn llusgo'r bocs a drodd yn arch i Felix allan o'r sied, ac yn nesu am y fan. "Look, we're running out of time. You've got to help me if you want me to help you..."

Agorodd y ferch ei cheg a mwmian rhywbeth na allai ei ddeall.

"Say again?"

"Fizz..." medd y ferch. "Dwi'n nabod Fizz..."

32

Er eu bod nhw yr un mor ysgytwol, methodd Onri â chanolbwyntio ar weddill lluniau Dryw Bach. Roedd y portread tywyll-deimladwy o Mani wedi ei sigo.

"Dwi'n licio gneud llunia sy'n dangos emosiwn a teimlada sdi, On," parablodd Dryw wrth i'r ddau gerdded yn ôl i'r stafell fyw.

"Wel, mi wyt ti'n llwyddo," atebodd ei frawd. "Ti'n fwy na llwyddo. Wir i ti, fysa ti'n gallu mynd yn bell, sdi. Fedra i weld dy luniau di ar wal unrhyw galeri, yn hawdd!"

"Diolch ti!" gwenodd Dryw. "Ond ti angan mynd i 'art school' a ballu i gael y galeris i dy gymryd di o ddifri, sdi."

"Dim o reidrwydd, Dryw. Wsti be, mae gena i ffrind sy'n rhedag galeri yng Nghonwy. Os elli di gael casgliad go lew at ei gilydd, fedra i ofyn iddi am ei barn?"

Disgleiriodd llygaid Dryw fel sêr mawr, crwn. "Ti'n meddwl?"

"Dwi'n gwbod! Pwy a ŵyr, Dryw Bach – falla fod 'na ffordd allan o Gwmygafael i ti'n fan hyn."

Meddyliodd Dryw Bach am eiliad neu ddwy. "Dwn 'im, sdi, On. Dwi'm yn siŵr os dwi isio gadael y lle 'ma, i fod yn onest."

"Dwi'm yn sôn am adael yn yr ystyr yna. Does 'na ddim byd i dy rwystro di rhag cael stiwdio bach yn fa'ma – wel, mewn fflat sydd ddim mor damp, neu mi fydd dy lunia di'n ffycd! Be dwi'n feddwl ydi, fod hyn yn basport i ti ledu dy orwelion... Ti'n dallt be sy gen i? Dyma dy dicad di allan o'r cwm bach cul... I gael gyrfa – a pres i brynu paent a canfasys!"

"A Mercedes!"

Chwarddodd Onri. "Ia – a Mercedes hefyd! Neu ffycin Porsche, hyd yn oed! Ti'n lwcus fod gen ti dalant, Dryw Bach. Cyfla ydi'r unig beth arall ti'i angan. Ac mi ddaw hwnnw i ddilyn dy dalant – dim ond i ti ddal ati. A da ti, cofia wneud hynny!"

Safodd Onri ar ganol y llawr eto i edmygu'r llun ar y wal.

Rhyfeddodd ar y ddawn reddfol oedd gan ei frawd bach. Mi oedd ei weledigaeth, ei ddychymyg a'i dechneg yn ysgubol o ystyried na chafodd unrhyw hyfforddiant proffesiynol.

"Mani ddangosodd i chdi sut i wneud lluniau, ddudas di?"

"Ia," atebodd Dryw. "Oeddan ni o hyd yn gneud llunia pan o'n i'n fach. O'dd o'n gneud llunia amêsing, dwi'n cofio."

"Ysbrydoliaeth!"

"Ia. Dyna nath o. 'Yn ysbrydoli fi, a tanio'r diddordab yn'o fi."

"Wel, wel..."

"Be nath ysbrydoli chdi ta, Onri?"

"Be ti'n feddwl?"

"Be nath i chdi fod isio bod yn seicolojist? Be oedd y cyfla ges di?"

"Dwn 'im... Ond Davies Bach – athro yn yr ysgol erstalwm – fo welodd rwbath yn'o fi. Fo berswadiodd fi i aros i wneud 'yn A-Levels. O'n i'n mopio 'mhen efo meddyliau pobol am ryw reswm. Am wn i mai dyna 'di 'mhetha fi – pobol, sdi. Ma nhw mor ddiddorol. Y nhw sy'n 'yn ysbrydoli fi, falla."

"Ond be amdanan ni, Onri? Dy deulu di. Pam 'nes di droi dy gefn arnan ni? Ti'n deud bo dim rhaid i fi fynd o'ma i fachu cyfla. Pam es di o'ma?"

Aeth Onri'n dawel am eiliadau hir, cyn ateb. "Dwn 'im... Oedd rhaid i fi fynd i coleg, wrth reswm..."

Tawelodd eto.

"Ac?"

"Wel, 'nes i gwrdd â Caroline yno... disgyn mewn cariad..."

"Dydi Caroline ddim yn licio ni, yn nacdi?"

Gwenodd Onri wên wag. "Nacdi, Dryw, dydi hi ddim. Ond fi benderfynodd mod i wedi cael digon... Y smalltown mentality, y cecru, y meddwi... Am wn i, mi welis i fod yna fyd mawr allan yn fa'na... Fod 'na rwbath mwy i fywyd na hasyls dibwys y Bartis!"

Nodiodd Dryw ei ben. Mi welai be oedd gan ei frawd, er na allai ddeall sut y gallai rhywun dorri cysylltiad mor hawdd.

"A'r peth ydi, hefyd, Dryw – gan mai pobol ydi 'mhetha fi, wel, allan yn fa'na mae 'na lot fwy o bobol na be sydd yn Cwmygafael!"

Ystyriodd Dryw Bach osodiad ei frawd am rai eiliadau. Doedd o ddim yn ei dderbyn. Nid pobol oedd pethau Onri, ond eu meddyliau nhw. Gwyddonydd oedd o. Byddai'n hapusach yn cadw brêns mewn potiau jam yn y selar nag yn troi ymysg pobol go iawn.

"Ond mae teulu'n bwysig hefyd, Onri..."

"Ym mha ffordd? Hwyrach eu bod nhw'n bwysig o ran diwallu angen y ddynoliaeth i deimlo ein bod ni'n perthyn i lwyth arbennig... Ond fel arall, dim ond confensiwn ydi'r syniad o uned deuluol, ti'm yn meddwl?"

Sylwodd Onri ei fod o wedi colli Dryw Bach efo'i eiriau mawr Cymraeg. Ond mi oedd ei lithriad diarwybod i ieithwedd o'r fath wedi teimlo'n gwbl naturiol wrth drafod ag o. Yn sydyn, mi wawriodd ar Onri fod gan ei frawd bach ddeallusrwydd tu hwnt i'r hyn a ddychmygodd oedd ganddo o'r blaen.

"Wsti be, Dryw? Hwyrach mai fi sy'n ffycin rong, sdi. Hwyrach na meddwi ar y bywyd proffesiynol wnes i, mynd yn rhy gyfforddus yn fy myd dosbarth canol ffals... Mae mor hawdd cael dy rwydo, sdi. A Caroline, wel... Rydan ni wedi bod trwy chydig o broblema, ac mi oeddan ni mor brysur yn 'bod yno' i'n gilydd, doedd dim byd arall i'w weld yn bwysig... Ac i fod yn onest, hwyrach mod i wedi cael fy nghyflyru i argyhoeddi fy hun nad ydw i'n perthyn i'r lle 'ma – nac i'r Bartis – mwyach... Wedi'r cwbwl, *mae* Caroline yn ffycin snob!"

Gwenodd Onri'n gynnes ar Dryw Bach, cyn i'r ddau ddechrau chwerthin yn uchel.

"Rhaid i fi fynd, beth bynnag," medd Onri wedyn, wrth sbio ar ei watsh a throi am y drws. "Dalia ati efo'r paentio 'ma, washi. A cofia ffonio pan fydd gen ti lond trol o'nyn nhw. Mi drefna i i'n ffrind i gael golwg arnyn nhw, iawn?"

"Diolch, Onri!" atebodd Dryw efo gwên lydan. "Ond cyn ti fynd, ga i ofyn un peth arall i chdi? Wyt ti'n meddwl fod petha sy'n digwydd i chdi pan ti'n blentyn yn gallu effeithio arna chdi, a penderfynu sut ti'n bihafio pan ti'n hŷn?"

Trawyd Onri gan y cwestiwn i ddechrau, ond mi wenodd wedyn, yn falch o gael ateb.

"Wrth gwrs eu bod nhw, Dryw. Mae profiadau plentyndod yn

hollbwysig i ddatblygiad cymeriad. Does neb yn anghofio dim byd – dim ond llithro i gefn yr ymennydd mae atgofion. Maen nhw yno'n rhywle yng nghefn dy ben, fel gwydda môr yn sownd i groen morfil..."

"Gwydda môr?"

"Barnacles. Ac oes, mae 'na wastad trigger effects ym mywydau pawb sy'n dod â'r morfil i'r wyneb, a dod â'r barnacles i fyny efo fo. Pam ti'n gofyn, Dryw?"

Synfyfyriodd Dryw Bach am ennyd, cyn ateb. "O, dim byd, rili... Jysd meddwl am Mani – mi ddudodd o unwaith y basa fo'n dod adra at 'y mhen-blwydd i yn twenti-won... Mae hynny mis nesa 'ma ac, wel, o'n i'n wondro os ddaw o... neu fydd dod yn ôl yn ormod iddo fo? Gormod o 'trigger effects' yma iddo fo... Wsdi, mi o't ti'n deud yn gynharach ei fod o'n sâl yn ei ben – seicosis neu rwbath, ia?"

Ochneidiodd Onri'n amyneddgar. "Dwn 'im, Dryw Bach. Dyna 'di'r broblam efo bobol efo salwch meddwl – maen nhw'n hollol unpredictable. Yn y mwyafrif o achosion dydyn nhw ddim hyd yn oed yn gwbod 'u bod nhw'n sâl."

Gwelodd Onri fod Dryw'n gwrando'n astud, yn treulio pob un gair oedd o'n ei ddweud.

"Yr unig beth dduda i, Dryw, ydi waeth be bynnag sy'n bod, waeth be bynnag ddigwyddodd, a waeth be bynnag ydi triggers Mani, be sy'n bwysig rŵan ydi chdi – a bo ti ddim yn codi dy obeithion yn ormodol."

Ailgychwynnodd Onri tua'r drws, ond mi stopiodd Dryw o eto. "Onri, aros!"

Trodd Dryw at y llun ar y wal, a'i dynnu i lawr.

"Cer â hwn efo chdi. Gei di o."

"O na, Dryw, fedra i ddim..."

"Go on! Dwi *isio* i chdi'i gael o!"

"Ti'n siŵr?"

"Paid â dadla! Does 'na'm byd yn bod ar 'y mhen i – wrth gwrs mod i'n ffycin siŵr!"

Cydiodd Onri yn y llun ac edrych arno eto. Gwenodd.

33

Agorodd Shakatak y drws cefn eto a datgan fod y ddwy funud drosodd a'u bod nhw angen y fan.

"Well, well, Shak!" blyffiodd Mani gan orfodi gwên i ledu dros ei wyneb wrth neidio allan.

"Hidden treasure?" holodd Shak wrth i arwyddion punnoedd sbinio yn ei ben.

Gwenodd Mani eto.

"Sound!" medd Shak. "Can we get rid, or what?"

"Not yet, Shak. She'll take us there."

Ffromodd ei fos wrth i amheuon ailymddangos yn ei lygaid. "Fuck da! She's blaggin! Fuckin shoot the bitch..."

"No, Shak, she isn't," medd Mani'n gadarn.

"Well, *you* berrer not be blaggin me, Taff!"

"Or what, Shak? You gonna shoot me as well?" medd Mani gan godi'i lais i'w rybuddio, a sgwario o flaen ei fos.

"I've 'ad enough o dis!" medd Shak yn flin a dechrau arthio gorchmynion. "Matty! Bongo! Do her!"

Petrusodd y ddau ddyn sgwarog a safai uwchben bocs Felix.

"Well?!" bloeddiodd Shakatak wedyn.

Edrychodd y ddau ar ei gilydd, cyn i Matty ateb. "I ain't doin it."

"Me neither," medd Bongo.

Gwylltiodd Shakatak. "Fuck sakes, yer pair o fuckin nuns! There's a fuckin dead cunt in da box and yous've bin batterin shit outter him fer hours. She's just another rat, only she's got tits! Juice – you do 'er!"

Symudodd Juice ddim ond i lanhau dafn o boer a neidiodd i'w lygad o geg Shak. Ddywedodd o'r un gair chwaith. Doedd Juice byth yn siarad. Dyn felly oedd o – tawel, oeraidd a bygythiol. Safodd yno, yn syllu'n ddideimlad i lygaid ei fos.

"Jeezuz," medd Shak wrth frasgamu at Bongo a Matty. "What's this, de fuckin Geneva Convention now? Give us de fuckin shooter, ye fuckin knobhead!"

Cydiodd Shak yn y gwn a dod yn ei ôl at y fan a'i estyn i Juice. "Fuckin do 'er, Juice, or yer fuckin sacked!"

Cydiodd Juice yn y gwn wrth i Shakatak ddal i fytheirio pob math o felltithion am bawb a phopeth, cyn i'r gwn danio a rhoi taw ar ei hefru. Chwythodd ei frêns allan trwy ochr chwith ei ben a byclodd ei goesau oddi tano. Disgynnodd Shak yn swp i'r llawr â'i goes dde yn dal i ddirgrynu wrth i'r nerfau gael gwared o drydan olaf ei fywyd.

Am eiliad roedd hi fel petai amser wedi stopio. Safodd pawb yn gegrwth, wedi'u parlysu yn y fan a'r lle, yn methu coelio be oedd newydd ddigwydd. Neidiodd llygaid Mani yn ôl ac ymlaen o gorff Shakatak i'r gwn yn llaw Juice, yn ofni at bwy y byddai'n anelu nesaf. Ond gostyngodd Juice y gwn cyn sychu mwy o ddiferion poer oddi ar ei ên.

"Fuckin dickhead," meddai.

34

Arhosodd Dryw Bach yn y fflat ar ôl i Onri adael. Er i'r sgwrs efo'i frawd godi'i galon tu hwnt i'w ddisgwyliadau, a golchi blas drwg ei ffrae efo Kola Kube o'i geg, doedd ganddo ddim amynedd mynd yn ôl i'r Drafal i ganol y meddwdod teuluol.

Wedi rhoi tâp Bob Marley ymlaen a rowlio joint, estynnodd ei frwshis a phaent a mynd i edrych am ddarn o bren addas o'r pentwr roedd o wedi'u casglu o sgip Kola Kube a'u gadael i sychu ym mhortsh y fflat. Cafodd hyd i ddarn o plywood yr un maint â sgrin teledu ac aeth â fo drwodd i gwmni rhythmau melodig 'Buffalo Soldier' a'i osod i bwyso yn erbyn y wal ar y silff ben tân. Aeth drwodd i'r gegin wedyn, i'r drôr, ac estyn ei lyfr braslunio. Eisteddodd ar y soffa i bori drwyddo fo tra oedd o'n gorffen ei sbliff.

Trodd y tudalennau a dod at lun o gawr mileinig yr olwg yn cydio mewn teulu efo'i ddwrn, fel petai am eu stwffio i'w geg a'u cnoi fel llond llaw o Scampi Fries. Gwenodd, cyn codi i osod y llyfr sgetshys yn erbyn y wal yn ymyl y darn pren. Stwmpiodd y joint yn y blwch llwch ac estyn ei bensel...

Daeth cnoc ar y drws i darfu ar ei feddyliau. Slej oedd yno, yn llenwi'r drws, efo un o'i crônis, Chris Creep.

"Dwi heb werthu hwnna eto, Slej," medd Dryw wrth eistedd yn ôl ar y soffa.

"Dim probs, Dryw," atebodd Slej gan weiddi siarad ar ganol y llawr. "Meddwl os oedda chdi isio hwn o'n i."

Tynnodd fag plastig clir yn llawn o stwff melynwyn o boced tu mewn ei gôt.

"Be ydio?"

"Base – speed rili cry."

"Dwi'm rili isio gneud dim byd efo cemicals, sdi Slej."

"Mond Class B ydi o, run fath â ganja."

"O ia?"

"Ia. Fedra i leio owns arna chdi am tŵ hyndryd cwid."

"Ffocin hel!"

"Ma'n gwerthu am twenti cwid y gram, Dryw! Ma'n ffwc o sdwff cry, sdi. Hwn ydi'r pâst ma nhw'n gneud powdwr speed o. Sbia, mae o fel pwti, yli. Ynda, cym dabsan i weld be ti'n feddwl."

Agorodd Slej rapsan ac mi gydiodd Dryw mewn pinsiad bach o'r pâst melynwyn a'i roi yn ei geg.

"Ffocin hel, ma'n ffycin afiach!"

Gwenodd Slej a Chris Creep.

"Watsia di'n munud, ta! Fyddi di'n fflio mynd!"

"Ia, dwi'n ei deimlo fo'n barod!" atebodd Dryw wrth gerdded drwodd i'r gegin i nôl diod o ddŵr.

"Be ti'n neud eniwe?" gwaeddodd Slej ar ei ôl o, wrth sylwi ar y darn o bren a'r llyfr sgetshys ar y silff ben tân.

"Meddwl dechra llun newydd o'n i," medd Dryw wrth ddod yn ei ôl i'r stafell.

"Chdi nath y sgetsh hefyd?"

"Ia."

"Ffyc, ma'n un da, Dryw! Pwy ydio, ta – Kola Kube?"

Chwarddodd Dryw Bach.

"So, tisio peth o'r base 'ma, ta be?"

"Hmm... Erbyn pryd fysa chdi isio'r pres?"

"Wsnos, run fath â'r dôp. Werthi di owns mewn wsnos yn gnei? Dau ddeg wyth gram. Mae o jysd yn dri cant o broffit. Iawn am wythnos o waith dydi? Ti'n seinio on hefyd, dwyt? A gweithio efo hwnna." Pwyntiodd Slej at y sgetsh.

"Na, ges i sac pnawn 'ma."

"Wel, dyna fo, felly! Nei di gyflog gwell efo hwn nag efo'r twat yna! A dim gorfod codi ben bora!"

Wnaeth Dryw Bach ddim eistedd. Roedd y base wedi cydio ynddo ac mi oedd o'n llawn egni, yn siarad pymtheg yn y dwsin. "Y peth ydi, Slej, dwi jysd ddim yn siŵr os dwi isio'r hasyl o bobol yn cnocio'r drws rownd y ffycin rîl. Ma 'na lwyth yn dod yma am y smôc fel mae hi, er bo fi'n deud wrthyn nhw na mond yn y pybs dwi'n dîlio. Os fydda i'n cymryd hwn, de, fydd 'na ddwywaith gymint o draffic, a bydd bobol yn dechra siarad. Sgenai'm awydd cal 'y mystio."

"Class B, Dryw. Jysd fel ganja. Be 'di'r gwahaniath?"

Syllodd Dryw Bach ar y darn o bren ar y silff ben tân wrth bwyso a mesur y cynnig. Mi allai wneud efo'r pres. Roedd o angen canfasys – a mwy o baent.

"Ydi bobol yn talu twenti cwid go iawn?"

"Unwaith ma nw 'di drio fo, ma nw'n regiwlars! Mae o'n gry ac yn para dwywaith gymint â speed normal. Mae 'na lot yn mynd hâffs am eu gramsan gynta, ond gei di weld wedyn – gramsan yr un bob wicend, Dryw. Garantîd!"

"Hmm," medd Dryw gan ystyried.

"Wel?" medd Slej, fymryn yn llai amyneddgar. "Fedrai bwyso owns i chdi rŵan os ti isio. Ti mewn?"

35

Matty Price gafodd hyd i'w dafod gyntaf, gan fynnu cael gwybod pam ffwc roedd Juice newydd saethu Shak.

Trodd Juice ei wyneb haearn i edrych arno a phwyntio'r pistol dur tuag ato. Cododd Matty ei ddwylo i fyny o'i flaen. Gwnaeth Bongo'r un peth.

"Now then, Juice, lad...!" dechreuodd Bongo, a'i lais yn crynu. "There's no need fer dat, mate... Just take irr easy, eyh?"

"Anyone else wanna start fuckin shoutin?" gofynnodd Juice, cyn troi y gwn at Mani. "I fuckin hate shoutin!"

Cododd Mani ei ddwylo yntau. "Easy, Juice! I hate shoutin as well, mate!"

"How about yous two?" gofynnodd Juice wrth droi'r gwn yn ôl at y lleill.

"We're sound, Juice, no shoutin here, honest... cushti, la..."

"Good," medd Juice, a gostwng y gwn eto. "Put this cunt in the box with the crustie."

Prysurodd Matty a Bongo i roi corff Shak ar ben un Felix yn y bocs.

"What's goin on, Juice?" gofynnodd Mani.

"From now on we're werkin fer Sputnik."

Allai Mani ddim coelio'i glustiau. Hyd yma roedd o wedi meddwl mai colli amynedd efo arthio anghynnes Shak wnaeth Juice, ond roedd hi'n dechrau gwawrio arno bellach fod mwy iddi na hynny.

"Shak's been gerrin too cocky, Taff. Throwin 'imself about. Gerrin big ideas. That bizzness with Ali on Boxing Night? That was Troy gerrin back arrim for a bump. That was de last straw, Taff. Shak an Ali – they've been growin weed and gerrin pills an coke off de Mancs behind Sput's back. Big fuckin mistake!"

Roedd Mani'n dechrau deall. Sputnik oedd y prif bysgodyn yn Lerpwl. Doedd dim byd yn digwydd heb ei ganiatâd o. Un ffordd neu'r llall, doedd dim byd yn dod i'r ddinas heb ddod drwy Sputnik. Fo oedd yn dod â'r cocaine o Colombia a'r ganja a'r ecstasi o'r Iseldiroedd, a fo oedd yn rhedeg yr heroin roedd y Pakis yn ei gludo o Pakistan a Thwrci. Fo oedd yn rheoli'r prif glybiau nos a'u bownsars, a'r puteindai hefyd. Doedd yr un sgam drefnedig a ddigwyddai ar Lannau Merswy yn digwydd heb ganiatâd Sputnik a heb iddo gael sleisan o'r elw. Ysgydwodd Mani ei ben mewn anghrhedinedd. Gwyddai fod Shak wedi bod braidd yn anystywallt yn ddiweddar, ond prin y gallai o gredu ei fod wedi bod mor wirion â hyn.

"And de crustie in de box," medd Juice. "'Ee never owed Shak. Tha nonsense in dere was all a blag. Shak was muzzlin in on de crusties. The one in de box was their top man. A friend of Troy's crew..."

Gwyddai Mani yn iawn am Troy. Pennaeth gang o ddelwyr cyffuriau o Bootle oedd o. Bu gwaed drwg rhyngddo a Shak ers tro, ac un o'i griw o oedd wedi gyrru car dros goesau Ali, brawd Shak, noson Boxing Night.

Sylwodd Juice fod pethau'n gwawrio ar y Cymro. "That's right, Taff – Shak fucked you an Mince up. Yous were just pawns. All in de name of 'expansion'!"

Trodd Mani at Bongo a Matty, oedd yn cael trafferth cau y bocs ar ben corff Shakatak, a holi oeddan nhw'n gwybod am hyn.

"Well, I sort of sussed irr out, like..." atebodd Matty wrth roi ei din ar gaead y bocs, a bownsio.

"Not me! I never knew a thing," protestiodd Bongo cyn troi i atal Matty rhag bownsio. "Hold on, softlad – his fuckin legs are 'angin out!"

"Just leave 'im," medd Juice, cyn holi Matty os oedd ganddyn nhw betrol yn y warws. Fiw iddyn nhw adael unrhyw olion y gellid eu hadnabod. Petai rhywrai'n dod o hyd i gorff Shak yn yr afon byddai sylw'r heddlu'n troi at Sputnik yn syth. Doedd neb arall yn ddigon pwerus i wacio bòs un o gangiau Lerpwl.

Gwyliodd Mani ffrâm gadarn Matty yn mynd i nôl y tun petrol, cyn dechrau holi Juice eto. Roedd o angen gwybod be oedd ei sefyllfa fo, rŵan – oedd o'n iawn efo Sputnik ai peidio?

Anadlodd ychydig yn rhwyddach wedi cael ateb Juice. Cyn belled ag y gwyddai roedd Sputnik yn ei licio fo, ac yn gwybod ei fod o'n saff. Mi oedd Juice ei hun wedi ei sicrhau o hynny sawl tro, meddai. Dyn Sputnik oedd Juice ers y diwrnod cyntaf y daeth i weithio i Shak. Fo oedd llygaid a chlustiau Sputnik – ac mi oedd Shak yn dweud popeth wrtho, a Sputnik yn ymddiried gant y cant ymhob adroddiad gan Juice.

"So what happens now?" holodd Mani.

"Nottin changes. Yer away on yer toes, aren't yer?"

"Yes, I am – fuckin big style now, by the looks of things!"

"Don't worry, lad. Dere won't be any comebacks on de street. No one gets blackballed without Sputnik's say-so. Yer weren't meant ter be here, anyroads. If yer 'adn't of called Shak earlier..."

"So this was planned?"

"Norr exactly..." atebodd Juice wrth sylwi ar Bongo'n ffidlan efo traed Shakatak, oedd yn dal i sticio allan o'r bocs.

"So why did you blow his fuckin brains out?" holodd Mani.

"Well, ter be honest, he wes gerrin on me fuckin tits, Taff! He was marked, though, fer later on, like. But dere ye go – when opportunity knocks, eh, kidder?"

Denwyd sylw Juice gan stryffaglio Bongo unwaith eto. "Whassis twat doin dere? Oi, Bongo! What de fuck yer doin, yer fuckin sicko?"

"Brand new pair o Reeboks dese, Juice la!" atebodd Bongo wrth reslo efo trainers Shak. "Shame ter see 'em goin ter waste!"

"Well yer can always go up in fuckin smoke with 'em if yer like 'em that much, Boris Karloff!" Cododd Juice y gwn eto. "Yer fuckin ghoul, robbin the dead!"

"OK, OK, fuck sakes! I wasn't gonna wear 'em meself, was I!"

"Fuckin knobhead! Belated Crimbo pressie, or wha? 'Dere yer go, kidder, nice pair o trainees off a dead cunt from yer uncle Bongo!'"

Daeth Matty Price yn ei ôl o'r warws efo jerry-can yn ei law a dechrau tollti petrol dros y cyrff yn y bocs. Holodd Mani be oedd Juice am wneud efo'r ferch yn y fan. Shrygiodd hwnnw ei ysgwyddau. Doedd hi heb weld ei wyneb o, meddai, felly problem Mani oedd hi. Roedd hi fyny iddo fo os oedd o am gymryd y risg.

"Win her over, Taff. Tell her ye killed de cunt da killed her feller... Or write her a fuckin poem!" Rhoddodd Juice hanner gwên oeraidd – y wên fwyaf welodd Mani o'n ei rhoi erioed. "You're a better man than meself, Taff. If she'd seen me I'd fuckin wipe her."

Cerddodd Juice at y bocs a gweiddi ordors ar Bongo a Matty. "Gerr is legs in ferst, yer fuckin morons. Dem Reeboks are a dead giveaway."

Roedd hi'n amser i Mani ei throi hi. Doedd hi ddim yn ddiogel i aros munud yn hwyrach, ac roedd ei ben o'n chwyrlïo gormod i allu gwneud llawer o synnwyr o'r sefyllfa. Roedd popeth wedi digwydd mor sydyn, a'r hyn ddywedodd Juice wedyn wedi'i syfrdanu. Gwyddai fod ei ffrind newydd gael ei lofruddio o flaen ei lygaid. Gwyddai fod ei lofrudd newydd ddweud wrtho mai y 'ffrind' hwnnw oedd y bai fod Mincepie yn gorwedd yn ddall mewn ysbyty, a'i fod yntau'n gorfod dianc o Lerpwl neu wynebu carchar. Ond wyddai Mani ddim be i'w goelio – roedd yr holl beth yn ormod i'w feddwl ei dreulio ar unwaith. Doedd o'm yn nabod Juice yn ddigon da i'w drystio. Dim ond rhyw ddeufis yn ôl y daeth at y criw, ac mi oedd Mani wedi ei glywed o'n siarad mwy yn y ddwy funud ddwytha nag a wnaeth yn yr holl amser hwnnw. Ond mi oedd un peth yn bendant – mi oedd o'n ddyn peryglus tu hwnt, ac mi oedd y ffaith ei fod o'n un o ddynion Sputnik yn ei wneud o'n beryclach fyth. Ac mi oedd ganddo wn.

"Ffyc!" meddai wrth weld fod y ferch wedi sleifio o gefn y fan. Edrychodd o'i gwmpas yn wyllt ac fe'i gwelodd yn diflannu heibio i gornel y warws wag arall, tua chanllath i ffwrdd.

"Hoi!" gwaeddodd, gan ddifaru iddo dorri'r tâp rownd ei garddyrnau cyn i Shakatak ddod yn ôl at ddrws y fan ychydig funudau yn ôl.

"Oh, she 'asn't fuckin done one, has she?" diawliodd Juice. "Take the Escort, Taff. I need the van."

Brysiodd Mani i nôl ei fag o BMW Shak, cyn rhedeg at yr Escort glas oedd wedi'i barcio gerllaw. Taflodd Bongo'r goriadau iddo fel roedd o'n pasio, a gwaeddodd Matty ddymuniadau da iddo.

"Forget de goodbyes," medd Juice wrth danio matsian. "You pair o clowns gerr in de Beamer and take irr over der water and dump it."

Taflodd Juice y fatsian i'r bocs a fflamiodd pelen o dân a orfododd bawb i sgrialu o'r ffordd. Taniodd Mani'r Escort a gwibio i ffwrdd ar ôl y ferch, fel oedd Matty a Bongo yn neidio i'r BMW. Roedd Mani wedi cyrraedd cornel yr adeilad y diflannodd y ferch heibio iddo eiliadau ynghynt pan glywodd glec gwn a ffrwydriad. Sbiodd yn y drych a gweld y BMW wedi diflannu mewn pelen anferth o dân. Stopiodd y car. Clywai'r fflamau'n ysu a lleisiau Matty a Bongo'n sgrechian ynghanol y ffwrnais. Roedd Juice yn rhoi'r gwn ym mhoced ei gôt wrth gerdded at y fan.

"Y ffycin basdad!" gwaeddodd Mani wrth i ddagrau o sioc gronni ar unwaith yn ei lygaid. Teimlai fel mynd yn ei ôl i daclo Juice, ond gwyddai nad oedd hynny'n bosib. Yna gwawriodd arno be oedd yn digwydd. Allai Juice ddim ymddiried yn Matty a Bongo i gadw'n dawel, a doedd Sputnik ddim isio tafodau'n siarad ar y stryd. Y Bòs Mawr neu beidio, doedd lladd pennaeth gang ddim yn PR da yn yr isfyd.

Ond pam caniatáu iddo fo adael? Oni bai... Mi oedd hi'n hwylus iawn fod Mani'n gorfod dianc o'r ddinas. Gyda Shakatak a dau o'i thygs mwyaf allan o'r ffordd, yn hwyr neu'n hwyrach mi fyddai rhywrai'n dechrau gofyn sut y bu i Sputnik feddiannu ei fusnes. Pan ledai'r sibrydion ynghylch pwy fu'n gyfrifol am ddiflaniad Shak mi allai Sputnik bwyntio bys slei i gyfeiriad y person ddigwyddodd ei miglo hi o'r ddinas ar y pryd. A phan ledai'r si honno, byddai ffrindiau'r tri yma am ei waed o. Mi allai Sputnik ei hun roi pris ar ei ben o, hyd yn oed, er mwyn ennill ffafriaeth ymysg hwds ei fusnes newydd...

Gwyddai Mani fod y cymylau duon yn eu holau, a bod y storm oedd yn corddi yn rhain yn fwy nag unrhyw storm a bisodd ei chenlli arno o'r blaen. Ond o leiaf roedd o'n sicr o ba lwybr y byddai'n ei ddilyn wrth ei hosgoi, a'r llwybr allan o Lerpwl cyn gyflymed â phosib oedd hwnnw. Yna diawliodd wrth ei hun wrth gofio y byddai'n rhaid iddo fynd â'r ferch 'ma efo fo. Doedd ganddo ddim dewis. Roedd hi wedi'i weld o. Ac roedd hi'n adnabod Fizz. Gwasgodd ei droed ar y sbardun a gyrru ar ei hôl.

36

Arwyddocaol oedd y gair i ddisgrifio'r hyn a ddigwyddodd heddiw, penderfynodd Onri wrth yrru dros y bwlch i olwg ffordd yr arfordir a goleuadau'r urban sprawl. O ran y teulu, heddiw oedd y tro cyntaf i'r tabŵ gael ei dorri, i'r 'party line' gael ei herio ac i awdurdod Kola Kube gael ei danseilio. Arwyddocaol, hefyd, oherwydd Dryw Bach yn dod i oed – yn dod yn ddyn, i feddwl drosto'i hun, i ffurfio barn a bod yn ddigon hyderus o ddidwylledd y farn honno i'w lleisio. Carreg filltir, yn wir, oedd bod yn ymwybodol o gyfiawnder, heb sôn am fod yn barod i sefyll drosto. A charreg filltir bwysicach fyth oedd herio awdurdod – yn enwedig awdurdod teuluol, fel tad neu frawd mawr.

Er gwaethaf dallineb ei frawd ieuengaf i dueddiadau tywyll Mani, roedd Onri'n falch iawn ei fod o wedi gwneud be wnaeth o. Roedd o'n falch iawn hefyd o gael bod yno i'w weld o'n digwydd. Digwyddiadau fel hyn sy'n diffinio datblygiad cymeriad a phersonoliaeth unigolyn, a dim yn aml y mae rhywun yn cael ei weld o'n digwydd 'allan yn y gwyllt', fel petai. Roedd o'n ddiwrnod hanesyddol i'r swpyn o gig, esgyrn a nerfau ag ydoedd corff ac ymennydd Dryw Bach. Diwrnod hanesyddol ar ei daith i gyrraedd llawn aeddfedrwydd fel bod dynol, a datblygiad ei hunaniaeth bersonol.

Ond nid gweld ei frawd ieuengaf yn pasio'r garreg filltir hon a gododd galon Onri mewn gwirionedd, ond yn hytrach, ei ddatblygiad deallusol. Bu'r sgwrs yn y fflat yn agoriad llygad. Oedd, mi oedd doniau artistig Dryw yn syfrdanol, ond ei ymwybyddiaeth ddeallus a'i dreiddgarwch siarp a meddylgar a darodd Onri fwyaf. Mi oedd yna obaith i Dryw Bach. Gwenodd Onri. Hwyrach nad y fo fyddai'r unig Barti i ddianc o Gwmygafael wedi'r cwbl.

'Tai o ond yn anghofio am Mani, meddyliodd. Hwnnw oedd yr unig gwmwl ar orwelion Dryw Bach. Er gwaethaf ei atgofion cysurus ohono, mi oedd Dryw yn rhoi gormod o ffydd yn ei ddelwedd o'i frawd agosaf. Roedd o wedi gosod atgofion plentyndod ar bulpud heddiw, a hwnnw'n bulpud rhy uchel i'w ffydd oroesi cwymp. Mae colli ffydd mewn eilun yn gallu sbarduno ymateb hyll, ffyrnig neu waeth mewn rhai pobol.

Ond na, camgymeriad fyddai meddwl hynny am Dryw Bach. Yr hen agwedd nawddoglyd honno'n codi'i phen eto oedd meddwl felly. Hen arferiad oedd yn anodd i'w daflu. Allai o ddim meddwl y fath beth ar ôl heddiw. Mi oedd Dryw Bach yn deall ei bethau yn iawn.

Sbiodd Onri ar y llun o Graig y Gafael yn gorwedd yn erbyn y sedd ffrynt â'i draed ar y llawr o dan y dash. Cofiodd i Dryw ddweud mai Mani daniodd ei ddiddordeb mewn arlunio, ac mai Mani a'i dysgodd hefyd. Caeodd Onri ei lygaid yn dynn am gwpwl o eiliadau a gresynu ynghylch haerllugrwydd yr hyn a feddyliodd funud yn ôl. Pa hawl oedd ganddo i ddisgwyl i rywun anghofio am ei frawd ei hun? Yn enwedig pan na allai Onri ei hun anghofio am y brawd hwnnw. Mi oedd y sgwrs, a gweddill digwyddiadau heddiw, wedi atgyfodi sawl hen gwestiwn a fu'n cnoi yng nghefn ei ben. Teimlai Onri hen ysbrydion yn stwyrian.

Doedd dim amheuaeth gan Onri nad oedd meddyliau gweddill y teulu wedi'u deffro hefyd. Am y tro cyntaf mi oedd yna drafodaeth agored – wel, lled agored – am yr holl sefyllfa, ac mi oedd teimladau ac emosiynau wedi dechrau cael eu rhyddhau yn hytrach na'u cywasgu i gistiau llychlyd yn selerydd y cof. Doedd dim rhyfedd i

Kola Kube ymateb mor eithafol – roedd o'n gwybod fod caead y bocs wedi agor, ac nad oedd o'n mynd i gael ei gau eto.

Mi sylweddolodd pawb hefyd, synhwyrodd Onri, fod gan garfan iau y teulu eu byd a'u hunaniaeth a'u hatgofion eu hunain – rhai nad oedd, o reidrwydd, yn cael eu rhannu ganddyn nhw, y to hŷn. Ac ar ben hynny, roedd yr hyn oedd gan Lili Wen a Dryw Bach i'w ddweud – a Gwcw hefyd, mae'n debyg, petai hwnnw'n rhannu ei deimladau o gwbl – yn addysg iddyn nhw. Achos, fel y dywedodd Dryw Bach tu allan i'r dafarn, doeddan nhw, y brodyr hŷn, ddim yno wedi'r cwbl. Be wydden nhw am y plant iau, mewn gwirionedd? A pha hawl oedd ganddyn nhw i ddiystyru eu hatgofion – eu profiadau, eu bywydau? O ran hynny, ac o ran ochr dda Mani, rhaid oedd cydnabod fod popeth ddywedodd Dryw yn gywir.

Y broblem oedd, wrth gwrs, be oedd Dryw *ddim* yn ei ddweud. Hynny ydi, be oedd o ddim yn wybod amdano, a'r hyn nad oedd o'n fodlon ei dderbyn. Ac o ran hynny, roedd Onri'n pryderu sut y byddai pethau'n datblygu. Mi oedd yna bolareiddio yn mynd i ddigwydd rŵan, llinellau'n cael eu ffurfio, sodlau'n suddo i'r ddaear. Mi oedd yna ryfel cartref ar y gorwel – a'r cwbl ar sail hanner gwir a hanner rhagfarn, a methiant dau begwn i ddadansoddi'r tir llwyd rhyngddyn nhw yn rhesymol, a chyfaddawdu. Diolchodd Onri na fyddai'n gorfod dychwelyd tan Sul y Blodau... Ond eto, am y tro cyntaf ers blynyddoedd, roedd o'n dechrau amau oedd o'n credu hynny ai peidio. Aeth ias i lawr ei gefn.

Estynnodd am fotwm tiwnio'r radio. Roedd y signal yn sâl, diolch i'r awyr glir oedd fel 'tai'n denu'r tonfeddi tua'r sêr. Methodd â chael gafael ar unrhyw beth mwy na sŵn craclo aflafar. Bodlonodd ar ddioddef pwniadau llafurus signal Radio 2 yn trio'i orau i gysylltu. Byddai'n siŵr o gydio cyn hir, a denu'i sylw oddi wrth ddigwyddiadau'r dydd...

Fel y cwestiynau a gododd Dryw Bach am gymhellion Kola Kube. Digon hawdd fyddai i seicolegydd ddadansoddi ymateb eithafol y Kube fel gweithred ddesbret bwli a wyddai ei fod wedi colli rheolaeth ar y gêm. Ond oedd Onri'n methu rhywbeth yma? Wedi'r cwbl, doedd o ond yn gweld pawb ddwywaith y flwyddyn. Sut allai o fod mor hyderus mewn dadansoddiad o'r fath? Be os *oedd* rheswm arall dros ymddygiad Kola Kube? Ac os hynny, be oedd o? Allai o fod yn rhywbeth mwy na hen atgasedd dwfn y Kube tuag at Mani dros y blynyddoedd? Oedd ganddo rywbeth i'w guddio?

Ond na... Dyn styfnig fel mul oedd Kola Kube. Styfnig a hen ffasiwn fel jwg. Yn unben i'r eithaf, fo oedd y patriarch a ganddo fo oedd yr awdurdod absoliwt. Doedd y Kube byth yn bacio i lawr a byth yn ildio modfedd. Ei air o oedd y gyfraith, a dyna hi. Ac rŵan mi oedd o'n wynebu chwyldro, a'r unig ffordd y gall bwli unbeniaethol ymateb i'r fath fygythiad ydi trwy fod yn fwy o fwli unbeniaethol.

Eto, y tro dwytha i Onri weld ei frawd mawr, fel oedolyn, yn defnyddio trais yn erbyn aelod o'r teulu oedd tuag at Mani. Ac mi oedd hynny'n mynd ymlaen ers cryn dipyn o amser cyn yr achos llys bondigrybwyll. Cont creulon fuodd KK erioed, ac mi *oedd* o'n sianelu'r creulondeb tuag at Mani, doedd dim dwywaith am hynny. A rŵan roedd peryg y byddai Dryw Bach yn dechrau dioddef yr un peth. Un ai fod Dryw, mwya sydyn, yn cynrychioli Mani iddo, neu... wel... neu fod gan Kola Kube rywbeth mwy difrifol i'w guddio. Yn sicr, roedd hi'n ymddangos fod Dryw Bach wedi hitio nerf heddiw...

Tyrchodd Onri yn ddwfn yn ei gof am atgofion o gyfnod yr achos llys. Dyna pryd y ffrwydrodd casineb Kola Kube tuag at Mani i lefel nas gwelwyd o'r blaen. Doedd y gwaed drwg a fodolai cyn hynny yn ddim o'i gymharu. Eto, Mani oedd ar fai am lot ohono, wrth reswm, ac mi oedd yr ymosodiad ar Derek *yn* gwbl warthus. Doedd dim syndod bod rhywun o gymeriad neanderthalaidd fel KK wedi ymateb fel y gwnaeth, ac yntau'n gryn dipyn o ffrindiau efo Derek, hefyd, wrth gwrs – mi oedd y ddau'n rhannu'r un brwdfrydedd am snwcer, os cofiai Onri'n iawn.

Na, doedd dim cyfiawnhad dros be wnaeth Mani i Derek. Dim o gwbl. Mae hanner lladd dyn canol oed efo mwrthwl lwmp yn weithred o farbareidd-dra seicopathig llwyr. Bu ond y dim iddo'i ladd o. Trwch blewyn oedd hi. A dweud y gwir, mi fu Mani'n lwcus iawn mai dim ond pum mlynedd o ddedfryd gafodd o, am attempted murder. Yr adroddiadau seicolegol a gyflwynwyd, a'r ffaith i Mani bledio'n euog, oedd yn gyfrifol am y ddedfryd gymharol ysgafn, er gwaethaf anafiadau erchyll Derek.

Ond rywsut, mi oedd greddfau Onri'n tueddu i wyro tuag at deimladau greddfol Dryw Bach. Pam roedd ei frawd bach mor barod i amddiffyn rhywun wnaeth y fath anfadwaith i ddyn canol oed? Fel y dysgodd Onri heddiw, nid hunan-dwyll rhyw gyw bach anaeddfed oedd haeriadau Dryw Bach, ond dadansoddiadau meddwl rhesymol a threiddgar. Ac mi oedd hi'n amlwg fod Dryw Bach neu Lili Wen wedi dod i glywed am yr hyn ddywedodd Porffafôr wedi iddo fod i weld Mani yn ystod y dyddiau cynnar tra oedd o ar remand, pan oedd Mani'n dal i wadu'r cyhuddiadau yn ei erbyn. Yn ôl Porffafôr, mi ddywedodd Mani ei fod am gyfaddef popeth am yr ymosodiad ar Derek, a'i fod o hefyd yn mynd i gymryd y bai "am bopeth arall" oherwydd y byddai hynny "yn llai poenus i bawb na gwybod y gwir".

Y broblem oedd fod gan Mani hanes cythryblus o drais, twyll a chelwyddau manipiwleiddgar, ac nad oedd unrhyw un yn coelio gair oedd o'n ei ddweud. A hyd yn oed pe byddent wedi ei goelio, fyddai hynny heb wneud unrhyw wahaniaeth, achos o fewn dyddiau i'r sgwrs efo Porffafôr mi oedd Mani'n gwadu i'r sgwrs ddigwydd o gwbl.

Hwyrach mai rhyw elfen 'conspiracy theorist', a dim mwy, oedd wrth wraidd amheuon Dryw Bach a Lili Wen. Ond ac yntau'n ystyried yr holl helbul o safbwynt gwrthrychol am y tro cyntaf, roedd yn rhaid i Onri gyfaddef fod yna ddigon o gwestiynau yn aros heb eu hateb o hyd. Ac mi gofiai, ar y pryd, iddo ei gweld hi'n rhyfedd i Derek ddiflannu yn ei ôl i Lundain yn syth wedi'r achos llys, gan yrru llythyr tila, yn unig, i'w fam i'w hysbysu na allai barhau'r berthynas oherwydd y trawma a ddioddefodd yn sgil ymosodiad Mani...

Wedi disgyn i lawr ochr arall y bwlch a chyrraedd gwastadedd y tir tywodlyd rhwng y mynyddoedd a'r môr, mi gafodd y signal radio fymryn o hwb. Dechreuodd y pwniadau annealladwy droi'n hanner brawddegau eglur, ond er i Onri drio ffidlan efo'r tonfeddi, ni fu unrhyw welliant ar hynny...

Mi oedd hi'n ddigon rhesymol, wrth reswm, i dderbyn fod Derek yn dioddef yn seicolegol ers yr ymosodiad. Pwy fyddai ddim? Ond mi wnaeth diflaniad disymwth dyn a fu'n rhan mor annatod o fywyd ei fam syfrdanu Onri ar y pryd. Methai â deall sut y gallai unrhyw un dorri cysylltiad efo rhywun a fu mor agos ato yn y fath fodd. Gwyddai Derek be fyddai hynny'n ei wneud i'r ddynes roedd o'n ei charu. Torrodd ysbryd Mari Barti druan, oedd wedi cael digon o ddynion yn cachu arni yn ystod ei hoes, a throi mwy a mwy at y botel wnaeth hi am gysur wedyn. Fu honno erioed yn bell oddi wrthi, i fod yn onest, ond pan ddiflannodd Derek o'i byd, y botel a'i chynnwys ddaeth i lenwi'r bwlch...

Mi oedd gan Dryw Bach bwynt teilwng, cydnabyddodd Onri. Mae'n debyg fod yna ddiffyg edrych ar y ffeithiau i gyd – y llun tu ôl i'r llun – wedi bod ar eu rhan fel teulu. Ac er bod y llun a welai pawb ar y pryd yn un digon clir i ddedfrydu Mani'n euog o yrru eu mam i'w bedd, efallai fod y casgliad hwnnw braidd yn rhy gyfleus. Wedi dweud hynny, does dim gwadu tystiolaeth. Ond y broblem, pan fo rhywun yn ystyried yr achos o ddifri, ydi na welodd neb unrhyw dystiolaeth go iawn, wedi'r cwbl. Mi blediodd Mani'n euog, felly ni chyflwynwyd – na chwestiynu – unrhyw dystiolaeth o gwbl. Ar ddiwedd y dydd, dim ond gair Mani mai fo ddwynodd bres eu mam oedd ganddyn nhw. Gair Mani! Y boi nad oedd neb yn gallu ei goelio...!

Trawodd y sylweddoliad Onri fel gordd, ac yn sydyn mi gofiodd am y tro hwnnw y gwelodd Kola Kube yn curo Mani. Wel, welodd o mohono fo, achos mi oedd drws y stafell wedi cau. Ond mi'i clywodd o. Roedd hi rhyw ychydig flynyddoedd wedi iddo raddio a dechrau gweithio, a Mani tua deuddeg neu dair ar ddeg, ac wedi bod mewn rhyw helynt neu wedi gwneud rhyw anfadwaith. Cofiodd drio siarad efo fo am y peth, cyn i Kola Kube benderfynu mai disgyblaeth, nid therapi, oedd Mani ei hangen...

Cydiodd pwniadau a hanner brawddegau'r orsaf radio yn erial y car, a sefydlogodd y signal ddigon i 'Break On Through (To the Other Side)' gan The Doors lifo trwy sbîcyrs y Mercedes. Ac wrth droi'r car i ffordd ddeuol newydd yr arfordir i ddilyn y goleuadau oren am adref, sylweddolodd Onri ei fod wedi cario'i wreiddiau efo fo dros y bwlch am y tro cyntaf erioed.

37

Parciodd Mani'r car tu allan i hen iard lorïau ar gyn-stad ddiwydiannol ger Runcorn. Doedd y ferch yn y sedd ffrynt heb ddweud gair o'i phen ers iddo'i thaflu i'r car bron i awr yn ôl.

"Reit!" meddai wrth droi tuag ati. "Pwy wyt ti, lle ti'n dod o a sut ti'n nabod Fizz?"

Wnaeth y ferch ddim ateb.

"Yli, mae rhaid i chdi ddallt dy fod ti'n saff efo fi, iawn? Ond allan yn fa'na, ti'n ffycd! Mi laddan nhw chdi cyn gyntad ag y gwelan nhw chdi. Ti'n dallt hynny, ta?"

Dal i syllu trwy ffenest drws y car wnaeth hi.

"Gwranda," medd Mani wrth ostwng ei lais. "Sori am dy gariad di... Doedd hynna ddim byd i neud efo fi... Doedd genai'm syniad..."

"Dim 'y nghariad i oedd o," medd y ferch, gan ddal i syllu trwy'r ffenest.

"O? Housemate?"

"Na..."

"Ffrind?"

Ysgydwodd y ferch ei phen. "Prin o'n i'n ei nabod o. Jysd fyny am y wicend o'n i. Mynd i weld ffrindia..."

Sychodd y geiriau yn ei cheg, a synhwyrodd Mani ei bod hi'n crio. Rhoddodd ei law ar ei hysgwydd, ond tynnodd y ferch ei hun i ffwrdd yn sydyn gan fflachio llygaid cyllyll i'w gwfwr. "Paid â ffycin twtsiad yn'o i!"

Neidiodd Mani wrth dynnu ei law yn ôl.

"Sori, dwi'm yn... Yli, ma rhaid i ni sysio ffordd allan o'r ffycin llanast 'ma... Dwi'n gorfod ffwcio'i o'ma, a chditha hefyd... Ond fedrai'm gadael chdi fynd o 'ngolwg i, ddim am y tro, beth bynnag... Alla i ddim gadael i chdi fynd at y cops. Dwi ddim yn mynd yn ôl i jêl. A ti ddim yn mynd i roi unrhyw un arall yn jêl chwaith, achos mi gawn nhw chdi'n ôl, mark my words. A coelia di fi, dwyt ti ddim isio disgyn i'w dwylo nhw *rŵan*, heb sôn am ar ôl grassio nhw i fyny..."

"So pam na nei di'n lladd i, ta? Get it over and done with. Lot hawsach i chdi'n basa?"

"Bysa, mi fysa fo. Ond dwi ddim isio gneud hynna..."

"Ond fasa chdi'n gneud os fasa raid i chdi!"

Ystyriodd Mani ei ateb. "Wel... i fod yn onest efo chdi, os fysa fo'r dewis rhwng mynd i jêl am yr holl shit yna heddiw a lladd chdi, byswn, fyswn i'n dy ladd di..." Gwelodd Mani gryndod yn dod dros y ferch wrth iddi droi i ffwrdd oddi wrtho. "Ond ti ddim yn mynd i'n rhoi fi yn jêl, yn nag wyt?"

Arhosodd Mani am ateb, ond ddaeth dim un.

"Yn ffycin NAGWYT?!" gwaeddodd.

Tro'r ferch i neidio oedd hi rŵan.

"FFYCIN SBIA ARNA I!" gwaeddodd Mani eto. "WYT TI'N MYND I FYND AT Y COPS?!"

Ysgydwodd y ferch ei phen. Roedd dagrau go iawn yn ei llygaid erbyn hyn. Sylwodd Mani eto eu bod nhw'n llygaid hyfryd, yn fawr ac yn las fel awyr. Yna sylwodd am y tro cyntaf ar y rhimyn tenau o glais glas o dan ei llygad, a'r awgrym o chwydd ar bont ei thrwyn. Sylweddolodd mai fo wnaeth hynny neithiwr pan roddodd hedbyt iddi. Gostyngodd Mani ei lais unwaith eto.

"Y broblam ydi, dwi ddim yn gallu dy drystio di. A tan dwi'n gallu gneud hynny – neu gweithio allan be i neud efo chdi, heb dy frifo di – rydan ni'n styc efo'n gilydd. Felly, os wyt ti isio helpu fi i ffendio ffordd o dy gael di'n saff, heb i fi fynd i jêl, bydd raid i chdi ddeud wrtha fi pwy wyt ti, lle ti'n dod o... a sgen ti rwla i fynd..."

"Newydd gwrdd â Felix o'n i. Noson cyn i chdi a dy fêt ddod draw..."

"Oedd 'na rywun arall yn y tŷ?"

Ysgydwodd y ferch ei phen.

"Neb o gwbwl? Be am heddiw – pan ddaethon nhw draw...?"

"Neb."

"A be oedda chdi'n neud yno eto heddiw? Ar ôl y shit 'na y noson cynt?"

"Sgorio pils gan Felix 'nes i. Nos Wenar, a..."

"A be?"

"Ffycin hel! Ti isio fi sbelio fo allan i chdi?!"

Sylweddolodd Mani be oedd hi'n ei ddweud. Ynghanol yr holl saga ddyrys roedd o wedi colli golwg ar bethau syml, amlwg a diniwed bywyd naturiol, bob dydd.

"Ond oedd gen ti'm ofn?"

"Ofn be?"

"Ar ôl y sîn? Ni. Felix efo'r gwn. Oedd gen ti'm ofn i ni ddod 'nôl?"

Ysgydwodd ei phen eto. "Ddudodd o fod pob dim yn sorted. A beth bynnag..."

Tawelodd y ferch.

"Beth bynnag be?" holodd Mani.

"Dwi wedi gweld petha fel yna o'r blaen... Wedi hen arfar."

"Efo'r traflars?"

Nodiodd ei phen. "Mae 'na bobol ddrwg yn cuddio yn eu canol nhw, sdi."

"Felix yn un?"

"Oedd," medd y ferch a throi i edrych ar Mani efo rhyw hanner gwên. "Ond dwi'n licio dynion drwg...!"

Trawodd y geiriau Mani am eiliad neu ddwy. Doedd o'm yn siŵr be i wneud ohonyn nhw, na sut i ymateb. Cilwenodd. Trodd y ferch yn ôl at y ffenest.

Ystyriodd Mani. Doedd hon ddim yn dod o Lerpwl – o Gymru'n rhywle, yn amlwg – ac mi edrychai'n debyg, ar hyn o bryd, nad oedd unrhyw un yn gwybod ei bod ar goll.

"Lle mae dy deulu di?"

Hyffiodd y ferch a chroesi'i breichiau.

"Ydyn nhw'n gwbod lle wyt ti?"

"Y traflars ydi'n nheulu fi. Neb arall."

"Be, ges di dy eni efo nhw?"

"Cyn bellad â dwi'n y cwestiwn..."

Synhwyrodd Mani'r chwerwedd. "Wel, chdi ydi'r new age traveller efo'r Cymraeg gora dwi rioed wedi'i glywad!"

"Mae 'na Gymry efo nhw sdi!" protestiodd y ferch gan droi i'w wynebu eto.

"Dwi'm yn ama, ond... Yli, os ti isio i fi adael chdi fynd, rhaid i chdi ddeud y gwir wrtha i..."

"Dwi *yn* ffycin deud y gwir!"

"Hannar ffycin gwir ti'n ddeud!" medd Mani, gan godi ei lais eto. "Da i ffyc ôl i fi. Os fysa'n well gen ti i fi dy ddympio di'n rwla-rwla, neu..."

"Neu be?"

"Cymryd yr easy option..."

"Be, bwlat yn 'y mhen i?"

Ffromodd Mani a syllu'n syth i'w llygaid efo arddeliad. "Ia," atebodd, er nad oedd ganddo fwled na gwn i'w thanio.

Syllodd y ferch yn ôl i'w lygaid am ychydig eiliadau, fel petai'n darllen ei fwriadau wrth ystyried ei hopsiynau hithau. Yna mi ryddhaodd anadl ddofn o'i mynwes.

"Gwawr."

"Be?"

"'Yn enw fi. Gwawr!"

"A lle ti'n dod o, Gwawr?"

Anadlodd y ferch eto. "Llanelli."

"Ti'm yn swnio fel ffycin pengwyn!"

"Mam a Dad yn Gogs. O Pwllheli..."

"A fa'no mae dy deulu di?"

"Naci – o Llanelli dwi'n dod o! Ond dwi heb fyw yno ers blynyddoedd..."

"Ers blynyddoedd? Faint 'di dy oed di?"

"Dau ddeg pump," medd Gwawr, cyn sylwi ar y sioc ar wyneb Mani. "Pam?"

"O'n i'n meddwl bo chdi'n iau..."

Gwenodd Gwawr. "Flatterer!"

"Be ma dy fam a dy dad yn neud, ta?"

"Dim byd. Ma nhw 'di marw..."

"Brodyr a chwiorydd?"

"Dim syniad. Dwi 'di deud wrtha ti unwaith – efo'r traflars dwi 'di bod ers blynyddoedd..."

"Ia, yn yr ha, ia? Lle ti'n byw yn y gaea? Gen ti rwla, siŵr. Ddudas di dy fod ti wedi dod fyny i Lerpwl am wicend. O lle ddosd di?"

"Ma gan griw o'nan ni gamp yn Bristol..."

"Bristol?"

"'Da ni'n sgwatio'r hen offis bloc 'ma, a'r iard sy'n mynd efo fo."

Allai Mani ddim meddwl yn glir. Roedd cymhlethdod y sefyllfa yn niwlo'i synhwyrau. Wyddai o ddim be i'w goelio, heb sôn am be i wneud. Estynnodd ei ffags a thanio un.

"Ga i un o'r rheina?" gofynnodd Gwawr.

Pasiodd Mani ei ffag iddi, a thanio un arall iddo'i hun.

"So, be ti'n mynd i neud efo fi?" holodd Gwawr ar ôl tynnu ar y sigarét.

Chwythodd Mani lond brest o fwg allan yn araf. "Ffyc... Dwi'm yn gwbod... Ma 'mhen i'n racs. Fydd rhaid i ni fynd o'ma heno, ffendio rwla i roi'n penna i lawr, a meddwl fory..."

Stopiodd Mani wrth weld llygaid Gwawr yn cynhyrfu.

"Paid â poeni! Dwi'n gaddo wna i dy adael di fynd fory. Hyd yn oed os fydda i heb weithio allan be i neud, a' i â chdi i rwla a dropio chdi off... Ond dim heno..."

Dechreuodd Gwawr bledio. "Dwi'n gaddo a' i ddim at y cops! Onest! Dim ffycin grass ydw i! A doedd Felix ddim byd i fi. Dwi jysd isio mynd adra!"

"Gei di fynd adra fory..."

"Ond wna i ddim grassio neb! Dwi jysd isio my...!"

Rhoddodd Gwawr ei phen yn ei dwylo a dechrau crio.

Gwyliodd Mani hi. Roedd darn ohono'n teimlo drosti, a hithau wedi bod trwy brofiad mor erchyll. Ond gwyddai fod unrhyw un sydd mewn ofn am ei fywyd yn debygol o addo unrhyw beth – ac mi oedd yna fwy i Gwawr na'r hyn roedd hi newydd ei ddatgelu.

"Sut ti'n nabod Fizz?"

"Pwy?" gofynnodd Gwawr ac edrych arno, cyn cofio. "O, Fizz? Reit!" Tynnodd Gwawr ar ei sigarét cyn edrych i lawr ar ei dwylo. "Fizz ydi dy gariad di, ynde?"

"Ex. Sud wyt ti'n ei nabod hi? Ydi hi'n nabod Felix?"

"Na. Wel, dim i fi wybod. Dwi'm yn meddwl eniwe..."

"Be ti'n ffycin feddwl ti'm yn meddwl?"

Oedodd Gwawr cyn ateb. "Dwi'm yn nabod Fizz."

Bu'n rhaid i Mani feddwl am eiliad i wneud yn siŵr iddo'i chlywed hi'n iawn. "Dwi'm yn dallt..."

"'Nes i jysd 'i ddeud o. Glywis i chdi'n siarad efo'r seico 'na. Oedd rhaid i fi ddeud rwbath. O'n i'n gallu deud bo chdi'n siarad Cymraeg, ac... Oedd genai ofn! Sori... O'dd rhaid i fi ddeud rwbath..."

Tynnodd Mani'n ddwfn ar ei sigarét eto, cyn dyrnu'r olwyn lywio'n galed.

Neidiodd Gwawr. "Ti'n difaru peidio gadael fi gael 'yn lladd?"

Wnaeth Mani ddim ateb.

"Wyt *ti'n* mynd i'n lladd i rŵan ta?"

Roedd llais Gwawr yn crynu. Sylwodd Mani ar ei llaw chwith yn sleifio am handlen drws y car.

"Paid â meddwl dianc," rhybuddiodd Mani gan afael yn ei braich dde. Gollyngodd hi pan welodd y panig ar ei hwyneb. "Yli, dwi'm yn mynd i dy frifo di, siŵr! Dwi'n falch mod i wedi dy achub di... er gwaetha'r ffycin hasyl mae hynny 'di'i achosi!"

Wnaeth Gwawr ddim ymateb.

"Sbia, dyna ydi'r pwynt ynde – dy *achub* di dwi'n wneud! Dy *helpu* di! Ond allai ddim gadael i chdi 'ngollwng i yn y cachu..."

"Ond wna i ddim!" mynnodd Gwawr yn daer.

"Dwi'm yn gwbod hynna, yn nacdw?"

"A *dwi* ddim yn gwbod os *ti'n* deud y gwir, chwaith!"

"Pam ddim? Dwi 'di achub dy ffycin fywyd di! Ma hynna'n helpu'r cês, dydi? Mond dy ffycin air di sydd gena i... A fuck knows os dwi'n gallu coelio hwnnw!"

"Pam? Dwi 'di deud y gwir wrtha ti!"

"Fizz?"

"Faced with death oedd hynny!"

"Digon teg, ond ti'n ddigon streetwise. Ma gen ti'r blag. Sut dwi fod i wbod fo ti'm yn blagio fi rŵan?"

"Mae hynny'n rhan o'r thrill, dydi? Dim gwybod, cymryd y risg!"

Synnwyd Mani gan yr ateb hwn. Oedd hi'n chwarae gemau mwya sydyn? Pe na bai hynny mor annhebygol o dan yr amgylchiadau, byddai Mani'n siŵr ei bod hi.

"Be 'di dy enw *di*, ta?" gofynnodd Gwawr. "Dim 'Taffy' beth bynnag!"

"'Dio'm bwys be 'di'n enw fi."

"Yndi mae o!"

"Wel dwi ddim yn mynd i ddeud wrtha ti, beth bynnag. Weli di mo'no fi eto, ar ôl fory."

"'Di hynna'm yn deg, nacdi? A finna 'di deud 'yn enw i..."

Anwybyddodd Mani hi.

"C'mon – mae 'Taff' yn ddigon i roi'r gêm i ffwrdd os fyswn i'n grass. Dowt gen i fod 'na Taff arall yn gweithio efo'r gangstars 'na!"

Taflodd Mani stwmp ei ffag trwy'r ffenest, a'i chau.

Aeth Gwawr yn ei blaen. "So, ti'n disgwyl i fi dy drystio di pan ti ddim hyd yn oed yn deud dy enw wrtha i? Lle ti'n dod o, ta?"

"Lerpwl."

"Yn wreiddiol."

"Cymru."

"A lle ti'n mynd i redag i rŵan? Sgen ti deulu?"

"'Dio'm bwys lle dwi'n mynd. Rhaid i fi gael gwarad o'na chdi gynta, eniwe."

"Pam ei di ddim 'nôl at dy deulu? Siawns na ffendith neb chdi'n fa'na?"

"Sgena i'm ffycin teulu!" snapiodd Mani.

Bu distawrwydd am rai eiliadau. Gwyliodd Gwawr ei chipiwr yn ymrafael â meddyliau chwithig.

"Dim teulu?" meddai â hyder yn ei llais, fel petai wedi ymlacio'n llwyr mwya sydyn, ar ôl dod o hyd i'r 'llinyn cyffredin' hwnnw rhyngddyn nhw.

Crechwenodd Mani wrth gofio am y cyngor mae'r cops yn ei roi i bobol sydd wedi cael eu cipio – i drio sgwrsio efo'u herwgipiwr a meithrin perthynas. Dyna oedd Gwawr yn ei wneud rŵan, mwya thebyg, meddyliodd. Mi oedd hi'n dipyn o dderyn, hon, roedd hynny'n saff.

"Sgenai ddim cysylltiad o gwbwl efo Cymru, bellach," medd Mani. "Mond yn Lerpwl mae 'myd i."

"Dim o hyn allan, mêt!"

Digon gwir, meddyliodd Mani, cyn rhoi chwerthiniad bach anghrediniol wrth sylwi ei bod hi newydd ei alw fo'n 'mêt'.

"Pam ti'n chwerthin?"

"Pam ti'n gofyn gymint o gwestiyna?"

"Pam fod y ffaith fod gen *ti* ddim teulu yn hawddach i'w goelio na fi?"

"'Nes i'm deud bo fi ddim yn dy goelio di..."

"Do 'nes di, mwy neu lai..."

Trodd Mani i edrych arni. Gwelodd ferch ifanc hardd a hyderus – coci a direidus, hyd yn oed – yn ei herio o dan bistyll blêr o ddredlocs. Ac er nad felly roedd o'n edrych arni, allai o ddim peidio sylwi pa mor rhywiol oedd y cyfuniad. Ond ei didwylledd – neu

ei ddiffyg – oedd yn bwysig rŵan. Syllodd i'w llygaid a byseddu ei
henaid. Oedd hi o ddifri?

Gwenodd Gwawr. "Lle ti'n mynd, Taffy?"

"Dwi'm yn gwbod, Gwawr!"

"Wel liciwn i gael gwbod!"

"Pam?"

"Dwi'n dod efo chdi!"

38

Falla ei fod o'n llawn o gachu, ond doedd Slej ddim yn malu cachu
pan oedd hi'n dod i gyffuriau. Doedd o'n sicr ddim yn dweud
celwydd pan ddywedodd fod y base 'ma'n stwff da. Mor dda fel
na allai Dryw Bach aros yn y fflat ar ei ben ei hun. Er iddo drio
ailgydio yn y paentio, methai ganolbwyntio wrth i lif o feddyliau
pytiog ruthro trwy ei ben, un ar ôl y llall, a'i yrru i'r gegin ac yn
ôl sawl gwaith heb wybod be oedd o eisiau o'r lle. Mi darodd o,
cyn hir, mai be oedd o'i angen oedd rhyddhau'r trydan byrlymus
oedd yn goglais yn ei wythiennau. Roedd o angen cwmni – siarad a
chwerthin, miri a hwyl. Ac mi oedd o angen cwrw. Roedd y syched
yn annioddefol.

Felly, ar ôl pwyso chydig o grams a'u lapio mewn raps wedi
eu torri o bapur glosi tudalen flaen magasîn, yn ôl i'r Drafal â fo
ar ei ben. Wedi llyncu'r beint gyntaf mewn tair jochiad, cododd
un arall ac aeth â hi drwodd at Witabix a Neinti-Nein yn y stafell
pŵl. Roedd hynny tua dwy awr yn ôl. Erbyn hyn roedd o wedi
llyncu chwe pheint arall ac yn fflio mynd ar y pŵl, gan chwalu
pawb a phopeth o'i flaen. Roedd o hyd yn oed wedi curo Affro
ddwywaith (er bod hwnnw'n beio ei asennau poenus) a bron iawn
wedi curo Coco Bîns. Mi rannodd Dryw binsiad neu ddau o'r base
efo Witabix, Neinti-Nein a Gwcw Blastig hefyd, ac roedd rheiny
bellach yn clebar fel brain rownd y bwrdd crwn yng nghornel y
stafell pŵl. Ac, fel yntau, roeddan nhw wedi suddo hanner galwyn
yn fwy o lager nag oeddan nhw wedi'i fwriadu.

BANG!

Saethodd Dryw Bach y ddu fel bwled i boced waelod y bwrdd,
a hynny heb anelu bron. Safodd Affro'n gegrwth. Mi *oedd* o'n colli

ambell i gêm i chwaraewyr is eu safon o bryd i'w gilydd – a hyd yn oed wedi colli i Dryw ambell waith yn y gorffennol – ond roedd hynny pan nad oedd o ar ben ei gêm. Heno, er gwaetha'r boen yn ei asennau a'r ffaith na allai roi pwysau llawn ar ei droed, teimlai ei fod mewn ffôrm go lew – mi oedd o wedi curo Coco Bîns bedair gwaith, wedi'r cwbl. Ond mi oedd o wedi colli i Dryw deirgwaith o'r bron rŵan. Doedd Affro erioed wedi'i weld o'n chwarae cystal. Doedd neb wedi, gan gynnwys Dryw ei hun.

"Be ffwc ti 'di gael heno, Dryw Bach?" gofynnodd wrth ysgwyd llaw ei frawd.

"Ysbrydoliaeth, Affro! Ysbrydoliaeth!"

"Ti angan mwy nag ysbrydoliaeth rŵan, Dryw Bach!" medd llais Coco Bîns wrth gamu o gyfeiriad y jiwcbocs at y bwrdd i setio'r peli i fyny. "Ti wedi cael dy awr fawr – amsar i'r brenin ailafael yn ei goron!"

Gwir oedd ei eiriau hefyd, fel y buodd hi. Ar dân neu beidio, chafodd Dryw Bach ddim cyfle i hyd yn oed gymryd shot. Suddodd Coco Bîns ei beli i gyd cyn i 'The Good, the Bad and the Ugly' hyd yn oed gyrraedd y riff gitâr yn ei chanol.

Aeth Dryw Bach i biso, gan adael y Coco Kid yn clochdar efo Ennio Morricone. Taniodd hanner jointan yn y toiledau a'i smocio wrth sefyll uwchben y cafn. Clywodd ddrws ochr y dafarn yn agor a chau, a sŵn rhywun yn hoblan am y toiledau. Ymddangosodd Affro wrth ei ymyl, yn piso.

"Sa'm yn well i chdi iwsio'r bagla 'na, Affro?" medd Dryw wrth basio'r joint i'w frawd mawr. "Ti ond yn gneud petha'n waeth wrth roi pwysa ar dy droed, sdi."

"Naaa!" atebodd Affro. "Mae genai ddigon o anaesthetic yn 'y ngwaed bellach."

"Ia, wel, dyna ydi'r broblam, de! Ti'm yn teimlo dim byd heno, nagwyt – ond fory fyddi di'n gwichian!"

"Fory ydi fory, Dryw."

"Ia, ond os ti wedi'i thorri hi, fydd hi'n waeth fory."

"Mi groesan ni'r bont yna pan ddown ni ati, Dryw."

"Cer am X-ray, Affro, ffor ffyc's sêcs!"

"Ga i weld... Ma'r ffycin ribs 'ma'n brifo fwy, i fod yn onast – pan dwi'n plygu..."

"Be am pan ti'n anadlu?"

Anadlodd Affro lond ysgyfaint o fwg ganja i'w frest, ei ddal i mewn am bron i hanner munud, yna'i ollwng allan yn araf bach.

"Wel?" gofynnodd Dryw.

"Wel be?"

"Oedd o'n brifo?"

"Oedd be'n brifo?"

Gwenodd Dryw Bach wrth gau ei falog.

"Be ti 'di gymryd heno ta, Dryw Bach?" holodd Affro.

"Wizz," atebodd Dryw. "Ond wizz rili cry. Base. Tisio peth?"

"Na, dim diolch ti. Mond mewn partis fydda i angan rwbath felly. Ti 'di rhoi peth i Gwcw Blastig hefyd, do?"

"Do. A Wît a Neint. Pam?"

"Lle gas di o?"

"Gan Slej."

"O?"

"Mond gramsan bach ges i, Aff. Persi bach i fy hun, sdi..."

"Ti'n siŵr?"

"Yndw! Ffycin hel!" brathodd Dryw.

"OK, mêt, sa'm isio bod fel'na, nagoes? Mond gofyn...!"

"Pam ffwc fod pawb yn licio deud wrtha fi be i ffycin neud a be i ddeud a be i ffycin feddwl?!" gwaeddodd Dryw Bach.

Ysgydwodd Affro'i ddiferion olaf i mewn i'r cafn a chau botymau ei falog. "Jysd gwatsiad allan amdana chdi dwi, Dryw..."

"Ia – dyna 'di'r ffycin esgus bob ffycin tro, ynde! Gwatsiad allan amdana fi, edrych ar 'yn ffycin ôl i. Ffwc o bwys be dwi'n feddwl, chwaith! Ffwc o bwys be 'di 'marn i ar betha. Ffwc o bwys am be dwi'n deimlo, na! A be sy'n mynd ymlaen yn 'y mhen i, ac yn fan hyn..." Dyrnodd Dryw ei frest.

"Hei, mêt, do'n i ddim..."

"Ddim ffycin be, Affro?!"

"Dwi'm yn trio deud wrtha chdi be i feddwl..."

"Ond mae'r ffycin teulu 'ma yn, yn dydi... Paid hyn a paid llall... Paid â meddwl hynna, paid â deud hynna...!"

"Duw, jysd..."

"Edrach ar 'yn ôl i? Bolycs! Un brawd nath edrych ar 'yn ôl i – a dydi hwnnw ddim ffycin yma!"

Gwelodd Dryw fod ei eiriau newydd frifo Affro. Wedi'r cwbl, mi oedd Affro'n dda efo fo. A Gwcw hefyd. Ond mi oedd yn rhaid iddo ddweud ei ddweud, doedd ffwc o bwys ganddo bellach. Trodd i fynd.

"Dryw, aros am funud bach, mêt. Ti 'di yfad llwyth heno sdi – lot rhy sydyn. Cwrw a speed sy'n siarad..."

"O ffyc off, Affro! *Fi* sy'n ffycin siarad, ffyc ôl arall! Dyna ydi'ch problam chi i gyd ynde? Ddim isio fi ffwcin siarad!"

"Paid â bod yn ffycin wirion!"

"FFYC OFF!" Dyrnodd Dryw Bach ddrws y cwt cachu, yna ei gicio ddwy neu dair o weithiau, nes bod y rhacsyn o bren tenau yn hongian ar un bachyn yn unig. "FFYC OFF!! JYSD... FFYC OFF!!"

Rhuthrodd Dryw Bach allan o'r toiledau, ac yn lle mynd yn ei ôl i'r bar aeth am y stryd.

"Dryw!" gwaeddodd Affro wrth hoblan ar ei ôl o. "Dryw!"

Ond mi oedd Dryw Bach wedi diflannu i'r gwyll.

39

"Mae o'n gneud sens, ti'm yn meddwl?" medd Gwawr yn frwdfrydig. "Chdi a fi. Dim teulu, dim gwreiddia, dim cartra. Outlaws! Ffwrdd â ni..."

"I'r ffycin sunset? Fel ffycin Thelma a Louise?"

"Ia! Pam ddim?"

"Ffyc off!"

Ffromodd Gwawr. Disgynnodd ei hysgwyddau, a gwnaeth wyneb pwdu. "O'n i'n meddwl na edrych ar 'yn ôl i oeddat ti'n mynd i wneud!"

"Dy *safio* di ddudas i, dim dy warchod di..."

"Ond allan yn fa'na mae 'na bobol isio'n lladd i..."

Nodiodd Mani'i ben. "Mi fydda 'na tasa chdi'n mynd at y cops!"

"Dwi'm yn mynd i neud hynny..."

"Dyna ti'n ddeud *rŵan*."

Croesodd Gwawr ei breichiau a syllu allan trwy'r winsgrin.

"Yli, fedri di ddim dod efo fi. Ma'n rhy ffycin berig. Ti 'di gweld be ma'r bobol 'ma'n gallu'i wneud, yn do? Ti 'di gweld sut ma nhw!"

"Ond *ti* ddim fel'na!"

"Sut ti'n gwbod?"

"Achos 'nes di'n achub i!"

"'Di hynny'm yn deud na fyswn i'n dy ladd di os fysa rhaid i fi."

"Hy! Sgin ti'm y bôls!"

Mygodd Mani'r awydd i'w thaflu allan o'r car yn y fan a'r lle. Digon hawdd fyddai iwsio cria ei hesgidiau i'w chlymu i ffens neu goeden, a'i gadael hi yno. Erbyn iddi gael ei ffendio yn y bore mi fyddai o'n ddigon pell i ffwrdd. Ystyriodd hynny o ddifri am funud. Doedd o ddim yn syniad rhy ddrwg, wedi meddwl. Petai o ond yn gallu bodloni ei hun na fyddai Gwawr yn rhedeg at yr awdurdodau...

Taniodd ddwy sigarét a rhoi un iddi. "Y brif broblam fan hyn, rŵan, ydi bo fi ddim yn gallu deud os ei di i'r cops neu beidio."

"Ffôr ffyc's sêcs!" diawliodd Gwawr ac estyn ei phen tuag ato a rhythu arno efo llygaid mellt. "Yli – dwi ddim yn deud eto, dwi DDIM YN FFYCIN GRASS! Iawn?! Ma'n gas gena i'r ffycin cops gymint â chdi!"

Bu bron i Mani roi hedbyt arall iddi, ond gwyddai mai gwneud sefyllfa ddrwg yn waeth fyddai hynny. Serch hynny, roedd yn rhaid iddo ddangos pwy oedd y bòs yn fan hyn. Cydiodd yn ei dredlocs a thynnu'i phen am yn ôl, gan achosi iddi roi gwich siarp o boen neu ddychryn, neu'r ddau.

"Ti'm yn ffycin gwbod os dwi'n casáu'r cops neu beidio!" sgyrnygodd. "Ti ond newydd ffycin gwrdd â fi. A DYNA 'DI'R FFYCIN POINT! Pam FFWC wyt ti isio rhedag i ffwrdd efo rhywun ti ddim yn nabod?"

Er syndod iddo, wnaeth Gwawr ddim cilio yn ôl i'w chragen o gwbl. Yn hytrach, mi ddaliodd ei thir.

"Cut the fucking bullshit, Taffy!" sgyrnygodd yn ôl. "Dwi'n gwbod be wyt ti. A ddylsa titha wbod be ydw i!"

Hoeliodd ei llygaid ar Mani. Rhythodd hwnnw'n ôl arni am rai eiliadau, cyn gollwng ei gwallt.

"Does 'na ddim ffordd arall rownd hi," medd Gwawr rhwng ei dannedd wrth ymlacio yn ei hôl yn ei sedd. "Ti'm yn gallu'n lladd

i. Ti'm yn gallu gadael fi fynd. Edrych yn debyg dy fod ti'n styc efo fi, Taffy!"

40

Eisteddai Dryw Bach ar y Ddafad – y lwmp o garreg fawr wen ar odrau Craig y Gafael – yn edrych i lawr dros oleuadau'r pentref islaw. Tua'r chwith, rhyngddo a'r goleuadau, roedd y fynwent yn estyn at yr hen eglwys a'r stryd a redai i lawr at y Drafal. I'r dde iddo, yn canlyn godrau'r graig, roedd rhes o dai newydd – Ffordd y Millionaires, fel y galwai pawb nhw – yn dilyn yr hen ffordd drol oedd, fel y stryd fawr islaw iddi, yn glynu fel pedol i droed y graig. Bu Dryw yn eistedd yno ers awr a mwy yn hel meddyliau, ac erbyn hyn mi oedd o'n difaru ei enaid iddo ei cholli hi efo Affro'n gynharach.

Ond dyna fo. Pan fo pethau angen eu dweud, maen nhw'n tueddu i gael eu dweud wrth y bobol mae rhywun yn teimlo agosaf atyn nhw. Ac fel y dywedodd Affro, dan effaith y speed a gormod o gwrw roeddan nhw'n siŵr o ddod allan mewn un ffrwydriad o rwystredigaeth. Gobeithiai Dryw fod ei frawd yn iawn. Roedd o'n meddwl y byd o Affro, oedd yn berson annwyl, ffeind a theimladwy iawn o dan yr holl glownio.

Kola Kube oedd y bai am hyn i gyd, meddyliodd. Kola Kube oedd y bai am bopeth. Fo oedd y drwg yn y caws, wastad. Fel rhyw gysgod tywyll dros y teulu, y Kube fu asgwrn pob cynnen deuluol erioed. Yn enwedig pan ddeuai i'r gorffennol. Kola Kube oedd ceidwad hanes y teulu. Kola Kube oedd y sensor, y gorfodwr a'r heddlu cudd. Kola Kube oedd y tad a'r mab a'r ysbryd ffycin glân. Y ffycin wancar.

A rŵan roedd y 'ffycin wancar' wedi rhoi'r sac iddo! Pwy ffwc oedd o'n feddwl oedd o? Richard ffycin Branson? Fel tasa ganddo fusnas go iawn, yn hytrach na rhyw owtffit ddwy-a-dima oedd yn talu cash i'w frodyr, sbario talu'r going rêts i grefftwyr iawn a chadw llyfra cyfreithlon a ballu. "Ti'n sacd!" medda fo, yn bwysig i gyd, gan feddwl y byddai colli job gont efo pric fel fo yn mynd i chwalu'i fywyd! Bu'r cash yn handi at Dolig, a dyna'i diwedd hi.

Poerodd Dryw Bach, a thynnu ar ei joint. Crynodd. Er bod y

gwynt wedi gostegu roedd y cymylau wedi cilio i adael awyr glir a serog, a bellach mi oedd hi'n chwipio rhewi. Roedd y stryd yn dawel islaw, er nad oedd hi'n hwyr iawn – tua hanner awr wedi deg i un ar ddeg, efallai? Anodd oedd dweud. Edrychodd draw i ben arall y pentref, lle'r oedd y stryd fawr yn diflannu rownd troed y Graig, ond allai o ddim gweld os oedd golau yn ffenestri'r Prince.

Syllodd draw tua'r fynwent, lle'r oedd cefnau'r rhesi o gerrig yn sgleinio'n sidan glas yng ngolau'r lloer. Crwydrodd ei lygaid at garreg ei fam. Roedd hi'n loyw dan olau arian. Syllodd arni hyd nes i'r golau bylu tu ôl i wlith ei lygaid.

Penderfynodd fynd am adref, i gynhesrwydd tân nwy y fflat. Efallai y piciai mewn i'r Drafal os oedd hi'n dal ar agor, i weld os oedd Witabix a Neinti-Nein awydd dod draw am smôc. Er, mi fydden nhw'n siŵr o roi cnoc ar ei ddrws wrth basio am adref. Dyna oeddan nhw'n arfer ei wneud.

Wedi dringo i lawr o ben y Ddafad a dethol ei gamau'n ofalus i lawr y sgri a'r clympiau ithfaen at y ffordd drol, cyrhaeddodd at gefn yr agosaf o ddau dŷ 'millionaire' oedd yn dal i fod ar ganol eu codi – y tŷ lle bu'n gweithio efo'i frodyr dros yr wythnosau dwytha. Kola Kube oedd bia'r tŷ. Roedd o wedi prynu plot gwpwl o flynyddoedd yn ôl ac wedi bod yn gweithio arno fesul dipyn ers hynny. Bellach roedd y waliau'n sefyll ac mi oedd yna goed a ffelt ar y to, yn aros llechi. Byddai'n log o dŷ erbyn ei orffen – pum stafell wely, dwy stafell yn yr atig, cegin ac iwtiliti, stafell fwyta, stafell eistedd, stafell ffrynt, swyddfa, garej. A dwy ardd braf i fynd efo fo. Neis iawn.

Twat!

Ddwy funud yn ddiweddarach mi oedd Dryw Bach yn sefyll ar lawr concrit cegin y tŷ. Llifai golau'r lleuad yn ysgafn drwy'r gofod lle byddai'r ffenest fawr banoramig yn cael ei gosod. Edrychodd o'i gwmpas a gweld y pentwr o fatings pren ar ganol y llawr. Aeth drwodd i'r stafell fwyta, yna i'r stafell fyw. Roedd hi'n dywyllach yn fan hyn achos roedd shît o bolythene glas wedi'i gosod dros y bwlch lle byddai'r drysau patio'n sefyll, ond mi allai weld y pentwr taclus o blasterbôrds yn gorwedd yng nghanol y llawr. Ystyriodd wneud rhywbeth drwg, ond doedd fawr ddim y gallai ei falu yma, a gwyddai fod y lock-up lle cadwai Kola Kube y tŵls wedi'i gloi.

Aeth yn ei flaen i'r stafell lle y gobeithiai ei frawd roi ei swyddfa.

Swyddfa, o ddiawl, meddyliodd! Be ffwc wyddai Kola Kube am swyddfa?! Debyg ei fod o'n meddwl y dylai gael un, rŵan ei fod o'n cael tŷ crand ar y bryn ymysg y 'bobol fawr' a'r Saeson. Gwenodd yn ddrwg wrth ddychmygu Meibion Glyndŵr yn camgymryd y tŷ am dŷ Sais. Er, mi oedd hi'n edrych yn ddrwg ar y Meibion erbyn hyn, a dau o'nyn nhw newydd gael eu harestio ddechrau'r mis. Doedd o ddim yn iawn, meddyliodd. Bobol gyfoethog – Saeson a wancars fel Kola Kube – yn gallu prynu tir i godi plasau bychain tra bo pawb arall yn crynu yn eu hofelau tamp.

Edrychodd o'i gwmpas yn y tywyllwch eto, ond allai o dal ddim gweld na meddwl am rywbeth y gallai ei falu. Trodd i fynd yn ei ôl trwy'r stafell fyw. Gwelodd y pentwr plasterbôrds eto. Mi allai dorri cornel un i ffwrdd a'i ddefnyddio i sgwennu neges ar y wal, rhywbeth fel 'Kola Kont' neu debyg.

Yna, mwya sydyn, daeth awydd cachu drosto, ac mi gafodd syniad cachboeth! Gwenodd yn ddrwg cyn camu i ben y pentwr plasterbôrds. Tynnodd ei drowsus a'i drôns at ei draed, a phlygu i'w gwrcwd.

41

Trodd Mani'r car i mewn i'r gwasanaethau a pharcio o flaen pwmp petrol. Roedd hi'n tynnu am wyth o'r gloch y bore ac yn gwawrio, ond roedd hi'n gymharol dawel ar y draffordd, a hithau'n wyliau. Edrychodd draw at Gwawr. Roedd hi'n dal i gysgu, a'r sedd ffrynt wedi'i gostwng at yn ôl iddi gael lled-orwedd. Crynodd Mani drwyddo wrth i'r oerni gerdded ei esgyrn.

Noson ddi-gwsg arall gafodd o, mewn llain barcio goediog ar un o ffyrdd gogledd Lloegr. Doedd ganddo fawr o ddewis ond dabio speed er mwyn cadw'n effro rhag ofn i'r ferch wallgo ddianc yn ystod y nos. Ac oedd, mi oedd hi'n wallgo hefyd, meddyliodd, achos mi fu'n ei fwydro fo'n racs am oriau, yn trio'i ddarbwyllo i fynd â hi efo fo i le bynnag oedd o'n mynd. Ac er bod hynny, cyn wirioned ag oedd o'n swnio, yn gwneud synnwyr – ac o bosib yn mynd i wneud pethau'n llawer haws – allai Mani ddim cytuno. Roedd rhywbeth yn cnoi yn ei fêr ynglŷn â pham ei bod hi mor awyddus i daflu popeth o'r neilltu a dod efo fo. Efallai'n wir nad oedd ganddi unrhyw wreiddiau na chyfrifoldebau, ac efallai ei bod hi'n 'ysbryd rhydd' oedd wedi arfer dilyn ei thrwyn ar fympwy, ond o ystyried yr holl gachu y bu hi drwyddo yn ystod y dydd, allai Mani ddim coelio ei bod hi mewn stad feddyliol ddigon cadarn i feddwl yn rhesymol. Efallai ei bod mewn sioc – roedd pethau fel hyn yn digwydd i bobol mewn sioc, wedi'r cwbl.

Ond doedd Mani heb allu penderfynu be arall i'w wneud. Doedd ei ben yntau ddim yn iawn, chwaith. Roedd popeth yn chwyrlïo rownd ei ymennydd – meddyliau, atgofion, cynlluniau pytiog, ofnau, drychiolaethau, gwirioneddau, anobaith – a doedd dim posib canolbwyntio ar unrhyw beth am yn hirach nag ychydig eiliadau. Roedd fel petai pob signal yn ei ymennydd yn cael short-circuit y funud roedd o'n cael ei greu. Rhwng hynny a'r diffyg cwsg, yr oerfel a'r speed yn ei waed, roedd wedi dechrau meddwl mai'r peth gorau i'w wneud fyddai dympio Gwawr ar lain galed y draffordd a'i gadael i ffendio'i ffordd i le bynnag oedd hi isio mynd.

Camodd allan o'r car a mynd i'r bŵt. Agorodd y bag ac estyn rholyn o arian papur a'i roi ym mhoced tu mewn ei gôt. Agorodd gaead y tanc petrol, gwthio blaen y beipen i mewn a gwasgu. Edrychodd o gwmpas wrth i'r tanwydd lifo i'r tanc. Gwelai ŵr yn llenwi'i gar wrth bwmp cyfagos, a'i wraig yn rhoi ordors iddo drwy'r ffenest – tyniau Coca-Cola i'r plant, a Lucozade iddi hi. Tynnodd fan Transit cwmni dosbarthu partiau ceir i mewn a stopio wrth bwmp diesel, a throdd Mani i sganio'r gwasanaethau. Un bach oedd o – dim llawer mwy na garej a siop – ond bod maes parcio gweddol o faint tu ôl iddo, efo digon o le i ambell i lori barcio er mwyn i'w gyrwyr yfed paneidiau, neu roi gwynt yn eu teiars ac ati.

Deffrodd sŵn y pwmp petrol Gwawr, ac agorodd ei llygaid i wylio Mani'n llenwi'r tanc, drwy'r ffenest. Agorodd y drws.

"Dwi'n mynd i biso."

"Aros funud," medd Mani wrth roi'r beipen betrol yn ôl yn ei gwely ar y pwmp. Edrychodd at y siop. Gwelai mai tu mewn iddi oedd y toiledau.

"Iawn, ffwr â chdi," meddai wrth gau caead y tanc, cyn ei dilyn yn flinedig tua'r adeilad.

Gwyliodd Mani hi'n brysio i mewn trwy'r drws. O dan amgylchiadau gwahanol mi fyddai'n edmygu'r pen-ôl siapus oedd yn siglo o ochr i ochr o dan ei throwsus combats, ond er iddo sylwi methodd yn lân â magu diddordeb. Aeth at y stondin pastis a pheis, a sylwodd fod 'na feicrowêf a pheiriant coffi gerllaw. Aeth â hanner dwsin o bastis efo fo at y cownter, ac aros tu ôl i'r tad oedd wrthi'n talu am lond ei freichiau o greision a sioclets a Coca-Cola a Lucozade. Cofiodd am Mincepie a'i hoffter o'r fath sothach, a saethodd ei feddwl yn ôl at nos Sadwrn a'i ffrind yn gweiddi, ei wyneb yn waed drosto...

Yna trodd ei olwg tua drws y toiledau. Roedd Gwawr yn cymryd ei hamser, meddyliodd. Neu ai amser oedd yn mynd yn araf? Daeth ei dro i dalu, a rhoddodd rif y pwmp petrol i'r hogyn ifanc oedd â'i wyneb yn bictiwr o ddiflastod wrth wylio teledu brecwast ar y bocs lluniau tu ôl i'r cownter. Cofiodd Mani ofyn am newid i'r peiriant coffi. Edrychodd at ddrws y toiledau eto. Lle oedd hon?

"Receipt?" gofynnodd y diflasyn.

"No thanks," atebodd, cyn cydio yn ei nwyddau a llusgo'i draed draw at y meicrowêf a'r coffi. Tarodd ddwy basti i mewn yn y peiriant, cyn trio gweithio allan pa fotymau i'w gwasgu.

"Dynion!" medd llais Gwawr wrth ei ochr. "Dim ffycin syniad, nagoes?"

"Fysa fo'n help os fysa 'na ffycin instrycshiyns!" medd Mani'n ddiamynedd. "Mond llunia sydd ar hwn. Be ffwc ma'r symbol yna i fod i feddwl? Ma'n edrach fel coc!"

"Sosej rôl ella? Be sgin ti i mewn yna?"

"Pastis. Dwi'n cymryd fod ti isio bwyd?"

"Starfio."

"A ti'm yn feji?"

"Na. Dydi pawb efo dreds ddim yn ffycin hipi, sdi! Hwnna – pwysa hwnna!"

Gwenodd Gwawr arno wrth iddo wasgu'r botwm iawn i ddechrau'r peiriant, ond anwybyddodd Mani hi.

"Fel hyn wyt ti bob bora?" holodd Gwawr.

"Coffi ta te?" oedd ateb Mani.

"Coffi. Cym ditha beth hefyd, i ti gael deffro!"

Stwffiodd Mani'r darnau arian i mewn i'r peiriant.

"A dŵr! Rhaid i fi gael dŵr."

"Mae 'na boteli'n fancw. Sgen ti bres?"

"Dim hepsan. Nath dy fêts di ddim rhoi tsians i fi ddod â 'mag efo fi o tŷ Felix, cofia!"

"Shit," medd Mani wrth sylweddoli oblygiadau mwy difrifol ei jôc sarcastig. "'Nes i'm meddwl am hynny – be oedd gen ti yn y bag?"

"Be ti'n feddwl?"

"ID? Chequebooks a ballu..." Poenai Mani am y cops yn dod o hyd i'r bag ac agor achos missing person.

Chwarddodd Gwawr. "Wyt *ti'n* cario petha felly?"

"Nacdw."

"Finna chwaith. Sgen ti bres?"

Estynnodd Mani bapur pumpunt iddi, a throdd yn ôl i dendio i'r paneidia tra oedd hi'n prynu dŵr.

Ar ôl symud y car i'r maes parcio, eisteddodd y ddau yn cnoi eu pastis a sipian eu coffi, heb ddweud gair, tra'n gwylio'r traffig yn gwibio heibio. Wedi i wres y bwyd a'r diod ei adfywio, taniodd Mani ddwy sigarét, a rhoi un i Gwawr.

"Lle ydan ni, ta?" gofynnodd honno cyn hir.

"Ar yr M6."

"Grêt!" medd Gwawr yn sarcastig. "Rwla rhwng Brum a Carlisle, felly?"

Wnaeth Mani ddim ateb. Doedd ganddo ddim amynedd efo'i lol hi y bore 'ma.

Triodd Gwawr eto. "Mynd am y gogledd ta'r de ydan ni?"

"Gogledd," atebodd Mani'n swta. Doedd dim pwynt dweud celwydd wrthi efo'r holl arwyddion oedd ar y draffordd.

"Www! Gretna Green! Ti'n mynd i 'mhriodi fi?"

Trodd Mani i edrych yn hurt ar y ferch wrth ei ymyl.

"O, ffycin tshilia allan, wnei?" medd honno. "Jocian ydw i, ffor ffyc's sêc!"

Allai Mani ddim coelio'r hogan 'ma! Er ei fod o bellach yn dechrau derbyn ei bod hi o ddifri am ddod efo fo, roedd o'n dal i fethu deall pam. Roedd 'na fwy nag ysbryd anturus tu ôl i'w pharodrwydd i ollwng popeth er mwyn dod efo fo i dduw a ŵyr lle. Ar y gorau, roedd hi'n berson byrbwyll a gwyllt – oedd yn gyfuniad digon peryglus ynddo'i hun. Ond yn waeth na hynny, mi oedd yna chwinc yn y gont wirion hefyd. A sut allai o wybod nad celwydd oedd popeth roedd hi wedi'i ddweud wrtho? Efallai fod sgwad o fagiau chwain yn chwilio amdani ar y funud – neu hyd yn oed yr heddlu. Mi allai fod yn ferch i ryw blismon neu wleidydd, neu ryw filiwnydd enwog. Felly oedd rhai o'r bagiau 'ma – plant y cyfoethog yn gwrthryfela a dianc i fyw bywyd amgen, yn aml ar bwrs eu rhieni.

"Yli, Gwawr," dechreuodd. "Dwi'n meddwl bo fi'n gwbod lle dwi'n mynd..."

"O? Lle 'lly?"

"Dydi hynny ddim o dy fusnas di..."

"Be ti'n ffycin feddwl, dim o fy musnas i? *Fi* ydi dy fusnas di, cofia! *Ti* sy wedi 'nghidnapio fi..."

Gwylltiodd Mani a chydio yng ngholer ei siwmper wlanog. "Gwranda'r gont! Mi ladda i di rŵan os na ti'n cael hyn i mewn i dy FFYCIN ben! Ti DDIM yn dod efo fi, iawn?!"

Gwenodd Gwawr yn fileinig wrth rythu yn syth i'w lygaid. Bron na theimlai Mani ei bod hi'n mwynhau ei hun.

"Be ffwc sy'n bod efo chdi, hogan?!"

"Dim y fi 'di'r un sy'n gweiddi, y cont!"

Gollyngodd Mani hi. "Ffyc's sêcs! Yli, dwi'n mynd i Sgotland..."

"Haha, Sgotland!" chwarddodd Gwawr. "Och aye! Fysa ti'n edrych yn dda mewn cilt 'fyd... Www, dynion mewn cilt yn gneud petha i fi!"

Fflachiodd Gwawr wên secsi a fyddai, fel arfer, yn tanio awydd yn nhrowsus Mani. Ond o dan yr amgylchiadau, dim ond ei ddrysu'n fwy wnaeth hi.

"Be wyt ti isio, Gwawr?"

"Be, ti'm yn gwbod?" gofynnodd yn chwareus.

"Jesus! Fyswn i'm yn gofyn os fyswn i'n gwbod, nafswn?"

Ochneidiodd Gwawr. "Rhyddid dwi isio..."

"Wel, fuck me, dyna dwi'n gynnig i chdi!"

"Dim rhyddid fel'na. Dwi'n rhydd yn barod. Os fyswn i isio dianc fyswn i wedi gallu gneud erstalwm, boi! Ti'n meddwl fyswn i ddim yn gallu dy handlo di? A beth bynnag, fyswn i wedi gallu mynd neithiwr pan oeddat ti'n cysgu!"

"'Nes i'm cysgu neithiwr..."

"Do 'nes di – oedda chdi'n nodio off bob hyn a hyn. Mond am
funud. Digon hir i fi agor drws a'i gluo hi. Neu sticio cyllall yn dy
wddw di."

"Be, sgen ti gyllall?"

"Na. Ond mae 'na un yn fan hyn."

Agorodd Gwawr y cwpwrdd yn y dash. Yno roedd cyllell hela
fawr, mewn gwain ledr.

"Ffycin hel!" medd Mani. "Lle...?"

"Dwi'm yn gwbod. Yn fa'na oedd hi," medd Gwawr wrth gau
y cwpwrdd eto, yna gwenu'n llydan ar Mani. "Paid â poeni, dwi'm
yn mynd i dy ladd di!"

42

Roedd pen Dryw Bach yn pwmpian wrth iddo wagio peint cyfan o
ddŵr i lawr ei gorn cwac. Byddai'n rhaid iddo alw yn y siop i gael
paracetamol. Doedd fawr o bwynt trio mynd yn ôl i gysgu – roedd
y base wedi sicrhau mai rhyw awr neu ddwy gafodd o cyn dechrau
troi a throsi rhwng cwsg ac effro tua hanner awr yn ôl. A fyddai o
heb hyd yn oed gael yr awr neu ddwy hynny oni bai i'r holl gwrw a
yfodd ei gnocio fo allan toc wedi pump o'r gloch y bore.

Oedd, mi oedd y Drafal wedi cau erbyn i Dryw fynd yn ôl yno
neithiwr, ond mi ddaliodd o Witabix a Neinti-Nein fel roeddan
nhw'n gadael efo llond eu breichiau o ganiau cwrw, ac ar eu pennau
i'r fflat yr aeth y tri i'w hyfed. Erbyn tua pump y bore roeddan nhw
fel tri cabej yn syllu'n wag ar y waliau.

Cydiodd Dryw Bach yn ei ben a gorwedd ar ei gefn ar y soffa.
Roedd ei stumog yn troi fel micsar sment, ei wddw'n aros yn sych
waeth faint o ddŵr a yfai ac mi oedd o'n chwysu fel offeiriad mewn
sauna. Trodd ar ei ochr, a rhoi clustog dros ei ben. Yna trodd ar
ei fol, cyn troi 'nôl ar ei gefn eto. Anadlodd yn araf a dwfn a thrio
canolbwyntio ar un llecyn ar y nenfwd er mwyn arafu curiad ei
galon i stopio'r gwaed bwmpio mor sydyn o amgylch ei frên. Mi
weithiodd i ddechrau, ond cyn gynted ag y gwnaeth dechreuodd
yr amffetamin yrru pob math o feddyliau trwy ei ben eto, gan
ailddeffro'i ymennydd a'i aflonyddu.

Rhoddodd gynnig arall arni, a'r tro hwn ceisiodd gydio yng

nghynffonnau'r meddyliau a'u dilyn, yn y gobaith y gwnâi canolbwyntio ar un ohonyn nhw ei arwain i ryw le pell tu hwnt i'w gorff, er mwyn iddo anghofio am y cur pen a'r pyliau poeth – a hyd yn oed ddisgyn i wlad cwsg...

Yna mi gofiodd am y ffrae efo Affro. Cofio wedyn mai nid ffrae oedd hi, ond fo'n bod yn wirion, wedi'i cholli hi ar speed a chwrw. Cydiodd y cywilydd ynddo fel cramp. Ffŵl gwirion! Ac Affro druan! Byddai'n rhaid iddo fynd i'w weld o heddiw. Mi âi ar ôl bod yn y siop. Caeodd ei lygaid mewn gwarth. Ar ddiwrnod pen-blwydd ei fam, o bob dydd! Oedd, mi oedd yna wastad *rywbeth* yn digwydd ar ddydd ei fam bob blwyddyn – wastad ryw ffrae yn codi, a wastad rhywun yn gwneud twat o'i hun. Ond dyma'r tro cyntaf i Dryw Bach fod y twat hwnnw.

Kola Kube oedd y bai, fodd bynnag. O leiaf roedd hynny'n gysur. Ac mi fyddai Affro'n deall hynny, mwy na thebyg. Bodlonodd Dryw Bach ar hynny, o leiaf. Doedd neb wedi brifo. Doedd dim drwg wedi'i wneud...

Neidiodd Dryw Bach i'w eistedd. Rhuthrodd y panig yn ôl i gydio yn ei gorff. Agorodd ei groendyllau a llifodd y chwys poeth drosto. Cododd i'w draed a throi mewn cylchoedd, cyn dechrau rhegi ei hun. "Cont, cont, basdad clown ffwc gwirion! Naaaa! Shit! Shit! Shit!"

Anghofiodd am ei gur pen.

43

Golchodd Mani ei ddwylo efo hynny o ddŵr a ddeuai allan o'r tap gwthio yn nhoiledau'r gwasanaethau, yna taflodd ddŵr oer dros ei wyneb i drio sbriwsio'i hun.

Roedd o wedi gadael Gwawr yn y car a dod â'r goriadau efo fo. Erbyn hyn doedd dim mymryn o ots ganddo be wnâi'r hogan, a waeth be bynnag fyddai hi'n ei wneud mi fyddai Mani'n barod i gymryd ei jansys. Petai Gwawr yn dianc, yna mi fyddai'n un peth yn llai i boeni amdano – doedd o ddim yn credu y byddai'n mynd at yr heddlu mwyach. Ac os byddai'n aros, yna mi oedd o'n gwybod yn iawn be oedd o'n mynd i wneud efo hi.

Doedd gan Mani ddim bwriad o gwbl o fynd i'r Alban. Dim ond

dweud hynny wrthi wnaeth o. Ei gynllun oedd cael gwared ohoni yn rhywle diarffordd a throi'n ôl am y de, gan adael iddi gredu ei fod wedi dianc i wlad yr haggis a'r Billy Connollys.

Cofiodd fod ei leitar yn rhedeg allan o nwy. Aeth at y cownter eto, lle'r oedd yr hogyn ifanc yn gorffwys ei ên ar ei law ac yn dal i wylio'r teledu. Roedd y newyddion ymlaen. Gofynnodd am leitar Clipper. Llusgodd y bachgen ei hun o'i gadair ac ymlwybro tua'r silff tu ôl iddo.

Daeth golygfeydd o Lerpwl ar y newyddion, a throdd Mani ei olygon at y sgrin a chraffu i glywed y sain. Daeth ysgrifen ar hyd y gwaelod ac mi lwyddodd Mani i ddarllen y geiriau 'Liverpool: Gruesome gangland slayings'.

Gwrandawodd Mani heb dynnu gormod o sylw at ei hun.

"... the bodies, which were burnt beyond recognition and are yet to be identified. However, police believe they are connected to..."

"One-twenty, please," medd y boi tu ôl i'r cownter.

"Jesus!" medd Mani wrth ollwng punt a chweigian i'w law lipa. Roedd gwasanaethau'r traffyrdd yn cymryd y piss.

Gwrandawodd Mani eto wrth i'r hogyn fynd at y til.

"Police are looking for a blue Ford Escort in which they believe the murderers may have fled..."

Ffyc, meddyliodd Mani. Roedd rhywun wedi rhoi tip-off i'r basdads. Sut arall fydden nhw'n gwybod am fêc a lliw y car? Teimlai Mani yn ei fêr mai Juice neu Sputnik oedd wedi gwneud, fel rhan o'r cynllun i daflu amheuaeth i'w gyfeiriad o – yn anuniongyrchol, wrth gwrs, gan nad oedd unrhyw fudd mewn rhoi ei enw i'r heddlu oherwydd, pe câi ei ddal, mi allai wadu popeth yn uchel ei groch a chael pobol i wrando, ac i'w gredu. Cael pobol i'w *amau* fyddai bwriad Sputnik. Taflu digon o friwsion i borthi'r felin sibrydion fyddai'r dacteg.

"... Meanwhile, police investigating a shooting in the city on Saturday night are still looking for a man of Mediterranean complexion..."

"Thirty pence change," medd y boi wrth estyn ei newid. Cerddodd Mani am y drws â'i feddyliau'n llamu ac adlamu o un cwr o'i ben i'r llall wrth iddo sylweddoli y byddai'n rhaid iddo

newid y car. Ymddiheurodd am daro i mewn i gwsmer oedd ar ei
ffordd drwy'r drws i dalu am danwydd, a chamodd i'r awyr iach.

O'r funud y cerddodd allan, gwyddai fod rhywbeth o'i le. Brysiodd
heibio i dalcen y siop ac edrych i gyfeiriad y car. Gwelodd nad oedd
Gwawr ynddo. Stopiodd ac edrych o'i gwmpas. Syllodd ar y dair
lori oedd yn y maes parcio, ond roedd y cyrtans dros eu ffenestri yn
dweud fod eu gyrwyr yn dal i gysgu. Trodd at y pympiau petrol, lle'r
oedd car y cwsmer a'i pasiodd yn y drws yn sefyll yn wag. Gwelodd
gar arall yn tynnu i mewn. Doedd dim golwg o Gwawr.

Yna mi glywodd hi'n gweiddi.

"Taff! Taffy!"

Trodd i gyfeiriad y llais a gweld Gwawr yn sefyll ar ymyl y
draffordd, a'r traffig yn gwibio heibio fodfeddi'n unig oddi wrthi,
gan ganu eu cyrn.

"Be ti'n ffycin neud?!" gwaeddodd arni.

"Ti'n mynd â fi efo chdi?" gwaeddodd yn ôl.

"Be?!"

"Ti'n mynd â fi efo chdi neu dwi'n neidio dan y lori nesa!"

Cerddodd Mani tuag ati. "Dydi hyn ddim yn amsar i chwara
gêms, Gwawr!"

"O? Nacdi?" atebodd, gan facio yn ei hôl ar hyd ymyl y draffordd.
Gwibiodd lori artíc heibio ac ysgwyd ei chorff fel deilen.

"Tyrd yma, wnei!" arthiodd Mani.

"Dwi'n cael dod efo chdi?"

"WATSIA!" bloeddiodd Mani wedyn, wrth i lori arall daranu
heibio a'i chorn yn sgrechian yn flin.

"Gaddo i fi bo fi'n cael dod efo chdi, Taff!"

"FFYCIN HEL, tyd yma rŵan, y gont wirion...!"

Camodd Gwawr i'r draffordd.

"WOAH!! BE TI'N NEUD?!" gwaeddodd Mani a dechrau
rhedeg, wrth i Gwawr ddal i gerdded i ganol y lôn fewnol.

"CER Â FI EFO CHDI, TAFFY!" bloeddiodd wrth sefyll
ynghanol y lôn yn wynebu'r traffig.

"JESUS!" rhuodd Mani wrth i lori daranu'n syth amdani, bron yn
jac-neiffio wrth frêcio a thrio gwyro i'w hosgoi.

Caeodd Gwawr ei llygaid a lledu ei breichiau. Bloeddiodd Mani
rywbeth ar dop ei lais, fel roedd y lori am ei tharo. Ond neidiodd

Gwawr o'r ffordd ar yr eiliad olaf ac mi lwyddodd y lori i'w hosgoi...

Gwelodd Mani ei gyfle, a chydio'n dynn ynddi a'i llusgo i ddiogelwch. "Be ti'n ffycin neud?! Jîsys ffycin Craist, hogan! Sgin ti ffycin death wish?!"

"Gad fi fynd!" sgrechiodd Gwawr wrth drio llusgo'i hun yn ôl i'r draffordd.

"Ffycin hedar!" gwaeddodd Mani wrth dynhau ei afael ynddi, gan ddefnyddio hynny o nerth oedd ganddo i'w llusgo a'i gwthio a'i chario i gyfeiriad y car, yn sgrechian a chrafangu fel cath wyllt.

"I'r ffycin car, rŵan! Neu fydda i'n gneud un ffycin ffôn-côl a fyddi di'n cysgu yn y ffycin Mersey cyn ti droi rownd!"

Daeth y ddau at flaen ffenest y siop, lle'r oedd yr hogyn tu ôl i'r cownter â'i wyneb yn y gwydr yn gwylio rhywbeth mwy cyffrous na theledu brecwast am unwaith. Stopiodd cwsmer ar ei ffordd yn ôl i'w gar, dychryn a chonsŷrn yn crychu'i dalcen, cyn i fytheirio a phoeri Gwawr achosi iddo ailfeddwl am ymyrryd.

"It's OK!" rhybuddiodd Mani'n ddigon uchel i bawb wrth y pympiau ei glywed. "She's just had some bad news!"

"Gad fi ffycin fynd, y basdad!" sgyrnygodd Gwawr, yn cicio'r awyr iach wrth i Mani ei thaflu dros ei ysgwydd a brysio am y car.

"Gei di ddod efo fi, iawn!" gwaeddodd Mani, er mwyn ei thawelu. "Ti'n clywad? Gei di ddod efo fi! Ond ma'n rhaid i chdi stopio gneud ffycin sîn! 'Dan ni ar y ffycin news! Rhaid i ni fynd o'ma neu awn ni ddim pellach na Walton!"

Ymlaciodd Gwawr mwya sydyn. Fel troi tap dŵr i ffwrdd, diflannodd pob arwydd o'r tantrym mewn eiliad. Eisteddodd yn y sêt ffrynt yn hamddenol braf, fel 'tai dim wedi digwydd. Roedd hi hyd yn oed yn gwenu.

Plygodd Mani ei ben i mewn i'r car, a'i rhybuddio'n ffyrnig gan ddal ei ddwrn o flaen ei thrwyn. "Ti'n ffycin lwcus fod 'na bobol o gwmpas neu yn y ffycin bŵt fysa ti! Dwi'n ffycin feddwl o – paid â gneud i fi ddifaru dy ffycin achub di! Unrhyw fwy o gêms a mi fydda i'n gneud yr alwad ffôn 'na! Dallt?"

Syllodd Gwawr yn ôl arno heb ddangos unrhyw emosiwn – hyd nes i'r frawddeg olaf suddo i mewn i'w phen. Gwelodd Mani fod y geiniog wedi disgyn. Neu felly roedd o'n obeithio...

44

Brasgamai Dryw Bach i fyny'r stryd a'i ben i lawr o dan hwd ei gôt. Roedd hi'n dal yn llwyd-dywyll ac mi oedd cymylau duon wedi chwythu i mewn dros nos, yn bygwth glaw ac yn helpu'r nos i ddal ei gafael ar y dydd. Roedd pen Dryw yn dywyll hefyd, ac yn y tywyllwch hwnnw roedd dryswch llwyr, a phob math o emosiynau duon yn troelli. Cywilydd, euogrwydd, gresynu... O'r funud y cofiodd iddo adael 'presant' yn nhŷ newydd ei frawd, sgubodd y panig drosto efo blanced o baranoia. Yr unig beth oedd yn bwysig rŵan oedd cyrraedd tŷ KK cyn i'r nos ddatgelu'i gwirionedd i'r dydd.

Clown! Be ddaeth drosto fo? Cofiai chwerthin am y peth efo Witabix a Neinti-Nein hefyd, fel 'tai o'n malio dim. Ond mi oedd o'n malio rŵan, ar ôl sobri. Mi oedd y ffaith ei fod wedi bod yn eiddo rhywun arall liw nos yn peri digon o boen meddwl iddo, heb sôn am y ffaith mai eiddo ei frawd oedd o. Eiddo ei frawd, oedd er gwaetha'r ffaith ei fod o'n wancar, yn frawd iddo wedi'r cwbl. Ac eiddo EI FRAWD – sef KOLA KUBE – silverback y teulu, a silverback hynod hawdd ei ypsetio! A gadael twrdyn mawr drewllyd yn stemio yn ei stafall fyw o! Y ffycin mochyn, meddyliodd Dryw wrth fflangellu ei hun.

Ond pylai'r holl ystyriaethau hyn i ddim o'i gymharu â symboliaeth y weithred. Achos, er bod cachu ar lawr tŷ rhywun – tŷ ar ei hanner ai peidio – yn ddigon drwg ynddo'i hun, ar ddiwedd y dydd fyddai neb yn gwybod pwy fyddai wedi gwneud. Y broblem oedd y byddai Kola Kube *yn* gwybod – ac yn gwybod hynny'n syth. Nid yn unig mi fyddai'n cofio iddo sacio Dryw yn ystod y prynhawn – ac, wedi'r cwbl, un o hoff driciau unrhyw un sy'n cael tro sâl gan ei gyflogwr ydi mynd yn ôl i'r seit i gachu yn y lle mwya amlwg posib – ond mi fyddai hefyd yn cofio'r tro dwytha i rywun adael lwmp o dwrdyn yn drewi ar ei 'stepan drws' o.

Mani oedd y person hwnnw. A doedd dim amheuaeth am y peth, achos mi ddywedodd Mani wrth KK, rhyw fis wedyn, mai fo wnaeth. Heblaw am yr achos llys, roedd hwnnw'n un o'r adegau mwyaf cythryblus yn hanes eu perthynas. Bu hefyd yn helynt a arweiniodd, yn y pen draw, at ddigwyddiad treisgar go ddychrynllyd yn y Drafal un noson, pan gerddodd Mani i mewn efo nailbar ac agor pen Kola Kube fel zip. Doedd hynny ddim yn dda o gwbl. Yn sicr, fuodd o ddim yn dda ar Mani pan gafodd Kola Kube afael ynddo. Dau gamgymeriad wnaeth Mani y noson honno – ymosod ar ei frawd efo bar haearn oedd y cyntaf, a'r ail oedd meddwl y byddai'r bar haearn yn cnocio'r Kube yn anymwybodol...

Nid bai Mani oedd be arweiniodd at y digwyddiad hwnnw, fodd bynnag. Kola Kube oedd yn bod yn fasdad fel arfar, yn hel Mani allan o'r garafán yng ngwaelod gardd hen dŷ eu mam am ei fod o isio'r garafán i fynd â Kathleen a'r plant am wyliau i Ddinbych-y-pysgod. Mi gofiai Dryw Bach yr helynt yn iawn, achos mi oedd o'n treulio lot o amser yn y garafán efo Mani ar fin nosau. Cofiai Mani'n dweud wrth ei frawd nad oedd ganddo unlle arall i fyw, gan fod KK a'i deulu'n byw yn hen dŷ eu mam, a hithau wedi symud i'r byngalo efo Lili Wen a'i babi, a Dryw Bach. Ond doedd Kola Kube ddim am wrando, ac un diwrnod daeth Mani adref o rywle i ffendio ei ddillad a'i drugareddau yn llanast yn yr ardd, a'r garafán wedi'i chloi. A'r noson honno y gadawodd Mani ei bresant ffarwél ar sêt gyrrwr Volvo Estate newydd Kola Kube. A'r noson honno, hefyd, y ffoniodd Kola Kube ei wraig i ddod i'w nôl o ginio blynyddol y gynghrair snwcer am nad oedd 'na dacsi ar gael. Kathleen gafodd hyd i'r twrdyn pan eisteddodd hi arno.

Oedd, ar ôl eu sgwrs nhw bnawn ddoe yn y Drafal, mi oedd Kola Kube yn mynd i wybod yn iawn pwy oedd wedi cachu ar ei blasterbôrds o. Doedd dim dwywaith am hynny. A duw a'i helpo wedyn. Ac yn bwysicach, duw a helpo'r teulu. Fyddai agor crachan deuluol efo ychydig o eiriau uwchben bedd eu mam yn ddim o'i gymharu â'r storm o gachu fyddai'n hitio pawb petai Kola Kube yn gweld gwaith celf Dryw Bach y bore 'ma.

Cyflymodd ei gamau wrth i oleuni ddechrau erlid y gwyll ac i flanced o niwl rowlio i lawr y mynydd i dagu'r stryd. Trodd i fyny'r ffordd drol heibio'r eglwys a phasio'r hen Reithordy a safai â'i gefn at y graig, uwchben y fynwent. Gwelodd fysedd y niwl yn estyn rhwng y cerrig beddi ar ei chwith, a'u dwyn, bob yn rhes a phob yn un a dau, o olwg y dydd. Gwelodd garreg ei fam yn diflannu.

Wedi pasio islaw y Ddafad, cyrhaeddodd dŷ Kola Kube. Doedd neb i'w weld o gwmpas. Yn bwysicach, doedd dim sôn am bick-up

Kola Kube. Diolch i'r nefoedd, meddyliodd, a sleifio at gefn y tŷ ac i mewn i'r gegin gefn. Pasiodd y pentwr o fatings ac aeth drwy'r stafell fwyta ac i'r lownj. Tarodd yr hogla fo yn syth. Syllodd ar y pentwr o blasterbôrds a rhoi anadl o ryddhad. Roedd o'n dal yno.

Ymlaciodd Dryw Bach. Wyddai o ddim pam ei fod wedi poeni na fyddai'r twrdyn yn dal yno, achos mi oedd hi'n ddigon buan a go brin y byddai Kola Kube wedi bod yno cyn i Dryw gyrraedd. Ond roedd unrhyw siawns o gwbl fod y Kube wedi digwydd galw i nôl rhyw dwlsyn neu styllan yn ddigon i oeri'r gwaed.

Gwenodd Dryw Bach. Chwarae teg – mi oedd y cachu *yn* gampwaith...

45

Doedd Mani heb ddweud gair o'i ben ers gadael y gwasanaethau. Anwybyddodd bopeth a ddywedodd Gwawr, a rhoddodd honno'r gorau i drio dechrau sgwrs. Tawelwch fu wedyn, a bu Mani'n falch ohono. Roedd o angen meddwl.

Y peth cyntaf roedd o angen ei wneud oedd cael gwared o'r car, wedyn cael hyd i un arall – prynu un, os fyddai o'n lwcus. Roedd ganddo ddigon o bres yn y bŵt i brynu car ail-law, neu rhyw A-to-B bach o iard sgrap. Fyddai o ddim callach o ddwyn car, achos mi fyddai o hyd yn oed fwy tebygol o gael stop gan y cops wedyn. Penderfynodd y byddai'n rhaid treulio rhyw ddiwrnod – a noson os oedd rhaid – yn rhywle efo digon o bobol, er mwyn toddi i'r cefndir wrth drio dod o hyd i rywbeth, mor hamddenol a naturiol â phosib. Os na fyddai 'na rywbeth hwylus wrth law, digon hawdd fyddai dal trên i rywle. Wedi'r cwbl, doedd yr heddlu ddim yn chwilio am gwpwl. Dyn efo golwg 'Mediterranean' ddywedwyd ar y newyddion, a hynny am be ddigwyddodd nos Sadwrn efo Mince. Roedd Gwawr wedi dod yn handi wedi'r cwbl, felly! Cyn belled nad oedd hi'n cael stranc arall fel honno ar y draffordd eto. Oedd, mi oedd hi'n leiabiliti, doedd dim dwywaith am hynny. Roedd hi'n gacan ffrwyth o hogan, a byddai'n rhaid iddo gael gwared arni ryw ben. Mi gâi gyfle rywbryd, debyg. Ond am y tro...

Tybed oedd rhywun yn chwilio amdani, fodd bynnag? Neu a fyddai rhywun yn ei riportio hi ar goll, a thyst yn ymddangos i

adrodd iddyn nhw ei gweld hi a Felix yn cael eu cipio? Dylai wylio'r
newyddion er mwyn dilyn y datblygiadau. Byddai disgrifiad ohoni
yn siŵr o gael ei rannu... Dyna fo, meddyliodd! Byddai'n rhaid iddi
dorri ei gwallt! A thra ei bod hi wrthi, dylai yntau hefyd, o bosib.
Gwesty bach, felly, i gael dilyn y newyddion, chwilio am gar, torri
gwallt a dal i fyny efo cwsg.

Diffoddodd y car. Edrychodd Gwawr o'i chwmpas ar y stryd gefn
a throi ei thrwyn. "Lyfli," meddai'n goeglyd.

"Allan," oedd ateb swta Mani.

"Ti'n nabod rywun yn fa'ma?"

"Gafael yn bob dim sy gen ti. Ti'n licio Blackpool?"

"Rioed wedi bod. Ond mae Blackpool rock yn reit neis. Be 'di'r
plan, Sundance?"

"Ditshio'r car," atebodd Mani wrth roi rybdown sydyn i'r olwyn
lywio, y dash, y gêrstic, yr hambrêc a'r handlenni efo llawes ei grys.
"Maen nhw'n chwilio am Escort glas."

"Pam wnawn ni'm ei losgi fo?"

"Dim Starsky and Hutch ydi hyn, Gwawr! Mae tân yn tynnu
sylw. A dwi'm yn gwbod 'yn ffordd o gwmpas y lle 'ma i allu'i losgi
fo mewn rwla hwylus. Wneith neb feddwl dim byd am hwn am
chydig ddyddia. Rhywun yn fisitio ffrindia ar y stryd... Sgen y cops
ddim nymbyr eniwe, jysd disgrifiad."

Agorodd y bŵt, ac estyn ei fag hold-all. "Ti 'di cael bob dim?"

"Do," atebodd Gwawr.

"Tyd â'r gyllall 'na i fi!"

"Pa gyllall?"

"Y gyllall o'r glove compartment. Honna 'nes di ffendio. Dwi'm
yn mynd i gysgu efo honna'n dy ddwylo di!"

Tynnodd Gwawr y gyllell hela allan o boced hir ei throwsus
combat. Rhoddodd Mani hi ym mhoced ei gôt. "Tyd!"

Clodd Mani'r car ac i ffwrdd â'r ddau i lawr y stryd. Trodd y ddau
i'r dde wedi cyrraedd y gornel, a daeth sŵn gwylanod a hogla'r môr
i lenwi'u ffroenau ar yr awel. Roedd hi'n tynnu am ddeg o'r gloch
y bore.

Wedi cyrraedd y promenâd, stopiodd Mani ac edrych i fyny ac i
lawr y ffrynt.

"Be ti'n neud?" gofynnodd Gwawr.

"Chwilio am hotel."

"Wel, take your pick!"

"Ia, dwi'n gwbod na dyna ydyn nhw i gyd, ond..." Trodd Mani i edrych arni, ond roedd hi wrthi'n croesi'r ffordd tuag at y traeth.

Dilynodd Mani hi at y rêlings. Safodd y ddau a gadael i'r gwynt olchi'u crwyn a llifo drwy eu gwalltiau.

"Dwi heb fod yn lan môr ers dipyn," medd Gwawr cyn hir.

"Na fi chwaith. Wel, os na ti'n cyfri'r docs yn Lerpwl!"

"So be 'di'r plan, Sundance?" gofynnodd Gwawr eto wrth droi rownd a phwyso'i chefn ar y bariau. Roedd ei llygaid yn llawn direidi, yn berwi o gyffro chwilfrydig ac awyr iach. Syllodd yn syth i gefn ei ben, yn gwenu'n ddrwg gyda hyder rhywun oedd â'r goriad i holl stafelloedd ei feddyliau.

Gwenodd Mani hanner gwên a throi i ffwrdd i syllu ar y môr, rhyw ganllath i ffwrdd dros y tywod. Roedd o'n llwyd ac yn wyllt, yn gyrru'r tonnau'n frown a ffyrnig tua'r tir.

"Be ti'n redag oddi wrtho, Gwawr?"

Lledodd gwên ddirgel dros ei hwyneb, fel petai un ai'n cydnabod ei amheuon neu'n parhau â'i gêm herian.

"Tyd, *Taff*," meddai, gan bwysleisio'r 'Taff' er mwyn ei atgoffa nad hi oedd yr unig un oedd yn celu gwybodaeth.

Neidiodd i lawr y grisiau i'r tywod a rhedeg am y dŵr, gan droi yn ôl i edrych arno bob yn hyn a hyn i'w alw ar ei hôl. Roedd hi'n edrych mor hapus – fel aderyn newydd gael ei ollwng o gaets. Teimlai Mani'n ddrwg iddo fod yn rhan o'r holl helbul a achosodd gymaint o ddychryn iddi. Mi allai'r holl hunllef fod wedi effeithio arni – efallai ei bod mewn sioc, a'i bod angen cwmni a sefydlogrwydd i ddod ati ei hun. Ac mi deimlai'n ddrwg am ei hamau hi, hefyd – er bod perffaith hawl ganddo i'w hamau. Hedodd ei feddwl yn ôl at ddoe. Be fyddai o wedi ei wneud petai *o* wedi gorfod stopio Shak rhag ei ladd hi? Fyddai o wedi gorfod lladd Shak? Sut allai o ladd ffrind er mwyn achub hogan ddiarth? Ac os byddai'r sefyllfa honno wedi codi, nid gan Mani oedd y gwn, ond gan Bongo a Matty. Fyddai gan Mani ddim gobaith. Y fo fyddai yn y bocs efo Felix, nid Shak. Ac mi fyddai Gwawr yn gelain hefyd. Yn wyneb y dewisiadau mi fyddai Mani wedi gorfod gadael i Gwawr farw. Fyddai'r ferch hapus, sionc hon ddim yma rŵan, yn dawnsio efo'r gwynt ar y traeth. Mi fyddai'r fflam o fywyd acw, meddyliodd, wedi'i diffodd.

Fel y diffoddwyd fflam Shak! Gwelodd Mani frêns ei ffrind yn ffrwydro allan o ochr ei ben. Shak! Be ffwc wnes di'r cont gwirion?

Glaniodd cachu gwylan ar y llawr o'i flaen, wedi methu ei drwyn o ddim mwy na modfedd neu ddwy. Daeth at ei goed. Roedd hi hefyd yn amlwg fod gan Gwawr – os mai dyna oedd ei henw hi – gyfrinachau. Ond os hynny, ac os oedd hi'n dweud y gwir am ei chefndir – ac mi gredai Mani ei bod hi – roedd o'n beth da, achos byddai Gwawr oedd yn cuddio oddi wrth y cops yn llawer saffach cwmni na Gwawr efo rhyw 'politician rich banker father' yn chwilio amdani.

Yna, ar draws popeth, rhuthrodd Fizz i'w feddyliau. Be oedd hi'n wneud rŵan? Be ddigwyddodd rhyngddyn nhw? Oedd hyn i gyd ar y cardiau ers sbel, ac yntau heb fod yno ddigon i sylwi? Ond pam ei dwyllo? Pam ddim jysd dweud wrtho?

Roedd popeth yn teimlo fel 'taen nhw wedi digwydd ddyddiau yn ôl, yn hytrach na ddoe. Teimlai fel wythnos ers iddo gael y sgwrs efo Fizz yng nghefn y siop jips. Wythnos hefyd ers iddo'i gweld hi'n cusanu'r twat 'na. Ond ddoe oedd hynny! Ddylai o ddim bod yn teimlo mor chwerw ag yr oedd o y munud yma, does bosib? Doedd o heb gael amser i ddod dros ei golled i allu teimlo chwerwedd. Heb gael amser i fethu ei chwmni, ei chorff cynnes yn ei freichiau, ei llygaid, ei gwallt, ei chroen, ei hysbryd hwyliog a'i chwerthin direidus... Doedd Mani heb gael cyfle i deimlo'n drist.

Ond roedd Fizz wedi ei fradychu. Hynny oedd yn rhoi blas chwerw i'r holl beth. Roedd hi wedi bod yn ffwcio boi arall, yn gwneud y pethau fuodd hi'n wneud i Mani, ac mi oedd rhyw dwat arall wedi bod yn... Rhwystrodd ei hun rhag meddwl am y peth. Ysgydwodd ei ben, cyn sbio tua'r môr eto, lle'r oedd Gwawr yn dawnsio a sboncio wrth osgoi'r tonnau mân. Tybed ai'r chwerwedd a deimlai tuag at Fizz oedd yn lliwio'i agwedd tuag at Gwawr? Oedd o'n ei chosbi hi oherwydd i Fizz ei frifo?

"Ffyc off," meddai'n uchel, gan ddychryn loncwraig benfelen oedd yn digwydd pasio tu ôl iddo. Sylweddolodd fod ei feddyliau'n sleifio i'r awyr agored eto, a sgubodd y cwbl yn eu holau o dan eu cerrig. Roedd yn *rhaid* iddo gadw'n ffocysd. Os chwaraeai rowndiau nesaf y gêm yn iawn, a dewis y llwybrau cywir i'w arwain dros y llinell derfyn, mi fyddai popeth yn iawn. Pwy a ŵyr, efallai y câi ddychwelyd i Lerpwl ryw ben. Gweld Mincepie. Gobeithiai i'r nefoedd y byddai ei lygaid yn iawn... Roedd ganddo rif ffôn Maj yn rhywle, hefyd, roedd o'n siŵr o hynny...

Ffocws! Ffocws, ffocws, ffocws! Roedd yn rhaid iddo gadw'i hun ar y bêl! Dim dustracshiyns! Sbiodd ar Gwawr. Edrychodd o'i gwmpas a chamu i lawr y grisiau i'r tywod. Cerddodd tuag ati. Roedd ei chefn tuag ato a'i breichiau ar led. Sylweddolodd ei fod o'n gwasgu rhywbeth yn dynn i'w law ym mhoced ei gôt. Nesaodd ati. Roedd hi'n dal i sefyll yno, yn cofleidio'r gwynt. Safodd tu ôl iddi. Edrychodd o'i gwmpas eto. Gwasgodd ei law yn dynnach yn ei boced. Tynnodd hi allan...

46

Edrychodd Dryw Bach o gwmpas y lle am raw, ond wrth gwrs, doedd Kola Kube ddim hyd yn oed yn gadael hen rawiau allan o'r lock-up dros nos. Roedd o'n cloi pob dim i fyny fel trysorau mwyaf gwerthfawr y Ffaro ei hun. Aeth drwy stafelloedd y tŷ i chwilio am ddarn o bren, cyn cael golwg sydyn tu allan am ddarn o garreg fflat neu lechen. Ond welai o ddim byd hwylus.

Aeth yn ei ôl i'r stafell lle'r eisteddai'r 'gacan joclet' yn ei gogoniant ar ei llwyfan ynghanol y llawr. Cafodd syniad. Cydiodd yn y bordyn uchaf a'i lusgo tuag ato, fel bod troedfedd dda o'i ymyl yn estyn dros ymyl gweddill y pentwr. Yna safodd Dryw arno a thorri darn i ffwrdd. Torrodd y darn yn ddarnau llai, a defnyddio dau ohonyn nhw fel brwsh a dystpan. Wafftiodd yr ogla drwg i'w ffroenau wrth iddo ddistyrbio'r drewdodyn, a dyfalodd wrtho'i hun be gafodd o i'w fwyta ddoe fyddai'n achosi iddo ddrewi cyn gymaint.

Daliodd ei wynt wrth gario'r cachu at y drws cefn. Stopiodd. Roedd 'na sŵn fan yn stopio ar y ffordd drol tu allan. Newidiodd ei galon gêr a dechrau curo fel mwrthwl meinar. Rhedodd yn ei ôl i'r gegin a sbecian trwy dwll y ffenest. Gwelai rywrai'n cerdded am y lock-up. Rhoddodd anadl o ryddhad o weld mai Porffafôr a Gwcw Blastig oedd yno. Gwyliodd nhw o'i guddfan. Roeddan nhw'n agor y padloc. Diflannodd y ddau i mewn, cyn ailymddangos efo'r kango a transformer, generator trydan ac extension lead, a chloi y drws ar eu holau. Edrychodd y ddau o'u cwmpas yn slei. Roedd golwg y diawl ar Gwcw Blastig. Roedd o'n wyn, a bron na allai Dryw ei weld o'n crynu. Gwyliodd nhw'n cario'r stwff i'r pick-up ac yn dreifio i ffwrdd.

Arhosodd Dryw Bach rai eiliadau er mwyn i'w galon arafu cyn mynd allan. Aeth at y drws eilwaith, a'r lwmp drewllyd ar y bordyn yn ei law. Edrychodd o'i gwmpas i wneud yn siŵr nad oedd ei frodyr yn dychwelyd, cyn croesi at y ffens rhwng y seit a'r sgrwtsh o ddreiniach a gwair tal drws nesaf. Taflodd ei gampwaith drewllyd ynghyd â'r bordyn i ganol y brwgaitsh, ac anadlodd yn rhydd.

47

"So? Sundance?" medd Gwawr wedi i Mani daflu goriadau'r car o'i boced mor bell ag y medrai i'r môr. "Plan?"

"Hmm..." atebodd Mani.

"Hmm?" gofynnodd Gwawr wrth glosio ato, yn crynu yn yr oerfel.

"Hotel, transport... a torri gwallt."

Syllodd Gwawr yn hurt arno.

"'Dan ni angan torri'n gwalltia," medd Mani.

"O ffyc off, no wê! Dwi'm yn torri'n dreds! Wyt ti'n gwbod faint o amsar mae'n gymryd i'w tyfu nhw?"

"Ti'n gwbod faint o amsar gei di yn jêl am accessory to murder?"

"Be ti'n feddwl...?"

"Ti efo fi rŵan. Your own free will. Sut ma hynna'n mynd i edrych?"

"Ti'm yn meddwl...?"

"Naa! Ond dyna fyddan nhw'n drio stwffio i fyny dy din di. Yli, Gwawr, ti'n dod efo fi rŵan dwyt? Rydan ni efo'n gilydd dydan? 'All for one and one for all' ydi hi, ynde? Felly rhag ofn iddyn nhw roi disgrifiad o'nat ti ar y newyddion – a let's face it, ti ddim cweit yn toddi i mewn i'r cefndir efo'r dredlocs 'na, nagwyt – mae'n well i ti'u torri nhw i ffwrdd. Wna i dorri 'ngwallt i hefyd, os lici di..."

"Ond does 'na neb yn chwilio amdana fi... dim witnesus na dim..."

"Precautions! Mae'na rywun wedi gweld mêc a lliw y car yn barod – neu fod rywun o griw Sputnik wedi'i 'leakio' fo..."

"Pwy ffwc 'di Sputnik?"

"Ti'm isio gwbod."

"Ond dydyn nw ddim yn mynd i yrru'r cops ata fi, nacdyn? Rhag ofn i fi grasio nhw, ynde?"

Methodd Mani ag ateb am funud. Roedd Gwawr un cam o'i flaen o eto, fe ymddengys. Ac mi oedd ganddi bwynt. Cyn bellad â bod criw Sputnik yn dal i gredu ei bod hi efo fo, fydden nhw byth yn meddwl gyrru'r moch yn syth ato. Felly sut roeddan nhw'n gwybod am y car? Rhywun wedi'u gweld nhw'n gadael y docs, hwyrach? Rhyw aelod cydwybodol o'r cyhoedd, debyg. Mae 'na wastad rai i'w cael – yn meddwl dim wrth weld rhywbeth 'rhyfedd' tan ddaw *Crimewatch* ar y bocs, a dyna hi wedyn, baglu dros ei gilydd i fod yn arwyr cyfraith a threfn.

"Gwawr – mae 'na jans fod rhywun wedi'ch gweld chi'n gadael y tŷ efo Bongo a Matty. Os fydd fforensics yn IDio Felix, mi fydd y cops dros y tŷ 'na fel chwain. Wedyn mi ddaw'r tystion allan o'r woodwork – coelia di fi! Os ti'n dod efo fi, mae'n rhaid i chdi dorri dy wallt. Un ai hynny neu dwi'n d'adal di'n fan hyn, rŵan."

Syllodd y ddau ar ei gilydd am rai eiliadau, cyn i Gwawr droi'n ôl i wynebu'r gwynt a'r môr. Anadlodd i mewn yn ddwfn.

"Mmm," meddai wrth arogli rhyddid. "Dwi'n licio'r môr."

Syllodd Mani ar y tonnau lloerig. Y tro dwytha iddo fod ar lan môr oedd pan aeth o a Lili Wen â Dryw Bach i Benmaenmawr ar y bws.

Chwarddodd Gwawr.

"Be sy?"

"Chdi. Yn surbwch i gyd!"

Ffromodd Mani. Doedd hon ddim yn dallt fod ei ffrind gorau yn yr ysbyty yn cwffio i gadw'i olwg, a ffrind arall – a dau gyd-weithiwr – yn llwch lludw yn Lerpwl.

"Ma hi 'di bod yn gwpwl o ddyddia anodd, Gwawr."

"Ti'n deud wrtha fi!"

Ysgydwodd Mani ei ben.

Trodd i wynebu'r môr tymhestlog eto, a syllu tua'r gorwel llwyd. Byddai hwnnw'n dipyn cliriach heb gysgod Gwawr.

48

Bu Onri i fyny ers saith. Aeth i'w wely'n rhy gynnar y noson cynt, wedi blino ar ôl noson a diwrnod efo'i dylwyth. Mi oedd Caroline eisoes yn y gwely a bu'n cwtshian a chusanu ei chorff cynnes am ychydig, er na wnaeth hi ddim mwy na gwneud synau cyfforddus yn ei chwsg. Ond roedd hi'n braf cael cysgu yn ei wely ei hun eto, er mai dim ond noson fuodd o i ffwrdd.

Ar ôl cael cawod a brwsio'i ddannedd aeth i lawr i'r gegin a gollwng Pero allan i'r ardd gefn i biso, cyn eistedd wrth y bar brecwast yn sipian coffi a chnoi tôst tra'n darllen *Observer* ddoe. Roedd 'na erthygl am ddatblygiadau yn y Russian Federation – y Supreme Soviet wedi cwrdd Boxing Day ac wedi diddymu'r Undeb Sofietaidd yn swyddogol. Mi oedd y Rhyfel Oer drosodd am byth.

Plygodd y papur, gan feddwl am ryfel oer y Bartis 'nôl yng Nghhwmygafael. Edrychai'n debygol fod hwnnw ar fin esgalêtio.

Clywodd sŵn traed Caroline yn mynd i'r bathrwm. Edrychodd ar ei watsh, cyn edmygu'r darlun o Graig y Gafael a roddodd i fyny ar wal y lolfa wedi iddo ddod adref neithiwr. Crechwenodd wrth ddyfalu sut y byddai Caroline yn ymateb iddo. Mwy na thebyg y byddai'n ei gasáu o, yn ei weld fel rhyw Geffyl Caerdroea wedi ffendio'i ffordd i mewn i'w phalas ger y môr dros nos.

Taflodd y papur newydd ar y bwrdd a cherdded draw at y llun. Safodd ar ganol y llawr a syllu arno. Sylwodd eto ar y garreg wen, a pha mor ddramatig yr edrychai mewn cyferbyniad â'r wyneb oedd yn ystumio'n erchyll yng nghilfachau'r graig. Roedd rhywbeth am y gwyneb oedd yn ei anesmwytho heddiw. Er bod hynny'n arddangos dawn yr arlunydd i ennyn ymateb, teimlai Onri ei bod hi'n ddelwedd lawer tywyllach nag oedd hi ddoe, rywsut.

Ciciodd ei slipars i ffwrdd a gwisgo'i trainers. Cydiodd yn ei gôt ledr oddi ar gefn y soffa a'i rhoi amdano wrth fynd drwodd i'r cyntedd. Estynnodd dennyn Pero, a rhoddodd y ci defaid du a gwyn gyfarthiad bach siarp, cyn dechrau ymlid ei gynffon wrth y drws.

"Hisht, Pero!" siarsiodd Onri wrth sbio ar ei hun yn y drych, fel 'tai o'n disgwyl edrych yn wahanol i ddoe. Doedd o ddim, fodd bynnag, er gwaetha'r mymryn o fol y sylwodd Coco Bîns arno y noson cynt. Roedd o'n dal i edrych yn slim oherwydd ei daldra. Syllodd i'w lygaid duon ei hun a gweld llygaid ei fam.

Agorodd drws y bathrwm a daeth Caroline i'r golwg yn ei gŵn nos ffwr ffug, ddu, gwta ar ben y landing. "Haia, honey, ti'n OK?"

"Mynd â Pero am dro," medd Onri dan wenu. "Falla wna i daro i mewn i'r offis."

"Sut aeth hi ddoe?"

"Iawn. Wel, reit dda, a deud y gwir..."

"Go iawn?"

"Wel, sut allai egluro – 'food for thought'?"

"Oh-oh! Sounds ominous!"

Gwenodd Onri. "Dim mor ddrwg â hynny!"

"Tisio siarad amdana fo?" medd Caroline wrth ddod i lawr y staer.

"Na... Dwi angan awyr iach..."

Cofleidiodd Caroline ei gŵr a rhoi sws ar ei foch. "Tyrd, cariad. Coffi bach cyn mynd?"

Synnwyd Onri gan ymateb gwresog ei wraig i'r llun ar y wal. Wnaeth hi ddim newid ei hagwedd hyd yn oed wedi iddo egluro wrthi – rhag ofn nad oedd hi wedi sylweddoli – mai llun o Graig y Gafael yng Nghwmygafael oedd o.

"Wel, mae gan Dryw Bach dalent," meddai wrth i'r peiriant coffi ffrwtian ar y top ithfaen sgleiniog tu ôl iddi. "Dilyn ei frawd mawr mae o!"

Gwenodd Onri. "Pa un?"

Gwenodd Caroline yn ôl. "Ond dim hwn oedd y 'food for thought', dwi'n cymryd?"

"Na. Jysd un neu ddau o betha ddudodd Dryw."

"O? Tell me more, honey!" medd ei wraig wrth roi cwpan wydr o dan deth y peiriant.

"Dwn 'im os ti isio clywad, sdi..."

"Hmm. Mani, felly?"

Doedd dim gwenwyn yn ei llais wrth ddweud yr enw y tro hwn, ond mi synhwyrodd Onri dinc o wae yn llechu rywle yn nhôn ei llais. Derbyniodd ei goffi ganddi, cyn estyn am y potyn siwgr demerara. Roedd Caroline hefyd wedi mynd yn ddistaw wrth i'r peiriant lenwi ei chwpan â'r hylif brown.

Trodd Onri'r siwgr coch yn ei goffi, a thorri'r tawelwch. "Dwi jysd yn teimlo mod i wedi'i adael o i lawr, sdi."

Trodd i'w hwynebu. Roedd hi'n gwylio'r gwpan yn llenwi, â'i breichiau wedi'u plethu o dan ei bronnau. Llygadodd Onri eu llyfnder cynnes rhwng coleri ei gŵn, a'i gwallt tywyll yn disgyn yn fodrwyau dros ei gwddw a'i hysgwydd hanner noeth.

"Cyn yr holl helynt, sdi," ychwanegodd Onri. "Yn bell cynt. Oedd y boi'n ffycd-yp."

"Dyna understatement!" medd Caroline wrth droi i edrych arno.

"Ffaith syml, actiwali! Ond ta waeth... Mae dy farn di amdana fo'n typical o be mae bobol erill yn feddwl – 'psycho', 'born bad', 'faulty goods'. Ond does 'na neb yn cael ei eni'n ddrwg. Salwch ydi'r 'gwall' yna yn ei feddwl o. Dim drygioni."

"Well, you're the psychologist, darling!" medd Caroline cyn cymryd sip o'i choffi.

"Yn union!" atebodd Onri'n syth.

"Ah! I see... A ti'n teimlo ddylsa chdi fod wedi helpu?" Rhoddodd Caroline ei choffi i lawr. "Gwranda, Onri bach, rhaid i chdi gofio dy fod ti wedi trio – lawer o weithiau. Ti'n gwbod be ddigwyddodd bob tro. Fysa unrhyw un wedi rhoi give-up arna fo, siŵr!"

Gwyddai Onri fod hynny'n wir. Mi allai Mani fod yn fygythiol a brwnt iawn ei dafod weithiau. Ond twyllo'i hun oedd Onri wrth gredu iddo drio'i orau i helpu'i frawd. "Ond roedd pawb yn troi eu cefnau arno fel 'lost cause'. Pawb yn deud ei fod o'n seicopath..."

"Wel, ti'n gwybod be 'di fy marn i..."

"Ond 'da chi'n rong... o'n i yn rong... Doedd Mani ddim yn seicopath. Does gan seicopaths ddim ymwybyddiaeth o gwbl o deimladau pobl erill. Mi oedd Mani'n edrych ar ôl pobl, yn caru bobl, yn teimlo – fel pawb arall." Pwyntiodd Onri at y llun ar y wal. "O't ti'n gwbod na fo ddysgodd Dryw Bach i baentio?"

Daeth golwg syn dros wyneb Caroline am eiliad. "OK... And your point is?"

"'Y mhwynt i ydi mai dim seiciatrydd a tablets a cyffuriau oedd Mani ei angan, ond cwnsela a seicotherapi. A dyna ydi 'ngwaith i, fel seicolegydd clinigol – cynnig cwnsela a seicotherapi. Dwi wedi trin ugeiniau o ddieithriaid yn fy ngwaith, ond fethis i helpu 'mrawd 'yn hun!"

"Wel, fel ddwedes i funud yn ôl, mi wnes di drio!"

Sipiodd Onri fwy o'i goffi. "Dwi jysd yn ei weld o'n eironig, Caroline. Dwi'n gwbod mod i wedi trio, ond 'nes i ddim trio'n ddigon calad, yn amlwg... Wel, dyna dwi'n deimlo, eniwe. Ti'n dallt be dwi'n ddeud?"

Wnaeth Caroline ddim ateb, dim ond yfed ei choffi'n dawel.

"Ond be arall sy'n bygio fi ydi ei bod hi'n amlwg na rhyw brofiad emosiynol sy wedi achosi problema Mani. Ella fod ganddo rhyw anghydbwysedd cemegol yn ei ymennydd oedd yn ei adael o'n ddiamddiffyn i ddatblygiad seicosis, a bod rhyw trauma ddioddefodd o pan oedd o'n blentyn... dwn 'im – trais neu gamdrin, neu jysd embaras eithafol oherwydd rwbath – wedi cael effaith niweidiol..."

"So, ti am droi'n dditectif rŵan?"

"Be?"

"Another Barti family mystery? Be ddigwyddodd i Mani! And more importantly, whodunnit?"

Gwenodd Onri'n goeglyd. Mi oedd yna ddireidi yn llygaid ei wraig am unwaith, er gwaetha'r sarcastiaeth bigog. "Wel, mi fyswn i'n licio gwbod, beth bynnag, sdi..."

"Sori," medd Caroline wrth daro ei chwpan goffi i lawr ar yr ithfaen. "Bathrwm!"

Brysiodd heibio i Onri, gan roi sws sydyn ar ei foch wrth ei basio. Ogleuodd Onri ei chroen meddal wrth i'w gwallt gosi ei rudd, cyn iddi ddiflannu i gyfeiriad y grisiau a'i adael efo'i goffi a'i feddyliau. Syllodd draw at y llun ar y wal eto, gan adael i'r gwyneb yn y graig ddenu ei lygaid. Crafodd ei gof am fwy o wybodaeth am y diwrnod hwnnw y bu'n bresennol wrth i Kola Kube 'ddisgyblu' Mani...

Torrodd Pero ar draws ei feddyliau efo'i gyfarthiad bach siarp. Roedd o'n eistedd ar ei gynffon wrth ei draed, yn edrych arno efo golwg 'Wel?' yn ei lygaid. Gorffennodd Onri ei goffi. Ailgydiodd yn y tennyn a throi am y drws.

49

Neidiodd Gwawr ar ei chefn ar y gwely a chofleidio'r clustogau tra'n cordeddu ac ymestyn fel cath o flaen tân.

"Mmmmm, gwely!"

"Bydd, mi fydd o'n braf. Sori bod gen ti'm stafall dy hun, ond, sdi..."

"Ma'n iawn. Fysa genai ofn ar ben fy hun, i fod yn onest. O leia ti 'di cael rŵm efo dau wely. Gentleman! Ond gobeithio bo ti'm yn chwyrnu, neu fydd raid i fi smyddro chdi efo pilw, dallt?"

Roedd Mani hefyd yn falch o weld gwely. Doedd ganddo ddim ffansi noson arall heb gael gorwedd mewn un. Wedi chwilio am bron i awr am westy efo stafell wag roedd o'n difaru taflu goriadau'r car ac yn dechrau meddwl am ddal trên i ryw dwll arall o dref glan môr yn y gobaith o gael noson gyffordus o gwsg. Doedd Mani erioed wedi dychmygu fod Blackpool yn lle mor boblogaidd dros ddathliadau Nos Galan. Methai'n lân â deall be oedd yn denu pobol i ddathlu'r flwyddyn newydd mewn twll o risôrt glan môr oer, gwlyb a glawog yng ngogledd Lloegr. Ond dyna oedd cannoedd o bobol yn ei wneud, mae'n debyg, o dystio i'r niferoedd o wlâu oedd wedi'u bwcio dros y ddwy noson nesaf. Lwcus fuon nhw yn y diwedd, wedi dod yn eu holau i'r gwesty cyntaf iddyn nhw ei drio, rhag ofn na chyrhaeddodd y gwesteion y soniodd y rheolwraig eu bod nhw'n hwyr.

"Sgwn i be ddigwyddodd iddyn nhw," medd Gwawr.

"I pwy?" holodd Mani.

"Y bobol oedd i fod yn y rŵm 'ma. Hwyrach eu bod nhw 'di cael damwain ar y ffordd yma – wedi marw, falla?"

"Neu jysd wedi ffraeo a sblitio i fyny," medd Mani wrth dynnu'i gôt. "Y dyrti wicend yn Blackpool yn ffycd!"

"Dydd Llun ydi heddiw, Sundance."

"*Noson* fudur, ta!"

"Dwi'm yn meddwl eu bod nhw wedi planio cael un o'r rheiny chwaith, i fod yn onest," medd Gwawr. "Dydi dau singyl bed ddim yn romantic iawn, nacdi?"

"Dwn 'im," atebodd Mani wrth redeg ei fys trwy'r llwch ar ffrâm y gwely. "Fysa neb yn cael noson lân yma, beth bynnag!"

Gwenodd Gwawr wrth godi a cherdded am y bathrwm. "Wna i jecio'r toilet tra dwi'n piso, OK, Mr Sheen?"

Estynnodd Mani ei fag a chwilota ynddo am chydig. Roedd o wedi gorffen y speed i gyd erbyn hyn, ond mi oedd ganddo chwarter owns o cocaine wedi'i guddio yng ngwaelod yr hold-all. Aeth i eistedd wrth y bwrdd gwisgo a dechrau torri dwy lein dew efo'r gyllell hela y cafwyd hyd iddi yn yr Escort.

"Be 'di hyn?" gofynnodd Gwawr pan ddaeth yn ei hôl. "Arwydd o acceptance? Fy rite of passage?"

"Ma 'di cael ei neud i rannu, dydi," atebodd Mani.

"Gentleman to the core, yn dwyt!"

Rhoddodd Mani hanner gwên. "Dwi'n siŵr doeddat ti'm yn meddwl hynna y noson o'r blaen, yn nagddat? Wsdi, pan..."

"Pan wnes di fyrstio i mewn i'r tŷ efo bwyallt a torri 'nhrwyn i? Wel, dim 'i dorri fo, ond..."

"Ia. Sori am hynna..."

"Paid bod. Rhan o'r gwaith, yn dydi?"

Nodiodd Mani wrth rowlio papur decpunt yn diwb. Snortiodd linell ac estyn y tiwb iddi. Diflannodd yr ail linell i fyny'i thrwyn fel cynffon wenci i dwll dan garreg.

"O! Drinc fysa'n dda!" medd Gwawr wrth i'r powdwr hitio'i gwythiennau.

"Na. Fedran ni ddim," atebodd Mani. "Ond, bysa, mi fysa fo'n ffycin dda!"

Estynnodd i'r bag eto, a thaflu bag o skunk ati. "Sginia fyny. Dwi'n mynd i gael shower."

"O? Dim gymint o gentleman rŵan, felly?"

"Be ti'n feddwl?"

"Be ddigwyddodd i adael i'r hogan gael shower gynta?"

Rowliodd Mani ei lygaid. "Paid â pwsio dy lwc!"

"Ha! Pwsio'n lwc fysa neidio i mewn efo chdi!"

Stopiodd Mani yn nrws y bathrwm. Edrychodd arni. Roedd hi'n gwenu'r wên ddrwg 'na eto. "Sginia fyny'n hogan dda, wnei!" meddai, a chau drws y bathrwm ar ei ôl.

50

Chwythai'r gwynt o gyfeiriad Sir Fôn, i lawr godrau Pen y Gogarth a thros doeau'r dref gan gario hen law mân efo fo. Er nad oedd o'n gryf, roedd o'n ddigon miniog i frathu. Caeodd Onri zip ei gôt i'r goler a phlygu'i ben wrth droi am y traeth.

Gollyngodd Pero oddi ar ei dennyn a'i adael i fynd fel seren wib ar hyd y tywod, cyn ei wylio'n torri trwy'r gwynt fel cyllell flewog nes ei fod o'n ddim mwy na smotyn bach du yn y pellter. Er ei bod hi bron yn ganol bore bellach, doedd fawr o neb arall allan. Doedd hi ddim yn ŵyl y banc, ond mi oedd hi'n dal yn wyliau i lawer, felly synnai Onri ei bod hi mor dawel. Mi oedd yna gerddwr yn dilyn y dŵr a chwpwl law yn llaw yn herio'r tonnau chwareus, a dyna hi. Ond mi oedd o'n falch o'r llonyddwch, fodd bynnag. Roedd o'n licio cael y traeth iddo'i hun, yn enwedig ar ddiwrnod pan oedd yr elfennau'n anghroesawus. Roedd gwynt neu fymryn o law yn ei atgoffa o'i le yn y byd, ac yn gymorth iddo feddwl. Ac mi oedd Onri angen meddwl...

Roedd 'na ddwy long gargo ar y gorwel, sylwodd. Allai Onri ddim gweld os oeddan nhw'n symud neu wedi bwrw angor i aros tywydd teg i lanio wrth gei chwarel Llanddulas. Oedd y chwarel ar agor dros y gwyliau? Mae'n debyg ei bod hi, tybiodd. Doedd allforio morwrol ddim yn ddiwydiant oedd yn aros i gymdeithas ddod dros ei hangofyr, doedd bosib?

Rhyfedd oedd y defnydd o'r gair 'cymdeithas' yn yr ystyr haniaethol hwnnw o gasgliad o bobol oedd yn byw oddi fewn i ffiniau daearyddol. Gwell gan Onri oedd yr ystyr 'casgliad o bobol yn cyd-fyw' – yn cymdeithasu. Roedd yna ystyr ddyfnach i hynny na 'byw yn yr un lle'. Er ei fod o'n byw yn yr un ardal, wyddai Onri ddim byd am chwarel Llanddulas – heblaw ei bod yn allforio cerrig – nac am y dynion a weithiai ynddi. Wyddai o ddim, chwaith, am ei gymdogion heblaw'r ffaith eu bod nhw'n byw yn ei ymyl. Felly, er eu bod nhw'n 'byw yn ei ymyl' doeddan nhw ddim yn gymdogion, achos doedd Onri ddim yn eu hadnabod.

Ond syniad rhamantus oedd cyd-fyw cymunedol mewn gwirionedd, gyda'i ddelweddau delfrydol o fod yn rhan o lwyth neu deulu estynedig, i gyd yn cydweithio a chyd-dynnu, yn rhannu breuddwydion a dyheadau ac ati. Ochr arall y geiniog oedd gorfod rhannu pryderon a helyntion diddiwedd, a dioddef y seicosis colectif oedd yn heintio pawb fel rhyw feirws. Roedd hen gwenc y Bartis yn enghraifft dda o hynny. Er bod digon o dir llwyd rhyngddyn nhw, dau begwn gwahanol oedd yn gwrthdaro. Dwy farn gref gan ddau unigolyn a anghytunai'n chwyrn. Ond mi oedd o'n effeithio ar y teulu cyfan. Boed y lleill yn cael eu tynnu i mewn i'r anghydfod ai peidio, roedd y cweryl yn gorfodi i bethau beidio cael eu dweud, i gael eu gwthio i'r isymwybod, eu mygu a'u cuddio, a'u gwadu. Ac roedd hynny'n llawer gwaeth nag achosi ffrwydriad o regfeydd a melltithion trwy eu gwyntyllu.

Peth da, felly, oedd 'ffrwydriad' Dryw Bach. Mi oedd o wedi cilagor caead y pressure cooker, ac wedi gadael chydig o'r stêm allan i ostwng y pwysau. Ond gwyddai Onri hefyd mai llosgfynydd yn aros i chwythu oedd y sefyllfa o hyd. Roedd yna wrthrych disymud yn dal i sefyll yn ffordd y grymoedd oedd yn cronni. Cynyddu fyddai'r pwysau, ac un diwrnod mi fyddai rhywbeth yn gorfod rhoi.

Fel arfer, ar ôl treulio amser efo'i dylwyth, roedd Onri'n falch o gael ei hun yn ôl yn Llandudno, lle gallai droi helbulon y teulu i ffwrdd fel switsh golau. Ond y tro hwn roedd darn o Gwmygafael wedi dod yn ôl efo fo. Ac nid darn diarth oedd o, chwaith, ond darn naturiol – darn ohono fo'i hun, darn a adawodd yno rywbryd ac na welodd ei angen tan rŵan. Ac fel seicolegydd, teimlai mai rhan o'i isymwybod oedd o – rhywbeth a gladdodd yno rywbryd, fel capsiwl amser. Wyddai o ddim be yn union oedd o, ond neithiwr a heddiw mi deimlai mai ei hunaniaeth oedd o. Ei hunaniaeth a'i hunan-barch.

Ddylai o ddim fod wedi troi ei gefn fel y gwnaeth o, a hynny am ddim byd mwy na bywyd ffals a dienaid ymysg cylchoedd cwrtais Caroline a bydoedd bach hunandybus ei gyd-ddoctoriaid pen. Tra oedd y bobol bwysicaf yn ei fywyd yn gweld angen Onri, roedd Onri'n rhy brysur yn bod yn rhywun arall. Dylai fod wedi meddwl mwy amdanyn nhw, wedi poeni yn eu cylch. Wedi *teimlo*. Er gwaethaf ei enaid cythryblus, mi oedd hyd yn oed Mani wedi gwneud hynny!

Twyllo ei hun oedd o wrth gredu mai mabwysiadu bywyd newydd oedd yr unig ffordd i gynnal llwyddiant ei yrfa. Esgus oedd hynny i gyd er mwyn cyfiawnhau ei lwfrdra – a thawelu ei gydwybod – wedi iddo daflu ei hunaniaeth o'r neilltu er mwyn bodloni agweddau snobyddlyd y bitsh oedd o'n ei charu ar y pryd.

Ond esgus oedd beio Caroline, hefyd – esgus i esgusodi esgus arall. Gwyddai Onri hynny rŵan. Er mor ddwfn oedd y goeden hunan-dwyll wedi gwreiddio yn ei ymwybod, mi oedd y gwirionedd wedi blaguro ar ei brigau o'r diwedd, fel 'tai'r gwreiddiau wedi torri drwodd i'r isymwybod i sugno'r gwir i'w changhennau. Ac yn y gwir hwnnw roedd ei gydwybod. Ac mi oedd o'n dechrau ei fflangellu.

Dianc oedd Onri. Ac nid dianc o'r 'cwm bach cul' nac o 'gecru' a 'thrafferthion parhaus' ei ddylwyth, ond dianc oddi wrtho fo'i hun – ac yn fwy penodol, dianc oddi wrth yr hyn wnaeth o...

Syllodd Onri ar y ddwy long eto. Roedd o'n siŵr fod y bwlch rhyngddyn nhw wedi cau rhyw fymryn. Yna mi ddaeth orbit y seren wib ddu a gwyn â Pero yn ôl at ei feistr efo darn o froc môr yn ei geg. Gollyngodd o ar lawr rhwng ei bawennau blaen a chyfarth. Estynnodd Onri amdano, ond cydiodd y ci defaid ynddo eto, gan gychwyn y ddefod tyg-o-wôr wrth i Onri drio tynnu'r pren o'i ddannedd. Ac ar ôl chwarae chwyrnu am rai eiliadau, gollyngodd Pero fo er mwyn i'w feistr ei daflu. Sylwodd Onri mai darn o focs orennau neu rywbeth tebyg oedd o, a bod llythrennau arno, mewn coch. Glanhaodd y tywod oddi arno a'i ddarllen. Un gair oedd arno, a hwnnw yn Ffrangeg – 'famille'.

51

Roedd y gawod yn gweithio'n iawn, beth bynnag, meddyliodd Mani wrth i lif cryf o ddŵr poeth ffrydio drosto – yn wahanol i bob tro arall yr arhosodd mewn gwesty. Mi oedd yna ddigon o le i droi ynddi hefyd, heb angen bod yn gontorshonist i folchi'r traed a chilfachau pellennig y corff.

Wedi sgwrio'i hun yn drylwyr efo un o'r ddau dalp bach o sebon a ddarparwyd am ddim gan y gwesty, safodd Mani o dan y rhaeadr boeth a gadael i'r dŵr cyfforddus lifo drosto. Ymlaciodd ei gorff wrth i'r ffrwd stemllyd fwytho'i groen, a chaeodd ei lygaid er mwyn i'r afon gynnes gario'i bryderon i gyd i ffwrdd – am ryw funud fach, o leiaf. Ond wrth i sŵn y dŵr suo ei synhwyrau daeth Fizz i lenwi'i ben unwaith eto, a chofiodd rannu cawod efo hi fore Nadolig, y ddau'n gwlwm a'i choesau'n dynn am ei ganol, eu cusanau'n boeth ac yn wyllt dan raeadr o gariad...

Byddai'n ei methu hi. Roedd o *yn* ei methu hi. Dylai ei ffonio – efallai fod gobaith o hyd. Fyddai Fizz byth yn gallu peidio ei garu dros nos fel yna. Roedd ei theimladau tuag ato yn siŵr o fod yno o hyd. Cofiodd ei geiriau yng nghefn y siop jips. Mi ddywedodd ei bod yn ei garu fo. Mi ddywedodd hefyd ei bod eisiau iddo fod yn rhan o'i bywyd newydd hi ar ôl iddi raddio... Petai o'n ei ffonio a dweud ei fod o'n barod i adael byd y gangiau, efallai y byddai'r amheuon a'i gyrrodd i freichiau dyn arall yn diflannu...

Ond na, fyddai pethau byth run fath eto. Dim ar ôl y twyll. Ond eto, mi ddylai ei ffonio i ddweud ei fod o'n iawn, o leiaf – hyd yn oed petai ond yn gallu gadael neges efo Lynsey yn y chippy. Mi fyddai Fizz yn siŵr o fod yn poeni amdano erbyn hyn – yn enwedig â Shak wedi diflannu. Ffyc! Be oedd yn bod arno? Pam na fyddai wedi meddwl am hyn yn gynt? Yr oll wnaeth yr hogan drosto, roedd hi'n haeddu galwad ffôn o leiaf!

Ystyriodd y peth o ddifri. Hyd nes y byddai'r heddlu'n IDio gweddillion Shakatak – os byddai hynny'n bosib o gwbl – doedd hi ddim yn debygol y bydden nhw'n clustfeinio ar ffôn y siop jips. Oni bai eu bod nhw'n gwylio gweithgareddau Shak yn barod, ac eisoes yn tapio'r lein... Shit, meddyliodd! Roedd y syniad yn rhy beryglus. Roedd gormod yn y fantol i'w risgio hi. Ond mi oedd ganddo rif ffôn Maj yn rhywle. Mi allai ofyn iddi hi fynd â neges draw i'r siop jips...

Agorodd drws y bathrwm, ac agorodd Mani'i lygaid. Gwelodd liwiau Gwawr drwy'r cyrtan plastig, yn mynd at y sinc.

"Jysd nôl diod o ddŵr," meddai uwchlaw sŵn y gawod. "Paid â poeni!"

Allai Mani ddim dod o hyd i'r geiriau i ateb. Arhosodd o dan y dŵr am eiliadau anghyfforddus hyd nes yr aeth Gwawr allan yn ei hôl. Yna trodd y gawod i ffwrdd a sychu'i hun â lliain gwyn, gweddol lân y gwesty, cyn ei lapio am ei ganol a cherdded i'r stafell wely.

Eisteddai Gwawr â'i thin ar y dressing table â'i chefn tua'r drych, yn torri dwy linell dew arall o cocaine efo'r gyllell fawr. Roedd hi wedi tynnu'i dillad heblaw am grys-T cwta, llac oedd yn arddangos ei bol a thop ei bronnau. Er ei bod wedi croesi'i choesau, gwelai Mani ei bod wedi tynnu *popeth*...

"Mae o wedi'i wneud i rannu, dydi?" meddai, a gwenu ar Mani. Gwenodd hwnnw'n ôl am na wyddai be arall i'w wneud.

Plygodd Gwawr i lawr i snortio lein. Llygadodd Mani ysgafnder ei chorff, a'i gwallt hir oedd yn gymysg â'r dreds yn disgyn yn rhubanau dros ei chroen meddal i dop y cwpwrdd. Gwelai ei chrys-T yn hongian ac arddangos ei bronnau gwahoddgar wrth iddi roi ei phen uwch y powdwr.

Estynnodd Gwawr y rholyn papur iddo wrth iddi sniffio'i thrwyn yn galed i sugno'r gronynnau olaf o'i ffroen i'w gwaed. Plygodd Mani at ei linell, a chael cip yn y drych o Gwawr yn gwenu arno. Teimlodd ei llaw ar waelod ei gefn, yn fwyn ond fel trydan. Diflannodd y powdwr i'w drwyn a phigodd friwsion ei weddillion efo'i fys a'u rhoi yn ei geg. Sythodd. Roedd Gwawr wedi tynnu ei chrys-T a dadgroesi'i choesau, ac mi roedd hi'n llyfu llafn y gyllell i gael pob gronyn o bowdwr oddi arni. Edrychodd i fyw llygaid Mani wrth redeg ei thafod i fyny ac i lawr min y llafn, yn araf ac awgrymog, cyn gosod y dur yn wastad yn erbyn ei boch, yna'i gwefusau, yna i lawr i ochr ei gwddw. Gwnaeth synau bach nwydus wrth ei symud i lawr i'w bronnau, yna anadlu'n siarp wrth i'r metel oer gyffwrdd ei nipsan...

Rhoddodd ei llaw arall yn ôl ar ystlys Mani, yna gosod y gyllell yn erbyn tu mewn top ei choesau. Neidiodd wrth i oerni'r dur wefreiddio'r croen meddal. Agorodd nhw fwy, a gwelodd Mani'i harddwch yn gwlitho o'i flaen. Pwysodd Gwawr y llafn ar wefusau ei chont, a rhoi ochenaid siarp arall, a chau ei llygaid am eiliad. Symudodd ei llaw arall rownd at fol Mani, jysd uwchben y lliain oedd am ei ganol. Gwyddai yntau nad oedd posib cuddio'r ffaith ei fod o wrth ei fodd. Agorodd Gwawr y cwlwm llac a ddaliai'r lliain yn ei le, a gadael iddo ddisgyn i'r llawr. Gwenodd a symudodd o'r cwpwrdd ac eistedd ar y gadair o flaen Mani, yna gafael yn y gyllell eto a rhoi ei blaen yn y bag powdwr. Tynnodd fymryn allan ar big y llafn a'i gynnig i Mani. Plygodd hwnnw'i ben a rhoi ei ffroen at y dur a'i snortio. Rhoddodd Gwawr y gyllell yn y bag eto a thynnu mwy allan. Edrychodd i fyny ar Mani a rhoi blaen y llafn yn ei cheg, a'i dynnu allan yn lân. Rhoddodd y gyllell i lawr a phlygodd, gan dynnu'i thafod allan i ollwng poer a phowdwr ar flaen ei galedwch. Yna, wrth i Mani roi ochenaid uchel, gwleddodd Gwawr ar y cwbl.

52

Er gwaethaf protestiadau Pero rhoddodd Onri'r tennyn yn ôl am ei goler ym mhen draw'r traeth, cyn troi i lawr stryd a arweiniai oddi ar y promenâd tua phrif stryd siopa'r dref. Roedd dipyn mwy o bobol allan bellach, sylwodd Onri, a'r gwynt wedi gostegu a'r glaw mân bellach yn niwl tenau oedd â golwg codi arno.

Cyrhaeddodd ddrws annelwig ar ochr dde'r stryd ac estynnodd ei oriadau i'w agor. Wedi dringo'r grisiau i'r ail lawr agorodd ddrws arall a cherdded trwy'r dderbynfa, ac i'w swyddfa. Yno ar ei ddesg, fel roedd wedi hanner disgwyl, roedd ffeil, ac wedi'i osod ar ei phen efo clip papur roedd nodyn gan Stephen.

'Hi O, As I feared I have to pass this on to you. So sorry! S'

Eisteddodd Onri yn ei gadair droi ledr a diawlio.

"'As I feared' o ddiawl!"

Agorodd y ffeil, ond caeodd hi'n syth a'i thaflu ar y ddesg. Gwyddai be oedd ynddi, ac mi gâi hwnnw aros. Estynnodd y ffôn a gwasgu rhifau.

"Haia!... Be ti'n neud?... Neithiwr... O ia?" chwarddodd yn gyfforddus. "Wel... Dwi'n yr offis ar y funud, ar ben fy hun – wel, heblaw am Pero, ond dwi'n siŵr wneith hwnnw ddim meindio!... OK, ta. Welai di'n munud."

Rhoddodd y ffôn yn ôl yn ei gwely ac eistedd â'i ben am yn ôl yn y gadair, a'i throi o un ochr i'r llall tra oedd o'n meddwl.

Stephen, y twat! Ymweliadau cartref yn Aber – ychydig filltiroedd yr ochr draw i Gwmygafael! Agorodd y ffeil eto, dim ond er mwyn gweld be oedd enw'r claf. Efallai y byddai'n ei adnabod, neu'n adnabod y teulu. Ond doedd o ddim yn canu cloch. Enw diarth oedd o, a chyfenw Seisnig na ddaeth ar ei draws o'r blaen. Triodd ddyfalu ymhle yn y dref glan môr roedd y cyfeiriad ar dop y dudalen, ond doedd yr enw Saesneg hwnnw ddim yn gyfarwydd, chwaith. Taflodd y ffeil yn ôl ar y ddesg. Ysgydwodd ei ben a rhoi chwerthiniad eironig wrth dderbyn ei ffawd.

Doedd dim dianc, waeth iddo gachu mwy nag uwd! Ac yntau newydd ddod â bro ei febyd a'i holl fwganod adref efo fo, dyma job oedd yn golygu trafaelio trwy'r lle unwaith neu ddwy yr wythnos. Er i ddigwyddiadau ddoe ei orfodi i ystyried yr hyn a gollodd, roedd y syniad o orfod ailgyfarwyddo â'r hen fro rŵan, fel hyn, yn ei ddychryn. Os mai dychryn oedd y gair iawn... Efallai mai cyffro oedd yn chwarae'r miwsig a wnâi i'r glöynnod ddawnsio yn ei stumog. Oedd yna bennod newydd ar fin agor yn ei fywyd? Efallai – ond nid cyffro roedd o'n deimlo, chwaith, ond rhywbeth agosach at banig.

Syllodd ar y llun ar y wal o'i flaen, uwchben y soffa ledr ddu. Morlun o Fae Llandudno oedd o, ac un digon sâl hefyd. Gwell fyddai'r llun o Graig y Gafael. Ond eto, mi fyddai'r wyneb erchyll yn y graig yn ddigon i ddychryn rhai o'i gleients i ffwrdd! Gwenodd wrth feddwl am y llun arall hwnnw o eiddo'i frawd bach – y llun o Mani. Byddai hwnnw'n ddigon i ddychryn unrhyw un. Er, allai Onri ddim dychmygu unrhyw beth mwy erchyll na'r ymdrech chwdlyd o arwynebol oedd eisoes yn hongian yno. Ond dyna ni – nid fo oedd yn penderfynu ar y decor.

Nid fo oedd yn penderfynu pa gleifion y câi drin, chwaith. Stephen oedd yn taflu'r rheiny ato. Ond be oedd yn ei gorddi am benderfyniad diweddaraf ei fos, fodd bynnag, oedd ei gymhelliad cyfrwys. Yn ôl Stephen – a wyddai na fyddai Onri'n llawn brwdfrydedd am ymgymryd ag achos ger ei bentref genedigol – doedd ganddo ddim dewis. Fel partner uwch yn y cwmni, roedd dyletswyddau cynadleddol yn pwyso mwy arno, meddai, ac roedd yn rhaid iddo basio achosion ymlaen i eraill o bryd i'w gilydd – ac mi oedd yr achos hwn yn mynd i fod yn un llewyrchus i'r cwmni, gan ei fod o'n achos preifat gan deulu cefnog a dylanwadol. Ond gwyddai Onri mai llwyth o gachu oedd hynny. Gwyddai'n union be oedd bwriadau Stephen...

Cyfarthodd Pero a rhedeg at y drws. Roedd Michelle wedi cyrraedd yr adeilad. Cododd Onri a gadael Pero'n rhydd yn y dderbynfa. Daeth yr ysgrifenyddes ifanc i mewn trwy'r drws o'r coridor a gwenu'n siriol arno. Gwenodd yntau arni. Edrychai'n fendigedig yn ei dillad loncio gwyn, a'i gwallt hir, melyn wedi'i glymu'n gynffon yn uchel tu ôl i'w phen.

"Haia!" medd Onri, wrth i'w chorff ystwyth, ysgafn hudo'i olygon oddi wrth ei llygaid gleision, pefriog. "Ti'n edrych yn gorjys!"

"Paid â deud celwydd, y charmer!" atebodd Michelle a gwenu'n gynnes. "O'n i ar fin mynd allan am jog – jog hirach na jysd rownd y gornel i'r offis, hynny ydi!"

Gwenodd Onri'n awchus. "Wel, mi gei di gystal ymarfer corff yn yr offis, sdi!"

"O? Ti'n meddwl?" meddai, a gwenu'n ddireidus wrth glosio tuag ato, yn siglo'i chluniau'n chwareus.

"Dwi'n gwbod!" atebodd Onri.

Cofleidiodd y ddau a chusanu'n nwydwyllt, cyn disgyn trwy ddrws y swyddfa i ben y soffa ledr ddu.

53

Ar ôl hanner awr o ffwcio ffyrnig roedd Gwawr yn eistedd ar ben Mani ac yn defnyddio'r gyllell i rawio'r powdwr i drwynau'r ddau oddi ar y cwpwrdd bach rhwng-dau-wely. Ar ôl digwyddiadau'r dyddiau dwytha roedd y ddau wedi ymollwng yn llwyr, a'u sylw ar ddim mwy na ffwcio'i gilydd fel anifeiliaid gwyllt. Ychydig yn rhy wyllt i Mani, ar adegau, achos mi oedd gan Gwawr arferiad anghyfforddus o gripio a brathu. Mi frathodd ei wddw, ei wefus, ei frest a'i goesau, a bu'n rhaid iddo dynnu'n ffiaidd ar ei gwallt i'w hatal ar fwy nag un achlysur. Ond roedd Gwawr i'w gweld yn mwynhau hynny'n fwy na dim arall, a buan y daeth Mani i fwynhau hefyd. Roedd y secs yn wyllt, yn wych ac yn fudr, fudr.

Stwffiodd Gwawr y llafn o dan drwyn Mani eto fyth, a gwenu'n wallgo wrth iddo snortio'r lwmp o bowdwr ar ei flaen.

"Ti'n bitsh ddrwg, Gwawr!" gwaeddodd Mani a chwerthin wrth iddi reidio i fyny ac i lawr ar ei galedwch.

"Ti'n ffycin lyfio fo'r basdad!" sgyrnygodd Gwawr. "Yn dwyt?"

Allai Mani ddim ateb. Roedd y pethau a wnâi'r hogan 'ma iddo yn gwneud siarad yn amhosib.

"Atab fi'r twat!" chwyrnodd Gwawr.

Chwarddodd Mani a chau ei lygaid. Agorodd nhw wrth deimlo llafn oer y gyllell ar ei foch. Am hanner eiliad roedd o wedi dychryn, ond pan welodd lygaid Gwawr yn troi tua'r to gwyddai ei fod o'n saff. Roedd hi'n mynd i ddod. Caeodd ei lygaid eto, a theimlo'r llafn yn symud i lawr dros ei wddw ac yna at ei frest. Yna neidiodd pan dorrodd i mewn i'w groen.

"Ffycin Jesus! Be ffwc ti'n neud?!"

"Shwsh!" atebodd Gwawr wrth roi ei bys ar ei geg. "Enjoia!"

Caeodd ei lygaid eto a chlywed Gwawr yn griddfan mewn pleser – cyn teimlo'r llafn yn ei dorri eto. Cydiodd yn ei garddwrn a thynnu'r gyllell yn ôl. Rhythodd arni, cyn edrych ar ei frest – roedd o'n waed i gyd. Ond roedd Gwawr yn cau ei llygaid eto ac yn cyflymu ei symudiadau. Dechreuodd weiddi a sgrechian, gan hyrddio'i hun i fyny ac i lawr arno. Teimlodd Mani ei chyhyrau mewnol yn mynd i sbasm, yn mwytho'i goc a'i yrru yntau at gleimacs. Daeth y ddau yn wyllt efo'i gilydd cyn disgyn yn llipa i freichiau ei gilydd, allan o wynt ac allan o nerth, eu crwyn yn cyfnewid chwys – a gwaed...

Gwingodd Mani wrth i'r chwys hallt losgi'r briwiau agored ar ei frest. Gwthiodd hi oddi arno, a chodi i'w draed.

"Lle ti'n mynd?" gofynnodd hithau.

"Ffycin shower... Ffycin hel, sbia golwg ar y sheets gwely!"

"Duw, duw," twt-twtiodd Gwawr, a chwerthin. "Mae bobol llnau hotels wedi hen arfar efo gwaed, siŵr!"

"Dim yn y Bates Motel ydan ni!"

Chwarddodd Gwawr yn uchel. "Genod ar eu periods dwi'n feddwl, dim psychos yn y shower!"

Anwybyddodd Mani hi ac aeth yn syth i'r gawod. Doedd y briwiau ddim yn ddwfn, ond mi oeddan nhw'n piso gwaedu. Y cocaine a'r secs yn pwmpio'r galon oedd hynny, wrth reswm, ond eto, doedd Mani ddim yn gyfforddus iawn efo'r holl beth. Doedd o ddim yn meindio chydig o ryff wrth gael secs – roedd Fizz hefyd yn gath wyllt yn y gwely – a doedd o ddim yn meindio chydig o gemau chwaith. Ond mi oedd o'n licio bod mewn rheolaeth. Gwyddai hefyd nad oedd o'n cîn ar ferched efo gor-hofftter o gyllyll. Yn enwedig rhai oedd yn licio tynnu gwaed!

"Ti'n iawn?" gwaeddodd Gwawr dros sŵn y dŵr.

"Yndw," atebodd Mani.

"Ti isio rybdown?"

"Os ti'n gadael y ffycin gyllall 'na allan yn fa'na!"

Agorodd y llenni plastig a daeth Gwawr i mewn ato. Cofleidiodd o, a rhwbio'i meddalwch melfedaidd arno nes ei fywiogi unwaith eto. Cusanodd Mani ei gwddw a'i hysgwyddau, a sylwodd – am y tro cyntaf, yn rhyfedd reit – ar y tatŵ bach ar dop ei braich. Tatŵ cartref oedd o, wedi'i wneud â nodwydd ac indian ink – llun syml o haul yn codi, efo dim ond llinell letraws a hanner cylch uwch ei ben, a llinellau syml i ddynodi pelydrau. Cusanodd Mani'r wawr, ac mi gusanodd Gwawr ei wddw a'i frest, cyn dechrau llyfu ei friwiau. Cyflymodd ei galon a llifodd y gwaed eto. Trodd y dŵr yn goch. Fel yn y Bates Motel.

54

Ar ei ffordd i dŷ Affro oedd Dryw Bach pan ddaeth fan Peugeot fach, frown golau i stop anghyfrifol o sydyn ar ochr arall y stryd. Gwelodd Dryw yr enw ar ochr y fan – 'G Jones Painters & Decorators / Peintwyr & Decoretwyr' – a deall mai Slej oedd yno yn fan cwmni ei dad. Agorodd Slej y ffenest. Roedd ei lygaid yn goch ac yn sgleinio.

"Iawn, Dryw Bach?" gwaeddodd dros y stryd i gyd. "O chdi'n licio hwnna? Ffwc o stwff, dydi mêt?"

"Ffwcin hel! Cadwa fo i lawr, wnei Slej!" dwrdiodd Dryw wrth groesi'r ffordd tuag ato.

"Tisio mwy ta be?" holodd Slej wedi i Dryw ddod yn agosach.

"Ffwcin hel, dwi heb werthu gramsan eto!"

"Wel, mae 'na ddigon ohono fo, os ti isio."

"Dwn 'im, sdi. Dwi'm yn siŵr os dwi isio'i werthu fo eniwe, sdi..."

"Pam?" gofynnodd Slej yn anghrediniol. "Ma'n ffycin easy money, siŵr! Gei di weld ar ôl i chdi ddechra cael sêls – fyddi di'n gneud killing!"

"Dwi'm yn ama, Slej. Ddim yn licio fo dwi. Gneud i fi yfad fel ffwc!"

"Be ffwc sy'n rong efo hynny?"

"Ffocin hel, sa ti 'di gweld stad arna i nithiwr!"

"Ia, Dryw?" holodd Slej a gwenu fel giât. "Racsan?"

"Llanast!"

Chwarddodd Slej yn uchel. "Eniwe, doesna'm raid i *chdi* 'i wneud o, na! Jysd gwerthu'r ffycin peth, de!"

"Ia, ond mae o mor temting dydi, tra mae o arna chdi. Fydda i'n siŵr dduw o'i neud o eto pan fydda i'n chwil ac isio pick-me-up. Ti'n gwbod fel ma hi!"

Chwarddodd Slej eto. "Yndw, mêt, ffycin reit! Haha! Y peth ydi, ddo, de Dryw, pan fyddi di isio pick-me-up rywbryd, a hwnna *ddim* gen ti, fyddi di'n diawlio – achos fyddi di'n gorfod talu am beth. Os ti'n 'i werthu o, mae o am ddim dydi?"

"Yndi, yndi... Ond na, ffyc it, 'dio ddim i fi, sdi. Cemicals..."

"Dim byd yn rong efo cemicals, y ffycin hipi! Tyd 'laen, wnei – fydd o'n werth o sdi, mark my words!"

"Wertha i be sy genai, a dyna hi."

Chwarddodd Slej. "Gawn ni weld, ia? Garantîai di nei di newid dy feddwl! Hei, raid fi fynd mêt. Dwi'n mynd i'r gym, dwi'n gweithio ar y pecs 'ma ar y funud. Fyddai'n fwy na Arnie mewn few weeks, gei di weld! Welai di!"

Refiodd y fan a sbinio i ffwrdd efo Slej yn sbio'n ôl drwy'r ffenest agored â'i dafod yn hongian dros ei ên wrth fynd. Tarodd res o bibiadau sydyn wrth ddiflannu rownd cornel y stryd, gan adael Dryw Bach â'i ben yn troi. Fel yna oedd Slej pan oedd o mewn hwyliau – yn cyrraedd ac yn gadael fel corwynt.

Anadlodd Dryw yn ddwfn. Roedd 'na bensgafndod newydd ei daro, a dechreuodd chwysu eto. Roedd o angen blewyn y ci.

"Dryw Bach!" gwaeddodd llais o'r tu ôl iddo, fel roedd o am groesi'r stryd yn ei ôl.

Steve Austin oedd yno, yn cerdded efo dau fag Coparét yn llawn o siopa yn ei law. "Dryw, mae 'na rywun wedi ffonio amdana chdi."

"Eh?"

"Bora 'ma. Gynna fach, i ddeud y gwir. Hogan."

"Hogan?"

"Ia. Cymraeg oedd hi."

Meddyliodd Dryw yn ddryslyd ddwys. Roedd gormod o bethau'n digwydd y bore 'ma, meddyliodd. "Ffonio'r Drafal wnaeth hi?"

"Naci, Butlins Pwllheli. Lle ffwc ti'n feddwl?"

Triodd Dryw feddwl eto, ond doedd dim byd yn gwneud synnwyr. "Pwy oedd hi?"

"Wel dwi'm yn ffycin gwbod, nacdw!"

"Roth hi'm enw?"

"Naddo. Ddudas i fysa chdi i mewn nes ymlaen, mwya thebyg, so nath hi ddeud fysa hi'n ffonio eto."

"OK, Steve. Diolch."

"No wyris. Welai di nes mlaen, felly."

"Ia, OK ta. Welai di."

Safodd Dryw Bach yn ei unfan wrth i Steve Austin ymlwybro i ffwrdd i gyfeiriad y Drafal. Triodd feddwl pwy fyddai'n ei ffonio, ond yr unig beth y gallai feddwl amdano oedd fod rhywun yn chwilio am ddôp. Ond mi fyddai rhywun a wyddai fod ganddo beth i'w werthu yn gorfod bod yn ei adnabod, ac mi fyddai rhywun oedd yn ei adnabod yn gwybod lle'r oedd o'n byw – a hefyd yn gwybod na fyddai'r Drafal yn agored tan ddeuddeg ar ddydd Llun.

Croesodd y stryd. Canolbwyntiodd ar ei flaenoriaethau – ymddiheuro i Affro, a chael rhywbeth i'w yfed.

55

Ffliciodd Mani drwy Ceefax ar y teledu. O be allai ddeall efo'i ddarllen sâl, doedd dim mwy o newyddion o Lerpwl na be welodd o ar y teledu yn y garej ar y draffordd ben bore. Daeth Gwawr draw o'r ffenest agored a rhoi'r sbliff yn y blwch llwch.

"Www!" meddai wrth weld y cartŵns a'r lluniau roedd Mani wedi'u gwneud ar y pad nodiadau ger y ffôn room service. "Mae dy dŵdls di'n well na'r rhan fwya o luniau dwi 'di'u gweld!"

"Dwn 'im?" atebodd Mani. "Ti heb weld llawar, felly!"

"Paid â bod mor modest, Sundance! Dwi 'di gweld 'yn siâr, boi!"

"O? Mynd i lot o galeris, wyt?"

"Mi o'n i. Fuas i'n Art School hefyd, sdi."

"Go iawn?"

"Mond am hannar blwyddyn. Dropias i allan."

"Pam?"

"Stori hir..."

"Ti'n dal i neud llunia?"

"Nacdw. Ond dwi'n gweld dy fod ti..."

"Dydw inna ddim chwaith, sdi. Dim erstalwm, bellach. Wel, dwi 'di gneud amball un i Fizz, ond..."

Tawelodd Mani a chydio yn y sbliff o'r blwch llwch.

"Be oedd dy betha di, ta? Oils? Waters? Portrets...?"

"Pensals a tsiarcol... Ond fuas i'n iwsio paent erstalwm."

"Ddylsa chdi gario mlaen, sdi," dechreuodd Gwawr wrth stydio'r pad papur. "Fysa petha fel hyn yn mynd i lawr yn dda..."

"Be, nadroedd 'di lapio rownd cyllall?"

"Tattoo artist, de! Fysa chdi'n gneud bom."

"Hy!" oedd sylw olaf Mani ar y mater. Doedd o erioed wedi bod yn gyfforddus efo canmoliaeth. A doedd o ddim yn gyfforddus efo Gwawr yn ei annog fel roedd Fizz yn arfer ei wneud, chwaith. Roedd hi eisoes wedi meddiannu ei gorff, ond doedd Mani ddim am adael iddi droedio maes ei enaid hefyd.

Cododd a mynd at y ffenest i smocio'r skunk – roedd o'n drewi gormod i'w smocio fel arall. Pwysodd allan drwyddi. Gwyddai eu bod nhw wedi bod yn lwcus i gael y stafell, ond mi allent fod wedi cael ychydig mwy o lwc efo'i lleoliad. Yn hytrach na wynebu'r môr roedd hi'n wynebu'r cefnau hyll oedd yn llechu tu ôl i ffasâd lliwgar y promenâd. Yr unig olygfa oedd waliau cefn gwestai eraill, eu paent yn pîlio a'u pibellau awyru a'u draens a'u ffenestri pydredig i gyd yn gacan lwyd o gachu gwylanod a cholomennod.

"Dwisio bwyd," medd Gwawr. "Mynshis."

Er nad oedd o'n llwglyd, gwyddai Mani y byddai cael rhywbeth yn y bol yn syniad da. Ond mi oedd o'n rhy stônd i ateb Gwawr, ac yntau ymhell i ffwrdd efo'i feddyliau, beth bynnag. Tynnodd ar y sbliff wrth daro'i feddwl yn ôl dros yr hyn ddigwyddodd yn ystod y bore. Fedrai o ddim deall sut y digwyddodd o, ac er iddo fwynhau, doedd o ddim yn hapus am y peth o gwbl. Doedd o ddim yr un fath â charu Fizz. Cofiodd eto y dylai ffonio Maj i adael neges iddi, a chaeodd ei lygaid am ychydig eiliadau a'i gweld hi, â'i llygaid yn daer, tu allan cefn y siop jips – 'Ac efo'r gynnau 'ma'n dod i'r golwg rownd y rîl, dwi'm isio ffycin colli chdi, Mani...!'

Agorodd ei lygaid a chwythu mwg i gyfeiriad dwy golomen oedd yn sefyll yn eu cachu ar sil ffenest heb fod ymhell.

"Hei, Sundance! Glywist di? Dwi'n llwgu fan hyn..."

Ffliciodd Mani ddiwedd y sbliff i gyfeiriad y ddwy golomen. Hedfanodd un i ffwrdd, ond arhosodd y llall.

"Awn ni i chwilio am gaffi, ta?" cynigiodd wrth syllu ar y golomen a arhosodd. "Neu takeaway?"

"Be am pub meal?" awgrymodd Gwawr yn eiddgar.

Doedd Mani ddim mor awyddus. "Dwi'm yn siŵr am hynny, Gwawr. Dwi angan sortio transport."

Daeth Gwawr i sefyll tu ôl iddo a lapio'i breichiau am ei ganol. "Fedran ni ddim gadal hynny am heddiw?" meddai wrth gusanu ei wddw. "I ni gael enjoio un diwrnod llawn?"

Tarodd ei geiriau Mani. Enjoio? Be ffwc oedd o'n ei wneud? Nid gwyliau rhamantus oedd hyn. Roedd o'n dianc o afael yr awdurdodau, ei ffrindiau wedi'u lladd, un arall yn yr ysbyty, ac mi oedd o'n styc efo merch roedd o i bob pwrpas wedi'i herwgipio! A rŵan roedd o newydd ei ffwcio hi mewn gwesty mewn tref wyliau glan môr! Ond toddodd ei deimladau wrth i gusanau ysgafn Gwawr ei ogleisio. "Gawn ni ddigon o amsar i enjoio unwaith fydda ni wedi cyrraedd..."

"Mmmmm... Cyrraedd lle?" holodd Gwawr rhwng ei grwndi.

Oedodd Mani cyn dweud dim, fel petai'n disgwyl i ateb ddod i'w ben mewn fflach lachar o ysbrydoliaeth. Ond doedd dim ysbrydoliaeth i'w chael yn y waliau llwyd a'u cachu colomennod. "Gawn ni weld, ia?" meddai.

"Wel, cyn bellad â'n bod ni efo'n gilydd..." mwmiodd Gwawr yn gariadus.

Styriodd Mani, a thynnu ei hun o'i gafael wrth sythu.

"Tyd," meddai wrth estyn ei gôt. Roedd geiriau rhamantus Gwawr wedi'i aflonyddu. Y peth olaf oedd o ei angen rŵan oedd perthynas yn hongian dan ei wddw fel talp o lechfaen. Diawliodd ei hun am fod mor wan. Diawliodd ei hun am fynd yn groes i bob synnwyr – ac yn groes i bob emosiwn hefyd. Achos, er na allai resymu'r peth, teimlai Mani'n euog. Gwyddai fod hynny'n wirion, o gofio i Fizz droi at ddyn arall tu ôl i'w gefn. Ond fedrai o ddim ysgwyd y teimlad ei fod o wedi'i thwyllo hi.

Wedi cyrraedd y dderbynfa, cododd Mani bapur newydd lleol i fyny oddi ar y cownter cyn camu allan o'r gwesty. Câi bori drwy'r hysbysebion ceir ar werth dros damaid i fwyta. Taniodd sigarét ar y grisiau tu allan i'r drws wrth aros i Gwawr ddal i fyny efo fo.

"'Di goriad y stafall gen ti?"

"Yndi," atebodd Gwawr, cyn sylweddoli fod Mani'n dal ei law allan wrth ddisgwyl iddi ei roi o iddo. Roedd y siom o weld nad oedd o'n ei thrystio o hyd yn amlwg ar ei hwyneb.

"Sori, bêb. Habit."

"Ma'n iawn," medd Gwawr wrth roi'r goriad yn ei law. "Dwi'n shit efo goriada, eniwe. Fyswn i ond yn ei golli fo."

"Be sgin ti awydd? Ffish a chips?" cynigiodd Mani wrth estyn sigarét iddi a'i thanio.

"Mewn pyb?" gofynnodd Gwawr, yn ei herio yn chwareus eto.

Oedodd Mani. Roedd ar fin dweud na, ond meddalodd eto. Ochneidiodd. "Tyd, ta."

56

Clywai Dryw Bach y miwsig o waelod y rhiw a arweiniai at dŷ ei frawd, a phan agorodd y drws llifodd curiadau trwm y dub allan i ysgwyd y stryd.

"Affro?" gwaeddodd Dryw wrth gerdded am y stafell gefn. "Affro!"

Doedd fawr o bwynt gweiddi, wrth gwrs. Doedd ei frawd ddim yn mynd i'w glywed ac yntau'n sbinio'r feinyl ar ei ddecs, a hedffôns ar ei glustiau. Bu'n rhaid iddo gerdded ato a'i daro ar ei ysgwydd cyn cael ei sylw.

Gwenodd Affro pan welodd ei frawd bach, a throi'r sain i lawr yn isel – wel, yn gymharol isel, o leiaf.

"Iawn, Dryw Bach?" gwaeddodd.

"Iawn, Aff!" gwaeddodd Dryw yn ôl.

"Jysd trio amball i gombinêshiyn!" medd Affro wrth droi'r sŵn i lawr fymryn eto. "Genan ni gig yn y Cross wicend nesa, os ti awydd hi?"

"Duw, oes yn tad!" medd Dryw a gwenu fel giât wrth deimlo pwysau'r byd yn gadael ei galon.

"Ma siŵr fydd hi'n dawal syth ar ôl New Year's, ond dyna fo. Fydd yr hardcôr allan, ma siŵr."

"Byddan siŵr dduw, Aff! Doedd 'na'm reggae night yn nunlla dros Dolig nagoedd. Fydd y stônars yn gagio erbyn wicend, siŵr!" Chwarddodd Affro'n braf. "Ti 'di clywad hon? Keith Hudson. Ffwc o diwn, cont!"

Trodd Affro'r sain yn ôl i fyny nes bod y waliau'n ysgwyd efo grym y bas. Gwyliodd Dryw Bach ei frawd yn sgancio'n braf tu ôl ei ddecs, a sylwi nad oedd i'w weld mor boenus ar ei goes erbyn hyn. Nodiodd Dryw ei ben efo'r curiadau.

"Irie Irie!" canodd Affro, cyn troi'r sain yn ôl i lawr. "Bangar! Edrach mlaen i unleashio honna ar y breddren, boi!"

Gwenodd Dryw Bach.

"So, ti 'di sobri, felly?" gofynnodd Affro wrth afael yn ei bacad rislas a thynnu tri allan.

"Do, Aff. Dyna pam o'n i'n dod draw, rili. Isio deud sori."

Chwarddodd Affro'n braf. "Oedd drws y bog 'na'n ffycd, eniwe. Hen bryd i Steve Austin ei drwsio fo!"

"O'n i'n poeni mwy amdana chdi, i fod yn onest. O'n i'm yn feddwl o, sdi..."

"Ddim yn meddwl be?"

"Be ddudas i. Dwi'n meddwl y byd o'na chdi, Aff – ti wastad 'di bod yna i fi, a..." Stopiodd Dryw. Roedd ei lais yn cracio.

"Hei, no ffycin wyrris, Dryw Bach," sicrhaodd Affro fo efo gwên gynnes wrth roi baco yn y dair sgin roedd o newydd eu glynu efo'i gilydd. "'Dio'm 'di poeni dim arna i, sdi mêt. Been there, done that. Nei di ddysgu, sdi, fel ti'n mynd yn hŷn – ddoi di i nabod bobol, a gwbod pan maen nhw'n meddwl rwbath neu jysd yn reactio yn eu cwrw... Ges di brofiad emotional ddoe, mêt, oedd o'n bownd o ddigwydd."

"Doedd o ddim jysd yn hynny..."

"Na, dwi'n gwbod. Y base 'na nath i chdi yfad fel tasa 'na ddim fory. Alcohol de – cont o ddryg. Yn enwedig pan ti'n yfad o'n rhy ffast i dy gorff di 'i brosesu fo... Yr unig beth dwi'n boeni am ydi bo chdi'n poeni bo fi 'di cael 'y mrifo a bo fi'n meddwl llai o'na chdi ar gownt rhyw owtbyrst meddw!"

Fflachiodd Affro fflam y leitar ar y lwmp o ddu cyn briwsioni peth ohono ar ben y baco yn y triawd o rislas. "Fysa ti'n gorfod gneud rwbath lot, lot gwaeth i ddigio Affro, sdi mêt!"

Pelydrodd clamp o wên dros wyneb Dryw Bach. "Sut mae dy ffêr di?"

"Lot gwell, sdi. Dwi'n gallu rhoi pwysa ar y droed rŵan. Ddim yn iawn chwaith, cofia – fyswn i'm yn gneud yr hyndryd mityr hyrdyls arni, ond mi ddaw."

"Be am dy asenna di?"

"O, mae rheiny'n dal i frifo. Ond does'na ffyc ôl fedran nhw neud i cracd ribs eniwe, na? Mond gadal nhw fendio'u hunan, ynde?"

"Am wn i," atebodd Dryw, oedd ddim callach.

Taniodd Affro'r joint, a gan adael albym Keith Hudson i chwarae estynnodd ddau gan o lager o'r ffrij, ac aeth y ddau frawd i eistedd ar y soffa o dan y ffenest gefn.

Y soffa, a'r bwrdd y gorweddai'r decs arno, oedd yr unig ddodrefn yng nghegin gefn tŷ Affro. Mi oedd 'na gypyrddau cegin, wrth gwrs, a chwcyr a ffrij, ond dim byd arall. Wel, heblaw am y silffoedd i ddal y records, yr amp, y bass bin a'r ddau sbicyr run seis â chasgenni cwrw – a'r goleuadau disco. Ond doedd dim cadeiriau eraill, na bwrdd bwyta na dim. Gwell gan Affro oedd cael llawr gwag efo digon o le i bobol ddawnsio.

"Ti'n dod nos fory, wyt?" holodd Affro wrth basio'r sbliff i'w frawd bach.

"O, ti *yn* cael parti, wyt?" atebodd hwnnw. "O'n i'n meddwl bo ti am sgipio leni, ar ôl be ddigwyddodd flwyddyn dwytha?"

"Naa... O'n i'n pasa peidio cael un, ond ti gwbod fel ma hi – buzz Dolig a ballu. Hwylia'n codi, dydi!"

Gwenodd y ddau eu cytundeb ar y pwynt, cyn i Affro ddechrau chwerthin wrth gofio ffiasco parti Nos Galan y llynedd. Roedd y noson wedi dechrau'n ddigon normal – reggae, ganja, cwrw a bobol dda yn dawnsio a chael crac – ac mi alwodd 'na lai o pissheads heibio nag arfer, felly mi oedd petha'n reit chilled, a'r bas yn crynu'r graig o dan eu traed. Aeth pethau'n fwy swreal fel yr aeth y noson yn ei blaen, fodd bynnag, yn enwedig ar ôl i Gwcw Blastig a Porffafôr gyrraedd efo dwy iâr ar denynnau wedi eu gwneud o gortyn bêls. Roedd hi wedi pasio hanner nos pan gerddodd Robin Buarth Brwynog, ffarmwr yn tynnu at ei chwedegau, i mewn i ganol y parti â golwg mwrdwr arno. Ac wrth i araf-fflachiadau coch, gwyrdd a glas y goleuadau disco a physgod arian pelydrau'r glitter ball ddawnsio dros ei wyneb, bytheiriodd Robin bob mathau o felltithion na allai unrhyw un eu clywed uwchben y miwsig. Doedd fawr o neb wedi sylwi ar Robin, fodd bynnag, a methai'r hen foi yn lân â chael ymateb gan unrhyw un i'w holiadau candryll. Ymbalfalodd drwy'r dawnswyr, yn hanner dall yn y goleuadau, a chael ei hun yn ei ôl wrth y drws. A thrwy'r drws yr aeth o, yn ei flaen ac i mewn i'r lownj, oedd yn llawn o bobol stônd yn sgwrsio'n hwyliog. Ac yno yn eistedd ar y soffa roedd Gwcw Blastig a Porffafôr efo'r ddwy iâr yn dal ar dennyn – un ar lin Gwcw Blastig yn cael mwythau, a'r llall newydd ddisgyn ar ei hochr mewn llewyg wedi i Porffafôr ei hypnoteiddio.

Ffrwydrodd Robin Buarth Brwynog fel Yosemite Sam – "*BE 'DACHI'N NEUD I 'NGHYWENNOD I'R PYRFYRTS!*" – a'r peth nesaf, un ai oherwydd fod ei weiddi wedi'u dychryn nhw neu nad oeddan nhw isio mynd yn ôl i HMP Buarth Brwynog efo'u perchennog, mi ffrîciodd y ddwy iâr. Neidiodd yr un oedd mewn perlewyg i'w thraed yr un pryd ag y cachodd y llall dros jîns Gwcw Blastig, ac o fewn hanner eiliad roedd y ddwy'n troi mewn cylchoedd yn yr awyr, yn sgrechian a chlochdar a fflapio'u hadenydd wrth dynnu ar eu tenynnau. Bu'n rhaid i'r ddau frawd ollwng y tenynnau cyn i'r ieir necio, ac mi ddihangodd y ddwy trwy'r drws agored ac ar eu pennau i'r stryd – a Robin ar eu holau nhw, yn gweiddi y byddai yn ei ôl efo'r polîs.

Chwalodd Affro a Dryw Bach i gigyls afreolus wrth atgoffa'i gilydd o'r hanes. Hwyl diniwed oedd o i gyd, hyd nes y cyrhaeddodd y cops heb i neb eu disgwyl – doedd neb wedi cymryd bygythiad Robin i ffonio'r glas o ddifri. Adeg hynny y trodd pethau'n wirion...

"Y peth ydi," medd Affro, ar ôl dod dros y pwl chwerthin, "fysa Flwyddyn Newydd 'im run fath heb barti'n tŷ Affro, siŵr!"

Gwenodd Affro ar ei frawd, a bron na thaerai Dryw Bach iddo weld seren yn twinclo rhwng ei ddannedd wrth i belydryn o haul saethu heibio i gwmwl, trwy'r ffenest, a gwrthneidio oddi ar y bêl ddisco a tharo un o'i ffilings. Roedd 'na sêr yn ei lygaid, yn sicr. Sêr direidus, sionc a hawddgar eu perchennog.

"Pwy nath ddechra gneud sŵn iâr, 'fyd – ar ôl i'r cops gyrradd?" holodd Dryw Bach wrth basio'r joint yn ei hôl a chymryd swig o lager. "Gwcw oedd o, ia?"

"Naaci! Porffafôr, siŵr!"

"Ia? Ti'n siŵr?"

"Ffycin hel, yndw! O'n i yno ar y pryd, achos o'n i 'di gorfod troi'r miwsig reit i lawr pan landiodd y cops efo Robin, ac o'n i'n trio stopio Gwcw Blastig regi arnyn nhw pan ddechreuodd Porffafôr daflu ei lais a gneud sŵn clwcian! O'dd Robin yn mynd yn boncyrs, yn chwilio tu ôl i'r soffa yn meddwl fod ganddyn nhw fwy o'i ieir o yn rwla!"

Chwarddodd Dryw Bach nes bron â cholli'i wynt. "Porffafôr!" meddai wedyn, wrth ysgwyd ei ben.

"Ia!" medd Affro. "Ma'n un drwg, sdi!"

Chwarddodd y ddau nes bod eu hochrau'n brifo.

57

Ar ôl dwyawr o waith roedd Porffafôr a Gwcw Blastig wedi cloi tŵls KK yn ôl yn y lock-up ac wedi sleifio i ffwrdd trwy'r niwl.

Yn nhŷ Porffafôr y buon nhw wedyn, yn cael brecwast bêcyn, sosej ac wy efo llond tebot o de. Er iddo gael trafferth efo'r brecwast mi oedd Gwcw'n falch ohono, ac yn falchach fyth o'r te melys a stopiodd ei gorff ddirgrynu. Wedi sortio'i stumog a'i gorff, dim ond ei ben oedd ar ôl, a can o lager oer o'r ffrij oedd ffisig hwnnw. Llowciodd yn awchus ar yr hyfrydwch melyn a neidiodd ei feddwl i gêr o'r diwedd. Bu'n fore digon anodd iddo, yn crynu a chwysu yng nghanol llwch mewn hen lefal chwaral – cyn sefyll ar hoelen mewn darn o bren wrth roi'r tŵls yn ôl i gadw yn lock-up Kola Kube.

Sychodd ei weflau efo llawes ei grys lumberjack tew a chodi'i droed at ei ben-glin i astudio'r twll oddi tani eto.

"Neith hi'm gwella wrth i ti sbiod arni, sdi!" medd Porffafôr.

"Ti'n meddwl ddylswn i gael tetanus?"

"Pryd gas di un ddwytha?"

"Blynyddoedd yn ôl, pan frathodd Mani 'mys i," atebodd Gwcw, yn cofio'r ffeit fel ddoe.

"Duw, fyddi di'n iawn, sdi. Oedd hi'n hoelan galvanized, yn doedd! Sa'n wahanol sa hi'n hen beth rydlyd."

"Dettol fysa'r boi. Sgin ti beth yn tŷ 'ma?"

"Nagoes, sdi," atebodd Porffafôr. Doedd o ddim yn un am gadw pethau felly. "Biti, hefyd. O leia fysa'i hogla fo'n cuddio hogla dy ffycin draed di!"

"Dwi'n hogleuo ffyc ôl..." dechreuodd Gwcw Blastig, cyn i hogla rhech wyau slei ei frawd daro'i ffroenau fel asid. "Pwoo! Ffacin hel's bels, Porffafôr! Dwi'n gweld pam ti'm yn cadw Dettol – ma honna'n ddigon i ladd unrhyw jyrms!"

Chwarddodd Porffafôr yn ddrwg wrth rowlio sigarét.

"Faint o gloch 'di?" holodd Gwcw. "Mae 'di troi hannar dydd, siŵr o fod? Ellith Ned ddim dod â'r ffycin stwff i'r pyb?"

"Nefoedd y ffycin nionod!" diawliodd Porffafôr. "Be wyt ti, rhyw fath o ynfytyn?"

"Wel, mae o'n hwyr! Os na ddaw o mewn hannar awr, dwi'n mynd."

"Mi ddaw, Gwcw! Mi ddaw!"

Ar hynny daeth sŵn rhywun yn parcio tu allan. Cododd Porffafôr ac agor y drws ffrynt. Gwelodd Ned Melfaréd yn chwilota yng nghefn ei fan. Aeth draw ato.

"Dyna chdi," medd Ned. "Ma 'na hen ddigon yn fa'na... Oedd hi'n haws cael gafael ar y cwbwl na trio cael chydig allan o'r bocs yn y cwt. Jysd paid â iwsio fo i gyd ar unwaith de – neu fydd 'na'm ffycin afon ar ôl!"

Gwenodd Porffafôr. Roedd o wedi dweud wrth Ned mai i botsio samons oedd o angen y ffrwydron. "A lle ma'r dets?"

"Ma nw yn y strongbox yn ffrynt y fan. Ddo i â hwnnw. Dos di â rheina i'r tŷ, a'r bag 'ma hefyd – ma'r ffiws a'r taniwr i mewn ynddo fo."

Cariodd Ned y bocs metel trwy dŷ Porffafôr ac allan i'r sied yn y cefn.

"Gwna'n ffycin siŵr fo ti'n cadw rhein yn y bocs, Porffafôr. Mae unrhyw jarj yn yr awyr yn gallu'u tanio nhw. A cadwa'r bocs ar wahân i'r jeli. Iawn?"

"Mi wna i, Ned, paid ti poeni," medd Porffafôr, a fu'n gweithio yn y chwarel am sbelan, flynyddoedd yn ôl.

"Ti'n siŵr, Porffafôr? Mae 'na rwbath 'di chwythu yma'n barod, fyswn i'n ddeud!" medd Ned wrth droi ei drwyn ar ogla rhech slei arall gan Porffafôr.

"Faint sy arna i ti?" holodd Porffafôr.

"Jyst tyd â pysgod i fi, Porff," oedd ateb parod y chwarelwr. "Welai di!"

Diflannodd Ned yn ei fan, mor sydyn ag y daeth.

"Tyd â gweld y jeli 'na!" medd Gwcw Blastig, fel plentyn isio chwarae efo clai.

"Nefoedd y nionod, ei di ddim yn agos i rheina, Gwcw Blastig!"

"Pryd da ni'n iwsio nhw ta?"

"Dibynnu faint o brogres wnawn ni ar y tyllu dydi? Genan ni ddwyawr arall bora fory... Dydd Flwyddyn Newydd dwrnod wedyn − banc holidê − felly mi gawn ni ddwrnod llawn os fydd angan. Ddylsan ni fod yn iawn at wicend nesa, sdi."

"Reit ffycin dda!" medd Gwcw Blastig wrth rwbio'i ddwylo'n eiddgar â golwg dihiryn cartŵn yn ei lygaid.

"Ia," cytunodd ei frawd mawr, cyn gwenu'n ddrwg. "Jysd gobeithio neith o weithio!"

58

Dal i ddadlau am dorri gwallt oedd y ddau pan blonciodd y barman eu bwyd o'u blaenau ar y bwrdd. Roeddan nhw wrthi ers iddyn nhw basio siop barbwr ar y ffordd o'r gwesty. Doedd dim sôn am ferch wedi diflannu yn Lerpwl, heb sôn am un efo dredlocs, haerai Gwawr, felly pam ddylai hi dorri ymaith ei hunaniaeth?

"Dim Bob Marley wyt ti," atebodd Mani, oedd yn gyfarwydd â dyfyniad rastaffaraidd Bob am ei hunaniaeth yn ei ddredlocs.

"Obfiysli. Fysa ti'm yn ffwcio Bob Marley, na fysat?"

Roedd geiriau Gwawr yn finiog. Yn wenwynllyd hyd yn oed. Mygodd Mani'r fflach o dempar a saethodd trwy ei waed, cyn sylweddoli eto ei fod o'n bod yn ansensitif o ystyried be ddigwyddodd rhyngddyn nhw'n gynharach.

"Dduda i wrthat ti be − awn ni i siop ac mi brynwn ni glipars, ac os fydd petha'n newid mwya sydyn, o leia fedran ni dorri gwalltia'n gilydd waeth lle bynnag fyddan ni. Dwi angan mynd i brynu sana beth bynnag. Sut ma hynna'n swnio?"

"OK," atebodd Gwawr yn siriol. "Dwi isio nicyrs 'fyd."

Cilwenodd Mani a chymryd swig o'i beint cyn ymosod ar y pysgodyn ar ei blât. Cododd Gwawr ar ei thraed.

"Piso," meddai wrth weld gwyneb Mani. "Paid â poeni, dwi ddim yn mynd i ddengid!"

Gwyliodd Mani hi'n croesi'r llawr efo camau byr, sydyn a wnâi i'w thin symud mewn cyfres o shimmys. Doedd hi ddim yn cerdded fel traflar, meddyliodd. Ond mi oedd hi'n ffwcio fel un. Ffromodd wrth i Fizz neidio i'w ben eto.

Sganiodd y dafarn wrth drio'i orau i gnoi'r pysgodyn. Heblaw am griw o lafnau ifanc wrth y bwrdd pŵl, roedd y bar yn wag. Ond mi oedd hi i weld yn orlawn drwodd yn y lownj a'r restront, lle'r oedd pawb arall yn bwyta. Gwelodd ffôn dalu ar gornel y bar. Agorodd y papur-am-ddim a throi i'r tudalennau For Sale.

Daeth Gwawr yn ei hôl a dechrau cnoi mewn tawelwch.

"Lle nesa, Sundance?" holodd cyn hir, a gwthio'i phlât i ymyl y bwrdd â hanner ei chinio'n dal arno.

"Ti'm isio hwnna?" gofynnodd Mani.

"Cocaine," eglurodd.

Rhoddodd Mani y gorau i'w ymdrech yntau hefyd, a gadael ei fwyd ar ei hanner.

"Fysa peint arall yn mynd lawr yn dda, ti'm yn meddwl?" medd Gwawr. "Cym on, Mr Jolly! Neith o'm drwg!"

"*Un* arall!" siarsiodd Mani wrth estyn papur ugain iddi. "Dwi'n mynd i ffonio'r nymbyrs 'ma."

Pan ddaeth yn ôl i eistedd roedd 'na ddau beint o lager a dau shortyn ar y bwrdd. Roedd Gwawr wrth y jiwcbocs yn dewis caneuon. Dawnsiodd yn ôl at y bwrdd i gyfeiliant 'Could You Be Loved' gan Bob Marley.

"Be ffwc 'di rhein?" mynnodd Mani.

"JD a Coke," gwenodd Gwawr. "Y *liquid* coke!"

"Fydda i angan dreifio nes ymlaen!"

"O wel, fydd rhaid i fi'u hyfad nhw felly, yn bydd?" Cododd ei pheint o'i blaen. "Iechyd da!"

59

Doedd Doreen, mam Mincepie, heb stopio crio ers cael canlyniadau llawdriniaeth ei mab. Eisteddai yn y gadair wrth ochr y gwely, yn dal hances i'w llygaid wrth syllu ar ei mab yn gorwedd efo bandej dros ei lygaid. Cydiodd Maj yn ei braich.

"Come on, Mam. You heard worr the doctor said, dere's still hope."

"I know, luv. Burr it's not gone right, 'as it – the sergery? They couldn't save his sight."

"Not at the moment they can't, Mam. They were hopin the wotsit thing weren't broke, burr it was. So dey tried te fix it best dey could. Now it's just a matter of waitin."

"Slim chance, tho, luv..."

"Yer, I know, burr we can't give up hope."

"Burr he'll never see 'is kids again. An let's face it, he never saw enough of 'em as it was!"

"Oi, Mam!" medd Mincepie o'i wely. "I may be blind, burr I can still hear!"

"Sorry, luv! Yer know worr I mean, tho!"

"Let's just wait and see, eyh? I'm a fighter, me!"

"Well, yer certainly got the mouth, I'll give yer that!"

Chwythodd Doreen ei thrwyn.

"Pass us another one o dem tissues, luv," meddai wrth ei merch. "Oh, and stick that one in de bin fer us, will yer?"

Rowliodd Maj ei llygaid wrth afael yn yr hances fudr efo'i gwinedd a mynd â hi i'r bin wrth ochr arall y gwely.

"I can't bear it, luv, honest! What mother could? Her own child not being able ter see her?"

Dechreuodd Doreen grio eto.

"Now then, wobbly gob!" medd Mince. "I'm alive, aren't I!"

"I can't help it, Vinny! How I'd love to get me hands on dem slimeballs! I'd skin 'em all alive!"

"Dere was only one of 'em, Mam!"

"Well, ye should've taken care of him then, shouldn't yer?!"

"Oh hello!" medd Mince gan bwyntio at ei fandej. "He 'ad a shooter, if yer aven't noticed? A fuckin sawn-off!"

Gwenodd Maj. Hyd yn oed o dan deimlad mewn sefyllfa mor drist â hon, doedd dim stopio ar y ddau efo'u tynnu coes tragwyddol. Ond mi oedd o i gyd yn fwrn ar Mince ar y funud, sylwodd. Er gwaethaf ysbryd cryf ei brawd bach mi oedd o wedi blino, ac er bod y morphine yn dal i'w warchod rhag sylweddoli gwir ddifrifoldeb ei sefyllfa, doedd mwydradau pryderus, diwedd-y-byd ei fam ddim yn gwneud unrhyw les iddo. Doedd o ddim yn gwneud llawer o les i honno chwaith, a hithau'n ddigon ffwndrus fel roedd hi efo'r dementia oedd yn naddu mwy ar ei meddwl bob dydd.

Awgrymodd Maj y dylai ei mam fynd i nôl paned o de, ond mi ddywedodd ei bod newydd gael un. Triodd Maj ei hatgoffa nad oedd hi wedi cael paned ers oriau, ond doedd dim yn tycio. Gofynnodd os oedd hi am baned *arall*, felly, ac mi atebodd Doreen y byddai'n licio coffi. Awgrymodd Maj y dylai hi fynd i'w nôl o ei hun, o'r caffi ar y llawr isaf. Ond doedd fawr o awydd symud ar Doreen.

"It's too far, luv. I'm seventy eight, for god's sake. Me pins are shot."

Ochneidiodd Maj.

"Oh, alrite," medd Doreen a hwylio i godi. "I'll get the teas. I need the toilet, anyroads. You two go ahead and talk yer gangster stuff."

Cuddiodd Maj ei phen yn ei dwylo wrth i Doreen godi o'i chadair, a diolchodd nad oedd y cleifion cyfagos a'u hymwelwyr mewn unrhyw gyflwr na hwyliau i wrando ar ei geiriau.

Roedd Mince yn dal i fod yn y ward gofal dwys, ond mi oedd o wedi dod dros y llawdriniaeth yn ddigon da i'r doctoriaid sôn am ei symud i ward arall yn nes ymlaen heddiw. Serch hynny, doedd y llawdriniaeth heb weithio – ddim o ran achub ei olwg ar y funud, beth bynnag. Ond diolchai Maj fod Mince yn fyw, a heblaw am y ffaith ei fod wedi torri esgyrn mân ei droed chwith yn racs, roedd gweddill ei gorff mewn un darn. Ac fel y dywedodd y llawfeddyg, mi oedd llygedyn o obaith o hyd y gallen nhw adfer rhywfaint o olwg ei brawd.

Gwyliodd ei mam yn troi o'i chwmpas ar y coridor, yn chwilio am y toiled. Mi oedd hi'n gwybod yn iawn lle'r oedd o achos roedd hi'n ei ddefnyddio o leiaf deirgwaith ar bob ymweliad. Ond â'i chof hi bellach mor wan â'i phledren, roedd hi'n tueddu i fynd ar gyfeiliorn bob tro y camai allan o'r ward. Mi oedd hi'n gwaethygu'n ddiweddar hefyd, sylwodd Maj. Efallai fod hynny'n fendith. Doedd wybod sut y byddai hi'n ymateb i sefyllfa Mince pe byddai'r gwir yn ei tharo'n iawn.

60

Tydi prynu fan yn y tywyllwch ddim yn beth doeth, yn enwedig ar ôl cwpwl o beints i ddilyn llinellau o cocaine a chwpwl o sbliffs. Ond mi oedd yn rhaid aros nes y byddai'r gwerthwr yn dod adref o'i waith cyn cael tacsi i'r cyfeiriad a roddodd ei wraig i Mani dros y ffôn. Diolchai Mani nad arhoson nhw yn y dafarn trwy'r pnawn. Yn hytrach, mi lwyddodd i lusgo Gwawr oddi yno a mynd am dro i'r traeth i ladd amser. Er bod y gwynt yn oer, mi wnaeth yr awyr iach gryn dipyn o les i'w synhwyrau.

Trodd gyrrwr y tacsi i lawr stryd nad oedd yn stryd mwyach, ar gyrion y dref, a dilyn rhes o lampau trwy dir wast agored. Holodd Mani os oedd o'n siŵr mai hwn oedd y lle cywir. Cadarnhaodd y gŵr o dras Asiaidd â'i acen ogleddol gref eu bod nhw ar y ffordd i'r lle iawn.

"Down the end here. The last stand! They've cleared away most of the houses, like – fuckin bulldozed a whole community in the name of progress."

Archfarchnadoedd, gwestai cadwyn a sinema aml-sgrin, eglurodd y gyrrwr wrth fwrw mlaen â'i lith. Rhyw fath o 'slum clearance' – clirio'r hen dai gwag a'r rhai llawn efo nhw.

"Compulsory purchase. There's only a few holding out."

Daeth y tacsi at yr unig ran o'r ardal lle roedd adeiladau'n dal i sefyll – teras o bedwar tŷ ar y chwith, a hen adeiladau tri llawr gyferbyn â nhw, yn estyn rownd cornel lle'r arferai stryd arall redeg tua'r dde. Stopiodd y tacsi a phwyntiodd y gyrrwr i lawr be oedd ar ôl o'r stryd ar y dde. Doedd dim yn dal i sefyll heblaw cyfres o bedwar neu bump adeilad tri llawr ar ochr chwith y stryd, gyda chiosg teleffôn a dwy lamp yn dal i oleuo'r pafin o'u blaenau. Ar ochr arall y stryd, yn wynebu'r adeiladau yn y gwyll, gorweddai darn mawr o dir anial, yn wag heblaw am olion cymuned a sgubwyd o'r neilltu i wneud lle i gynlluniau'r datblygwyr. Safai arwydd mawr yno, yn cyhoeddi i'r byd a'r betws be oedd y 'gwelliannau' oedd ar y gweill.

"'Improvement' and 'regeneration'!" poerodd y gyrrwr tacsi. "There was ten streets there, most of 'em with families! Look at it now – a fuckin wasteland! That street was Morecambe Street. Me grandad had an ironmongers' there. And that building by the telephone box – the Morecambe Hotel – fantastic pub it was. There was another four here, all closed like, but they bulldozed 'em..."

Cydymdeimlai Mani, ond doedd ganddo fawr o amynedd gwrando ar y manylion. Doedd o ddim yn talu am daith hanesyddol o gyrion tywyll dwyrain Blackpool.

Rowliodd y tacsi'n araf at dŷ pellaf y teras ar eu chwith – yr unig un oedd heb fordiau pren ar ei ffenestri. Talodd Mani'r gyrrwr a'i wylio'n bacio yn ei ôl a throi rownd ar gyffordd gweddillion Morecambe Street cyn gyrru yn ei ôl y ffordd ddaeth o.

"Honna ydi hi?" holodd Gwawr wrth weld y fan Transit goch oedd wedi ei pharcio ymysg hanner dwsin o foduron truenus yr olwg ar dir wast wrth dalcen y tŷ.

"Ia," atebodd Mani fel yr agorwyd drws y tŷ gan ddyn tew â phen moel.

"Bloody hell, you must be keen if the taxi's not waitin!" meddai.

Gwenodd Mani. "Thought I'd take a chance!"

"It's a good van, ya won't be disappointed," atebodd y dyn wrth arwain y ffordd i ganol y sgrap.

"So how come you're the only one left here, then?" holodd Mani, er mwyn cynnal sgwrs.

"Cause I'm a stubborn bastard!" meddai a gwenu fel giât. "There's only me and the gyppos. And the wino colony squatting in the Morecambe. The last of the Mohicans!"

Chwarddodd y boi. Roedd o'n gymeriad digon siriol.

"Do you think you'll beat them?" holodd Mani.

Chwarddodd y dyn tew eto. "Fat chance! I can't wait to get the fuck out of here, mate – like everyone else. The place was a dump! I'm just hanging on till they treble the offer!"

Safodd Gwawr ar y pafin yn gwylio'r ddau ddyn yn trafod y fan. Taniodd sigarét o'r paced a brynodd Mani iddi yn y dafarn, a chrynu yn yr awel finiog. Roedd hi wedi troi pump o'r gloch, a'r nos wedi taflu ei mantell dywyll dros y dydd. Edrychodd ar yr adeiladau tri llawr oedd yn ei hwynebu ar ochr arall y ffordd. Roedd ffenestri'r llawr isaf, lle'r oedd y siopau'n arfer bod, wedi eu bordio i fyny, ac roedd gwydrau'r ffenestri uchaf i gyd wedi malu. Byddent yn adeiladau da i'w sgwatio, meddyliodd Gwawr, er nad oedd hi – yn wahanol i'r hyn a ddywedodd wrth Mani – erioed wedi sgwatio yn ei bywyd.

Cerddodd yn hamddenol at ben arall y teras pedwar tŷ a sefyll gyferbyn â chyffordd Morecambe Street. Sbiodd ar y blwch teleffôn a safai hanner canllath i ffwrdd a meddwl tybed oedd o'n dal i weithio. Mi gafodd ei hateb pan welodd hen ddyn efo ffon yn ymddangos o ddrws y dafarn wag ac yn ymlwybro'n ansicr ei gamau tuag ato.

Trodd Gwawr yn ôl at lle'r oedd y dynion yn siarad siop. Roeddan nhw'n brysur yn agor drysau ac edrych yn y fan, a'r dyn pen moel yn mynd drwy ei sbîl. Cerddodd yn ei hôl i fyny'r stryd ac i olwg y ciosg eto. Roedd yr hen ddyn yn dal ynddo. Arhosodd am funud neu ddau, yn ei wylio, cyn troi yn ei hôl i gyfeiriad y dynion eto. Roedd y fan wedi'i thanio, a'r dyn yn diflannu rownd talcen y tŷ am y drws cefn.

"Ti'n ei phrynu hi, Sundance?" holodd wrth fynd draw i gael golwg.

"Mae hi i weld yn iawn," medd Mani. "Mae o jysd yn mynd i nôl goriad y car acw i'w symud o o'r ffordd i fi gael mynd â hi am sbin. Be ti'n feddwl o'ni?"

"Digon o le ynddi, does?" oedd yr unig beth y gallai Gwawr ei ddweud. Doedd hi'n dallt dim am faniau.

Dychwelodd y gwerthwr a thanio'r Peugeot rhydlyd a'i symud o i'r stryd. Neidiodd Mani y tu ôl olwyn y fan ac eisteddodd y dyn yn y sêt arall.

"Nôl mewn dau funud," medd Mani cyn gyrru i lawr y ffordd yr aeth y tacsi hyd-ddi rai munudau ynghynt.

Brysiodd Gwawr at y ciosg, gan ddiawlio fod yr hen ddyn yn dal i fod ynddo. Safodd tu allan am rai eiliadau yn syllu ar yr hen dramp meddw yn mwydro geiriau annealladwy i lawr y ffôn. Cnociodd y ffenest arno, ond mi anwybyddodd o hi. Agorodd Gwawr y drws a dweud fod ganddi alwad frys i'w gwneud, ond brwsiodd yr hen dramp hi i ffwrdd efo'i law. Llanwyd ffroenau Gwawr â hogla piso a chwrw.

Clywodd y pips yn mynd, a gwelodd y sinach yn chwilota trwy bocedi ei gôt laes, fudr am newid. Agorodd Gwawr y drws a chydio yn ei goleri a'i lusgo allan i'r stryd. Rhegodd arni, ond gwthiodd o i ffwrdd a chau'r drws ar ei hôl. Rhoddodd arian yn y slot a deialu'r rhif o'i chof, gan anwybyddu melltithion meddw yr hen drempyn ar y pafin tu allan.

Wedi cael ateb a chyfnewid ychydig eiriau, sychodd olion ei bysedd oddi ar y ffôn a'i rhoi yn ôl yn ei chrud, cyn gwthio'r drws yn agored.

"You fuckin hippy slag!" gwaeddodd y trempyn wrth afael yn ei dredlocs a chodi ei ffon yn ei law arall.

"Fuck off, old man," medd Gwawr yn oeraidd wrth gael ei gwallt yn rhydd o'i afael heb drafferth, cyn cipio'i ffon gerdded oddi arno mor hawdd â dwyn fferins oddi ar blentyn. Ac wedi edrych o'i chwmpas yn sydyn i wneud yn siŵr nad oedd neb yn agos, gwenodd yn fileinig a dechrau waldio'r hen ddyn yn ddidrugaredd efo'r ffon. Achosodd y drawiad gyntaf iddo ddisgyn ar ei gefn i'r pafin, a chyn iddo gael amser i weiddi mi oedd Gwawr wedi ei daro eto, ar ochr ei ben. Yna hitiodd o eto, ac eto, ac eto, ac eto, ac eto, ac eto... Llonyddodd yr hen ddyn, a'i benglog wedi'i falu fel plisgyn wy wedi'i ferwi. Safodd Gwawr uwch ei ben yn sgyrnygu, wrth i'r gwaed lifo'n ddu i'r stryd. Gwenodd yn ddieflig eto, cyn rhoi un trawiad arall am lwc.

Ochneidiodd Gwawr yn uchel, a daeth cryndod drosti wrth iddi deimlo'r gwlybaniaeth yn gwlitho'i chont. Llyfodd ei gweflau, a blasu peth o waed yr hen ddyn oedd wedi sblatro dros ei gên a'i gwefus isaf. Yna defnyddiodd du mewn ei chrys-T i sychu gweddill ei hwyneb, a glanhaodd olion ei bysedd oddi ar goes y ffon a'i thaflu trwy ffenest ddi-wydr yr adeilad agosaf. Sychodd handlen drws y ciosg, cyn cerdded yn ei hôl at dŷ gwerthwr y fan. Taniodd sigarét wrth i'r gwefrau orgasmaidd gilio'n araf o'i chorff. Gwyliodd y fan yn dod yn ei hôl. Tynnodd ei chôt a'i thaflu i'r cefn cyn eistedd yn y sêt ffrynt tra bod Mani'n cyfnewid arian ac ysgwyd llaw.

61

"So dere we go, then," medd Mince a'i eiriau'n dechrau slyrio eto o dan effaith y morphine. "Mincepie ain't got no mince pies!"

Gwenodd Maj yn drist. "Dey're still dere, Mince. It's just dat dey can't gerrem te werk at de moment."

Bu'r ddau'n dawel am rai eiliadau.

"De bizzies are still 'angin about," medd Maj.

"Well I ain't gonner talk to 'em."

"Yous'll 'ave ter sooner or later, luv."

"'Ow's Mani? Is 'ee on 'is toes?"

"Yes, luv. It's bang on top. He was here, tho, yesterday. You were in theatre. He'll be back when he can, he said."

"Yeh, yer told me earlier, Maj."

Doedd Maj ddim yn gwybod os oedd ei brawd wedi deall pan ddywedodd hi'r hanes wrtho. Doedd hi ddim yn hir ers oedd o wedi deffro ar y pryd, ac mi oedd o hefyd yn drwm dan y morphine.

"Did yer hear about Shakatak, tho?" gofynnodd Maj.

"No, worr abarrim?"

"They reckon he's dead!"

"Wha?"

"That's de werd on de street."

"How?"

"They found bodies down by the water. Four of 'em. Bernt te a crisp!"

"And one was Shak?"

"So they say. They can't identify de bodies. But Shak's missin..."

"Who else?"

"I haven't heard, luv."

"But Mani's OK?"

"He was on 'is way well before that..."

"Are yer sure? What time d'yer see him?"

"About midday. He was off, straight from 'ere... Oh sweet Jesus! Yer don't think?"

"Nah! He's too smart, dat Taff lad..."

Aeth y ddau'n ddistaw am eiliadau hir.

"Yer right," medd Maj cyn hir. "Or there wouldn't be..."

Stopiodd Maj. Doedd hi ddim wedi bwriadu rhannu hyn efo Mince. Doedd hi ei hun ddim yn coelio'r si, wrth gwrs, a gwyddai na fyddai Mince chwaith. Ond doedd hi ddim isio peri mwy o boen meddwl iddo. Roedd y sibrydion am Shakatak yn ddigon drwg, ond doedd Maj ddim yn credu y gallai ei brawd bach handlo unrhyw newyddion drwg am ei ffrind gorau.

"There wouldn't be any what?"

"Nottin."

"Tell us, Maj!"

Roedd Maj yn adnabod tôn llais ei brawd yn iawn – hyd yn oed o dan ddylanwad morphine. Ochneidiodd.

"Whispers... people askin questions, why Mani's legged it and stuff."

"Nah! They'd know he's legged it cos o dis shite," medd Mince a phwyntio at y bandej dros ei lygaid.

"Yeh, but some say he was seen goin off in a car with Shak from the Crack."

Meddyliodd Mince am rai eiliadau. "Dar means Juice was with 'em."

"Who's Juice?"

"Shak's driver. Hard fucker."

"Does that mean anythin?"

"Dunno, Maj. Burr it smells bad. We know Mani wouldn't kill Shak. He wouldn't kill any one..."

"So he could be...?"

"One of de bodies? Naah! Don't be soft. It means Shak was givin 'im a ride outter town, catch a train from outside ter wherever he's goin. Wales maybe..."

"Yeh, of course. That's it then..."

"Yeh... Gorrer be..."

Aeth y ddau'n ddistaw eto.

"Maj?"

"Yerr?"

"You still dere?"

"Of course I am, dickhead!"

Gwenodd Mincepie – gwenodd yn llydan, er ei bod hi'n boenus

iddo wneud hynny â'i wyneb yn dal wedi chwyddo. "You OK, tho?"

"Yeh..."

"I'd give yer a hug, but I might hug someone else by mistake!"

"Give over, softlad!" chwarddodd Maj trwy'i dagrau.

Gwenodd Mince eto. Ond gwên wan oedd hi'r tro yma. Gwên a fygwyd gan y lwmp mawr yn ei wddw. Meddyliodd am be ddywedodd ei fam, a gwelodd wynebau Peter a Joey, ei hogia, yn ei ben... Yna gwelodd ffenest car yn ffrwydro o flaen ei lygaid, a fflach fel mellten wen... Cofiodd y boen a chofiodd sgrechian wrth ddal ei ben yn ei ddwylo, a llais Mani'n gweiddi...

"Maj," meddai. "I'll tell yer who'll know if Mani's OK. Fizz. He's bound ter be in touch with her! Maj?"

"I'm still here, our kid."

"Fizz! Mani's berd. You know – the Welsh gerl in the chippy... widder perple hair?"

"Yer, I know who Fizz is, softlad..."

"Go see 'er for us, Maj..."

"OK, lad," atebodd ei chwaer wrth gofio i Mani ddweud ei fod am fynd i'w gweld hi cyn gadael y ddinas. "Where does she live?"

"Go round the chippy!"

"The chippy? Won't it be closed, now that Shak's... yer know?"

"We don't know da fer sure, do we? Try it..."

Cyrhaeddodd Doreen â golwg ar goll ar ei hwyneb ar ôl ei thaith ar y bws. "Bleedin caf's closed! Did anyone wanner brew?"

"Mam!" medd Maj. "Tha was earlier on – when you were here this avvy. Honestly, yer gerrin werse, you are Mam!"

"Give over! Two coffees yer said! And there was me, an old lady havin te climb dem stairs!"

"Well use de lifts, ye div!" medd Mince yn syth.

"Lifts are fer lazies," atebodd ei fam. "And watch yer mouth, you. Now yer blind yer won't be able te dodge me jabs, lid!"

62

Bu datblygiadau yn Lerpwl, meddai'r newyddion. Yn ôl yr heddlu, roeddan nhw'n canolbwyntio ar gysylltiad posib rhwng y llofruddiaethau a diflaniad nifer o ffigyrau amlwg yn isfyd troseddol y ddinas, ond ei bod lawer yn rhy gynnar i allu cadarnhau ai cyrff y bobol hynny a ganfuwyd wedi'u llosgi ar y doc. Yn ôl llefarydd, gallai'r digwyddiad fod yn ddial am ymosodiad a ddigwyddodd yng nghanol y ddinas, pan gafodd dyn ei ddallu gan ergyd o wn. Roedd yr heddlu'n dal i chwilio am ddyn â golwg 'Mediterranean' mewn cysylltiad â'r achos hwnnw, ond allai'r heddlu ddim cadarnhau os oedd o'n un o'r cyrff a ganfuwyd, chwaith. Ond roeddan nhw wedi rhoi gwybod i luoedd heddlu eraill yn y wlad gadw golwg.

Ysai Mani am fwy o newyddion am Mincepie. Roedd y gohebydd wedi defnyddio'r gair 'blinded'. Oedd hynny'n gadarnhad swyddogol yn dilyn y llawdriniaeth, neu ai dal i ddisgrifio ei gyflwr cyn yr op oeddan nhw? Ofnai Mani'r gwaethaf. Rhegodd.

"Be sy?" holodd Gwawr o'r bathrwm.

"Trio gneud sens o be mae rhein yn ei ddeud dwi."

"Oes 'na news?"

"Dim rili. Mae dy dreds di'n saff am rŵan, beth bynnag. Does'na dal ddim sôn am Felix – ei fod o ar goll, 'lly. Na reports o abductions."

"Anghofion ni brynu clippers eniwe, yn do?"

"Do. A sana."

"A nics."

"Comando amdani, felly!"

Daeth Gwawr allan o'r bathrwm ac eistedd tu ôl iddo ar y gwely. Edrychodd arno yn y drych. Roedd hi'n noeth. Dechreuodd rwbio ei ysgwyddau, yna sibrwd yn ei glust, "Lle mae'r powdwr 'na, Sundance?"

"Ffyc. Dwi'm isio mwy o hwnna. Dwisio cysgu heno. 'Dan ni off ben bora, cofia."

"Hwre!" medd Gwawr yn llawn cyffro plentynnaidd, ffals. "Yn y fan!"

"Yn y fan, ia."

"Dwi'n licio'r fan yn barod."

"Gwbod lot am fans, felly, wyt?"

"Traflar ydwi, ynde!"

"Wel, ti'm 'di teithio pellach na milltir yn hon eto!"

"Na, ond genai feeling, sdi..."

"Ffycin hel! Psychic rŵan hefyd? Be arall sy gen ti yn y bocs tricia 'na, dwad?"

"O, fysa ti'n synnu, sdi," meddai wrth frathu ei wddw'n ysgafn.

Cododd Mani i'w draed. Doedd ganddo ddim mynadd. Roedd hi'n naw o'r gloch y nos ac roedd o'n teimlo'n swrth. Doedd o ddim isio mwy o cocaine. Doedd o'm isio ffwcio. Cwsg oedd o'i angen. Ond gwyddai na fyddai'n cysgu er gwaethaf ei flinder oherwydd fod olion y cyffur yn dal yn ei system ers y bore. Gwyddai o brofiad mai'r unig beth fyddai'n ei gnocio fo allan rŵan fyddai cwpwl o ganiau lager.

"Ti'n dod am dro i'r off leisans?"

"Yymm, na, arhosa i'n fa'ma. Ydi hynna'n iawn efo chdi?"

Ystyriodd Mani am eiliad neu ddwy.

"Ma hi'n oer," medd Gwawr. "A dwi 'di gadael 'y nghôt yn y fan. Cym on! Dwi'm yn mynd i fynd i nunlla, nacdw?"

Aeth Mani i biso tra oedd o'n meddwl. Sylwodd ar ei dillad yn swp ar lawr y bathrwm. Gwelodd fod yna smotiau o waed ar ei chrys-T, ac unwaith eto daeth pwl o euogrwydd drosto. Dyma hi'r graduras, meddyliodd, wedi bod drwy hunllef, a mwya thebyg heb neb arall i edrych ar ei hôl hi heblaw amdano fo – ac mi oedd o'n gwrthod ei thrystio hi i aros mewn stafell gwesty am ddeng munud!

"Tisio rwbath?" gofynnodd wrth fynd am y drws.

"Potal o Jack Daniels?" atebodd, gyda gwên ddireidus.

Ffromodd Mani. Roedd yr herian plentynnaidd diddiwedd yn ei ddiflasu erbyn hyn.

"Lager felly!" medd Gwawr.

63

Mi oedd y siop jips yn agored fel arfer pan gyrhaeddodd Maj, ond doedd Fizz ddim i'w gweld yn unlle. Gofynnodd i Lynsey ble'r oedd hi ac eglurodd honno ei bod hi ar y ffôn, drwodd yn y gegin.

"I dirren expect de place to be open, to be honest."

"Neither did we!" atebodd Lynsey. "Bur I spoke te Shak's brother on the phone and he said he'd sort us out if de werse gotter the werse..."

"So there's still no werd, then?"

"No, nottin. Horrible, isn't it? An not knowin is de werse bit! She's been pullin her hair out worryin abarr Mani."

"Ain't she seen 'im?"

"No! Worried sick she is, poor gerl..."

"Oh, sweet Jesus!"

"Worr? Yer don't think...? Oh my God!"

"No, no... Mani's just had to gerr off, that's all."

"Have ye seen 'im?"

"Yesterday."

"Thank fuck fer tha! She's been pullin 'er perple 'air out! 'Ow's Mince?"

"Not too good, Lyns. He's alright, like – still a gobshite – burr it's not lookin good..."

"Sweet Mary mother of God!"

Daeth Fizz drwodd o'r gegin â golwg boenus ar ei hwyneb. "Maj! Have you seen Mani?"

"Can we go out the back fer a ciggie?"

Eisteddodd Fizz ar yr un stepan o'r grisiau tân ag y gwnaeth y tro dwytha iddi weld ei chariad. Taniodd y ddwy sigarét yr un.

"I've been frantic, Maj. He left a note but never showed up. Where did he say he was going, do you know?"

"No. He didn't really know. All he said was he might be away a coupler weeks at least." Doedd Maj ddim isio dweud wrthi iddo sôn am fynd i'w gweld hi cyn mynd.

"What time was that?"

"After twelve."

"So something's happened between then and not coming to see me!"

Chwalodd Fizz, a dechrau beichio crio.

"Eyh, come here," medd Maj a thynnu'r Gymraes ifanc i'w bron. "He never said anythin about any business – it's the last thing he'd be doin widder bizzies on his case. He was away – had a bag with 'im, ready fer the off. He had no business down on the water, luv."

Ond pam na fyddai wedi dod i'w gweld hi? Dyna oedd cwestiwn mawr Fizz. Roedd o wedi gadael nodyn – fyddai o byth yn peidio troi i fyny, ddim ar ôl popeth a drafododd y ddau. A pham nad oedd o wedi ffonio'r siop jips?

"Has he phoned you, Maj?"

"No. But it's early days, Fizz luv. He's probably holed-up somewhere, or still travellin. He's bound te call sooner or later, luv! Once he's safe."

Gwasgodd Maj hi tan iddi ddod at ei hun, cyn ei holi os oedd hi'n meddwl y byddai Mani'n mynd i Gymru. Sychodd Fizz ei dagrau, cyn dweud mai dyna, mwya thebyg, oedd y lle olaf y byddai'n dianc iddo.

"So that's the last place people would look fer 'im as well?" holodd Maj.

Nodiodd Fizz, cyn egluro ei bod hi eisoes wedi trio ffonio'r Drafal. Roedd Mani wedi rhoi'r rhif iddi ers tro, iddi gael gafael ar Dryw Bach petai rhywbeth yn digwydd iddo fo rywbryd.

"Yer mean Drew, his kid brother?"

Nodiodd Fizz eto wrth sychu'i thrwyn. Aeth Maj i'w phoced ac estyn hances iddi, cyn gofyn am rif y Drafal ganddi. Byddai Mince yn falch o'i gael o, meddai.

"How is he?"

"OK, luv. Just worried like the rest of us."

"Why?"

Methodd Maj ag ateb.

"Does he know anything?"

"No, Jesus! He's just wonderin if Mani's got outter town, that's all, luv!"

Torrodd Fizz i lawr eto. Roedd hi wedi clywed y straeon, meddai, fod Mani wedi mynd i gar efo Shak – y tro olaf i hwnnw gael ei weld yn fyw.

Gwasgodd Maj hi'n glòs. Doedd neb yn gwybod os oedd Shak yn un o'r cyrff eto, meddai. Doedd dim pwynt mynd o flaen gofid fel hyn.

"But his car was there, Maj! Burnt out!"

Roedd hyn yn newydd i Maj. Doedd y si honno heb ei chyrraedd hi a Mince eto. "Who told yer that?"

"It's all over town, Maj. You hadn't heard?"

Sigwyd Maj gan y newyddion, ond mi driodd beidio dangos hynny. Ceisiodd ei darbwyllo mai cael lifft allan o'r ddinas i ddal trên fyddai rheswm Mani dros fynd i'r car efo Shak. Be bynnag ddigwyddodd i Shakatak, mi ddigwyddodd o wedyn – ar ôl rhoi lifft i Mani. Fyddai Mani byth wedi wastio amser yn mynd i lawr at y dŵr ac yntau ar hâst i adael.

Ond dal i feichio crio wnâi Fizz. Tynnodd ei hun o freichiau Maj. Roedd hi wedi bod yn rhy hir, meddai. Mi fyddai o wedi cysylltu erbyn rŵan! "He was so worried after he stood me up Boxing Night, and he wanted to make it up to me. Then he didn't show up again – but that was because of what happened to Mince, I knew that after. But I *know* he would *never* fail to show up yesterday..."

"And you're sure he wasn't there, where you were supposed te meet him?"

"At the bandstand, yes, I'd have seen him."

"And you were there at de right time?"

"Yes. I know I was, cos... I was pushed for time... My brother came in on the train, from Blackpool..."

"You gorra brother?"

Nodiodd Fizz a sychu'r dagrau o'i bochau. "Bolt from the blue... Haven't seen him since he moved away years ago. He's met this lad, in Manchester..."

Oedodd i gael ei gwynt, ac i danio ffag arall gan Maj, cyn mynd ymlaen i esbonio fod ei brawd wedi ffonio'r siop jips ar ôl i Mani adael y noson o'r blaen, wedi cael y rhif gan ei rhieni, a threfnu i ddod i aros noson ar ei ffordd i Fanceinion. Felly ar ôl cwrdd â fo oddi ar y trên a'i setlo fo i mewn yn y tŷ, roedd hi'n hwyr i'w gwaith, ac wedi gweld nodyn Mani mi oedd hi wedi rhedeg yr holl ffordd i'r parc, gan gadw llygad ar ei watsh yr holl ffordd, ac wedi cyrraedd mewn amser.

"Oh, you poor thing," medd Maj. "Come here!"

Gwasgodd Maj hi'n dynn eto. Teimlodd ei chorff yn ysgwyd efo beichiadau ei wylo. "It's OK, luv. It'll all werk out alrite, you'll see!"

"I hope so, Maj," medd Fizz wrth dynnu ei hun yn rhydd eto ac edrych i fyw ei llygaid. "I'm pregnant!"

64

Camodd Mani i'r gwynt a'r glaw mân a chrynu yn yr oerfel. Trodd yn ôl i wynebu'r drws a thanio ffag yng nghysgod ei gôt, cyn troi eto i syllu ar yr olygfa o'i flaen, ac am yr ail waith heno rhyfeddodd pa mor wahanol roedd y lle'n edrych yn y nos. Syllodd fel plentyn cegagored ar y goleuadau – nid y goleuadau Nadolig oedd yn ysgwyd fel sgerbydau yn y gwynt, ond goleuadau'r ffair draw yn y pellter tua'r chwith, a'r twr enwog, yr olwyn ferris fawr a'r pier yn estyn fel genwair bysgota lawn sêr i gesail dywyll y môr. Roedd o i gyd mor hardd – yn llawer, llawer harddach na'r holl ganmol a glywodd i'r lle.

Disgynnodd y dair step lydan i'r pafin a chroesi'r ffordd. Stopiodd wrth y rêlings a syllu ar y bobol yn symud fel pryfaid ar hyd y ffrynt wrth i'r goleuadau uwch eu pennau ddawnsio yn y nos. Tynnodd yn ddwfn ar ei ffag a rhyfeddu eto at liwiau llachar y ffair a'r pier. Mi fu eisiau mynd i Blackpool ers pan oedd o'n fach, ond mi dyfodd o allan o bumper cars a waltzers tua'r un adeg â fferins a theganau. Bu ysfa arall wedyn, wrth glywed am y tafarnau a'r clybiau, y nosweithiau stag a'r penwythnosau budr. Ond ddaeth dim byd o hynny chwaith. Un trip stag fuodd o arno erioed, ac un Ali, brawd Shakatak, oedd hwnnw, yn Amsterdam.

Tynnodd ar ei ffag wrth i emosiynau gronni yn ei stumog. Llyncodd yn galed i wasgu lwmp o'i wddw. Mae'n rhaid bod ei gorff wedi llwyr ymlâdd, meddyliodd, cyn tynnu eto ar ei sigarét a mwynhau'r mwg poeth yn crafu cefn ei wddw. Byddai'n dda gallu anghofio popeth a jysd mynd, fel gwyfyn, i ganol y ffair ac ymgolli ynghanol y lliwiau aflonydd a'r sgrechfeydd a'r bwm-bwm-bwm byddarol...

Fflicioddd stwmp poeth y sigarét i gyfeiriad y môr a'i wylio'n cael ei gipio gan y gwynt a'i hyrddio i'r pafin tu ôl iddo, yn ffrwydriad o wreichion coch. Daeth o hyd i'r grisiau i'r traeth, ac wedi cael ei draed ar y tywod gwyrodd tua'r môr gan feddwl cerdded efo'r dŵr. Ond wedi gweld fod y llanw'n rhy bell allan mi sythodd ei lwybr yn ôl i gyfeiriad cyffredinol yr off leisans tu hwnt i'r dafarn y bu Gwawr ac yntau ynddi yn ystod y pnawn. Camodd trwy'r tywyllwch, a'i draed yn suddo i'r tywod a'r graean mân wrth fynd. Roedd y byd mor ddiarth, mwya sydyn, ac yntau'n symud drwyddo'n ddall, heb hyd yn oed wybod i ble'r oedd o'n mynd. Teimlai'n unig. A mwya sydyn, roedd o'n deall pam.

Be oedd hanes Fizz heno? Doedd o ddim yn gwneud synnwyr nad oedd o efo hi. Er y gwyddai fod popeth drosodd, amhosib oedd dychmygu bywyd hebddi. Roedd hi fel darn o'i gorff wedi'i rwygo oddi arno. Cofiodd eto fyth y dylai ffonio Maj er mwyn gadael neges iddi. Mi wnâi ar y ffordd o'r siop. Cofiai weld ciosg heb fod ymhell o'r gwesty...

Y gwesty lle'r oedd Gwawr yn aros amdano! Ac wrth feddwl am honno sylweddolodd pa mor ddibwys a phellennig oedd hi. Doedd hi'n ddim mwy na gwyneb diarth rywle ar gyrion ei fyd. Doedd hi ddim yn berthnasol. Yn ddim byd. Yn neb o gwbl. Sylweddolodd nad oedd yn rhaid iddo ddychwelyd ati o gwbl. Roedd ganddo fan, roedd y goriad ganddo, mi allai fynd – rŵan – jysd mynd a'i gadael hi'n aros amdano yn y gwesty. Pam ddim?

Ond roedd ei fag yn y stafell. A'i bres...

Shit! Gwpwl o nosweithiau yn ôl roedd o'n rhoi hedbyt iddi cyn waldio ei 'ffrind' efo bwyallt. Rŵan, dyma fo, newydd ei gadael ar ei phen ei hun efo'i stwff yn y gwesty, yn disgwyl iddi fod yno pan gyrhaeddai yn ei ôl. Nid Hollywood oedd hyn, ond bywyd go iawn – lle'r oedd dieithriaid yn fygythiad, a'r cops a'r carchardai'n rhai go iawn. A'r gynnau a'r bwledi hefyd...

Yn sydyn, doedd Mani ddim yn teimlo'n saff. Byddai'n gadael y lle 'ma yn ystod y nos heno, meddyliodd, wrth ddringo'r grisiau o'r traeth i'r pafin.

Croesodd y ffordd at y siop gwrw. Talodd am y caniau a'r ffags a'r mynshis, a'u rhoi mewn dau fag plastig. Croesodd y ffordd eto a dilyn y prom gan gadw'i lygad allan am y ciosg teleffôn hwnnw a welsai yn ystod y pnawn. Pasiodd gyplau a chriwiau o bobol – rhai canol oed, gan fwyaf – yn chwerthin wrth siglo ar eu traed ac yn malio dim am y gwynt a'r glaw mân. Pasiodd griw arall yn tynnu lluniau o'i gilydd â'r goleuadau yn y cefndir, yn llawn ffydd yng ngallu Boots neu Truprint i ddatblygu'r lluniau i edrych llawn cystal â'u hatgofion.

Sylwodd ar y fan Transit ddu oedd newydd stopio ychydig lathenni o'i flaen, a meddyliodd am ei fan yntau oedd wedi'i pharcio ym maes parcio'r gwesty. O leiaf mi allai dreulio nosweithiau yn unrhyw le tra bo honno ganddo – dim ond prynu sach gysgu yn rhywle ar y ffordd fory. Câi sbario defnyddio gwestai, gan gadw'i hun o dan y radar. Astudiodd y Transit ddu wrth ei phasio. Roedd hi'n dipyn taclusach na'i fan o. Lot fwy ffresh – ddim ymhell o fod yn newydd sbon...

Welodd o mo'r dyn mewn dillad du yn dod rownd o gefn y fan. Y peth cyntaf a wyddai oedd dau ddwrn karate fel dau fwled yn ei daro ar ei drwyn, un ar ôl y llall. Disgynnodd yn ôl yn erbyn ochr y fan, gan ollwng ei fagiau ar y llawr wrth ei draed, ac mi hyrddiodd rhywun arall flaenau bysedd i mewn o dan ei asennau, a gwthio ar i fyny nes bod ei draed o prin yn cyffwrdd y llawr. Roedd y boen yn annioddefol, a theimlodd ei hun yn mygu. Trodd pethau'n ddu a gwyddai ei fod yn mynd i basio allan unrhyw eiliad, ac fel roedd ar fin gwneud, teimlodd bigiad poenus yn ei wddw. Cyn hir roedd drws ochr y fan wedi agor, a theimlodd barau o ddwylo yn ei daflu i mewn i'w chefn. Triodd strancio, ond roedd o'n gwanio... Roedd rhywrai ar ei ben o, yn ei ddal i lawr... Gwelai eu siapiau... yn... diflannu...

65

Gwawriodd diwrnod Nos Galan mewn hwyliau ysgafnach. Roedd hi'n sych ac yn glir, a'r awyr yn las heblaw am ambell gwmwl. Doedd 'na ddim gwynt, felly roedd hi ychydig yn gynhesach nag y bu ers dydd Nadolig, er bod y barrug yn dew hyd y gerddi a ffenestri'r ceir.

Teimlai Dryw Bach lawer gwell nag y teimlai ddoe, hefyd. Ciliodd y cymylau a gasglodd noson pen-blwydd ei fam, ac erbyn hyn roedd o'n gwenu unwaith eto wrth edrych ymlaen at y parti. Bu yn nhŷ ei frawd am oriau neithiwr, yn smocio a gwrando ar sownds. Roedd o'n rhyddhad anferth iddo nad oedd Affro wedi digio wrtho am ei dantrym bach nos Sul. Os rhywbeth, mi oedd yr holl beth wedi dod â nhw'n agosach at ei gilydd. Bu'r ddau'n chwerthin am oriau wrth siarad am hyn a'r llall – anturiaethau Porffafôr a Gwcw Blastig yn enwedig, ynghyd â 'diddordebau' pornograffaidd Coco Bîns a Shwgwr. Gwyddai Dryw fod ei frodyr yn gymeriadau a hanner, ond doedd o erioed wedi ystyried cymaint o adar brith oeddan nhw. Doedd dim rhyfedd fod gan y teulu enw mor chwedlonol am fod yn boncyrs.

Porffafôr, fe ymddengys, oedd y 'dark horse' – yn ôl yr hyn a adroddodd Affro. Mi oedd Dryw Bach wastad wedi'i weld o'n ddyn doniol, yn bennaf oherwydd ei ffraethineb a'r olwg ddigri ar ei wyneb – cyfuniad a roddai iddo garisma go unigryw ac eithaf hudolus. Roedd rhywbeth am yr aeliau trwchus uwchben tyllau tywyll ei lygaid a roddai iddo rhyw naws gartŵnaidd – mi oedd Dryw Bach wastad wedi'i weld o'n debyg i'r eryr hwnnw ar Sesame Street erstalwm.

Ond camgymeriad fyddai meddwl mai mypet oedd Porffafôr. Mi oedd 'na lawer mwy iddo na direidi. Mi oedd ei sgams a'i gynlluniau cracpot, get-rich-quick yn gwneud i Del Boy edrych fel Delyth Tŷ Capel, organyddes capel Jeriwsalem erstalwm. Dylai rhywun wneud ffilm am Porffafôr. Byddai'n glasur.

Gwenodd Dryw Bach wrth droedio'r pafin am Siop Marian. Er gwaetha'r hyn ddywedai unrhyw un amdanynt, fyddai o byth yn cyfnewid ei deulu am unrhyw beth yn y byd. Heblaw am Kola Kube, wrth gwrs. Byddai'n hapus i roi hwnnw i ffwrdd am ddim – petai rhywun am ei gymryd o.

Porffafôr, meddyliodd Dryw Bach eto, wrth gofio ei weld o a Gwcw Blastig i fyny i rhyw driciau efo tŵls eu brawd mawr bore ddoe. Roedd o wedi anghofio sôn wrth Affro am hynny oherwydd fod Affro'n rhaffu cymaint o straeon eraill, a'r ddau mewn dagrau wrth chwerthin arnyn nhw.

Nid Marian oedd tu ôl i gownter y siop heddiw ond ei surbwch o ŵr blin, hanner call, Eric Siriol.

"Iawn, Eric!" medd Dryw wrth gerdded i mewn, er y gwyddai na châi ateb gan y bwbach. Aeth i ddarllen penawdau'r papurau newydd, rhag ofn y câi ei demtio i dalu am un.

"Ti am brynu hwnna?" medd Eric.

"Nefar," atebodd Dryw Bach wrth osod y *Sun* yn ei ôl a chodi'r *Star*.

"Ti am brynu hwnna ta?" gofynnodd Eric.

"Yymmm..." medd Dryw wrth droi'r tudalennau. "... Na."

Taflodd y rhacsyn yn ei ôl ar y peil ac aeth draw i'r ffrij i nôl can o Coke. Yna aeth i'r ffrij fwyd a chodi pacad o fêcyn a phacad o sosejis. Wrth basio'r silffoedd tuniau cydiodd mewn tun o fîns. Gollyngodd y cwbl ar y cownter, a gofyn i Eric am ugain Embassy King Size a phedwar pacad o rislas glas.

"Bora braf, Eric!" meddai, a gweld nad oedd hi ond yn wyth o'r gloch yn ôl y cloc ar y wal tu ôl iddo.

"Yndi, dwad?" holodd Eric wrth ddal ei law allan. "Saith bunt a deg. Tisio bag?"

"Oes plîs. Ydi'r cloc 'na ar amsar, Eric?"

"Yndi," atebodd Eric heb droi i jecio. "Ond mae o bum munud yn fuan."

Gwenodd Dryw Bach. Er mai surbwch oedd o, roedd Eric yn hen foi iawn yn y bôn – a wastad yn barod efo'r un hen ateb ynghylch amseriad cloc y siop.

Neidiodd Dryw Bach i lawr y stepan i'r stryd a throi i'r chwith. Penderfynodd y byddai'n cerdded yn ôl ar y ffordd drol heibio tai y millionaires, felly mi drodd i'r chwith eto a dringo o'r stryd fawr i fyny troed Craig y Gafael – oedd â gwedd annaearol, bron, heddiw, wrth i olau gwyn yr haul ifanc ddisgyn arni o'r dwyrain a dawnsio dros y grug a'i chilfachau ysgythrog. Sylwodd fod y gwyneb yn y graig i'w weld yn amlwg iawn, ac addawodd iddo'i hun y byddai'n mynd allan efo'i frwshis a phaent y tro nesaf y byddai golau mor ddramatig â hyn ben bore.

Wedi pasio'r tai gorffenedig i gyd daeth at grib y rhiw ac i olwg tŷ Kola Kube, yna stopio pan welodd Porffafôr a Gwcw Blastig yn cario stwff o lock-up eu brawd mawr unwaith eto. Cuddiodd wrth y wal a'u gwylio'n llwytho'r tŵls i'r fan ac yn gyrru i ffwrdd.

Gwenodd Dryw Bach cyn cerdded yn ei flaen heibio'r Ddafad, yna rhwng yr hen Reithordy a'r fynwent, gan basio'r eglwys, cyn cyrraedd y gyffordd ynghanol y pentref. Croesodd y stryd, cyn stopio i edrych yn ei ôl ac edmygu'r olygfa yn ei chyfanrwydd. Hyd yn oed pe na bai'r golau mor hudolus, doedd dim curo ar Graig y Gafael a'r ffordd roedd hi'n codi mor dalsyth uwchben y pentref, a'r stryd fawr yn bedol dynn ar ei throed. Rhyfeddodd ar ba mor agos i'w gwaelod oedd cefnau'r tai a'r adeiladau yn y pen yma o'r bedol, fel petaen nhw'n rhan o'r graig ei hun – ac mi oedd hynny'n wir, wrth gwrs, gan mai'r graig ei hun *oedd* waliau eu selerydd i gyd. A heddiw, yn haul hudolus bore olaf y flwyddyn, disgleiriai gwyngalch yr hen Reithordy a fframiau gwynion ffenestri'r banc a'r swyddfa bost fel paent llachar ar ewinedd bysedd ei thraed.

Gwenodd Dryw Bach. Fyddai o ddim yn cyfnewid Cwmygafael am unrhyw le yn y byd, chwaith. Yna, gan addo i'w hun unwaith eto y byddai'n dal y golau hwn efo'i frwshis a phaent y tro nesaf, trodd i ddilyn y stryd âi lawr i gyfeiriad y Drafal, yna i'r chwith eto ymhen ychydig, a dringo'r rhiw at dŷ Affro. Gwyddai fod ei frawd, fel yntau, yn godwr cynnar – a'i fod o'n licio sosejis a bêcyn.

66

Doedd yna ddim hwyliau cystal ar Mincepie y bore 'ma, sylwodd Maj. Mi oedd hynny i'w ddisgwyl, wrth gwrs, wrth i'r amser fynd yn ei flaen ac yntau'n cael gormod o gyfle i hel meddyliau yn yr ysbyty. Byddai realiti'r sefyllfa yn siŵr o'i daro rywbryd, a hynny'n galed.

Roedd ei brawd wedi cael ei symud o'r uned gofal dwys erbyn hyn, ac wedi cael gwely mewn stafell fach ei hun ar ward yn yr adran anafiadau llygaid a gwyneb. Ond er nad oedd rhaid iddo rannu ward efo cleifion eraill, mi oedd Mince yn anniddig iawn. Roedd o'n dioddef wrth i greithiau'r llawdriniaeth dynnu ar y pwythau, ac wrth i'r darnau mân o wydr, ac ambell i belen o blwm, oedd yn dal i fod wedi'u claddu yn ei gnawd ac esgyrn achosi i fflachiadau o boen drywanu trwy'i benglog. Cwynai hefyd fod ei lygaid yn cosi'n ddi-baid, a bu'n gweiddi ei rwystredigaeth yn ystod y nos, meddai'r nyrsys, wrth iddo fethu â chael ei ddwylo atyn nhw i'w crafu.

Roedd y cynnydd mewn poen i'w ddisgwyl wrth i'w gorff ddod dros yr anaesthetig a dechrau mendio'i hun, felly mi oeddan nhw wedi cynyddu ei ddôs o morphine heddiw, hefyd. Ond yn hwyr neu'n hwyrach mi fyddai'r iselder yn ei daro, a doedd Maj ddim yn edrych ymlaen at hynny. Roedd ei brawd wastad wedi bod y creadur mwyaf siriol a hwyliog, yn donig i bawb oedd yn ei gwmni. Byddai gweld ei ysbryd yn torri yn dorcalonnus. Un peth roedd y doctoriaid wedi'i bwysleisio wrthi oedd yr angen i'w deulu a'i ffrindiau ei gadw rhag colli gobaith. Mi fyddai cryfder meddyliol a chefnogaeth pobol eraill yn gwbl allweddol i unrhyw adferiad.

Doedd Maj ddim yn ddynes grefyddol, ond mi fu'n gweddïo yn ystod y nos y byddai rhyw arwydd o obaith o achub ei olwg yn ymddangos yn fuan. Mi oedd hi hyd yn oed wedi adrodd y rosari am y tro cyntaf ers blynyddoedd.

Y peth olaf oedd Mince ei angen y funud yma, felly, oedd y cops yn ei haslo. Mi driodd y doctoriaid a'r nyrsys eu rhwystro, gan bwysleisio ei fod o angen diwrnod neu ddau arall i gryfhau'n gorfforol a meddyliol cyn cael ei boenydio ymhellach gan ymholiadau'r heddlu. Mi brotestiodd Maj hefyd, gan haeru na allai ateb cwestiynau ac yntau ddim yn gallu gweld pwy oedd yn ei holi. Ond mi oedd yr achos yn un difrifol, meddai'r ddau dditectif – ac yn llawer mwy difrifol yn sgil y datblygiadau diweddaraf. Felly, wedi bygwth cael gorchymyn llys o fewn awr neu ddwy, mi gawsant eu ffordd.

Gan nad oedd Mince yn cael ei arestio a'i holi o dan rybudd – ar hyn o bryd – mi gafodd Maj ganiatâd i aros yn y stafell, ar ôl iddi hithau fygwth cyfraith arnyn nhwythau.

"So, when you say you can't remember anythin," gofynnodd y ditectif nad oedd yn sgriblo atebion mewn llyfr bach du, "do you mean you don't know how you got to be in a car with a gunman, or you don't even remember where you were that night at all?"

Pwyntiodd Mince at ei glustiau eto.

"Like I said," medd Maj, "the shot from the gun affected his hearin. If he can't hear de questions, how can you use his answers as evidence?"

"It's not like dat, luv," atebodd y sgriblwr. "Irr ain't evidence – he's not under caution."

"So, Vinny," medd yr holwr wedyn. "You're an associate of Shay Conlon, otherwise known as Shakatak. Now, de thing is, lad – Mr Conlon, we can confirm following forensic tests, is dead. Shot in the head and cremated in a box down by the water. Now, we know you didn't do that, at least! But as a friend of his, I'm sure you'd be happy te help us find who's responsible?"

"Burr that's got nottin to do with Mince bein shot!" protestiodd Maj.

Ochneidiodd y copar, a'i hanwybyddu. "Thing is, we've 'ad reports of a disturbance in a house in Slelop Street on the night you were shot, followed by another disturbance and possible abduction on the mornin that Mr Conlon was toasted. We're lookin into a possible link..."

Trodd y ditectif i edrych ar Maj a sylwi ei bod hi bellach yn gwrando'n astud.

"Obviously, we'll be able te build a clearer picture once we identify the other bodies..." Edrychodd i gyfeiriad Maj eto. "... Burr any information you can give us could prove vital."

Cododd Mince ei freichiau i'r awyr mewn arwydd nad oedd ganddo syniad.

"Did yer hear that, Vinny?" holodd y copar gan godi ei lais yn uwch.

"Yer!" atebodd Mincepie mewn llais a swniai'n ddagreuol. "Shak's dead! Me mate! 'Es fuckin dead...!"

Torrodd Mince i lawr i grio, yna dechrau gweiddi fod y dagrau'n llosgi ei lygaid.

"Oh, fuckin nice one, officer!" diawliodd Maj wrth godi i nôl nyrs. "'Ave yer no mercy?"

Edrychodd y ddau dditectif ar ei gilydd. Caeodd y sgriblwr ei lyfr bach du a chododd y ddau i'w traed.

"We've closed down Mr Conlon's chip shop, by the way. Forensics are goin through irr with a fine-toothed comb. Get well soon, Vinny, lad. We'll be back when you do. Oh... and Happy New Year!"

67

Gadawodd Gwcw Blastig y kango'n hongian efo'i big yn y graig wedi i gwmwl o lwch chwythu allan o'r twll yn syth i'w wyneb.

"Ffwcin hel, Porffafôr!" meddai wrth rwbio'i lygaid. "Ti'n siŵr fod y gogyls ddim yn y bag 'na?"

"Nefoedd y ffycin nadroedd! Stopia sbio arna i pan ti'n siarad," diawliodd Porffafôr wrth i olau'r lamp ar helmed ei frawd ei ddallu. "Sbia fforcw, wir dduw, a siarada efo'r wal!"

"Faint o'r gloch 'di, eniwe?" holodd Gwcw'n ddiamynedd. "'Di'm yn bell o ddeg rŵan, debyg?"

Sbiodd Porffafôr ar ei watsh. "Nefoedd! Lwcus i ti ddeud – ma hi'n bum munud i! Fydd y ffycin banc yn agor yn munud! Rhaid i ni'i gadael hi am heddiw, eto."

"Am heddiw? Faint fwy o dwll 'dan ni angan?" medd Gwcw wrth dynnu'r kango'n rhydd.

"Hmm," ystyriodd Porffafôr wrth symud ei ben i daflu golau dros y graig. Stydiodd y gwagle yr oeddan nhw wedi'i dyllu yn ei gwaelod, a'r twll dril dwfn yn ei ben draw. "Wsti be, dwi'm yn ama bod hwn yn ddigon, sdi."

"Haleliwia!" gwaeddodd Gwcw. "Doedd genai *ddim* awydd bod yma'n hamro efo ffycin hangofyr fory!"

"Na finna chwaith," medd Porffafôr. "Ond dyna hi am rŵan, beth bynnag."

"Am rŵan? Be ti'n feddwl?"

"Wel, *os* fyddan ni yn yr agor," eglurodd Porffafôr, "hwyrach fydd raid i ni chwythu drwy'r wal rhwng y lefal a'r vault... Ond dwi'n siŵr na jyst wal gerrig fydd yno..."

"*Os* fyddan ni yn yr agor ddudasd di? Felly be sy'n gneud i chdi feddwl fyddan ni *yn* yr agor?"

"Achos dim ond yn fan hyn ellith yr agor fod," medd Porffafôr gan bwyntio at y graig o'u blaenau.

"A sud wti'n gwbod na yn 'fan hyn' ydan ni?" holodd Gwcw wrth ddadblwgio'r transfformyr.

"Be ti'n feddwl?"

"Wel, 'dan ni dan ddaear – sut ffwc 'dan ni'n gwbod lle rydan ni?"

"Bêrings, Gwcw Blastig," atebodd ei frawd mawr wrth daro ochr ei ben efo'i fys. "Tyd, gafal ym mhen arall y jeni 'ma. Wps – aros funud!"

Syllodd Porffafôr ar ei watsh eto. "'Dan ni angan teimio faint ma hi'n gymryd i fynd allan i ola dydd, i gael gweithio allan faint o ffiws i iwsio..."

"Ffiws? Be, fel un o'r petha 'na sy'n llosgi?" holodd Gwcw Blastig yn nerfus wrth i sŵn eu traed a sblashis y dŵr oddi tanynt ddiasbedain drwy'r lefal. "Pwy ti'n feddwl wyt ti, Wile Coyote?!"

"Nefoedd y nionod! Yli, 'dio'm yn broblam. Ffiws ydi ffiws. 'Dio mond yn gallu llosgi ar un sbîd! Rwbath tebyg i dy frên di! Tyd – rhaid i ni gerddad yn ffastach. Fyddan ni'n symud dipyn cynt fory."

"Fory?!"

"Ia. Ma hi wedi mynd yn lot gwell nag o'n i'n ddisgwyl. Fedran ni'i chwythu hi fory. Ma hi'n bank holiday – fydd y banc wedi cau drwy'r dydd."

"Ond ma'r chwareli 'di cau fory 'fyd!" nododd Gwcw Blastig.

"Be 'dio bwys am hynny?"

"Wel, os glywith rywun sŵn tanio, fyddan nw'n siŵr o ama rwbath!"

"Fydd yn rhaid i ni gymryd y risg, yn bydd? Fedra ni'm tanio pan ma'r chwaral yn gweithio achos fydd y banc yn gweithio hefyd. Duwcs, 'dan ni'n ddigon dyfn. A clec fach fydd hi eniwe. Fyddan nhw'n meddwl na Dei Cym Bei sy'n saethu tyrchod."

"Ond be os...?"

"Paid â poeni! Ffeindith neb mo'na ni'n fa'ma, siŵr...!"

"Yn union – dyna dwi'n ffycin boeni am!"

"Neith na ddim byd ddigwydd i ni, Gwcw! Deud ydw i, hyd yn oed os fysa na rywun yn clywad clec fyddan nw'm yn gwbod o le ddoth hi, a fyddan nw ddim yn chwilio'n fa'ma achos does 'na neb yn gwbod fod y lle 'ma'n bod, siŵr."

"So sut ffwc 'nes di'i ffendio fo ta?"

"Dwi 'di deud wrtha chdi droeon! Now Tom – heddwch i'w lwch – pan oedd o'n byw drws nesa i'r banc. Gafodd o draffarth efo sybséidans ac oedd o'n gorfod ri-infforsio'r selar – tynnu'r walia i lawr a'u hailgodi nhw fesul un. Pan dynnodd o'r wal gefn – bingo! – roedd o mewn hen lefal, a phan aeth o i mewn iddi ryw chydig, ddoth o at hen agor."

"Reit," medd Gwcw Blastig, heb ddallt fawr ddim. "Ond be yn union ydi 'agor' eto?"

"Brenin y baraciwdas! Faint o weithia...? Ta waeth – 'agor' ydi siambar dan ddaear, ynde, lle ma'r creigiwrs yn cael y cerrig o. Dallt? Dyna ydan ni'n obeithio torri drwodd iddi fory. Rhyw hen, hen chwaral fach oedd hi, un gynnar – cyn i'r 'big guns' gyrradd yr ardal. Cyn i'r stryd gael ei chodi – cyn i ochor yma'r pentra fodoli o gwbwl, hyd yn oed... Eniwe, mi nath Robin Relics sbio i mewn i'r peth i Now rywbryd. Does 'na ddim record o'r chwaral o gwbwl... heblaw am rywun yn talu'r Lord am yr hawl i'w hagor, ond does dim sôn lle'n union mae hi..."

Roedd Porffafôr wedi colli Gwcw ers meitin. Fysa waeth i'w frawd roi siswrn a selotêp iddo ddim, a dweud wrtho am adeiladu jymbo jet.

Ond i Porffafôr, roedd y cynllun yn syml. Mi oedd adeiladau'r stryd wedi'u codi ymhell ar ôl oes y chwaral. Yng nghefn tŷ Now Tom a'r banc roedd yna lefal, a honno'n arwain i'r agor. Ar ochr arall Craig y Gafael roedd ceg lefal arall – digon o bobol yn gwybod amdani, a digon wedi bod i mewn ynddi pan oeddan nhw'n blant, ond neb wedi meddwl ei bod hi'n ddim mwy na dead end. A dyna oedd hi, wrth gwrs – lefal yn dod i ben pan redodd rhywun allan o bres. Ond *lle* oedd hi'n dod i ben oedd yn bwysig – a dim ond meddwl troseddol craff fel un Porffafôr fyddai'n ystyried y fath beth.

Wedi gwneud ei fesuriadau a'i galciwlêshiyns, credai Porffafôr fod y lefal oedd yn rhedeg o ochr arall Craig y Gafael yn gorfod bod yn gorffen reit wrth gefn yr agor oedd tu ôl i dŷ Now Tom a'r banc. Felly os gallai rhywun dyllu drwodd o'r lefal i'r agor, mi allai fynd i mewn iddi a sefyll reit wrth ochr wal selar y banc.

"Sut ffwc wnes di weithio hynny allan, Porffafôr?"

"Wel, 'dio'm yn exact science..."

"O ffyc!" medd Gwcw.

"Ond mae o'n glyfar..."

"Shit!"

"Be 'nes i oedd mynd â tair batan efo fi a'u hoelio nhw efo'i gilydd yn un polyn hir..."

"Tecnical iawn, Porffafôr!"

"Gwranda, i chdi gael dysgu rwbath! Pan oedd yr haul yn codi ben bora, ddalias i'r polyn i fyny yn geg y lefal fel bod ei gysgod o'n estyn ar hyd gwynab y graig. Wedyn es i fyny'r graig a rhoi marcars ar y cysgod, wedyn nôl y polyn a gneud yr un peth eto, nes yn diwadd mi o'n i 'di cyrradd crib ysgwydd y graig – ac wrth ddal y polyn yn fa'no oedd 'i gysgod o'n anelu'n syth at y banc. Dallt? Jîniys ta be?"

"Dwi'n cymryd dy fod ti wedi ystyriad y margins of error, do?"

"Fel be?"

"Wel, ydi'r lefal yn syth?"

"Wel yndi, siŵr dduw!"

"Ac yn wastad – ddim yn rhedag ar i lawr nac ar i fyny?"

"Llongyfarchiada, Gwcw – ti'n iawn eto!"

"A be am y cysgod yn symud?"

Oedodd Porffafôr i feddwl am eiliad. "Be ti'n feddwl?"

"Wel, dwi'n cymryd iddi gymryd chydig o amsar i ti ddringo i fyny i'w farcio fo?"

"Do, ond ddim gymint â hynny..."

"O Iesu mawr!" medd Gwcw wrth ysgwyd ei ben mewn anghredinedd.

"Yli – fel o'n i'n ddeud, 'dio'm yn exact science, nacdi, ond mae o'r peth agosa ato fo! Y peth ydi, un ai rydan ni yn y lle iawn neu dydan ni ddim. 'Dio ffwc o bwys un ffordd neu'r llall, achos fydd 'na neb ond ni'n dau yn gwbod ein bod ni wedi trio. Ac mae o *yn* werth trio. Y bwgan mwya ydi pa fath o wal fydd rhwng yr agor a selar y banc."

"Os fyddan ni *yn* yr agor!" atgoffodd Gwcw ei frawd.

"Ia. Ond dwi'n siŵr fyddan ni. Jysd gobeithio fo nhw heb ri-infforsio wal y selar wrth droi'r adeilad yn fanc. Ond fedrai'm gweld pam fyddan nhw'n gneud hynny – dim ond craig solat a mynydd oedd tu ôl iddo fo cyn bellad ag y gwyddai unrhyw un!"

"So, be ti'n ddeud wrtha i, Porffafôr? Dim jesd fod 'na bosib y byddan ni yn y lle rong i ddechra efo hi..."

"Ddim cweit..."

"Ddim cweit? Be, chydig bach yn rong ta chydig bach yn iawn? Be?"

"Be dwi'n ddeud ydi mai 'exploratory mission' ydi hwn. Os fyddan ni'n lwcus uffernol, hwyrach fyddan ni'n gyfoethog nos fory, ond dwi'n ama hynny."

"Iesu Grist o San Ffransisco! Ti ddim yn ffycin gall, Porffafôr!"

"Falla wir, Gwcw. Ond bobol dlawd ydi bobol gall – ti 'di sylwi? Lle fysa'r byd 'ma heb bobol ddim-yn-gall yn cael syniada ddim-yn-gall? Fysa'r ddynoliath yn dal i gachu mewn coed heddiw, Gwcw. Dyna 'di'r ffycin gwir."

Daeth awel iach i ruthro'n oer braf i'w hwynebau, ac o fewn eiliadau cyrhaeddodd y ddau frawd olau dydd.

"Dyma ni!" medd Porffafôr wrth edrych ar ei watsh. "Dau funud. Iwsian ni ffiwsan funud felly, ia?"

"Munud? Pam?"

"Wel, fyddan ni'n rhedag yn byddan?" medd Porffafôr, cyn chwerthin yn uchel wrth weld gwyneb ei frawd. Roedd o mor hawdd i'w weindio i fyny.

68

"Sgin ti adduned blwyddyn newydd, Dryw Bach?" gofynnodd Affro o ben y gadair yng nghornel y gegin. Roedd o wrthi'n hongian "goleuadau tylwyth teg" ar hyd y nenfwd a'r waliau tra bod Dryw Bach yn ffrio bêcyn.

"Dwim'bo, sdi," atebodd Dryw Bach. "Heb feddwl am y peth, rili. Be amdana chdi?"

"Ffendio dynas," medd Affro efo sicrwydd yn ei lais.

"Ffendio dynas? Ti'n gneud hynny bob wicend eniwe!"

Gwenodd Affro. "Dynas ddudas i, dim ffwc. Dynas efo lot o bres."

"Wel, mae gŵr Val Goch yn loaded. Bympia hwnnw off a fyddi di'n cwids in!"

"Berig fyswn i 'di bympio Val Goch off o fewn mis hefyd!"

"Pam?"

"Wel, mae Val yn iawn – secs mad, ac amêsing o bâr o dits..."

"Ond?"

"Wel, di'm yn licio reggae."

Gwenodd Dryw. "So, ti isio dynas gyfoethog sy'n licio reggae?"

"Ac yn smocio ganja, ac..." Meddyliodd Affro am eiliad neu ddwy. "Ac yn ifanc!"

"Reit, OK – hogan ifanc, gyfoethog sy'n licio reggae a smocio ganj..."

"... Ac yn nymphomaniac..."

"Ac yn nympho..."

"... Efo ffwc o bâr o dits."

Giglodd Dryw Bach wrth jecio'r sosejis o dan y gril. "Felly dy adduned blwyddyn newydd di ydi cael gafael ar nymphomaniac ifanc efo lot o bres sy'n smocio ganj a licio reggae, efo..."

"Ffwc o bâr o dits," medd y ddau efo'i gilydd a chwerthin.

"Ffêr inyff," medd Dryw Bach. "Ti'm yn gofyn llawar, nagwyt?"

"Wel," atebodd Affro wrth drio estyn i bwsio drawing pin i gornel y to. "'Sna'm isio bod rhy farus, ti'bo!"

Sylwodd Dryw bod ei frawd yn stryglo efo'r goleuadau. Allai o ddim estyn yn bell efo'i fraich dde oherwydd ei asennau drwg, ac allai o ddim rhoi pwysau llawn ar ei ffêr ddrwg chwaith, felly roedd o mewn dipyn o bicil wrth drio stwffio drawing pin i'w le heb ollwng y goleuadau oedd wedi bachu yng nghefn y gadair ac yn hongian dros ei wyneb. Brysiodd Dryw Bach i ddatglymu'r weiars a gafael yng nghefn siwmper wlanog lliwiau rasta ei frawd wrth iddo wasgu'r pin i'r nenfwd.

"Dyna fo," medd Affro wrth gamu'n araf o ben y gadair. "Job done!"

Stydiodd y ddau y goleuadau. Roeddan nhw'n bob man, ugeiniau ohonyn nhw yn hongian ar draws y nenfwd a'r waliau fel gwe rhyw anghenfil o bry copyn mawr. Gwenodd Affro, cyn plygio pedwar plwg i mewn i'r extension pedair ffordd oedd ar lawr tu ôl i'r decs. Yna aeth draw at y socet yn y wal i droi'r cwbl ymlaen.

"Dyma ni, Dryw Bach!" meddai. "I declare these lights well and truly... ON!"

Hitiodd y switsh. Goleuodd y bylbiau bach lliwgar i gyd.

"Hip hip!" gwaeddodd.

"Hwrê!" gwaeddodd Dryw Bach.

"Aros," medd Affro, a neidio yn ôl at y socet i droi'r goleuadau disco ymlaen hefyd.

"Dyna ni," meddai wedyn, cyn slapio chydig o Niney the Observer ar y decs, cau cyrtans y ffenest fawr a mynd i sefyll wrth y drws i edmygu'i gampwaith. "Jah Rastafari!"

69

Anniddig iawn oedd Maj wrth sôn am y sgwrs a gafodd efo Fizz wrth ei brawd. Er mai actio oedd Mince pan ypsetiodd am y newyddion a rannodd y cops am Shakatak, gwyddai ei chwaer fawr mai tipyn mwy gonest fyddai ei ymateb i glywed nad oedd pethau'n argoeli'n rhy dda i'w ffrind gorau.

Bu bron iddi beidio â dweud, ond â Mince yn ysu isio gwybod ac yn holi am newyddion rownd y rîl, roedd hi'n ei chael hi'n anodd iawn i gelu'r gwir. Roedd twyllo dyn dall yn waeth na thwyllo plentyn neu hen ddynes.

"Yeh, burr like I keep tellin yer, Maj, Mani would never be down by the water. No chance!"

"Burr it's strange tho, don't yer think? Gerrin in de car with Shak and norra werd off him after. He hasn't been arrested, or dem coppers would've said. So..."

"'Ee's keepin low, that's all, Maj. Believe me."

Doedd Maj ddim mor siŵr, ond mi gytunodd efo'i brawd beth bynnag. Teimlai fod y ffydd a'r gobaith oedd ganddo dros Mani yn ei gadw fo'n gryf.

Holodd Mince unwaith eto ynghylch y rhif ffôn a roddodd Fizz iddi. Atebodd am o leiaf y trydydd tro ei bod hi am ei ffonio y prynhawn 'ma.

"It's werth a shot, jest te put minds at rest."

"Well, don worry abarr me, sis. I know he's not dead..."

"I was thinkin more about Fizz. She's frantic."

Wnaeth Mince ddim ateb. Diawliai Maj na allai weld ei lygaid er mwyn trio deall be oedd yn mynd trwy'i ben. Er, efallai na fyddai'n gallu gweld unrhyw beth ynddyn nhw bellach. Wyddai hi ddim sut y bydden nhw'n edrych erbyn hyn. Fydden nhw'n dal yr un lliw? Fydden nhw ar agor o gwbl? Ac os bydden nhw, ai llygaid fel llygaid meirwon fydden nhw o hyn allan? Daeth cryndod drosti.

"Irr is worryin though, Maj," medd Mince toc. "Thar he dirren tern up te see Fizz. I know he'd have ter see her before leavin. He'd just *have* ter..."

Methodd Maj ag ateb. Roedd hi'n rhy brysur yn cwffio'r dagrau.

"Burr de more yer think abarr it, dere's plenty of reasons why he never showed up. Maybe it all came on top an he had ter leg it. He wouldn't wanner pur her in any danger... Or maybe he just decided he couldn't face her... Yer never know..."

Pesychodd Mince a diawlio fod ei wddw'n sych. Estynnodd Maj at y jwg o sgwash coch wrth ymyl y gwely a llenwi gwydryn.

Daliodd o at ei wefusau ac aros iddo gydio ynddo a llowcio hynny oedd ei angen arno.

"'Ow's the pain, luv?" holodd Maj.

"Better," atebodd. "Still fuckin itching, tho! Doin me fuckin head in, la!"

"Thar'll soon wear off, our kid, don't yer worry."

Cymerodd Maj y gwydryn oddi arno a'i osod yn ôl ar y cwpwrdd.

"I'm glad those coppers came earlier, Maj."

"Why's that?"

"Cos now yer can tell Mani, if yer talk ter him, that der bizzies are on de case with de crustie's house. He needs te know dat."

Sicrhaodd Maj ei brawd y byddai'n gwneud hynny os câi afael arno. Ond ddywedodd hi ddim wrtho fod yna rywbeth arall yr oedd Mani angen ei wybod hefyd. Gan nad oedd Mince yn gwybod, wnaeth o ddim gofyn, felly doedd hi'm yn teimlo'n euog am gadw'r newydd oddi wrtho. A beth bynnag, mater i Fizz a Mani oedd hynny, neb arall. Cododd i roi mwy o ddŵr ar ben y sgwash yn y jwg.

70

"Pam wyt ti heb wneud adduned felly, Dryw Bach?" holodd Affro wrth sglaffio'i frecwast yn ymyl ei frawd ar y soffa.

"'Nesi'm deud hynny, naddo?" atebodd Dryw Bach â'i geg yn llawn. "Jysd heb feddwl am un eto..."

"Wel, rhaid i ti frysio. Sgin ti'm llawar o amsar ar ôl."

"Dim rhaid i fi wneud adduned *cyn* y flwyddyn newydd, nacdi!"

"Wel, mae o'n helpu, dydi!"

"Gwaith meddwl, does!"

"Yn union! A mis Chwefror ddaw, a titha'n dal i feddwl. Sgen ti rwbath fysa ti'n licio'i weld? Rwbath fysa ti'n licio'i wneud?"

Meddyliodd Dryw wrth gnoi ei sosej. "Wel... Fyswn i'n licio gweld Mani..."

Stopiodd Affro gnoi ei fêcyn am eiliad. Roedd ateb ei frawd yn un dipyn mwy dwys nag oedd o wedi'i ddisgwyl. "Ffêr inyff," meddai wrth ailddechrau cnoi.

"Dwi'n twenti-won mis nesa. Mi nath Mani addo y bysa fo'n dod i 'ngweld i."

Bu tawelwch wrth i'r ddau orffen eu bwyd.

"Ti'n meddwl ddaw o?" gofynnodd Affro wrth lyfu'i blât.

"Hmm... Dwi'm yn gwbod... Does wbod lle mae o bellach, na?"

"Wel, Dryw Bach," medd Affro wrth godi i fynd â'r platia i'r sinc. "Dwinna'n gobeithio y daw o hefyd. Dim jesd er dy fwyn di, chwaith... Ac *mae* 'na jans y daw o, achos o be ti wedi'i ddeud wrtha i, fedra i weld fod ganddo feddwl o'nat ti. Ond..." Gollyngodd Affro gyllell ar y llawr. "Wps! Bobol ddiarth ar eu ffordd!"

"Eh?"

"Cyllall yn disgyn ar lawr – fisitors. Hen goel."

"O! Ond oedda chdi ar fin deud rwbath am Mani?"

"Na, dim am Mani. Mynd i ddeud o'n i nad ydi gobeithio i rywun alw yn adduned blwyddyn newydd. Rhaid i *chdi* neud rwbath dy hun."

"Dwi'n gwbod, ond... O! Dwi 'di cael un!"

"Be?"

"Paentio! Dwi'n mynd i baentio mwy o lunia!"

"Dyna welliant! Mae hwnna'n un da, Dryw! Hen bryd hefyd – ti'n gwbod dy hun fod gen ti dalant..."

Ar hynny mi gerddodd y fisitor i mewn trwy ddrws y gegin.

"Dwi'n cymryd fod y parti mlaen, felly?" medd Gwcw Blastig wrth weld y goleuadau bach dros bob man.

"Yndi, mae o mlaen. Ond dim ffycin ieir tro 'ma!" siarsiodd Affro.

"Arglwydd, ma 'na hogla da yma. Oes 'na rwbath ar ôl?"

"Cwpwl o sosejis dan gril, os tisio, Gwcw," medd Dryw Bach, gan sylwi fod ei frawd yn llwch drosto i gyd.

"Lyfli!" medd Gwcw wrth lamu am y cwcyr. "Dwi'n ffycin llwgu. Ma bocha'n nhin i'n byta'n nhrwsus i!"

"Lle ti 'di bod ta, Gwc?" holodd Dryw.

"Nunlla," atebodd Gwcw wrth roi sosej cyfan yn ei geg, cyn ychwanegu rhywbeth annealladwy efo'i geg yn llawn.

"Lle ma Porffafôr?"

"Dwn 'im," atebodd Gwcw wrth lyncu'r sosej. "Heb ei weld o heddiw."

Gwenodd Dryw Bach yn slei.

"Panad?" cynigiodd Affro.

"Sgen ti'm cwrw?" holodd Gwcw wrth stwffio sosej arall i'w ben.

"Mae 'na gwpwl o gania'n y ffrij os tisio."

Prin fod y geiriau wedi gadael ceg Affro cyn i Gwcw Blastig agor drws yr oergell.

"Welis di o ddoe, ta?" holodd Dryw.

"Pwy, Porffafôr? Naddo. O'n i'n 'y ngwely rhan fwya'r dydd. Ffycd ar ôl noson pen-blwydd Mam."

Cleciodd Gwcw'r can ar agor a'i lowcio. Gwenodd Dryw Bach wrth ei weld o'n trio cuddio'i gelwydd.

"Felly faint o'r gloch ma'r shindig yn dechra?" holodd Gwcw ar ôl sychu'i weflau.

"Rŵan!" medd Affro.

"O? Ond ti'm 'di anghofio rwbath?"

"Be?"

"Wel, os na ti'n gallu gneud tric pum-torth-a-dau-bysgodyn efo'r can o lager sydd yn y ffrij, ti angan prynu cwrw!"

71

Mae o'n gyrru i lawr y draffordd yn y fan, a Gwawr yn chwerthin wrth snortio cocaine. Mae hi'n noeth yn y sêt ffrynt, ac mae ganddi gyllell fawr, ac mae'n torri ei hun ar draws ei bronnau, a'r gwaed yn ffrydio i bob cyfeiriad. Mae o'n dweud wrthi am beidio gwneud llanast, ond chwerthin mae hi – chwerthin yn wallgo, ac mae hi'n codi'r gyllell at ei gwallt a thorri un o'i dredlocs i ffwrdd, a'i ddal o flaen ei lygaid fel rhyw neidr flewog... Mae hi'n gafael yn yr olwyn lywio ac yn ei throi yn wyllt o ochr i ochr ac yntau'n trio pasio lori ar yr M6. Mae 'na nadroedd yn cordeddu yn ei gwallt... Maen nhw'n dod yn rhydd ac yn neidio arno... Mae un wedi lapio am ei wddw, yn gwasgu... Mae o'n tagu... Mae Mincepie ynghanol y draffordd. Brêcs... y fan yn gwyro a sgidio... yn nesu at Mince. Mae ei freichiau allan o'i flaen, does ganddo ddim llygaid... DOES GANDDO DDIM LLYGAID... dim ond tyllau yn gwaedu... yn nesu, yn nesu... mae'n mynd i'w hitio...

Agorodd Mani ei lygaid ei hun a fflachiodd poen trwy'i ben fel clec bwyallt. Teimlai'r chwys yn oer ar ei wyneb. Roedd hi'n dywyll ac mi oedd ganddo'r syched gwaethaf erioed. Ceisiodd gasglu ei gof o blith gweddillion yr hunllef – os mai hunllef oedd hi... Lle oedd o? Be fuodd o'n ei wneud neithiwr? Cofiodd Gwawr ar ei ben o... Cofiodd y gawod, y gwaed...

Goleuadau. Ferris wheel. Twr Blackpool! Ia, Blackpool! Dyna lle'r oedd o. Cofiodd fod mewn tafarn. Dyna pam roedd ei ben yn brifo, mae'n debyg. Ond be ffwc ddigwyddodd? Wnaeth o ddisgyn i gysgu? Cofiai ei fod wedi blino'n llwyr... Oedd Gwawr wedi'i ddrygio fo? Yr Alban! Roedd o angen cychwyn i'r Alban. Gwawr... Gwawr... Rhaid oedd ei ddeffro. Roedd yn rhaid iddyn nhw gychwyn. Roedd...

Cofiodd pam roedd brys mawr i symud. Roedd y cops ar y ffordd... neu dynion Sputnik. Ceisiodd gofio mwy. Oedd o wedi'u gweld nhw? Gwawr... Triodd droi ar ei ochr ar y gwely, ond roedd rhywbeth o'i le... Methai symud ei freichiau. Methai symud ei goesau. Oedd o'n breuddwydio o hyd? Trodd ei ben tuag at wely Gwawr, ond welai o ddim byd yn y düwch. Trodd at y ffenest. Ond doedd dim ffenest yno. Roedd hi'n dal yn ganol nos, wrth gwrs! Hunllef rhwng cwsg ac effro oedd hyn. Ymlaciodd. Aeth i deimlo'n swrth. Roedd ei ben yn brifo. Byddai'n iawn yn y bore. Cwsg oedd o ei angen. Caeodd ei lygaid...

Daeth yr atgof fel rhyw lun annelwig o hen ffilm a welodd pan oedd yn blentyn, yn gipolwg sydyn trwy fwlch yn y cymylau wrth iddyn nhw sgubo heibio ffenest y cof. Yna mi gliriodd y cymylau a gadael golygfa lawn, ond niwlog, o rywun mewn dillad duon. A fan ddu. Corddai panig yn rhywle yng nghefn ei ben, gan ledu trwy'i nerfau ac ymwthio i flaen ei feddwl. Yn araf mi ddaeth delweddau i'r golwg, fel lens camera'n ffocysu...

Agorodd ei lygaid eto. Roedd o'n effro. Ac roedd o'n cofio! Neidiodd i fyny yn y gwely, ond roedd o'n sownd, a dim ond ei ben a gododd. Teimlodd strapiau o ryw fath yn dynn am ei freichiau a'i goesau. Ceisiodd dynnu ei hun yn rhydd ond doedd dim yn rhoi. Rhegodd a stranciodd. Sylweddolodd nad i wely yr oedd wedi ei glymu, ond i ryw fath o ffrâm fetel, fel giât. Gwylltiodd, a dechrau gweiddi a bytheirio nerth esgyrn ei ben. Bu'n esgeulus. Bu'n flêr.

Bu'n amaturaidd. Gwaeddodd eto, yn uwch y tro hwn, yna gwrando yn y gwyll... Ond ddaeth dim sŵn o nunlle, dim smic na chlic na llais na sŵn troed... Lle bynnag oedd o, roedd o ar ei ben ei hun...

72

Parciodd Dryw Bach fan Affro ym maes parcio Kwiks a neidiodd y tri brawd allan a chroesi am ddrysau'r siop efo pwrpas a phenderfyniad ymhob cam – er bod pob yn ail gam a roddai Affro yn llai penderfynol na'r llall. Cydiodd Gwcw Blastig a Dryw Bach mewn troli yr un ac yn syth â nhw at y silffoedd cwrw.

Wedi gorlwytho'r trolis efo caniau Tennent's, Four-X a Stella a photeli seidar a bocs o win coch, bu trafodaeth am ba wirodydd i'w prynu – vodka, Jack Daniels neu gin. Yn y diwedd penderfynwyd prynu'r tri.

"O ffyc, sbia pwy ydio," medd Gwcw Blastig wrth i Kola Kube groesi'r maes parcio i'w cwfwr. "Y Twatinator ei hun."

"Iawn, KK?" medd Affro.

"Affro, Gwcw," atebodd eu brawd. "Dryw Bach," sgyrnygodd wedyn, heb edrych arno. Rhythodd ar y trolis oedd yn sigo dan bwysau cwrw. "Be ffwc 'da chi'n neud, agor off-leisans?"

Chwarddodd neb ar y jôc.

"Ti'n mynd i rwla heno, KK?" gofynnodd Affro. Fedrai o ddim meddwl be arall i'w ddweud.

"Tŷ Elwyn Cownsil. Fi a Kathleen."

"O? Soirée bach yn tŷ'r Cynghorydd? Swnio'n ffycin doji i fi!" medd Gwcw, a chwerthin.

"Mi fydd y ffycin connection rhwng dy ben a dy sgwydda di'n doji'n munud, Gwcw Blastig!" chwyrnodd Kola Kube, cyn gwenu – er rhyddhad mawr i bawb.

"Wel," medd Affro. "Rhaid i ni fynd, am wn i. Blwyddyn newydd dda, KK."

"Ac i chditha Affro. Gwcw."

"Ia, blwyddyn newydd dda, KK," medd Dryw Bach – er na wyddai pam. Ond mi gerddodd Kola Kube i ffwrdd heb ei ateb.

"Dyna iti ffycin wancar os fuodd 'na un erioed!" medd Gwcw Blastig ar ôl cyrraedd y fan.

"Ia, paid ti cymryd unrhyw sylw o'r twat hyll, Dryw Bach," ychwanegodd Affro efo winc. "Mae o'n badge of honour i gael rywun fel'na yn blancio chdi."

"Am funud o'n i'n meddwl ei fod o'n bod yn glên," medd Dryw Bach.

"Gêm oedd hynny, Dryw," nododd Gwcw. "Bod yn glên er mwyn gneud point – fod o'n siarad efo ni ond ddim efo chdi. Petha bach chwerw fel'na sy'n gneud i'r ffycar dician."

"Duw, twll ei din o," oedd unig sylw Dryw Bach wrth wylio'r lleill yn llwytho'r cwrw i gefn y fan.

"Ia," cytunodd Affro. "Ma well ganddo fod efo'r Mêsyns nag efo'i deulu ar flwyddyn newydd."

"Ti'n recno fod KK yn Fêsyn?" holodd Gwcw Blastig.

"Wel," medd Affro. "Os nag ydio mae o ar ei ffordd i fod yn un, garantîd, os 'dio 'di cael gwadd i dŷ Elwyn Cownsil am barti. Hwnnw 'di'r Grandmasterbator, medda nhw."

"Trio crafu'i ffordd i mewn mae o, mae'n siŵr," medd Gwcw. "Fetia i ei fod o 'di cael ei blacbôlio fwy nag unwaith! 'Dio'm cweit i fyny at y marc, nacdi?"

"Falla na methu cael ei draed i mewn i'r Lodge sy'n ei gnoi o," dyfalodd Affro. "Yn ei fyta fo o'r tu mewn..."

"Naci," haerodd Gwcw Blastig. "Y mul lyncodd o pan gath o'i eni sy'n ei fyta fo, siŵr!"

"Wel, fydd o'n byw ar Millionaires Row cyn hir, reit yn ymyl Grandmaster Flash," medd Dryw. "Mi fydd o i mewn wedyn iti – ar ôl buldio'i balas ar y bryn."

"Be, yn fa'na mae Elwyn Cownsil yn byw hefyd, ia?" holodd Gwcw.

"Wel ia siŵr dduw!" cadarnhaodd Affro. "Lle ti 'di bod dwad, Gwcw? Elwyn bia'r tŷ cynta i gael ei godi yno! Dim gwobra am geshio pwy bwsiodd y caniatâd drwy Planning!"

"Ffwcin hel," medd Gwcw Blastig yn dawel iddo'i hun, gan obeithio i'r nefoedd fod Porffafôr yn gwybod be oedd o'n ei wneud efo'r ffrwydron. Doedd bod yn sownd o dan ddaear yn ddim byd o'i gymharu â chwythu tŷ un o Seiri Rhyddion mwya'r sir yn ffycin shitrwts.

Wislodd Affro yn uchel ar ddwy o ferched ifanc roedd o'n

eu hadnabod o'r nosweithiau reggae. Stopiodd y ddwy a chodi llaw.

"'Da chi'n dod draw heno?" gwaeddodd arnyn nhw.

"Be, oes'na barti?" gofynnodd un.

"Tŷ Affro 'di'r lle Flwyddyn Newydd siŵr!"

"Ti'n mynd, Dryw Bach?" holodd y llall.

"Saff!" atebodd Dryw a wincio arni.

"Welan ni chi yna, felly!"

Diflannodd y ddwy rownd cornel y stryd. Chwarddodd Gwcw Blastig yn uchel. "Sbia dy wynab di!" meddai wrth Affro. "Gas di ail yn fa'na'n do? 'Wyt ti'n mynd, Dryw Bach?' Classic!"

"Paid ti â poeni, Gwcw Blastig!" atebodd Affro gan wthio'i frest allan fel ceiliog. "Fydd 'na ddigon o middle-aged hotties i fi, sdi! A mae 'na ddigon o ieir i chdi yn Buarth Brwynog!"

Neidiodd y tri i'r fan a gyrrodd Dryw Bach yn ôl am ben arall y pentref. Cytunodd pawb ei bod hi'n amser da i alw heibio Coco Bîns a Shwgwr i ddymuno blwyddyn newydd dda – a llusgo Coco i'r pyb.

73

Roedd 'The Chase' oddi ar dâp sowndtrac *A Fistful of Dollars* gan Ennio Morricone yn blastio dros y byngalo wrth i Coco Bîns dynnu ar ei sigâr tra'n hyrddio ei hun yn gynt ac yn gynt efo'r miwsig carlamus. Taflodd ei bonsho yn ôl dros ei ysgwydd a phwsio'i het gowboi ledr yn ôl i fyny'i dalcen ar ôl iddi lithro i lawr dros ei lygaid unwaith eto. Daeth y miwsig at ddarn tawel, araf, a thynnodd Coco eto ar ei sigâr wrth symud ei hun yn arafach ac yn fwy teimladwy, yna newidiodd gêr yn sydyn eto wrth i'r miwsig ailddechrau carlamu fel y ceffylau yn y ffilm. Ac yna, gan neidio i un arall o sbageti westerns Clint, gwaeddodd "I like chicken, fried!" dros y lle, wrth ddod – fel roedd y gân yn dirwyn i ben.

Ac yn yr eiliadau o dawelwch a ddilynodd, clywodd Shwgwr Lwmp ddrws y popty'n agor drwodd yn y gegin, a chododd oddi ar ei phedwar ar y gwely a rhuthro i dynnu ei gwisg lleian i ffwrdd, gan ddweud, mor dawel ag y medrai, "Coco! Mae'na rywun yn dwyn 'yn ffycin chickens i!"

Cododd Coco ei drowsus ac ymbalfalu efo bwcwl y belt bwledi ffug wrth faglu trwy ddrws y llofft a phlannu i gyfeiriad y gegin, efo replica o'r pistol Colt .38 ffuglennol a ddefnyddiai'r Man With No Name yn ei law. Diflannodd y panig o gael ei ddal ynghanol sesiwn role play efo Shwgwr cyn iddo gyrraedd y gegin, fodd bynnag, wrth i reswm ailafael yn ei ymennydd, ac erbyn iddo neidio i mewn i'r gegin a dal y gwn i'w cyfeiriad, roedd o wedi adnabod lleisiau ei frodyr yn canmol ogla'r chicken portions yn y popty.

"Get three coffins ready!" meddai, fel roedd y trac nesaf yn dechrau chwarae ar y stereo.

Gwcw Blastig oedd yr unig un a roddodd ei ddwylo i fyny. Safodd y ddau arall yn llonydd, gan syllu'n gegagored ar eu brawd yn sgwario ynghanol y llawr yn ei ddillad Clint Eastwood.

"Blwyddyn newydd dda!" medd Dryw Bach ar ôl rhyw eiliad fach ddigon swreal, cyn i'r pedwar brawd ddechrau chwerthin fel ffyliaid.

Yna, fel 'tai dim byd wedi digwydd o gwbl, trodd Coco'r miwsig i ffwrdd a dweud wrth bawb am eistedd wrth y bwrdd.

"Fydda i'n ôl mewn dwy eiliad," meddai wedyn, cyn diflannu trwy'r drws cefn ac i'r sied. Ailymddangosodd mewn dwy funud efo jwg galwyn yn llawn o gwrw melyn. "Peidiwch â'i dwtsiad o am funud!" siarsiodd, cyn troi i nôl gwydrau o'r cwpwrdd.

Daeth cymysgedd o gyffro ac ofn dros wynebau pawb wrth sylweddoli be oedd yn y jwg. Wedi'i lwytho efo siwgwr a'i adael i fragu am lawer hirach nag oedd rhaid cyn ei yfed, a'r cwbl efo crefft rhywun oedd â blynyddoedd lawer o brofiad, doedd Cwrw Coco ddim yn stwff i'r gwangalon.

"Reit," medd Coco Bîns, a dal ei wydr i fyny. "Hwn 'di'r cynta o'r batsh newydd 'ma. Dwi 'di bod yn 'i gadw fo'n sbesial at heno!"

"Ni ydi'r guinea pigs, felly?" medd Dryw Bach. "Dyna ti'n drio'i ddeud, ia?"

"Pam ti'n meddwl bo fi'm yn cymryd un, Dryw?" gwaeddodd Shwgwr wrth gerdded i mewn yn cŵl braf mewn pâr o jîns a jympar wlanog.

"Hisht, Shwg!" medd Coco Bîns. "Rhag ofn iddyn nhw ddianc! Rŵan, gyfeillion, y fendith..."

Roedd hi'n arferiad gan Coco Bîns fendithio pob batsh newydd o Cwrw Coco cyn yfed y peth cyntaf ohono. Rhyw bennill bach oedd ganddo fel arfer, wedi'i greu o'r newydd bob tro. Roedd 'na strîc hynod ofergoelus yn yr hen Coco, ac mi oedd y fendith yn hollbwysig. Roedd safon y cwrw ac iechyd pawb a'i yfai o yn y fantol pe na bai'r fendith yn cael ei chyflwyno. Er bod Coco wedi anghofio'i hadrodd sawl gwaith ac wedi yfed a rhannu'r cwrw heb i neb ddioddef unrhyw seid-effects tu hwnt i'r arferol, doedd hynny ddim yn ei stopio fo rhag panicio pan fyddai rhywun yn ei yfed cyn iddo ei thraddodi.

"Diolch byth fod o 'di cofio, myn diawl!" gwaeddodd Shwgwr. "Neu fysa fo'm yn gneud dim byd o gwmpas y tŷ 'ma rhag ofn 'ddo 'gael damwain'!"

Anwybyddodd Coco Bîns y bychanu, a dal ei wydr i fyny at y to ac adrodd ei bennill:

"Rwyf yn ddyn, a rwyf yn feddwyn,
  Rwyf am yfed bob diferyn,
  Ac os fyddaf i fyw wedyn,
  Rhof fy mywyd i Sion Heiddyn!"

"Amen!" gwaeddodd pawb a chymryd llwnc – neu sip yn achos Affro, oedd yn bryderus o lowcio rhywbeth cyn gryfed mor gynnar yn y pnawn ac yntau angen sbinio records hyd oriau mân y bore.

"A'r llwncdestiwn, pawb!" gwaeddodd Coco wedyn, gan ddal ei wydr i fyny eto. "Blwyddyn newydd dda i'r Bartis i *gyd*...!" cyhoeddodd, cyn troi ei lygaid i gwrdd â rhai Dryw Bach. "... Lle bynnag y bo nhw yn y byd!"

Gwenodd Dryw.

74

Wyddai Mani ddim am faint y bu'n gorwedd yn y tywyllwch yn ymaflyd â'i hunllefau. Triodd fynd i gysgu, fel mae rhywun yn llwyddo i'w wneud wrth dreulio noson feddw mewn cell yng ngorsaf yr heddlu. Ond nid noson yng nghelloedd yr heddlu oedd hon. Nid coffi stêl a brecwast oer a mynd adref yn y bore efo ffurflen gyhuddiad ym mhoced tin ei drowsus oedd yn aros Mani. Gwyddai hynny'n iawn.

Ar ôl colli pob gobaith o ddod allan o'r twll yma mewn unrhyw fath o iechyd, dechreuodd Mani weddïo am yr unig beth fyddai'n rhyw fath o gysur iddo rŵan – cael gwybod pwy oedd wedi'i gipio. Byddai hynny o leiaf yn cael gwared ar y dryswch, chwalu'r niwl i ddatgelu'r llwybr, a'i wynebu – waeth pa mor arw ac erchyll fyddai hwnnw.

Nid y cops oedd ei garcharwyr, roedd hynny'n bendant. Mi oeddan nhw'n un ai rhywrai o Lerpwl neu'n rhywun o blith y bagiau chwain. Os mai dynion Sputnik oeddan nhw, yna mi olygai fod Juice wedi'i setio fo i fyny i gael y bai am ladd Shak a'r lleill, a'i fod o un ai yn gwneud hynny ar orchymyn Sputnik neu'n gweithredu ar ei liwt ei hun. Os mai Sputnik oedd tu ôl i'r holl beth, mi fyddai'n gallu rhoi'r gair i weddill criw Shak mai Mani a'i lladdodd, cyn eistedd yn ei ôl a gadael iddyn nhw wneud y gwaith budr. Ond doedd gan Sputnik – na Juice, na'r ffycin traflars na chriw Bootle, nac unrhyw un arall chwaith – ddim syniad ei fod o yn Blackpool.

Triodd gofio pob manylyn o'r diwrnod a dreuliodd yn y dref lan môr, ond mi oedd hi mor anodd canolbwyntio ar fanion ac yntau wedi'i glymu i 'wely' mewn stafell dywyll, yn aros duw a ŵyr be. A dyna oedd yn ei ddychryn fwyaf. Llanwodd ei gorff efo panig wrth ystyried unwaith eto be oedd pwrpas y strapiau. Mewn anghydfod ym myd y gangiau doedd dim ond un rheswm dros gadw person yn gaeth. Roedd pwy bynnag oedd wedi'i ddal o isio rhywbeth ganddo – cyn ei ladd.

Lledodd cryndod eithafol trwy'i gorff a dechreuodd chwysu. Dim ond un ffordd roedd bwtsheriaid yr isfyd yn cael gwybodaeth. Gwyddai Mani fod poen ar ei ffordd. Doedd dim amdani ond trio paratoi ei hun...

Oerodd ei fêr eto wrth iddo ddychmygu be oedd wedi digwydd i Gwawr. Gobeithiai ei bod hi'n iawn, ond y tebygrwydd oedd fod y basdads wedi bod yn eu gwylio ers peth amser ac wedi mynd i'w nôl hithau o'r gwesty... Mi allai hi fod wedi dianc – roedd hi'n un ddigon craff, a digon streetwise. Ac mi oedd 'na gythraul ynddi hefyd. Neu oedd hi'n rhy wirion o ddiofal i allu osgoi unrhyw grafangau? Tybed, meddyliodd, oedd hi wedi gwneud rhywbeth fyddai'n datgelu eu lleoliad? Oedd *o* wedi? Teimlai Mani'n ffyddiog nad oedd o, ac mi oedd o'n go sicr na wnaeth Gwawr chwaith. Fu hi ddim allan o'i olwg tan...

Daeth sŵn o rywle, heb fod yn agos nac ymhell. Lleisiau efallai? Gwrandawodd yn astud, ond boddwyd y sŵn gan ddrymio uchel ei galon. Yna clywodd sŵn drws yn cau – eto, yn rhywle heb fod ymhell nac agos. Clustfeiniodd am sŵn traed, ond chlywai o ddim byd. Roedd hi'n ddistaw eto.

Dyfalodd yn lle'r oedd o. Doedd o'n cofio dim o'r daith yn y fan. Mae'n rhaid ei fod o'n ddiymadferth. Cofiodd y pigiad yn ei wddw – nodwydd – a chofiodd deimlo'n swrth, ei goesau fel clai. A'r bysedd o dan ei asennau, y boen annioddefol. Tric martial arts, neu Special Forces. Clywodd Mani straeon am sawl dihiryn a fu unwaith yn yr SAS, neu rywbeth tebyg, oedd wedi troi at fyd tywyll llofruddiaeth a herwgipio...

Ai yn Lerpwl oedd o rŵan? Neu yn rhywle agosach i Blackpool? Oedd o mewn tŷ saff yn perthyn i un o hogia Lerpwl neu eu ffrindiau? Neu oedd rhywun o Lerpwl wedi rhoi'r job o'i ddal i griw o Blackpool, a'u bod nhw bellach yn aros i Lerpwl ddod i fyny i'w holi? Fyddai o'n eu hadnabod nhw?

Yna mi fflicrodd golau llachar ymlaen efo sŵn mwmian trydanol. Gwasgodd ei lygaid ynghau wrth i'r golau ymosod arnyn nhw. Roedd o'n llosgi. Pasiodd hanner munud dda cyn iddo allu ciledrych o'i gwmpas wrth i'w lygaid ddod i ddygymod â'r stribed o olau tanbaid uwch ei ben.

Y peth cyntaf a sylwodd oedd ei fod o'n hollol noeth, a methai â deall sut na pham hynny. Yna gwelodd lamp feddygol debyg i olau deintydd yn sefyll wrth erchwyn y 'gwely'. Doedd hi ddim ymlaen. Trodd ei ben i weld drych mawr ar y wal i'r chwith. Roedd o'n rhy uchel iddo allu gweld ei hun ynddo, ond synhwyrodd fod rhywrai yn ei wylio o'r tu ôl iddo. Rywsut, mi gafodd nerth i weiddi.

"Who's there?!" Roedd ei lais yn crynu. "Where am I?! Who are you?!"

Ddaeth dim ateb, ond gwyddai fod rhywun wedi'i glywed. Yna mi agorodd drws yn rhywle tu ôl iddo, a nesaodd sŵn traed a siffrwd dillad tuag ato.

"Who's that?! What do you want?!"

Daeth dau ffigwr i'r golwg, mewn dillad llawfeddygon – overalls a ffedogau plastig, menyg rwber, masgiau a chapiau – a sbectols tywyll i guddio'u llygaid. Safodd un wrth droed y 'gwely'. Curodd calon Mani fel gordd yn ei frest.

"What's this all about?... What do you want?!... Who are you? Answer me! Who are you working for? Fucking TALK TO ME!"

Daeth sŵn o'r tu ôl iddo – troli yn symud ac offer yn tincian arno. Daeth golau'r lamp feddygol ymlaen a'i ddallu. Pan edrychodd eto roedd y ddau berson yn ffidlan efo polyn ar olwynion. Roeddan nhw'n gosod bag o hylif i hongian arno, gyda pheipen yn dod ohono.

"What's that?!" gofynnodd, heb ddisgwyl cael ateb. "Are you with Sputnik's crew? Let me talk to someone... It's all a mistake..."

Chymerodd yr un o'r ddau ddim sylw ohono, dim ond bwrw ymlaen efo'u gwaith. Cydiodd un yn ei fraich. Cythrodd Mani a thrio ymwrthod, ond doedd dim gobaith yn erbyn y strapiau. Rhuodd ei ddicter ar dop ei lais, ond doedd dim pwynt. Teimlodd bigiad yng ngwythïen ei arddwrn. Cysylltwyd y beipen ddrip a throwyd y tap ymlaen... Aeth i deimlo'n swrth... Gwrandawodd ar sŵn siffrwd eu dillad yn gadael y stafell... Roedd o'n disgyn, disgyn... Diffoddwyd y golau... Roedd o'n dal i ddisgyn...

75

Edrychai Caroline yn fendigedig pnawn 'ma, meddyliodd. Roedd hi mor rhywiol â'i gwallt wedi'i glymu i fyny ac yn hongian mewn rhubanau cyrliog uwch ei gwddw gosgeiddig, a'i ffrog fach ddu oedd ddim ond yn ymestyn o hanner ei bronnau at fymryn islaw top ei choesau. Roedd hi'n ddynes ganol oed hynod hardd, yn siapus ac yn gwybod sut i edrych ei gorau. Dilynodd ei lygaid sidan du ei choesau, o'r sodlau main at hanner cylch ei phen-ôl, cyn gwledda ar gwm hyfryd ei bronnau a llarpio ei hysgwyddau noeth. Disgleiriai ei chadwyn a chlustdlysau diamwnt fel sêr oedd yn gweddu i ferch arallfydol...

Gwyliodd hi'n cymryd sip o'i gwin gwyn ac yn troi i edrych arno wrth iddi deimlo'i lygaid arni. Gwenodd arno. Winciodd yntau arni hithau a chwythu sws slei â'i wefusau. Teimlodd symudiad o dan ei falog.

Daeth Onri draw efo potel o win coch. "Mwy o win, Stephen?"

Neidiodd Stephen fymryn. "Ah! Onri! Thank you, yes..." meddai wrth estyn ei wydryn hanner llawn iddo. "I was just admiring your beautiful wife!"

"Yes, of course you were," atebodd Onri wrth arllwys y gwin.

"And the wine's lovely, too!"

"Thanks, but I wouldn't know."

"Yes, I suppose being a drinker does help in that department!" medd Stephen a chwerthin. "You don't know what you're missing, Onster!"

"Well, I like to keep focused, Stephen!"

"The way I see it is that you need the odd unfocused occasion to remind yourself of what the dark side feels like!" mynnodd Stephen, cyn bachu cipolwg sydyn arall ar Caroline wrth i Onri roi'r botel yn ôl ar y bwrdd. "Fancy a cigar?"

Dilynodd Onri ei fos trwy'r gegin ac allan i'r pergiwla eang gyda tho o rwydwaith pren ysgafn a gwinwydd yn hongian drosto. Roedd gwesteion eraill yn ysmygu wrth y byrddau ger y ddau wresogydd patio. Safodd y ddau seicolegydd uwch y grisiau pren a arweiniai i lawr i'r ardd, a thanio'u sigârs.

"So you got the Aber file then, Onri?"

"Yes, Steve, unfortunately!"

Gwenodd ei fos. "So sorry about that!"

"It's OK. It was bound to happen some time."

"It's these damned conventions. They keep coming thick and fast. I really would rather be doing what I got into the business to do."

"Yes, I suppose those conferences can be tedious."

"Indeed! But at least the perks are good – if you know what I mean!" winciodd Stephen.

Gwyddai Onri'n iawn be oedd dyddiau i ffwrdd mewn gwestai crand yn ei olygu i ddynion priod cylchoedd proffesiynol ei fos.

Tynnodd Stephen ar ei sigâr a chwythu mwg yn gylchoedd i'r aer oer o'i flaen. "Anyway, I was talking to Oliver the other day, and mentioned how important you've become to the business. It's been obvious for a while that we need another clinical psychologist – the workload has been increasing in recent years."

"Yes, I've noticed that," medd Onri. "There's a lot more stress out there these days, that's for sure."

"Yes, and a few more crackpots too!"

Gwenodd Onri'n anghyfforddus. Doedd o ddim yn hoff o gyfeiriadau fel hyn at bobol oedd yn dioddef salwch meddwl. "Well, society is more aware of mental illness, I suppose, so more people get referred as opposed to being marginalized."

Gwenodd Stephen yn hollwybodus. Gwyddai fod Onri yn dipyn o bleeding heart.

"Thing is, Onri... we also think another *senior* partner would be an asset. How would you feel about that? You'd still be hands-on, of course, but there may be the odd conference..." Closiodd Stephen at glust Onri a gostwng ei lais. "I'm sure Michelle would be more than happy to join you!"

Rhoddodd Onri wên anghyfforddus arall wrth fflachio'i lygaid at y drws, rhag ofn bod Caroline yn dod drwyddo.

"So, what do you think, Onster?"

Ystyriodd Onri am eiliad. "Well, I'm flattered, Stephen..." meddai, heb ddatgelu gormod yn ei lais.

"Good. Although, there is one thing..."

"Oh?" medd Onri a throi i edrych i wyneb ei fos.

Tro hwnnw i edrych yn anghyfforddus oedd hi rŵan.

"It may be a little awkward..."

Roedd Onri wedi amau fod tro yn y gynffon. "Go on, Stephen."

"We're getting an awful lot of work in neighbouring districts and, well, particularly in..." Oedodd Stephen am eiliad. "... Thing is, we're thinking of, well, we're actually planning to open a new area office... In Aber."

Stydiodd Stephen ymateb ei gyd-seicolegydd. Cuddiodd Onri bob arwydd allanol o anfodlonrwydd. Doedd o ddim am chwarae gêms. Gwyddai fod Stephen yn deall ei deimladau cymhleth am ei fro enedigol, felly doedd dim pwynt ei atgoffa. Gwyddai hefyd na fyddai Caroline byth, byth yn symud yno – yn wir, fyddai hi byth yn symud o Landudno i unlle. Yma'r oedd ei chartref, ei rhieni, ei busnes a'i ffrindiau. Gwyddai Onri, hefyd, fod Stephen yn ffycin gwybod hynny'n iawn.

"Your salary would increase considerably, of course..."

Chwythodd Onri fwg sigâr i'r awyr. "I don't know, Stephen... It's a big step, and I'm not sure if it's, well..."

"You could travel, of course. Plus, a lot of senior partner business can be done from home."

Cocoen, meddyliodd Onri. Cocoen celwyddog a dan-din. Gwyddai'n iawn y byddai'n rhaid iddo symud os oedd o i fod i redeg canolfan newydd, 'senior partner' neu ffycin beidio. Pwy oedd o'n feddwl oedd o i drio'i swcro fel hyn? Yr holl flynyddoedd y bu efo'r cwmni. Edrychodd i lygaid Stephen, a gwywodd hwnnw dan sylw'r ddau bwll du. Teimlai Onri fel dweud wrtho ei fod o'n gwybod yn iawn ei fod o'n cachu ar ei ben o. Ei fod o'n ei drin fel offeryn ymarferol yn hytrach na ffrind a chyd-seicolegydd proffesiynol. Er gwaetha'r teitl newydd ac er gwaetha'r salari uwch, o ran cam proffesiynol roedd symud i'r stics yn gam i lawr yr ystol. Yma ar arfordir y gogledd oedd y cylchoedd oedd yn cyfri. Yn amlwg, doedd Onri ddim yn ffitio i mewn. Gwyddai hynny ei hun, wrth gwrs. Er gwaethaf statws Onri Bartholomew Roberts fel seicolegydd clinigol uchel ei barch, Barti oedd o o hyd, yn y bôn. Barti a *wnaeth* rywbeth efo'i fywyd, a symud i borfeydd brasach – ond Barti wedi'r cwbl. Barti o Ysgol y Graig, nid Stephen ac Oliver o Ysgol St David's.

Ac, wrth gwrs, roedd gan Stephen ei resymau personol am ei wthio allan o'r ffordd. Gwyddai Onri hynny, hefyd.

"I'll let you mull it over anyway, Onster," medd Stephen. "I realise it's a big step. But we would appreciate an answer soon... You see, we're very close to buying an office there. Property's so cheap down that end – unsurprisingly. It's only a matter of days before completion, but..."

Oedodd Stephen i sadio'i hun cyn bwrw ymlaen. Gwyddai nad oedd yr hyn roedd ar fin ei ddweud yn mynd i blesio.

"The thing is, Onri – we can't complete the deal until we know we have someone in place to run it. We need a seamless transition here..."

Trodd Stephen i gyfarch Caroline, oedd yn cyrraedd efo tre o canapés. "Aah! Sweet Caroline!" meddai. "The most delectable hostess in the whole of north Wales!"

"Only north Wales?" medd Caroline, yn ffugio siom.

Cusanodd y ddau fochau ei gilydd. "Mwoah! Mwoah!"

Trodd Caroline at ei gŵr. "Onri, I think James and Kate have just arrived. Could you be a love?"

"Dim problem, cariad. Edrych fel bod dy ddwylo di'n llawn yn fa'na. Sgiwsia fi, Stephen."

Gadawodd Onri'r ddau efo'u canapés.

76

Mi gyrhaeddodd Porffafôr ar ôl y fendith. Ar ei ffordd i'r Drafal oedd o, ac ar berwyl hudo Coco i'w ganlyn. Ond ar ôl suddo gwydriad o Cwrw Coco mi addasodd ei gynlluniau ryw fymryn ac mi dynnodd ei gôt ac eistedd i lawr.

Wnaeth gwydrau'r lleill ddim gwagio mor sydyn ag un Porffafôr, fodd bynnag, ac mi oedd hynny'n siomi Coco Bîns yn arw.

"Be sy'n bod arna chi? Mae o'n iawn yndydi?"

"Braidd yn gynnar i fi, Coco Bîns!" eglurodd Affro. "Dwi'm isio bod yn cysgu trwy'r nos tra mae pawb yn cael iahŵ yn 'y nhŷ fi!"

"Bach yn gynnar i fi, hefyd," medd Dryw Bach wrth gymryd sip petrusgar o'i wydryn. "Stumog 'mbach yn doji."

"A be sy'n bod efo chdi, Gwcw Blastig?" holodd Coco. "'Di'm yn rhy gynnar i chdi, does bosib?!"

"Nacdi siŵr!" cytunodd Gwcw. "Jysd ddim yn licio'r ffycin stwff ydwi."

Doedd y sylw haerllug ddim yn gorwedd efo Coco Bîns, a ystyriai ei hun yn bencampwr ar fragu cwrw cartref – a hynny â chryn gyfiawnhad. Ond yn ogystal â meddu ar ddigon o ffydd yn ei alluoedd, mi oedd ganddo gryn ddealltwriaeth o hiwmor brathog ei frodyr – yn enwedig Gwcw Blastig, oedd yn grefftwr ar ddefnyddio gordd i falu wyau.

"Wel, fachgian," medd Coco. "Mae'n debycach mai'r cwrw sydd ddim yn dy licio di. Fel pob dyn gwerth ei halan, ma Cwrw Coco yn nabod cont pan mae o'n pasio rhwng gwefusa un!"

"O-hoooo!" gwaeddodd pawb a chwerthin yn uchel, gan glecio'r bwrdd mewn diléit. Roedd gwyneb Gwcw Blastig yn bictiwr.

"Pasia'r ffwcin peth i mi, ta," medd Porffafôr, ac estyn am wydryn ei frawd.

"Ffyc off!" medd Gwcw Blastig wrth ei symud yn ddigon pell o'i bawennau. "Ddudis i ddim na fyswn i'n ei yfad o – yn fy amsar fy hun, hynny ydi!"

Estynnodd Coco Bîns y jwg ac ail-lenwi gwydr Porffafôr. "Ynda, rhen Porff," meddai. "Da 'di cael rhannu sudd yr angylion efo rhywun sy'n gwerthfawrogi safon!"

"Hy!" gwaeddodd Gwcw Blastig. "Yfith hwnna unrhyw beth sydd ddim yn solid!"

"Nefoedd y nionod!" gwaeddodd Porffafôr. "Enllib ydi peth fel'na, ddyn!"

"Enllib? Be ffwc 'di 'enllib', ddyn?"

"Ynys yn Pen Llŷn siŵr!" medd Dryw Bach efo winc ar y lleill. "Ti'm yn nabod dy wlad dy hun, Gwcw Blastig? Lle ddiawl ti'n byw, dwad?"

"Wel, ddim yn Pen Llŷn, naci. Wyt *ti'n* gwbod lle ma Christmas Island?"

Mi oedd Gwcw wedi brathu.

"Nacdw," atebodd Dryw. "Ond tyd â map i mi ac mi fydda i!"

"Twyllo 'di peth felly!"

"Sut hynny, Gwcw Blastig?"

"Wel, fedar unrhyw un sbio ar fap i wbod lle mae llefydd, yn fedrith?"

"Wel, dyna be ma mapia'n dda i, ynde?" mynnodd Dryw.

"Ia, ond os na ti wedi *bod* yn rwla, neu wedi sbio ar fap, ti'm yn mynd i wbod lle ffwc mae o, yn nagwyt?" haerodd Gwcw Blastig, oedd bellach wedi llyncu'r bachyn.

"Be, ti rioed 'di bod i Ben Llŷn, Gwcw Blastig?" gofynnodd Coco Bîns.

"Lle mae o?"

"Brenin y baraciwdas!" gwaeddodd Porffafôr. "Ydw i wedi cerddad i fewn i gyfarfod blynyddol Ynfytyns Anonymous, ta be?"

"Cau dy geg, Porffafôr!" medd Gwcw. "Be dwi'n feddwl ydi, lle mae Pen Llŷn yn dechra? Os 'dio'n dechra cyn cyrraedd Butlins, wel do, dwi 'di bod yno..."

"Nefoedd y nionod!" medd Porffafôr. "Be ddigwyddodd i'r ddynoliath, 'dwch?"

"Dynoliaeth?" gwaeddodd Shwgwr Lwmp o du ôl i gwmwl o stêm wrth agor drws y popty i jecio'r darnau cyw iâr. "Mae 'na fwy o ddynoliaeth yn y tshicins 'ma!"

Chwarddodd y brodyr, cyn dechrau canmol yr ogla oedd yn llenwi'r stafell unwaith eto.

"Un arall?" cynigiodd Coco Bîns i bawb wrth weld eu gwydrau'n gwagio'n gynt, mwya sydyn, wrth i'r tynnu coes godi hwyliau.

"Duwcs, ia," medd Gwcw Blastig a rhoi clec i'r jochiad olaf o'i wydr.

"O?" medd Coco Bîns. "Cwrw Coco'n altro mwya sydyn, yndi?"

"Wsti be?" atebodd Gwcw wrth roi ei wydr gwag o dan big y jwg. "Mae o'n tyfu ar rywun!"

77

Daeth Mani'n ymwybodol o furmur lleisiau ac agorodd ei lygaid. Roedd hi'n dywyll o hyd a doedd ganddo ddim syniad am ba mor hir y bu'n anymwybodol. Ceisiodd symud, ond roedd o'n rhwym i'r ffrâm oddi tano o hyd. Sgubodd yr anobaith yn don drosto eto. Teimlai'n feddw gaib a'i ben yn troi a'i gorff fel 'tai o'n arnofio fel babi mewn croth. Roedd ei syched yn annioddefol bellach, ei geg mor sych â phapur tywod a'i dafod fel rhathell. Teimlai pob llwnc fel rasal yn rhwygo'i wddw. Clywodd y lleisiau eto, a sŵn traed. Arhosodd i'r drws agor. Ai rŵan y bydden nhw'n dechrau ei ladd yn araf bach?

Caeodd ei lygaid a llithro'n ei ôl i afael y cyffur yn y drip. Gwelodd Mincepie yn chwerthin efo llond ei freichiau o greision a sothach. "Mince! Open the straps, mate... Open them, Mince..." Ond doedd Mince yn methu gweld. Teimlodd hylif cynnes yn llifo dros ei gluniau ac i lawr rhwng top ei goesau. Roedd o'n piso. Clywai o'n diferu dros y llawr o dan ei wely dur. Gwingodd wrth i grampiau glymu'i stumog fel rhaff. "Dryw? Dryw Bach!... Pen-blwydd hapus, mêt... Agor y straps 'ma, Dryw Bach... Brysia... maen nhw'n dod..."

Neidiodd yn ei groen pan gleciodd y goleuadau ymlaen a mwmian yn uchel eto. Trodd ei ben i'r ochr a chilagor ei lygaid. Gwelai'r drip wrth ochr y gwely o hyd, ond doedd y beipen ddim wedi'i chysylltu erbyn hyn. Roeddan nhw wedi bod i mewn eto tra oedd o allan ohoni. Trodd i edrych y ffordd arall a gweld fod yna ddrip yno hefyd erbyn hyn, a pheipen yn mynd i wythïen yn ei arddwrn arall. Teimlai'n llai chwil nag y bu... Tynnwyd ei sylw at y drych ar y wal eto. Pam oeddan nhw'n aros? Teimlai fel ei fod wedi bod yma ers dyddiau, felly pam nad oedd neb wedi dod i'w holi fo? Be oedd y gêm? Syllodd yn syth tuag at y drych a gweiddi â'i lais yn floesg.

"It wasn't me! Let me explain... Please listen, for fuck's sakes... It wasn't me. You have to believe me!... I can prove it..."

Yna mi ddaliodd rhywbeth od ei sylw. Doedd o'm yn siŵr os oedd o'n gweld pethau i ddechrau, ond wedi sbio eto, roeddan nhw yno go iawn. Fedrai o ddim cofio os welodd o nhw y tro dwytha iddo fod yn effro, chwaith, ond mae'n *rhaid* eu bod nhw yno bryd hynny – pwy fyddai'n gosod addurniadau Nadolig tra bo carcharor yn gorwedd yn anymwybodol yn y stafell? Os nad oedd rhywun yn chwarae triciau tywyll arno...

Astudiodd ei garchar yn fanylach. Heblaw am y trimings Dolig – a'r drych mawr – roedd y waliau cerrig yn foel, heb ffenest hyd yn oed, hyd y gwelai... Yna mi sylwodd ar gwpwrdd haearn yn sefyll â'i gefn yn erbyn y wal heb fod ymhell o gornel bellaf y stafell. Roedd ei ddrws yn agored. Triodd ddal ei ben i fyny yn ddigon hir i allu gweld be oedd tu mewn iddo. Gwelai fod rhyw daclau ynddo, ond fedrai o ddim gweithio allan be oeddan nhw. Gollyngodd ei ben yn ôl ar y ffrâm. Roedd ei ddal i fyny yn ei wneud o deimlo'n chwil ac yn achosi i'r ffrâm oddi tano frathu i'w asgwrn cefn. Griddfanodd â phoen wrth i'w gyhyrau sgrechian am gael symud yn rhydd. Crefai am ddŵr – roedd ei wddw fel 'tai'n llawn o wydrau mân...

Yna fe'u clywodd nhw'n dod. Cyflymodd ei galon a'i anadlu wrth i'r drws agor. Ai hwn oedd yr amser? Ai dyma pryd y byddai'r diwedd yn dechrau? Trodd ei ben yn reddfol a gwylio'r ddau ffigwr mewn dillad llawfeddygol yn dynesu a dechrau ffidlan efo rhywbeth oddi tano.

"Listen!" ymbiliodd â'i lais fel gwich. "Let me talk to who's in charge... PLEASE!...Whatever you think... I didn't do it!"

Dal i weithio mewn tawelwch wnaeth y ddau.

"Please... You don't understand... If you let me talk to someone!... Sputnik... Anyone... We can sort this out... There's no need for this..."

Ond gwyddai nad oedd pwynt pledio. Tynnwyd y drip o'i fraich a dechreuodd y 'gwely' symud ar ei olwynion wedi i un o'r ddau berson ollwng y brêcs. Gwthiwyd y gwely i gyfeiriad y cwpwrdd dur, lle'r oedd y person arall yn aros amdano. Llwyddodd i gael cip cornel-llygad sydyn o'r teclynnau dieflig yn y cwpwrdd agored. Sgubodd panig drwyddo a dechreuodd ysgwyd yn wyllt a thynnu yn erbyn ei rwymau.

"WHAT THE FUCK!... WHAT'S GOING ON! TALK TO ME, YOU CUNTS!"

Gwyliodd un o'r ddau yn rhoi nodwydd mewn potel fach o hylif clir. Gwelodd y chwistrell yn llenwi a'r golau'n sgleinio trwy ddiferyn clir wrth i'r nodwydd ddod yn nes...

"NA!" rhuodd wrth drio strancio i osgoi'r nodwydd. "FUCK OFF!"

Teimlodd briciad yn ei wddw, ac o fewn eiliadau roedd o'n suddo unwaith eto...

78

Gwyddai'r brodyr o brofiad be fyddai'n digwydd ar ôl gwydriad neu dri o Cwrw Coco. Ond ddysgodd yr un ohonyn nhw.

Â'u hwyliau'n carlamu a'u bochau'n gwrido efo'r gwres cyfforddus yn eu stumogau, camodd y pump yn ffraeth eu lli dros stepan drws y byngalo ac allan i'r awyr iach. Ac yna, yn y bedair neu bum eiliad a gymerodd hi iddyn nhw gyrraedd giât yr ardd, dirywiodd pethau'n sylweddol – yn enwedig yn adran y coesau.

"Diolch byth bo'r fan genan ni!" medd Affro, oedd ddwywaith mwy tebygol o ddisgyn diolch i'w goes glec.

"Gad y siandri'n lle mae hi!" siarsiodd Porffafôr. "Dwisio cyrraedd y pyb mewn un darn, diolch yn fawr!"

"Mond tri hannar dwi 'di gael," medd Dryw Bach.

"Ia, ond ma tri hannar o'r slwtsh yna'n ddigon i bymp-startio'r Space Shuttle!" mynnodd Gwcw Blastig.

"Siawns na fedrwn ni gyrraedd tŷ Affro'n saff!" haerodd Dryw.

"Na, dwi'm yn meddwl fod'na unrhyw jans o hynny sdi, Dryw," medd Affro ar ôl ystyried. "A fiw i chdi golli dy leisans. Pwy fysa'n dreifio'r fan i fi wedyn?"

"Be wnawn ni efo'r cwrw, ta?" holodd Dryw.

"'I yfad o siŵr!" medd Gwcw Blastig.

"Rhaid i ni'i gael o i'r tŷ gynta," medd Affro.

"Duw, duw, garian ni o," medd Coco Bîns wrth daflu'i bonsho'n ei hôl dros ei ysgwydd – doedd o heb drafferthu i newid cyn dod allan.

"Ti 'di gweld faint sy 'na, Coco?" medd Dryw Bach.

"Sgen ti ferfa, Coco?" holodd Porffafôr.

"Diawl! Oes hefyd! Porffafôr, ti'n jîniys!"

"Dwi'n gwbod, Coco. Rŵan dos i'w nhôl hi, yn lle sefyll yn fa'na fel blodyn yn y gwynt!"

"Fydd rhaid i ni neud dau lwyth o leia," medd Dryw Bach. "Oni bai fod gen ti ddwy ferfa, Coco?"

"Nagoes, ond dwi'n gwbod pwy sgen un arall."

Darn arall o'r corff mae Cwrw Coco'n ei niwtraleiddio yn fuan wedi i'w yfwr gyrraedd awyr iach ydi'r rhan honno o'r ymennydd sy'n gweinyddu synnwyr cyffredin. Er eu bod nhw'n ddigon synhwyrol, hyd yma, i sylweddoli nad oedd gyrru'r fan yn syniad da, ac yn ddigon call i ddeall nad oedd modd cario'r mynydd o gwrw a hwythau'n cael trafferth i roi un droed o flaen y llall heb i'r ddaear symud oddi tanynt, methodd pawb â chofio nad yw berfa'n gallu symud heb fod rhywun yn ei gwthio. Anghofiwyd hefyd ei bod hi'n angenrheidiol i'r sawl sy'n ei gwthio fod yn berchen ar bâr o goesau sy'n gweithio mewn partneriaeth – nid ar wahân ac yn gwbl annibynnol o'i gilydd.

Erbyn cyrraedd tŷ Affro, felly, doedd dim llawer o ganiau ar ôl nad oedd wedi bod yn rowlio ar hyd y stryd – yn enwedig ar ôl cyrraedd y pwt serth olaf cyn cyrraedd drws y tŷ. Os deuai unrhyw un ar draws can nad oedd yn mynd i ffrwydro'i gynnwys yn ei wyneb wrth ei agor o, mi fyddai'n lwcus.

Ond mi agorwyd rhai, beth bynnag. Credai pawb eu bod nhw'n

haeddu swig ar ôl cwblhau'r orchest. Tarwyd y ddwy ferfa allan yn yr ardd gefn ac aeth Affro ati i arddangos ei oleuadau i Coco Bîns a Porffafôr.

"Be 'da chi'n feddwl?" meddai ar ôl cau'r cyrtans a throi popeth ymlaen.

"Mae o run fath â flwyddyn dwytha, yndi ddim?" medd Porffafôr.

"Doedd y ffêri leits ddim yma adag hynny, Porff."

"O, wel, ma nw'n iawn am wn i, Affro," canmolodd Porffafôr. "Mae 'na ddigon ohonyn nhw, beth bynnag!"

"Chwe deg ar bob un plwg! Pedwar o blygia!" hysbysodd Affro, a gwenu fel ffŵl.

"Nefoedd y nionod! Lle gas di'r ffasiwn betha, dwad? Mewn siop?"

"Na. Chei di'm byd fel hyn yn siopa ffor'ma, Porff. Gan Cochyn Swings ges i nw. Ffeifar yr un."

"Gen ti fwy o bres na sens," medd Coco Bîns wrth ysgwyd ei ben. "Ti ond yn iwsio nhw unwaith y flwyddyn!"

"Wel, mi baran am flynyddoedd felly, yn gwnân?"

"Dim os na gan Cochyn Swings ges di nhw!" medd Porffafôr wrth sychu sblashis o ewyn lager oddi ar ei wyneb.

"Ffydd, hogia bach!" medd Affro wrth agor y cyrtans eto. "Ges i rocets ganddo fo 'fyd – ffwc o rei mawr efo uffarn o glec! Ella dania i un yn munud i weld sut betha ydyn nhw. Fydd hi'n dechra twllu cyn hir!"

"Ia, cymyla duon, hogia," medd Porffafôr wrth sbio drwy'r ffenast. "Ma hi'n bygwth blewyn o eira medd y fforcast."

"Amsar mynd i'r pyb felly, dydi!" cyhoeddodd Gwcw Blastig.

"Doswch chi, ta," medd Affro. "Ddo i ar 'ych hola chi. Ma gen i un neu ddau o betha dwi angan 'u gneud."

79

Teimlai Mani ei hun yn chwyrlïo fel 'tai o ar waltzer mewn ffair – yn sydyn i ddechrau, cyn arafu yn raddol wrth i'r reid ddod i ben. Yna, fel petai newydd gamu oddi ar y waltzer, teimlai fel 'tai o'n sefyll ar ei draed ond fod ei ben yn dal i droi a'i goesau'n gwrthod gweithio'n iawn. Agorodd ei lygaid. Roedd y golau ymlaen. Ac mi *oedd* o'n sefyll. Ond mi oedd ei goesau a'i freichiau yn dal i fod yn sownd i'r ffrâm, a'r strapiau yr un mor dynn. Mwya sydyn mi oedd o'n gwbl effro, fel 'tai o'n llawn o amffetaminau cryf. Cofiodd deimlo pigiad arall yn ei war – adrenalin, hwyrach? Edrychodd o'i gwmpas ond dim ond ei lygaid a symudodd. Methai anadlu trwy ei geg, er ei bod hi'n llydan agored. Roedd yna strap arall wedi'i osod drosti, yn dal ei ben yn dynn i'r ffrâm, ac roedd rhywbeth yn ei geg, yn fawr ac yn grwn a chaled, fel pêl pŵl. Triodd weiddi, ond dim ond synau gyddfol y gallai eu gwneud.

Anadlodd yn wyllt trwy'i drwyn wrth droi ei lygaid mewn cylchoedd i bob cyfeiriad. Dalltodd nad gwely dur oedd y ffrâm, wedi'r cwbl, ond rhyw fath o rac pwrpasol ar ddwy goes a dwy olwyn, oedd yn swiflo ar fachau yn y canol i'w alluogi i orwedd yn wastad neu i sefyll yn syth. Ysgydwodd ei hun yn wyllt, ond doedd o, na'r rac, ddim yn symud modfedd. Roedd yr holl gontrapshiwn wedi'i folltio i gysylltiadau pwrpasol yn y llawr.

Lledodd panig drwyddo wrth i'w stumog gordeddu, a cheisiodd reoli ei anadlu gwyllt, cyn sylwi ar yr olygfa o'i flaen. Roedd yno fwrdd â lliain gwyn islaw'r drych hirsgwar ar y wal, ac arno roedd bowlenni ffrwythau, bwcedi rhew â photeli siampên a gwydrau a phowlen o bowdwr gwyn... Ar y wal wrth ymyl y bwrdd roedd olwyn fawr o bren, a rhannau ohoni wedi'u paentio'n goch a du am yn ail, fel olwyn rwlét – ond mai ysgrifen, nid rhifau, oedd arni. Craffodd Mani ond methai â gweld yr ysgrifen yn ddigon clir i drio'i darllen...

Am eiliad, gobeithiodd Mani mai rhyw jôc afiach oedd y cwbl, ac am eiliad arall dychmygodd y byddai camerâu *Game For a Laugh* yn dod i mewn trwy'r drws unrhyw funud... Ond diflannodd y ddwy eiliad honno.

Daeth pwl sydyn o gryndod eithafol drosto. Gwyddai fod rhywbeth erchyll yn ei aros. Roedd Sputnik am wneud esiampl ohono. Dychmygai Mani o'n cyrraedd efo criw o gangsters Lerpwl unrhyw funud. Roeddan nhw'n mynd i wneud noson ohoni. Roeddan nhw'n mynd i'w gosbi. Ei boenydio. Yna ei ladd. Curodd ei galon fel trên.

Agorodd y drws.

80

Sugnai Caroline yn farus ar goc Stephen yn y bathrwm. Cilagorodd hwnnw ei lygaid a sbio i lawr arni. Roedd ei phen yn mynd i fyny ac i lawr fel piston ac mi oedd hi'n amlwg yn gagio am lond ceg. Griddfanodd Stephen wrth ei roi o iddi. Wnaeth hi ddim llyncu, dim ond estyn ei phen at y toilet a'i boeri i lawr y pan.

Gwelodd Stephen ei gyfle i gau ei falog yn sydyn. Doedd o ddim yn gyfforddus efo hyn – tan iddi fynd i lawr ar ei gliniau a dechrau. A rŵan, ar ôl iddo wagio'i lwyth, roedd o'n anghyfforddus eto. Cododd Caroline a mynd at y sinc i llnau ei dannedd.

"I'm going," medd Stephen.

Trodd Caroline ato a stwffio'i thafod yn ei geg, a'i snogio'n angerddol am ychydig eiliadau sydyn. "Check that the coast is clear first!"

Agorodd Stephen gil y drws, edrych, yna sleifio allan. Rhedodd Caroline i gloi'r drws ar ei ôl.

"Stephen!" medd Alexandra Sprate ar waelod y grisiau. "So good to see you!"

Cusanodd y ddau eu 'mwoah, mwoah' a meddyliodd Stephen am esgus i ddianc yn syth. Roedd Alexandra'n seiciatrydd uchel ei bri, yn awdurdod ar post-traumatic stress ac yn awdur sawl papur a darlith ar bynciau eraill yr un mor ddyrys. Mi oedd hi hefyd yn ddynes hynod ddiddorol – a dylanwadol, wrth reswm – yn glên, ac yn dipyn o gês. Ond ar yr eiliad hon, roedd hi yn y ffordd.

"Wonderful to see you too, Alex. We'll talk in a moment."

Adlamodd Stephen yn grefftus rhwng y gwesteion eraill oedd yn minglo efo'u gwydrau gwin a'u cwrteisi sioe. Cyrhaeddodd y gegin. Roedd Onri yno.

"Aah, Onster! Just after some wine. Seems I've mislaid my glass somewhere!"

"Helpa dy hun," atebodd Onri wrth ei gyfeirio at y rhesi o boteli gwin coch ar yr ithfaen sgleiniog.

"Nice party, Onri!" sebonodd Stephen wrth dollti gwydriad iddo'i hun. "Good crowd, and marvellous hosts, of course!"

"Diolch," atebodd Onri'n siort. Doedd ganddo fawr o amynedd siarad mwy efo'r pric yma heno.

"I see that Alexandra's here."

"Yes. It's hide the alcohol time!"

Chwarddodd Stephen. "Wonderful woman, though!"

"Yes, she's a laugh."

"Fancy a cigar?"

Chafodd Onri ddim cyfle i wrthod. Cerddodd Caroline i mewn i'r gegin dan wenu, ac Alexandra wrth ei chynffon.

"So here you are, you two!" medd Caroline. "Darling, did you catch the new arrivals?"

"Do, dwi'n meddwl."

"All glasses full?"

"Mi oeddan nhw funud yn ôl," atebodd Onri, gan fwynhau gweld ei wraig yn corddi. Doedd hi ddim yn licio ei fod o'n siarad Cymraeg o flaen ei ffrindiau.

"Oh, don't fuss, Caroline," medd Alexandra'n gyfeillgar. "He's been running round like a Spanish waiter with that wine, haven't you, Onri?"

"Certainly have," atebodd Onri a rhoi winc ar Alexandra. "Never seen so many thirsty alcoholics in one place! Speaking of which, Alex – ready for a refill?"

"Is cyclothymia a subthreshold of bipolar disorder?" medd Alexandra, a chwerthin wrth ddal ei gwydryn yn eiddgar o dan geg y botel.

Gwenodd Onri ei wên ddrwg – y wên yr oedd Caroline yn hoff o ddweud, unwaith, ei bod hi'n ei gwlitho hi "i lawr yn fa'na".

Llanwodd Onri wydryn Alexandra bron i'r ymyl. Gwenodd honno, a phowtio'n chwareus. Sbiodd Onri'n sydyn i gyfeiriad ei wraig a'i dal yn llygadu Stephen yn slei. Sylwodd fod Stephen yn methu'n lân â gwybod lle i edrych.

81

Â'r amffetamin wedi cydio, parablu pymtheg yn y dwsin am fân bethau dibwys oedd Dryw Bach a Gwcw Blastig wrth gyrraedd y Drafal. Roedd y ddau wedi piciad i'r fflat ar eu ffordd o dŷ Affro – roedd Dryw angen pwyso gramiau o'r base a'u rhoi mewn raps er mwyn eu gwerthu ac mi oedd Gwcw, oedd angen rhywbeth i'w fywiogi, wedi mynd efo fo yn gwmni. Erbyn wyth o'r gloch y nos roedd y rhan fwyaf o'r dafarn yn parablu fel melinau pupur hefyd, achos o fewn awr iddo gyrraedd y lle roedd Dryw Bach wedi gwerthu pymthag rap o'r stwff. Mi oedd o wedi cyfro cost y peth i gyd, ac mi fyddai popeth a werthai o hyn allan yn elw. Noson werth chweil, meddyliodd. Mi oedd y jiwcbocs yn pwmpio, y bwrdd pŵl yn brysur a phawb ar ffôrm. Ac mi oedd Dryw Bach cwids-in.

Doedd y Drafal heb wneud yn rhy ddrwg chwaith, efo'r holl yfed cwrw ychwanegol. Roedd Steve Austin wedi gorfod defnyddio'i fraich fionic i dynnu'r pympiau ar gwpwl o adegau.

"Neinti-Nein! Cer â'r trimings 'na'n ôl ar y ffycin goedan!" gwaeddodd wrth hel gwydrau. Roedd Neint wedi bod drwodd yn y lownj yn dwyn tinsel o'r goeden Nadolig a'i glymu rownd ei ben a'i wddw, ac yn breakdancio ar y llawr wrth y jiwcbocs.

"Mae o fel pry genwair mewn calch!" medd Gwcw Blastig wrth ei weld o ar ei gefn yn gwneud rhywbeth tebyg i ddawns y 'dying fly' oddi ar *Tiswas* erstalwm.

"Brenin y baraciwdas!" gwaeddodd Porffafôr ar dop ei lais. "Be ddigwyddodd i ddawns y glocsan?!"

"Reit," medd Affro. "Ma hi'n dechra mynd yn afreolus yma. Dwi'n mynd i agor drws y tŷ. Ma bobol angan chydig o reggae vibes i tshilio allan, dwi'n meddwl!"

"Ddôi efo chdi!" medd Dryw Bach wrth godi a rhoi clec i'w beint.

Chafodd Dryw ddim cyfle i adael y bar, fodd bynnag, achos mi gydiodd Steve Austin yn ei fraich. "Dryw! Mae 'na ffôn i chdi."

"Ffôn? Pwy sy 'na?"

"Rhyw hogan."

"Eto?"

"Un arall tro yma... Mi ffoniodd hi diwadd pnawn hefyd."

Rhegodd Dryw o dan ei wynt. Mi oedd o wedi gwneud pres da ar y base – digon i wneud iddo ailystyried ei anniddigrwydd ynghylch gwerthu'r stwff – ond os oedd pobol, yn enwedig rhai diarth, yn mynd i ddechrau ei howndio am sêls yna byddai'n rhaid iddo roi'r gorau iddi.

"Susnag ydi hon," ychwanegodd Steve Austin. "Sgowsar, dwi'n meddwl."

"Duw, twll ei thin hi..." wfftiodd Dryw.

"Ma hi'n deud 'i fod o'n bwysig..."

"Duda bo fi 'di mynd, ta!" dechreuodd Dryw, cyn sylwi ar yr olwg ddifrifol ar wyneb Steve wrth iddo amneidio arno i ddod yn nes, a gostwng ei lais.

"Mae hi'n ffrind i dy frawd," sibrydodd Steve wedi i Dryw roi ei glust wrth ei geg o.

"'Y mrawd...?"

"Mani!" sibrydodd Steve gan edrych o'i gwmpas, yn ymwybodol o oblygiadau ynganu'r enw'n uchel.

Er gwaetha'r amffetamin oedd eisoes yn pwmpio trwyddo, llwyddodd calon Dryw Bach i neidio i gêr hyd yn oed yn uwch. Ai Mani ei hun fyddai yno, wedi gofyn i rywun arall wneud yr alwad drosto i ddechrau? Oedd o am drefnu i ddod adref ar gyfer ei ben-blwydd wedi'r cwbl? Â phob math o feddyliau'n fflachio trwy'i ben, cododd Dryw Bach y ffôn.

"Helô?" meddai, gan deimlo'i lais yn crynu.

"Hiya, is that Drew?" medd llais merch.

"Sorry?" atebodd Dryw, a rhoi bys yn ei glust rydd i drio clywed yn well.

"Is that Drew?" holodd y ferch eto.

"Yes! Dryw Bach speaking. Who's that?"

"You don't know me, luv. I'm a friend of Mani's. His best friend's sister..."

"Who?" Roedd Dryw yn cael trafferth deall ei hacen.

"Me name's Maj! Mani's friend..."

"Is Mani there?" holodd Dryw, a'i lais yn crynu eto. Edrychodd o'i gwmpas a gweld un neu ddau o barau o glustiau'n codi o amgylch y bar.

"No. Is he there with you?"

"*Here*?" medd Dryw yn syfrdan, gan edrych o'i gwmpas yn reddfol unwaith eto. Sylwodd ar Gwcw Blastig yn troi ei ben.

"Yes! Is he there, with you? Has he turned up there at all?"

"No..." atebodd Dryw, wedi cynhyrfu'n lân. "Is he on his way down?"

"I don't know, luv. We're all a bit worried over 'ere...!"

"What was that?"

"Mani's missing, luv!"

"What?!" medd Dryw eto, yn methu clywed uwch sŵn chwerthin uchel criw wrth fwrdd cyfagos.

Tawelodd y jiwcbocs a gostyngodd Dryw ei lais. "Can you say that again, please?"

"Yer brother, Mani, he's missing... He might be in a birra bother...!"

82

Bu'n amser hir ers i Onri gyffwrdd mwy na gwydriad bach o unrhyw ddiod feddwol. Er nad oedd o'n llwyrymwrthodwr, mi oedd o'n wrthwynebus i alcohol. Wedi'r cwbl, mi welodd ei effeithiau niweidiol ar gleifion oedd yn yfed gormod er mwyn trio dygymod â'u problemau. Gwyddai sut roedd y cyffur yn dwysáu pob anhwylder meddyliol, yn gwneud pendilio hwyliau yn fwy eithafol, yn cynyddu paranoia a gwaethygu seicosis, gan wthio emosiynau i'r wyneb a chwyddo pob pryder i greisus hunanddinistriol ac achosi ffrwydriadau o ddicter a thrais. Gwyddai am ei effaith ar iselder, yn hybu teimladau o euogrwydd a hunangasineb ac yn gyrru cymaint o bobol i hunanladdiad. Gwelodd ei fam yn yfed ei hun i farwolaeth.

Bastard o gyffur oedd alcohol. Gwyddai Onri hynny o'i brofiad ei hun, yn ogystal. Roedd o'n casáu'r hyder ymwthgar a roddai iddo, yr ymyl miniog yn ei eiriau, y tywyllwch yn ei hwyliau a'r haerllugrwydd sinigaidd, sarhaus a beirniadol yn ei agwedd. Doedd hynny ddim yn unigryw iddo fo, wrth gwrs – roedd alcohol yn newid cymeriad pawb – ond doedd hi ddim yn cymryd llawer i Onri newid. Ac yn waeth na newid ei gymeriad, roedd Onri'n casáu'r ffordd roedd y cyffur yn agor ei gragen ac yn gadael i'w emosiynau a'i deimladau dyfnaf godi i'r wyneb. Roedd o fel 'tai o'n atgyfodi dyn oedd wedi'i gladdu.

Heno, fodd bynnag, mi oedd o wedi yfed tri gwydriad mawr o win coch, ac mi deimlai ei egni tywyll yn mudferwi yn ei stumog. Fedrai o ddim peidio meddwl am yr hyn roedd Stephen wedi'i gynnig iddo'n gynharach – yn yr ardd y prynhawn hwnnw. Roedd o wedi ei gorddi. Gwyddai Onri fod Stephen yn ei wthio o'r neilltu. Ond yn bwysicach, gwyddai *pam* ei fod o'n gwneud hynny.

Syllodd ar y dyn yn y drych uwchben y sinc yn y bathrwm. Doedd o ddim yn licio'i olwg o gwbl. Nid llygaid ei fam oedd ganddo heno, ond llygaid y cachwr a ddiflannodd o'i bywyd. Clywodd ysbrydion yn symud yn ei ben, yn sibrwd wrth gilagor y gist atgofion er mwyn sleifio allan. Caeodd ei lygaid am funud a'u gwthio yn ôl i mewn. Gwasgodd y caead ond roeddan nhw'n ymwrthod, yn cwffio i weld golau dydd. Gwylltiodd a rhegi dan ei wynt. Agorodd ei lygaid. Roedd y dyn yn dal yn y drych, ond roedd diafol yn ei lygaid bellach, a storm yn codi tu ôl i'r pyllau du. Doedd ganddo mo'r ewyllys i'w gostegu. Byddai'n cadw'r ysbrydion draw, o leiaf. Gwell oedd gan Onri'r diafol na'r rheiny. Penderfynodd mai callach fyddai iddo adael heno. Doedd o ddim yn trystio'i hun. Ddim efo Stephen yn y tŷ. Y boi oedd yn ffwcio'i wraig.

Oedd, mi oedd Onri'n gwybod ers amser. Wyddai o ddim pwy ddechreuodd fod yn anffyddlon i'r llall – Caroline prun ai yntau. Mi oedd ganddo berthynas â Michelle ers dros flwyddyn bellach. Perthynas gorfforol yn unig oedd hi i ddechrau – secs yn y swyddfa, yn sêt gefn y car, mewn stafell westy. Ond fel y tyfodd y bwlch rhwng Onri a'i wraig tyfodd ei berthynas â Michelle yn rhywbeth llawer mwy – boed yn garwriaeth neu'n ddihangfa, doedd Onri ddim yn siŵr.

Fedrai o ddim cofio pryd oedd y tro dwytha iddo fod ag ots os oedd Caroline yn neidio i'r gwely efo dynion eraill ai peidio. Mi oedd o'n falch ei bod hi'n gwneud hynny, gan ei fod o'n tawelu ei gydwybod ei hun. Felly doedd fawr o bwys ganddo ei bod hi'n ffwcio Stephen. Ond doedd o ddim yn hapus fod Stephen yn ei ffwcio hi.

Mi oedd Onri wedi cymysgu â'i fos yn gymdeithasol ar adegau – gêm o golff, ciniawa ac yn y blaen. Ond fuodd hynny fawr mwy na rhyw estyniad ar y berthynas broffesiynol rhwng y ddau. Er ei statws fel uwch-bartner yn y cwmni wnaeth Stephen erioed ymddwyn fel bòs, ac edrychai Onri arno'n fwy fel cyd-weithiwr – un oedd yn uwch na fo ar yr ystol, ond cyd-weithiwr serch hynny. Ond nid ffrind. Er, mi oedd o, mewn gwirionedd, y peth agosaf oedd gan Onri i ffrind.

Nid hynny oedd yn achosi'r teimladau chwerw heno, fodd bynnag. Nid y brad a'r twyll o du ei wraig a'i unig 'ffrind', ond y ffaith fod y basdad dan din yn cynllwynio i'w hel o o'r ffordd er mwyn iddo gael neidio, fel gog, i nyth barod. Ac, wrth gwrs, doedd gweld y twyll mor amlwg o flaen ei lygaid heno – eu hedrychiadau sydyn, eu hosgo a'u symudiadau slei a'u fflyrtio cudd – a hynny o dan do ei dŷ ei hun, ddim yn helpu. Ond mi oedd Onri wedi dod i'r casgliad fod Caroline yn amlwg yn gwybod am gynlluniau Stephen i'w alltudio i'r 'stics' er mwyn meddiannu ei deyrnas. A dyna oedd yn corddi Onri heno. Dyna pam y dewisodd gymryd drinc. Roedd o angen bod 'allan o ffocws' am unwaith – fel y dywedodd Stephen ei hun ar ddechrau'r noson.

Y gont! Nid ei yrfa a'i denodd i fywyd bras yr arfordir, ond Caroline. Bu'r ddau'n gariadon ers dyddiau prifysgol ac mi fyddai Onri wedi gwneud unrhyw beth drosti. Ond mi ddechreuodd y blynyddoedd o drio cael plant ddweud ar eu perthynas. Roedd Caroline yn anffrwythlon, a bu hynny'n hunllef iddi. Aeth i deimlo'n euog ac annigonol. Roedd hi angen ei holl sylw er mwyn lleddfu'r ansicrwydd oedd yn cronni ynddi, yr ofn hwnnw y byddai'n colli ei gŵr i ferch fyddai'n rhoi llond tŷ o Onris bach byrlymus iddo. Cyn hir mi geulodd yr euogrwydd a'r ansicrwydd a throi'n driog tew oedd yn pwyso ar ei hysbryd. Mewn blwyddyn neu ddwy roedd y triog yn chwerw, a tharged ei chwerwedd oedd ei gŵr. Wedi'r cwbl, pe na byddai'r bwgan hwnnw yn ei bywyd, fyddai hi ddim wedi teimlo'n euog nac yn ansicr yn y lle cyntaf.

Troi at ei gyrfa wnaeth Caroline wedyn, a chloi Onri allan o'i bywyd. Derbyniodd yntau fod y sefyllfa'n un na ellid ei hachub. Sylweddolodd mai dyn arall fyddai'r unig beth a'i gwnâi hi'n hapus, a phenderfynodd adael i hynny ddigwydd. Doedd dim troi 'nôl wedyn. Cafodd Caroline ei ffisig i ymdopi â'i charchar emosiynol. Yn anffodus, Stephen oedd y ffisig hwnnw.

Ond roedd hi'n amlwg erbyn hyn nad oedd y ffisig yn ddigon. Doedd pobol oedd wedi arfer cael eu ffordd eu hunain byth yn fodlon. Roedd yn rhaid iddyn nhw gael popeth neu ddim byd.

"Felly be ti'n mynd i neud am hyn, Onri?" sgyrnygodd ar y methiant o ddyn yn y drych. Methu eto, mwya thebyg! Fel y methodd yn ei briodas, fel y methodd â'i deulu ac fel y methodd gadw'i hunan-barch. Fel y methodd helpu Mani!

"Ia, chdi!" sgyrnygodd. "Ffycin cachwr! Cachwr â dy ffycin

esgusodion!" Fel y sylweddolodd ar y traeth bore ddoe, doedd beio Caroline ddim yn gweithio bellach. A heno, wrth edrych ar y dyn a atgyfodwyd yn syllu arno o'r drych, gwyddai'n iawn be ddigwyddodd y diwrnod hwnnw pan aeth Kola Kube i mewn i'r stafell at Mani, yn tynnu'i felt wrth fynd, a chau'r drws ar ei ôl. Mi glywodd bopeth, y trawiadau a'r bloeddio, y chwipio a'r sgrechiadau. Ac mi welodd hefyd, achos mi agorodd y drws ar un adeg efo'r bwriad o'i atal. Mi welodd, ond cachodd allan. Ac mi gladdodd yr hyn a welodd yn gyfleus yng nghefn ei ben, gan wadu i'w hun iddo ddigwydd o gwbl. Ond gwyddai'n iawn ei fod o wedi digwydd. Dyna pam roedd ganddo ofn, ddeng mlynedd yn ddiweddarach, i Mani ddod adref a datgelu'r cwbl. Dyna pam y gwnaeth o be wnaeth o bryd hynny...

A dyna pam y bu'n rhaffu celwyddau ar hyd y blynyddoedd, a dod i'w credu nhw ei hun yn y diwedd. Wnaeth o erioed drio helpu Mani ar ôl y diwrnod hwnnw pan welodd be welodd o...

Daeth sŵn handlen drws y bathrwm i darfu ar ei hed-ffyc. Trodd i ffwrdd o'r drych. Roedd y dyn dagreuol, pathetig oedd ynddo yn troi ei stumog. Taflodd ddŵr oer dros ei wyneb, a'i feddyliau'n bownsio o amgylch ei ben. Roedd hi'n amser iddo fod yn onest efo'i hun, yn amser i wneud yn iawn am ei bechodau. Amser i Onri fod yn Onri, i fod yn Barti. I fod yn ddyn.

Trodd am y drws ac agor y clo. Roedd o angen awyr iach. Câi Caroline fynd i'r diawl. Roedd hi'n barod i symud ymlaen. Mi oedd plant Stephen wedi gadael y nyth, ac mi oedd o wedi ysgaru. Doedd dim byd i'w rhwystro rhag cael perthynas hapus heb ofynion pellach na secs ac ychydig o ramant. Teimlodd Onri genfigen yn corddi. Roeddan nhw'n rhydd. Ac roedd hi'n bryd iddo yntau gael bod yn rhydd hefyd.

Agorodd y drws a chamu allan i ben y landing. Roedd Alexandra yno yn croesi'i choesau, a brysiodd i mewn i'r bathrwm gan wenu'n sydyn arno cyn cloi'r drws ar ei hôl. Aeth Onri am y grisiau a dod i olwg drws ffrynt y tŷ. Tu ôl i'r drws roedd rhyddid. Teimlodd ychydig yn well. Diflannodd y genfigen. Roedd Stephen a Caroline yn haeddu'i gilydd.

83

Roedd Porffafôr yn iawn pan ddywedodd fod 'na eira ar y ffordd.
Roedd hi'n pluo'n ysgafn pan gamodd Dryw Bach o'r dafarn i'r
stryd. Gwelodd fod y gawod yn gadael haenen denau o slwtsh mewn
cilfachau ar hyd y llawr, a gwelodd ôl traed cam Affro yn igam-
ogamu i fyny'r stryd. Ond y parti yn nhŷ ei frawd oedd y peth olaf ar
feddwl Dryw Bach wrth i eiriau'r ferch ar y ffôn chwyrlïo o amgylch
ei ben fel y plu gwyn oedd yn dawnsio ar awyr y nos o'i flaen.

Mi oedd Mani mewn trafferth, meddai. Roedd o wedi diflannu,
a'i ffrindiau'n poeni amdano. A'i gariad – roedd ganddo gariad,
meddai Maj. Fizz oedd ei henw hi, a gan honno y cafodd hi rif y
Drafal, a'i enw fo. Roedd ei ffrindiau yn Lerpwl yn gobeithio ei fod
o wedi troi i fyny yma. Syllodd ar y rhif a sgwennodd ar y beermat.
Siarsiodd Maj o y byddai'n *rhaid* iddo ffonio'r rhif hwn os byddai
Mani'n troi fyny.

Ond mi oedd Dryw Bach am wneud llawer mwy na hynny. Os
oedd Mani mewn trafferthion, roedd o am drio mynd i Lerpwl i'w
helpu. Ddywedodd Maj ddim pa fath o drafferth yn union, heblaw
ei fod o "the werst kind" – ac mi oedd y ffordd y dywedodd hynny'n
cyfleu'r difrifoldeb eithaf, ac wedi ysgwyd Dryw i'w esgyrn. Roedd
Mani mewn peryg a heb unlle i ddianc, meddyliodd Dryw, a mwya
thebyg yn ofni dod yn ôl adref oherwydd y sefyllfa deuluol.

Gwyddai Dryw mai yma roedd Mani eisiau dod – pam arall fyddai
o wedi rhoi rhif ffôn y Drafal a'i enw yntau i'r Maj a'r Fizz 'ma? Er
mai ffonio i holi os oedd o yma wnaeth Maj – a Fizz ddoe, medda
hi – rhif i'w ddefnyddio mewn argyfwng yn unig oedd o, meddai.
Golygai hynny ddau beth – yn gyntaf, mai y fo, Dryw Bach, oedd
Mani yn ei gyfri fel 'next of kin' i gysylltu ag o mewn argyfwng,
ac yn ail, ei bod hi *yn* argyfwng. Mi oedd Mani angen help, ac er
gwaethaf pawb a phopeth mi oedd Dryw Bach yn benderfynol o
drio. Rowliodd ffag wrth i'r meddyliau rowlio trwy'i ben. Sut ffwc
âi o i Lerpwl? Teimlodd oriadau fan Affro yn llosgi yn ei boced.

"Eira, myn ffwc!" gwaeddodd Witabix wrth gamu allan o'r dafarn
efo Neinti-Nein a Gwcw Blastig.

"Slwtsh!" medd Dryw Bach wrth ddod allan o'i synfyfyrdodau.

"Fel 'y mrên i ar y funud," medd Neint.

"Be ti'n feddwl 'ar y funud'?" heriodd Witabix.

"Point taken," cyfaddefodd y llall. "Dowch! Parti! Ti'n dod, Dryw Bach? Ta ti am sefyll fa'na drw nos?"

"Ddo i ar 'ych hola chi rŵan," atebodd Dryw wrth iddyn nhw droi i ddilyn ôl traed Affro. "Gena i rwbath i'w wneud gynta..."

Arhosodd Gwcw Blastig. Gwyddai Dryw be oedd ar ei feddwl.

"Pwy oedd ar y ffôn, Dryw Bach?"

"Neb. Jysd rhywun yn chwilio am fwg."

"O?"

"O, be?"

"Fyswn i'n taeru mod i 'di dy glywad di'n siarad am Mani..."

Am ychydig eiliadau mi ystyriodd Dryw Bach ddweud y cwbl wrth Gwcw. Ond ataliodd ei hun. Ei enw *fo* oedd Mani wedi'i roi fel person cyswllt. Fyddai Mani isio i weddill y teulu – wel, heblaw am Lili Wen – gael gwybod ymhle'r oedd o? Neu... dechreuodd Dryw Bach ailfeddwl... ai disgwyl iddo wneud popeth yn ei allu i helpu oedd o, gan gynnwys casglu rhai o'r teulu at ei gilydd, fel...

Ailfeddyliodd Dryw. Roedd o'n wirion i ystyried y fath beth. Nid *posse* oedd Mani isio, siŵr! Doedd Mani ei hun heb alw am ddim byd! Ar goll oedd Mani – cuddio neu rywbeth, i fod, meddai'r Maj 'na. Dim ond isio gwybod yn lle'r oedd o oedd hi a'i gariad o. Ond eto, roeddan nhw'n poeni digon i ffonio rhif oedd i fod i gael ei ddefnyddio mewn argyfwng yn unig.

Yna mi gofiodd rywbeth arall a ddywedodd Maj. Rhywbeth am ryw bapurau, neu ryw lythyrau. Bu bron iddo fethu â chlywed, achos mi ddechreuodd y jiwcbocs sgrechian yr un pryd. Be oedd o hefyd? Fod yna ryw bethau roedd Mani am iddo eu cael os fyddai rhywbeth yn digwydd iddo. Cyflymodd calon Dryw Bach. Pam ddywedodd hi hynny? Oedd pethau cynddrwg â hynny? Dechreuodd Dryw boeni ei fod wedi methu rhyw wybodaeth bwysig rhwng ei ddryswch meddw, sŵn y jiwcbocs a churiad ei galon. Dylai ei ffonio hi'n ôl, meddyliodd...

"Wel?" holodd Gwcw Blastig eto. "Oeddat ti'n siarad am Mani ar y ffôn ta be?"

Gwyddai Dryw fod Gwcw'n iawn yn y bôn ond allai o ddim rhannu ei wybodaeth efo fo – ddim heno, beth bynnag, ac yntau'n chwil ac yn sbîdio, rhag ofn iddo agor ei geg.

"Nago'n siŵr, Gwcw!" meddai'n gelwyddog. "Siarad am ganja o'n i – Manali Black. 'Yn mêt i sy 'di cael sniff o beth ac yn holi os o'n i isio barsan."

Syllodd Gwcw Blastig yn amheus ar ei frawd. "Do'n i'm yn gwbod fo ti'n nabod bobol o Lerpwl. Glywis i Steve Austin yn sôn am Sgowsar."

"Haha! Na. Boi o Aber, Billy Sgows, oedd o! Ti'n mynd fyny i'r ffycin parti 'ma ta be, Gwcw Blastig?"

"Yndw. Ti?"

"Yndw."

"Wel, ffycin tyd 'laen ta, lle sefyll fa'na'n cyfri snô-fflêcs!"

84

Chwythodd Mani trwy'i drwyn fel bustach mewn lladd-dy wrth wylio'r drws yn agor i ddatgelu'i garcharwyr. Fe'u clywodd cyn i'r drws agor yn llawn, yn grescendo cymysg o furmur a chwarddiadau ysgafn, cyffrous. Aeth ias i lawr ei gefn pan ymddangosodd dau ddyn mewn dillad mynachod du â'u hwds i fyny i guddio'u hwynebau. Gwyliodd nhw'n sefyll i'r naill ochr i adael eu gwesteion i mewn, cyn syllu mewn anghredinedd wrth i brosesiwn swreal o gymeriadau mewn gwisg ffansi gerdded i lawr y dair stepan o'r drws, yn cario diodydd yn eu dwylo ac yn "ww-io" ac "aa-io" wrth syllu i'w gyfeiriad. Gwyliodd nhw'n ymlwybro at y bwrdd ac yn estyn am y siampên a'r llinellau cocaine, yn parablu'n gyffrous ymysg ei gilydd wrth daflu'u golygon tuag ato o bryd i'w gilydd.

Cyfrodd Mani bump ohonyn nhw. Astudiodd eu hwynebau, ond disgynnodd ei galon wrth weld nad oedd yr un ohonyn nhw'n gyfarwydd. Roedd yno gwpwl wedi'u gwisgo mewn dillad aristocrataidd Ffrengig, yn bowdwr gwyn dros eu hwynebau a wigiau ar eu pennau – y dyn mewn côt ddandi laes a phantalŵns a sanau sidan at ei bengliniau, a'r ferch mewn ffrog mor fawr â llong hwyliau. Sylwodd ar y dyn tew mewn lifrai Natsi – lifrai du yr SS – yn syllu'n oer arno wrth drafod yn dawel efo dyn oedd wedi gwisgo fel Alice in Wonderland, mewn ffrog las a wig melyn. A gwelodd ddyn mewn dillad artist meimio yn sefyll fel delw yn ei grys Sioni Winiwns, a'i wyneb dienaid yn syllu'n ddiystum o dan baent gwyn.

Gwyliodd nhw'n siarad ac yn chwerthin wrth yfed eu diodydd – pob un ond y dyn meimio – gan droi tuag ato, yn eu tro, i'w astudio ac i wenu a chwerthin, rhai yn nodio'u pennau yn ffafriol, eraill yn syllu'n awchus ar ei gorff. Stranciodd Mani yn erbyn ei rwymau a rhuo'n ffyrnig o tu ôl i'r bêl yn ei geg.

"Ladies, gentlemen and freaks!" cyhoeddodd un o'r porthorion. "Please welcome your hosts, Madame Medusa et Monsieur Perseus."

Clapiodd pawb a rhoi ambell floedd o "hwrê" wrth droi i wynebu'r drws. Ymddangosodd merch mewn ffrog laes ddu a lynai i'w chorff fel ail groen. Roedd ei hwyneb wedi'i baentio'n las, a stribed ddu ar draws ei llygaid, ac roedd nadroedd rwber yn hongian o ryw fath o het ar ei phen, gan estyn i lawr dros ei hysgwyddau noeth. Roedd hi'n gafael yn llaw dyn cyhyrog mewn tiwnig gwyn a wisgai helmed Roegaidd glasurol ar ei ben – helmed â mwgwd o ddur yn cuddio'i lygaid. Safodd y ddau yn y drws a lledodd y ferch ei breichiau a gwenu wrth dderbyn y gymeradwyaeth. Yna camodd y ddau i lawr y dair gris a cherdded draw at yr olwyn fawr goch a du.

"Welcome!" cyhoeddodd Perseus. "And thank you."

Tawelodd pawb.

"You have now seen the prisoner. I hope you are pleased."

"Er ist nicht Judisch!" gwaeddodd y Natsi, oedd yn amlwg wedi yfed mwy na'r lleill, a chwerthin yn uchel. Chwarddodd un neu ddau o'r gwesteion eraill oedd wedi deall y sylw – a deall, hefyd, sut y gallai weld nad Iddew oedd Mani.

Gwenodd Perseus, cyn estyn ei law i gyflwyno Medusa – a gamodd ymlaen i roi cyhoeddiad pellach.

"You each have paid a handsome price for this spectacle of blood and pain," meddai mewn acen Seisnig uchel-ael.

Cododd clustiau Mani. Roedd rhywbeth am ei llais...

"The rules are the same as ever. Those of you who have paid extra for the pleasure of inflicting the pain yourselves will get a spin of the wheel. After you have completed your acts, you will retire to the viewing gallery to enjoy the rest of the show."

Lledodd murmur trafodaethau dros y bwrdd.

"But first, let Perseus spin the wheel to determine the extent of this wretched creature's punishment!"

Clapiodd y gwesteion eu dwylo eto, cyn i Perseus gyhoeddi, "Red means he will survive… Black means DEATH!"

Sbiniodd Perseus yr olwyn cyn galeted ag y medrai, cyn sefyll yn ôl i'w gwylio hi'n troi. Syllodd pawb arall hefyd, yn dawel ac eiddgar i ddechrau – tan i'r Natsi ddechrau colbio'r bwrdd a gweiddi.

"Death! Death! Death!"

Ymunodd pawb arall efo fo. Pawb ond y dyn meimio, oedd yn llonydd a thawel o hyd.

"Death! Death! Death!"

Arafodd yr olwyn yn raddol. Gwyliodd Mani'r coch a'r du yn pasio'r saeth, un ar ôl y llall. Du, coch, du, coch… Marw, byw, marw… byw…

"Death! DEATH! DEATH!"

Arafodd yr olwyn eto fyth, a thawelodd y dorf, cyn dechrau annog eto wrth i'r olwyn ymddangos fel ei bod am aros ar y coch.

"GO ON! GO ON!" bloeddiodd y Natsi fel ffanatig gan ddal ei ddwrn yn yr awyr o'i flaen. "YES!"

Roedd yr olwyn wedi cyrraedd y du, a bu cymeradwyaeth ac ambell i fonllef o blith y gwesteion. Anadlodd Mani'n wyllt.

"Death it is, then!" cyhoeddodd Medusa i fwy o gymeradwyaeth. "But don't worry, there's plenty of scope for fun before then!"

Gwenodd Medusa'n ddieflig. Syllodd Mani arni. Roedd o'n sicr ei fod o'n adnabod ei llais…

"So, who's first at the wheel?" gofynnodd Medusa.

Camodd y dandi Ffrengig a'i bartner at yr olwyn. Trodd y ferch mewn ffrog anferth a wig cyrliog, gwyn i edrych ar Mani. Rhythodd yntau arni, gan chwythu a rhuo a thynnu ar ei rwymau. Trodd y ferch i ffwrdd. Roedd hi'n nerfus…

Cydiodd ei phartner yn handlen yr olwyn.

"Let's get the show on the road!" gwaeddodd Medusa. "Spin the wheel!"

Cythrodd Mani ei gorff, a thynhau ei gyhyrau a'i ewynnau i gyd. Trodd Medusa i syllu arno. Rhythodd Mani yn syth i'w llygaid, a gwelodd hi'n llyfu'i gweflau… Sylwodd ar y tatŵ ar dop ei braich…

Gwawr!

85

Pwmpiai'r dub fel daeargryn rhythmig drwy'r sbîcyrs yn nhŷ Affro wrth i'r gegin symud i gysgodion dawnswyr yn y mwg ganja tew a'r goleuadau amryliw.

Ond doedd Dryw Bach ddim yn mwynhau ei hun.

Ers iddo gyrraedd efo Gwcw Blastig gwta ddeng munud yn ôl bu ei feddwl yn bell i ffwrdd, a hynny yn rhywle na fu yno erioed yn ei fywyd. Ond rywsut neu'i gilydd roedd o am drio mynd yno heno. Gwyddai, fodd bynnag, na fyddai'n gallu mynd yn fan Affro. Roedd o'n bell allan o'i ben erbyn hyn – tu hwnt i unrhyw synnwyr a ddim mewn unrhyw fath o gyflwr i ddreifio, yn enwedig â'r cops o gwmpas yn eu ceir, fel y gwelodd o cynt pan basiodd speedcop wrth i Gwcw ac yntau gerdded o'r pyb. Ac i wneud pethau'n waeth, roedd ei ben o wedi dechrau troi wrth iddo fethu â chael cyfle i ganolbwyntio ar ddim oherwydd y bobol oedd yn dod ato i brynu mwg a phwti melyn. Gwyddai y dylai drio siarad efo rhywun – Affro, efallai – ond doedd dim gobaith efo'r miwsig mor uchel. Roedd pob man yn troi. Edrychodd ar ei watsh. Roedd hi'n naw o'r gloch. Aeth i deimlo'n sâl. Brysiodd am y drws ffrynt ac allan i'r stryd i chwydu.

Sychodd Dryw Bach ei lygaid a'i weflau efo'i lawes a gosod ei din ar fonet car, cyn disgyn wysg ei ochr a thwistio nes ei fod o'n gorwedd ar ei wyneb ar y bonet. Sleidiodd, fel cwstard diwrnod oed, i'r llawr. Gorweddodd yno yn syllu ar y sêr. Fydd 'na ddim mwy o eira heno, meddyliodd. Roedd y cymylau wedi pasio. Gwyliodd un neu ddau o straglars tywyll yn symud yn araf ar draws yr awyr i gyfeiriad yr arfordir. Mi fydden nhw wedi troi'n law cyn cyrraedd Llandudno.

Llandudno.

Onri.

Estynnodd Dryw Bach i'w boced. Diawliodd. Roedd y cerdyn efo rhif Onri yn y fflat. Cododd i'w draed a baglu ar ei wyneb i fonet y car eto. Sadiodd ei hun eilwaith a cherdded ar ei ben i fŵt y car nesaf i lawr y stryd. Siglodd yn ei flaen i lawr y rhiw, cyn arafu ei gamau wrth gyrraedd y darn mwyaf serth. Mi oedd y slwtsh o dan draed wedi diflannu erbyn hyn, ond roedd disgyrchiant yn fygythiad yr un mor beryglus o dan yr amgylchiadau. Llwyddodd, fodd bynnag, i gyrraedd y stryd ar waelod y rhiw heb unrhyw anffawd bellach.

Trodd i'r dde at ganol y pentref, ac yna i'r chwith ar hyd llwybr cefnau tai oedd yn torri ar draws i'r stryd nesaf. Difarodd ddefnyddio'r short-cyt yn syth oherwydd y diffyg golau a'i gwnâi'n amhosib gweld y talpiau o gachu ci y gwyddai Dryw oedd yn llechu hyd y llawr. Tsieciodd ei esgidiau am y pedwerydd gwaith wrth ddrws ei fflat, ac aeth i mewn, ac yn syth drwodd i'r cefn, lle'r oedd – yn ddigon diofal – wedi gadael y bag o base, yn cynnwys saith gram, ar ben y cwpwrdd. Clymodd geg y bag a'i stwffio i mewn i'w boced. Hyd yn oed wedi iddo gadw gramsan arall iddo'i hun, byddai hwnnw'n werth cant ac ugain arall ar ben yr hyn wnaeth o eisoes. Oedd, mi *oedd* o'n bres da, meddyliodd...

Yna cofiodd pam y daeth i'r fflat, ac aeth drwodd i'r lownj ac estyn cerdyn Onri o tu ôl i'r sgetsh o Kola Kube y cawr mawr blin ar y silff ben tân.

86

Anwybyddodd Onri'r gwesteion wrth wau ei ffordd drwyddyn nhw tua'r biwro bach yng nghornel bella'r lolfa. Ond roedd criw o tua phump wedi casglu o flaen y darlun o Graig y Gafael ar y wal, ac yn ei drafod yn frwd. Yn eu plith roedd Caroline, a Stephen wrth ei hochr. Roedd eu cyrff yn cyffwrdd. Gwelodd Stephen yn symud fymryn oddi wrthi, yn reddfol, wrth ei weld o'n nesu. Y ffwcsyn, meddyliodd. Mi oedd croeso iddo gadw'r slwt, ond mi oedd hi'n rhy fuan iddo ddechrau ymddwyn fel yr host yn y parti yma. Flwyddyn nesaf, efallai, ond ddim heno. Twat.

"Ah! Onri," medd ei wraig pan welodd hi o. "I was just showing off the painting. Frankie adores it, don't you, Frankie?"

"Yes, I think it's quite stunning," cytunodd Francesca Broome, perchennog siop ffrogiau priodas yn y dref. "Caroline tells me it's your brother's work?"

"Yes. Derwyn Bartholomew Roberts. Watch out for the name!"

"Ac yng Nghwmygafael mae o'n byw, ia Onri?" gofynnodd Albert ei gŵr wrth sipian ei frandi.

"Ia, Albi," atebodd Onri. "Ffyc ôl yn rong efo hynny'n nagoes?"

Disgynnodd gwep Albert a throdd yn ei ôl i syllu ar y llun. Gwelodd Onri ei gyfle i ddianc. Brysiodd at y ddesg fach yn y gornel ac agor y ddrôr oddi tani.

Wedi chwilota ymysg ei bapurach mi ddaeth o hyd i'r llythyr. Darllenodd yr enw a'r cyfeiriad ar yr amlen. TR4867 Roberts, HMP Liverpool, 68 Hornby Rd, Liverpool, L9 3DF. Daeth cryndod drosto wrth iddo syllu arno, ond sadiodd ei hun, cyn plygu'r amlen a'i sdwffio i boced tin ei drowsus. Trodd yn ei ôl i gyfeiriad y drws, ond sylwodd eto ar Stephen a Caroline yn egluro gwahanol agweddau o'r llun i Albert a Francesca ac un neu ddau arall. Gwelodd Stephen yn rhoi ei fys ar drwyn y gwyneb yn y graig ac yn dweud rhywbeth a wnaeth i'r lleill chwerthin.

Sleifiodd Onri heibio hyd ochr arall y stafell a draw tua'r bar brecwast a chypyrddau'r gegin. Agorodd ddrôr un o'r cypyrddau a chydio yn ei waled a goriadau'r car a'u rhoi yn ei bocedi.

"Going somewhere, darling?" medd llais Caroline mwya sydyn.

Trodd Onri i weld fod ei wraig wedi ei ddilyn, yn amlwg eisiau gofyn pam iddo regi ar Albert cynt. Roedd Stephen wrth ei sodlau fel rhyw gi bach.

"Mynd am awyr iach," atebodd Onri.

"Well, why don't you go out in the garden, dear?"

"Yes!" medd Stephen, a'i lygaid yn gymylau ansicr. "Cigar?"

"It wouldn't be fresh air then, would it?" atebodd Onri.

Sylwodd Caroline ar y min yn llais ei gŵr eto. Estynnodd ei llaw at ei ysgwydd. "You OK, darling? You look a bit..."

"Yes, *darling*!" atebodd. "I'm very OK."

Ysgydwyd Caroline gan dôn ei lais, a chadarnhawyd ei hamheuon fod ei gŵr wedi cael diod.

"You look like you could do with a drink, Onster," medd Stephen â'i lygaid ci lladd defaid, heb ddeall y sefyllfa o gwbl. "Surely one won't do any harm..."

Caeodd Stephen ei geg wrth i wyneb mellt Caroline lenwi cornel ei lygad.

Wrth gwrs, meddyliodd Onri. Doedd y ffycin cont bach ddim yn gwybod! Roedd o'n ffwcio'i wraig, yn llygadu ei dŷ, a'i wely, ond ar ddiwedd y dydd doedd o heb gael y gwir i gyd ganddi! Doedd hi heb ddweud wrtho be oedd cwrw'n ei wneud i'w gŵr. Doedd hi ddim am iddo ailfeddwl ynghylch cynnig uwch-bartneriaeth yn y cwmni iddo, achos dyna'r unig ffordd y gallai ei weld o'n derbyn y cynnig i symud i Aber o'r ffordd! O, Stephen bach – mae hon wedi dechrau dy chwarae di'n barod, boi!

"A drink? Yes, Stephen, why not!" meddai, a chydio mewn gwydr brandi mawr oddi ar y bwrdd ac estyn am y botel Jameson.

"Darling, do you really...?" dechreuodd Caroline.

"Yes, Caroline, I do," atebodd wrth lenwi'r gwydryn mawr i'w hanner. "Myself and *Stevester* have something to toast! Haven't we, Steve?"

"Well... Yes, indeed we have!" cytunodd Stephen yn llawen, wedi eiliad o ansicrwydd dryslyd.

"You've accepted the offer?" holodd Caroline yn gyffrous. "That's wonderful!"

Fflachiodd Onri wên ddanheddog sydyn. Daliodd ei wydryn i'r awyr. "To new beginnings! Iechyd da!"

"Cheers!" medd Caroline a Stephen wrth i'w llygaid gwrdd.

Cleciodd Onri'r wisgi mewn un ac ymfalchïo yn yr olwg o banig cuddiedig yn llygaid ei wraig wrth iddi weld y gwydryn yn gwagio i'w geg.

"I'm so glad, Onster," medd Stephen gan estyn ei law tuag ato.

"Yes, I'm sure you're a very happy man," atebodd Onri, heb ei derbyn.

"No, really, I do appreciate your commitment to the company's future, Onri. It means a lot..."

Stopiodd Stephen pan ganodd y ffôn. Aeth Caroline draw i'w hateb ac mi gerddodd Onri i ffwrdd yn sydyn, a draw drwy'r lolfa tuag at y llun ar y wal. Gwthiodd rhwng Albert a Francesca a dau fuck-head arall a thynnu'r darlun i lawr fel roeddan nhw'n trafod "the light glancing off the white rock". Cerddodd i ffwrdd â'r llun o dan ei gesail, gan adael y pedwar yn gegrwth tu ôl iddo.

Roedd o bron â chyrraedd y drws i'r cyntedd pan waeddodd Caroline ar ei ôl. Roedd ar fin dweud wrthi am sticio'r ffôn yn ei chont pan ddywedodd hi mai Dryw Bach oedd yno.

87

Chwythodd ffiws ym mhen Mani. Bu sioc y datgeliad ei hun yn ddigon o ergyd, ond mi oedd y brad yn waeth fyth.

Ffrwydrodd, gan chwyrnu a strancio fel ci cynddeiriog ar y rac wrth iddo golli'i limpin yn llwyr. Yr unig beth a welai oedd wyneb Gwawr a chyfres o fflachiadau gwynias o flaen ei lygaid. Teimlai fel bod ei benglog ar fin chwythu'n ddarnau mân a bod ei lygaid yn mynd i neidio allan o'i ben. Petai'n gallu cael ei ddwylo ar Gwawr mi fyddai'n ei darnio rhwng ei fysedd a'i ddannedd a rhwygo'i phen o'i gwddw! Wedyn byddai'n lladd pob cont arall yn y lle – mashio'u ffycin pennau nhw efo'i draed a'i ddyrnau a thorri pob asgwrn yn eu cyrff... Dechrau efo'r ffycin Natsi, gytio'r cont fel pysgodyn, wedyn y ffycin dandis...

Gadwch fi'n rhydd y basdads! 'Da chi isio ffycin gêm? Gadwch fi farw efo ffwc o ffeit! Ro i ffycin gêm i chi! Y ffycin ffrîcs, mi ffycin lladda i chi! Ro i ffycin sadism i chi! Ffycin pyrfyrts! Fucking beasts! Fuckin nonce cunts! Fucking sick fucking pricks! 'Da chi isio gwbod be 'di psycho?! Ro i ffycin psycho i chi!! Gadwch fi'n rhydd!! Gadwch fi'n ffycin rhydd!!

Rhythodd ar Gwawr a'i melltithio trwy gyfrwng ei lygaid. Ia, chdi, Gwawr! Ti'n ffycin gwbod, dwyt! Dwi'n ei weld o yn dy lygid di! Ti'n gwbod bo fi'n mynd i dy ffycin ladd di os dwi'n dod yn rhydd o hwn! Well i ti ffycin weddïo na ddo i ddim yn rhydd!

Fedrai'r dandi a'i bartner ddim aros i'r olwyn stopio troi. Roeddan nhw'n sbio dros eu hysgwyddau bob yn ail eiliad rhag ofn bod Mani'n mynd i dorri'n rhydd o'i rwymau. Ar un adeg edrychai'r ferch fel ei bod am ddechrau crio wrth i lygaid lloerig Mani ei darnio'n feddyliol, tra bod snot a ffroth tew yn tasgu o'i ffroenau fel tarw gwyllt. Stopiodd yr olwyn...

"Mutilation!" gwaeddodd Gwawr wrth i fonllefau a chlapio dwylo godi o blith y ffrîcs.

Rhwygodd y gair fel llafn trwy gorff Mani, ac mi arafodd ei strancio, cyn cythru ei hun eto. Ond llonyddodd yn go fuan, allan o wynt yn llwyr. Anadlodd yn drwm trwy'i drwyn a gweld Gwawr yn syllu arno â'i llygaid glas fel llygaid sarff, yn finiog ac oer a chreulon. Llyfodd ei gwefusau'n araf a phwrpasol a gwelodd Mani'r blys gwaedlyd yn fflachio drwy'i llygaid. Yna caeodd ei llygaid wrth i'r wefr rywiol, dywyll gordeddu fel nadroedd anweledig drwyddi. Agorodd nhw wedyn a rhythu'n syth at Mani o tu ôl i'r dredlocs roedd Mani wedi'u camgymryd am nadroedd rwber cynt. Gwenodd yn ddieflig, yn ddiafoles i'r eithaf. Doedd yr uffern ond ar gychwyn...

88

Roedd Maj yn casáu noson Flwyddyn Newydd. Roedd hi wastad yn anti-cleimacs, rywsut – mynd i lawr i'r pyb i weld 'pawb' mewn un lle er mwyn dal i fyny a mwynhau, a dod oddi yno heb gael cyfle i ddweud mwy na 'helô' wrth unrhyw un. Gormod o bobol yn siarad gormod i allu siarad yn iawn. Noson o 'meaningless mingling' a chiwio wrth y bar oedd hi bob blwyddyn. Gwell oedd gan Maj wahodd ffrindiau a theulu draw i'r tŷ, neu yn well fyth, cael ei gwadd i dŷ rhywun arall.

Diolchodd, fodd bynnag, nad oedd hi wedi trefnu parti eleni. Fyddai hi ddim wedi gallu ymdopi tra bod Mince yn yr ysbyty – yn enwedig â busnes Mani'n diflannu yn cymhlethu pethau. Ac mi oedd hi'n debyg iawn ei fod o wedi mynd am byth, yn ôl yr hyn ddywedodd y cops pan ddaethant yn eu holau i haslo Mince eto fyth.

Mi oeddan nhw bellach wedi IDio Mani fel y 'prime suspect' yn yr achos o saethu ger y goleuadau traffig ac wedi bod yn chwilio amdano o amgylch y ddinas. Mi oedd ganddyn nhw lygad-dyst oedd yn cadarnhau ei fod o wedi mynd i mewn i gar Shakatak tu allan i'r Cracke lai na hanner awr cyn i alwad ffôn gan y cyhoedd riportio tân ger adeiladau gwag i lawr wrth y dŵr. Yn ôl y cops, hefyd, mi oedd camerâu goleuadau traffig yn awgrymu'n gryf na stopiodd car Shak yn unlle rhwng y Cracke a'r dociau ac nad oedd unrhyw un o'r tri pherson tu mewn iddo wedi gadael y car.

Mi ypsetiodd Mince a hithau wrth glywed hynny, ond mi wnaeth un o'r plismyn gydnabod nad oedd modd gwybod, hyd yma, pwy oedd y ddau ddyn oedd wedi llosgi yn y car, ac mai eistedd yn y seddi ffrynt oedd y ddau – oedd yn rhoi achos i 'obeithio' nad Mani oedd un ohonyn nhw, gan ei fod o wedi eistedd yn y sêt gefn wrth adael y Cracke. Ond, wrth gwrs, Shakatak oedd yn y sêt ffrynt bryd hynny, ac mi oeddan nhw'n gwybod nad fo oedd un o'r cyrff yn y BMW, felly mi oedd y dynion a losgwyd yn y cerbyd yn amlwg wedi gadael y car a mynd yn ôl i mewn iddo cyn marw.

Doedd hynny'n fawr o gysur i Maj a Mince, wrth reswm, achos mi oedd Shak wedi cael ei ganfod wedi'i amlosgi mewn bocs – ac felly doedd pwy oedd yn eistedd yn lle pan y'u lladdwyd yn golygu dim byd. A hyd yn oed wedi i'r heddlu egluro eu bod yn edrych i mewn i'r posibilrwydd cryf mai'r corff arall yn y bocs oedd y gŵr a fu'n saethu at Mince wrth y goleuadau – a bod hwnnw yr un gŵr a welwyd gan dyst yn cael ei herwgipio, gyda pherson arall, o dŷ yn y ddinas ar y bore dydd Sul – doedd pethau ddim yn edrych lawer gwell. Tywyllu eto wnaeth y cymylau pan eglurodd y ditectif yn ddiweddarach mai dim ond dau berson oedd wedi'u cadarnhau eu bod ar goll – neu, hynny yw, dau wyneb o'r isfyd oedd wedi diflannu – sef Mani a Matty Price.

Bu'n rhaid i'r heddlu adael unwaith eto, wedyn, gan i'r doctoriaid a'r nyrsys eu ceryddu am achosi poen meddwl i glaf oedd angen pob nerth seicolegol i ddod dros anafiadau o'r math oedd ganddo. Ond mi oedd y difrod wedi'i wneud. Chwalodd y llawr o dan Maj, a'r gwely o dan Mince, a bu'r ddau'n wylo'n dawel am yr hanner awr nesaf. Tan i Mince, fel roedd o wastad yn wneud, godi'i ysbryd wrth gofio fod gan Shakatak sawl dyn di-wyneb a di-deulu roedd o'n eu defnyddio i wneud gwaith budr. Gallai feddwl am o leiaf hanner dwsin na fyddai'r heddlu lleol nac unrhyw un arall yn eu methu 'taen nhw'n diflannu.

Ond gwyddai Maj eu bod nhw'n byw ar ffydd a gobaith yn hytrach na rhesymeg. Allai Mince ddim diystyru gallu Mani i golli'r plot a chytuno i fynd i ddial ar rywun oedd wedi saethu ei ffrind gorau yn ei lygaid. Os oedd un peth a fyddai wedi achosi iddo fod yn ddigon diofal i wneud un joban arall cyn dianc, yna'r cyfle i gosbi'r bag chwain fyddai hynny. Byddai popeth a ddigwyddodd wedyn yn ddirgelwch am byth, mwya thebyg. Yr unig beth y gellid ei ddweud i sicrwydd oedd fod rhywbeth wedi mynd o'i le. Big style. Ac mi oedd dyddiau wedi pasio erbyn hyn heb i unrhyw un glywed gan Mani. Roedd y ffaith iddo beidio â mynd i weld Fizz, na'i ffonio hi o gwbl wedyn, yn siarad cyfrolau duon o anobaith...

Disgynnodd dagrau Maj dros yr amlen fawr drwchus yn ei dwylo.

Gwyliodd nhw'n gwlychu rhif carchar ei brawd, TX4312 Francis, ac mi gofiodd yr adeg pan drodd ei ddireidi naturiol yn gwmwl o heroin ac anobaith a arweiniodd at garchariad am lu o ladradau. Hogyn ifanc wedi'i lusgo i mewn i drafferth am nad oedd bywyd yn cynnig unrhyw opsiwn arall iddo. Mi gollodd ei ddynoliaeth ar un adeg, ond mi gafodd hyd i ffrind yn Mani, ac mi ddaeth yn ei ôl – ei ddireidi a'i hiwmor, a'i lygaid llawn bywyd yn bownsio oddi ar y waliau. Ac er i fywyd ei yrru o a Mani yn ôl i'r byd troseddol, mi sicrhaodd eu cyfeillgarwch na fyddai'r un ohonyn nhw'n colli eu dynoliaeth eto. Mi oeddan nhw'n ddynion da er gwaetha'r hyn roeddan nhw'n ei wneud. Yn y bôn, doedd gorfodi rheolau'r farchnad ddu yn ddim gwahanol i'r awdurdodau'n gorfodi'r gyfraith ar y boblogaeth gyffredinol...

Estynnodd ei llaw i'r amlen a thynnu pentwr o amlenni llai allan, i gyd wedi'u cyfeirio i TR4867 Roberts. Dyma nhw, meddyliodd, wrth i ddafnau o'i thristwch ddiferu drostynt.

"Oh, Mani, luv!" meddai, cyn ochneidio wrth werthfawrogi arwyddocâd cais Mince iddi nôl y llythyrau o'r atig rhag ofn y dôi'r amser i'w rhoi i Fizz er mwyn iddi gael eu gyrru i Gymru. Roedd o'n teimlo mor derfynol. Llifodd ei dagrau, ond llwyddodd i gadw ei hun rhag chwalu. Rhoddodd y llythyrau'n ôl yn yr amlen fawr a sychodd ei llygaid. Caeodd y gist a chodi i gerdded yn ei chwrcwd at y trapddrws.

Daeth ei mam i waelod yr ystol a gweiddi rhywbeth ei bod hi'n hen bryd iddi gael ffôn yn ei thŷ ei hun.

"What de hell you talking abarr, Mam?"

"I'm tryin te watch Clive James on the telly down 'ere, Maj!"

"What yer on about, ye ol bat?"

"Dere's a phone fer yer, Maj. Long distance from Wales..."

89

Arweiniodd Perseus y cwpwl dandi at y cwpwrdd dur yn ymyl Mani, gan eu sicrhau fod rhwymau'r carcharor yn gwbl ddiogel a bod y rac wedi ei folltio'n gadarn i'r llawr. Agorodd ddrws y cwpwrdd iddyn nhw ddewis eu hoffer.

Trywanodd yr ofn enbyd trwy gorff Mani pan welodd yr offer

ar silffoedd y cwpwrdd. Ysgydwodd ei hun yn wyllt eto, gan
dorri'r croen o amgylch ei rwymau nes bod gwaed yn tasgu yn
gymysg â'i chwys. Trodd ei stumog gymaint fel y credai ei fod
am chwydu unrhyw funud, ac mi ddechreuodd obeithio y gwnâi
hynny – byddai boddi ar ei chŵd ei hun yn llawer gwell na dioddef
yr erchylltra oedd i ddod. Rhythodd ar Gwawr eto â'i lygaid yn
llawn cynddaredd, cyn chwilio'n ofer am lygedyn o drugaredd yn
ei henaid du.

Gwyliodd y cwpwl yn byseddu'r arfau – bachau, morthwylion,
cynion, gefeiliau, llafnau, cyllyll, llifiau, offer meddygol, clamps...
Tŵls trydan – dril, lli gron, jigsaw... Gwelodd fatri a weiars trydan,
gwelodd daclau a edrychai'n erchyll o ganoloesol...

"What do you think, dearest?" gofynnodd y dandi i'w bartner.

"I don't know, really!" gwenodd ei gariad fel plentyn wedi'i
sbwylio. "There's so much to choose from!"

"Well, what would you like to inflict? Severe pain, or
unimagineable pain?"

Gwenodd y dandi ar ei wraig. Trodd honno i edrych ar Mani, gan
osgoi ei lygaid a chanolbwyntio ar ei ddyndod. Crynodd Mani.

"Would cutting his cock off kill him?" gofynnodd.

"He'd probably bleed to death, darling! How about a finger?"

"No, I want something more substantial for my birthday! Or
something 'different' at least..."

Rhuodd Mani'n fygythiol. Ond doedd dim pwynt, a doedd
ganddo mo'r nerth.

"Would you like some help with your choice?" gofynnodd
Perseus.

"Erm," medd y dandi. "Mutilation – is that limited to limbs,
or...?"

"No, not at all. You can have an eye or a nose. Anything..."

"Ooh!" gwichiodd y ferch. "Can I skin him?"

"I'm afraid flaying is reserved for the Mistress."

"But that's not fair," cwynodd y ferch. "We've paid enough,
haven't we?!"

"Well, if you're not happy you're more than welcome to retire
at any moment. But I must remind you that you will forfeit your
payment if you do."

"No, it's OK," atebodd y dandi. "Listen darling, there's people waiting their turn. How about an ear, or a toe, or just a piece of flesh?"

"I'm afraid I have to hurry you," medd Perseus.

"Erm, ooh – can I have his nipples then?!"

Aeth Perseus yn dawel am eiliad. Doedd neb wedi gofyn am dethi o'r blaen. "If that's what you want," meddai. "Now, if you can choose your weapon?"

"Yes, of course," atebodd y dandi. "And what would you recommend?"

90

"Nefoedd y nionod! Mae'r pengwyns wedi dianc o sŵ Colwyn Bay, myn diawl i!" medd Porffafôr wrth syllu ar y tuxedos oedd wedi ymgynnull yn lownj y Drafal dros yr hanner awr ddwytha.

"Ceiliogod yng nghanol adar to!" medd Coco Bîns.

"A'r coc ei hun yn eu canol nhw!" medd Porffafôr wrth weld Kola Kube yn hob-nobio yn eu mysg. "'Dio'm isio'n nabod ni, sbia! Mae o deffinetli yn y Mêsyns, sdim dwywaith amdani!"

"Ma'n goro bod," cytunodd Coco. "Mae o'n gwenu."

Gwenodd Porffafôr ei wên loerig-ddireidus. "Yli crafu mae o. Llyfu tin fel cath o flaen tân!" Ysgydwodd ei ben. "Yli arna fo! Fydd o'n sugno pidlan Elwyn Cownsil unrhyw funud! Sbia! Brenin y baraciwdas! Be ddigwyddodd i hunan-barch? Ydan ni wedi dysgu unrhyw beth ers Tarzan?"

"Dwi jysd â mynd draw i siarad efo fo," medd Coco. "Jesd i'w bisio fo off. Ma nw i fod mewn parti yn tŷ Elwyn, ydyn nhw ddim?"

"Dyna mae nw'n neud ynde," medd Porffafôr. "Rhan o'u *thing* nhw bob blwyddyn – piciad i lawr i un o'r pybs er mwyn dangos gwynab. Pyb sy 'di gneud ffafr efo nhw, gan amla, ma'n siŵr..."

"Ond pam dod i fa'ma? 'Di Steve Austin ddim yn un o'nyn nhw, nacdi?"

"Na. Ond fysat ti'n synnu pwy sydd, Coco! Nid wrth ei big yr adnabir cyffylog!"

"Ti 'di ngholli fi rŵan, Porff."

"Ta waeth... Dwi am fynd fyny i lle'r 'Dyn Du'. Ti'n dod, Coco Bîns? Mewn parti ti fod efo'r dillad ffansi dress 'na!"

"Na," medd Coco wrth sbio ar ei ddillad Clint Eastwood. "Ddo i i fyny efo Shwg nes ymlaen. Welai di fyny 'na."

Stopiodd Porffafôr i syllu trwy ddrws y lownj ar ei ffordd allan. Gwelodd Kola Kube yn chwerthin efo sigâr yn ei law. Daliodd KK ei frawd yn sbio arno. Diflannodd ei wên a gwgodd arno. Ysgydwodd Porffafôr ei ben a cherdded i ffwrdd.

Mi oedd y fforcast yn rong, meddyliodd Porff wrth ei hun pan welodd yr awyr yn glir uwch ei ben. "Eira o ddiawl!" meddai'n uchel. "Be ddigwyddodd i wyddoniaeth 'dwch!"

Neidiodd yn ei groen pan saethodd roced tân gwyllt i'r awyr a ffrwydro, a'r glec yn diasbedain hyd gilfachau Craig y Gafael.

"Nefoedd y ffycin nionod!" gwaeddodd. "'Di'm yn ffwcin flwyddyn newydd am ddwy awr arall, y basdads gwirion!"

"Siarad efo chdi dy hun eto, Porffafôr?" medd Elwyn Cownsil wrth gerdded trwy ddrws y dafarn tu ôl iddo.

Trodd Porffafôr i'w wynebu wrth i weddill ei westeion ddilyn eu harweinydd i'r awyr iach. "Elwyn! 'Da chi'n mynd am eich 'swarê-hwrê' felly? Wedi gneud eich dyletswydd o ddangos gwynab i'r plebs?"

Chwarddodd Elwyn. "Yr hen Porffafôr! Dal yn hen sinig, yn dwyt?"

"O? Dyna 'da chi'n ei alw fo, ia?"

"Galw be?"

"Gweledigaeth – y gallu i *weld*."

"Gweld be, Porffafôr?"

"Gweld *trwy* betha, Elwyn bach! Mae hi'n ddawn na all unrhyw un ei dinistrio."

Chwarddodd Elwyn Cownsil eto wrth gau botymau ei gôt. "Nei di'm newid, Porff. Yn na wnei?"

"Na," atebodd Porffafôr, cyn troi i rythu ar Kola Kube, oedd newydd ddod i sefyll wrth ymyl ei ffrind newydd pwysig. "Mae 'na rai o'nan ni ar ôl o hyd!"

"Wel, Blwyddyn Newydd Dda i ti, beth bynnag," medd Elwyn wrth ddechrau cerdded efo Kola Kube am ffordd y milionêrs.

"Ia, ac i chditha, Elwyn. A llawar ohonyn nhw," dymunodd

Porffafôr, a fu wastad ag amser i Elwyn, oedd yn hen ffrind ysgol ac yn hen foi digon clên. Ond ddywedodd o ddim byd wrth Kola Kube.

Ffrwydrodd roced arall uwchben y pentref, a rhegodd Porffafôr eto wrth neidio yn ei groen. Edrychai'n debyg fod y tân gwyllt yn dod o gefn tŷ Affro. Synnai Porffafôr ddim – doedd ei frawd erioed wedi gallu cadw bocs o dân gwyllt heb ei agor tan yr amser iawn.

Trodd ei olygon unwaith eto at y dwsin o ddynion busnes oedd yn crwydro'n hamddenol i fyny'r rhiw tu ôl i Elwyn Cownsil. Roeddan nhw'n cyrraedd y gyffordd yng nghanol y pentref, ym mhen ucha'r rhiw, ac yn troi i'r chwith fel rhes o soldiwrs. Cyn hir mi fyddent yn troi i'r dde ac yn dringo'r ffordd heibio'r fynwent at y tai newydd, lle'r oedd eu gwragedd yn aros amdanynt yn eu ffrogiau drud. Duw a ŵyr be fydden nhw'n ei wneud wedyn – bwyta babis a brathu pennau ieir i ffwrdd, hwyrach...

Daeth clec roced arall i lenwi'r awyr â chawodydd o sêr bob lliw. Cofiodd Porffafôr am y glec roedd o'n bwriadu ei hachosi ben bore fory... a gwenu'n ddrwg wrth feddwl am rywbeth yn mynd o'i le a'r mynydd i gyd yn chwalu a llyncu llond tŷ o seiri rhyddion – a'i frawd mawr yn eu canol nhw. Dyna fysa colateral damej gwerth ei weld. Ac wrth chwerthin tra'n dychmygu'r ffasiwn beth mi oleuodd bylb golau yn ei ben.

"Nefoedd y nionod!" meddai wrth ei hun, cyn ystyried a fyddai'r syniad yn bosib. Mi oedd o'n weddol sobor, erbyn hyn – doedd o heb yfed cymaint ag arfer wedi cyrraedd y dafarn oherwydd i Cwrw Coco fod yn troi, braidd, yn ei stumog. Hmmm, meddyliodd. Tybed...?

Brysiodd i fyny'r rhiw er mwyn cyrraedd tŷ Affro cyn iddo wastio'r tân gwyllt i gyd.

91

Mi oedd Dryw Bach yn falch o gael stopio yn y gwasanaethau i ffonio Maj. Nid yn unig yr oedd ganddyn nhw gyfeiriad i anelu amdano yn Lerpwl, rŵan, ond mi roddodd gyfle i Onri gŵlio i lawr. Doedd Dryw Bach erioed wedi'i weld o fel hyn o'r blaen – yn wyllt ac yn diawlio a rhegi, a hynny wrth dywallt ei galon a rhannu ei holl rwystredigaethau wrth yrru ar hyd yr A55.

Mi gymerodd beth amser i Dryw ddeall fod ei frawd mawr wedi meddwi. Doedd o erioed wedi'i weld o'n yfed dropyn o'r blaen, felly ac yntau'n dal i fod yn chwil ei hun, wnaeth o ddim sylwi. Ond wedi iddo sylweddoli mi ddiawliodd o Onri – nid am ddreifio tra oedd o'n feddw, ond am ei geryddu fo am yrru fan Affro i Gyffordd Llandudno, o lle ffoniodd Dryw o. Wedi'r cwbl, er mor beryglus oedd dreifio'r fan ar y ffordd gefn dros y mynydd o Gwmygafael, doedd o'n ddim byd o'i gymharu â gwneud naw deg milltir yr awr ar hyd ffordd newydd yr arfordir mewn Mercedes fflash oedd yn siŵr o dynnu sylw'r cops.

Bu bron i'r sgwrs honno droi'n ffrae ddigon annymunol a dweud y lleiaf, ond wedi i Onri ddisgyn o ben ei geffyl hunangyfiawn, mi dawelodd rywfaint – cyn dechrau hefru am ei fos yn ffwcio'i wraig a chynllunio i'w hel i Aber o'r ffordd er mwyn iddo symud i mewn efo hi. A rhywbeth am "gael y basdad unwaith fydd y banciau'n agor eto" a rhywbeth am brynu rhyw adeilad yn Aber a dechrau ei fusnes ei hun...

Wedyn mi fu'n rhaid i Dryw Bach wrando arno'n ymddiheuro am fod mor ddiarth, am wadu ei wreiddiau ac am ddianc fel cachwr oddi wrth ei feiau ei hun – pob math o gachu dosbarth canol nad oedd Dryw Bach yn ei ddeall. Cyn belled ag y gwelai Dryw, dim ond gweithio i ffwrdd oedd Onri – doedd o ddim wedi gyrru'i deulu i goncentration camp yn Siberia.

Yna mi drodd y sgwrs at Mani, a fel roedd o'n teimlo mor euog am beidio ei helpu a pha mor falch oedd o o'r cyfle i drio helpu rŵan...

"Ond be am y busnas 'na efo Mani'n 'seicopath' a ballu ta, Onri? A'i feio fo am yrru Mam i'w bedd a ballu? 'Nes i'm clywad chdi'n achub ei gam o erioed!"

"Ma hi'n gymlath," atebodd Onri, ar ôl meddwl. "Pan ti'n penderfynu fod gen ti'm amser i negatifrwydd, a phenderfynu symud ymlaen, mae'n hawddach ffendio rhyw reswm – unrhyw ffycin beth – i gyfiawnhau hynny. I dawelu dy gydwybod..."

Aeth Onri'n dawel. Gwyddai Dryw nad oedd Onri'n dweud y gwir i gyd. Mi synhwyrodd o hynny y dydd o'r blaen – yn y fflat, a tu allan i'r Drafal cyn hynny. Gwyddai fod ganddo rywbeth i'w guddio. Ystyriodd Dryw ei holi, ond meddyliodd eilwaith. Doedd o ddim isio codi'i wrychyn eto ac yntau yn y stad yr oedd o. Mi oedd yna wastad ryw dywyllwch wedi bod am Onri. Er gwaethaf ei barchusrwydd allanol a'i ffordd amyneddgar, broffesiynol o handlo petha, roedd rhyw galedwch oeraidd yn ei gymeriad a wnâi rywun yn gyndyn o'i groesi. Er bod Dryw Bach ar dân isio gwybod be oedd ei gyfrinach, y gwir amdani oedd fod ganddo ofn gofyn. Ac yn fwy na hynny, roedd ganddo ofn be fyddai'r ateb.

"Felly ti'm yn gwbod be achosodd broblema Mani, ta?"

"Na, ddim go iawn," atebodd Onri, cyn oedi eto. "Ond os fyswn i'n gorfod gesio..."

"Ia...?"

"Wel... fyswn i'n ei roid o i lawr i Kola Kube."

"Be, yn bod yn gas efo fo?"

"Mwy na hynny..."

"Be ti'n feddwl?"

Ysgydwodd Onri ei ben a chwythu'i wynt allan. "Dwi'm yn gwbod, Dryw. Onest, dydw i ddim. Ond dwi'n meddwl weithia falla fod Mani yn gweld angan tad. Wsdi, roedd plant yn ei alw fo'n 'spic' a ballu, a doedd yna'r un tad yno i siarad efo fo, i egluro wrtho mai Cymro oedd o. Hwyrach na Kola Kube, fel y brawd hynaf, oedd y person oedd Mani'n edrych tuag ato am gefnogaeth ac amddiffyniad... Ond doedd dim byd yn dod. Dim ond mwy o abiws... Dwn 'im. Mae o i gyd yn hypothetical. Y gwir ydi 'nes i'm boddran trio ffendio allan..."

Aeth Onri'n dawel eto, ac ystyriodd Dryw Bach bysgota mwy i weld be oedd ar ei feddwl o. Ond eto, penderfynodd mai saffach fyddai peidio.

"Ond doedd gan yr un o'nan ni dad i sefyll fyny drosta ni, nagoedd, Onri? A doeddan ni ddim yn hannar lladd bobol."

Ystyriodd Onri eto cyn ateb. "Wel, mae gan bawb eu ffordd o gôpio efo petha, yn does, Dryw? Mi oedd Mani'n hogyn dwys, yn doedd?"

"Fel chdi, Onri. Ti'n ddyfn, yn dwyt?"

"Yndw, am wn i. Ond mi oedd Mani'n byw mewn cragan, yn doedd? Tan oedd o'n ecsplôdio..."

Bu tawelwch eto yn y car wrth i'r ddau frawd groesi'r ffin i Loegr. Meddyliodd Onri am be oedd o newydd ei ddweud. Er mai hanner y stori oedd hi, mi oedd o wedi gwneud mwy o synnwyr nag oedd o wedi'i ddisgwyl. Mae o'n rhan o natur plant dwys i gydio ymhob manylyn o fywyd a'u dadansoddi yn eu pennau – ac yn eu pennau yn unig, gan nad ydi siarad am bethau yn rhan o'u natur. Mae olion y myfyrdodau yn aros efo nhw am byth. Mae rhai'n anghofio amdanyn nhw, ond mae eraill yn cael eu bwyta o'r tu mewn ganddyn nhw, heb iddyn nhw wybod. Er i Mani gofleidio'i lysenw mi oedd o'n dal i fod, er â bwriad diniwed, yn llysenw oedd â'i wreiddiau yn y ffaith fod ganddo dad Sbaeneg. Boed Mani'n ymwybodol o'r peth ai peidio, yn y bôn mi oedd un o elfennau pwysicaf ei hunaniaeth bersonol – ei enw – wedi'i seilio mewn rhagfarn gymdeithasol. Fu Mani'n cario'r albatros hwnnw rownd ei wddw ar hyd ei oes, heb hyd yn oed sylwi?

Ond hyd yn oed os mai hynny, a'r ffaith i Kola Kube ei gam-drin yn hytrach na'i amddiffyn, oedd achos ei broblemau, doedd o'n newid dim ar y ffaith iddo fo droi ei gefn arno yn hytrach na'i helpu. Doedd o'n newid dim ar y ffaith iddo gachu allan y diwrnod hwnnw pan wnaeth Kola Kube yr hyn wnaeth o. A doedd o'n newid dim ar y twyll a ddilynodd...

Trodd Onri i edrych ar Dryw Bach. Ystyriodd rannu'r gwir efo fo. Cyfaddef y cyfan. Byddai'n braf cael gwneud hynny. Ond roedd ei frawd yn bell i ffwrdd, yn gwylio goleuadau'r M53 yn gwibio heibio. Ailfeddyliodd.

92

Wyddai Mani ddim be oedd waethaf – dychmygu'r cigydda oedd ar fin digwydd prun ai aros i'r ddau fuckwit yma benderfynu pwy oedd yn mynd i lifio gyntaf. Petai o'n gallu, mi fyddai'n gweiddi ar y basdads ponslyd i frysio a ffycin gwneud be oeddan nhw isio'i ffycin neud. Bron nad oedd o'n edrych ymlaen at y boen – petai hynny ond er mwyn gallu camu i'r ris nesaf o uffern. Faint o risiau fyddai 'na cyn iddo basio allan oherwydd sioc, beth bynnag?

"Oh, for goodness' sake!" medd y dandi wrth gymryd yr hacksaw oddi ar ei gariad. "Let me show you!"

Cerddodd yn dalog tuag at Mani a phinsio modfedd dda o'r cnawd o amgylch ei deth efo pâr o bleiars a gwasgu. Gwingodd Mani.

"You see?" medd y dandi wrth ei gariad. "Then pull."

Tynnodd deth Mani at allan a'i dal yn dynn.

"And then," meddai wrth ddechrau llifio. "Saw! Saw, saw, saw, saw, saw...!"

Cythrodd a stranciodd a rhuodd Mani wrth i'w waed sbyrtian dros y colur gwyn ar wyneb ei arteithiwr.

"Saw, saw, saw, saw, saw, saw, saw...! There you go!"

Estynnodd y dandi'r darn o gig a saim gwaedlyd i'w gariad efo'r pleiars, a gwenu fel cath. "Happy birthday, dearest!"

Roedd un olwg yn ddigon iddi. Llewygodd.

"Oh, for fuck's sake!" gwaeddodd y Natsi, cyn i rai o'r lleill ddechrau bŵio'u hanfodlonrwydd.

"Sorry about this," mwmiodd y dandi wrth droi yn ei unfan yn chwilio am le i osod y pleiars a'r nipyl. "Erm... Would you take...?"

Estynnodd y pleiars i'r dyn meimio, ond symudodd hwnnw ddim. Camodd Perseus yn ei flaen i'w cymryd oddi arno, a throdd y dandi i blygu dros ei gariad a thrio ei dadebru.

Wedi gosod y pleiars mewn bowlen ar ben y cwpwrdd dur, clapiodd Perseus ei ddwylo ddwywaith i alw'r porthorion draw. Cydiodd y ddau fynach du yn y ferch a'i chodi. Daeth at ei hun yn araf bach.

"Take them out," medd Perseus.

"What?!" gwaeddodd y dandi. "But we haven't finished!"

"Fucking amateurs!" gwaeddodd Perseus. "Take them to the shower room. They're not to leave until we're all done here."

"This is an outrage!" gwaeddodd y dandi. "I demand a refund!"

Ond buan y tawelodd wedi i un o'r mynachod ddangos y gwn oedd ganddo o dan ei glogyn.

Gwyliai Mani hyn i gyd trwy niwl y dagrau yn ei lygaid. Doedd o heb brofi'r fath boen o'r blaen yn ei fywyd. Hyd yn oed â'r adrenalin yn pwmpio, bu bron iddo basio allan. Syllodd ar Gwawr. Roedd ei llygaid yn pefrio a'i phiwpilau wedi chwyddo. Roedd hi'n syllu ar y gwaed yn llifo drosto. Teimlai Mani'r gwlybaniaeth poeth yn rhedeg i lawr ei fol a'i goesau. Trodd ei lygaid am i lawr i drio gweld y difrod, ond dim ond rhyw wawr goch a welai drwy'r niwl.

"Who's next?" gwaeddodd Gwawr. "And no fucking around this time!"

93

"Ti'n ffwcin gall?" gwaeddodd Gwcw Blastig dros y miwsig.

"Nacdw," gwaeddodd Porffafôr yn ei ôl. "Ond jysd tyd efo fi!"

"Ond dwi'n ffycin racs!"

"Dy fai di ydi hynny! O ti i fod i aros yn weddol gall heno, eniwe!"

Dilynodd Gwcw Blastig ei frawd allan drwy'r drws cefn a'i gau tu ôl iddo.

"Ffycin hel, Porffafôr, fedra..."

"Hisht!"

"Be?"

"Ti'n clywad hwnna?"

"Be?"

Tarodd Porffafôr rech uchel. "Dyna welliant, myn diawl! Mae honna 'di bod yn stiwio ers sbel. Cwrw ffycin Coco! Reit, lle mae'r ffeiarwyrcs 'ma?"

"Ond fedran ni'm ffycin gneud hyn heno, Porffafôr!"

"Pam ddim? Dyma'r amsar gora, siŵr dduw! Fydd neb 'im callach efo'r bang-bangs 'ma'n mynd off!"

"Ond 'dan ni'n chwil gachu gaib, Porffafôr!"

"Dwi'm yn rhy ddrwg fy hun, de...!"

"Wel dos dy hun ta!"

"'Dan ni angan dau i danio'r ffeiarwyrcs! Rhaid ni neud yn siŵr bo nhw'n mynd off mewn rhes – ac am ddigon o amsar i gyfro'r glec!"

"Dwi'm yn poeni am y ffycin ffeiarwyrcs, ffor ffyc's sêcs! Y ffycin explosives sy'n ffycin poeni fi! Dydyn nhw ddim yn cymysgu efo ffycin alcohol!"

"Duw, doesna'm byd iddi siŵr! Mewn â nhw, det a ffiws. Be ellith fynd yn rong?"

"Be ellith... Ffycin hel! Pob ffycin dim, siŵr dduw!"

"Nefoedd y ffycin nionod! Wyddas i ddim dy fod ti'n gymint o bansan, Gwcw Blastig! Tyd, dangos i fi lle ma'r petha 'ma..."

"Ma nw fyny fa'na, yn dop yr ardd, wedi'u setio fyny'n barod. Dwn 'im faint sy ar ôl. Ma Witabix a Neinti-Nein wedi tanio rhei'n barod."

"Ideal!" medd Porffafôr. "Nhw geith y bai am fynd â nhw felly!"

Sgifftiodd Porffafôr fel ninja i fyny'r ardd. Gwyliodd Gwcw Blastig o gan ysgwyd ei ben mewn anghredinedd. Oedd, mi oedd Gwcw off ei ben, ond nid gorfod gadael uffarn o barti da oedd yn ei boeni. Gorfod gadael y byd 'ma flynyddoedd yn rhy gynnar oedd ei bryder. O holl syniadau gwallgof ei frawd, hwn oedd yr un mwyaf bananas eto.

"Wel?" gwaeddodd Porffafôr o'r gwyll.

"Dwi'm yn ffycin dod!"

"Be?"

"Glywisd di'n iawn! Ma'n rhy ffycin berig! Ti'n chwil, dwi'n hongian. Rhy berig. End of!"

"Nefoedd y nionod!"

"Ffwcio chdi a dy nionod!"

"Yli. Dwi 'di gweithio 'fo'r petha 'ma o'r blaen! Ma nw'n idiot-proof!"

"Ella fod nhw, ond dowt gen i fod nhw'n Porffo-proof! Mynd â idiotics i'r eitha ydi peth fel hyn!"

"Iawn! Ffwcio chdi ta! Mi â i'n hun. Ond paid di â disgwyl shêr, y ffwcin ffantan. Dos, y chwadan wya clwc!"

Efallai nad oedd gan Gwcw Blastig awydd peryglu'i fywyd yn chwythu craig tra'n chwil gachu gaib, ond roedd meddwl am adael i'w frawd fynd i wneud hynny ar ei ben ei hun yn ei boeni'n waeth.

"Wel, be am adael y ffeiarwyrcs yn fan hyn a jysd aros i Affro'u tanio nhw, a wedyn tanio'r graig adag hynny?"

"Neith o'm gweithio, na neith? Ti'n meddwl neith hwn sylwi faint o'r gloch ydi? Fydd o'n rhy brysur yn 'sbinio'i records' yn bydd. Does wybod pryd gofith y cont gwirion am y ffeiarwyrcs – os gofith o o gwbwl!"

"Ond..."

"Gwranda arna i, Gwcw Blastig! Dwi'n gwbod be dwi'n neud, sdi. Trystia fi."

94

Roedd Dryw Bach yn falch iddo gael gafael ar Onri. Fyddai o byth wedi gallu ffendio lle Fizz fel arall. Rhyfeddodd at y strydoedd llydan a'r adeiladau, a'r bobol a'r goleuadau ymhob man. Ac mi oedd hynny ar ôl mynd drwy'r twnnel dan afon Merswy! Mi oedd Dryw wedi dotio – bron fel plentyn ar drip ysgol. Mi fuodd drwy'r twnnel newydd o dan afon Conwy unwaith efo Gwcw, Porffafôr ac Affro, ychydig fisoedd yn ôl. Roedd ei frodyr wedi bod yn gweithio yno dros y flwyddyn flaenorol, felly mi aeth Dryw efo'r tri am sbin y diwrnod roedd o'n agor i draffig. Cofiai ryfeddu at fod yn teithio o dan afon mewn fan.

Ond doedd hynny'n ddim byd o'i gymharu â thwnnel Queensway. Roedd o mor hir, a'r gwahaniaeth rhwng mynd i mewn iddo yn Birkenhead – efo'i fwthau talu, ei goncrit a'i darmac llwyd, dienaid – a dod allan ym mwrlwm canol dinas a'i goleuadau a rhythmau bywyd, fel suddo i'r isfyd a dod allan ar blaned arall.

Gwyliodd Dryw Bach y bobol yn gwau dros y palmentydd llydan, ac eraill yn eistedd mewn criwiau hapus wrth draed cofgolofnau o anifeiliaid a dynion. Gwelodd y bysus a'r tacsis, teimlodd y trydan yn yr aer...

"Ti 'di bod yma o'r blaen, dwi'n cymryd, Onri?"

"O do sdi," atebodd ei frawd dan wenu. "Lawar gwaith!"

"Lle da?"

"Mewn gair? Briliant!"

Gwenodd Dryw Bach a throi yn ei ôl i syllu ar y ddinas yn pasio'r ffenest. "Ma hi'n edrych yn dda. Gobeithio fod Mani'n iawn."

Chwythodd Onri ei wynt allan yn araf. "Ia. Gobeithio wir. Tisio rwbath i fyta, Dryw Bach? Cyn mynd i lle be-di-henw-hi?"

"Fizz. Na, dwi'm isio bwyd sdi. Fyswn i'n gallu gneud efo drinc, de – ond geith o aros."

Cyn hir mi oedd Onri wedi parcio tu allan i res o dai tri llawr efo ffenestri bwa yn bolio allan i bob gardd. Edrychodd o gwmpas y stryd, o un ochr i'r llall ac i fyny a lawr.

"Chwilio am y nymbyr wyt ti?" holodd Dryw. "Twenti-sefyn ydi o."

"Fydd y car 'ma'n saff yn fan hyn, dwad?"

"Dwn 'im. 'Dio'n cloi, dwi'n cymryd?"

"Yndi."

"Wel, dyna ni, felly!"

Agorodd Dryw Bach y drws a chamu allan. Stretsiodd ei gorff tra oedd Onri'n cloi'r Merc ac yn edrych o'i gwmpas unwaith eto. Sylwodd ar y rhif dau ddeg tri ar un o'r gatiau. "Fforma, Onri!"

Dilynodd Onri ei frawd bach ryw ganllath i fyny'r stryd. Cnociodd Dryw y drws ac o fewn eiliad roedd rhywun yn brysio drwodd o'r gegin gefn i'w agor.

"Haia," medd Dryw wrth y ferch â gwallt piws oedd yn sefyll o'i flaen. "Fizz, ia? Dryw Bach."

95

Bu'r dychryn a'r panig, yr adrenalin a'r llid anifeilaidd oedd yn Mani yn gymorth iddo ddiodda'r artaith o gael rhan o'i ditsan wedi'i llifio i ffwrdd. Ond fel roedd o'n dod i ddygymod â'r boen, atgoffwyd o o'r boen waeth oedd eto i ddod pan welodd y Natsi'n codi i sbinio'r olwyn. Wyddai Mani ddim ei bod yn bosib i'w galon suddo'n is na'r gwaelod isaf un. Ond dyna wnaeth hi.

Dechreuodd wylo dagrau o anobaith wrth sylweddoli na welai unrhyw beth arall eto – nunlle tu hwnt i'r stafell hon, neb arall heblaw'r sadyddion hyn, dim byd arall ond poen eithafol ac erchylltra tu hwnt i'w ddychymyg. Meddyliodd am Mince, meddyliodd am Fizz, meddyliodd am Dryw Bach a Lili Wen. Fydden nhw'n cael hyd i'w gorff, neu beth bynnag fyddai ar ôl ohono? Go brin. Fyddai dim gronyn ohono ar ôl wedi i'r diafoliaid yma gael gwared o'i weddillion. Châi neb byth wybod be ddigwyddodd iddo. Mi fydden nhw'n treulio'u hoes yn dyfalu yn lle'r oedd o, pam iddo ddiflannu, fyddai o'n dod yn ôl ryw ddydd. Chaen nhw byth wybod y gwir, a fydden nhw byth yn gallu dychmygu pa fath o ddiwedd gafodd o yng nghrafangau'r bwystfilod hyn...

Clywodd ei hun yn mwmian, yn pledio am drugaredd o du ôl i'r strap a'r bêl yn ei geg... Chwiliodd am bâr o lygaid efo llygedyn o frawdoliaeth ynddyn nhw, ond roedd pob un yn gwylio'r olwyn yn troi. Pob un ond y dyn meimio, oedd yn dal i syllu arno trwy'i dyllau du...

Trodd Mani ei lygaid at Gwawr eto. Gwelodd hi'n gwenu'n sadistaidd wrth i'w llygaid gwrdd. Daeth y gynddaredd drosto eto a rhuodd ei holl ffyrnigrwydd tuag ati. Roedd o eisiau ei lladd, rhoi ei ddwylo rownd ei gwddw a gwasgu'r bywyd o'i swpyn corff dieflig, ei churo a'i churo a'i churo nes bod ei phen fel ffycin jeli... Cythrodd yn erbyn ei rwymau. 'Tai o ond yn cael y cyfle i adael y byd 'ma fel llew!

Stopiodd yr olwyn.

"Shock!" gwaeddodd Perseus uwchben bloeddiadau'r gwesteion.

Diawliodd y Natsi ei lwc. Roedd o wedi gobeithio am rywbeth mwy dramatig.

Paratôdd Mani ei hun wrth i'r twat agosáu. Er gwaetha'r panig a lifai trwyddo, penderfynodd nad oedd am ddangos unrhyw ofn i hwn. Cyffiodd ei gyhyrau a gewynnau yn wydn, ac anadlodd yn ddwfn ac yn araf trwy'i ffroenau wrth wylio'r arteithiwr yn estyn y ceblau a'r clampiau, yna'r blwch sgwâr â switshis arno...

Rhuodd ei floeddiadau gyddfol ac ysgydwodd ei hun hynny a allai wrth i'r diafol mewn lifrai du roi'r clampiau trydan yn sownd iddo – un ar ei gŵd a'r llall ar flaen ei bidlan – cyn sefyll o'i flaen, yn gwenu'n flysaidd-greulon wrth syllu'n oer i'w lygaid.

"Heil Hitler!" meddai efo'r saliwt, cyn gwasgu botwm ar y bocs.

Roedd yr artaith fel dim byd a brofodd Mani o'r blaen. Doedd o erioed wedi meddwl fod y fath boen yn bosib. Cythrodd a stiffiodd, cyn dechrau dirgrynu'n wyllt wrth sgrechian sgrechiadau mud. Llifodd dagrau a chwys a hylifau eraill trwy bob twll a chroendwll yn ei gorff. Pwmpiodd y trydan arteithiol trwyddo a theimlai fel bod pob cyhyr ac organ a chnawd ac asgwrn yn cael eu gwasgu mewn feis. Roedd y boen yn gwaethygu, gwaethygu, yn mynd ymlaen ac ymlaen ac ymlaen. Roedd ei ben ar fin ffrwydro...

Tynnodd y Natsi ei fys oddi ar y switsh. Llaciodd corff Mani, ond aros wnaeth y boen annioddefol islaw. Teimlodd ei hylifau corfforol yn llifo dros ei groen, y chwys yn oer, y gwaed a'r piso a'r cachu dyfrllyd yn gynnes. Chwythodd fel ceffyl trwy'i ffroenau wrth drio rheoli ei anadlu lloerig. Roedd o'n ochneidio'n uchel yng nghefn ei wddw, a'i lais yn wichlyd... A rywle ynghanol y boen mi glywai'r gwesteion yn chwerthin a chymeradwyo... A rhywun yn sbrêo air freshener...

"Again?" gwaeddodd y Natsi.

"Yes!" bloeddiodd y lleill.

Gwasgwyd y botwm eilwaith, a dechreuodd popeth eto.

96

Eisteddai Onri a Dryw Bach yn chwil-sobor wrth y bwrdd crwn yn y gegin tra bod Fizz yn taro'r tecell ymlaen. Wyddai Onri ddim lle i roi ei hun. Er i Dryw sicrhau Fizz fod Onri'n iawn, mi oedd yr olwg ar ei hwyneb pan gyflwynodd Dryw Bach o wedi ei anesmwytho.

"Diolch i chi am ddod i fyny," medd y ferch gwallt piws, a'r pryder yn ei llethu. "A sori am 'ych trwblo chi. Do'n i'm yn gwbod be i neud... Jysd gobeithio fysa gena chi newyddion oddan ni. Isio gwbod os oedd o 'di troi fyny acw..."

"Ma'n iawn, siŵr," medd Dryw. "Ti 'di clwad rwbath wedyn?"

"Na..." atebodd Fizz yn drist. "Coffi ta te?"

"Coffi, plis," medd Dryw. "Llaeth, dau siwgwr."

"Coffi a siwgwr i finna hefyd, diolch," medd Onri.

"Oes'na jans am ddiod o ddŵr hefyd?" gofynnodd Dryw. "Ma 'ngwddw i fel sach."

Syllodd Dryw Bach o gwmpas y gegin wrth i Fizz lenwi gwydr o'r tap.

"Dwi'n cymryd mai genod ydach chi i gyd yn y tŷ 'ma, ia?" holodd wrth sylwi ar bosteri James Dean, Jim Morrison a morlo gwyn, fflyffi efo llygaid mawr du ar y wal.

"Ia. Ma'r lleill 'di mynd adra dros Dolig," atebodd Fizz wrth roi'r dŵr ar y bwrdd o flaen Dryw. "Mond fi sy 'di aros. Meddwl gweld y flwyddyn newydd i mewn efo Mani..." Diflannodd ei geiriau o dan deimlad.

"Ydach chi'n canlyn ers dipyn, felly?" holodd Onri, mewn ymgais poléit i gynnal y sgwrs.

Nodiodd Fizz, yna rhoi ei gên ar ei brest a chau ei llygaid wrth gwffio dagrau. Teimlai Onri fel rhoi coflaid iddi, ond gwyddai na ddylai wneud. Daeth Fizz at ei hun o fewn eiliad neu ddwy, fodd bynnag, a throi yn ei hôl at y tecell.

Gwyliodd Dryw Bach hi wrth iddi roi coffi yn y mygiau. Roedd hi'n bishin. Ac yn ifanc – tua'r un oed ag yntau. Roedd Mani'n ddyn lwcus.

"So, be ti'n neud yn y ddinas fawr ddrwg ta, Fizz?" holodd.

"Coleg," meddai. "Flwyddyn ola."

"O?" medd Onri. "A be ti'n astudio?"

"Seicoleg."

"Da iawn! Ti'n mwynhau? Seicolegydd ydw i, sdi..."

"Ia, dwi'n gwbod," medd Fizz wrth wylio'r stêm yn codi o'r tecell.

Sylwodd Dryw Bach ar y darlun pensil, neu siarcol, mewn ffrâm ar ben un o'r cypyrddau – wyneb merch efo blodyn yn ei gwallt yn gwenu'n chwareus, a cholomen wen yn hedfan i'r awyr tu ôl iddi. Gwelodd mai Fizz oedd hi.

"Mani nath y llun 'na?" gofynnodd.

"Ia. Mae o'n chwip am neud llunia, sdi – wel, ti'n gwbod dy hun, dw't?"

"Mae o'n dal wrthi, felly?" holodd Dryw wrth godi i edrych yn agosach.

"Dim gymint â hynny. Dim yn ddiweddar, beth bynnag – 'dio'm yn cael llawar o amsar. Ond mae genai rai eraill i fyny grisia."

Tolltodd Fizz ddŵr y tecell i'r mygiau.

"W't titha'n un da hefyd, Dryw, medda Mani. W't ti'n dal wrthi? Fysa fo wrth ei fodd tasa ti..."

"Yndw, weithia," atebodd Dryw wrth sylwi ar Onri'n wincio arno. "Ond dwi am ailgydio ynddi o ddifri rŵan."

"Felly be mae Mani'n ei wneud o ran gwaith?" holodd Onri.

Petrusodd Fizz cyn ateb. "Dipyn o bob peth, a deud y gwir. Ma'n gymlath. Fydd Maj yn ei hôl yn munud. Mi ddaw petha'n glir wrth iddi egluro'r llanast 'ma."

"Paid â poeni," medd Onri. "Dwi'n dallt be ti'n feddwl. Mae rhywun yn clywad sibrydion o bryd i'w gilydd. Ond pwy yn union ydi Maj, ta?"

"Chwaer Mincepie, ffrind gorau Mani. Maen nhw'n nabod Mani ers pan oedd o'n jêl. Newydd fynd oedd hi pan gyrhaeddoch chi. Piciad i lle 'i mam i nôl y llythyra oedd Mince wedi'u cadw dros Mani..."

Trodd Fizz y coffi yn y mygiau. Gwelodd fod Dryw Bach wedi symud at y ffrij a'i fod o'n syllu ar ffoto ohoni hi a Mani ym mreichiau'i gilydd. Gwenodd.

"Pryd welis di o ddwytha, Dryw?"

"Cyn iddo fo fynd i jêl."

"Mae'i lygid o gena ti, Dryw. A chditha hefyd, Onri."

"Llygid Mam," medd Onri'n dawel.

"O'dd Mani wastad yn sôn amdana chdi, Dryw. A dy chwaer."

Daeth lwmp i wddw Dryw. "Llun da! Mae o'n edrych yn hapus. Fel'na dwi'n ei gofio fo, yn chwerthin..."

"Wrth y bandstand ydan ni'n fa'na, yn y parc. Fa'na oeddan ni fod i gwrdd dydd Sul, ond nath o'm troi i fyny..."

"Ddim troi i fyny?" holodd Dryw wrth eistedd yn ôl wrth y bwrdd.

Nodiodd Fizz ei phen tra'n cwffio dagrau eto. "Be'n union mae Maj wedi'i ddeud wrtha chi, ta?"

"Mond 'i fod o ar goll, a'ch bod chi'n poeni..."

"Mae genai ofn ei bod hi'n dipyn gwaeth na hynna," medd Fizz a'i llais yn crynu. "Geith Maj egluro yn y munud."

"Ond be ydi'r llythyra 'ma ta?" holodd Onri.

Trodd Fizz at Dryw. "I chdi a Lili Wen maen nhw i fod, medda Mani. Neb arall."

"Pam?" holodd Dryw. "Be sy ynddyn nhw?"

"Wel..." dechreuodd Fizz. "Llythyra at Mani tra oedd o'n jêl. Gan y Derek 'na."

"Derek?" holodd Onri. "Sut hynny?"

"Ia, dydach chi'm yn gwbod y stori, yn nacdach? Doedd neb *isio* gwbod, nagoedd?"

"Pa stori?" holodd Onri eto.

"Dim Mani nath ddwyn pres 'ych mam!"

Pasiodd eiliad neu ddwy o dawelwch.

"Derek wnaeth. Derek a..." Syllodd Fizz ar Dryw. Doedd hi

ddim yn siŵr os ddylai hi ddweud hyn o flaen Onri – ond mi benderfynodd wneud. I'r diawl â fo.

"Derek a'ch brawd mawr. Kola Kube."

Bu tawelwch am eiliad dda eto, cyn i Dryw Bach droi at Onri. "Dyna fo! O'n i'n ffycin gwbod! O'n i'n gwbod fysa Mani ddim yn gneud y ffasiwn beth! Y Derek 'na, medda fi – ti'n cofio?"

"Yndw, Dryw, dwi'n cofio. Ond Kola Kube?"

"Wel, dydi hynny ddim yn synnu fi, chwaith, i fod yn onast! Y ffycin wancar iddo fo!"

"Dal nhw wrthi wnaeth Mani," medd Fizz wrth weld yr olwg hollol ar goll ar wyneb Onri. "Wel, dal Derek. Doedd o'm yn gwbod dim byd am Kola Kube ar y pryd. Roeddan nhw wedi agor cyfri banc ffug yn enw Mani a cyfeiriad yn Aber."

"Ffycin hel!" medd Dryw Bach a chodi ar ei draed.

Ysgydwodd Onri ei ben. Prin y gallai o gredu. "Ond pwy sy'n deud hyn? Mani?"

"Derek!" medd Fizz. "Ffycin Derek! Yn y llythyra! Oedd o'n sgwennu at Mani i rwbio halan ar 'i friwia fo. Ei ffordd twisted o o ddial am y gweir – ac am chwalu'i gynllunia fo! Trio chwalu'i ben o yn y carchar. A fysa fo 'di llwyddo hefyd, oni bai am Mincepie!"

"Jîsys," medd Onri wrth roi ei ben yn ei ddwylo. "Ac mae o'n cyfadda'r cwbwl yn y llythyra 'ma?"

Nodiodd Fizz ei phen. "Felly mae Mani'n ei ddeud. A Mince hefyd. Mae Mince wedi darllan y cwbwl."

"Ond pam cyfadda?"

"Ffyc's sêcs, Onri!" brathodd Dryw Bach. "Wyt ti'n dal i wadu'r du yn wyn?"

"Gei di weld dy hun yn munud," medd Fizz. "Plis paid â troi allan fel roedd Mani'n dy ddisgrifio di!"

Suddodd calon Onri. "Sori," meddai. "Go iawn. Dwi mor sori!"

"So, mi ddaliodd Mani Derek yn conio Mam, a rhoi ffwc o gweir iddo fo?" holodd Dryw. "Ac wedyn cymryd y bai am bopeth, er mwyn...?"

"Sbario mwy o boen i'ch mam."

Ysgydwodd Dryw Bach ei ben. "Y cradur bach," meddai a'i lais yn cracio. "Yn cario hyn i gyd efo fo ers blynyddoedd...!"

"Gwell i'w fam o golli seico o fab colledig na gwbod fod y dyn roedd hi'n ei garu wedi bod yn ei thwyllo hi erioed. Dyna oedd geiriau Mani o hyd."

"Ac mi aeth Mam i'w bedd yn meddwl hynny..." medd Dryw yn synfyfyriol.

"Doedd o heb fwriadu i hynny ddigwydd," medd Fizz. "Mi farwodd 'ych mam yn sydyn, yn do, tra oedd Mani'n dal i fewn. A wnaeth yr un o'na chi drafferthu i adael iddo wybod!"

Trodd Dryw Bach lygaid cyhuddgar tuag at Onri. Trodd hwnnw ei olygon tua'r bwrdd.

"Doedd o'n gwybod dim tan i Derek sgwennu ato i droi y gyllall," medd Fizz. "Mi wnaeth hynny'i hitio fo'n ddrwg, medd Mince. Sgena chi'm syniad be mae o wedi bod drwyddo, yn nagoes?"

"Wel, o'n i'n gwbod 'i fod o'n sâl..." mwmiodd Onri wrth ddal i syllu ar y bwrdd. "Ddylsa mod i wedi helpu, ond..."

"Dydi Mani ddim yn sâl!" medd Fizz.

Tynnodd ei geiriau sylw Onri o'r bwrdd.

"Mi gafodd o'i frifo, yn do?" ychwanegodd Fizz â rhyw dinc o gryndod yn ei llais. "Wyt ti'n cofio rwbath am hynny?"

Siarad efo Onri yn benodol oedd hi bellach.

"Dorrodd o'i benglog yn do, a chael concussion! Ar ôl cael cweir gan ei frawd mawr pan oedd o'n dair ar ddeg oed! Luchiodd o fo yn erbyn wal – head first – a'i nocio fo allan!"

Wnaeth Onri ddim ateb, dim ond troi i edrych tua'r llun ar y ffrij.

Aeth Fizz yn ei blaen. "Faint o hir fuodd o out cold, Onri? Tyd 'laen, paid â deud bo ti'm yn cofio. Oeddat ti yno. Chdi aeth â fo i'r ysbyty, ia ddim?"

"*Dwi'n* cofio Mani'n mynd i'r sbyty!" medd Dryw. "O'n i ond yn saith oed, ond dwi *yn* cofio. Wedi disgyn o'th ei feic medda pawb ar y pryd... Onri?"

Gollyngodd Onri anadl hir wrth sadio'i hun. "Jysd deud hynna nathon ni, rhag i Mam ypsetio... A rhag ofn i Kola Kube gael 'i arestio."

Roedd Dryw Bach mewn sioc. "So be ffwc ddigwyddodd?"

Ochneidiodd Onri. "Gafodd Mani gyfnod drwg o ddwyn petha o dai bobol – tai ffrindia, gan amla. Doedd fiw i neb adael pres yn y golwg neu mi fasa fo'n mynd â fo. Gafodd o'i ddal droeon, ond doedd neb yn mynd at y polîs, jysd dod i ddeud wrth Mam, neu un o'nan ni'r brodyr. Ond dal wrthi wnaeth o – a dwyn gan Kola Kube a Porffafôr hefyd, a hyd yn oed gan Mam. Wedyn mi nath o dorri mewn i Siop Marian efo cwpwl o hogia erill, a chwara teg i Marian, wnaeth hitha ddim mynd at yr heddlu chwaith. Ond mi fasa'n well tasa hi wedi..."

"Be nath hi? Deud wrth KK, felly?"

"Ia. Doedd hi ddim isio poeni Mam. A chwara teg i Kola Kube, doedd ynta ddim isio'i phoeni hi chwaith. Dyna pam nath o benderfynu rhoi uffarn o gweir iddo fo – a dwi'n gwbod fod hynny'n rong, ond i fod yn deg, doedd Kola Kube ddim yn gwbod unrhyw ffordd arall. Mi oedd o'n cael ei guro'n ddu-las gan ei dad pan oedd o'n fach... Ond mi aeth o dros y top efo Mani..."

"Ac oeddat ti yno?" holodd Dryw.

"Digwydd galw o'n i'r diwrnod hwnnw. O'dd KK yn gandryll. Doedd neb wedi'i weld o mor wyllt o'r blaen. Roedd o am waed Mani ac isio dysgu gwers iddo fo, unwaith ac am byth. Ond 'nes i ei berswadio fo i 'ngadael i siarad efo Mani. A dyna wnes i – ista i lawr efo fo a trio egluro pam fod dwyn yn rong a ballu..."

Stopiodd Onri. Roedd hi'n amlwg fod yr holl beth yn anodd iawn iddo. Tynnodd Fizz gadair o dan y bwrdd ac eistedd i lawr.

"Ond doedd Mani ddim isio gwbod," medd Onri wrth fynd yn ei flaen. "Teenager oedd o, ynde! Ac yn rêl rapscaliwn – fel oeddan ni'r Bartis i gyd. Oedd o'n bod yn ôcwyrd ac yn coci, wedyn mi ddechreuodd o regi a herio, wedyn dechra bygwth... A dyna pryd landiodd KK. Roedd o wedi penderfynu'i fod o'n mynd i roi cweir iddo fo cyn cyrraedd, ond pan welodd Mani'n mynd drwy'i betha mi snapiodd... 'Yn hel i allan, tynnu'i felt a cau'r drws..."

"A be 'nes di wedyn?" gofynnodd Dryw Bach. "Jysd mynd?"

"Naci!" mynnodd Onri. "O'dd genai ofn mynd rhag ofn i Kola Kube ei frifo fo..."

"Ac mi nath o 'fyd!"

"Do, Dryw. Do, mi nath o. Ond doedd o ddim wedi bwriadu'i frifo fo. Fuas i'n gwrando tu allan am sbel, yn ystyriad mynd i fewn i'w stopio fo. O'n i'n clywad petha'n mynd yn ddrwg..." Stopiodd

Onri, a chau ei lygaid am rai eiliadau. "Do'n i'm yn gwbod be i neud. Ddim yn siŵr os ddylswn i interffirio i ddechra, wedyn..."

"Wedyn be?"

"Ofn, Dryw! I fod yn gwbwl onast. Falla mai cachwr ydw i yn y bôn, ond... wel, 'nes i ffendio gyts o rwla ac es i at y drws, a'i agor o. Ac oedd KK yn hannar 'i ladd o, a welis i o'n 'i daflu fo yn erbyn y wal y tro cynta... A 'nes i weiddi arna fo i stopio, ond mi nath o bwsio fi allan a chloi'r drws..."

Roedd dagrau yn llygaid Onri bellach. Allai Dryw ddim meddwl be i'w ddweud. Na Fizz chwaith. Arhosodd y ddau'n dawel i adael iddo ddod at ei hun.

"Sefis i tu allan, wedi rhewi fel ffycin cachwr... yn gwrando... a ddoth 'na glec, un afiach − sickening thud − digon i wneud i'r wal grynu. Ac aeth pob dim yn dawal..."

Tawelu wnaeth Onri hefyd, wrth ailafael yn ei hun. Estynnodd am ei goffi a chymryd sip. Ddywedodd y ddau arall ddim byd.

"A dyna fo," medd Onri. "Dyna'r tro cynta dwi rioed wedi sôn am y peth − a cyn i ti ofyn pam, Dryw Bach, dwi ddim yn gwbod, OK? Dwi'n meddwl mod i wedi bod in denial am y peth, ac wedi gorfodi'n hun i gredu fod o ddim wedi digwydd. *Ti'n* gwbod, Fizz, sut mae hynny'n gweithio..."

Nodiodd Fizz.

"A beth bynnag, aeth petha downhill o hynny mlaen. Fuodd Mani a fi rioed run fath. O'dd o'n fy nghasáu i − a dwi'm yn gweld bai arna fo. 'Nes i droi 'nghefn − y diwrnod hwnnw, ac wedyn. 'Nes i jysd cogio bach fod o heb ddigwydd, a'r ffordd o wneud hynna oedd golchi 'nwylo o Mani, peidio gneud dim byd i helpu, jysd ei drin o fel lost cause. Ac i fod yn onest, mi wnaeth Mani hi'n hawddach i mi wneud hynny, y ffordd oedd o efo fi... A'r ffordd nath o ddirywio wedyn. Ond y diwrnod hwnnw ddechreuodd pob peth − y gwaed drwg rhyngddo fo a Kola Kube, yr ymosodiada yn yr ysgol, y gynddaredd..."

"Y frontal cortex injury oedd hynny, Onri," medd Fizz.

Stopiodd ei geiriau Onri yn ei dracs. Sbiodd arni. Gwyddai ei bod yn iawn. "Ti'n meddwl?"

"Bron yn bendant. Mi graciodd o'i benglog − ei dalcan − a fuodd o'n anymwybodol, ac yn concussed am yn hir wedyn..."

"Hold on," medd Dryw, oedd wedi cael ei adael ar ôl gan dro sydyn y sgwrs. "Be ffwc 'di'r frontal cortex peth 'ma?"

"Hwn, Dryw," medd Fizz gan bwyntio at ei thalcen. "Y darn deallus o'r brên. Fan hyn mae dy frên di'n gweithio petha allan mewn ffordd resymol. Dydi Mani ddim yn sâl, brain damage sydd ganddo fo. Dyna sy'n achosi'r cynddaredd."

Nodiodd Onri'i ben yn araf. Roedd o i gyd yn gwneud synnwyr.

"Be ti'n feddwl, 'cynddaredd'?" holodd Dryw.

"Rage," atebodd Fizz. "Y ffitia o dempar eithafol mae Mani'n eu cael. Mae difrod i'r frontal cortex yn gallu 'u hachosi nhw. Unrhyw fath o ddifrod – concussion, strôc..."

"Ac Alzheimer's," medd Onri, a gwenu ar Fizz. Gwenodd hithau'n ei hôl.

"Blaen dy frên di sy'n ystyriad a rhesymu," eglurodd Onri, "tra bod dy deimladau greddfol di – sut ti'n ymateb ac adweithio i betha – i gyd yn y darnau isaf 'ma, yn fan hyn." Rhoddodd Onri ei law at waelod cefn ei ben. "Pan mae rhywun yn dwyn dy beint di, mae rhan isa dy frên di yn deud wrtha chdi am ei hitio fo. Ond mae blaen dy ben di yn stopio'r adwaith yna ac yn gneud i chdi ystyried a rhesymu – a gweld mai cymryd dy beint di mewn camgymeriad nath y boi."

"Y frontal cortex ydi'r reffarî yn dy ben di!" ychwanegodd Fizz.

"Wela i," medd Dryw. "So mae Mani wedi colli'i reffarî?"

"Wel, mae o wedi gneud difrod iddo fo, yn sicr," medd Fizz. "Dydi'r reffarî ddim yn gweithio'n iawn bob tro. Ac mae'r trauma ddioddefodd Mani wrth gael y gweir hefyd yn gneud petha'n waeth. Heb sôn am stres hirdymor y ffiwd efo'ch brawd. A low self-esteem hefyd, synnwn i ddim. Mae'r petha yma i gyd yn gallu achosi ffitia o gynddaredd ar eu pen eu hunain, heb sôn am i gyd efo'i gilydd."

"Ffycin hel!" medd Dryw wrth ysgwyd ei ben yn fyfyriol.

"Wedyn mynd i jêl," medd Fizz. "A cael yr holl shit 'na gan Derek. Wedyn 'ych mam yn marw... Mae hi'n syndod ei fod o cystal!"

"A ffwc o neb wedi gadael iddo fo wybod!" medd Dryw Bach gan droi at Onri'n gyhuddgar eto. "O'n i'n gwbod yn iawn fo chdi'n deud clwydda y dwrnod o'r blaen!"

"Dwi'n sori, Dryw," medd Onri. "Ond, rong neu beidio, mae 'na rai petha, weithia, sydd yn well eu gadael nhw fel y maen nhw. Oeddan ni i gyd yn ffycd-yp, yn doeddan? Wedi gweld ysbryd Mam yn torri, ei gweld hi'n yfad a dirywio... a'r sioc pan farwodd hi... Coco'n ei ffendio hi'n ista yn yr un lle ag oedd hi pan adawodd Lili Wen y byngalo'r noson cynt, y teledu'n dal ymlaen, a'r gath ar ei glin... Doedd gadael i Mani wybod ddim rili ar flaen meddylia'r un o'nan ni, yn nagoedd? Dwi'm yn cofio neb yn baglu dros ei gilydd i yrru llythyr, wyt ti? Glywis i mo'no ti na Lili Wen yn sôn am y peth o gwbwl!"

Tro Dryw Bach oedd hi i dawelu rŵan. Estynnodd Onri'r amlen o boced tin ei drowsus. "Dwi'm yn ama fod pob un ohonan ni, heblaw Kola Kube, wedi cael pylia o gydwybod am y peth pan oedd hi'n rhy hwyr. Ond mi *wnaeth* un o'nan ni feddwl sgwennu i egluro – nes ymlaen – o leia."

Taflodd yr amlen a stamp arni, wedi ei chyfeirio at Mani yn y carchar, ar y bwrdd.

"Chdi?" gofynnodd Dryw. "Ond... pam 'nes di ddim ei bostio fo...?"

Ystyriodd Onri. "Dwi'n meddwl mod i wedi atab hwnna'n barod."

97

Diolchodd Kola Kube i Bet wrth gydio mewn vol-au-vent, cyn ei rhawio rhwng ei ddannedd mewn un darn.

"Mmm, neis iawn," meddai wrth i ddarnau ohoni boeri allan o'i geg fel plu eira. "Vola-vons neis gen y Musus, Elwyn!"

"Frozens ydyn nw. O Kwiks."

"O? Wel ma hi wedi'u diffrostio nhw'n dda, beth bynnag!"

Gwenodd Elwyn Cownsil a thynnu paced o Bensons o'i boced. "Tisio un o rhein, KK? Dwi 'di laru ar y ffycin sigârs 'na."

"Duw ia – gymera i un efo chdi. Dwi'm yn smocio ffags fel arfar, mond sigârs efo drinc, ond ia, pam ddim ynde?"

"Wel ia, KK. Ma hi'n Nos Galan wedi'r cwbwl!"

"Yndi'n tad. Yn union."

"Blwyddyn newydd reit ecseiting i chdi, KK?"

"Gobeithio, ynde."

"Be 'di dy blania di, KK?"

"Wel, ecspandio'r busnas a gorffan y blydi tŷ – i gael Kathleen odd'ar 'y nghefn i!"

Gwenodd Elwyn yn gydsyniol. "Mae merched yn meddwl fod popeth fel rhyw pop-up books, KK."

"Yndyn, debyg."

Tynnodd Elwyn ar ei Benson. "Gwranda, dwi'n ofnadwy o ddiolchgar i chdi am brynu plot ar y stad newydd 'ma sdi, KK."

"Diolch, croeso," medd Kola Kube. "Dwi'n ddiolchgar i chditha am y cyfla."

"Chdi a fi ydi'r unig bobol leol sy 'di prynu plot. Oni bai amdana chdi, y fi fydda'r unig un. A gan mai fi gafodd y planning, mi fydda hynny chydig bach yn embarrassing – yn enwedig a finna'n gynghorydd i'r Blaid ar y pryd!"

"Wel, dwi ond yn falch mod i 'di gallu helpu. Ac yn ddiolchgar am y fargan hefyd, wrth gwrs..."

"Rydan ni'n trafod dy aelodaeth yng nghwarfod cynta'r flwyddyn."

Bu bron i Kola Kube losgi'i wyneb efo'i sigarét.

"Grêt! Sut eith hi, ti'n meddwl?"

"Dwi heb weld unrhyw wrthwynebiad eto. Ond gawn ni weld. Mae un bêl ddu yn ddigon i dy wrthod di, fel ti'n gwybod."

"Wel, yndi siŵr..."

"Ond mi ydw i ac un neu ddau arall yn siarad drostat ti, felly mi ddylai fod yn iawn."

"Diolch 'ti, El! Da i glywad!"

"Un peth all fynd yn dy erbyn di..."

"O?"

"Mae dy frodyr di braidd yn, wel, unpredictable!"

"Yndyn. Yndyn, maen nhw..." medd Kola Kube wrth nodio'i ben.

"Gallu codi cwilidd, yn dydyn?"

"Yn union. Ffycin wêstars ydyn nhw, i fod yn onest."

"O, fyswn i'm yn deud hynny, KK! Maen nhw'n hen hogia iawn i gyd!"

300

"O, yndyn, yndyn. Hogia iawn yn y bôn, yndyn..."

"Nid pawb sydd efo'r gallu – a'r dreif – i lwyddo wsdi, KK!"

"Na, yn bendant. Ti'n iawn eto, El."

"Ac mi ydan ni, fel sefydliad, yn licio helpu pobol llai ffodus na ni..."

Arhosodd Elwyn am eiliad i fesur ymateb Kola Kube, ond ddywedodd hwnnw ddim byd, dim ond syllu'n wag efo llygaid macrall.

"Neu, mi ydan ni'n licio cael ein *gweld* yn helpu. Wyt ti'n dallt, KK?"

"Yndw. Yndw, dwi'n dallt..."

"Helpu'n gilydd ydan ni'n wneud, KK – a ti wedi profi dy fod ti'n gallu gwneud hynny. Be ti isio ei wneud rŵan ydi dangos dy fod ti'n gallu gwneud i bobol eraill dy barchu di. Wyt ti efo fi?"

Nodiodd Kola Kube yn otomatig.

"Achos mae cadw pobol 'on side' yn bwysig. 'Di bobol ddim yn licio twats – a dwi ddim yn dweud dy fod ti'n dwat, jysd dweud ydw i fod rhaid i chditha gadw'r treib 'na sydd gen ti 'on side'."

"Reit..." medd y Kube a'i stumog yn troi wrth feddwl am orfod bod yn neis efo'i frodyr.

"Ac os fedri di fod yn proactive – talu'n deg, prynu cwrw, rhoi parti Dolig, menthyg tools ac ati – mi enilli di eu teyrngarwch nhw."

"Eu be nhw?"

"Loyalty, KK."

"O ia, wela i be sgin ti, ia..."

"Wedyn, mae 'na un brawd, yn does, sydd i ffwrdd yn... Lerpwl, ia?"

"Mani?" medd Kola Kube rhwng ei ddannedd. "Ia, Lerpwl yn rwla, ia... am wn i, cofia!"

"Jailbird?"

"Ia."

"Criminal."

"Ia."

"Gangster?"

"Synnwn i ddim..."

"Yndi, mae o, KK. Dwi 'di cael ei hanas o. Rŵan, efo fo, does *dim* gobaith. Ac efo brawd fel fo, mae o'n staen ar dy gymeriad ditha. Ti'n dallt be dwi'n feddwl?"

Nodiodd Kola Kube.

"Un peth ydan ni ddim isio yn y lle 'ma ydi thygs-on-drygs. All Mani byth â chael dod yn ôl i Gwmygafael, Kola Kube. Ti'n dallt? Byth!"

"Iawn. Dim problam. Wneith o byth – mi wna i'n siŵr o hynna."

"Dwi'n gwbod, KK. Ac mi wnawn ninna bopeth i dy helpu – o fewn ein gallu, hynny ydi."

Winciodd Elwyn ar Kola Kube, cyn i'r ddau droi eu sylw at yr olygfa o'u blaenau. Islaw'r ardd roedd yr hen ffordd drol, ac islaw honno roedd cefnau a thoeau adeiladau'r stryd fawr. Tu hwnt i'r stryd fawr roedd y strydoedd eraill yn rhedeg oddi wrthi ac i lawr, o'r golwg, tuag at waelod y cwm oedd yn estyn draw tua'r môr a thref Aber yn y pellter.

"Weli di'r castall, KK? Yn goleuo'n orenj yn y pelltar fancw?"

"Wela i..."

"Edward y Cyntaf gododd o. Longshanks. Concrwr Cymru. Mi gododd o'r castall ar ffurf waliau Caer Gystennin, prifddinas Ymerodraeth Ottoman. Ti'n gwbod pam?"

"Nacdw i, El. Rioed 'di bod yn un da efo hanas."

"Er mwyn atgoffa'r Cymry ein bod ni bellach yn rhan o ymerodraeth y Sais. Mewn geiria eraill, i rwbio'n trwyna ni yn y cachu."

"Wela i. Difyr..."

"Ond rydan ni yma o hyd, yn dydan, KK? Rydan ni wedi llwyddo i fod yn llewyrchus oherwydd i ni weithio oddi fewn i'r ymerodraeth. Pragmatism ydi'r gair amdano fo. Lle fysa ni efo annibyniaeth, dwad? Sut fysa ni wedi syrfeifio heb fod yn rhan o ymerodraeth oedd yn rheoli chwartar y byd?"

"Dwn 'im, Elwyn. Dwi rioed wedi dallt y busnas Welsh Nash 'ma, i fod yn onest."

"A dyna 'di'r peth, KK. Does neb yn ei ddallt o – achos yr unig beth ydan ni'r Cymry yn ei ddallt ydi sut i syrfeifio, sut i wneud y gora o be sy genan ni. Gweithio'r ffordd ora allwn ni oddi mewn i sefyllfa sydd allan o'n rheolaeth..."

"Wel, dwi wastad wedi deud, 'dio ffwc o bwys pwy sy bia'r casta..."

"Mae hi'n bechod gweld yr iaith yn marw, wrth gwrs. Saeson ydi Saeson – imperialists, mae o yn eu genes nhw. Ond maen nhw'n dod â pres i mewn yma, ac mae codi tai iddyn nhw yn dod â pres i ni. Ti'n gwbod dy hun be ydi trwch aelodaeth y Lodge. Dynion busnas – plymars a sparcis a buldars, busnesau bach lleol sy'n trio'u gorau i weithio'n galad a gneud bywoliaeth... A rhoi gwaith i bobl lleol. Fel'na mae petha'n gweithio. Yr *unig* ffordd mae'n gweithio. 'Da ni ddim 'di syrfeifio trwy fod yn sentimental. Dydi sentimentaliaeth erioed wedi rhoi bwyd ar blât."

Nodiodd Kola Kube ei ben yn dawel wrth syllu tua'r fynwent.

"Mae'r eglwys wedi cau, KK. Mae hannar y capeli wedi mynd. Mae pethau fel'na yn hen ffasiwn. Hwn sy'n rheoli heddiw." Rhwbiodd Elwyn Cownsil ei fysedd efo'i gilydd. "Tasa'r eglwys 'na'n dod i lawr, fysa 'na le i godi pedwar o dai. Ac os fysa'r Rheithordy 'cw'n dod ar werth, fysa fo'n gwneud gwesty ardderchog, ti'm yn meddwl?"

Tynnodd Kola Kube ar ei Benson wrth gytuno.

"Fel'na mae sbio arni, KK. Dyna sy'n *gwneud* aelod o'n brawdoliaeth ni."

Syllodd Elwyn Cownsil i fyw llygaid Kola Kube.

Chwythodd y Kube fwg ei sigarét i'r nos. "Mae'r bobol sy bia'r Rheithordy 'na'n ei adael o i ddirywio'n ofnadwy, Elwyn."

"Yndyn, maen nhw, KK. Maen nhw'n byw i ffwrdd a byth, bron, yn dod yno – heblaw am eu plant nhw o bryd i bryd, fel dwi'n deall. Ond mae golwg y diawl ar y lle."

"Mi allai fod yn berig, Elwyn..."

"Gallai, KK. Peryglu'r cyhoedd."

"Mae angan compulsory purchase ar y lle hwyrach, Elwyn?"

Gwenodd y Cynghorydd yn gynnes. "Ti wedi'i dallt hi, KK! Dwi'n siŵr y medran ni gydweithio'n agos yn y dyfodol. Tyd, awn ni 'nôl i mewn. Mae'r wisgi'n dal ar y bwrdd..."

Stopiodd Elwyn ar ganol cam wrth sylwi ar y golau oedd yn symud yn uchel i fyny ar Graig y Gafael, draw tu hwnt i'r Rheithordy.

"Dow! Be 'di hwnna dwad?"

"Dwn 'im," atebodd Kola Kube. "Rhywun ar ôl llwynog, debyg."

"Ar noson Flwyddyn Newydd, myn diawl!" medd Elwyn wrth roi ei fraich am ysgwyddau Kola Kube a'i arwain am y drws.

98

"Gobeithio i'r nefoedd fod batri'r lamp 'na'n mynd i bara, Porffafôr!" rhybuddiodd Gwcw Blastig rhwng diawlio nad oedd o'n gwisgo welintyns wrth faglu drwy bwll o ddŵr ar lawr y lefal. "Dwi'm isio bod yn sownd ym mherfadd y mynydd yn twllwch!"

Diffoddodd y golau'n sydyn.

"Ffycin hel!" gwaeddodd Gwcw. "Dyna hi, ar y ffycin gair! Mam bach o San Ffransisco! Ma hi fel bol buwch!"

Rhoddodd Porffafôr y lamp yn ei hôl ymlaen a chwerthin yn ddrwg.

"Y basdad!" meddai ei frawd.

"Stopia gwyno, ta! Ti fel dynas mewn gêm ffwtbol!"

"Ffyc off! Ma 'na dipyn o wahaniaeth rhwng bod ar gae ffwtbol a bod o dan mynydd ganol nos!" diawliodd Gwcw Blastig wrth i'r ddau frawd suddo ymhellach i grombil Craig y Gafael. "Ffyc mi, mae'r lle 'ma'n sgêri!"

"Nefoedd y nionod!"

"Does wbod be ffwc sy'n cuddio yma liw nos, Porffafôr!"

"Wel, ma hi'r un mor ffycin dywyll ganol dydd! Doeddat ti'm yn cwyno adag hynny!"

"Wel do'n i ddim yn cario bocs o detonetyrs ar 'y nghefn adag hynny, nago'n? A doedd 'na'm boi efo llond pocedi o gelignite yn cerddad wrth 'yn ochor i chwaith!"

"Cau hi! Ma dets yn saff mewn strongbox. Â'n nhw ddim off. Dyma ni! 'Da ni yma, Gwcw!"

Fflachiodd Porffafôr olau'r lamp dros yr 'ogof' fechan roeddan nhw wedi'i chreu dros y dyddiau dwytha, cyn dal ei golau ar y twll dril yn ei ben draw. "Stwffian ni belan i mewn i hacw ac mi ddaw hwn i gyd i lawr."

"Be ti'n feddwl 'hwn i gyd'?"

"Ti'n gweld y ffordd ma'r graig yn gorwadd? Wel, pan chwythith hi, mi holltith fel'na..." Chwipiodd Porffafôr olau'r lamp i'r dde yn sydyn. "Wedyn mi ddaw hacw i lawr..."

"Be bynnag ti'n ddeud, Porffafôr," medd Gwcw Blastig. "'Di ffwc o bwys genai sut ddisgynnith hi, cyn bellad na fyddan ni'n dau yma ar y pryd!"

"Paid â dechra efo dy coli-wobyls, Gwcw. Jysd gwna di be dwi'n ddeud wrthat ti a fyddan ni'n iawn. Reit – dal y gola 'na."

Tyrchodd Porffafôr y jeligneit allan o'i bocedi a dechrau ei fwytho yn ei ddwylo. "Sbia, mae o fel pwti pan ti'n chwara efo fo!"

"Wel paid â chwara gormod efo fo, wir dduw!"

"Twt! Paid â poeni. Ma'n amhosib iddo fo fynd off heb det. Dyna ydi'r biwti efo jeli."

Plygodd Porffafôr i'w gwrcwd, yna eistedd ar ei bengliniau yn y twll i stwffio'r pwti peryglus i mewn i'r twll dril, tra bod Gwcw Blastig yn chwysu chwartia wrth ei wylio.

"OK," medd meistr y dinistr, wedi dod allan o'r twll yn ei ôl. "Pasia ddetsan i fi, a'r ffiws."

Gwnaeth Gwcw fel ag y gorchmynnwyd iddo, yna gwylio'i frawd yn stwffio pen y weiran ffiws i mewn i blast cap y det.

"Rŵan, pasia'r crimps 'na i fi. A dal y gola..."

Cydiodd Porffafôr yn y crimps, a gan ddal y weiran yn yr union le iawn rhwng ei fysedd, gosododd y crimps yn gelfydd ar yr union le y byddai angen gwasgu. Yna, wedi gwasgu'r crimps hanner ffordd er mwyn dal y weiran yn ei lle tu mewn i'r cap, cododd ei ddwy goes, un ar y tro, dros y cwbl a dal popeth tu ôl i'w gefn, cyn gwasgu'r crimps yn llawn.

"Dyna ni!" meddai wedyn, cyn mynd yn ôl i'w gwrcwd i stwffio'r det i mewn i'r jeli yn y twll.

"Pam oeddat ti'n rhoi hwnna tu ôl dy gefn, Porffafôr?" holodd Gwcw.

"Rhag ofn i'r det fynd off os fyswn i'n gwasgu'n y lle rong. Gwell iddi rigo twll tin newydd i fi na chwythu 'nghoc i smiddarîns! Reit, tyd! Showtime!"

99

Chafodd Mani ddim amser i ddod dros ei boenau. Dim amser i ddod o hyd i'w synhwyrau. Dim cyfle i hyd yn oed gael ei wynt. Cofiai weld y gwesteion yn cerdded allan efo Perseus, yn parablu'n gyffrous wedi mwynhau act gynta'r ddrama erchyll, gan adael Gwawr ar ôl. Gwyliodd hi'n llygadrythu'n awchus wrth ddatod ei ffrog laes a'i gadael i ddisgyn i'r llawr wrth ei thraed, cyn i wên ddanheddog hollti trwy baent glas ei hwyneb maleisus. Yna gwelodd hi'n rhoi plwg mewn socet ar y wal, cyn troi tuag ato efo dril trydan yn ei llaw. Gwyliodd hi'n dod yn nes, cyn hoelio'i lygaid ar y twist-bit, modfedd a hanner o drwch, yng ngheg y dril – y math o fit roedd trydanwyr yn ei ddefnyddio i wneud tyllau trwy ddistiau pren er mwyn stwffio weiars drwyddyn nhw...

Closiodd Gwawr at Mani â'i llygaid yn iasoer, ei phiwpilau wedi lledu nes bod y düwch yn meddiannu'r glesni lliw awyr a welsai Mani mor hardd unwaith. Closiodd fwy eto, nes ei bod wyneb yn wyneb â'i phrae, eu trwynau bron yn cyffwrdd. Teimlodd Mani ei hanadl yn llosgi'i groen wrth iddi hisian ei gwynt dros ei foch. Syllodd i fyw ei lygaid, a gwenu'r wên wallgof honno a wenodd wrth rawio'r cocaine i'w drwyn efo'r gyllell yn y gwesty. Cododd y dril a'i ddal o flaen ei lygaid. Taniodd o am eiliad cyn ei adael i arafu i stop. Gwenodd eto a llyfu'i gweflau'n nwydus. Ochneidiodd. Sgyrnygodd Mani ei regfeydd arni, ond dim ond gwichiadau bloesg a ddihangodd o'r tu ôl i'r bêl yn ei geg.

Symudodd Gwawr y dril at ei foch a'i lusgo dros ei groen, i lawr dros ei ên ac i'w wddw. Estynnodd ei gwefusau at ei drwyn, nes bron cyffwrdd, a chwythodd ei hanadl poeth i fyny ei ffroenau. Gwthiodd flaen y bit i'w wddw a gwleddodd ei henaid diafolaidd ar yr ofn a fflachiodd yn ei lygaid. Yna llusgodd flaen y dril i lawr at ei frest a stwffio'i flaen i'r twll o dan ei sternwm. Beichiodd corff Mani a cyflymodd ei anadlu, gan yrru dafnau o boer a chwys dros wyneb Gwawr. Llyfodd honno ei gweflau eto cyn llithro'i chorff i lawr dros groen gwaedlyd ei frest, yna gwthio'i thafod i'r twll o gig amrwd a adawodd y dandi ynddo. Symudodd flaen y dril i'w fol, yna rhwng ei goesau...

Yna, yn sydyn, sythodd Gwawr ac arwyddo gorchymyn i un o'r

porthorion oedd wedi aros wrth y drws, cyn camu o'r ffordd pan ddaeth hwnnw draw i addasu'r bolltiau ynghanol y rac a'i droi'n lletraws fel bod Mani'n gorwedd ar ei gefn unwaith eto. Taniodd Gwawr y dril, gan ddal ei bys ar y switsh y tro hwn. Stranciodd Mani wrth i wichiadau truenus ei lais ganu deuawd afiach efo sgrechian dychrynllyd y dril. Rowliodd ei lygaid tua'i draed i drio gweld pa ran o'i gorff roedd hi am ymosod arno, a gwelodd hi, wedi ei fframio rhwng ei ddwy droed, a'i chorff yn cordeddu wrth ddawnsio'n erotig i dôn ddieflig y diafol dur yn ei llaw. Tynnodd Gwawr ei bys oddi ar y switsh, ac arafodd ei dawns wrth i'r dril stopio...

Yna teimlodd Mani flaen miniog canol y bit yn gwthio yn erbyn gwadn ei droed dde. Teimlodd o'n torri'r croen, a gwyddai nad herian oedd Gwawr bellach. Anadlodd yn wyllt wrth aros am yr artaith. Cydiodd Gwawr yn y dril â'i dwy law. Gwichiodd gwddw Mani'n uchel. Taniodd y dril...

100

Roedd llygaid Maj yn melltio pan gerddodd i mewn i'r gegin. Roedd hi'n gandryll.

"I can't fuckin believe it!" meddai, a'i llais yn crynu wrth i ddagrau o rwystredigaeth gronni yn ei llygaid glas. "I don't know what ter say..."

"What's happened, Maj?" holodd Fizz, wedi cynhyrfu. "Have you heard anything? Sit down. Do you want a coffee?"

"Fuck the coffee, give us a fuckin large whisky!"

Brysiodd Fizz at y cwpwrdd i estyn y botel Jack Daniels roedd hi a Mani yn arfer ei hyfed efo'i gilydd. "Sori, hogia, ddylswn i fod wedi cynnig un i chi, ond 'nes i'm meddwl..."

"Duw, ma'n iawn," medd Dryw Bach. "Gwell hwyr na hwyrach!"

"You must be Drew," medd Maj. "Hiya. We spoke on de phone. Maj."

Ysgydwodd y ddau ddwylo.

"How's your brother?" holodd Dryw.

"Not too good, te be honest, luv, ta fer askin. Dey're worried he won't gerr 'is sight back."

"Oh, that's bad!" medd Onri'n lletchwith. "What happened?"

"Oh sorry, did yer not tell 'em, Fizz?"

"Only that he was in hospital," atebodd y Gymraes.

"He was shot in de face de other nite."

Bu bron i Onri dagu ar weddillion ei goffi. "Shot?"

"Sawn-off, straight in der face, point blank. He would've been shot a second time if it weren't fer Mani shooting back at de feller dat shot 'im!"

Trodd wyneb Onri'n bictiwr o sioc ac anghredinedd. Cydiodd yn y wisgi roedd Fizz newydd ei osod o'i flaen.

"Anyway, I'm afraid I've got bad news – I've fucked up. Well, me Mam has, daft ol bat..." Llyncodd Maj ei wisgi mewn un. "It's my fault tho, if I'd 'ave bloody remembered..."

Stopiodd Maj. Roedd y straen yn amlwg yn ei llais. Daeth at ei hun eto wedi i Fizz fynd i afael am ei hysgwyddau.

"When you phoned, Drew, I was in de attic gerrin dem letters Mince brought ourrer jail fer Mani. De letters from dat cunt, de one who was connin yer mam..."

"Derek," medd Dryw.

"That's de one. Anyways, I got de letters, brought 'em down – this is in me Mam's place now, rite – but after yer phoned, Drew, I forgot everythin about 'em... I'm so sorry, lad..."

"Why? What's happened?" holodd Fizz.

"All I thought about was gettin down 'ere ter tell Fizz yous were on de way, like, and... well, I forgot anyway – I mean, it wasn't like the ultimate fuckin endgame, was it? I weren't gerrin 'em from de attic te bring 'em down 'ere, I was gerrin 'em cos Mince said te gerrem down in case the werse came te the werse..."

Stopiodd Maj tra bo Fizz yn ail-lenwi'i gwydr.

"So I came down 'ere te tell Fizz yous were comin, and then we thought, why not show yous de letters now, like..."

Taniodd Maj sigarét a chynnig un i bawb. Derbyniodd Dryw a Fizz.

"I don't know how te say this... It's me Mam's dementia. She's a bit scatty – yer know, goin soft in the 'ead, like, and... Well, sorry lads... but she's only fuckin thrown de letters on de fire...!"

101

Rywle ynghanol y boen a'r panig, rhwng yr artaith a'r anifeileidd-dra, y fflachiadau gwyn a llithro i mewn ac allan o lewyg, roedd Mani'n ymwybodol o weld gwaed a darnau o gig yn chwistrellu dros Gwawr, yn sblatro dros ei bronnau a chymysgu â'r paent glas ar ei hwyneb fel rhyw ddarlun erchyll gan Jackson Pollock, ei llygaid yn lloerig â blys wrth iddi reslo efo'r dril a'i wthio trwy gnawd a gewynnau ac esgyrn mân ei droed. Mi gymerodd hanner munud dda iddi dorri drwy'r cwbl, cyn tynnu'r dril am yn ôl, yna'i wthio i mewn ac allan sawl gwaith i glirio'r tafodau mân o gigach o'r twll. Ac yna mi ddechreuodd ar y droed arall.

Cloiodd y dril fel roedd ar fin dod allan drwy dop y droed, wedi'i ddal rhwng y mân esgyrn styfnig, a llewygodd Mani â'r boen wrth i Gwawr ymaflyd â grym y teclyn i'w gael yn rhydd eto. Ond o fewn eiliadau mi ailddeffrodd y boen o. Gwelodd Gwawr yn rhoi'r dril ar y llawr, yna'n rhwbio'i dwylo dros ei chorff, gan fwytho'r gwaed a'r cigach i mewn i'w chroen. Ond ei gweld fel llun roedd Mani, nid fel person go iawn... ac mi oedd y llun yn symud... ac yn troi... roedd y boen yn annioddefol. Aeth popeth yn niwlog a theimlodd ei hun yn disgyn...

Pan ddaeth ato'i hun, roedd y ffrâm wedi'i haddasu eto, ac mi oedd o yn ei ôl yn sefyll ar ei draed – ond y tro hwn roedd o'n wynebu'r wal tu ôl iddo. Saethodd y poenau drwyddo, a daeth Gwawr i'r golwg o'i flaen. Gafaelodd yn ei geilliau a'u mwytho. Pwysodd ei chorff yn ei erbyn a rhwbio'i bronnau yn y gwaed a'r ysgyrion o gig. Rhwbiodd ei chont ar ei goc difywyd, ac estynnodd ei cheg at ei wddw a'i frathu'n galed. Yna cododd ei gwefusau at ei glust.

"OK, Sundance!" sibrydodd rhwng ei dannedd. "Mae'r amser wedi dod! Highlight y noson. Mmmmm."

Ochneidiodd yn nwydus a sdwffio'i thafod yn ei glust. Yna diflannodd o'r golwg a chlywodd Mani hi'n ffidlan yn y cwpwrdd dur. Ailymddangosodd o'i flaen efo cyllell cigydd finiog a rhyw declyn tebyg i sgrafell neu grib gyda handlen, a bachau miniog ar bob dant. Edrychodd dros ysgwydd Mani i gyfeiriad y drych mawr ar y wal, ac amneidio. O fewn eiliad neu ddwy roedd wal o sŵn death metal yn llenwi'r stafell...

"Perffaith!" medd Gwawr, cyn camu at Mani a gweiddi yn ei glust. "Carcass ydi enw'r band 'ma, Sundance! Maen nhw'n ffycin grêt yn fyw! Paid â poeni, mi wnâi adael i chdi glywad yr albym i gyd..."

Gwenodd, cyn diffodd y wên fel switsh. Wynebodd y drych eto a lledu'i breichiau fel offeiriades gydag offer y ddefod ddieflig yn ei dwylo, cyn camu at gefn Mani i ddechrau'r cigydda. Torrodd trwy'i groen mewn llinell ofalus o bigyn ei ysgwydd at ei asgwrn cefn, jesd o dan ei war. Cythrodd Mani ac ysgwyd yn lloerig. Cusanodd Gwawr ei wddw.

"Shwsh, Sundance," sibrydodd yn uchel yn ei glust, cyn griddfan yn rhywiol wrth rwbio'i chont yn erbyn ei din. "Bydd yn ddewr. Chdi ddewisodd hyn. Cofio? Ti'm yn gallu'n lladd i, a ti'm yn gallu 'ngadael i fynd. Ti'n styc efo fi, Taffy! Mmmm..."

Llyfodd Gwawr y gwaed cynnes a ffrydiai i lawr ei gefn, cyn gwthio'r grib a'r bachau arni i mewn i'r archoll, ac efo tro sydyn o'i garddwrn cydiodd y bachau yn ei groen a'i dynnu am allan. Yna, tra oedd hi'n ymaflyd â sbasmau arteithiol corff Mani, dechreuodd sleisio'r croen yn rhydd o'r cnawd. Ac wrth i Mani wichian ei sgrechfeydd arteithiol i gyfeiliant gitâr trwm a chwyrnu bwystfilaidd Carcass, yn araf – fodfedd wrth fodfedd – blingodd Gwawr y croen oddi ar ei gefn, fel stripio hen bapur wal...

Yno, ynghanol yr uffern, chafodd bywyd Mani ddim cyfle i fflachio heibio ei lygaid. Poen oedd yr unig gwmni fyddai ganddo wrth adael y byd. Mi aeth yr artaith yn drech na fo erbyn i Gwawr gyrraedd gwaelod ei gefn. Roedd o'n sgrechian i bwynt lle y teimlai ei ymennydd yn ffrwydro wrth i fflachiadau gwynion lenwi'i ben, cyn i bopeth fynd yn dywyll...

102

Allai Mince ddim cysgu. Roedd 'na fud-boen yn cnoi yn ddwfn yn ei ben, tu ôl ei lygad chwith, ac wedi bod yn gwaethygu yn ystod y nos. Mi oedd hi'n anodd dweud yn bendant, rhwng y morphine a'r holl gyffuriau eraill, ond roedd rhywbeth am y boen yn ei anesmwytho erbyn hyn. Mi fyddai pob math o boenau'n mynd a dod wrth i'w gorff atgyweirio'i hun, wrth gwrs, a mwya thebyg mai dyna oedd wrth waith. Ond doedd Mince ddim yn hapus – wedi'r cwbl, mi oedd yna beledi yn dal i fod yn gorwedd yn ei ben yn rhywle. Mi oedd o'n chwysu hefyd, ac mi oedd y chwys yn llosgi'i lygaid. Symudodd rywfaint ar ei fandej – digon i gael mymryn o aer atyn nhw, o leiaf.

Clywodd leisiau tu allan i'r stafell. Nyrsys. Un yn dymuno blwyddyn newydd dda ac un arall yn ateb, yna llais dyn yn mynnu fod yna funud neu ddwy arall i fynd tan hanner nos. Dyfalodd lle roedd Peter a Joey heno. Roedd o'n rhyw fath o gofio nhw'n dweud, ddiwrnod Nadolig, eu bod nhw'n mynd i dŷ ffrindiau am y noson, ond allai o ddim bod yn siŵr. Gwelodd eu hwynebau yn ei gof, eu llygaid llydan yn llawn cyffro gwyllt. Roeddan nhw wrth eu boddau efo'u BMXys newydd. "They're well boss, Dad!" oedd geiriau'r ddau.

O leiaf mi gafodd eu gweld nhw'n gwenu'n braf ac yn clebar yn uchel wrth bopio wheelies ar y stryd. Yna daeth tristwch drosto wrth iddo sylweddoli mai dyna'r tro olaf y byddai'n eu gweld nhw. Typical, meddyliodd, a Julie ond newydd gytuno iddo gael ymweld yn amlach.

Doedd o ddim am anobeithio, fodd bynnag. Glynai yng ngeiriau'r doctoriaid. Mi fuon nhw i mewn yn ystod y pnawn tra oedd y nyrsys yn newid y bandej, yn holi os oedd o'n gallu gweld rhywbeth. Doedd o ddim, er iddo feddwl am eiliad ei fod o'n gweld cysgodion yn y tywyllwch – ond allai o'm cofio os oedd o'n gweld rheiny cyn y llawdriniaeth ai peidio.

Bu Maj a'i fam i mewn hefyd. Roedd Maj wedi siarad efo Dryw, medda hi. Dywedodd Mince wrthi ymhle'r oedd y llythyrau yr oedd wedi'u cadw i Mani. Mi oedd pethau'n dechrau edrych yn ddrwg. Roedd hi'n amlwg bellach, o'r hyn a adroddodd y cops pan fuon nhw'n eu holau yn gynharach, bod yn rhaid derbyn y posibilrwydd cryf y byddai'r amser yn dod i'w pasio nhw ymlaen i Dryw.

Serch hynny, mi oedd o'n dal i deimlo fod Mani'n ddiogel. Er gwaetha'r ffaith na throdd i fyny i gwrdd â Fizz, ac er gwaetha'r adroddiadau o gwmpas y ddinas, doedd rhywbeth ddim yn gorwedd yn daclus efo Mince. Ond erbyn meddwl, efallai mai gwrthod credu oedd o, dim mwy. Mi oedd o'n mynd i ddal i obeithio, beth bynnag. Dall neu beidio, mi oedd o'n dal isio mynd i Gymru efo'i fêt.

Rhegodd Mince wrth i'r boen ddechrau trywanu yn ei ben, yn ddeg gwaith gwaeth, mwya sydyn... Gwaethygodd eto fyth, ac fel roedd Mince yn sylweddoli fod rhywbeth mawr o'i le, dechreuodd ei goes dde ysgwyd, yna'i fraich... Clywodd sŵn lleisiau... Roeddan nhw'n ymbellhau, yn mynd yn dawelach a thawela...

103

Diawlio Weetabix a Neinti-nein oedd Affro. Roedd y diawliaid bach wedi tanio'i rocets o i gyd. Gwadu wnaeth y ddau, wrth gwrs, gan fynnu iddyn nhw gadw rhai ar ôl yn gynharach – ond credai Affro na fyddai'n bosib i'r ddau atal eu hunain rhag tanio'r cwbl lot unwaith roeddan nhw wedi cael blas arni.

Hoblodd Affro yn ei ôl trwy'r dawnswyr i gyfeiriad ei ddecs. Roedd hi wedi cachu arno i gael y rocedi i gyd-fynd â King Tubby am hanner nos. Chwiliodd am olwg o Dryw Bach, ond doedd neb wedi'i weld ers tro byd. Mi oedd Porffafôr a Gwcw Blastig wedi diflannu hefyd. Rhyfedd iawn, meddyliodd. Edrychodd ar ei watsh – rhyw funud yn unig i fynd. Paratôdd i droi'r sŵn i lawr er mwyn cael gweiddi blwyddyn newydd dda dros y meic.

I fyny ar ffordd y milionêrs ymgasglodd gwesteion Elwyn Cownsil ar y feranda i aros y cowntdown i hanner nos. Rhyw funud oedd i fynd, felly brysiodd Kola Kube i lawr y grisiau ar ôl bod yn piso. Roedd Kathleen yn aros amdano ar waelod y staer, yn chwifio'i braich arno i hastio. Cydiodd yn ei wisgi a'i dilyn drwodd ar ôl y lleill.

Roedd Elwyn yn sefyll â'i gefn tua'r cwm islaw, yn paratoi i agor potel o siampên. "Wel, gyfeillion!" meddai. "Blwyddyn arall drosodd... bron iawn... ac un newydd ar droed."

Clapiodd un neu ddau o'r dynion.

"Ga i, felly, ddymuno blwyddyn newydd dda, a llewyrchus iawn, i bob un ohonoch... O, dyma ni, mae hi'n amser... Deg... naw... wyth..."

Draw ar ochr arall Craig y Gafael roedd Gwcw Blastig yn rhoi ochenaid o ryddhad wedi i Porffafôr egluro mai tynnu coes oedd o wrth gogio amseru eu taith allan o'r lefal ar gyfer mesur faint o ffiws i'w ddefnyddio y bore hwnnw. A thra bod ei frawd yn cysylltu'r taniwr i'r weiran ffiws, gosododd Gwcw'r dair roced i sefyll rhwng y cerrig ar y domen o sgri islaw ceg y lefal. Tynnodd ei zippo o'i boced wrth i Porffafôr wylio'r bys yn troi ar ei watsh.

"Deg... naw... tania nhw... saith... chwech... pump... pedwar... tri..."

Saethodd y roced gyntaf i'r awyr, yna'r nesaf...

"Tri... dau... un... GERONIMO!"

Crynodd y mynydd cyfan oddi tanynt efo'r glec a ddaeth o grombil y graig, ac arhosodd y ddau yn lle'r oeddan nhw wrth wrando ar ruo'r gwynt yn nesu drwy'r twnnel. Ymhen dwy neu dair eiliad saethodd cymylau o lwch allan ohono fel trên ysbrydion aflan i ganol y nos. Doedd gan Gwcw ddim profiad blaenorol o ffrwydron, ond mi oedd o, fel pawb yn y pentref, yn gyfarwydd â sŵn tanio arferol y chwaral – a doedd hon ddim yn swnio fel clec chwaral.

"Ffwcin hel, Porffafôr!" gwaeddodd Gwcw Blastig. "Dwi'n siŵr fod hannar y mynydd wedi mynd!"

"Wel, mae chydig bach o overkill yn well na hannar job, dydi! O'dd o'n gneud sens i fod yn siŵr... Tyd, awn ni o'ma. Ddown ni am dro bach fory i weld be 'di'r damej. O – a blwyddyn newydd dda i ti, Gwcw!"

104

Syllai Mani ar y golau gwyn mwyaf llachar a hyfryd a welodd erioed. Nesaodd tuag ato a gwelodd freichiau'n estyn amdano. Estynnodd yntau amdanyn nhwythau, a gwelodd wyneb ei fam yn gwenu'n gariadus wrth ei annog tuag ati. Edrychai mor hapus i'w weld o. Diflannodd pob poen a phryder o'i fyd. Roedd popeth yn mynd i fod yn iawn...

Yna diffoddodd y golau gwyn a diflannodd ei fam. Teimlodd ei hun yn cael ei hyrddio drwy'r awyr, yn troi din-dros-ben cyn hitio'r llawr yn galed wrth lanio ar ei gefn. Chwalodd ei ddannedd yn erbyn y bêl yn ei geg wrth i dalpiau o bethau trwm ddisgyn drosto.

Agorodd ei lygaid a chofio ymhle'r oedd o. Ond doedd o ddim yn adnabod y lle. Y cwbl a welai drwy'r cymylau o lwch oedd yn llenwi'i drwyn a'i lygaid oedd rwbel a phlastar a brics ar hyd y llawr ymhobman. Triodd godi ei hun i'w draed, ond mi oedd o'n sownd, ac mi gofiodd wrth be roedd o wedi'i glymu. Ond mi oedd un llaw yn rhydd – roedd y strap lledr wedi torri. Estynnodd at y strap am ei arddwrn arall, ond gwingodd mewn poen wrth i'r rwbel oddi tano grafu ei gefn di-groen, ac i'r calch yn y plastar losgi ei gnawd noeth. Daeth gwynt oer o rywle, a gwelai beth o'r llwch yn cael ei sugno draw i gornel y stafell, tu ôl i ble safai'r cwpwrdd dur gynt. Sylwodd fod y wal wedi ei chwalu'n racs, gan adael dim ond twll mawr du. Yna mi ddisgynnodd talp arall o graig i lawr yng ngheg y twll, gan yrru mwy o lwch a rwbel yn sgrialu drwy'r awyr. Roedd yn rhaid iddo adael. Roedd yr holl adeilad am ddisgyn...

Estynnodd eto am y strap am ei arddwrn. Chwyrnodd yn wyllt wrth ymrafael efo'r bwcwl, yn hanner dall yn y llwch. Dim ond blaenau ei fysedd allai gyrraedd. Dechreuodd y golau fflicran a sgyrnygodd yn ffyrnig wrth i banig fygwth ei barlysu. Sefydlogodd y trydan eto, a llwyddodd i agor y strap, cyn troi ei sylw at y strap am ei ên. Ymbalfalodd yn ffrantig efo'r bwcwl a'i agor o'r diwedd. Tynnodd y bêl o'i geg a phoeri dannedd a gwaed cyn anadlu'n rhydd ac yn ddwfn, yna pesychu'n galed wrth i'r llwch lenwi'i wddw a'i dagu. Estynnodd i agor y strap lledr mawr am ei ganol, a sgrechian mewn poen wrth blygu'i gefn. Rhegodd a rhuo'n gynddeiriog wrth fyseddu'r ddau fwcwl mawr oedd wedi'u cau'n wirion o dynn. Agorodd nhw o'r diwedd, a phlygu i gyrraedd y strapiau am ei fferau. Gwingodd eto wrth i'r boen o'i draed drywanu i fyny'i goesau fel gwaywffyn.

Agorodd y ddau strap. Cododd i'w draed, yn rhydd o'r rac o'r diwedd. Ond disgynnodd yn syth wrth iddo fethu â rhoi pwysau ar wadnau ei draed. Gwylltiodd. Cododd eto, a rhuthro i gyfeiriad y drws, a'r adrenalin yn llifo trwyddo. Baglodd dros y rwbel a disgyn ar ei wyneb. Bytheiriodd ei regfeydd fel ci cynddeiriog cyn gorfodi'i hun yn ôl i'w draed. Fflicrodd y golau, a diffodd.

Baglodd yn y tywyllwch a glanio ar ben rhywbeth meddal, poeth a gwlyb. Fflicrodd y trydan eto ac yn y fflachiadau strôbaidd gwelodd wyneb Gwawr, fodfeddi o'i wyneb ei hun. Neidiodd pan welodd hi'r tro cyntaf, cyn sylweddoli'n syth ei bod yn farw gelain. Arhosodd y golau ymlaen. Roedd ei phen wedi'i wasgu i siâp pêl rygbi o dan garreg fawr, ei hwyneb glas yn llwch drosto a stêm yn codi o'i harlais agored, a rhubanau o'i hymennydd yn glynu i'w dredlocs fel rhaffau o gorn-bîff seimllyd. Syllai ei llygaid yn llydan agored o hyd, heb unrhyw arlliw o awyr las, wedi rhewi mewn gwefr sadistaidd hyd dragwyddoldeb. Sylwodd fod ei gwaed wedi llifo'n ddu drwy'r llwch ar y llawr cyn i'w chalon dywyll stopio. Gwelodd y tatŵ ar dop ei braich. Nid gwawrio oedd yr haul bellach, ond machlud.

Yna mi sylweddolodd be oedd yn boeth ac yn wlyb oddi tano. Doedd hanner isaf ei chorff ddim yno. Roedd Gwawr yn gorffen gyda bonyn ei hasgwrn cefn a chynffonnau ei hymysgaroedd yn estyn fel nadroedd i'r rwbel. Tarodd yr ogla ffroenau Mani a chwydodd dros ei pherfedd. Yna cythrodd ei hun wrth gofio fod pobol eraill yn rhywle, yn fyw neu'n farw. Stryffaglodd yn ei flaen i gyfeiriad y drws, ac wedi llusgo'i hun dros fwy o rwbel, tynnodd ei hun i fyny'r grisiau a thrwy'r bwlch lle bu'r drws yn sefyll. Dechreuodd y golau fflachio eto wrth iddo fustachu i lawr be edrychai fel coridor. Gwelodd ddrws yn y pen draw, a chyrraedd ato fel roedd y trydan yn diflannu eto.

Diolchodd nad oedd y drws ar glo a baglodd i mewn i stafell arall, ac yn ei flaen drwy'r tywyllwch, cyn dod at wal. Dilynodd y wal efo'i ddwylo hyd nes dod at ddrws arall. Agorodd o. Ogleuodd fwg. Clywodd sŵn clecian tân. Cyflymodd ei gamau a rhedeg yn glatsh i mewn i fwrdd ar ganol y llawr. Bloeddiodd dros y lle efo'r boen o'i gefn a'i draed wrth ddisgyn i'r llawr. Teimlodd ddrafft oer ar ei dalcen a llusgodd ei hun i'w gyfeiriad cyn cael nerth i sefyll unwaith eto.

Cerddodd trwy'r gwyll a tharo'n erbyn wal isel, cyn disgyn trwy wagle lle bu ffenest hyd nes y'i chwalwyd gan be bynnag achosodd y dinistr. Glaniodd yn galed ar y ddaear yr ochr draw a rowlio drwy'r glaswellt, cyn dod i stop. Gwelodd olau oren, ac awyr yn llawn sêr. Gwelodd y lleuad yn belen wen, ac wrth i'w lygaid ymgyfarwyddo â'r gwyll gwelodd ei golau'n bownsio oddi ar waliau gwyngalch y tŷ yr oedd newydd ddianc ohono. Clywodd leisiau yn y pellter. Rywsut mi ddaeth o hyd i fwy o nerth a llwyddo i godi a rhedeg i gyfeiriad wal isel yr ardd, cyn hanner neidio a hanner dringo i'w phen a gadael i'w hun ddisgyn i'r ochr draw.

Cododd ei hun i'w draed, a sylwi ei fod mewn mynwent. Teimlai ei hun yn gwanio wrth frysio'n lletchwith rhwng y cerrig beddi tuag at gysgod yr eglwys a welai islaw. Clywai bobol yn gweiddi, a theimlodd hynny o nerth oedd ganddo'n weddill yn llifo allan ohono. Roedd ei goesau'n diflannu, a'i gorff yn disgyn yn araf... Hitiodd y llawr efo clec. Gorweddodd yno, yn anadlu'n wyllt. Teimlodd ei egni yn gwaedu o'i gorff. Aeth i deimlo'n swrth, ac yn wan, wan...

105

Roedd hi'n gwawrio pan agorodd ei lygaid, ac yn bwrw glaw mân wrth i niwl bratiog chwyrlïo ar yr awel o'i gwmpas. Methai symud. Roedd ei gorff yn ddiffrwyth. Trodd ei lygaid yn ei ben a gweld fflachiadau o olau glas yn dreigio trwy'r mwrllwch, a thrwy fylchau byseddog yn y niwl gwelai ambell gipolwg o darddiad y fflachiadau draw wrth y tŷ gwyngalch wrth droed y graig anferth a safai'n deyrn uwchlaw'r fynwent a'r eglwys. Yna caeodd y niwl ei lenni eto, a throdd ei lygaid i drio ffocysu ar yr hyn oedd i'w weld rhwng y llafnau gwair yn syth o flaen ei wyneb. Yn araf, daeth y geiriau ar y garreg fedd yn ddigon clir iddo'u darllen – 'Er serchus gof am... Mary Bartholomew Roberts... 29.12.25 – 2.2.87... Mam ffyddlon a llawn cariad... Calon lân yn llawn daioni... Tecach yw na'r lili dlos...'

Roedd o'n ymwybodol o'r ffrwydriad yn ei ben, a hefyd yn ymwybodol o'i galon yn rhwygo'n rhubanau. Ond ddaeth dim ymateb corfforol. Dim hyd yn oed dagrau. Clywodd sŵn traed yn agosáu, cyn teimlo cysgod yn sefyll uwch ei ben. Trodd ei lygaid i fyny at y dyn sgwâr oedd yn rhythu'n ddideimlad arno. Syllodd yn ôl, a'i adnabod. Ceisiodd ddod o hyd i'w lais, ond methai'n lân â'i ganfod. Teimlodd fysedd ar ochr ei wddw yn chwilio am byls, a rywsut mi wyddai nad oedd ei galon yn curo'n ddigon cryf iddo'i deimlo. Yna teimlodd bâr o freichiau cydnerth yn cydio yn ei figyrnau ac yn ei lusgo i ffwrdd. Allai o ddim ymwrthod. Doedd dim y gallai ei wneud. Gwyliodd garreg fedd ei fam yn ymbellhau.

Gwelodd feddau eraill yn pasio.Yna mi ollyngodd y dwylo fo, ac mi glywai sŵn fel carreg fawr yn crafu ar garreg arall. Trodd ei lygaid i weld ei fod o'n gorwedd wrth hen gistfedd lechfaen ymysg beddi hynaf y fynwent. Yna cydiodd y breichiau nerthol o dan ei geseiliau a'i godi dros ymyl y gistfedd, cyn cydio yn ei goesau a'i daflu i mewn. Glaniodd ar ei ochr. Methai symud o hyd. Clywodd sŵn y garreg yn crafu eto. Trodd ei lygaid i syllu ar Kola Kube yn gwthio'r caead yn ôl i'w le. Gwyliodd y rhimyn golau'n culhau efo pob symudiad, ychydig fodfeddi ar y tro, cyn diffodd.

Dewi Prysor

LLADD DUW

'Antur ar raddfa fawr gan un o
awduron mwyaf cyffrous ein cenedl.'
Llwyd Owen

y Lolfa

Rhestr fer Llyfr y Flwyddyn ac enillydd gwobr Barn y Bobl 2011

£9.95

£7.95

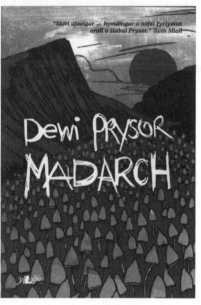

£7.95

£7.95

Am restr gyflawn o lyfrau'r Lolfa, mynnwch
gopi o'n catalog newydd, rhad
neu hwyliwch i mewn i'n gwefan

www.ylolfa.com

lle gallwch archebu llyfrau ar lein.

Talybont Ceredigion Cymru SY24 5HE
ebost ylolfa@ylolfa.com
gwefan www.ylolfa.com
ffôn 01970 832 304
ffacs 832 782